Die Katze, die Kaiserin Sisi besuchen möchte
Der sechste Fritzi Kullerkopf Roman

von Elke Seidel
mit Illustrationen von Dörte Schneider

Bibliografische Information der Deutschen Bibliothek:
Die Deutsche Bibliothek verzeichnet diese Publikation in der Deutschen Nationalbibliografie; detaillierte bibliografische Daten sind im Internet über http://dnb.d-nb.de abrufbar.

1. Auflage 2017
Text Copyright © 2017 Elke Seidel
Illustrationen Copyright © 2017 Dörte Schneider
Alle Rechte vorbehalten.
Satz: Gerd Tremmel
Herstellung und Verlag: BoD - Books on Demand, Norderstedt
ISBN: 978-3-7448-2028-8

Die Katze,
die Kaiserin Sisi besuchen möchte

Der sechste Fritzi Kullerkopf Roman

von Elke Seidel
mit Illustrationen von Dörte Schneider

für Anna Jasperneite

Teil I
Die Katze, die auf dem Dachboden vergessene Schätze findet

Teil II
Die Katze, die eine Audienz bei Kaiserin Sisi bekommen möchte

Teil III
Die Katze, die nach Kreta eingeladen wird

Teil I

Die Katze,
die auf dem Dachboden vergessene Schätze findet

Fritzi verbringt eine Nacht auf dem Speicher

Du wirst es kaum glauben, was mir *jetzt* schon wieder passiert ist! Empörend und unerhört sind die Fakten, die du gleich lesen wirst, aber sie entsprechen der reinen Wahrheit, genau *so* wie allabendlich die Nachrichten in der Tagesschau!

Meine zerstreute Dosine, abwechselnd von mir auch liebster Mensch, Perle, Chefin, Sherpa, Hygienestation-Reinigungsfee, Dosilla oder Elke genannt, vergaß mich gestern nämlich am späten Nachmittag auf dem Speicher. Dies wurde ihr aber erst viele Stunden später bewusst, als sie, wie so oft mitten in der Nacht, mit trockenem Mund, steifem Hals und schmerzenden Gliedern im Wohnzimmer auf dem Sofa aus dem Tiefschlaf hochschreckte und ich nicht wie immer neben ihr lag. Stöhnend rappelte sie sich auf, schaltete die Glotze aus und schlurfte, ihre juckenden Augen reibend, durch den Flur in Richtung unseres Schlafzimmers, um dort in dem großen Bett ihren jäh unterbrochenen Nachtschlaf fortzusetzen. Zuvor machte sie noch einen Abstecher in die Küche, um ihre ausgetrocknete Mundschleimhaut mit einem Schluck Wasser zu befeuchten. Bei der Gelegenheit fiel ihr auf, dass mein Tröglein mit meinem Nachtmahl noch unberührt auf den Kacheln stand. Endlich dämmerte es ihr, dass zwischenzeitlich etwas gravierend Falsches passiert war. Ihr fiel sozusagen *wie Schuppen von den Augen*, dass ich mich derzeit nicht in unserer Wohnung befand. Endlich vermisste sie mich!

*

Solltest du bereits eines oder mehrere meiner anderen Bücher gelesen haben, dann erinnerst du dich sicher daran, dass ich ohne fremde Hilfe Türen aufmachen kann. *Selbst ist die clevere Katze*, ist einer meiner Wahlsprüche. *Hilf dir selbst, dann zeigt dir die große Katzenfee einen Ausweg aus deinem Dilemma*, ein anderer.

Schließlich bin ich keine fragile Prinzessin, die von einem Prinzen gerettet werden muss; nein, ich bin eine Königin, die den Mist selbst hinkriegt!

Anstatt zu lamentieren und endlos lange oder vielleicht gar vergeblich auf menschliche Hilfe zu hoffen, die mich aus meinem Gefängnis auf dem Dachboden befreit, agiere ich lieber selbst. Im gestrigen Fall fixierte ich einen Moment lang die Tür zum Treppenhaus. Dann sprang ich, ohne auch nur einen Schritt Anlauf zu nehmen, mit Schmackes auf die Klinke und hielt mich an ihr fest. Im Gegensatz zu Zweifüßern kann ich mich problemlos durch reine Willensanstrengung und Anspannung meiner Muskeln und Sehnen und ohne Zuhilfenahme eines Trampolins ein Mehrfaches meiner Körperlänge in die Luft katapultieren. Am Türgriff angekommen, hielt ich mich, wie Kinder beim Turnen in der Schule an einem Reck, mit meinen Pfötchen fest. Dann spannte ich die Bizeps- und Trizeps-Muskeln beider Oberarme an, machte winzige Klimmzüge und ruckelte dabei ein wenig mit den Tatzen hin und her, immer abwechselnd, links, rechts, links. Gleichzeitig verlagerte ich mein Körpergewicht ans äußere Ende der Klinke in Richtung der Türblattmitte. Um mehr Halt zu bekommen, strampelte ich gleichzeitig mit den Füßen und stützte mich dort ab. Nichts passierte. Die Tür blieb zu. Irgendwann ermüdeten meine Muskeln. Ich rutschte von dem Griff herunter und plumpste in Richtung Erdmittelpunkt. Normalerweise springt die Tür zeitgleich und wie von Geisterhand mit einem leisen *Plopp* auf, sobald ich mit allen vier Pfoten wieder den Boden berühre. Aber nicht so gestern. Die Türe blieb zu, denn meine dösige Dosilla hatte das Türschloss, als sie den Dachboden verließ, mit dem Speicherschlüssel von außen abgesperrt.

*

Damit ich nicht ständig alle Türen selbst aufmachen muss, ließ meine Perle bei einer zurückliegenden Renovierung drei Zimmertüren innerhalb unserer Wohnung aushängen und in unser Kämmerchen auf den Dachboden tragen. Jetzt steht in unserer Wohnung nur noch die Türe zum Schlafzimmer auf. In unserem Hygienedepartment, einem rundum weiß gekachelten kleinen Zimmer, fanden unter dem Waschbecken meine Toiletten mit der meist sauberen Einstreu ihren Platz. Damit ich meine Klos allzeit frequentieren kann und beim eigenmächtigen Öffnen der Tür nicht unabsichtlich deren Lackfarbe mit meinen Finger- und Fußnägeln zerkratze, ließ mein liebster Mensch vom Schreiner unten einen kleinen viereckigen Katzendurchschlupf sägen. Seitdem kann ich jederzeit ungestört auf die Toilette gehen, ohne Leibesertüchtigungen nach Turnvater Jahn machen zu müssen.

*

Offensichtlich saß mein liebster Mensch, wie fast an jedem anderen Abend, an dem sie nicht am Flughafen ist und arbeitet, auch gestern wieder mit geschlossenen Augen vor der laufenden Glotze und zersägte dabei den Frankfurter Stadtwald in handliche Frühstücksbrettchen.

Ich schätze, sie schaltete bei ihrer *Heimarbeit* ihre Ohren ab oder zog den betreffenden Stecker heraus. Vielleicht waren aber auch die integrierten und aufladbaren Hör-Akkus in ihrem Gehirnkasten leer.

Jedenfalls miaute ich mir in der Zwischenzeit, hinter der abgeschlossenen Dachbodentüre und drei Stockwerke über unserer Wohnung, schier die Seele aus dem Leib. Mein Hals wurde von der erfolglosen Ruferei ganz rau. Nach einer Weile konnte ich nur noch heiser krächzen. Meine Stimme klang fast so wie die von Joe Cocker, dem Sänger; so laut und so lange rief ich erfolglos um Hilfe.

*

Fast immer chillen meine Perle und ich zusammen. Nicht, dass mich ihre Schlafgeräusche dabei irritieren würden. Ganz im Gegenteil, sie ermuntern mich, es ihr gleichzutun, genüsslich ein wenig die Augen zu schließen, die Ereignisse der vergangenen

Stunden noch einmal an der Innenseite der Oberlider Revue passieren zu lassen und dann in das Stadium der Meditation hinüberzugleiten. Im Gegensatz zu ihr schnurre ich, so viel mir bekannt ist, ausschließlich, wenn ich wach bin. Dabei entstehen einige Dezibel weniger Lärm als bei ihr. Außerdem tue ich dies viel melodiöser und zumeist nur, wenn ich entspannt bin und mich pudelwohl fühle.

Im Schlaf zucken mir zwar gelegentlich die Pfötchen und ich flüstere ganz leise dabei *Mimimimi*. Dicke Baumstämme wie meine Dosine säge ich aber nicht durch. Da bin mir ganz sicher, denn von *dem* Krach und Heidenlärm würde *ich* ganz sicher aufwachen.

*

Für die, die mich noch nicht kennen, will ich nur schnell hier einfügen, dass ich bereits mehrere Jahre bei meinem liebsten Menschen, der Elke, wohne. Nachdem ich anfangs eine glückliche Zeit bei meiner Mama und meinen Geschwistern verlebt hatte, zogen eines Tages meine damaligen Menschen aus ihrem Haus aus. Sie nahmen meine Verwandten in zwei mobilen Reisezellen mit. Mich ließen sie einfach im Garten sitzen, unter den Blättern einer weit ausladenden Pfingstrose. Zuvor hatte ich dort allein gespielt und mich dann versteckt. Ich unterstelle meinem ehemaligen Personal nicht, dass sie mich absichtlich zurückließen, sondern höchstwahrscheinlich nur aus Versehen. Anscheinend zählten sie nicht durch, und so fanden sie nicht heraus, dass ich fehlte. Zum ersten Mal in meinem Leben erschien mir in der darauf folgenden Nacht im Traum die große Katzenfee, die mich aufforderte, von jetzt an mein Leben selbst in die Hand zu nehmen.

‚Hihi, was für ein komisches Bild', dachte ich anfangs. ‚Wie soll ich mein zukünftiges Leben in meine eigene kleine Pfote legen?', aber es klappte irgendwie.

Aus dem Stadium eines Katzenbabys heraus, das von seiner Mama abhängig war und von ihr noch weiterhin erzogen, geprägt und angeleitet werden musste, war ich auf einmal ein selbstständiger Teenager geworden, der um sein tägliches Überleben kämpfte. Irgendwie war mir über Nacht meine eigene Kindheit abhanden gekommen. Entweder hatte sie nicht stattgefunden, oder ich erinnerte mich nicht mehr an sie.

Partielle Amnesie heißt es in den lehrreichen Gesundheitssendungen in der Glotze, die Elke mit Vorliebe guckt, bei einem so merkwürdigen Syndrom wie dem, von dem ich befallen wurde. Nein, direkt darunter leiden tue ich nicht; genauso wenig wie die vielen Leute, denen meine Dosine mit ihrer pathologischen Hilfsbereitschaft mit Rat und Tat zur Seite steht und die sie in derselben Minute vergessen und ad acta (lateinisch: zu den Akten) legen, sobald sie ihren moralischen Beistand und ihre pekuniäre Unterstützung nicht mehr benötigen. Aber das ist eine andere Geschichte, und die gehört nicht hierher.

Um eine lange Story kurz zu machen, sei hier nur so viel gesagt: Als ich schon bei Elke und deren Kater Rüdiger eingezogen war, traf ich eines Tages, höchstwahrscheinlich durch die Vermittlung der großen Katzenfee, meine Mama und zwei meiner damals noch nicht verheirateten Geschwister wieder. Diese Geschichte ist gleichzeitig das *Happy End* meines ersten Buches.

Anfangs mochte mich Elkes Mitbewohner Rüdiger nicht besonders gut leiden. Ehrlich gesagt, er schikanierte und mobbte mich und nahm mir auch oft mein Essen weg. Außerdem mochte er nicht, dass ich bei ihm und unserer Dosine im Bett schlief. Erst ganz langsam begriff Rüdi, dass ich ihn nicht vertreiben wollte und sein Neid und seine Eifersucht unbegründet waren. Von da an begann er mich zu mögen, jeden Tag ein kleines bisschen mehr. Irgendwann liebte er mich so sehr wie bis zum heutigen Zeitpunkt kein anderer Kater. Problematisch wurde es in unserem Eheleben, als ich meine Kinder Murmelkopf, Klickerkopf, Marlon und Leroy bekam. Rüdiger fühlte sich nicht nur von mir vernachlässigt, er bezweifelte auch, dass er der Erzeuger unseres Nachwuchses war. So ein Quatsch, denn drei unserer Kinder sahen aus wie wir, nur Leroy hatte die angeblich falsche Haarfarbe, nämlich rabenschwarz. Aber auch dafür gibt es sicher eine logische Erklärung, wenn wir nur etwas mehr Genealogie betrieben hätten. Mit der Ahnenforschung war es aber bei uns recht schwierig, denn weder mein Partner noch ich hatten unsere Väter jemals gesehen. So besaßen wir auch keine Ahnentafel; weder Stammbaum noch Pedigree.

Als später mein Rüdiger krank wurde und nicht wieder aus Frau Doktor Grobianas Tierspital zurückkam, nahm mein Leben eine Wendung, aber das musst du selbst in meinen anderen Büchern nachlesen. Dafür ist hier nicht genug Platz.

*

Als gestern mein liebster Mensch von der Arbeit nach Hause kam, fragte sie mich gleich: „Fritzi-Schatz, willst du mit auf den Dachboden gehen? Magst du nachgucken, ob sich dort inzwischen Tauben, Nager oder Fledermäuse angesiedelt und eingenistet haben?"

Eigentlich ist es unwichtig, hier zu erwähnen, dass eine so unintelligent formulierte Frage nach dem eventuell unberechtigten Aufenthalt von Kleinwild auf unserem Grundbesitz jedes kleine Raubtier wie mich bis aufs Blut reizt, dies umgehend vor Ort auf seinen Wahrheitsgehalt hin zu überprüfen.

„Flattermänner, Haus- und Flugmäuse? Bei uns auf dem Speicher?", miaute ich entsetzt und riss ungläubig meine Augenlider bis zum Anschlag auf. „Das kann ich mir nicht vorstellen! So rotzfrech und todesmutig kann doch niemand sein. Chefin, lass uns das umgehend checken und nachprüfen!"

Als meine Dosine daraufhin nach ihrem Schlüsselbund griff und sich bückte, um mich hochzuheben, miaute ich rasch: „Lass das. Laufen kann ich selbst! Treppensteigen ist gut gegen Ermüdungserscheinungen der Beckenbodenmuskulatur, wirkt Orangenhaut an den Schenkeln und Oberarmen entgegen und festigt die rückwärtigen Faszien."

Was immer das sein mag, war mir nicht ganz klar. Aber ich erinnere mich genau daran, dass unlängst in der Glotze, in einer Gesundheitssendung, eine streng blickende Frau im weißen Kittel dies gesagt hatte. Sicher wirst du mir zustimmen, wenn ich behaupte, dass regelmäßiges abendliches Fernsehen bildet, zum Nachdenken anregt und so der Verdummung entgegenwirkt. Aber leider schlafe ich schon oft ein, bevor es richtig interessant oder spannend wird. Daran muss ich zukünftig noch arbeiten.

Ich guckte meine Perle misstrauisch an. „Du willst doch nicht etwa auf den Speicher gehen, um meine Transportzelle zu holen?" Wie Lots Weib, in der Bibel zu einer Salzsäule erstarrt, blieb ich auf der ersten Treppenstufe stehen. „Soll ich etwa schon wieder geimpft werden? Ich war doch erst kurz vor unserem letzten Urlaub bei Frau Doktor Grobiana."

Meine Hausärztin beschäftigt die beiden Gehilfinnen Resoluta und Brutala. Diese Frauen könnten als Ringerinnen bei den Olympischen Spielen ihr Geld verdienen. Beide haben einen Griff wie Schraubzwingen. Aus ihren Händen gibt es kein Entrinnen, so sehr ich mich auch immer versuche zu winden. Wehren ist zwecklos.

„Nee, nee, Fritzi, kein Stress! Wir fahren nicht schon wieder weg. Ich will nur die Balkonstühle und den Sonnenschirm vom Speicher holen. Bei der Gelegenheit kann ich auch gleich noch die Auflagen und Kissen mit runter in die Wohnung nehmen, um sie zu waschen. Laut Kalender fängt nächste Woche der Frühling an."

Zusammen gingen wir auf den großen Dachboden, auf dem uns ein mit Latten abgeteiltes Kabuff gehört. Auch zu den anderen sieben Wohnungen unseres Hauses gehört je eine meist vollgestellte Kemenate.

‚Sollte ich die Chance haben, dann unterziehe ich heute jede dieser Räumlichkeiten einer genauen Investigation', dachte ich als jugendliche deutsche Reinkarnation von Miss Marple. ‚Wer weiß, wann sich wieder einmal eine Möglichkeit dazu bietet.' Ein weiterer Wahlspruch von mir lautet *Carpe diem*, nutze den Tag!

*

Nein, ich bin nicht wirklich neugierig, nur wissbegierig. Eine Voyeurin bin ich auch nicht, die durch das Schlüsselloch anderer Leute guckt, um deren schlüpfrige Geheimnisse zu ergründen. Das habe ich nicht nötig. Ich erfahre eh alles, nur nicht immer sofort, sondern manchmal zeitlich ein wenig verzögert. Gelegentlich dauert es eine Weile, bis sich Neuigkeiten zu mir herumsprechen, aber egal.

Seit meiner Kindheit bin ich wissensdurstig und wachsam. An mir ist eine Forscherin verloren gegangen oder zumindest eine Detektivin. Den Beruf einer Kriminalkommissarin finde ich spannend. Deshalb gucken meine Dosine und ich in der Glotze besonders gern Krimis, in denen Frauen ermitteln. Immer sind ihre Bemühungen von Erfolg gekrönt, denn sie fangen die Verbrecher in nur wenig länger als einer Stunde. Noch nie sah ich einen Film, der zu Ende ging, bevor die Kommissarinnen Ellen Lucas, Winnie Heller, Henriette Frey, Marie Brandt, Dr. Eva-Maria Prohacek, Anna Springer, Bella Block, Charlotte Lindholm und Lena Odenthal die Bösewichte verhafteten.

Ich finde, nur wenn man investigativ ein beliebiges Ding genau unter die Lupe nimmt und in seine interessanten Bestandteile auseinandergenommen hat, weiß man sicher, was es alles enthält. Bei dieser Gelegenheit erklären sich meist auch die Funktionen. „Versuch macht klug", sagte früher meine schlaue Mama immer zu uns Kindern und ermunterte uns, den Dingen auf den Grund zu gehen.

Nein, richtig kaputt mache ich eigentlich nichts. Schließlich hat meine Dosine genug Zeit und kann die Einzelteile anschließend wieder zusammensetzen oder mit Pattex-Alleskleber und Ponal-Holzleim kleben, sollte ihr Herz wie eine Klette an diesem bestimmten Stück hängen. Aber manchmal holt sie auch gleich den Besen und das Kehrblech aus dem Schrank. Dann schmeißt sie die Teile, nachdem ich sie zuvor sorgsam auseinandergefriemelt, in seine Einzelteile zerlegt und sie akribisch erforscht habe, einfach in den Müll.

Gelegentlich holt sie allerdings auch eine Tube mit Alleskleber. Dann setzt sie sich hin und stöhnt ein bisschen. Wahrscheinlich will sie Aufmerksamkeit erhaschen oder bei mir ein schlechtes Gewissen erzeugen. Dabei greift sie sich theatralisch an die Stirn, als würde ihr dort ein Horn wachsen. Vielleicht hat sie auch nur ein Kopf-Aua von den Lösungsmitteln, die dem Kleber entströmen.

Manchmal stößt sie auch böse Verwünschungen aus. Fakt ist, sie macht sich dann daran, die Einzelteile wie ein 3D-Puzzle wieder zusammenzufügen, von innen nach außen. Dabei gucke ich ihr dann zu, stoppe die Zeit, die sie nutzlos vergeudet und kommentiere, wie ungeschickt sie sich wieder anstellt.

„Besitz belastet", sagte ich schon öfters zu ihr. Dabei beginne ich immer laut und beruhigend zu schnurren, speziell, wenn sie beginnt, sich wieder künstlich aufzuregen. „Liebe Elke, glaube mir, es lebt sich leichter ohne all den unnötigen Ballast!" Manchmal schnauft sie dann wie unser elektrischer Wasserkessel, kurz bevor er sich von selbst ausschaltet. Bereits mehrmals nähte sie auch die von mir mühsam aufgetrennte lange Seitennaht unseres alten blauen Sessels wieder mit doppeltem Zwirn und winzigen Stichen zusammen. Zuvor steckte sie auch die Polsterwatte zurück in die von mir gegrabene Höhlung.

„Chefin, lass das doch bitte sein!", kommentiere ich jedes Mal ärgerlich ihr unnützes Tun. „Elke, es kostet mich wieder viele Stunden Lebenszeit, bis ich die Naht erneut aufgetrennt habe. Dosilla, ich vermute, dass sich auch in unserem Ohrensessel ein glitzerndes Teil befindet. So ein Brilli-Ring, ähnlich dem, den ich vor Jahren im Sessel von Andrea fand. Sollte ich noch einmal fündig werden, schenke ich dir das Teil zum Muttertag!"

Höchstwahrscheinlich ist dein Gedächtnis besser als das meiner Perle, die offensichtlich vergessen hat, dass ich als Schatzgräberin bereits einmal erfolgreich war. Das war vor einigen Jahren, als wir bei Martin und Andrea, meinen früheren Menschen, eingeladen waren. In meinem ersten Buch berichte ich über meine erfolgreiche Schatzsuche und den glitzernden Fund. Dort kannst du die wahre Geschichte nachlesen, solltest du sie noch nicht kennen oder sie vergessen haben.

*

Für mich ergibt sich nicht jeden Tag die Möglichkeit, auf den Speicher zu gehen und dort ein bisschen zu stöbern. Ich finde es höchst interessant und auch mächtig spannend, herauszufinden, was nicht nur mein liebster Mensch, sondern auch unsere Nachbarn so alles horten. Vermutlich heben sie hinter den Verschlägen, für einen

Zeitpunkt *irgendwann später* in ihrem Leben, Sachen auf, die sie derzeit nicht brauchen, die für die Mülltonne oder den Sperrmüll aber viel zu schade sind.

Sollten ihnen Jahre danach die inzwischen längst vergessenen Teile bei einer Suche nach etwas ganz anderem wieder in die Hände fallen, dann benötigen sie die *Schätze von früher* möglicherweise noch viel weniger als heutzutage.

Ich kann mir vorstellen, dass sich eines Tages ihre Erben naserümpfend über den verstaubten Plunder wundern werden, sie ungläubig ihren Kopf schütteln und die beauftragte Profi-Entrümpelungs-Crew gut zu tun hat. Sicher werden diese Personen nicht alles unbesehen in den großen Container werfen. Sie fischen den einen oder anderen Fund aus dem Krempel heraus und legen das gefundene Kuriosum, die kitschige Scheußlichkeit oder die hübsch-hässliche Antiquität für ihren Laden oder den Flohmarkt zur Seite.

*

Als Elke unser Kabuff aufschloss, sah ich mich rasch um und verschaffte mir einen Überblick. Auf der linken Seite standen außer zwei zusammengeklappten Tapeziertischen noch vier kleine Campingtische, allerlei Bretter und ein in seine Einzelteile zerlegter rollbarer Kleiderständer. Daneben befanden sich das staubdicht verpackte Oberteil einer Schneiderpuppe und ein Metallgestell mit den Umrissen eines Christbaums, das man auf den Tisch stellen kann. An dessen Stangen hängt mein liebster Mensch den Ohrschmuck, den sie gefertigt hat und verkaufen möchte. Außerdem lagern dort noch weitere Teile zum Hängen und Aufstellen, die Elke für ihre jeden Herbst wiederkehrende Schmuck-Vernissage als Ablagen benötigt und die sie mit den von ihr gefertigten *Must-haves* für die nächste Saison dekoriert. Außerdem stapeln sich links an der Seitenwand stabile Kartons mit den Aufschriften *Wandteller, Wanderstiefel, Sandalen, Ostern, Verpackungsmaterial, Papierwaren, Weihnachtsgirlande* und *Weihnachtsdeko*. Außerdem hängen dort während des Sommers, an einem Querbalken auf Kleiderbügeln und in Plastiksäcken mit Reißverschlüssen verpackt, ihre Wintermäntel und dicken Jacken.

Hier lagert auch meine mobile Reisezelle. Das ist ein Korb aus Weide mit einem großen Drahttürchen an der Vorderseite und einem herausnehmbaren Reiseklo. Als ich daneben den rosa Transportknast aus Kunststoff erblickte, der meinem verschollenen Lebensgefährten Rüdiger gehörte, wurde mir ganz wehmütig ums Herz. Rüdi war meine erste große Liebe, mein treuer Lebensabschnittsgefährte und der Vater meiner vier Kinder.

Klickerkopf, Murmelkopf, Leroy und Marlon sind seit geraumer Zeit erwachsen und zogen schon von daheim aus, um ihr eigenes Leben zu führen. Das war noch bevor Rüdiger krank wurde. Elke fuhr mehrmals mit meinem Schatz zu unserer Hausärztin, aber er wurde immer dünner und schwächer. Tragisch und irgendwie auch paradox finde ich, dass er *zuckerkrank* war, obwohl er nie in seinem ganzen Leben freiwillig etwas Süßes gegessen hatte. Da Rüdi sich kein Blut abnehmen ließ und sich auch beharrlich weigerte, seine Anti-Diabetes-Tabletten einzunehmen, wurde er stationär in

Frau Doktor Grobianas Tierklinik eingeliefert, aus der er nicht wieder zurück nach Hause kam.

Das war noch bevor mein liebster Mensch und ich von einem unserer Vorfahren eine Erbschaft machten und deshalb nach Amerika fliegen mussten.

*

Als ich jetzt die beiden mobilen Gefängniszellen sah, legte ich meine Ohren hinten am Kopf flach an und drückte mein Missfallen durch energisches Fauchen aus.

„Willst du mich etwa hereinlegen, du böse Dosilla?", rief ich mit Panik in der Stimme.

„Nein, Fritzilein, wir fahren leider nicht schon wieder in Urlaub!", erwiderte meine Dosine beschwichtigend. „Kein Stress! Wir sind doch erst Anfang März aus Florida zurückgekommen. Jetzt richten wir uns erst einmal unsere beiden Balkons für den Sommer her und machen es uns daheim schön gemütlich."

„Ich fühle mich nicht angesprochen", murmelte ich leise und zunehmend verdrossen. Dann schaute ich ihr fest in die Augen und sagte: „Elke, eigentlich bist du *mein* Personal. Ich hab nichts dagegen, wenn du dich gelegentlich zum Frühstücken auf unserem Küchenbalkon in die Sonne setzten möchtest. Meinetwegen stell dir dort einen Stuhl hin und auch noch einen zweiten für deine Füße. Ich vermute, der an unser Wohnzimmer grenzende andere Balkon fällt ja zum Chillen wieder aus, solltest du dort, wie in den vergangenen Sommern, auch in diesem Jahr deine Kakteensammlung und das andere unverdauliche Grünzeugs deponieren." Ich machte eine kleine Pause und fügte dann hinzu: „Schließlich bin *ich* jung, dynamisch, flexibel und anpassungsfähig. Im Kontrast zu *dir* brauche ich auch ganz wenig Platz, denn ich kann überall sitzen und fast überall liegen. Auch kann ich gaaaanz schnell wieder aufstehen und fix wegrennen, im Gegensatz zu dir!" Das war vielleicht nicht gerade extrem diplomatisch, entsprach aber zu einhundert Prozent der Wahrheit.

Mein liebster Mensch erwiderte nichts, sondern stöhnte nur laut auf, als sie sich langsam aus ihrer gebückten Haltung aufrichtete, nachdem sie die Plastikfolie von den im Winter hier im Kabuff geparkten Balkonsesseln abgestreift hatte. Gleich darauf griff sie mit einer Hand an ihre Stirn und murmelte etwas von Drehschwindel. Mit der anderen Hand griff sie an ihre Wirbelsäule und klagte: „Fritzi, ich hab's schon wieder im Rücken."

Darauf ging ich erst gar nicht ein, denn fast jeden Tag hat sie ein anderes Wanderzipperlein. „Elke, dann guck dir halt in der Glotze nicht immer die zahllosen Gesundheitssendungen bis zum Schluss an!", riet ich ihr. „Die bringen dich nur auf abstruse Ideen. Zuerst horchst du in dich hinein, und am nächsten Tag leidest du an denselben Symptomen, die am Abend zuvor von den Weißkitteln geschildert wurden." Da meine Dosine nichts erwiderte, miaute ich weiter: „Eines nicht allzu fernen Tages wirst du vielleicht trächtig, bekommst jungfräuliche Wehen und gebierst Drillinge. Oder du kriegst eine vergrößerte Prostata und kommst ins Guinnessbuch der Rekorde. Verlass dich darauf, was von selbst kommt, das vergeht auch von selber wieder!"

„Plapper doch nicht immer so viel!", sagt meine Dosine jetzt genervt zu mir. „Ich krieg noch Ohrensausen von deinem ständigen Miauen." Dabei hob sie ihre Hände, als wolle sie sich gleich ihre Ohren zuhalten.

„Du solltest froh sein, dass sich noch irgend jemand mit dir unterhält", kontere ich schnell. „Schließlich muss ich dich doch gelegentlich etwas fragen können oder dir etwas Wichtiges erzählen dürfen. Außerdem kannst du dich bei der großen Katzenfee bedanken, dass ich keine Siamesin bin, keine schielende Plärr-Trulla aus Thailand. Die schwätzen pausenlos in einer schrillen Tonlage, ganz ohne Punkt und Komma, den ganzen Tag und auch in der Nacht, so viel und so laut, dass du weder zum Schlafen noch zu Worte kommen würdest!"

*

Mein Gesagtes schien Elke beeindruckt zu haben. Offensichtlich hatte ich direkt ins Schwarze getroffen. Sie drehte sich nämlich schweigend um und beachtete mich nicht mehr. Kurz darauf holte sie eine Kollektion gelber Sitzkissen aus einer großen Plastiktüte und schüttelte sie auf. Anschließend wickelte sie einen pseudo-persischen, in Pakistan wahrscheinlich von flinken Kinderfingern geknüpften Läufer aus seiner Verpackung und untersuchte ihn akribisch auf eventuellen Mottenbefall. Hier im Kabuff hatte auch unser gestreifter Sonnenschirm überwintert, nebst einem ovalen Tisch aus weißgestrichenem Gusseisen. Auch die Drehstange zum manuellen Kurbeln der gelben Wohnzimmer-Markise stand in einer Ecke.

Mehrmals lief meine Dosine mit unseren Balkonsachen die Treppen hinunter und brachte sie in unsere Wohnung im ersten Stock.

Als sie die letzten Teile holte, klapperte sie demonstrativ mit dem Schlüsselbund und rief ganz außer Atem: „Fritzi, wenn du hier noch irgendwo bist und dich versteckst, dann komm jetzt gefälligst mit! Wir wollen nach unten gehen. Gleich fängt der Tatort-Krimi an. Den will ich angucken!"

*

Da ich das wichtige Wort *Bitte* nicht vernommen hatte, antwortete ich ihr nicht. Dies tat ich ausschließlich aus pädagogischen Gründen, nicht weil ich meine Dosine verärgern oder mich verstecken wollte. Das lag mir total fern. Ich verspürte nur noch keine Lust dazu, den gerade wieder neu entdeckten Abenteuerspielplatz, bestehend aus acht Kämmerchen und einem großen Trockenboden, auf dem zusätzlich noch allerlei interessantes Gerümpel stand, zu verlassen.

Früher, als ich noch klein war, sagte meine Mama eindringlich, als sie meine Geschwister und mich prägte und erzog: ‚Kinder, eines müsst ihr euch für euer späteres Leben merken: Anstand und Wohlerzogenheit werden euch immer die Türen öffnen und das Zusammenleben mit anderen Personen erleichtern. Beste Umgangsformen sind eine Art soziales Schmiermittel, das euch zudem nichts kostet. Ausreichend Zeit für gutes Benehmen und für Höflichkeit müsst ihr euch immer nehmen!'

Einmal zuvor hatte ich zufällig gehört, dass Elke zu einer ihrer Freundinnen am Telefon sagte, aus reinen Zeitgründen unterrichte sie im Schulungszentrum am Flughafen nach der sokratischen Methode (nach Sokrates), indem sie von ihr vermitteltes

Wissen, bereitgestellte Informationen und Problemlösungsstrategien abfragend fordere.

Mit mir kann meine Perle solche Mätzchen nicht machen. Ich bin nicht eine ihrer Auszubildenden und auch keine Praktikantin; ich bin ich, die Katze Fritzi Kullerkopf und Schluss!

*

Meine Dosine muss irgendwann einmal begreifen und sich auch merken, dass der Ton die Musik macht. Dauernd labert sie am Telefon mit ihrer Kollegin Gabi von angeblichen Ziel- und Zeitvorgaben hinsichtlich kontinuierlicher Verbesserungsprozesse im Passagierservice. Von denen habe ich in der Praxis noch nichts bemerkt.

„Worthülsen!", sage ich dazu immer. „Nichts als wattewolkenweiche, aufgeblasene leere Worthülsen."

Ich frage dich: was ist so schwer daran, regelmäßig *Bitte* und *Danke* zu sagen? Ich will nicht jammern, aber du kannst es mir getrost glauben, besonders leicht habe ich es nicht mit meiner Perle. Aber gutes Personal ist heutzutage knapp und nicht einfach zu rekrutieren; das ist ein Problem. Zu beneiden bin ich wirklich nicht, besonders, seit mein Lebensgefährte Rüdiger vermutlich in das Land hinter dem Regenbogen umsiedelte. Als Rüdi noch bei uns wohnte und wenn es nicht regnete, ließ mich meine Dosine des Nachts öfters nach draußen in die süße Freiheit. Wenn es dunkel wurde, ging ich dann in meinem Kiez auf Patrouille. Anschließend traf ich mich mit den anderen Schnurrbacken meines Reviers zum Austauschen von Gedanken und mehr. Bei diesen Gelegenheiten sorgte ich auch dafür, dass die Population der kleinen und großen Nager nicht überhand nahm und sie in meinem Viertel keine Chance hatten, sich explosionsartig zu vermehren.

Selektive Ausdünnung durch Eliminierung der Dummen, Naiven, Kranken und Schwachen, nannte das meine schlaue Mama, *damit sich nur die Starken und Intelligenten vermehren.*

Dein Mitgefühl und deine Empathie in allen Ehren, aber hast du schon einmal eine Maus mit Unterarmkrücken gesehen, oder Rattennachwuchs, der seine Urgroßmutter im Rollstuhl von Mülltonne zu Mülltonne schob?

Eine reelle Chance, heute auf unserem Speicher Kleinwild zu fangen, hatte ich noch nicht gehabt, denn meine Dosine trampelte so laut herum, als gehöre sie zu den Landstreitkräften und würde die Kavallerie anführen.

Bis es auf dem Dachboden wieder schön leise war und sich die Nager aus ihren Verstecken heraus trauten, kuschelte ich mich in einem kleinen Spankorb zusammen und begann meine Gedanken zu sortieren.

Erinnerungen an ein grünes Halsband oder High Noon

Unbeschwerte Freizeit, in Form von unbegleitetem mehrstündigem Ausgang bis zum Morgengrauen, wurde seit Rüdigers Verschwinden für mich ersatzlos gestrichen. Da konnte ich machen, was ich wollte. Goldene Berge versprach ich zwischenzeitlich meiner Dosine, damit sie mich ein bisschen unbeaufsichtigt weggehen lässt. Aber sie tut dann immer so, als ob sie mich nicht versteht, da ich angeblich auf *Suaheli* miaue, oder als ob sie spontan mit Taubheit geschlagen sei.

Stattdessen legte sie mir mehrmals mein grünes Lederhalsband um, das mit dem kleinen Stückchen Gummilitze dazwischen. Unlängst fand sie es in einer Schublade wieder. Das bewusste Teil hatte ich schon vor zwei Jahren getragen, als ich in einem Kinofilm mitspielte. An ihm befand sich außer einem Glöckchen und meinem Namensschild auch noch ein Ring für eine Leine. Nach mehreren, aber nur wenige Minuten dauernden *Ausflügen* in den hinter unserem Haus liegenden Garten befestigte sie letzte Woche ein abgeschnittenes Stück Wäscheleine aus unserer Waschküche an dem besagten Ring.

„Komm, Fritzi, lass uns einmal dein Fell und deine Lungenflügel lüften!", sagte sie lachend zu mir. „Wir gehen für ein paar Minuten in den Garten. Dort lass ich dich ein bisschen schnuppern. Vielleicht machst du auch ein Bächlein." Mir gefiel es eigentlich nicht, wie ein Hund ausgeführt zu werden. Auch rief sie sogleich mit dominanter Stimme: „Fritzi, nein!", als ich mich, unten angekommen, nach einem Ausweg aus dem Garten umsah. „Neeeein, meine Liebe! Du gehst jetzt nicht schon wieder strunzen! Ich hab wirklich nicht vor, so lange schlaflos zu warten, bis die Dame geruht, im Morgengrauen müde, hungrig und abgekämpft wieder nach Hause zu kommen."

„Das werden wir erst noch sehen!", widersprach ich leise. „Zu dem Thema ist das letzte Wort noch nicht gesprochen."

Eine Weile lief ich innen am Gartenzaun hin und her und hielt erfolglos Ausschau nach einer Möglichkeit, ihn ungesehen zu überwinden. Es fand sich nirgendwo ein Loch in der Umzäunung, durch das ich mich hätte zwängen können. Auch der Holzstapel war verschwunden, von dem ich früher in den Nachbargarten gesprungen war. Offensichtlich hatte der neue Hauswart gute Arbeit geleistet, denn unser Garten war jetzt so ausbruchsicher verdrahtet wie der Innenhof einer *Correctional Facility* (Strafanstalt) in den Vereinigten Staaten. Vielleicht würde meine Dosine hier demnächst eine Filiale von Guantánamo errichten. Zuzutrauen wäre es ihr.

*

Nachdem ich mich um ein Haar mit Hilfe des Halsband-Foltergerätes stranguliert hatte, stellte meine Dosilla das unwürdige und gefährliche Vorhaben mit der Leine ersatzlos wieder ein.

Der großen Katzenfee sei Dank, dass sich Elke noch im Garten und nicht schon in der Waschküche oder im Treppenhaus befand. Gerade noch rechtzeitig sah und hörte sie, dass ich mich versehentlich fast selbst erhängte.

Fast eine Woche lang ging mir anschließend der Soundtrack des Western *Spiel mir das Lied vom Tod* von Sergio Leone nicht aus dem Kopf. Ganz so dramatisch war es bei mir nicht gewesen, denn es liefen keine Kameras, keine Töne wurden aufgenommen und auch keine Mundharmonika erklang.

Ich war am Stamm der großen Linde bis zum ersten großen Ast hinaufgeklettert. Von dort wollte ich mir einen besseren Überblick über die sich bietenden Fluchtwege verschaffen.

„Fritzi, du bist doch nicht Reinhold Messner!", rief mein liebster Mensch belustigt. „Komm sofort wieder zurück auf den Boden, sonst muss ich die Feuerwehr holen." Leise fügte sie noch hinzu: „Und das wird richtig teuer!"

‚Schon wieder hat sie vergessen *Bitte* zu sagen', schoss es mir durch den Kopf. Ich achte halt auf solch wichtige Versäumnisse.

Als mich die Wäscheleine am weiteren Hinaufklettern hinderte, denn sie war an einem dünneren geknickten Ast hängen geblieben, wollte ich zurück auf den Boden. Statt am Stamm mühsam wieder hinunterzuklettern, was mir äußerst beschwerlich und nur rückwärts kletternd möglich gewesen wäre, fixierte ich einen Landeplatz unter mir. Dann stieß ich mich mit den Füßen kräftig vom Stamm ab und ließ mich fallen. Da sich die Wäscheleine aber nicht von dem Ast losriss, sondern weiterhin daran festhing, kam ich beim Landen nicht gleichzeitig auf allen vier Pfoten auf. Es ruckte und zog ganz furchtbar hinten an meinem Nacken und vorn am Hals drückte es ganz doll, sodass ich kaum Luft bekam. Nur mit allergrößter Mühe konnte ich auf den Zehenspitzen meiner Hinterfüße stehen. Unfreiwillig machte ich Männchen und ruderte mit den Armen hilflos in der Luft herum. In Todesangst schrie ich gellend laut um Hilfe. Sicher konnte man es bis zum Südbahnhof hin hören.

„Oh, mein Gott! Fritzi, was machst du denn jetzt schon wieder?!", rief meine Dosine. Überraschend flott sprang sie her zu mir. Urplötzlich hatte sie auch einen knallroten Kopf vor Aufregung und begann aus jeder Pore zu schwitzen.

„Das könnte ich dich auch fragen!", erwiderte ich ungehalten, nachdem sie mich vom Boden hochgerissen hatte. Mit einer Hand presste sie mich an ihre üppige Milchleiste, und mit der anderen nestelte sie mir zitternd an dem Halsband herum, bis sie endlich die Schnalle aufhatte. Abwechselnd streichelte und massierte sie dann meinen Kehlkopf und meinen Hals.

„Willst du mich jetzt nachträglich auch noch erdrosseln oder erwürgen?", rief ich empört aus, stieß ihre Hand weg und versuchte mich freizustrampeln. „Lass mich los! Wenn du so fest drückst, brichst du mir das Zungenbein! Eine Verletzung der Halswirbelsäule habe ich mir bereits unfreiwillig zugezogen. Für die kommenden Tage brauche ich jetzt eine weich gepolsterte Halsmanschette, einen Kragen der Schande, damit mein Kopf nicht abknickt und abbricht!"

Als Elke meine wichtigen Worte ignorierte und mich weiterhin wie ein Streichel-Roboter tätschelte, biss ich in die Luft neben ihrer Hand und fuhr meine Krallen ein wenig aus, um sie abzuwehren.

„Fritzi, man kann dich nicht einen Augenblick unbeaufsichtigt lassen!", rief meine Perle und überzog mein Gesicht mit klebrigen Küssen.

„Das könnte ich auch von dir sagen!", erwiderte ich. Leise fügte ich dann noch hinzu: „Du solltest der großen Katzenfee dankbar sein, dass ich nicht just gerade eben alle meine sieben Leben nacheinander ausgehaucht habe."

Sind Trüffel aus dem Périgord vegan oder tierischen Ursprungs?

Ich weiß nicht, ob du es mitgekriegt hast, aber im letzten Winter machten mein liebster Mensch und ich eine Erbschaft. Dazu mussten wir nach Nashville in Tennessee reisen, einen Ort, der ungefähr in der Mitte der USA liegt. Viele Wochen ließ man uns auf die Auszahlung unseres Vermögens warten. Anstatt gleich wieder mit dem nächsten Flugzeug retour nach Frankfurt zu fliegen, vertrieben wir uns die Wartezeit in den Vereinigten Staaten, indem wir im Land der unbegrenzten Möglichkeiten hin und her reisten. Nicht nur, dass wir jede Menge Sehenswürdigkeiten besichtigten und viele Attraktionen bestaunten, wir überlebten auch einen Schwelbrand auf dem Flug nach Kona, einer Stadt auf Big Island (Hawaii).

Dort war ich das erste Mal nach Rüdigers Verschwinden wieder einmal richtig glücklich und ausgelassen. Aber leider nur ganz kurz. Sein Name war Kenoah. Der charmante weiße Kater strahlte mich an wie ein AKW (Atomkraftwerk). Aber er war auch ein Mega-Flop, mein persönliches Fukushima, mein Waterloo, ein Giga-Gau, wenn du weißt, was ich meine. Die kurze Zeit mit ihm war für mich eine romantische Tragödie. Alles, was ich von meinem Ex noch habe, ist hoher Blutdruck, wenn ich an ihn denke.

Auf dieser Reise traf ich viele andere liebenswerte Personen, die ich gern erneut besuchen würde, wenn ich die Gelegenheit dazu hätte. Aber Hope, die mich mit „I hate you, bitch *(Ich hasse dich, du Schlampe)*!", angeschrien hatte und ihr untreuer Partner Kenoah, die gehören nicht dazu.

Allerdings machte ich in den Staaten auch Erfahrungen, die man nicht als lukullische Entdeckungen, sondern als *versuchte Körperverletzungen* bezeichnen konnte. Ich sage dazu nur *veganes* Katzen- und Hundefutter mit Geflügel-, Wild-, Rind- und Fisch-Geschmack. Wer seinen Schnurrbacken so einen furchtbaren Mist vorsetzt, sollte auf Lebenszeit ein Haltungsverbot für Caniden (Hunde) und Felidae (Katzen) kriegen. Es muss ja nicht immer Barf (Rohfleisch) sein, aber tierisches Eiweiß in angemessener Portion und Güte muss unsere Nahrung enthalten, damit wir nicht krank werden.

Unser Aufenthalt in Amiland war für mich eine Reise mit meinem liebsten Menschen; wir zwei ganz allein, ohne meinen verschollenen Rüdiger. Mit dem war ich zuvor schon an der Nordsee gewesen, an der Ostsee und am Mittelmeer. Ja, Urlaub ist schön, wenn man erst einmal seine innere Lahmarschigkeit überwindet, die aufregende Fahrt hinter sich hat und man endlich an seinem Ferienziel angekommen ist.

Eigentlich bin ich eher standorttreu, aber ich liebe es auch, nachts allein meine neue Umgebung zu erkunden, tagsüber dort in der Sonne zu chillen, die lokalen eiweißreichen Speisen zu kosten, mit den Ortsansässigen zu fraternisieren und mir von ihnen ihre Lebensgeschichten erzählen zu lassen.

*

Unlängst schlug ich meiner Dosine vor, in unserem nächsten Urlaub nach Frankreich in das Land der Feinschmecker und Genießer zu fahren. Am Abend zuvor sah ich einen Bericht auf Phoenix, in dem gezeigt wurde, dass im Périgord jeden Herbst dressierte Säue und Eber die Böden der Eichenwälder nach Trüffeln absuchen. Das ist sicher eine sehr interessante und unterhaltsame Tätigkeit. Ich könnte den Borstentieren behilflich sein, denn riechen kann ich mindestens ebenso gut wie sie. Ich stelle mir vor, dass mein liebster Mensch und ich nach erfolgreicher Suche hungrig und ein bisschen fröstelnd in einer urigen Auberge (französisch: Herberge) einkehren werden. Dort lässt sich mein liebster Mensch in dem angegliederten Gourmettempel auf ihre gebutterten Nudeln die am Nachmittag von mir gefundenen edlen Trüffel hobeln.

Ich frage mich schon die ganze Zeit, ob ein Pilz eigentlich ein Gemüse oder ein Tier ist? Eigentlich kann er kein Gemüse sein, denn er enthält kein Blattgrün. Stattdessen vermehren sich Pilze durch Sporen, was auf ein tierisches Lebewesen hindeutet und sie für meinen Gaumen interessant macht. Das muss ich gelegentlich einmal bei den schlauen Googles nachlesen, oder noch besser selbst ausprobieren.

Bei den Schweinen im Périgord unterscheidet man verschiedene Sorten: Die erste interessiert sich für alles Essbare, aber nicht für die edlen Pilze. Die zweite Sorte will die von ihr erschnüffelten Trüffel nicht dem Bauern abgeben, sondern verputzt sie lieber *ratzfatz* gleich selbst am Fundort, und die dritte Sorte ist dem Bauern die liebste, denn sie zeigt ihrem Besitzer an, unter welchem Baum die schmackhaften Knollen wachsen und ist dann so deppert, sich mit einer Kartoffel als Tauschobjekt abspeisen zu lassen.

Egal, um ganz auf Nummer sicher zu gehen, labe ich mich, wenn ich Elke dazu überreden kann, mit mir ins Périgord zu fahren, anstatt an nicht veganen Pilzen an ausgesucht leckeren Teilen der olfaktorisch (nasentechnisch) nicht so erfolgreichen Schweine.

Ich vermute, dass diejenigen Säue, die sich für die Trüffelsuche als ungeeignet erweisen, zu leckeren Koteletts, Rippchen und Schinken modifiziert werden.

Das kurze Leben des Schmutz-Teufels

Ups, offensichtlich war ich während meines Dachboden-Arrests kurz eingenickt und hatte im Schlaf geträumt. Zum Dachfenster schien jetzt der Vollmond herein. Irritiert rieb ich mir die Augen und knipste meinen Restlichtverstärker an. Erstaunt guckte ich mich dann um, was in unserem Kabuff noch so alles an Interessantem gelandet war und hier von meinem liebsten Menschen zwischengelagert wurde.

Jetzt fand ich ihn wieder, meinen mobilen ungehorsamen Lieblingsfeind mit Namen *Schmutz-Teufel*, einen Saugroboter mit Hepa-Filter. Richtig vermisst hatte ich ihn nicht wirklich. Er war nur eine unbedeutende und zeitlich begrenzte Episode in meinem Leben gewesen. Mit ihm ging es mir wie mit manchen Personen. Es hat schon gute Gründe, wenn sie es aus meiner Vergangenheit nicht in meine Gegenwart schaffen. Und in meiner Zukunft ist bestimmt kein Platz für sie. Ich versuche nämlich, keine alten Fehler zu wiederholen. Wenn überhaupt, dann mache ich neue.

Ideal und hilfreich mag so ein Saugroboter sein, wenn eine Person im Haushalt ein Pollenallergiker ist, der Asthma bekommt, wenn er Blüten- und Gräserpollen einatmet. Gegen Pollen ist bei uns daheim keiner allergisch, auch nicht gegen Hausstaub. Unsere Kakteen blühen allenfalls im Hochsommer und dann draußen auf dem Wohnzimmer-Balkon. Blühende Gräser gibt es auch nur in unserem Garten, wenn der Hausmeister es verbummelt hat, rechtzeitig den Rasen zu mähen.

Irgendwann störten meine Dosilla (und nur sie) die zahlreichen, überall herumliegenden Härchen von mir so sehr, dass sie in einer Kurzschlusshandlung für viel Geld im Media-Markt das runde, fünfundsiebzig Watt starke Teufelsteil erstand.

Ich kann nichts dafür, dass mir tagtäglich viele Haare ausgehen. Sie verschönern und veredeln Elkes meist schwarze Anziehsachen und ihre dunkelblaue Uniform. Wenn mir meine abgestoßenen Haare nicht von selbst ausfallen, juckt es mich an den unterschiedlichsten Stellen meines Leibes ganz dolle. Dann muss ich selbst zur Tat schreiten und mich um Abhilfe bemühen. Ich kratze und schubbere mich dann so kräftig und ausdauernd, damit sie ausgehen und nicht die Poren meiner Haut verstopfen, in denen bereits die neu nachwachsenden Haare meines Pelzes auf der Lauer nach freiem Platz, Luft und Sonnenschein liegen.

„Fritzi, hast du dir etwa beim letzten Streunen einen Floh eingefangen?", ruft Elke dann jedes Mal entsetzt aus, wenn ich mich exzessiv und ausdauernd mit meinen Spikes kratze. Dann schnappt sie mich, legt mich auf ihrem Schoß auf den Rücken und untersucht akribisch, aber bisher erfolglos, jeden Quadratzentimeter meines Körpers. Bei dieser Gelegenheit guckt sie mir auch neugierig und indiskret in alle Köperöffnungen, was für mich äußerst erniedrigend und sehr beschämend ist. Nichts nutzt es mir, wenn ich dann den Artikel 1 des deutschen Grundgesetzes zitiere und laut rufe: „Die Würde der Frauen ist unantastbar!"

„Fritzi, da hast du aber wieder richtig Glück, dass ich keinen Parasiten entdeckt habe!", sagt meine Dosilla irgendwann zufrieden und lässt mich aus ihrer Umklammerung los.

„Kümmer du dich lieber um du dich!", rief ich einmal entsetzt in Frankfurter Slang aus, als sie es mit der Sucherei übertrieb. Zur Abschreckung biss ich auch mehrfach neben ihrer Hand in die Luft. „Wer von uns beiden kratzt sich denn immer, wenn es im Krimi spannend wird? Du oder ich?"

Sicher hast du es erraten, denn *ich* bin es gewiss nicht. Wenn im Film der Gärtner mit dem Hackebeil auf dem Bildschirm erscheint, mache ich ganz schnell die Augen zu und meditiere. *Ich* kratze mich nur, wenn es mich *wirklich* juckt und nicht, wenn ich aufgeregt bin.

*

Bevor ich meinen Pelz groome (wasche, lege und pflege), schüttele ich mich ausgiebig, damit die lockeren Haare aus meinem Fell herausfallen. Dann kannst du die einzelnen, bis zu drei Zentimeter langen seidenweichen Härchen meiner Grannen- oder Deckhaare und die kürzeren meines Unterfells sekundenlang in der Luft schweben sehen, bis sie in Zeitlupe und aller Seelenruhe zu Boden sinken und dort, von mir unbeachtet, liegenbleiben. Wenn ich die lockeren Haare nicht regelmäßig selbst entferne oder meine Perle beauftrage, sie mit Hilfe einer Bürste oder eines Kammes auszukämmen, besteht die Gefahr, dass mein Pelz verfilzt und sich meine Haare verknoten. Unter den sich dann sicher rasch bildenden Filzmatten würde sich ein ideales Klima für sechsbeinige Untermieter, Pilze und allerlei Hautkrankheiten bilden.

Leider muss ich sagen, meine Dosine ist selbst schuld daran, dass sich in den Ecken unserer Wohnung, unter den Schränken und Sofas meine ausgefallenen Haare zu Büscheln, den sogenannten Wollmäusen, ansammeln. Ich würde daheim viel weniger Haare verlieren, wenn sie mich regelmäßig draußen auf Streife gehen ließe. Dann käme ich auch nur zum Schlafen, Schmusen, Glotze-Gucken und Essen nach Hause. Aber das will sie nicht. Ich vermute, dass sie an Verlustangst leidet. Nach Rüdigers mysteriösem Verschwinden befürchtet meine Perle nämlich völlig grundlos, dass ich ihr eines Tages beim Gassi-Gehen auch abhanden komme. Dann würde sie mutterseelenallein, ganz einsam übrig bleiben.

Außerdem tut Elke immer so, als gäbe es bei ihr keinen Haarwechsel. Wenn sie sich aber die Mühe machen würde, ihre Brille zu putzen und sich anschließend in unserem Hygienezentrum einmal zu bücken, dann würde sie auf den Kacheln am Boden viele ihrer roten Zeppeln (das sind die mit den friedhofsblonden Wurzeln) liegen sehen. Sie haben klaglos Platz gemacht für neue Haare, die auch bei ihr regelmäßig, aber seit geraumer Zeit in der falschen Farbe nachwachsen.

*

In einem Technikmarkt hatte meine Perle also den runden Schmutz-Teufel erstanden, der anfangs arbeitseifrig mit über einer Stunde Betriebsdauer und mit Höllenlärm (zumindest für meine Ohren) zwar nicht sauber machte, aber überall in unserer Wohnung herumwuselte und Staub aufwirbelte, anstatt ihn einzusammeln. Meine kleinen und zum Teil abgeschmusten Spielmäuse saugte das dumme Ding eifrig auf und vertilgte sie. Außerdem verschluckte es jede Menge von Elkes Perlen, die ihr beim nächtlichen Kettenmachen auf den Boden gefallen waren oder die ich von unserem großen Tisch im Arbeitszimmer in Richtung der verschiedenen Fußleisten geschmettert hatte. Immer öfter würgte der Staubroboter auch dabei. Zuerst begann er vereinzelt, dann aber ständig zu husten, und irgendwann drohte er zu ersticken. Elke schickte ihn zurück an die Herstellerfirma, in der man ihn aber nicht wieder gesund reparierte. Zwei

Monate später kam er, weiterhin schwer lungenkrank, zurück zu uns. Anschließend keuchte er nur noch gelegentlich durch unsere Wohnung. Elke schonte seine angegriffene Gesundheit, in der Hoffnung auf allmähliche Genesung oder eine Spontangesundung. Leider vergeblich. Seinen letzten Schnaufer keuchte der Schmutz-Teufel drei Wochen nach Ablauf seiner Garantiezeit. Er hauchte sein junges Leben aus und verschied nach einem finalen qualvollen Röcheln, das mir fast das Blut in den Adern agglutinieren (klumpen) ließ. Mitten im Arbeitszimmer blieb er plötzlich stehen, obwohl meine Dosine seine Batterien zuvor an der Steckdose frisch aufgeladen hatte.

Schön ordentlich in seinem Originalkarton zur letzten Ruhe gebettet und wie eine Mumie mit Klebestreifen staubsicher verpackt, sah ich ihn jetzt wieder, hier in unserem Kabuff auf dem Speicher.

*

Um mir den Schmutz-Teufel schmackhaft zu machen, hatte Elke am Tag seiner Anschaffung einen geräumigen Brotkorb auf sein Flachdach gestellt, ein gelbes Sofakissen hineingelegt und mich mittig daraufgesetzt.

„Fritzi, jetzt residierst du als Prinzessin auf der Erbse auf deinem eigenen Teufel und kannst dich wie eine Pilotin von deinem neuen Cockpit aus nützlich machen. Du musst dem Sauger nur sagen, in welche Richtung er fahren soll, damit er dort sauber macht. Den Teufel habe ich extra für dich gekauft. Bitte vertragt euch miteinander. Er ist dein neues Spielzeug!"

„Das ist der falsche Teufel!", erwiderte ich rasch, nachdem Elke ihn ausgepackt und auf den Boden gestellt hatte. „Ich wünsche mir einen kleinen *Tasmanischen* Teufel, den ich erziehen und an Kindesstatt annehmen kann!"

Dummerweise vergaß ich das meiner Dosine explizit zu erklären, als wir uns unlängst zusammen in 3Sat eine Dokumentation über die australische Insel Tasmanien und deren Tierwelt ansahen. Dort zeigte man uns, wie freiwillige Helfer in einer Aufzuchtstation kleinen putzmunteren Teufelchen alle zwei Stunden mit einer winzigen Nuckelflasche etwas Katzenmilch zu trinken gaben und ihnen anschließend ihre prallen Bäuche rieben, damit sie Pipi machten. Die Menschen hätschelten und päppelten die kleinen Teufel, da ihre Mutter ein Opfer des Straßenverkehrs geworden war. Leider interpretierte Elke meine Gedanken und Wünsche falsch und besorgte im Media-Markt einen motorbetriebenen Teufel anstatt eines lebendigen aus Australien.

*

„Würdest du bitte versuchen, ihn rasch umzutauschen?", fragte ich sie, aber vergebens. Meine Erziehungsversuche mit dem neuen Familienmitglied waren unbefriedigend. Sie klappten nicht allzu gut, denn der Schmutz-Teufel hatte seinen eigenen Willen oder ein Problem mit den Ohren. Sicher waren sie voller Dreck. Immer wieder übte ich mit ihm, aber er war schwer erziehbar und bockig, genauso wie ein Teenager in der Pubertät. Wenn ich ihm in der Mitte des Wohnzimmers befahl: „Biege jetzt in einem Winkel von neunzig Grad ab und fahre nach Südwesten", dann raffte er es nicht, sondern rollte stur geradeaus weiter bis kurz vor die Wand. Dort bog er abwechselnd links oder rechts ab und gondelte genau in die Richtung, aus der wir gerade ge-

kommen waren, wieder zurück. Auch als ich ihm befahl: „Parke jetzt sofort rückwärts ein und stelle deinen Motor ab!", ignorierte er meinen Befehl. Mit anderen Worten, er war ungehorsam wie ein Dackel. Und unnütz wie ein Dachshund war er außerdem!

Das unrühmliche Ende des Dampfreinigers

Jetzt fand ich auch den Dampfreiniger wieder. Er stand direkt neben dem Schmutz-Teufel, den meine Dosine etwa zur gleichen Zeit bei Penny erstanden hatte. Auch dieses Teil war ein Fehlkauf gewesen. Eine französische Arbeitskollegin mit Namen Ghislaine hatte ihr zuvor begeistert berichtet, dass es ihr gelungen war, mit einem baugleichen Gerät die Kotze-Flecken ihres Enkels restlos aus ihrem mit Cord bezogenen Sofa zu entfernen. Sie schwärmte auch davon, die Hochglanz-Fliesen in ihrem Hygienezentrum ohne zusätzliche Chemie streifenfrei zu reinigen und das Waschbecken und die Toilette in Turbo-Schnelle fleckenlos sauber zu bekommen.

„Super!", sagte meine Dosine am Telefon. „Danke, liebe Schissläng (sie verballhornte leicht den Namen), dass du mich auf das Sonderangebot aufmerksam gemacht hast. So ein Teil brauche ich wirklich, damit auch ich endlich die Verfärbungen aus meinen Teppichen rauskriege, die Mottennester ausräuchere und Fritzis Klos desinfizieren kann! Morgen früh hole ich mir so einen Dampfreiniger und am Wochenende, wenn ich frei habe, wende ich ihn gleich überall in der Wohnung an!"

Offensichtlich war die dem Gerät beiliegende japanische Gebrauchsanweisung zuerst ins Koreanische gedolmetscht und dann von einem moldawischen Übersetzungscomputer in andere Sprachen übersetzt worden.

Bereits an ihrer Körperhaltung konnte ich erkennen, dass meine Dosine nichts raffte und heillos überfordert war. Nachdem sie die deutsche Anleitung gelesen und nicht begriffen hatte, las sie die englische Gebrauchsanweisung *How to use* laut vor und dann die spanische *Instalación y vista general*. Anschließend kratzte sie sich ratlos am Kopf. Hektisch begann sie dann in unserem Vorratsschrank nach einer Großpackung bitterer Schokolade zu suchen, die von ihr nicht als unnütze und ungesunde Süßigkeit, sondern als *therapeutisch indizierte Nervennahrung* deklariert wird. Ich denke dann immer: ‚Jetzt füllt sie ihre innere Leere erneut mit adipös machenden Kalorien.'

*

Vor Inbetriebnahme des Dampfreinigers wies ich Elke lautstark darauf hin, dass aus dem Rohr demnächst höchstwahrscheinlich keine weißen Wolken in Form von kühlen November-Nebelschwaden aufsteigen würden, sondern extrem heißer Dampf, mit dem man in einem Motor ein Schwungrad zum Drehen bringen könnte. Aber wie so oft ignorierte meine Dosine meine Warnungen und Prophezeiungen.

„Wer nicht hören will, muss fühlen", hatte meine schlaue Mama früher immer zu uns Kindern gesagt, und wie alle Mütter war auch unsere allwissend und hatte Recht.

Genau *so* war es jetzt auch bei uns daheim. Nach einem kurzen Test, auf der Innenseite ihres Unterarms, ließ Elke das zu dem Gerät gehörende verchromte Rohr zu Boden fallen. Gleichzeitig schrie sie laut gellend vor Schmerz auf. Anschließend kühlte sie mehrere Minuten lang ihre verbrühte Haut unter dem laufenden Kaltwasserstrahl des Spülbeckens.

Aus dem anschließenden Telefonat mit Ghislaine verstand ich, dass ihrer Kollegin am selben Morgen bei der gründlichen Reinigung der Fliesen und der Silikonfugen in ihrem Badezimmer zwei der Kacheln von der intensiven Hitze des Dampfstrahls geplatzt waren. Als sie anschließend ungläubig mit einem Putzlappen an den Rissen herum rieb, fielen die Fliesen mit Getöse als Puzzle von der Wand in die Wanne. Bei der Gelegenheit platzte ein daumennagelgroßes Stück Emaille ab.

Das erklärt vielleicht, warum meine Klos noch immer nicht mit Dampf desinfiziert wurden, sondern mein Personal sie nur ab und zu mit lauwarmem Wasser und einem Spritzer Shampoo ausspült.

Fritzi wird Zeugin bei einem Überfall in einer Bank

Als ich den Karton mit den Aktenordnern sah, in dem Elke ihre Bankauszüge der vergangenen Jahre hortet und hier auf dem Speicher zwischenlagert, fiel mir eine wahre Geschichte wieder ein, die im vergangenen Sommer passiert ist.

Habe ich dir eigentlich schon davon erzählt, dass meine Dosine und ich bei einem Raubüberfall zugegen waren? Ich glaube nicht.

Es war an einem Samstag gegen Mittag, als mein liebster Mensch ihre Einkaufstasche nahm und lachend fragte: „Fritzi, kann ich dich mal für eine halbe Stunde unbesorgt allein lassen, ohne dass du die Funktionen des Telefons neu programmierst, den Wecker verstellst und die Waschmaschine mit meinen Uniformen aus synthetischen Fasern zum Kochen bringst?" Meine Antwort wartete sie erst gar nicht ab, sondern fuhr fort: „Ich will nur mal schnell am Lokalbahnhof ins Aldi gehen und ein paar Lebensmittel einkaufen."

„Nimmst du mich bitte mit?", fragte ich einschmeichelnd und klimperte dabei mit meinen Wimpern. Laut schnurrend strich ich immerzu um ihre Beine herum. So fest ich konnte, drückte ich mich an sie und stellte mich mit meinen Pfötchen auf ihre Schuhe, um sie am Weggehen zu hindern.

„Chefin, wenn du mich jetzt nicht mit nach draußen nimmst, dann komm ich heut den ganzen Tag wieder nicht vor die Tür!", miaute ich kläglich.

„Okay, Fritzi, willst du mitkommen?"

„Hast du mir denn nicht zugehört?", fragte ich entrüstet und stampfte mit dem Fuß auf.

„Auch gut. Wie die Dame es möchte", sagte meine Perle ungeduldig. „Dann spring halt rasch in deinen Känguru-Beutel." Sie hielt mir das Säckchen zum Einsteigen hin und hing ihn sich anschließend über die Schulter. „Fritzi, fang bitte heut keine Diskussionen an, sollten wir unterwegs einem Hund begegnen, der dir nicht zusagt!"

„Das mach ich doch nie", behauptete ich glatt, wohl wissend, dass das nicht hundertprozentig der Wahrheit entspricht. Kleine Ungenauigkeiten gehören zum Leben. Sie sind das Salz in der Suppe, denn alles ist nur eine Sache der Perspektive.

*

Als wir an die Kreuzung Textorstraße, Ecke Darmstädter Landstraße kamen, überquerten wir bei der Ampel die Straße. Elke wollte in der Filiale der Deutschen Bank, bei der sie ihre Kontoführung hat, zuerst noch Geld zum Einkaufen abheben. Mehrere Leute befanden sich bereits im Vorraum. Der Schalterbereich auf der rechten Seite war mit einer Glastür und faltbaren Glaswänden versperrt. Es war Samstag, genau zwölf Uhr mittags, *High Noon*.

Bevor sich meine Dosine aus einem der beiden Geldausgabeautomaten vor Kopf des Raumes bediente, druckte sie an einem links an der Seitenwand stehenden anderen Gerät ihre Kontoauszüge aus. Etwas schien nicht zu stimmen, denn Elke überlegte krampfhaft, warum eine ihr nicht namentlich bekannte Person einen Betrag von ihrem Konto eingezogen hatte. Dies nahm ihre Aufmerksamkeit so in Anspruch, dass sie neben dem Auszugsdrucker zur Seite trat und dort stehen blieb. Sie starrte weiter gebannt auf das Papier, anstatt zu einem der beiden Geldausgabeterminals zu gehen, die inzwischen frei geworden waren.

Später stellte sich dann heraus, dass es sich bei der Kontoabbuchung um den Rechnungsbetrag des Schornsteinfegers handelte, dessen Namen ihr nicht geläufig war.

In der Zwischenzeit verließen mehrere Kunden den Vorraum der Bank und neue kamen hinzu. Elke und ich wurden erst aufmerksam, als die Frau, die jetzt an dem rechten Geldausgabegerät stand, laut rief: „Drängeln Sie sich doch nicht vor! Warten Sie gefälligst, bis ich fertig bin!" Gefolgt von: „Lassen Sie mich in Ruhe! Jetzt bin ich an dem Gerät!"

Zwei junge Männer mit südländischem Aussehen, bräunlicher Haut und kurzgeschnittenen schwarzbraunen Haaren schoben die Frau einfach zur Seite. Dann hielt einer von ihnen einen DIN-A4 Schnellhefter aus Pappe vor das Tastenfeld des Terminals, bevor sich der andere kurz an dem Gerät zu schaffen machte. Dabei verdeckte er mit seinem Rücken die Sicht auf den Geldautomaten.

Die Frau drehte sich jetzt zu den anderen Leuten in dem Vorraum um und sagte laut: „Bitte helfen Sie mir doch! Die beiden Männer überfallen und berauben mich gerade!"

Rasch trat meine Dosine zur Seite, versperrte die beiden nebeneinander liegenden Türen zur Straße und hielt die Türgriffe mit ihren Händen fest. Ein gut angezogener Mann mittleren Alters drängte sich mit einem halbwüchsigen und einem kleineren Jungen in die Ecke neben dem Kontoauszugsdrucker. Sonst tat er nichts, sondern beobachtete nur mit weit aufgerissenen Augen stumm die Vorgänge.

Zwei weitere Frauen im besten Alter standen in der Mitte des Raumes und glotzten tatenlos von einem zum anderen.

„Helfen Sie uns doch bitte! Rufen Sie rasch die Polizei an!", bat Elke mehrfach laut. Als nichts passierte, sprach sie den Mann direkt an: „Hallo, Sie! Hören Sie mich nicht? Hallo! Ich spreche mit Ihnen!" Dann schaute sie zwischen dem Mann und den beiden Frauen hin und her. Nichts Sichtbares passierte. Gar nichts. Es war mucksmäuschenstill.

Dann drehten sich die beiden Diebe um und gingen mit großen Schritten zu den Türen, die Elke zuhielt und mit ihrem und meinem Körper blockierte. Als einer der Männer mit der Hand ausholte, um Elke an den Kopf zu schlagen, duckte ich mich in meinem Beutel. Meine Dosine trat zur Seite und gab die Türen frei.

Zügig, aber ohne zu rennen, verließen die beiden Männer die Bank und gingen quer über die Kreuzung. An der Straßenbahnhaltestelle in der Textorstraße mischten sie sich unter die Ein- und Aussteiger der gerade haltenden Linie 16.

*

Ärgerlich fragte Elke die drei Erwachsenen, die immer noch wie die Ölgötzen dastanden: „Warum haben Sie uns denn nicht geholfen? Das hätte Ihnen doch auch passieren können!"

Unisono antworteten sie: „Ei, was ist denn übberhaupt passiiiert? Isch habb gar nix gsehe un aach nix gerafft!"

Sowohl der Mann als auch die beiden Frauen fragten aber gleich neugierig die Bestohlene: „Ei, wie viel Geld hat man Ihne dann gestoohle?"

„Das weiß ich nicht", weinte diese. „Ich habe gerade Mittagspause und wollte mir nur schnell fürs Wochenende einen *Hunni* von meinem Konto holen. Da drüben arbeite ich." Sie zeigte zu einem Haus auf der anderen Straßenseite. „Außer meiner Bankkarte und dem Schlüssel fürs Büro hab ich gar nichts mitgenommen." Beides hielt sie uns hin. „Meine Handtasche und mein Smartphone liegen auf meinem Schreibtisch. Bevor ich eben den Betrag eingeben konnte, wurde ich von den Männern weggestoßen."

„Ich habe leider kein Handy dabei", sagte Elke. „Sonst hätte ich sofort die Polizei gerufen."

Erst als die nächste Frau die Bank betrat und hilfsbereit sofort ihr Handy zückte, wurde die Polizei alarmiert. Es dauerte dann noch weitere zwanzig Minuten, bis zwei Polizisten mit Blaulicht vorfuhren.

Zuvor war der Mann mit den Kindern gegangen. „Bitte bleiben Sie noch hier!", bat ihn meine Perle. „Sie sind doch Zeuge des Überfalls gewesen und haben alles miterlebt. Vielleicht können Sie der Polizei wichtige Hinweise zur Ergreifung der Täter geben."

Der Mann winkte ab. In Frankfurter Mundart erwiderte er: „Isch habb gar nix gsehe. Nur des könnt isch mit gute Gewisse bezeuje."

„Papa, Papa! Was is denn da ebbe passiert?", fragte ihn neugierig einer seiner Söhne.

„Nix is passiert. Des siehste doch!" Mit diesen Worten verschwand er mitsamt seiner Brut.

Elke rief ihm noch nach: „Das werde ich auch behaupten, sollte ich einmal dabei sein, wenn Sie überfallen werden!"

Die beiden Frauen, die mit offenen Augen den Überfall mitangesehen hatten, verließen auch rasch die Bank, da sie sich angeblich an nichts erinnern konnten und in nichts *hineingezogen* werden wollten.

„Das sind alles hirntote Amöben", flüsterte ich meinem liebsten Menschen zu.

„Dumm wie zwei Meter Feldweg", echote sie leise.

Plötzlich bewegten sich die senkrechten Jalousien hinter der Glaswand zur Schalterhalle. Eine Bankangestellte spähte von innen durch die geschlossenen Scheiben. Als die drei Frauen mit den Armen gestikulierten, schloss sie die Glastür zum Vorraum der Bank auf, in dem sich noch die Bestohlene, die Frau mit dem Handy, Elke und ich befanden.

Sie fragte: „Was ist denn hier los? Warum machen Sie denn solch einen Lärm?"

„Ich bin soeben von zwei unbekannten Männern überfallen und bestohlen worden", weinte die Frau. „Sie haben mein Geld genommen und sind rasch weggelaufen. Ich weiß nicht, wie viel es war."

„Wenn es sonst nichts ist, das kann ich Ihnen gleich sagen", bot die Bankangestellte an. „Auf Ihren derzeitigen Ist-Kontostand habe ich Zugriff."

„Was machen Sie denn eigentlich hier am Samstagmittag? Wenn ich fragen darf", wollte Elke von der Bankerin wissen. „Es ist doch Wochenende."

„Ich musste noch etwas nacharbeiten", antwortete die Gefragte. „Wenn ich mitgekriegt hätte, dass der Krach ein Überfall war, dann hätte ich selbstverständlich gleich die Polizei angerufen."

‚Hätte, hätte, Fahrradkette', dachte ich. ‚Immer schön warten, bis die Gefahr vorüber ist! Dann passiert einem selbst garantiert auch nichts Böses.'

Elke griff sich an den Kopf und flüsterte: „Fritzi, wenn Dummheit leuchten würde, dann bräuchten manche Leute ihr Lebtag lang weder Lampen noch Birnen!"

Es stellte sich dann heraus, dass die Diebe fünfhundert Euro abgehoben hatten. Ohne ein einziges Wort zu sagen, stießen sie die Kontoinhaberin genau in *dem* Moment zur Seite, nachdem sie ihre Geheimzahl eingegeben, aber den abzuhebenden Betrag noch nicht eingetippt hatte. Dies taten die Männer dann in der von ihnen gewünschten Höhe.

*

Als etliche Minuten später die beiden Polizisten kamen, fragte einer von ihnen als Erstes meine Dosine im Kommandoton: „Könne Sie sich übberhaupt ausweise?"

„Natürlich kann ich das!", erwiderte sie spitz und öffnete ihren Geldbeutel, in dem auch ihr Personalausweis steckt.

„Gebbe Sie mal her!", forderte er barsch und nahm ihn ihr aus der Hand.

„Darf ich Sie bitte darauf hinweisen, dass ich *nicht* die Täterin bin, sondern eine während des Überfalls zufällig anwesende Zeugin!", erwiderte mein liebster Mensch, um die Fakten klarzustellen. Aber das beeindruckte den Polizisten nicht und machte anschließend ton- und lautstärkemäßig keinen wesentlichen Unterschied.

Ins Aldi gingen wir an diesem Tag nicht mehr, sondern eilten auf direktem Weg zurück nach Hause. Seit dem bewussten Samstag meidet meine Dosine die Filiale der Deutschen Bank am Lokalbahnhof. Zu einer anderen Zweigstelle nahm sie mich später aber auch nicht mehr mit.

Fritzi findet Johannas Wanderstiefel und erinnert sich

Als ich in unserer Kammer auf dem Speicher mit Schmackes über die gestapelten Kartons mit den Weihnachts- und Osterdekorationen kletterte, kam einer der oberen Behälter unter meinen Füßen ins Rutschen und fiel donnernd zu Boden. Es war der Karton, auf dem *Wandern* stand. Ich sprang schnell zur Seite, um nicht getroffen und verletzt zu werden. Neugierig schob ich nun mit meinem Kopf den Deckel des seitlich liegenden Kartons auf und griff vorsichtig mit meinen Pfötchen hinein. In dem Behältnis lagen zwei Paar Wanderstiefel. Sogleich stieg mir ganz deutlich, außer dem Müffel-Fußgeruch meiner Dosine, auch noch der unserer tödlich verunglückten Freundin Johanna in die Nase. Aus vielen Erzählungen wusste ich, dass Elke und sie für eine endlos lange Zeit beste Freundinnen gewesen waren. Auch Rüdiger kannte Johanna gut und mochte sie gern. Ich lernte sie einen Tag nach meinem Einzug bei Rüdi und meinem liebsten Menschen kennen. Wenn Elke am Wochenende zu ihren kranken Eltern nach Nordhessen fuhr und manchmal dort übernachten musste, fütterte uns Johanna. Zweimal nahmen wir unsere Freundin auch mit in Urlaub; einmal, als wir im Herbst mit dem Camper nach Dänemark fuhren und im Jahr darauf, als wir nach Kreta in den Süden flogen. Aus Gesprächen und von vielen Fotos wusste ich, dass Johanna und Elke zuvor zusammen in Kanada waren, in China, Estland, Italien, im Jemen und in der Türkei. Gegenseitig trösteten und stützten sie sich, als im Verlauf der Jahre ihre Liebschaften eine nach der anderen in die Brüche gingen und ihre Jobs am Flughafen nicht immer optimal verliefen.

*

Ich weiß es noch, als wäre es gestern gewesen, als am fünften April 2013 Johannas Halbschwester Rosel abends bei uns anrief und Elke mitteilte, dass ihre Schwester morgens um kurz vor sechs Uhr auf dem Weg zu einem Aushilfsjob tödlich verunglückt war. Mein liebster Mensch war zuerst ungläubig, dann sprachlos und dann total *durch den Wind*, denn am dreiundzwanzigsten Mai, nur sechs Wochen später, wollten wir erneut gemeinsam nach Kreta fliegen. Die Flugtickets hatte Elke bereits im Oktober des Vorjahres im Computer bei *Tuifly* gebucht und auch bezahlt.

Meine Dosine und ich hatten zusammen auf dem Sofa gelegen. Ich wachte auf, als das Telefon klingelte und hörte alles genau mit an. Es war in demselben Jahr, in dem sechs Wochen zuvor mein Rüdiger nicht mehr aus dem Tierhospital zurückgekommen war und noch mehrere andere liebe Personen aus unserem Freundeskreis *spurlos verschwanden* und ich sie niemals wiedersah.

Bereits Anfang März hatte meine Dosine beim Vorverkauf der Alten Oper in Frankfurt sieben Eintrittskarten für den zehnten April erstanden. Sie hatte vor, ihren Geburtstag mit sechs lieben Gästen bei dem Konzert *Neuer Frankfurter Abend* mit ‚Frank Wolff & Companies' *würdig und angemessen* zu feiern. Ihr ging damals der Hit von Udo Jürgens nicht aus dem Kopf, den sie ständig trällerte: *Mit sechsundsechzig Jahren, da fängt das Leben an!* Johanna war ein gutes Jahr älter als Elke. Sie schmiedeten viele gemeinsame Pläne für die Zukunft.

Damit ihre Gäste nicht auf den ersten Blick sehen sollten, wie viel Geld meine Dosine für die Tickets in der zweiten und dritten Reihe des ausverkauften Konzerts bezahlt hatte, überklebte sie bei allen Karten die Preise mit kleinen selbstklebenden Blumenstickern, die sie einer Fernseh-Illustrierten zuvor entnahm.

Ich sah mit meinen eigenen Augen, dass sie Johanna ihr Ticket am vierten April gab (dem Vorabend ihres Unfalls), als sie meine Perle bei uns daheim abholte. Elke schenkte ihr auch ein Exemplar meines wenige Tage zuvor erschienenen dritten Buches und zwei Original-Packungen Briefpapier mit dazu passenden Umschlägen der Künstlerinnen Ingrid Löhrich und Brigitte Nosko. Bei der Gelegenheit gab sie ihr auch ein Tütchen mit den gestempelten Briefmarken der vergangenen Monate, die Johanna einmal jährlich nach Bethel in die Behinderteneinrichtung zur Weiterverarbeitung schickte.

Als Johanna und meine Dosine unsere Wohnung kurz darauf zusammen verließen, um zu einer Veranstaltung zu gehen, war Johannas Handtasche so voll, dass sie die gerahmte Originalzeichnung, die Elke ihr aus dem Nachlass einer Freundin erstanden hatte, nicht mitnehmen wollte. Deshalb blieb das Bild bei uns in der Wohnung. Möglicherweise wäre es sonst auch entwendet worden, denn das Buch von mir und die beiden Briefpapier-Sets waren verschwunden und tauchten nie wieder auf, als Johannas Wohnung ein halbes Jahr später vom Nachlassgericht für die Erben freigegeben wurde. Das Tütchen mit den gestempelten Briefmarken war *als Einziges* der verschiedenen Sachen, die Elke Johanna wenige Stunden vor dem Unfall gegeben hatte, noch da. Für die Briefmarken hatte wohl niemand Verwendung, da sie so gut wie wertlos waren.

Fakt war, dass wir damals nicht mehr zusammen nach Kreta verreisen konnten, denn Johanna war unwiederbringlich nicht mehr dazu in der Lage. Sie gehörte zu unserer (grammatikalisch) *vollendeten Vergangenheit*, auch Plusquamperfekt genannt, oder History (*neudeutsch*).

*

Am nächsten Tag rief uns Kathleen an, Johannas erwachsene Lieblingsnichte und Tochter von ihrer Halbschwester Rosel. Unter Tränen fragte sie: „Elke, willst du die zahlreichen Halsketten, die du gemacht hast und die du Johanna im Laufe der Jahre geschenkt hast, zurückhaben?" Meine Dosine verneinte. Da sagte die Anruferin erleichtert: „Die kannst du ja eh nicht mehr verkaufen, denn sie sind gebraucht. Ich möchte die Ketten für meine Tochter haben, *zum Basteln*."

Da musste Elke heftig schlucken und meinte nur, dass Zuchtperlen, Korallen, Sterlingsilber, jede Menge facettierter Halbedelsteine und andere hochwertige Materialien wohl kein adäquates Bastelmaterial für eine Zwölfjährige sind.

„Nein, ich möchte nichts wieder zurückhaben", sagte Elke dann traurig. „Nur meinen Schlüsselbund hätte ich gern wieder, da der Haustürschlüssel auch zu sechs weiteren Türen in unserem Haus passt. Außerdem hängt der Briefkastenschlüssel an dem Bund, plus die zu meinem Keller und meiner Bodenkammer. Und in Johannas Adressbuch möchte ich einen Blick werfen, um mir ein paar Telefonnummern ihrer Freunde abzuschreiben, die ich nur mit Vornamen kenne und die ich von ihrem Tod informieren will."

Elke machte auch sogleich einen Termin aus, um den Ersatzschlüsselbund für Johannas Wohnung, der schon immer bei uns am Schlüsselbrett hing, einem Mitglied ihrer Familie auszuhändigen.

*

Um der langen Geschichte vorzugreifen: Nachdem Johannas Wohnung vom Nachlassgericht im Oktober desselben Jahres, also nach achtundzwanzig Wochen, freigegeben wurde, hing Elkes Schlüsselbund nicht mehr am dortigen Schlüsselbrett im Flur. Auch waren Johannas handgeschriebene Adress- und Telefonhefte verschwunden und die Schublade im Kleiderschrank, in der sie ihren Schmuck aufbewahrt hatte, war komplett leer. Es fehlte auch der Edelmetall-Schmuck, den Johanna von einem Ex-Freund, der Juwelier war, geschenkt bekommen hatte. Allerdings hatte da inzwischen bereits ihr Halbbruder jeden Winkel der Wohnung nach *Verwertbarem* durchsucht und zahlreiche Sachen mitgenommen.

Damit Elke und ich nicht während unserer Abwesenheit, oder eines Nachts überraschend, unerwünschten *Besuch* bekommen, denn Elkes Ersatz-Schlüsselbund aus Johannas Wohnung wurde ihr auch später nie ausgehändigt, ließ sich meine Dosine für sehr viel Geld eine extra stabile Wohnungstür mit einem Sicherheitsschloss einbauen.

Elkes schreckliche Geburtstagsüberraschung in der Alten Oper

In den Tagen nach Johannas Unfall lief mein liebster Mensch wie in Trance herum. Ich hatte meine eigenen Sorgen, denn ich wartete angstvoll und sehnsüchtig auf das Heimkommen meines schwerkranken Lebensgefährten, auf Rüdiger. Elke rief ihre Freundinnen an und beriet sich mit ihnen, ob sie in das Konzert gehen sollten, denn auch wenn sie es nicht täten, würde Johanna nicht wieder lebendig werden und käme nicht zurück. Man beratschlagte und beschloss, gemeinsam hinzugehen und in der Pause ein Glas Prickelbrause auf die Verstorbene zu trinken.

Da nach dem Unglück Johannas Wohnung sofort von den Behörden versiegelt wurde, hatte niemand Zugriff auf ihre Eintrittskarte.

Da die Tickets keine preislichen Schnäppchen waren, ging Elke am Vortag des Konzerts zur Vorverkaufskasse der Alten Oper und ließ sich gegen eine Bearbeitungsgebühr von fünf Euro eine Duplikat-Karte ausstellen. Diese gab sie einer anderen Freundin.

Schade, dass mich mein liebster Mensch am Abend des zehnten April nicht mit in das Konzert nahm, aber ich hatte ihr zuvor glaubhaft versichert, dass ich daheimbleiben müsse, falls Rüdiger noch spät aus dem Spital entlassen würde.

*

Als meine Dosine nach dem Konzert wieder nach Hause kam, sagte sie unter Tränen: „Fritzi, was ich eben in der Alten Oper erlebt habe, das war so krass wie in einem schlechten Film. So etwas Grässliches soll nicht einmal mein ärgster Feind durchmachen müssen!" Sie zitterte so, dass sie kaum in der Lage war, den Computer einzuschalten, um rasch über das soeben Erlebte ein Gedächtnisprotokoll zu erstellen. Ihre Hände bebten, als hätte sie plötzlich die Parkinsonsche Krankheit ereilt.

„So etwas wünsche ich niemandem. Auch nicht Leuten, die ich überhaupt nicht leiden mag!", sagte Elke und weinte. „Es war wie mitten in einem interaktivem Krimi, einem drittklassigen Horrorstück, in dem ich nicht nur als Zuschauerin dabei war, sondern auch noch, ohne dass ich es wollte, eine der beiden Hauptrollen spielte."

„Jetzt erst einmal ganz von vorn!", sagte ich beruhigend zu ihr und sprang auf den Glastisch, auf dem unser PC steht. „Elke, bitte erzähl mir, was passiert ist. Fang ganz von vorne an und schildere dann chronologisch, was sich wann und wo abgespielt hat."

„Fritzi, es war wenige Minuten vor zwanzig Uhr im Mozartsaal der Alten Oper. Gertrud, Marga, Angela, Gloria und Rosemarie saßen im Parkett, Block A, in der dritten Reihe auf den Plätzen 1 bis 5. In der Reihe davor, auf den Plätzen 3 und 4, saßen Volker und ich. Das Konzert sollte jeden Moment beginnen. Innerhalb unserer Gruppe wechselten wir zuvor die Sitze, bis jeder einen guten Blick auf die Bühne hatte." Elke hatte sich auf einen Stuhl fallen lassen, schnaufte, putzte sich die Nase und zitterte noch immer.

„Und wie ging es weiter?", fragte ich neugierig, aber ohne allzu sehr zu drängen.

„Da kam ein mir nicht bekannter, ungefähr sechzigjähriger Mann, etwa 180 bis 185 cm groß, schlank, mit dichtem, wellig-lockigem, graumeliertem und nach hinten gekämmtem Haar, mit markanten Gesichtszügen und tiefen Nasolabialfalten, die sich von seinen Nasenflügeln bis zu seinem Kinn zogen. Er trat an die Sitzplätze von Gloria und Gertrud heran, die sich miteinander unterhielten. Auf Gertrud deutend fragte er: ‚Welche Sitznummer haben Sie?'

Als die Angesprochene nicht sofort reagierte, wiederholte der Mann seine Frage mehrmals und sagte dann sehr energisch zu ihr: ‚Sie sitzen auf meinem Platz! Bitte stehen Sie jetzt *sofort* auf, damit ich mich auf meinen reservierten Platz setzen kann!'

Es gab ein Wortgeplänkel, bis mich Gloria aufforderte, die Situation zu klären (O-Ton): ‚Elke, guck bitte mal! Hier gab's anscheinend ein *Doubleseating* (Flughafen-Jargon für doppelt ausgegebenen Sitzplatz).'

Ich stand auf, drehte mich um und sah den Mann, der die Eintrittskarte meiner am fünften April verstorbenen Freundin mit dem von mir geklebtem Blumensticker auf dem Preisfeld in der Hand hielt. Mit dieser Karte wedelte er vor Gertruds Gesicht herum und fordert *seinen* Sitzplatz ein."

„Oh, große Katzenfee! Was hast du dann gemacht?", fragte ich Elke.

„Sofort griff ich nach der Eintrittskarte des Mannes und nahm sie ihm weg. Ungläubig und fassungslos starrte ich darauf und stammelte geschockt und um Fassung ringend: ‚Das darf doch nicht wahr sein! Dies hier ist Johannas Eintrittskarte! Darauf klebt ja noch mein Blumensticker! Das ist ein bitterböser Scherz!' Ich musste ein paarmal trocken schlucken. Vor meinen Augen drehte sich plötzlich alles wie ein Kettenkarussell. In meinen Ohren dröhnten Flugzeugmotoren im Abrollschub. Von einer Sekunde zur nächsten wurde mir speiübel vor Aufregung. Eine unsichtbare Hand aus Stahl quetschte meinen Brustkorb zusammen, dass mein Herz fast zersprang. Ich bekam keine Luft mehr. Es dauerte einen Moment, bis ich wieder einigermaßen klar denken konnte."

„Und was hast du dann gemacht?", miaute ich aufgeregt und trippelte nervös mit meinen Vorderpfötchen. „Elke, lass dir doch nicht jedes Wort aus der Nase ziehen! Mach hinne und erzähl rasch weiter!"

Mein liebster Mensch schlug sich die Hände vors Gesicht und weinte so heftig, dass ihre Schultern bebten. Dann putzte sie sich die Nase und raufte ihre kurzen Haarzeppeln.

„Als ich mich etwas berappelt hatte, sagte ich entrüstet zu dem Mann: ‚Das ist *nicht* Ihre Karte. Diese Eintrittskarte habe *ich* Anfang März von meinem Geld für meine heutige Geburtstagsfeier gekauft und vor wenigen Tagen meiner inzwischen verstorbenen Freundin Johanna Glaab geschenkt. Wie kommen *Sie* zu diesem Ticket?'

Der Unbekannte sagte dominant: ‚Nicht in diesem Ton!', und wiederholte in scharfem Tonfall: ‚Ihren Ton verbitte ich mir!'

Ich ging aus der Reihe heraus zur Seitenwand des Konzertsaals. Der Mann folgte mir. Erneut fragte ich ihn: ‚Woher haben Sie *diese* Karte?'

Er schwieg und überlegte. Dann sagte er: ‚Das geht Sie nichts an! Das muss ich Ihnen nicht sagen! Ich werde gar nicht mit Ihnen reden! Geben Sie mir *meine* Karte zurück! Sie gehört mir! Lassen Sie mich gefälligst in Ruhe!'

Ich stellte meine Frage erneut, jetzt etwas lauter: ‚Und ob Sie mit mir reden werden! Ich will jetzt *sofort* wissen, woher Sie *diese* Eintrittskarte haben! Diese Karte (ich hielt sie ihm vors Gesicht) gehört *nicht* Ihnen!'

‚Mit Ihnen muss ich nicht reden. Diese Konzertkarte gehört *mir*!' Er grabschte nach der Karte, aber ich hielt sie mit beiden Händen fest und ließ sie mir nicht abnehmen. ‚Das ist *meine* Eintrittskarte. Woher ich sie habe, das geht Sie gar nichts an!' Die Wörter des letzten Satzes spie er förmlich aus."

„Chefin, und was hast du dann gemacht?", fragte ich. „Hast du die Polizei gerufen?"

„Nein, Fritzi, das habe ich leider nicht gemacht. Ich dachte immer noch, dass es irgend so ein blöder Scherz auf meine Kosten wäre, bei dem jemand gleich schreit *Vorsicht, Kamera!*, oder ich im Bett aufwache und alles nur geträumt habe. Aber leider ging die miese Geschichte noch endlos lange weiter."

‚Und ob mich das etwas angeht!', sagte ich aufgebracht. ‚Diese Karte gehört *nicht* Ihnen! *Ich* habe sie gekauft, bezahlt und verschenkt. *Aber nicht an Sie!*'

Da schwieg der Mann einen Moment und sagte dann überheblich: ‚Ich muss jetzt nicht mit Ihnen reden. Das ist mir zu doof! Ich sage jetzt gar nichts mehr!'

Da erwiderte ich: ‚Reden Sie endlich!! Auf jetzt! Reden Sie, sonst hole ich die Polizei! Woher haben Sie diese Karte?'

Wie ein Tonband wiederholte er: ‚Das geht Sie nichts an. Ich sage jetzt nichts mehr. Mit Ihnen rede ich nicht. Mit Ihnen muss ich mich nicht abgeben.'

Ich ließ aber nicht locker und fragte noch mehrmals: ‚Wie kommen Sie an *diese* Karte?' Der Mann schwieg. Nachdem er eine Weile überlegt hatte, sagte er dann leise: ‚Die Karte wurde mir geschenkt.'

Ich erwiderte heftig: ‚Waaaas? Das stimmt nicht! Diese Karte gehört einer Verstorbenen! Und Tote können nichts verschenken! Woher haben Sie die Karte? Das will ich jetzt *sofort* von Ihnen wissen! Wer sind Sie und wie heißen Sie?'

‚Jetzt machen Sie hier mal keinen Zwergenaufstand!', entgegnete der Mann entrüstet., Ich war ganz *legal* in der Wohnung, denn *ich darf das*. Mein Name ist B… . Ich bin vom Nachlassgericht.'

‚Aha', sagte ich, ‚und wie kommen sie zu der Karte der Verstorbenen?'

‚Sie lag da und Mmmmm (Murmelmurmel) hat sie mir geschenkt.'

Ich hakte nach: ‚Wer hat Ihnen die Karte geschenkt? Wie hieß die Person?'

‚Mmmmm hat sie mir geschenkt. *Sie wäre ja eh verfallen!*'

‚Ich habe Sie nicht verstanden. Von wem oder von wo sind Sie?'

‚Ich bin vom Frankfurter Nachlassgericht.'

‚Und Ihr Name ist B...?'

‚Ja, das sagte ich Ihnen doch bereits', antwortete Herr B. gereizt.

Ich war fassungslos und fragte: ‚Ist denn die Wohnung meiner Freundin bereits von den Behörden freigegeben worden?'

„Fritzi, mit dieser Frage wollte ich erfahren, ob vielleicht jemand von Johannas Verwandtschaft dem Mann das Ticket gegeben hatte und er somit halbwegs legal zu der Eintrittskarte gekommen war", sagte Elke zu mir.

„Wie ging es dann weiter?", erwiderte ich rasch und ungeduldig. Mein liebster Mensch fuhr fort:

‚Das sage ich Ihnen nicht', erwiderte Herr B. ‚Das geht Sie nix an!'

‚Warum nicht?', wollte ich wissen. ‚Wenn Sie nichts zu verbergen haben, dann können Sie mir die einfache Frage doch beantworten.'

‚Weil Sie das nichts angeht. Mischen Sie sich gefälligst nicht in Behördenvorschriften ein! Basta! Mir reicht's jetzt!'

„Fritzi, ich wollte noch etwas sagen, aber der Mann hob beide Hände hoch, als würde er mich wegstoßen wollen, stampfte mit dem Fuß mehrmals auf und rief zornig und laut: ‚Was wollen Sie denn *jetzt* noch von mir? Lassen Sie mich gefälligst in Ruhe! Sie haben doch die Karte zurück! Ich werde auch sofort von hier weggehen!‘ Dies tat er aber nicht.

Anschließend wurden wir vom Ordnungsdienst der Alten Oper aufgefordert, nicht mehr zu sprechen, denn es störte das Konzert. Verdattert kehrte ich zu meinem Platz in der zweiten Reihe zurück und setzte mich wie betäubt neben Volker hin. Rasch notierte ich mir den Namen des Mannes auf einem Zettel, da ich so verwirrt war und befürchtete, ihn umgehend zu vergessen oder zu verdrängen.

Herrn B. vom Nachlassgericht sahen wir noch eine Stunde lang, wie er bis zur Pause an der Seitenwand der dritten Reihe stand, von wo aus er dem Geschehen auf der Bühne zuhörend und zusehend folgte. Nach der recht langen Pause entdeckte ich ihn nicht mehr. Im zweiten Teil des Konzerts zählte ich von meinem Platz aus mehr als fünfzehn leere Sitzplätze. Es gab nun ausreichend freie Sitze für jeden, der mit oder ohne Eintrittskarte einen Platz suchte und sich setzen wollte.“

Fritzi kommt ins Grübeln

Am nächsten Morgen saß ich direkt neben dem Telefon, als Elke zuerst Johannas Halbschwester Rosel und anschließend deren Tochter Kathleen von dem Vorfall in der Alten Oper am Abend zuvor informierte. Anschließend schickte sie beiden Frauen per Mail das noch in der Nacht von ihr verfasste Gedächtnisprotokoll und die Namen der sechs Personen, die den *Vorfall* mit der geklauten Eintrittskarte des Gerichtsmitarbeiters Herrn B. bezeugen konnten.

Johannas Halbschwester fiel bildlich *aus allen Wolken* und kündigte sofort an, dass sie und ihr Schwiegersohn (Kathleens Ehemann) bei der Polizei Herrn B. wegen Unterschlagung bzw. Raub von Eigentum aus der Wohnung einer Verstorbenen anzeigen wollten. Um keinen Formfehler zu begehen, nahm sie sich extra einen Anwalt, der ihre Interessen vor Gericht vertreten sollte.

Es kam aber nichts dabei heraus, denn die Staatsanwaltschaft wies die Anzeige gegen den Dieb rasch mit der fadenscheinigen Begründung *wegen Geringfügigkeit* ab. Zu einem Verfahren und einem Prozess kam es nicht.

Da sieht man mal wieder, dass wir zwar nicht im Kongo leben, aber auch in unserem Rechtsstaat eine Krähe der anderen kein Auge aushackt.

*

In einem Brief des Anwalts an Johannas Schwester stand später zu lesen, dass der Mitarbeiter des Nachlassgerichts zusätzlich noch das Ehrenamt eines Schöffen bei Gericht innehabe und er als ehrenhaft und unbescholten gelte.

Als Herr B. von seinem Vorgesetzten im Nachlassgericht auf die polizeiliche Anzeige angesprochen wurde, gab er zu, dass er das Ticket in Johannas Wohnung genommen und eingesteckt habe, da es die Verstorbene (O-Ton:) **nicht mehr gebraucht habe**.

Ob er ehrlich bereute, das Ticket geklaut zu haben, oder aber eher bedauert, dass er nach dem Diebstahl erwischt und überführt wurde, ist mir nicht bekannt.

Herr B. gab stattdessen an, eine Kollegin von ihm könne bezeugen, dass er das Ticket der Verstorbenen *abgekauft* habe, indem er dreißig Euro aus seiner Brieftasche nahm und das Geld in Johannas Geldbeutel steckte, der mit anderen Sachen aus ihrer Handtasche auf dem Küchentisch lag.

In der Alten Oper hatte Herr B. auf Elkes Fragen hin mehrfach behauptet, er hätte das Ticket von einer Person mit dem Namen *Mmmmm* geschenkt bekommen. Es gab aber später noch eine dritte Version, deren Richtigkeit mir auch höchst unwahrscheinlich und äußerst fragwürdig vorkommt.

*

Am zweiundzwanzigsten April erhielt meine Dosine um fünfzehn Uhr zwanzig einen Anruf von Herrn R., einem Polizisten der Polizeistation in Frankfurt-Oberrad. Ich saß gerade auf Elkes Schoß und spitzte sofort neugierig meine Ohren, damit ich nichts verpasste.

Der Polizist sagte: „Ich wollte Sie nur davon in Kenntnis setzten, dass ich den Vorfall mit der Konzertkarte gerade geschlossen habe."

„Nicht so schnell, Herr R.! Soll ich Ihnen nicht vorher noch das Gedächnisprotokoll schicken, das ich gleich nach Konzertschluss getippt habe und dessen Richtigkeit ich vor Gericht beeiden kann?", fragte Elke. „Außerdem gibt es sechs weitere Zeugen des kriminellen Vorfalls, beziehungsweise des Betrugs und Diebstahls, die auch alle bei Gericht aussagen wollen."

„Nein, das ist nicht nötig", erwiderte der Polizist rasch. „Außerdem hat Herr B., nachdem er in der Wohnung der Verstorbenen war und gesehen hat, dass sie keine Erben hat, beim Ortsgericht am Tag darauf gegen Quittung dreißig Euro *in bar* eingezahlt und somit das Konzertticket *ordnungsgemäß* bezahlt."

„In Ihrem Satz befinden sich mindestens drei Unwahrheiten", erwiderte Elke ungerührt. „Erstens hat jeder Verstorbene zumindest *einen* Erben, auch wenn er oder sie keine lebenden Verwandten mehr hat, nämlich das Finanzamt. Zweitens hatte meine verstorbene Freundin zahlreiche blutsverwandte Erben. Eine *richtige* Schwester, wohnhaft in Süddeutschland, und fünf Halbgeschwister, die mir alle namentlich bekannt sind. Drittens kostete das Konzertticket, das ich Anfang März nachweislich mit meiner EC-Karte bezahlte und das Herr B. aus der Wohnung der Verstorbenen entwendete, mehr als dreißig Euro, und viertens kann man beim Ortsgericht nicht während der schwebenden Ermittlung eines Erbes etwas aus dem Vermögen einer Verstorbenen kaufen. Das ist nämlich der Tatbestand eines Diebstahls am Eigentum der Erben."

„Sie glauben wohl, Sie wüssten alles besser!", bellte der Polizist. „Das stimmt nicht. Es ist unwahr! Da sind Sie falsch informiert!"

„Ich weiß ja nicht, wie es bei Ihnen heißt, aber in meinen Kreisen nennt man die unberechtigte Selbstbedienung am Eigentum einer verstorbenen Person eine verwerfliche *Leichenfledderei* oder auch die *Niedertracht des Bösen*!"

Herr R. ging nicht darauf ein. Abschließend sagte er mehrmals eindringlich und suggestiv zu meinem liebsten Menschen, dass sich jetzt ja alles aufgeklärt habe. Seiner Meinung nach sei alles in bester Ordnung und somit nichts mehr unklar.

„Herr R., glauben Sie etwa selbst das Märchen, das Sie mir eben erzählt haben?", fragte meine Dosine. „Ich schätze, Sie wollen mich für dumm verkaufen und mir einen Bären aufbinden!"

„Ich hätte Sie auch gar nicht anrufen brauchen", erwiderte der Polizist mit sehr verärgerter Stimme. „Dies ist ein Service der Polizei! Ich rufe Sie nur an, damit Sie wissen, wie die Sachlage der Dinge stehen, und dass die Sache jetzt endlich bereinigt und abgeschlossen ist!"

Elke ließ sich nicht dazu herab, Herrn R. am Telefon darüber zu belehren, was der gravierende Unterschied zwischen einem Kunden-Service und dem willkürlichen Verdrehen von nachweisbaren Fakten durch einen Beschäftigten der Polizei ist. Es wäre zweck- und sinnlos gewesen.

Dann fragte der Polizist mit dominanter Stimme, ob er ihre Telefonnummer an Herrn B. weitergeben solle, damit sich dieser bei ihr entschuldigen könne, da ihm jetzt *die ganze Sache* leid täte, und damit sie endlich *bereinigt* und *aus der Welt geschaffen* werde.

Elke lehnte strikt ab. Sie vermutete, dass Herr B. neben dem Polizisten stand oder saß und sich die beiden Männer gut kennen.

Als der Polizist sie nochmals suggestiv fragte, ob es nicht für alle an dem Vorfall beteiligten Personen besser wäre, wenn sich Herr B. bei meiner Dosine entschuldige, erwiderte sie: „Herr R.! Hören Sie mir nicht zu oder rede ich undeutlich? Bitte nehmen Sie zur Kenntnis, dass ich *nie wieder* etwas *mit diesem Mann* zu tun haben will! Und ganz gewiss werde ich mir nicht von dem Dieb, Lügner und Betrüger am Telefon weitere Unwahrheiten anhören!"

Herr R. nannte dann meine Dosine unkooperativ und bedauerte ihre Einstellung, die er nicht teilte und auch nicht nachvollziehen konnte oder wollte.

Ein Schelm, der Böses dabei denkt

Dass ich nicht wissentlich die Unwahrheit sage oder schreibe, magst du mir glauben oder es lassen. Aber du kannst die unsägliche Geschichte mit der gestohlenen Konzertkarte jederzeit und bis zum Sankt-Nimmerleins-Tag im Internet nachlesen. Dort findest du sie, wenn du meinen liebsten Menschen googelst oder unsere verstorbene

Freundin Johanna Glaab aus Frankfurt. Ganz rasch wirst du dann den großen Zeitungsartikel finden. Die Überschrift lautet:

Mit geklauter Karte von toter Frau ins Konzert

Viele Leser der Geschichte waren empört über die Tatsache, dass sich nachweislich ein Mitarbeiter des Frankfurter Nachlassgerichts am Eigentum Elkes verstorbener Freundin bereichert hat.

Zusätzlich drehte eine HR3-Filmcrew am Erscheinungstag des Zeitungsberichts eine Reportage, die an drei verschiedenen Terminen im Fernsehen in der Sendung *Maintower* ausgestrahlt wurde. Von ihnen erfuhr Elke auch, dass Herr B. mit Vornamen Hubert heißt und im Frankfurter Stadtteil Bornheim wohnt. Als ihn die Filmcrew am Erscheinungstag des Zeitungsartikels zu dem Vorfall befragen wollte, war er *urplötzlich* in Urlaub gefahren.

*

Für Elke war nicht nachvollziehbar, dass die Angestellten des Nachlassgerichts von Anfang April bis zum Oktober brauchten, um Johannas hypothekenfreie kleine Wohnung für die Erben freizugeben. Schulden hatte die Verstorbene nicht hinterlassen. Johannas Testament wurde nicht gefunden. Es verschwand genauso spurlos, wie Elkes Schlüsselbund und das wenige Stunden vor ihrem Tode geschenkte dritte Fritzi-Buch, sowie der komplette Schmuck der Verstorbenen.

In den heißen Sommermonaten vertrockneten an ihrem Blumenfenster im Wohnzimmer Johannas zahlreiche und üppig blühende Orchideen. Im Kühlschrank in der Küche befanden sich unterdessen noch mehrere Kochtöpfe mit vorgekochten Mahlzeiten, die schon sehr lange nicht mehr für den Verzehr geeignet waren.

*

In diesem speziellen und auch wahren Fall kann man höchstwahrscheinlich *nicht* von Behördenwillkür und Behördenfilz durch offensichtlich zeitliche Verschleppung und Fakten-Verschleierung durch die deutschen Behörden sprechen. Oder etwa doch?
Ein Schelm, der Böses dabei denkt …

Fritzi und Elke fahren nach Stuttgart

Als mein liebster Mensch heute früh in die Küche kam und in ihrem Kalender blätterte, sagte sie so nebenbei: „Fritzi, höchstwahrscheinlich fahre ich kommenden Mittwoch nach Stuttgart und besuche Trixi in ihrem *Black and White Castle*. Am selben Abend fahre ich wieder zurück. Hast du vielleicht Lust und magst mitkommen?"

„Ja, natürlich", erwiderte ich, jetzt hellwach. Ich setzte mich auf dem Stuhl kerzengerade hin, auf dem ich gelegen und gedöst hatte. „Das ist doch selbstverständlich. Endlich hast du einmal eine gute Idee! Dann kann ich mich selbst davon überzeugen, ob es meinen Töchtern gut geht und ob sie sich wirklich mit Micky und Tommy verstehen." Vor Vorfreude begann mein Herz zu hüpfen. Seit ihrer Pubertät hatte ich meine beiden Mädchen Klickerkopf und Murmelkopf nicht mehr gesehen, und das war schon eine ganze Weile her.

*

Eines Morgens im letzten Sommer fuhr Elke mit den beiden Kleinen fort. Da waren meine Mädels übermütig und allerbester Laune gewesen. Wir, die wir zurückgeblieben waren, dachten, sie würden mit unserer Dosine einen Ausflug nach Stuttgart machen und bei der Gelegenheit testen, ob sie sich mit Tixis Katern verstehen. Das war aber total falsch gedacht, denn am selben Abend kam mein liebster Mensch mit einer leeren Transportzelle zurück. Alles, was ich anschließend erfuhr, war, dass sich meine schönen Töchter gut im Schwabenland eingelebt hatten und es ihnen bei ihren neuen Partnern bestens gefiel. Das war noch zu der Zeit gewesen, als mein Lebensgefährte Rüdiger und meine Söhne Leroy und Marlon bei mir lebten. Inzwischen haben auch sie mich verlassen. Rüdi siedelte höchstwahrscheinlich um in das Land hinter dem Regenbogen, und meine Buben zogen zu unserem Freund Volker. Der taufte sie sofort um und gab ihnen die Rufnamen Hamlet und Othello. Aber was sagte vor langer Zeit der berühmte Dichter Johann Wolfgang von Goethe im *Faust*? „Der Name ist Schall und Rauch." Damit meinte er bestimmt, dass man zwar seinen Namen wechseln kann, bei Bedarf auch mehrmals, aber innen drin bleibt man immer dieselbe Person.

*

Ich konnte es kaum erwarten, bis es endlich Mittwoch wurde. Elke hatte die Woche frei und wollte mit mir einen Tagesausflug machen, sozusagen einen Miniurlaub. Gerade war ich auf dem Klo gewesen und meinen Geschäften nachgegangen. Jetzt fühlte ich mich viel leichter, hüpfte und sprang Haken schlagend und laut dabei singend durch die Wohnung. „Jippi, träller, hoppsassa! Das Leben ist schön und das Schicksal ist gut zu mir! Nachher sehe ich meine Töchter wieder! Freu! Jubel, trallala lala!"

„Ruhe jetzt! Fritzi, halt endlich deine Klappe!", kommentierte mein liebster Mensch entnervt meine nicht zu überhörende überschäumende Lebensfreude. „Pst! Sei doch still! Es ist noch keine sechs Uhr!" Als ich ihr nicht antwortete, sagte sie: „Geh lieber in den Flur und guck in den großen Spiegel. Siehst du dort etwa eine Siamkatze? Nein? Nur die schreien grundlos immer so laut wie du derzeit!"

„Also, Dosilla, jetzt übertreibst du aber wirklich! Du alte Spaßbremse, ich werde mich doch mal ein bisschen freuen können und dabei mein Glück artikulieren dürfen! Das lass ich mir von dir nicht verbieten! Viel zu lachen hab ich ja sonst eh nicht bei dir!"

Beleidigt verzog ich mich auf den Küchenbalkon und sprang auf das kleine Sofa aus Peddigrohr. Wenn mir mein liebster Mensch nicht zuhören mochte, dann rief ich stattdessen den Leuten auf dem Bürgersteig vor unserem Haus zu, dass ich in wenigen Stunden meine Töchter besuchen würde und mich sehr darauf freute. Mir war es piepegal, wie früh oder spät es war und ob es die Passanten interessierte oder auch nicht.

„Fritzi! Pst! Hör sofort auf, so laut zu plärren!", rief Elke mit strenger Stimme. „Sei still! Sonst holt vielleicht noch jemand die Polizei, weil er denkt, hier würde ein Sadist wohnen, der seine Katze quält und misshandelt."

„Das ist doch Quatsch mit Soße!", rief ich vergnügt. „Ich freue mich so!" Dann sprang ich einen doppelten *Rittberger*, gefolgt von einem *Butterfly* und einem *Salchow*, so freute ich mich meines Lebens. Wie ein geölter Blitz rannte ich hin und zurück, durchquerte Küche und Flur und flitzte auf den Wohnzimmerbalkon. Von dort aus sieht man durch die rückwärtigen Gärten bis hin zum Südbahnhof. Vielleicht interessierte es unsere Nachbarschaft auf der Mörfelder Landstraße, dass ich heute noch meine Töchter sehen würde. Mehrfach rief ich es ihnen zu. Nur in Zeitlupe verging die Zeit, nachdem mein liebster Mensch aufstand, die Balkontüren mit einem Knall schloss und anschließend, ihre Brille suchend, halbblind durch die Wohnung taperte.

Weder meine Dosine noch ich hatten in der vergangenen Nacht viel geschlafen, denn es blitzte und donnerte pausenlos, über Stunden hinweg. Immer wenn ich dachte, ‚jetzt ist es vorbei', zog ein neues Gewitter auf, oder das alte kam zurück, und alles fing wieder von vorn an.

„Komm doch zu mir ins Bett", rief ich mehrmals, als ich sah, dass mein liebster Mensch im Dunkeln hinter den Fenstern hin und her huschte und ihre Hände rang. „Elke, mach dir keine Gedanken. Wir wohnen im Hasenpfad, einer Straße, die am Hang liegt. Ich bin mir ganz sicher, dass bei Gewitter die Fensterscheiben nicht durchlässig werden und auch keine Regenfluten in unsere Wohnung eindringen. Wir wohnen im ersten Stock. Ergo ist es höchst unwahrscheinlich, dass unser Zuhause wie ein Schwimmbecken voll Wasser läuft."

„Meine schönen Pflanzen!", jammerte meine Perle immerzu. „In allen Töpfen steht das Wasser und schwappt über den Rand. Egal wohin ich gucke, ich sehe nur noch Hydrokultur. Der viele Regen ersäuft die Kakteen und der Sturm reißt den Stauden die Stängel und Blüten ab. Demnächst kann ich hier Mangroven setzen. Die kommen mit so viel Wasser klar."

„Das wird schon", versuchte ich sie zu beruhigen. „Morgen scheint bestimmt wieder die Sonne. Dann brauchst du draußen nicht zu gießen. Die Balkons musst du auch nicht putzen. So sparst du viel Zeit und alles wird wieder gut."

Offensichtlich war meine Dosine gegen Morgen, als das Unwetter vorüber war, ohne dass ich es merkte, noch einmal aufgestanden und hatte die Balkontüren zum Lüften geöffnet. Nach unserer kurzen Nacht ging es dann mit dem Frühstück *hoppigaloppi*.

„Was soll ich mit nur drei Schmackis in meinem Tröglein anfangen?", fragte ich meine Perle entsetzt. „Noch weniger ist gar nichts. Wenn ich dem Tierschutz melde, dass du mich absichtlich hungern lässt, dann nehmen sie mich dir bestimmt weg! Ich hab weder eine Essstörung noch bin ich eine Muslima, auch wenn gerade der Fastenmonat Ramadan begonnen hat."

„Fritzi-Schatz! Ich möchte nur nicht, dass du während der Zugfahrt austreten musst", meinte mein liebster Mensch. Beim Sprechen zog sie ihre Nase hoch und schnüffelte hörbar, was sie recht einfältig aussehen ließ.

„Das kann schon passieren, so aufgeregt, wie ich derzeit bin", erwiderte ich. „Mag sein, dass mir meine Nervosität auf die Blase schlägt oder aufs Gedärm. Was man nicht in den Pfötchen hat, das kann man auch nicht halten."

Nach einer Weile versuchte ich es erneut: „Dosilla, du weißt doch, dass Hungern weh tut und außerdem ungesund ist." Ich sah sie auffordernd an und gab meinem leeren Näpfchen einen kräftigen Stoß mit dem Kopf, sodass es laut hörbar über die Kacheln schepperte. „Dicke sind ebenfalls hungrig! Das sagst du doch auch immer, wenn du ganze Berge von Kuchen, Keksen und Schokolade in dich hineinstopfst, nicht nur, wenn du aufgeregt oder gestresst bist!" Elke antwortete nicht. Sie gab mir aber auch keinen Nachschlag. „Hallo! Ich rede mit dir!", versuchte ich es erneut, aber wieder erfolglos. „Bist du taub? Ich hab noch Kohldampf! Soll ich dir das Wort buchstabieren? Verstehst du es dann?"

„Fritzi, jetzt mach mal hinne!", erwiderte sie stattdessen. „Bei der tropischen Hitze, die schon wieder herrscht, vergeht einem doch glatt der Appetit. Jetzt trödle nicht so herum und mach zu!"

Nachdem ich eingesehen hatte, dass ich heute früh Zwangsdiät machen musste, bestieg ich fast protestlos meine Reisesänfte aus geschälter Weide, die Elke schon am Abend zuvor vom Speicher geholt hatte.

Kurz darauf verließen wir das Haus und gingen den Hasenpfad in Richtung Südbahnhof hinunter. Es war noch früh, keine acht Uhr, aber die Sonne knallte schon wieder vom tiefblauen wolkenlosen Himmel. Die Erde schien zu dampfen. Vom Unwetter in der Nacht zeugten nur noch jede Menge abgerissener Blätter und Zweige, die auf den Bürgersteigen und Wegen lagen. Vereinzelt standen große Pfützen auf der Mörfelder Landstraße. Immer wenn ein Auto durch sie fuhr, spritzte es nach allen Seiten. Als wir in den Zugang zur B-Ebene des etwas tiefer gelegenen Südbahnhofs einbogen, bot sich uns ein sonderbarer Anblick, denn der komplette Fußboden war unter einem riesigen See verdeckt. Mehrere Zentimeter hoch stand hier das Wasser. Die Angestellten der Bäckerei, des Zeitschriftenladens und des kleinen Supermarktes fegten mit Besen und Schrubbern das Wasser aus ihren Geschäften, das während der vergangenen Nacht durch den Spalt unter den Eingangstüren in ihre Läden eingedrungen war. Feuerwehrleute waren damit beschäftigt, das stehende Wasser abzupumpen. Offensichtlich waren die Abflüsse und Gullys verstopft.

„Was ist denn hier los?", fragte ich irritiert. „Befinden wir uns jetzt etwa in Venedig? Wo sind denn dann hier die Gondeln? Sollen wir etwa am frühen Morgen zur Körperertüchtigung in den Fluten der Lagune Wassertreten nach Pfarrer Kneipp machen?"

Erfolglos hielt ich Ausschau nach Aida, der grauen Tigerkatze, die in dem Blumenladen an der Ecke wohnt, in dem sie auch arbeitet. Laut rief ich nach meiner Freundin, aber sie antwortete nicht. Entweder schlief sie noch, oder sie war auf der Jagd nach einer Kanalratte.

Die Zugänge zu der eine Etage tiefer liegenden U-Bahn-Station waren mit gelben Bändern abgesperrt worden.

„Unde is alles abgsoffe", sagte ein Mann am Info-Schalter. „Unde fährt heut nix mehr! Die Haltestell is mit jede Menge Reeschewassä vollglaafe. Da steht de Brieh bis halb nuff zu de Rolltrepp in de Zwischenetaasche!"

*

Wir müssen ein ulkiges Bild abgegeben haben. In der einen Hand trug mich meine Dosine in meinem Transportkorb. In der anderen hielt sie ihre Sandalen und eine Plastiktasche mit Mitbringseln für unsere Gastgeberin. Auf den Rücken hatte sie sich einen geschneiderten Multifunktionsbeutel geschnallt, in dem ich schon oft gesessen hatte. Ihre Hosenbeine waren bis zu den Knien hochgekrempelt. Da alle Rolltreppen standen, watete Elke barfuß quer durch die B-Ebene des Südbahnhofs zu einer Treppe, die nach oben führte. Viele andere Leute taten es ihr nach. Die Gleise der S-Bahnen waren von dem nächtlichen Monster-Unwetter nicht in Mitleidenschaft geraten, denn sie liegen eine Etage höher. Mit der nächsten Bahn fuhren wir zum Hauptbahnhof und wechselten dort trockenen Fußes in einen ICE nach Stuttgart.

Inzwischen hatte meine Dosine vor Aufregung oder Anstrengung einen so roten Kopf bekommen, als wäre sie ein riesengroßer Shrimp, der zu lange in einer heißen Pfanne verblieben war.

An die Zugfahrt kann ich mich nur undeutlich erinnern, denn ich lag gefühlte Stunden halb ohnmächtig und nach Luft schnappend in meinem Reiseknast. Vielleicht schlief ich zwischendurch auch ein bisschen oder war kollabiert; ich weiß es nicht mehr. In dem Intercity-Express war es siedend heiß, da die Klimaanlage ausgefallen war und sich die Fenster nicht öffnen ließen. Der die Tickets kontrollierende Schaffner hatte eine pulsierende Ader an der Schläfe und jede Menge Schweißperlen auf Stirn und Oberlippe, das sah ich genau. Mit einem großen rotkarierten Stofftaschentuch wischte er ständig in seinem Gesicht herum. Es hätte etwas mit den Gewittern zu tun, die letzte Nacht über Deutschland hinweg gezogen waren, sagte er, und er persönlich bedauere es sehr, dass die *Air Condition* in unserem Zug seitdem defekt sei.

Ich bin mir fast sicher, dass der Mann früher in der Schule des Öfteren gefehlt oder im Unterricht nicht aufgepasst hatte, denn offensichtlich hatte er noch nie etwas von einem Faradayschen Käfig gehört. Fakt ist: In einen Zug, ein Auto oder ein Flugzeug *kann* ein Blitz gar nicht einschlagen; das weiß doch jeder. Ich war aber zu schlapp, dies dem Mann explizit zu erklären. Außerdem hatte ich keine Lust, mit ihm physikalische Grundbegriffe zu diskutieren.

Als wir nach einer halben Ewigkeit endlich den Stuttgarter Hauptbahnhof erreichten, waren meine Dosine und ich fast im eigenen Saft gargesotten. Ich kann Sonnenschein und Wärme eigentlich ganz gut ab, aber was zu viel ist, das ist einfach zu viel.

„So muss sich ein Schäferhund fühlen, den seine Besitzer auf einem Ikea-Parkplatz bei strahlendem Sonnenschein in einem schwarzen Kleinwagen *vergessen* haben", japste mein liebster Mensch. „Fritzi, ich hab keinen trockenen Faden mehr an meinem Leib und bin kurz vor dem Verdursten."

„Meine trockenste Stelle ist die zwischen meinen Beinen", pflichtete ich ihr bei. „Warum hast du uns auch nichts zum Trinken mitgenommen? Muss ich immer an alles denken?" Bei einer so schlecht organisierten Reise war jedes Wort zuviel.

Du kannst mir getrost glauben, dass ich bereits um die halbe Welt geflogen bin. Ich war schon auf fünf Hawaii-Inseln, in Ostfriesland und Dänemark, im Schweizer Jura und auf Kreta, aber noch nie zuvor in Stuttgart.

Um von unserem Bahnsteig 8, auf dem wir angekommen waren, in das eigentliche Bahnhofsgebäude zu gelangen, mussten wir durch eine der beiden schier endlos langen überdachten Schleusen gehen, die links und rechts mit Brettern eingeschalt waren. Gelegentlich konnte man durch ein dort installiertes Fenster auf eine Monster-Baustelle gucken. Ich erblickte ein riesengroßes Loch, in dem man problemlos ein paar Hochhäuser versenken könnte. Im Größenvergleich sahen die Menschen, die dort unten in der Grube arbeiteten und mit ihren Spezialgeräten auf der Talsohle hin und her fuhren, wie Spielzeugfiguren der Firma Schleich aus. Ich war mächtig beeindruckt.

Das Erfreuliche war, dass uns Trixi bereits in der Mitte des langen Ganges erwartete. Zur Begrüßung umarmten sich die beiden Frauen herzlich.

„Habt ihr a gute Fahrt ghabt?", wollte unsere Gastgeberin höflich wissen.

„Frag mich bitte nicht danach!", erwiderte meine Dosine und stöhnte. „Ich bin mir fast sicher, dass in unserem Zug aus Kostengründen die Klimaanlage abgeschaltet wurde. Die Abteile waren nur spärlich besetzt und so beschwerten sich auch nur wenige Leute über die unerträgliche Hitze."

Kurz darauf kamen wir an einem weiteren in der Holzwand eingebauten Fenster vorbei, von dem man einen guten Blick auf die riesige Baustelle hatte. Elke meinte: „Huch! Das Loch ist ja noch genauso groß wie im letzten Jahr, als ich hier war und Fritzis Töchter brachte. Gab es inzwischen einen Baustopp?"

„Ha noi, das täuscht a bissle", antwortete Trixi und lachte. „So ähnlich wie beim neuen Flughafen Berlin-Brandenburg verzögert sich au die Fertigstellung des neuen Stuttgarter Hauptbahnhofs um einige Johr. A bissle teurer wird er dadurch au. Aber das muss man positiv angucken, denn die Baustell bietet viele Leut für lange Johr einen krisensicheren Arbeitsplatz."

„So kann man es auch sehen!", meinte Elke und kratzte sich am Ohr.

„Fritzi, freust du dich scho darauf, deine Töchter wiederzusehen?", fragte Trixi höflich und kitzelte mich durch die Stäbe meines Reiseknasts unter dem Kinn.

„Oh ja, wie verrückt", antwortete ich. „Ich bin schon gaaaaanz aufgeregt und mega hibbelig. Meine Nerven sind zum Zerreißen gespannt."

Wir gingen eine breite Treppe hinunter in die große Bahnhofshalle und fuhren dann noch mit Rolltreppen zwei weitere Etagen hinab, bis wir im Keller die U-Bahn-Haltestelle erreichten. Natürlich lief ich nicht selbst, sondern ließ mich von meiner

Sherpa in meiner Sänfte tragen. Schließlich braucht mein liebster Mensch immer eine Aufgabe, und für die war sie gut geeignet.

Als die U7 kam, stiegen wir ein, um zu Trixi nach Hause zu fahren. Auf dem Weg in den Stadtteil Heumaden unterhielten sich meine Dosine und unsere Gastgeberin. Zu meinem Befremden hörte ich, dass offensichtlich bereits geplant war, ich solle mit den anderen Schnurrbacken in Trixis Wohnung bleiben, während die Frauen gleich weiter in die Wilhelma, Stuttgarts berühmten zoologischen und botanischen Garten, fahren wollten.

„Halt! Stopp! Warum machen wir nicht alle zusammen einen Ausflug in den Tierpark?", fragte ich erstaunt. „Würde mir bitte mal jemand verraten, warum ihr mich und meine Kinder nicht dabei haben wollt?"

„Fritzilein, wir möchten doch nur, dass du ausreichend Freizeit hasch, die du mit deine Töchter verbringen kannsch", meinte Trixi beschwichtigend. „Und natürlich auch mit Tommy und Micky, meine beide Kater. Inzwischen lebt jetzt auch no des Bienchen bei uns, a kloine Tigerkatz. Die kennsch du noch net. Bestimmt wirsch du die au mögen."

„Daran zweifele ich nicht im Geringsten", miaute ich zögerlich abwartend. „Höchstwahrscheinlich werde ich sie leiden können. Und wenn nicht, dann gehe ich ihr aus dem Weg und ignoriere sie einfach. Ich bin doch keine Zicke und schließlich nur für ein paar Stunden bei euch zu Besuch. Da gebietet es schon die Höflichkeit, dass ich nicht mit meinen Gastgebern unnötigen Streit anzettele. Ich bin doch keine Drama-Queen!"

„Elke, hasch du verstanda, was Fritzi gschwätzt hat? Ich versteh sie manchmal so schlecht."

„Das kommt sicher daher, weil du selbst kein richtiges Deutsch sprichst", warf ich keck ein. „Deshalb verstehst du auch nur Schwäbisch!"

„Nee, Trixi!", erwiderte meine Dosine und winkte mit der Hand ab. „Hör einfach nicht hin. Fritzi lamentiert, kommentiert, plappert und beschwert sich in letzter Zeit den ganzen Tag. Manchmal ist es ganz schlimm mit ihr, kaum zum Aushalten. Sie meckert und mosert dann ständig an allem und jedem herum und ist die reinste Labertasche. Man könnte glauben, sie hätte Siam-Blut in den Adern."

„Das merke ich mir!", miaute ich und funkelte meine Perle zornig durch die Stäbe meines Reiseknasts an. Entrüstet drehte ich mich um, damit sie nur meinen verlängerten Rücken sehen konnte. „Dosilla, das vergesse ich dir meinen ganzen Lebtag nicht mehr! Du bist nicht nur illoyal und gemein zu mir, sondern auch noch ungerecht, dick und böse!"

Das lang ersehnte Wiedersehen mit Klickererkopf und Murmelkopf

Kurz darauf erreichten wir Trixis Haus. Schon kurz nachdem sie unten die Tür aufgeschlossen hatte, hörte ich, wie eine Etage über uns durcheinander gerufen wurde: „Da isch sie! Das isch onser liebster Mensch und noch jemand Fremdes." „Micky, rutsch mal zur Seite. Du *Ofenschlupfer* stehst mir im Weg!" „Geh sofort da fort, du *Bubespätzle*!" „Ja, Mama bringt heut Besuch mit, du *Schwabbelschwarte*!" „*Maultäschle*, drängel doch net so arg!"

„Klickerkopf, Murmelkopf", miaute ich, so laut ich konnte. „Ich bin's, eure Mama!"

Was dann passierte, als ich in der Wohnung unserer Gastgeberin aus meinem Transportknast gelassen wurde, hätte ich niemals in meinem ganzen Leben erwartet oder auch nur im Entferntesten für möglich gehalten. Das Resultat war schlimmer als jede Achterbahnfahrt in einem der Disney-Parks in Florida und furchtbarer als in meinen gelegentlichen Albträumen. Meine Tochter Murmelkopf wich ängstlich vor mir zurück, fauchte mich an und stammelte, als ich freudig einen Schritt auf sie zuging: „Wer bisch du? Was willsch du hier?"

„Ich bin deine Mutter", presste ich leise heraus. „Du und deine Schwester Klickerkopf, ihr seid meine Töchter! Ich bin hier, um euch endlich zu besuchen."

Da mischte sich mein anderes Mädchen ein und fragte mich kühl: „Ha, bitte, was könnet mir für dich tun? Wir kennet dich net. Was willsch du von uns?"

*

Schlimmer geht's nimmer. Erdboden, tue dich auf! Meine eigenen Kinder erkannten mich nicht mehr! Meine Töchter hatten mich vergessen, mich aus ihrem Gedächtnis gestrichen, die Erinnerungen an mich wie mit Tipp-Ex überpinselt oder wie im Computer mit der Tastenkombination *clear screen + ignore all + escape* für immer gelöscht. Ich war am Boden zerstört. Plötzlich fühlte ich mich uralt, wie aus einem anderen Jahrhundert. Mir war, als hätte mir jemand mit einem Ast auf den Kopf geschlagen. Salzige, heiße Tränen schossen mir in die Augen und brannten dort wie Feuer. Ich öffnete meinen Mund, um vor Frust und Enttäuschung zu schreien, aber kein Ton kam heraus. Meine Stimmbänder versagten ihren Dienst. Am liebsten wäre ich auf der Stelle gestorben, so elendig fühlte ich mich.

*

Im Laufe meines Lebens musste ich schon einige Schicksalsschläge einstecken, aber ich überlebte bisher alle. Als Kind verlor ich bei einem Umzug durch einen dummen Zufall und ein blödes Missgeschick meine ersten Menschen, meine Mutter und meine zahlreichen Geschwister. Ich traf sie zwar Jahre später wieder, aber da war nichts mehr so, wie es früher einmal war. Als mein Lebensgefährte Rüdiger, meine große Liebe und der Vater meiner Kinder, eines Tages erkrankte, wurde er stationär in einem Spital aufgenommen. Von da kehrte er aber nicht wieder nach Hause zurück. Unsere beste Freundin Johanna wurde kurz darauf ein Opfer des Frankfurter Straßenverkehrs, und unser lieber Freund Rolf verlegte Wochen später seinen Aufenthaltsort auf den Friedhof in Unterliederbach. Auch mit Camilla können wir uns nicht mehr in Eschborn treffen. Das, was von ihr noch übrig ist, liegt in Niederhöchstadt begraben. Wir haben es auch nicht mehr rechtzeitig nach Ajijic in Mexiko geschafft, um der Einladung von Elkes Ex-Chef Hans-Georg und seiner Frau Karla zu folgen und sie dort zu besuchen.

Einige meiner Liebschaften waren zuerst prickelnd und beglückend, wurden dann aber sehr bald schal. Verlassen und vergessen zu werden ist schrecklich und Gift für das eigene Selbstbewusstsein. Man sagt zwar immer, dass Zeit alle Wunden heilt. Das stimmt aber nicht so ganz. Nur die Narben der Verletzungen werden flacher. Wenn genug Zeit vergangen ist, entdeckt man irgendwann, dass der Verlust der in der Vergangenheit innig geliebten Person nicht mehr allzu sehr schmerzt. Die Erinnerungen an die gemeinsam verbrachten Zeiten verblassen ein wenig. Man/frau/katz muss akzeptieren, dass nichts unendlich dauert, weder abgrundtiefe Trauer noch gleißendes Glück. Vorsichtig fängt man an, ein wenig nach vorne zu schauen. Die Erde beginnt sich stockend wieder zu drehen und das Leben geht langsam weiter.

*

In den nächsten Minuten tauschte ich höfliche Belanglosigkeiten mit Micky, Tommy und Bienchen aus, die mich neugierig ansahen, mich beschnüffelten und Smalltalk mit mir machten. Meine Töchter hatten sich in der Küche in eine Ecke zurückgezogen, flüsterten dort miteinander und beobachteten mich.

„Wieso bisch du so sicher, dass mir deine Töchter sind?", miaute Klickerkopf in meine Richtung. „Kannsch du des beweisen?"

„Was soll diese depperte Frage?", erwiderte ich konsterniert. „Ich bin mir deshalb so sicher, weil ich euch geboren und aufgezogen habe. Euch beide und eure Brüder Marlon und Leroy." Dass Volker sie jetzt anders nannte, ließ ich der Einfachheit halber weg. Das tat zum jetzigen Zeitpunkt nichts zur Sache.

„Mädels, erinnert ihr euch noch an euren Vater? Sein Name war Rüdiger. Natürlich nanntet ihr ihn anders; ihr sagtet *Papa* zu ihm. Einer eurer beiden Brüder, Leroy, ist schwarz wie Tommy; und Marlon, der andere, sieht aus wie euer Vater. Sein Pelz ist schneeweiß, mit orangegetigerter Frisur, rot marmoriertem Rücken und tizianrotgeringeltem Schwanz. Nach eurer Geburt lebten wir alle sechs zusammen mit meiner Dosine in Frankfurt." Ich zeigte auf Elke. „Erinnert ihr euch wirklich nicht mehr daran?"

Meine Töchter sahen sich mit weit aufgerissenen Augen fragend an und zuckten kaum merklich mit ihren Schultern.

„Also bisch du net von der Stuttgarter Katzenhilfe?", wollte Klickerkopf wissen.

„Natürlich nicht!", erwiderte ich. „Wie kommst du darauf?"

„Weil Micky, Tommy und Bienchen dort von unserer Dosine adoptiert worden sind und wir au. Unsere Eltern kennet mir net. Mir sind Abgabekätzle oder Findeltiere und hen koine Angehörige. Wahrscheinlich sind wir Vollwaisen."

51

„Papperlapapp! Da irrt ihr euch! Das stimmt überhaupt nicht!", berichtigte ich sie schnell. „Wir drei, also du, Murmelkopf, du, Klickerkopf und ich, eure Mutter, sind Verwandte ersten Grades. Wir sind richtige Frankfurter! Auch wenn ihr inzwischen nicht mehr Frankfurter Platt schwätzt, sondern schwäbisch miaut."

„Ha noi, mir sind doch keine Frankfurter Würschtle!", erwiderte Murmelkopf tadelnd. „Mir sind Stuttgarter Kätzle und mir miauet reinstes Hochdeutsch."

Ich war sprachlos. Was war mit meinen Töchtern passiert, dass sie sich so verändert hatten? Wer hatte ihnen eine Gehirnwäsche verpasst?

„Elke, sollen mir deinem Schätzle net was zom Essen geben?", mischte sich Trixi ein. „Nach all dera bisherige Aufregung isch Fritzi sicher arg hongrig."

Dankbar sah ich meine Gastgeberin an und strich ihr laut schnurrend um die Beine. „Liebe Trixi", miaute ich. „Dich schickt der Himmel. Sicher bist du eine Abgesandte der großen Katzenfee, denn du kannst meine Gedanken lesen!"

Mit Trixi, Bärbel und Manfred in der Wilhelma

Kurz bevor die beiden Frauen in den Tierpark aufbrechen wollten, rief Bärbel, Trixis Freundin aus Sindelfingen, an, dass sie mit ihrem Mann auch auf dem Weg in die Wilhelma wäre, um sich dort mit ihnen zu treffen.

„Nehmt mich auch mit!", miaute ich sogleich bittend. „Warum soll ich hier bei meinen Töchtern bleiben, die sich nicht mehr an mich erinnern? Für sie bin ich Luft. Eine bedrohliche Fremde, vor der sie sich ängstigen und die sie ablehnen."

„Fritzi, weischt du net, dass man in die Wilhelma koine Tiere mitbringen darf?", entgegnete Trixi und guckte mich durchdringend an. „Noi, noi! Des isch ein Tierpark. Dorthin darfsch *net* mitkommen!" Sie wackelte mit ihrem Zeigefinger vor meiner Nase herum.

Plötzlich funktionierten meine Stimmbänder wieder und ich begann lautstark zu weinen: „Was soll ich denn noch hier? Huhuhuu! Ich will ganz schnell weg, nach Hause, zurück nach Frankfurt! Oder mit in den Tiergarten!"

„Mein liebes Kätzle, was hasch du denn? Warum heulsch du?", fragte Trixi.

„Ich bin soooo unglücklich! Keiner mag mich und keiner will mir helfen! Huhuhuu!", flennte ich.

„Fritzi-Schatz, so beruhige dich doch", entgegnete meine Perle, hob mich hoch, drückte mich fest an sich und küsste mich auf den Nasenrücken.

„Bäh! Lass das! Du weißt doch, dass ich Lipgloss nicht mag. Der schmeckt ganz eklig nach künstlichen Himbeeren und verklebt mir das Fell wie Ponal-Holzleim", jaulte ich jetzt und stieß sie unwirsch mit meinen Pfötchen weg. „Lass uns heimfahren oder in die Wilhelma gehen, aber flott! Was sollen wir denn noch hier? Das ist pure Zeitverschwendung!" Es entstand eine Pause, in der alle nur rumstanden und nichts taten.

„Fritzilein, wenn du dich gaaaanz still und brav verhältst und versprichst, nicht überall herumstromern zu wollen, dann nehmen wir dich vielleicht mit", gab mein liebster Mensch nach. Sie ging mit Trixi ins Nebenzimmer. Dort zählte sie auf, in welche Parks, Hotels, Supermärkte, Restaurants und Transportmittel sie mich schon verbotenerweise mitgenommen hatte, ohne dass ich unangenehm aufgefallen war oder wir gar der Lokalität verwiesen wurden.

„Den Zoo von Honolulu kenne ich bereits", miaute ich laut. „Und vor Jahren, eines Nachts, da war ich in dem von Frankfurt. Im Animal Kingdom in Orlando war ich auch schon, bei Micky Maus und Co."

„Ha noi, ich woiß net, was ich dazu sagen soll", erwiderte Trixi zögernd. „Richtig isch des bestimmt net..."

„Wenn ihr mich mitnehmt, dann fasse ich dort nichts an und esse bestimmt niemandem etwas weg. Ich bin auch ganz still und laufe nicht herum. Ihr werdet gar nicht merken, dass ich dabei bin. Mein großes Katzenehrenwort darauf!"

„Liebe Elke, aber nur auf deine Verantwortung!", meinte unsere Gastgeberin zaudernd. „Dann ganget mir jetzt aber bald, sonst sind Bärbel und Manfred schon vor uns in der Wilhelma und müsset auf uns warten."

*

Es kam mir fast so vor, als wären meine Töchter ein wenig erleichtert, als ich mit den beiden Frauen verschwand.

Mit der Linie U14 erreichten wir in einer guten halben Stunde die Wilhelma, in der uns Bärbel und Manfred schon am Eingang erwarteten.

Nach der Begrüßung gingen wir zuerst durch ein langgestrecktes Glashaus, in dem ausschließlich Kakteen und Sukkulenten wuchsen. Anschließend liefen wir durch ein Orchideenhaus. An den tropischen Vögeln, die dort in großen Volieren lebten, schritt meine Dosine schnell vorbei, obwohl mich die Birdies interessiert hätten. Elkes Verhalten war rücksichtslos, was ich ihr auch sagte. Dann kamen wir in einen Wintergarten, in dem jede Menge verschiedener Palmen wuchsen. Dort hüpften auch mehrere Eichhörnchen herum. Meine Dosine war entzückt. „Sollte ich einmal im Lotto gewinnen, lasse ich mir auch so ein schönes Glashaus bauen", sagte sie versonnen lächelnd.

„Dann sei doch nicht so geizig und spiel endlich mal Lotto!", riet ich ihr, denn von einem so geräumigen Wintergarten würde auch ich profitieren. „Ich hätte gern ein wilhelminisches Outdoor-Klo mit einer vollautomatisch funktionierenden Katzenklappe", miaute ich leise. Hoffentlich reichte die Merkfähigkeit meines liebsten Menschen noch so lange aus, um sich daran zu erinnern, sollte sie beim Lottospielen eines Tages erfolgreich sein und gewinnen.

Vor zwei Jahren stand auf meinem Weihnachts-Wunschzettel ein modernes biomorphes Katzenklo des Designers Luigi Colani. Leider ging mein Wunsch nicht in Erfüllung. Stattdessen bekam ich ein neues Halsband mit einer Flex-Leine geschenkt, als sei das ein adäquates Geschenk zum Fest der Liebe. Also wünschte ich mir ein Jahr später, aber wieder erfolglos, ein Hygienedepartment mit kleinen Türmchen, so ähnlich wie die beim Schloss Neuschwanstein. Vielleicht kannst du an der Varietät meiner Wünsche erkennen, wie flexibel und ausbaufähig mein Stil ist. Nein, ich bin nicht schnäubig, sondern würde auch mit einer Pipibox vorliebnehmen, die mit kleinen korinthischen, dorischen oder ionischen Säulen verziert ist. ‚Hauptsache formschön, klassisch oder antik', sage ich immer.

Wir gingen weiter durch ein Glashaus, in dem sicher tausend verschiedene, in allen Farben blühende Fuchsien in Dreierreihen hinter- und übereinander standen und von der Decke herab hingen. Es folgte ein Kamelien-Haus. Die meisten von ihnen waren aber schon verblüht. Wieder im Freien, gelangten wir durch einen üppig mit Blumenbeeten ausgestatteten maurischen Garten zu einem runden Teich, in dem Zyperngras, tropischer Lotos und prächtige Seerosen in allen möglichen Farben blühten. Auf der Suche nach Nahrung spazierten kleine Wasserhühner auf den großen Blättern hin und her. Im Teich drehten fette rotweiße Kois und andere gut genährte Karpfen ihre Runden. Pelikane gab es auch, die schwammen aber auf einem Weiher in der Nähe. Jede Menge einheimischer Gänse, aber auch ägyptische vom Nil watschelten über die Rasenflächen und führten ihre Brut aus. Zuerst kam ein sehr aufmerksames Elternteil, meist der Vater, der die Richtung bestimmte. Dann wuselten im Gänsemarsch die lieben Kleinen hinterher. Sie piepsten mit hohen Stimmen: „Wi, wi, wi, wi, wi", was wohl in der Gänsesprache bedeuten sollte: ‚Wir kommen, wir kommen, wir kommen.' Dann folgte das andere Elternteil (die Mutter), das ständig mit dem Schnabel schnatterte und gefährlich fauchende Laute ausstieß. Die Winzlinge gefielen mir sehr gut. Sie sahen überaus niedlich und possierlich aus. Gern hätte ich eines der Ginsel auf seine Schmackhaftigkeit getestet, traute mich aber nicht, diesen Wunsch zu äußern.

*

Ich glaube, wir liefen im Zickzack, denn an den Gehegen der Flamingos kamen wir nicht direkt vorbei. Zwischen den großen Vögeln mit den langen Beinen und dem orangen Gefieder befanden sich zahlreiche *wilde* Graureiher aus den benachbarten Auen. Die Grauen pickten wahrscheinlich das auf, was die Flamingos nicht verputzt hatten. Ich erspähte sie von weitem, als wir auf dem Weg zu den kalifornischen Seelöwen waren. Verwandte dieser eleganten Schwimmer sah ich im vergangenen Jahr im Pazifik in Freiheit schwimmen, als meine Dosine und ich in Los Angeles und in San Francisco waren.

Anschließend gingen wir durch ein Amphibienhaus, in dem es allerlei Fische, Muränen, Schildkröten, Muscheln, Garnelen, Hummer, Seesterne und Seeanemonen zu bestaunen gab. Außergewöhnlich und beeindruckend fand ich eine Sorte Fische, die vier Augen hatten. Mit denen konnten sie, wenn sie unter der Wasseroberfläche schwammen, gleichzeitig beobachten, was sich oberhalb und im Wasser abspielte. Ihren Namen habe ich vergessen.

*

Meine Dosine interessiert sich besonders für ihre entfernten Verwandten, die Affen. Höchstwahrscheinlich fasziniert sie die Ähnlichkeit zu Vorgesetzten, Kollegen und Fluggästen, die sie tagtäglich am Flughafen trifft. Da sich die meisten der haarigen

Vertreter während der Mittagshitze in den Gebäuden aufhielten und erst später am Nachmittag ihre Außenanlagen aufsuchten, zogen wir auch durch ihre Wohnquartiere.

Aus einem mir nicht nachvollziehbaren Grund wurde in einem der Affenhäuser Hühnerküken in verschiedenen Stadien ihrer Entwicklung gezeigt, nachdem sie in einem Brutkasten aus ihren Eierschalen geschlüpft waren. Die winzigen Gickel sahen ausnahmslos alle lecker und zum Anbeißen appetitlich aus. Ich glaube, das war in dem Gebäude, in dem die Orang-Utans (indonesisch: Waldmenschen) am Boden lagen, ihre Rücken uns zu streckten und keine Notiz von uns nahmen. Schon bevor wir sie besuchten, hatten sie sich aus Holzwolle eine Art dünne Matratze zusammengeschoben, auf der sie jetzt dösten und meditierten. Sie bewegten sich kaum, so müde waren sie.

Deshalb gingen wir weiter ins Gorilla-Haus. Auch dort chillten die älteren Tiere. Zuvor waren die Pappkartons, die sie wohl morgens zur Beschäftigung erhalten hatten, beim spielerischen Erkunden auseinandergerissen worden. Sie dienten jetzt als Unterlagen beim Mittagsschlaf. Gelegentlich öffnete der eine oder andere Gorilla seine tiefbraunen Augen und beobachtete uns nachdenklich eine Weile. Manche von ihnen zeigten uns auch ihre vielen Zähne und riefen uns etwas zu, was ich aber nicht verstand. Ob sie uns drohen wollten oder ob sie uns einen Witz erzählten und selbst darüber lachten, konnte ich nicht erkennen. Dann drehten sie sich gelangweilt von uns weg, kratzten sich ausgiebig und schliefen weiter. Nur die jüngeren Tiere liefen umher, spielten miteinander und hangelten sich an den aufgehängten Feuerwehrschläuchen unter der Decke entlang. Auf schlecht einsehbaren Vorsprüngen und in Nischen dösten die Gorillamütter und drückten ihre Jungtiere dabei fest an sich.

Trixi und Bärbel konnten die Menschenaffen voneinander unterscheiden und wussten auswendig alle ihre Namen und wie sie miteinander verwandt sind.

Mein liebster Mensch war besonders von den Bonobos fasziniert. „Die haben alle so schöne Gesichter", sagte meine Perle, „und so etwas Intelligentes und Wissendes in ihrem Blick."

Diese Menschenaffen waren kleiner und flinker als die Gorillas. Die meisten von ihnen zogen es aber vor zu ruhen, anstatt mit uns zu interagieren. Nur wenn man genau hinsah (so wie ich), konnte man erkennen, dass vier der erwachsenen Weibchen winzige Babys hatten, die sie beim Schlafen vorsichtig an ihre Oberkörper drückten.

Da alle diesjährigen Menschenaffenbabys nach der Geburt von ihren Müttern angenommen wurden, sie ihre Kleinen bereitwillig säugen und ihren Nachwuchs selbst prägen und erziehen, ist die Aufzuchtstation der Wilhelma derzeit verwaist. Da es dort für uns nichts zu sehen gab, gingen wir auch nicht hin.

Des Weiteren sahen wir schlanke Klammeraffen, die beim Klettern ihren Greifschwanz wie eine dritte Hand benutzten und sich damit festhielten. Gibbons warnten mit lauten Rufen andere (imaginäre, nicht anwesende) Gibbon-Sippen vor dem Eindringen in ihr Territorium. Wir sahen auch ausgewachsene rote und schwarze Haubenlanguren, die ein winziges orangefarbenes Baby mit sich herumtrugen. Außerdem erinnere ich mich an eine Familie von Japanmakaken mit feuerroten Gesichtern.

Besonders beeindruckte mich eine Wohngemeinschaft im sogenannten Jungtieraufzuchthaus, in der die Faultiereltern Marlies und Mike entspannt an Ästen unter der Decke ihres Heims hingen und meditierten. Als ich genau hinsah, erblickte ich ihren diesjährigen Nachwuchs, der sich gemütlich auf Mutters haarigen Bauch gebettet hatte. Wie in einer Hängematte lag er da und schier in Zeitlupentempo änderte er jetzt seine Lage um wenige Zentimeter. Ich las auf einem Schild, dass der Faultier-Nachwuchs vom vergangenen Jahr ausquartiert wurde und derzeit im Amazonienhaus wohnt.

In derselben Wohngemeinschaft wie die kleine Faultierfamilie leben auch das Weißgesichtsseidenäffchen Evita und das Goldkopflöwenäffchen Zoe. Als ihr Gatte vor ein paar Jahren starb, litt Evita durch den Verlust des geliebten Partners und die darauf folgende Vereinsamung am Broken-Heart-Syndrom. Im übertragenen Sinne *bricht* das Herz anscheinend vor Kummer. Von jüngeren Mitgliedern ihrer Familie wurde Evita damals zusätzlich gemobbt und gepiesackt. Dies verursachte bei ihr weiteren Stress.

Seit sie mit Zoe und den Faultieren vergesellschaftet wurde, sind die beiden alten Mädels förmlich ein Herz und eine Seele. Sie verstehen sich so gut, dass sie sich ihr Nachtquartier in einem hohlen Baumstamm teilen und sich dort im Schlaf aneinander kuscheln.

Wie schlimm diese Krankheit der alten Evita zusetzte, kann ich gut nachvollziehen, denn auch ich verlor meinen Partner und war anschließend eine lange Zeit depressiv verstimmt. Dies äußerte sich darin, dass ich dauernd müde und traurig war und kaum mehr Appetit hatte. Seit dieser Zeit sage ich immer zu meiner Perle: „Auf Dauer allein zu sein ist doof. Zu zweit ist man nicht ganz so allein, auch wenn der Haussegen manchmal schief hängt. Schaff dir einen neuen Freund an, dann tue ich es auch!" Aber Elke hört einfach nicht auf mich.

Nebenan hatte die rote Mascha, eine Vari-Lemure, ihr Zuhause gefunden. Als die Halbäffin Witwe wurde, erkrankte sie an einer schweren Depression. Der Tierarzt befürchtete schon, sie würde sich vor Verlustschmerz und Kummer zu Tode hungern. Andere Affen konnten sie nicht aufmuntern. Nichts machte ihr mehr Freude. Jeden Tag wurde Mascha ein kleines bisschen dünner und noch trauriger. Erst als eine Tierpflegerin auf die Idee kam, sie mit zwei Hühnern zu vergesellschaften, erwachte sie aus ihrer Lethargie und begann wieder zu essen.

„Du, Opa", sagte ein kleiner Junge, der eine Weile das Äffchen und ihre Therapiehühner betrachtet hatte, „die Mascha sieht aus wie ein Kaninchen."

Wir waren gerade beim Weggehen. Schnell streckte ich meinen Kopf aus meinem Beutel heraus und rief dem Bub zu: „Das ist kein Kaninchen! Das ist der Osterhase mit seinen zwei fleißigen Assistentinnen! Die helfen ihm beim Eierlegen und beim Bemalen!"

*

Zu fast allen Tieren wussten Trixi und Bärbel eine Geschichte zu erzählen, denn sie hatten schon mehrfach, anlässlich ihrer Geburtstage, einen Gutschein von Freunden

geschenkt bekommen, der sie berechtigte, sich hinter den Kulissen der Wilhelma um-
zuschauen. Dort durften sie während der Futterzubereitung anwesend sein und bei der
folgenden Essensverteilung aktiv helfen. Das hätte mir sicher auch Spaß bereitet. Besonders gern wäre ich bei der Geflügelverköstigung, oder korrekter gesagt, bei der
Geflügel-*Verkostung*, dabei gewesen. Vielleicht wäre dann auch für mich ein zartes
Birdy abgefallen, was eigentlich als Storchenfutter vorgesehen war oder der Atzung
des Greifvogel-Nachwuchses dienen sollte. Trixi raubte mir aber die Illusion, dass
Besucher hinter den Kulissen Geschmacksproben abstauben könnten. Sie sagte, dass
ausschließlich die Insassen des Zoos gefüttert würden; für die Gäste gäbe es auf dem
Gelände ein Bistro und mehrere Restaurants.

*

Gut gefiel mir eine Außenanlage mit einem künstlich aufgeschütteten Felsen, auf dem
mehrere Familien von Blutbrust-Pavianen, die auch Dscheladas genannt werden, sich
ihr Habitat mit Klippschliefern (kaninchengroße Säugetiere) und Mähnenschafen teilen. Die Paviane groomten sich nicht nur gegenseitig, sondern lausten auch die Schafe
mit den großen Hörnern, indem sie sich während ihrer Beauty-Behandlung von den
Tieren hin und her tragen ließen. Sie ritten förmlich auf ihnen. Ein Pavian-Grooming
würde mir sicher auch Spaß machen und gut tun, denn akribisch genau beguckten die
Kosmetikerinnen alle Haarsträhnen nach eventuellen Läusen und Nissen, befingerten
jede verborgene Hautfalte nach Staubkörnern und entfernten alle Hautschuppen, die
sie fanden. Ihr zahlreicher Nachwuchs war überaus munter und unternehmungslustig.
Wie an einer Leine hielten die Mütter mit einer Hand ihre vorwitzigen Babys an deren
langen Schwänzen fest.

*

Als wir an einem Käfig mit kleinen Totenkopfäffchen vorbeikamen, sahen wir mit
Schrecken, dass dort eine Gruppe Halbwüchsiger die Äffchen mit abgebissenen
Stückchen von mitgebrachter Bifi-Salami fütterten, obwohl mehrere Schilder und
Piktogramme an deren Domizil hingen mit der Aufschrift: „Füttern verboten!"
„Hört sofort auf, den Tieren eure Wurst zu geben!", rief Elke erschrocken. „Die ist für
die Affen nicht gesund!"

Einer der Jungen antwortete ihr keck: „So e bissle Wurscht schadet dene Äffle be-
schtimmt net!" Mehrere Jugendliche ließen sich nicht stören, bissen erneut von ihren
Pausensnacks Happen ab und reichten sie den Tieren durch die Gitter. Geschickt nahmen ihnen die Äffchen die Bissen aus den Fingern und steckten sie sich in den Mund.

„Hört ihr nicht richtig?", fragte meine Dosine jetzt lauter. „Mit der Wurst könnt ihr
die Affen umbringen! Sie enthält alle mögliche Chemikalien, Farbstoffe, Nitrit-
Pökelsalz, Konservierungsstoffe und Geschmacksverstärker!"

Da lachten die Kids ungläubig und verlegen, drucksten herum und warteten, bis wir
weitergegangen waren.

*

Anschließend ging es zum Schaubauernhof. Dort kamen wir an einem Koben vorbei,
in dem sich zwei mittelgroße Hängebauchschweine befanden. Das etwas größere ver-

suchte dauernd, am Po des kleineren zu riechen, was dem anderen sichtlich unangenehm war, denn es quiekte ständig. Es konnte aber nicht aus seinem Verschlag entkommen, denn die Türe zum Stall war geschlossen. Ich schätze, der Schnüffler war ein Eber und das Schwein seine Frau oder Freundin. Außer uns stand dort noch ein Mann mit einem sehr dicken Bauch und strähniger Halbglatze nebst seinen beiden noch nicht schulpflichtigen Kindern. Soviel ich aus meinem Känguru-Säckchen heraus sehen konnte, richtig hübsch anzusehen war sein Nachwuchs auch nicht.

„Das isch doch a richtig hässliche Sau", sagte der Mann jetzt und zeigte mit dem ausgestreckten Finger auf das kleinere der Tiere. „Wie blöd die schon guckt!"

Ich verkniff mir, ihm zuzurufen: ‚Sollte dir ständig ein Eber an deinem Pillermann herumriechen und dich dort unermüdlich mit seiner Schnauze fest anstupsen, dann würdest du bestimmt noch blöder gucken als eh schon!'

Wir kamen auch an zwei riesigen hellbraunen Kühen vorbei, die vor ihrem Stall in der Sonne standen. Sie mussten gerade ein Vollbad genommen oder geduscht haben, denn sie waren pieksauber anzusehen. Zärtlich leckten sie sich gegenseitig am Hals die Wassertropfen ab und schubberten sich vorsichtig am Rücken mit ihren weit ausladenden spitzen Hörnern. Sicher waren sie beste Freundinnen. Auch fast vergessene uralte Ziegen- und Schafsrassen waren in einem nahen Streichelzoo untergebracht.

In weiteren Freigehegen gab es allerlei fast ausgestorbene Hühnerrassen zu bestaunen, die ich noch nie zuvor in der Natur gesehen hatte; auch nicht auf Hawaii, wo ganz viele Hühner wild leben. In den prächtigen Federn der hiesigen war bis auf Blau jede Farbe des Regenbogens vertreten. Besonders den Nachwuchs mochte ich leiden. Wie du sicher weißt, ist Geflügel meine Leib- und Magenspeise. Wenn ich ehrlich bin, ja, mir lief das Wasser im Munde zusammen. Ich hatte einen Speichelsturz nach dem anderen, aber ich beherrschte mich mit aller Kraft und sprach den Wunsch nicht aus.

Da sagte eine dicke Frau zu ihren drei halslosen kleinen Monstern: „Von so Mistkratzern stammen die Chicken McNuggets, die ich euch nachher zum Essen hole!" Ich könnte wetten, dass die Zutaten für die von ihr genannten hochkalorischen Frittier-Pressfleischklumpen *nicht* von diesen edlen Hühner-Rassen stammen, sondern von bemitleidenswerten Tieren aus einem der vielen KZ-Geflügelmastbetriebe, aber egal. Ich schätze, es wäre der Frau eh egal gewesen.

*

„Ich will jetzt *sofort* die rosa Einhörner sehen!", quengelte ein ganz in Pink gekleidetes Mädchen.

„Du stammst wohl aus der Finsternis des Nicht-Wissens?", fragte ich höflich.

Zur Bestätigung seines Wunsches ballte das Mädchen seine kleinen Hände zu Fäusten und trampelte vor Ungeduld mehrmals mit den Füßen auf der Stelle. Ihre Großeltern beugten sich auch sogleich beflissen über den Faltplan des Tierparks und begannen nach dem Habitat der Phantasiewesen zu suchen.

„Weiß denn keiner von euch, dass das rosa Einhorn unsichtbar ist?", miaute ich, fast sprachlos über so viel kollektive Dummheit. Gern hätte ich dem Blag meine Meinung zu rosa Einhörnern gesagt; aber dazu kam es nicht mehr, da wir rasch zu der

Sippe der angeblich adeligen Poitou-Riesenesel abbogen. Ein Fohlen war auch dabei. Alle trugen ein *von* in ihrem langen französischen Namen. Ich vermute, unter ihren verfilzten langen Fellzotteln war ihnen bestimmt sehr warm.

Die Przewalski-Wildpferde, die einen dunklen Aalstrich am Rücken tragen, liefen weg, als wir näher kamen. Wahrscheinlich hatten sie mich entdeckt und ängstigten sich vor mir. Jedenfalls trauten sie uns nichts Gutes zu.

*

Nicht weit vom Schaubauernhof entfernt lagen zwei Trampeltiere wiederkäuend in der Sonne. Von ihren Höckern hingen noch lange Zotteln ihres Winterfells herab, obwohl es schon bald Sommer war. Die zusammenklebenden Haarstränge der Kamele erinnerten mich an Dreadlocks (Filzlocken), die schon längere Zeit keinen Kontakt mehr mit Wasser gehabt hatten. Hier müffelte es auch ein bisschen streng.

Im Gehege nebenan befanden sich mehrere Strauße, die überaus hektisch hin und her liefen. Im Vergleich zu ihren muskulösen Beinen und kräftigen Füßen hatten die großen Vögel sehr kleine Köpfe mit wunderschön glänzenden Augen und langen geschwungenen Wimpern.

Wir kamen an den Habitaten der Flusspferde vorbei und an den Wiesen, auf denen Bisons grasten. Diese beachteten uns aber nicht, sondern zeigten uns nur ihre verlängerten Rücken. Auch die Okapis hatten keine Sprechstunde und versteckten sich hinter Bäumen. Eine Gruppe Giraffen stand auf einer Weide. Sie zupften mit ihren langen blauen Zungen die frischen Blätter von einem dicken Bündel Zweige, das an einem aufrecht stehenden Mast befestigt war.

Es gab auch zwei Elefanten, die stereotyp ihren Kopf hin und her schwenkten. „Guck mal, wie traurig das aussieht. Sie weben", sagte Elke. „Bei Kindern nennt man so ein unnatürliches Bewegungsverhalten *Hospitalismus* oder Kaspar-Hauser-Syndrom. Bei Kindern entsteht es durch Reizentzug, Einpferchung, Vernachlässigung oder Misshandlung in der frühen Jugend. Wie schade, dass man die beiden Elefanten nicht mit einem Bataillon Therapiehühner vergesellschaftet hat."

„Möglicherweise haben die sensiblen Elefanten Angst vor den *Göckele*", erwiderte Trixi. „Höchstwahrscheinlich haben ihre Pfleger des scho versucht."

*

Ein oder zwei Brillenbären lagen auf einer Wiese im Schatten und dösten.

Die inzwischen betagte und einsame Eisbärin Corinna sah ich nicht. Sie hatte es vorgezogen, ihre Siesta im kühleren Gebäude zu halten und verschlief dort die Mittagshitze. Trixi erzählte uns, dass Corinnas langjähriger Lebenspartner Anton, der Vater ihres gemeinsamen Sohnes Willbär, nach tagelangem Todeskampf verendet war. Sein sinnloses und viel zu frühes Sterben erschütterte viele Tierfreunde. Ein offensichtlich hirnloser Besucher hatte in einem unbeobachteten Augenblick einen Tornister aus Kunststoff über die sehr hohe Glaswand des Geheges geworfen. Man vermutet, dass der Eisbär mit dem ihm zugeworfenen Teil zuerst spielte und es anschließend zerfetzte. Dann fraß er es wohl aus Langeweile. Ich vermute aber, dass sich noch ein lecker riechendes und in Plastikfolie eingepacktes Pausenbrot in der Tasche befand, das dem Eisbär letztendlich zum Verhängnis wurde.

Nach Antons qualvollem Tod stand in der Presse zu lesen, dass der Rucksack oder der Schulranzen ‚versehentlich' in das Eisbärengehege *gefallen* sei.

Hä? Wie sollte das denn funktioniert haben? Ich bin zwar nur eine kleine Katze mit einem eingeschränkten Denkvermögen, aber so einen Schwachsinn kann ich nicht glauben.

Trixi sagte, dass so viel geballte menschliche Dummheit sie nicht nur wütend, sondern auch sehr traurig macht. Wir stimmten ihr alle zu.

*

Direkt neben dem Eisbären-Gehege befand sich in einem fließenden Gewässer eine Biberburg. Als wir in das Gebäude hinein gingen, konnten wir durch eine dicke Glasscheibe das unterirdisch angebrachte Eingangsloch zu dem oberirdisch liegenden Wohnraum der Biber-Familie sehen. Als sich meine Augen an die Dämmerung gewöhnt hatten, sah ich, dass sich plötzlich in der hintersten Ecke ein Winzling bewegte. Zielstrebig robbte er bis fast zum Wasserrand. Da kam seine Mutter gerannt, packte den kleinen Ausreißer mit ihren Zähnen am Nackenfell, hob ihn vorsichtig hoch und trug ihn zurück ans äußerste Ende ihres Apartments. Mit dem Biber-Baby hätte ich gern ein bisschen gespielt. Aber dazu hätte ich zuerst ins Wasser springen, dann nach unten tauchen und das Eingangsloch zu ihrer Einraumwohnung am Seegrund finden müssen, bevor ich schwimmend in ihre Wohnung hätte auftauchen können. Nein, das war mir zu kompliziert. Nass werden wollte ich auch nicht, obwohl der Kleine wirklich herzallerliebst und niedlich aussah.

*

Als wir anschließend an einem Hang an einer noch nicht gemähten großen Blumenwiese vorbeikamen, flüsterte ich Elke ins Ohr: „Lass mich bitte mal schnell aus meinem Beutel heraus. Ich muss dringend pieseln!"

„Ihr könnt schon mal ins Bistro vorgehen", sagte mein liebster Mensch zu den anderen. „Sobald Fritzi zurückkommt, folge ich euch. Bitte haltet mir einen Platz im Schatten frei."

Ich sprang aus meinem Beutel heraus und verschwand zwischen hohen Grashalmen, Butterblumen, Beinwell, Johanniskraut, Weiderich, Wiesenraute, Hirtentäschelkraut, Vogelmiere, Kornblumen, Wiesenschaumkraut, Wicken, Sauerampfer, Kamille, Ackerwinden, Klatschmohn und Margeriten. „Elke, setz dich lieber auf eine Bank. Vielleicht dauert es einen kleinen Augenblick länger", rief ich ihr zu.

„Fritzi, mach hinne! Wir wollen Trixi, Bärbel und Manfred doch nicht warten lassen", rief meine Dosine hinter mir her. „Ich würde auch gern noch eine Tasse Kaffee trinken, bevor wir weitergehen."

Da konnte sie lange warten. Wer nicht *Bitte* sagen kann, braucht sich auch nicht zu wundern, wenn geäußerte Wünsche nicht umgehend erfüllt werden.

Nachdem ich meine Geschäfte erledigt hatte, lief ich nicht gleich zurück zu meiner Dosine, sondern durchquerte die Wiese. Sie grenzte an ein kleines Wäldchen, das sich an einen Spielplatz anschloss. Am Rand sah ich unter Tannen zwei Mädchen stehen. Sie stocherten mit Zweigen in einem mit Holzleisten abgezäunten Ameisenhügel herum.

„Das dürft ihr nicht tun!", rief ich ihnen erschrocken zu, als ich näher kam. „Das ist das Wohnhaus einer Ameisen-Großfamilie, die dort mit ihrer Königin lebt."

„Die Königin wollen wir ausgraben", sagte das blonde Mädchen mit den Zöpfen und lachte dabei. „Die stecken wir in eine Streichholzschachtel und nehmen sie mit." Beim Sprechen glitzerten ihre Augen wie kleine glühende Grillkohlen.

„Aber Ameisen sind nützlich!", widersprach ich sogleich. „Wenn ihr den Hügel kaputt macht, dann sind sie heimatlos."

„Das ist mir doch egal!", erwiderte trotzig das Mädel mit den Locken. Jetzt presste es seine Lippen fest zusammen und begann mit den Füßen zu trampeln. „Meine Mutter tritt Ameisen auch tot. ‚Das sind Schädlinge', sagt sie immer. ‚Die sind böse!'"

Hilflos sah ich zu, wie sie den Bau weiter zerstörten. Hektisch liefen seine Bewohnerinnen hin und her und versuchten zu retten, was nicht zu retten war.

„Sind eure Mütter auch hier?", fragte ich schnell, „oder seid ihr allein?"

Mit dem jetzt aus dem Ameisenbau herausgezogenen Ast zeigte das Kind auf eine Bank auf der gegenüberliegenden Seite des Spielplatzes. „Ja, die sitzen dort drüben zusammen und zeigen sich gegenseitig unsere niedlichsten Babyfotos", erwiderte das Mädel mit den Zöpfen. Die Frauen beugten sich entzückt über ihre Smartphones und beachteten ihren Nachwuchs nicht.

„Ich hab da eine supertolle Idee", sagte ich langsam, jedes Wort betonend. „Ihr beiden habt doch sicher eure Mamas gaaanz doll lieb?" Die Mädchen nickten eifrig und lachten dabei. „Warum pflückt ihr für sie nicht einen diiicken Strauß hochstämmige Erdbeeren? Darüber freuen sie sich ganz bestimmt! Begeistert und dankbar werden sie sein und euch loben, weil ihr so entzückende und brave Kinder seid! Außerdem schmecken hochstämmige Erdbeeren extrem lecker, auch ohne Schlagsahne!" Ich zeigte auf eine Ecke am Wiesenrand, an der mehrere Quadratmeter Brennnesseln üppig wucherten und deren Blüten von mehreren Schmetterlingen umschwirrt wurden.

Die entsetzten Schreie und das schrille Kreischen der beiden Gören war noch eine Weile deutlich zu vernehmen, als ich schon wieder in meinem Beutel saß und meine Dosine und ich in Richtung Bistro eilten.

*

Als wir später an dem Habitat der Zebras vorbeischlenderten, hörte ich, wie ein Bub fragte: „Papa, was sind das für Pferde?" Sein offensichtlich minder-intelligenter Erzeuger antwortete lapidar: „Gestreifte."

Anschließend gingen wir an der Südamerika-Anlage vorbei. Dort sah ich Vikunjas, Alpakas und Guanakos, die auf verschiedenen Wiesen ästen, ruhten, miteinander spielten und wiederkäuten. Es gab weiße, braune, schwarze und gefleckte. Den erwachsenen Tieren hatte man wegen der Hitze vor kurzem das Fell geschoren. Nur auf ihren Köpfen trugen sie noch dicke Wollpuschel.

„Das sind wilde Ziegen, die in der Wüste leben", vermittelte ein Vater seinen Sprösslingen dozierend sein zweifelhaftes Wissen.

Komisch war nur, dass auf den Schildchen, die an den Zäunen der Anlagen hingen, zu lesen stand, dass alle diese Tiere (genau wie auch Lamas) mit den Kamelen verwandt sind und die meisten von ihnen seit Jahrhunderten domestiziert im Hochland von Südamerika leben. Dort werden sie als Tragetier genutzt und als Woll- und Fleischlieferant geschätzt.

Gut gefielen mir die Erdmännchen. Mit denen hätte ich gern einmal eine Weile gespielt. Ein aufmerksamer Beobachter saß auf einem erhöhten Ausguck und beobachtete ihr Refugium. Die anderen fraßen, scharrten im Boden oder liefen derweil herum und spielten. Als ein Kolkrabe vorbeiflog, stieß der Späher einen spitzen Pfiff aus. Blitzschnell verschwanden daraufhin alle Tiere in ihren Souterrain-Wohnungen.

Wie gut, dass die großen Steinadler und Gänsegeier nicht aus ihren Volieren heraus konnten. Sie hätten den Bestand der niedlichen Erdmännchen sicher liebend gern und rasend schnell dezimiert und ihre Jungen mit deren Fleisch gefüttert.

Da ich selbst eine *Felidae* bin, interessierte ich mich besonders für die verschiedenen großen Katzen, die hier in der Wilhelma ein neues Zuhause fanden. Gern hätte ich mit den Geparden, Leoparden, Löwen und Tigern fraternisiert, aber meine Begleiter waren strikt dagegen. So musste ich mich notgedrungen schmollend fügen.

„Fritzi, du willsch doch sicher nicht als Amuse-Gueule (französisch: Appetithäppchen, Gaumenkitzler, kleiner Gruß aus der Küche) im Magen einer Großkatze landen", meinte Bärbel lachend. Nein, das hatte ich nicht vor. Für einen Mittwoch-Nachmittags-Snack war ich mir zu schade.

„Bärbel, gerade hast du auch ein bisschen geschwäbelt!", miaute ich leise. „Ich hab's deutlich gehört!"

„Das kann nicht sein", lachte sie. „Wir sind nur in Schwaben zugezogen."

*

„Die Freifluganlage der Vögel schenken wir uns besser", ließ Elke verlauten und zwinkerte Trixi mit einem Auge zu. „Ich will nicht, dass sich Fritzi unnötig aufregt." So richtig verstand ich nicht, was meine Dosine damit meinte. Sollte sie doch froh sein, wenn ich mir mein gesundes Abendessen selbst erlege!

Leider versteckten sich die Keas in ihren Schlafnestern und ließen sich auch durch Rufen und Pfeifen nicht hervorlocken. Die olivgrünen Papageien aus Neuseeland hätte ich wirklich gern getroffen. Über die hochintelligenten Birdies sah ich schon mehrere Reportagen in der Glotze und war dabei *nicht* eingeschlafen, was bei mir einiges zu bedeuten hat.

*

Wir gingen weiter in das riesengroße Amazonienhaus. Mehrmals musste sich dort meine Dosine ihre Brillengläser putzen, da sie wegen der hohen Luftfeuchtigkeit immer wieder beschlugen. Hier sah es aus wie in einem der tropischen Regenwälder, durch die ich schon auf Hawaii gestromert war. Leider wurde mir Letzteres vor Ort verwehrt.

Auf einer Tafel stand, dass in diesem Gebäude die Fauna und Flora Amazoniens vertreten sei. Hier würden nicht nur zweitausend Pflanzen und dreihundertfünfzig Arten wachsen und gedeihen, sondern auch unzählige grüne Leguane in den Bäumen klettern und gut fünfzig Urwaldvögel frei herumfliegen. Es war sehr aufregend für mich, obwohl ich viele der hier frei lebenden Tiere nicht entdeckte.

In diesem Glashaus wuchsen außer allen möglichen unterschiedlichen Palmen auch typische Bäume und Sträucher der Plantagenwirtschaft. Ich erinnere mich an Kautschukbäume, Bananenstauden, Maniok, Mango-, Kakao- und Papaya-Bäume. Gelegentlich huschten Weißkopfsakis und Goldkopflöwenäffchen durch die Baumkronen. Sie waren aber so flink, dass man genau hingucken musste, um sie zu entdecken. Monstera-Pflanzen mit riesigen Blättern, an deren Stängeln sich winzige Orchideen mit Luftwurzeln festklammerten, hingen von den Bäumen herab. Am Boden gediehen prächtige Moose und Farne. Die feuchten Wege waren mit Mulch bestreut, damit die Besucher nicht auf ihnen ausrutschen konnten.

In Glasvolieren sah ich riesige behaarte Spinnen, Heuschrecken, so groß wie meine Pfote, kleine und große Skorpione, die alle einen Giftstachel trugen und Tausendfüßler, die fast so lang wie ich waren (ohne meinen Schwanz). Es gab auch Asseln in der Größe von Elkes Daumen und kleine, sehr hübsch anzusehende Frösche. Mit deren die Atmung lähmendem Gift präparieren die Yanomami-Indianer am Amazonas und Orinoko-Delta ihre Blaspfeile, bevor sie zur Jagd gehen.

Ich erinnere mich auch an Kröten, die halb so groß wie ich waren, und jede Menge Schlangen, vor denen ich mich sehr ängstigte. Ein Biss der kleineren ist meist sehr gefährlich, denn nicht für alle ist ein Gegenserum (Antidot) bekannt oder vorrätig. Die großen Schlangen haben zwar keine Giftzähne, können aber auch mächtig gefährlich werden, da sie ein Lebewesen durch ihre Muskelkontraktionen zusammenpressen und ersticken, bevor sie es verschlucken, ohne es zu kauen. Anakondas, Pythons und Boas sind anschließend sehr lange satt und brauchen über Wochen nichts mehr zu essen, ohne dass ihnen das Fasten etwas ausmacht. Es war faszinierend, interessant, lehrreich und gruselig; alles zur selben Zeit. Hier gefiel es mir.

Im selben Glashaus überqueten wir einen Bach, der quer über den Weg lief und von einem Wasserfall gespeist wurde. Als wir um eine Ecke kamen und ein paar Stufen nach unten gingen, standen wir plötzlich vor der dicken Glasscheibe eines großen Terrariums. Im Wasser schwammen Schildkröten und allerlei Fische. Auf einer Sandbank chillten Kaimane. Hoch über uns saß auf einem Ast ein ausgewachsener Riesentukan und stärkte sich. Mit seinem großen gebogenen Hornschnabel fischte er sich eine Leckerei nach der anderen aus den für ihn an Bäumen befestigten Näpfchen und verputzte sie. Interessiert guckte er uns zu, zuerst mit dem linken Auge; anschließend drehte er seinen Kopf um und fixierte uns mit dem rechten.

„Peach-Schackeline, guck mal schnell", sagte eine junge Frau zu ihrem Kind und zeigte mit ihrem Finger auf den tropischen Flattermann. „Siehst du dort den großen gelben Kanarienvogel?"

*

Ziemlich am Schluss unseres Rundgangs gingen wir noch durch das Insekten- und Schmetterlingshaus. Die Käfer befanden sich, in diversen Stadien ihrer Verpuppung, hinter Glas. Ich hätte sie mir gern in Ruhe und aus der Nähe angesehen, aber meine Perle beeilte sich jetzt. Zügig, sich überall kratzend, strebte sie an den Schaukästen und ihrem lebenden Inhalt vorbei.

Nebenan in der Schmetterlingshalle sah ich zu meinem Schrecken, dass ein kleines Mädchen die Falter fing, indem es die, die nicht schnell genug wegflogen, zwischen ihren Händen totklatschte. Die Erziehungsberechtigten standen einen Schritt hinter ihrer Brut, freuten sich wie Bolle, feuerten das Kind an und lobten es für seine Geschicklichkeit.

„So viel destruktive menschliche Blödheit ertrage ich nicht!", rief Elke erschrocken aus und verließ auf direktem Weg das Gebäude. „Wenn das jedes Blag so machen würde, dann gäbe es in unserem Land bald keinen einzigen lebenden Schmetterling mehr!"

„Regen Sie sich doch net so auf!", meinte eine ältere Frau, die uns anscheinend beobachtete. „Die Falter werden hier extra für die Besucher gezüchtet. Am nächsten Tag würden die eh sterben!"

Fassungslos und sichtlich erschüttert schlug sich meine Dosine mit der flachen Hand vor die Stirn. Dann hielt sie sich einen Moment lang demonstrativ die Ohren zu und guckte starr auf ihre Schuhe. Leise flüsterte sie, aber ich hörte jedes Wort: „Herrgott, bitte vergib ihnen! Alte Leute und Wolken sind *dir* am allernächsten!"

Dann gingen wir zusammen in Richtung Ausgang. Unterwegs sahen wir auf einer Wiese einen Pfau, der ein prächtiges Rad schlug und auf und ab stolzierte. Seine Gattin konnte ich nicht entdecken. Hoffentlich war ihr nichts passiert.

*

„Was habt ihr für heute Abend geplant?", fragte Bärbel. „Wollt ihr mit uns nach Sindelfingen kommen und euch bei uns daheim unsere Schnurrbacken Mona, Mila, Wibke, Nino, Elvis, Timmi und Mikel ansehen? Unsere Pfleglinge Pimpfie, Pinsel, Pedro, Pablo, FiFi und Püppie müssen auch noch ihr Fläschchen kriegen. Allerdings haben wir anschließend noch einen *Top secret*-Einsatz als ehrenamtliche Katzenfänger."

Gerade wollte ich fragen: ‚Seid ihr Kollegen von James Bond, dem hiesigen *007* Undercover-Geheimagenten, der im Auftrag von *Her Royal Highness*, der Insel-Lisbeth von Britannien, ermittelt und agiert?', aber Manfred kam mir zuvor.

„Schon vier Abende haben Bärbel und ich stundenlang wartend auf einem Parkplatz im Industriegebiet von Böblingen verbracht", sagte er und lachte. „Dort versuchten wir bisher vergeblich eine angeblich hochschwangere streunende Katze einzufangen, bevor sie ihre Kleinen wirft. Seit Wochen schleicht das Tier um ein exklusives *Hallenbad* herum, weint bitterlich und bettelt die Angestellten und Kunden auf dem Parkplatz um Futter an. Bis jetzt, wenn wir da waren, war sie zu ängstlich oder nicht hungrig genug, um in unsere Falle zu gehen."

„Wir engagieren uns bei der Stuttgarter Katzenhilfe", fügte Bärbel hinzu. „Und heute ist sie dran, die Streunerin! Heute fangen wir sie, ob sie will oder nicht. Dann kann sie in den nächsten Tagen, im sicheren Umfeld einer unserer Pflegestellen, in aller Ruhe ihre Welpen bekommen und sie dort auch aufziehen. Anschließend wird sie kastriert und gechipt und an einen Tierfreund vermittelt, bei dem sie für immer bleiben darf. Sollte das aus irgendeinem Grund nicht klappen, darf sie nach dem Abstillen ihrer Kitten wieder zurück in die Freiheit."

„Das klingt richtig spannend, wird aber zeitlich für Fritzi und mich leider zu knapp", erwiderte meine Dosine gedehnt. „Wir wollen nachher um halb neun den Zug zurück nach Frankfurt nehmen."

„Elke, warum bleibt ihr net einfach über Nacht hier in Stuttgart?", fragte Trixi schnell. „Ihr könnet in meim Gästezimmer schlafen und fahrt dann morgen Mittag oder gegen Abend wieder heim. Dann betätigen wir uns heut alle, wenn's dunkel wird, als Greifer- und Fänger-Agenten der Katzenhilfe."

„Aber ich hab gar nichts zum Wechseln dabei", erwiderte mein liebster Mensch.

„Elke, sei doch net so umständlich! Dei Shirt und die Unterwäsch steckst du nachher ins Waschbecken und hängsch sie anschließend auf den Balkon. Bei der Hitz isch alles in wenigen Stunden wieder trocken. Ein Nachthemd, eine Zahnbürste und eine Dose Nivea-Creme hab ich für dich. Des isch alles koi Problem. Bleib halt noch a Nacht hier!

„Liebe Trixi, ich weiß nicht. Früher war ich viel spontaner, aber jetzt..."

„Früher hen mir au an Kaiser ghett", erwiderte unsere Gastgeberin schlagfertig und lachte. „Früher isch vorbei und kommt net zrück!"

‚Typisch, mich fragt mal wieder keiner', dachte ich mürrisch. ‚Ich darf wie immer nur zugucken und anschließend alles ausbaden.'

„Also gut", sagte mein liebster Mensch und lachte. „Ihr habt mich überredet. Fritzi und ich bleiben heute Nacht hier. Hiermit volontieren wir als ehrenamtliche Teilnehmerinnen bei der Katzenfangaktion!"

Leander, genannt Susi

Nachdem wir jeder eine doppelte Portion hausgemachte Pizza gegessen hatten, ich natürlich nur den Büffel-Mozzarella und nicht den Teig und das darauf liegende blähende Grünfutter, brachen wir auf gen Böblingen. Stuttgart scheint auf sieben Hügeln gebaut zu sein. Um den derzeitigen Aufenthaltsort der zu fangenden Katze zu erreichen, mussten wir um die halbe Stadt herum zu einem Nachbarort fahren. Es ging bergauf und bergab, durch verschiedene Stadtteile und Siedlungen und dann noch ein Stück innerhalb eines Industriegebietes entlang, bis ans Ende einer langen Stichstraße. Das von mehreren Spots rosa angestrahlte Hallenschwimmbad, wie Manfred gesagt hätte, entpuppte sich als ein *Haus der Gesundheit*. In großen roten Leuchtbuchstaben stand über dem Eingang geschrieben: *Aurora Saunaclub*.

„Ich will nur schnell an der Rezeption Bescheid sagen, dass wir da sind", sagte Bärbel und öffnete die Autotür.

„Das interessiert mich auch", meinte meine Dosine und stieg ebenfalls aus. Während der Fahrt hatte ich auf ihrem Schoß gesessen und gedöst, aber jetzt musste ich in meinen Känguru-Beutel umziehen, den sie sich unter den Arm klemmte.

„Grüß Gott! Einen recht schönen guten Abend! Da sind sie ja wieder, die netten Damen der Katzenhilfe", flötete die Rezeptionistin, die wie in einem Hotel hinter einem Schalter saß und jetzt aufstand. „Und der liebe Gatte ist auch wieder dabei!" Sie schenkte Manfred ihr schönstes Lächeln. „Darf ich Ihnen zum Abkühlen gegen die Hitze etwas zu trinken anbieten? Darfsch ein Eiskaffee sein, eine Cola oder a Limo? Oder wollet Ihr ein paar leckere Canapés von unserem heutigen Buffet essen? Geht natürlich auf Kosten des Hauses."

„Ha noi, Doris. Vielen lieben Dank", sagte Bärbel und winkte rasch ab. „Vielleicht später, wenn wir erfolgreich waren. Wir wollen gleich auf Position gehen, in der Hoffnung, dass wir heute endlich Erfolg haben und sich der wilde Feger fangen lässt."

Als mich die nette Doris sah, kam sie sogleich hinter ihrem Counter hervorgestöckelt und beugte sich zu mir herab. Ihre pralle Milchleiste drohte aus dem Ausschnitt ihrer engen Bluse herauszurutschen. Entzückt rief sie: „Habt Ihr euch extra Verstärkung zum Fangen der schwangeren Susi mitgebracht, einen Lockvogel sozusagen?"

Die roten Fingernägel der Frau waren länger als meine und auch ein bisschen gebogen. Mit denen kraulte sie mich jetzt hinter den Ohren und unter dem Kinn, dort, wo ich es besonders gern habe. Vor Behagen schnurrte ich laut.

„Ja, wir hoffet, dass Fritzi die werdende Mutter zu der Katzenfalle locken wird", meinte Trixi. „Und wenn sie dann reingegangen isch zom Fressen, dann schnappt sie hoffentlich zu. Anschließend fahren wir glei zu der Pflegestelle und gebet sie dort ab."

Die Idee war gut. Sie hätte von mir sein können, aber man soll nie die Rechnung ohne die Wirtin machen. „Aha", sagte ich nachdenklich. „So habt Ihr es euch also ausgedacht." Ich kratzte mich am Kopf, in der Hoffnung, dass mir eine geniale Idee einfallen würde. „Und was tue ich, wenn Susi keinen Hunger hat? Soll ich dann Schwangerschaftsgymnastik mit ihr machen, oder bei ihr bleiben und Hebamme spielen, wenn sie an einem der nächsten Tagen entbindet?"

„Oh, lieb's Herrgottle! Fritzi, sag doch so etwas net!", rief Trixi entsetzt. „Was du immer für Einfälle haschт! Dann kommsch du glei wieder zurück zu uns, und wir fahret heim. Gell, Manfred?"

Dieser nickte mit dem Kopf und meinte zu Doris gewandt: „Ich hoffe inständig, ihr habt diesmal auf uns gehört und die Katze gestern und heute nicht gefüttert."

„Nein, vorgestern Essen zum letzten Mal", plapperte eine braunhäutige Schönheit mit Mandelaugen und samtener Haut, die sich zu uns gesellt hatte. „Du lieber Mann", sie schmachtete Manfred bewundernd an, „du gut erklärt und ich genau gemacht, wie du gesagt! Ich *nix* gegeben extra!"

‚Na, hoffentlich', dachte ich. ‚Dann wird die Fangerei auch sicher ganz schnell über die Bühne gehen und ich komm heut früh ins Bett.'

„Das ist Tierquälerei", mischte sich Ivana ein, eine nur leicht bekleidete Masseurin mit rauchiger Stimme. Sie sprach mit hartem Akzent: „Ich weiß noch genau, wie es sich am eigenen Leib anfühlt, wenn man kein Geld hat, um sich Essen zu kaufen."

„Dann gib ihr halt einen Euro", schlug Bärbel scherzhaft vor. „Hauptsache, du hast sie nicht gefüttert, denn eine satte verwilderte Katze geht in keine Falle!"

Ein paar weitere Bademeisterinnen und Physiotherapeutinnen standen jetzt um uns herum. Alle hatten schöne lange Haare und sehr geschickte Hände, mit denen sie mich an den richtigen Stellen streichelten und kitzelten.

Handwerk hat goldenen Boden, sagt Elke immer. *Gelernt ist halt gelernt.*

„Bisch du hungrig, mei Schätzle?", fragte mich eine blonde Schönheit. „Magscht a Scheible Räucherlachs essen?"

Ich nickte mit dem Kopf, aber Bärbel sagte: „Danke, liebe Carmen, aber zum Abendessen sind wir nicht hergekommen."

Hier in dem Club, bei den netten und großzügigen Frauen, gefiel es mir spontan. Gern wäre ich noch ein bisschen in dem Haus der Gesundheit geblieben und hätte mich verwöhnen lassen. Sicher hatten alle Frauen ein großes Herz für Tiere. Bei ihnen war ich sichtlich willkommen, das merkte ich gleich, obwohl ich bisher noch keine der Bademeisterinnen und Masseurinnen näher kannte. Wegen der Hitze trugen sie nur sehr knappe Bikinis und hochhackige Sandalen, aber schließlich befanden wir uns in einem Gesundheitszentrum und nicht in einem Kloster.

Als kurz darauf ein Besucher zur Eingangstür hereinkam, verabschiedeten die Frauen sich von uns. Der geräumige Durchgang zu den Massagekabinen und dem Schwimmbad fungierte offensichtlich als Aufenthaltsraum. Dort setzten sich die Frauen an eine Theke und bestellten sich etwas Kaltes zum Trinken.

Als wir gerade dabei waren, nach draußen zu gehen, zog Doris unter ihrem Tresen eine Schublade auf und kramte darin herum. Aus den Augenwinkeln sah ich, dass das Schubfach bis zur Hälfte mit Knabberstängelchen, Schmackis, Knusperlis und Tütchen mit Fischkräckern gefüllt war. Wenn ich nicht zuvor so viel Mozzarella zum Abendessen verputzt hätte und deshalb noch immer pappsatt war, hätte ich glatt wegen ein paar Naschis gebettelt.

*

„Susi, jetzt komm doch bitte endlich!", stöhnte Bärbel irgendwann später und guckte ungeduldig auf ihre Uhr. Manfred gähnte.

„Wie oft wart ihr denn schon hier?", fragte meine Dosine. „Ihr scheint euch in dem Etablissement recht gut auszukennen. Ääh, pardon! Ich meine natürlich, in der Lokalität."

„Das ist heute das fünfte und definitiv letzte Mal, dass wir versuchen, Susi zu fangen", erwiderte Bärbel. „Halbe Nächte haben wir uns hier auf dem Parkplatz schon um die Ohren geschlagen. Es fing vor Wochen damit an, dass Doris bei der Polizei anrief und sagte, der Betreiber des Clubs würde darauf bestehen, dass die streunende Katze weg muss."

„Und dann? Wie ging es weiter? Was ist dann passiert?"

Nichts anzuziehen und anscheinend nichts zum Krallenwetzen. Wer hier noch von Sozialstaat spricht, ignoriert schlicht die Tatsachen.

„Die Polizei gab Doris die Telefonnummer des Stuttgarter Tierheims. Dort versprach man ihr fernmündlich, das trächtige Tier aufzunehmen, sofern es aufgegriffen und bei ihnen abgegeben würde. Für das Fangen wären sie aber nicht zuständig. Das täten wir, die ehrenamtlichen Mitarbeiter der Stuttgarter Katzenhilfe. Und so kamen wir ins Spiel."

„Aha, ich verstehe", sagte meine Dosine und kratzte sich am Ohr. „Das klingt richtig umständlich und auch extrem zeitraubend."

„Ja, das stimmt. Als ich zum ersten Mal hier war", erzählte Bärbel, „und all die leeren und halbvollen Alu-Schälchen sah, die rund ums Haus, auf dem Parkplatz und hinten in dem Gebüsch standen und lagen, da sagte ich den Damen gleich, dass sich eine verwilderte Katze nur dann in einer Falle fangen lässt, wenn ihr Magen leer und sie hungrig ist. Schier fusselig habe ich mir den Mund geredet, als würde ich mit Außerirdischen von einer fernen Galaxie sprechen. Es hat alles nichts genutzt. Die Katze soll weg, vielleicht ist es auch ein Kater, aber die Frauen lieben das Tier und füttern es heimlich."

Die Zeit verging nur schleichend. Sie zog sich hin wie ein ausgeleiertes Gummiband. Zahlreiche Autos fuhren vor, Männer stiegen aus, gingen auf den Schwimmclub zu und verschwanden darin. Später verließen sie das Haus wieder, abgekämpft oder beschwingt, aber mit allerbester Laune, und fuhren fort.

„Hallo Susi! Wo bist du?", miaute ich laut nach meiner entfernten Verwandten. Mehrfach lief ich nach ihr suchend die Grundstücksgrenze rund um den Saunaclub ab. Dann rief ich triumphierend und stolz, aber ganz leise: „Elke, da ist sie! Ich hab Susi gefunden!"

Mit hochgerecktem, oben wie ein Fragezeichen gebogenem Schwanz lief ich quer über den Parkplatz auf die rotgetigerte Katze zu. Als sie gerade im Stehen ein paar Tropfen Urin an einen Autoreifen pinkelte, stutzte ich und blieb höflich stehen. Verstohlen musterte ich sie. Susi war ein stattliches Tier, nicht mehr blutjung, aber gut in Schuss. Sie hatte große goldgelbe Augen, einen prächtig glänzenden Pelz, eine strahlenförmig abstehende Halskrause und eine ausgeprägte und gut genährte Hängewampe, die beim Laufen hin und her schwang.

„Servus, du schönes Kind", erwiderte die entfernte Verwandte mit tiefer Stimme. „Was verschlägt dich in mein Revier?"

„Oh, ich bin nur auf der Durchreise", miaute ich höflich. „Ich heiße Fritzi Kullerkopf und bin mit meiner Dosine zu Besuch bei einer Freundin. Aber morgen fahren wir schon wieder nach Hause." Möglichst unauffällig lief ich in einem Bogen um Susi herum, um einen prüfenden Blick auf ihr Hinterteil zu werfen. Irgendetwas schien hier nicht zu stimmen; Hoden sah ich keine, aber einen Pillermann. Ein Weibchen war Susi also nicht, eine unmittelbar bevorstehende Sturzgeburt war somit nicht zu erwarten. „Und wie ist dein werter Geburtsname?"

Mein Gegenüber kratzte sich ausgiebig, bevor es antwortete: „Geboren wurde ich als Leander. So nannten mich meine Mama und meine Geschwister. Rufnamen hatte ich schon viele. Die habe ich mir erst gar nicht alle gemerkt. Ein paarmal wurde ich als unerwünschter Streuner aufgegriffen, in verschiedene Tierheime verschleppt und dort wochenlang eingesperrt. Vermittelt wurde ich auch schon mehrmals, aber nach einer Weile riss ich jedes Mal aus meinem neuen Domizil wieder aus und wechselte vorsichtshalber den Standort. Vom Wesen her bin ich eher ein Vagabund und Freigeist, Nomade und Individualist als ein gutbürgerlicher Spießer, der auf dem Sofa liegt und aus dem Fenster nach dem Wetter schaut. Schon immer liebte ich meine Freiheit, das ungebundene Leben, die schönen Miezen und leckeres Essen." Eine kleine Pause entstand. „Die netten Frauen dort drüben in dem rosa Haus rufen mich alle Susi. Ich weiß nicht, wie sie darauf kommen, dass ich ein Weibchen bin! Vielleicht ist es ein Wunschdenken und sie möchten wie ich sein, ungebunden und frei."

Ich lachte in mich hinein und dachte mir: ‚Die Geschäftsfrauen sollten dich besser Leandra nennen.' Gut war, dass mir die große Katzenfee den Mund zuhielt. Stattdessen erwiderte ich: „Es gibt Dinge, für die man nichts kann. Die passieren einfach. Sie stoßen einem zu oder werden einem angetan. Meist wird man vorher nicht um seine Meinung gefragt. So kann man die Folgen auch nicht abschätzen."

„So ist es", schnurrte der Kater. „Fritzi, du sagst es."

„Hast du heute schon dein Nachtessen bekommen?", fragte ich leichthin. „Oder bist du etwa auf Diät?"

„Ha noi, heute bin ich Selbstversorger", erwiderte mir Susi-Leander. „Ich hab mir gerade einen Graupelz gefangen, einen ganz kleinen. Aber wo einer ist, da befinden sich auch noch weitere."

„Komm doch mal mit mir auf die andere Seite, nach dort drüben." Ich zeigte mit dem Kinn in die Richtung, in der unser Wagen parkte. „Dann zeig ich dir meine Dosine, die ich bei mir wohnen lasse!" Zusammen schlenderten wir am Rand des Parkplatzes auf das Auto mit den offenen Türen zu, in dem Trixi, Bärbel, Manfred und Elke saßen und uns mit großen Augen beobachteten. Ein Stückchen vom Wagen entfernt stand die geöffnete Katzenfalle mit einem Döschen Katzenfutter darinnen, das lecker roch.

„Siehst du dort die Kiste stehen? Sie ist eine Attacke auf meine Freiheit und ein Angriff auf meine Unabhängigkeit. Irgend so ein zweifüßiger Häscher will mich schon wieder einfangen", lachte Leander. „Aber doch nicht mitten im Frühjahr, bei allerschönstem Wetter! *Noch* kann ich für mich selber sorgen. Mich jetzt einfangen zu wollen, wo es hier überall Nahrung im Überfluss gibt, ist ein blödes und sinnloses Vorhaben. Da lachen ja die Hühner!"

„Wenn ich es richtig verstanden habe, sollst du eingefangen werden, weil der Pächter des Clubs nicht will, dass du dich auf seinem Gelände aufhältst und hier herumläufst", erwiderte ich. „Es ist zu deinem eigenen Schutz, damit dir nichts Böses widerfährt."

„Fritzi, so funktioniert das nicht. Du musst nicht alles glauben, was du hörst. Zuerst müsste geklärt werden, wem der Platz, auf dem wir hier stehen, *gehört*: denn das ist der Besitzer. Und wer darf ihn nutzen? Der Pächter. Außerdem, wer war zuerst da? Der Pächter oder ich? Was ist mit den historischen Grundbegriffen des Eigentums, der sozialen Verantwortung und des Gemeinnutzes gemeint? Deren Begriffsgeschichte weist einen Bedeutungsbereich aus, der sich um das Grundmuster der Zuordnung von Subjekt und Objekt sowie Produktion und Verteilung gebildet hat, aber beständig variiert. Es geht hier nicht nur um Verfügungs- und Nutzungsrecht, sondern auch um das Verhältnis von Öffentlich und Privat. Was bedeutet es generell für unser Zusammenleben, wenn alles und jedermann nach dem finanziellen Wert seiner Nützlichkeit eingeschätzt wird? Wenn nur noch zwischen *nützlich* und *nutzlos* unterschieden wird? Wenn man zur Ware oder Sache degradiert wird (wie ich derzeit) und käuflich zu erwerben oder zu vertreiben ist von demjenigen (dem Pächter), der stärker ist und ausreichend Mittel für das Gewünschte hat? Fritzi, hast du dir schon einmal Gedanken über die Konsequenzen eines solch unsozialen Verhaltens gemacht?"

Ich schluckte. „Leander, ich glaube, du bist nicht nur ein Lebenskünstler, sondern auch ein Denker, Visionär und Philosoph", sagte ich bewundernd. Mehr fiel mir derzeit zu dem Thema nicht ein, denn ich war intellektuell total überfordert. Von Leanders Referat über juristische, volkswirtschaftliche, soziale und betriebswirtschaftliche Zusammenhänge dröhnten mir die Ohren, als würden Bienen darin ihre Waben bauen.

„Fritzi, bei einigen meiner bisherigen Dosenöffner lernte ich ein paar *Basics*, die mich zum Nachdenken brachten."

„Leander, ich verspreche dir, wenn ich einmal Zeit habe, mache ich mir ausgiebig Gedanken über das Thema", gelobte ich.

„Ein wenig Intelligenz wirkt sich bei Kopfarbeit nicht störend aus", erwiderte der Kater und schmunzelte. Eine kleine Pause entstand.

In der Zwischenzeit war meine Dosine ausgestiegen und rief nach mir. Schnurstracks lief ich zu ihr hin. Elke hob mich hoch und drückte mich fest an sich. „Das ist sie, meine Perle!", miaute ich.

Auch Manfred hatte inzwischen den Wagen verlassen. Der scheue und misstrauische Leander lief mit offenem Mund schnuppernd und flehmend um seine Hosenbeine herum. Nach einer Weile schöpfte er ein wenig Zutrauen und rieb seinen dicken Kopf an Manfreds Knien. Wahrscheinlich roch er die Katzen, die bei ihnen daheim wohnen und derzeit in Pflege sind. In genau *dem* Moment, als Manfred den Kater gegriffen hatte, ging in dem Freudenhaus die Eingangstüre auf. Von starken rosa Strahlern angeleuchtet, erschien Ivana. Mit rauchiger Stimme rief sie: „Susi, komm schnell! Habe ich *Shrimps* für dich!"

Das Resultat war, dass sich Leander mit all seiner Kraft aufbäumte und sich laut fauchend und knurrend von Manfred losriss. Mit den Krallen seiner Hinterläufe verpasste er ihm dabei mehrere lange und blutende Kratzer.

„Du Judas!", fauchte Leander wie ein Postskriptum in meine Richtung. Ich hatte aber keine Ahnung, was der Kater damit meinte. Blitzschnell verschwand er unter den geparkten Autos und ward in der Nacht nicht mehr gesehen.

*

Ein paar Tage später hörte ich, als meine Dosine mit Trixi telefonierte, dass sich die Schrammen an Manfreds Hand entzündet hatten. Als es in seiner Pratze heftig zu pochen begann, sie feuerrot wurde und dick anschwoll, ging er zum Arzt. Dort musste er eine Auffrischungsimpfung gegen Wundstarrkrampf und Tollwut über sich ergehen lassen.

Wenn Susi-Leander in der Zwischenzeit nicht gestorben ist, was ich ihm wahrlich nicht wünsche, dann lebt er als hoffentlich geduldeter Kleinwildjäger mit Festanstellung noch heute im Industriegebiet von Böblingen und lässt sich allnächtlich von den liebevollen Bademeisterinnen des Saunaclubs Aurora mit Leckerbissen vom kalten Buffet verwöhnen.

Nachts, daheim bei Trixi

Als wir nach unserer erfolglosen Katzenfang-Aktion endlich wieder in Heumaden angekommen waren, gingen unsere Gastgeberin und meine Dosine mit einem Glas *Absacker* in der Hand auf den Balkon, legten dort ihre Füße hoch und schwatzten miteinander.

Bienchen, Micky, Tommy und meine beiden Töchter umringten mich und wollten wissen, was ich nachmittags und abends alles gesehen und erlebt hatte.

„Ihr hättet ja mitkommen können!", sagte ich leichthin. „Ich habe heute soooo extrem viel Neues und Interessantes erfahren, das muss ich morgen, wenn ich wieder daheim bin, gleich in unseren Computer eintippen, damit ich nichts davon vergesse. Wenn ich irgendwann einmal mit meinen neuen Geschichten für mein sechstes Buch fertig bin, dann lasse ich es drucken und schicke eurer Dosine eines der Exemplare. Daraus kann sie euch dann vorlesen, was ich über euch, die Wilhelma und Leander geschrieben habe."

„Noi, so lang könnet mir net warten!", rief Murmelkopf. „Bitte erzähl uns doch glei, was du heut alles gsehen hasch!"

„Ja, ich möcht au wissen, was du ohne uns unternommen hasch", miaute Klickerkopf.

„Wir wollet alle wissen, wie dir unser Stuttgart gefällt, wen du im Tierpark getroffen hasch, was es zom Essen gab und wie du die Zeit ohne uns verlebt hasch!", riefen Micky, Tommy und Bienchen durcheinander. „Wir kommen doch kaum aus unsere vier Wänd raus und erfahren hier net allzu viel Neues."

„Wollt ihr wirklich wissen, wen ich heut getroffen hab und was alles passiert ist?", fragte ich noch einmal, ungläubig ob dieses Sinneswandels.

„Ja, bitte, ja", miauten alle Schnurrbacken durcheinander.

„Mama", riefen Murmelkopf und Klickerkopf wie aus einem Munde. „Bitte erzähl uns eine Gute-Nacht-Geschichte, so wie früher, als mir noch kloi waret und bei dir gwohnt habet."

Auf diesen Augenblick hatte ich schon viele Monate gewartet. Mein Herz begann schneller zu klopfen und das Blut rauschte auf einmal in meinen Ohren wie ein Wasserfall. Ich freute mich unendlich, dass sich meine Töchter doch noch ein bisschen an ihre Kindheit und an mich erinnerten. Jetzt würde alles wieder gut werden.

„Wo sollen wir uns denn hinlegen, damit wir es bequem haben, wenn ich euch alles berichte?", miaute ich.

„Am besten gehet mir in unser großes Bett", erwiderte Tommy. „Dort schläft später au unser liebster Mensch. Bei ihr isch es sicher, mollig warm und gmütlich. Dort isch au gnug Platz für uns alle."

Gemeinsam liefen wir nach nebenan. Ich legte mich in die Mitte des Bettes und die fünf Schnurrbacken kuschelten sich in meine Nähe. Es war ein schönes vertrautes Gefühl, das ich schon lange vermisst hatte. Obwohl ich rechtschaffen müde war, begann ich sogleich zu erzählen: von den Faultieren und ihrem Baby, der Senioren-WG mit Mascha, Evita, Zoe und ihren Therapiehennen, den groomenden Dscheladas, dem adligen Poitou-Eselfohlen, den angeblich gestreiften Pferden, den hochstämmigen Erdbeeren und von dem Kater Susi, der eigentlich Leander heißt. Bevor ich mit meinem Erlebnisbericht fertig war, kam das Sandmännchen vorbei. Kurz darauf schlummerte einer nach dem anderen meiner Verwandten um mich herum ein. Als ich das sah, gähnte auch ich. Noch einmal leckte ich meinen Töchtern leicht über ihre Stirn, so wie ich es früher jeden Abend vor ihrem Einschlafen gemacht hatte. Kurz darauf weilte auch ich im Schlummerland.

Als ich gegen Morgen austreten musste, ging ich im Flur an einem mannshohen Spiegel vorbei. Da sah ich, dass ich noch immer ein Lächeln auf meinen Lippen hatte. Ich nickte meinem Spiegelbild zu, denn heute würde sicher wieder ein wunderschöner und ereignisreicher Tag werden.

Felix und sein Referat

Heute passierte etwas überaus Merkwürdiges, denn ich bekam einen Anruf von einem meiner Leser! Nein, das Gespräch war nicht für meine Perle oder für uns beide bestimmt, sondern für mich ganz allein.

Da Elke zur Arbeit gegangen war, sprang nach dem vierten Klingelton unser Anrufbeantworter an, und das von meiner Dosine besprochene Tonband mit ihrer Stimme erklang: „Guten Tag! Hier ist leider nur unser technischer Assistent, der Anrufbeantworter. Bei uns daheim sind alle ausgeflogen! Bitte hinterlassen Sie eine Nachricht. Wir rufen so schnell wie möglich zurück. Vielen Dank."

„Hallo, hier ist Felix aus Hersbruck!", hörte ich eine muntere Jungenstimme. „Fritzi, ich bin dein größter Fan. Wenn du zu Hause bist und mich jetzt hörst, dann heb bitte mal schnell den Hörer ab. Ich muss unbedingt mit dir sprechen. Es ist extrem dringend!"

Wichtiges darf man nicht warten lassen, sondern muss es zeitnah erledigen. Deshalb sprang ich im Schlafzimmer auf die Kommode und schubste dort mit meinem Kopf den Hörer von der Gabel. Dann tippte ich mit meiner Nase auf das Knöpfchen mit dem Symbol für die Freisprechanlage und miaute: „Guten Tag lieber Felix. Hier ist Fritzi Kullerkopf persönlich. Was kann ich für dich tun?"

„Oh, das trifft sich gut!", erklang eine Sekunde darauf am anderen Ende der Leitung die helle Stimme eines Buben. „Wie schön, dass du daheim bist und den Hörer abgenommen hast. Danke, danke, danke!"

Zwischen den einzelnen Worten konnte ich geradezu die Wackersteine vom Herzen des Anrufers plumpsen hören, so froh und erleichtert war er darüber, mich erreicht zu haben. Ich wartete, dass er mir der Grund seines Anrufs nannte, aber es kam nichts. Der Junge war wohl momentan baff oder zu perplex, um zu antworten. Die Überraschung, mit mir persönlich zu reden, hatte ihm förmlich die Sprache verschlagen.

Als sich die Sprachlosigkeit auszudehnen begann, fragte ich freundlich: „Felix, gibt es einen Grund für deinen Anruf? Ist bei dir daheim etwas passiert, was du mir erzählen möchtest, oder wolltest du nur einmal nachchecken, ob es mich in Wirklichkeit auch gibt?"

„Ich bin doch kein Checker!", erwiderte der Anrufer und räusperte sich nervös. „Ich musste dich heute noch unbedingt erreichen, bevor ich morgen in meiner Klasse ein Referat über dich und deine Bücher halte. Mir fehlen einige wichtige Eckdaten aus deinem Leben. Die möchte ich jetzt von dir erfragen, um sie in den Lebenslauf, den ich von dir erstellt habe, einzufügen."

„Ääh", konnte ich dazu nur sagen, mehr nicht. Jetzt war *ich* sprachlos, als hätte mir plötzlich jemand die Batterien zum Denken aus meinem Kopf entfernt. Als ich mich wieder ein bisschen berappelt hatte, sagte ich: „Felix! Wie bitte, du hältst morgen in deiner Klasse einen Vortrag über mich als Autorin und Person des öffentlichen Lebens? Dabei referierst du über mein derzeitiges künstlerisches Werk als Schriftstellerin und mein späteres literarisches Vermächtnis? Du willst meine nur eine kurze Zeit lang sichtbaren und somit flüchtigen Spuren im Wüstensand des Vergessens interpretieren? Und das alles noch zu meinen Lebzeiten?"

„Ja, das will ich. Das habe ich vor."

„Höchstwahrscheinlich ist dein Vortrag meinem Durchbruch als Bestseller-Autorin dienlich", fuhr ich fort. „Dein Referat ist für mich eine so außergewöhnliche Auszeichnung wie für andere Schreiberlinge der Literatur-Nobelpreis. Vielen lieben Dank, dass du dich für mich entschieden hast! Es ist mir wahrlich eine große Ehre!"

Ich hätte weinen können vor Ergriffenheit, Dankbarkeit und Freude. Ein freiwilliges Referat über mich und meine Bücher, das schmeichelte meinem Ego und befriedigte meine Eitelkeit. Wie eine abgefeuerte Rakete schoss mein Selbstbewusstsein gen Himmel und mein momentanes Glücksgefühl war riesengroß. Ich hätte die ganze Welt umarmen können, ganz besonders den Schulbub Felix aus der mittelfränkischen Provinz. Am liebsten wäre ich sogleich auf den Küchenbalkon gerannt und hätte die Neuigkeit den vorbeigehenden Passanten zugerufen, ob es sie interessiert oder nicht.

Nur schade, dass ich das Gespräch mit Felix nicht auf Tonband aufgenommen hatte, aber in der Aufregung vergaß ich, welches der vielen Knöpfchen mit den diversen Piktogrammen ich dazu hätte drücken müssen. So würde es mir meine Dosine schwerlich glauben, wenn ich ihr nach ihrer Heimkehr von dem Anruf meines größten Fans erzählte.

„Weißt du, Fritzi", erwiderte Felix, „jeder von uns Schülern durfte sich Anfang des Schuljahres im Deutschunterricht einen Autor auswählen, über den er sprechen möchte. Ich nahm dich, da meine Mama deine Bücher bereits gekauft und gelesen hat. Sie stehen alle bei uns daheim im Regal. In den folgenden Monaten musste ich als mündliche Hausaufgabe deine Aufzeichnungen selbst durchlesen und mir Notizen für meinen Vortrag machen. Die Vorbereitungszeit ist jetzt vorbei. Die meisten meiner Mitschüler hielten bereits ihr Referat über ihren jeweiligen Lieblingsschriftsteller, und morgen früh bin ich dran. Ich bin mal gespannt, was ich für eine Note für dich bekomme."

„Potz Blitz! *Ich* soll benotet werden?", rutschte es mir heraus. Schnell dachte ich: ‚Liebe große Katzenfee, bitte hilf dem Felix morgen bei seinem Vortrag. Lasse ihn flüssig und akzentuiert reden, an den richtigen Stellen eine kleine Pause machen und nichts Wichtiges vergessen. Und bitte sei auch mir gnädig!'

„Nee, du wirst doch nicht benotet!", erwiderte Felix und kicherte. „Mein Referat wird es! Was ich alles über dich erzähle, und wie ich das mit der freien Rede mache. Vom Heft ablesen dürfen wir unseren Text nämlich nicht, sondern uns nur ein paar wichtige Stichwörter auf einen Zettel schreiben. Gelegentlich können wir einmal einen Blick auf ihn werfen und ein wenig spicken."

„Wer hatte denn die absurde Idee mit dem Referat?", fragte ich interessiert.

„Das steht bei uns so im Lehrplan", antwortete Felix. „Damit wir freies Reden vor einer Gruppe üben und lernen, Wichtiges von Unwichtigem zu unterscheiden."

„Und wie bist du ausgerechnet auf *mich* gekommen?"

„Weil du nur drei Bücher geschrieben hast!", schoss es wie aus der Pistole heraus. „Da brauchte ich nicht allzu viel zu lesen."

„Falsch, ganz falsch!", miaute ich entsetzt. „Du bist nicht richtig informiert!" Schnell fügte ich noch hinzu: „Mein lieber Felix, da irrst du dich gewaltig! *Fünf* meiner Bücher sind bereits erschienen, und den sechsten Band fing ich schon vor ein paar Wochen an!"

Fritzi, Elke und die Schwäne

Als mich meine Dosine letzten Donnerstag zu Tim Berne's Snakeoil-Konzert in den Palmengarten mitnahm, saß ich wieder in meinem Kängurubeutel, den sie sich dieses Mal auf den Rücken schnallte. Offenbar hatte sich meine dösige Perle zeitlich vertan, denn wir waren viel zu früh da. Der Zugang zum Zuschauerraum mit den Bänken vor der Konzertmuschel war noch mit einer Metall-Absperrung verbarrikadiert. An ihr lehnten rücklings zwei Männer, die offensichtlich den Zenit ihres Lebens schon eine Weile überschritten hatten. Sie schwatzten miteinander. Eine Frau war auch schon da, stand ein paar Schritte entfernt und blätterte in einem Programmheft.

Als Elke sah, dass auf der anderen Seite des Gatters eine Schwanenmutter mit drei halbwüchsigen Kleinen stand und den engmaschig abgetrennten Teil des Parks, in dem der Musikpavillon steht, verlassen wollte, sagte sie: „Vielleicht ist es besser, wenn wir zuerst einmal der Schwanenfamilie ermöglichen, den Konzertbereich zu verlassen, bevor nachher die vielen Musikliebhaber hineinstürmen."

„Waruuuum?", fragte einer der Männer gelangweilt, ohne sie anzusehen.

„Was soll denn des für'n Sinn mache?", der andere in Frankfurter Mundart.

Ich kenne meine Dosine bereits seit längerer Zeit, und so merkte ich, dass schlagartig wie auf Knopfdruck nicht nur ihre Körpertemperatur anstieg, sondern auch ihr Blutdruck rapide nach oben kletterte.

„Damit die Tiere später nicht in Panik geraten und Sie aus Notwehr schmerzhaft ins Bein beißen, wenn Sie sich ihnen weiterhin in den Weg stellen und sie nicht durchlassen!"

„Hä?", fragte der eine. (*Hä* ist die Frankfurter-Dialekt-Umschreibung für: ‚Ich kann Sie leider nicht verstehen. Was möchten Sie? Bitte wiederholen Sie Ihr Anliegen oder Ihre Frage noch einmal, damit ich sie beantworten kann.')

Elke wiederholte die Begründung für ihren Vorschlag. Als nichts passierte, sagte sie bissig: „Soll ich's Ihnen aufschreiben? Besteht dann die Chance, dass Sie mich verstehen?" Als eine Antwort ausblieb und weiterhin nichts passierte, zeigte sie mit ihrer Hand zuerst auf die Schwäne, dann auf das Gatter und den Weg und sagte ihr Sprüchlein erneut auf.

„Ei, wenn's halt sein muss, dann mache Se ma!", sagte der andere Mann gelangweilt. Beide Männer gingen jetzt ein paar Schritte von dem Gatter weg, stellten sich an die Seite und beobachteten meinen liebsten Mensch. Elke ging hin, versuchte die Absperrung allein wegzuheben oder zur Seite zu ziehen, aber es gelang ihr nicht.

„Würde mir bitte mal einer der Herren kurz anfassen!", bat sie forsch. Dabei guckte sie von dem einen zu dem anderen Mann und wieder zurück. „Es tut mir leid, dass ich Sie bemühen muss, aber allein kann ich das Gatter nicht hochheben. Es ist für mich zu schwer und zu sperrig."

„Die beiden verstehen dich nicht", flüsterte ich meiner Dosine ins Ohr. „Sicher sind die Männer inzwischen ertaubt." Nichts passierte. Erst als die wartende Frau meiner Dosine zu Hilfe kommen wollte, bequemte sich einer der Männer und fasste mit an. Zusammen hoben und zogen sie die Sperre zur Seite.

„Und nu? Sin Se jetz zufridde?", fragte er und blieb wie zur Salzsäule erstarrt mitten auf dem Weg stehen. Wenn Blicke hätten töten können, dann wäre meine Dosine umgehend von einem sehr bös endenden Leiden befallen worden. Aber auch bei ihr hatte sich inzwischen eine steile Zornesfalte auf der Stirn gebildet.

„*Vielen* lieben Dank!", flötete Elke jetzt mit professioneller Höflichkeit. „Sie waren mir eine *riesengroße* Hilfe! Was würde Deutschland nur ohne so patente und hilfsbereite Männer wie *Sie* machen? In unserem Land könnten wir noch viel mehr Männer von Ihrer Sorte gebrauchen!"

„Schleim doch nicht so, sonst rutschst du noch darauf aus, fällst hin und brichst dir ein Bein!", flüsterte ich ihr ins Ohr.

Der Mann überlegte einen Moment, ob das Lob meiner Perle wohl ehrlich gemeint war. Dann verzog er seinen Mund zu einem breiten Kukident-Grinsen.

„Darf ich Sie jetzt noch um eine klitzekleine Winzigkeit bitten, und zwar, für einen kurzen Moment ein paar Schrittchen zur Seite zu gehen?" Ohne die Männer zu berühren, *schob* meine Dosine sie mit ausgestreckten Armen und mit Körpersprache ein paar Zentimeter weiter an den Rand des Weges.

„Warum machen Sie das eigentlich?", fragte sie ein Mann mittleren Alters, der gerade gekommen war, an der Seite stand und sie beobachtete.

„Sie kennen doch das Motto der Pfadfinder", erwiderte Elke rasch. „Jeden Tag eine gute Tat! Und das ist meine für heute."

Das Gatter war jetzt zwar zur Seite geschoben, aber inzwischen waren weitere Leute gekommen, die an Elkes Rücken vorbei auf die Schwäne zugingen und ihnen den Weg abschnitten. Etwa die Hälfte von ihnen ging in die Hocke und der Rest stellte sich möglichst breitbeinig hin, um die Tiere zu knipsen. Andere hatten Picknicktaschen, Wolldecken und Liegestühle dabei, die sie in dem Durchgang auf den Boden stellten, um hektisch in ihren Taschen nach ihren Handys zu suchen.

Mein liebster Mensch sagte zu ihnen: „Bitte lassen Sie die Tiere in Ruhe und bedrängen Sie sie nicht so! Gehen Sie doch bitte zurück." Dann schob sie sich so unauffällig und ruhig wie möglich an der Schwanenmutter und den drei Kleinen vorbei in den abgetrennten Konzertbereich.

„Elke, sei bitte ganz vorsichtig!", miaute ich leise. „Wenn sich hier irgendwo der Vater der kleinen Schwänchen versteckt, sich auf uns stürzt und uns heftig attackiert, um seine Kleinen zu beschützen, dann fließt sicher Blut. Nicht nur deins, sondern auch meins!"

Ich hatte große Angst. Schnell duckte ich mich in meinem Beutel. Meine Perle ignorierte meinen berechtigten Einwand. Stattdessen versuchte sie die beiden noch auf dem Rasen verbliebenen ängstlichen Jungtiere, die wir zuvor nicht gesehen hatten, vorsichtig zu ihrer Mutter und ihren drei Geschwistern zu lotsen, indem sie gebückt und mit ausgestreckten Armen hinter ihnen her ging und sie vor sich her dirigierte. Nein, wir scheuchten die Kleinen nicht, mein Wort darauf. Elke flötete ununterbrochen leise: „Wi, wi, wi, wi! Liebe Schwanenkinder, wi, wi, wi, wi! Bitte geht auf euren großen Entenfüßen geradeaus. Dann seht ihr da vorn auf dem Weg eure auf euch wartende Mutter."

Einer der Youngster hatte ein spilleriges graues Federkleid und rannte vor Angst, da es seine Mama wegen der Bäume und der vielen Sträucher nicht sehen konnte, gleich nach links in die Kirschlorbeerhecke. Da dort aber zusätzlich Maschendraht gespannt war, blieb das Kleine mit seinen Schultern darin stecken. Voll Panik piepste es laut um Hilfe. Elke kroch in die Büsche und ließ sich hinter dem Schwänlein auf ihre Knie fallen. Nein, davon, dass sie seit Jahren chronisch schmerzende Arthrose in beiden Kniegelenken hat, war auf einmal keine Rede mehr. Beherzt griff sie das Kleine links und rechts am dünn befiederten Leib und drückte seine noch winzigen Flügelchen mit ihren abgespreizten Daumen fest an seinen Körper. Dann hob sie das Tier ein bisschen hoch und zog es vorsichtig rückwärts aus dem Drahtzaun heraus, ohne dass es an seinem Kopf oder Hals verletzt wurde. Es knirschte und knackte geräuschvoll in Elkes Knien, als sie ohne Zuhilfenahme ihrer Hände aufstand. Sie stöhnte laut auf. Wie sonst aufstützen konnte sich mein liebster Mensch nicht, da sie immer noch den kleinen Schwan in ihren Händen hielt. Leise „wi, wi, wi, wi" rufend überholte sie das Geschwisterchen, das bereits weiße Federn hatte. Etwa fünf große Katzensprünge trug sie das kleine Graue über den Rasen geradeaus. Dann setzte sie es auf dem gepflasterten Weg ab, von wo aus es linker Hand seine wartende Mama und seine Geschwister sehen und hören konnte. Dann ging sie rasch wieder zurück und holte das weiße Schwanenkind. Und schon waren die abtrünnigen beiden Kleinen wieder mit ihrer Mama und den wartenden drei Geschwistern vereint. Ständig drehte sich die Schwanenmutter nach ihrem Nachwuchs um und überprüfte, ob jetzt auch wirklich alle da waren und keines ihrer Kinder fehlte. Sie traute sich aber nicht, durch das enge Spalier der inzwischen mehr als zwanzig Menschen zu gehen, denn einige von ihnen versperrten ihnen absichtlich den Weg, um *schöne* Portrait-Fotos von ihnen machen zu können.

Meine Dosine drehte sich zur Seite, guckte auf ihre Fingernägel und sagte ganz leise und mehr zu sich selbst: „Wenn Dummheit knallen würde, hätten manche Menschen das ganze Jahr über Silvester." Ich verstand jedes ihrer Worte, obwohl Elke kaum die Lippen bewegte.

Jetzt bat sie mit höflicher Stimme: „Bitte gehen Sie doch *alle* einen oder besser zwei Schritte zur Seite und machen Sie endlich den verängstigten Tieren Platz, damit sie vorbeigehen können!" Als sie sah, dass ihre Worte auf den Großteil der Leute keinen Eindruck machte, rief sie zornig und auch recht laut: „Schwäne beißen besonders gern knipsende Frauen, die rote Regenmäntel aus Plastik tragen und ihnen den Weg versperren!"

Erst jetzt zeigten Elkes Worte endlich Wirkung. Als schließlich die sich immer noch ständig nach allen Seiten umsehende, fauchende und aufgeregte Schwanenmutter mit ihrem kompletten Nachwuchs zum nahen Weiher gewatschelt war, sagte Elke zu den Hobbyfotografen mit falscher Freundlichkeit in der Stimme: „Vielleicht haben Sie ja heute später noch Glück und jemand kollabiert während des Konzerts. Ansonsten müssen Sie leider warten, bis sich auf der Heimfahrt ein Unfall ereignet, damit Sie von den heftig blutenden Verletzten *schöne Fotos* knipsen können!"

*

Muss ich extra betonen, dass sich in den nächsten Minuten niemand mit meinem liebsten Menschen unterhalten wollte? Aber uns war das egal.

Als kurz darauf die Dame der Jazz-Initiative kam, die das Eintrittsgeld für das Konzert kassierte, konnten sich alle Wartenden rasch einen Sitzplatz auf den unbequemen Bänken vor der Bühne suchen und auch für ihre Freunde großräumig Plätze blockieren.

Meine Dosine murmelte vor sich hin: „Man könnte meinen, es wäre anno 1980 und die rücksichtslos drängelnden Leute würden bei der *Spantax* in ein Flugzeug einsteigen, in dem es damals noch keine Sitzplatzreservierungen gab."

Herr Dingelskirchen-Bodenstein und die Reise zu den Maskarenen

Von dem Konzert bekam ich nicht allzu viel mit, da ich in meinem Beutel auf Elkes Schoß lag und die ganze Zeit über chillte. Elkes Freundin Gloria kam später und setzte sich zu uns. Zuvor hatte meine Dosine schon gesehen, dass zwei Reihen vor uns ein Berufsschullehrer mit Begleitung Platz genommen hatte. Sie kannte den Mann flüchtig. Neben ihrer Arbeit am Flughafen unterrichtet sie bei Bedarf auch an der Schule und hält dort Fachunterricht. Wochen zuvor hatte sie ein Qualifikations-Seminar für Azubis gegeben mit dem (wie ich finde) staubtrockenen Titel: *Gefahrgut im Luftverkehr (Dangerous Goods Regulations and Restrictions)*. Mir würde zu dem *drögen* Thema nicht viel mehr einfallen, als man in zwei Minuten sagen kann, aber mein liebster Mensch kann viele Stunden lang mit Begeisterung über ihr Lieblingsthema schwafeln und sabbeln.

In der großen Pause hatte sie damals auch den Lehrer getroffen, den sie bereits von früheren Veranstaltungen kannte. Bei der Gelegenheit hatte er ihr stolz erzählt, dass er die kommenden Ferien mit seiner Gattin auf Mauritius verbringen würde.

Als der Mann jetzt in der Konzertpause aufstand und sich nach Bekannten oder Freunden umguckte, entdeckte er meine Perle, die ihm zuwinkte. Freudig kam er auf ein Schwätzchen bei uns vorbei. Nach der Begrüßung fragte sie ihn neugierig: „Herr Bode-Löwenstein, hatten Sie einen schönen Urlaub? Wie hat es Ihnen und Ihrer Frau denn auf den Maskarenen gefallen?"

Zuerst zögerte der Gefragte eine Sekunde, um dann forsch zu erwidern: „Nein, da verwechseln Sie mich aber jetzt mit anderen Leuten! Sie bringen da etwas total durcheinander. Auf den Maskarenen waren wir nicht. Wir waren auf Mauritius! Schön war es dort, leider zu kurz und auch recht teuer."

So schnell ließ sich meine Dosine nicht den Schneid abkaufen. Zuerst zog sie die Stirn in Falten, als würde sie heftig überlegen, und dann sagte sie lächelnd: „Bis vor einer Minute war ich noch felsenfest davon überzeugt, dass La Réunion, Mauritius und Rodrigues zu der Inselgruppe der Maskarenen gehören. Aber vielleicht hat man sie kürzlich umbenannt und ich habe es nicht mitgekriegt. Herr Bode-Löwenstein, das sollten wir beide daheim noch einmal googeln!" Kurz darauf verabschiedete sich der besagte Herr und wünschte uns noch einen schönen Abend.

„Chefin, das hast du gut gemacht!", lobte ich meinen liebsten Menschen. Von einer Inselgruppe mit dem ulkigen Namen *Maskarenen* hatte ich allerdings noch nie etwas gehört.

„Nicht nur der weit gereiste Herr Dingelskirchen-Bodenstein unterrichtet seit Jahrzehnten Luftverkehrsgeografie, sondern auch ich", erwiderte Elke breit grinsend und hielt mir zum *High Five* ihre Handfläche hin. Mit meinem Pfötchen schlug ich ein.

Fritzi möchte mit Pokémon GO auf Monsterjagd gehen

Ich muss unbedingt demnächst einmal jemanden fragen, der die Pokémon GO-App auf seinem Smartphone geladen hat, um was für hundert verschiedene Arten von wilden Geschöpfen es sich bei den zu fangenden Tieren handelt und ob sie auch schmackhaft und gut verträglich sind.

Bisher weigerte sich meine Dosine beharrlich, eines der modernen Geräte anzuschaffen. Sofern sie überhaupt, wenn sie aus dem Haus geht, ihr uraltes Handy mitnimmt, dann ausschließlich, um damit zu telefonieren.

„Ich will mir mit einem der neumodischen Dinger doch keine Eier braten oder RTL2 gucken oder nach dem Wetter in der Äußeren Mongolei sehen", meint sie. „Wenn ich eine Adresse nicht kenne, dann gucke ich vorab in den Stadtplan oder google, an welcher Haltestelle ich aus der Straßenbahn aussteigen muss. Nein, so ein hochgezüchtetes *Schmartfohn* kommt mir nicht ins Haus. Da müsste ich ja Einzel-Nachhilfeunterricht bei einem *Äppel*-Trainer nehmen, der vom Alter her mein Enkel sein könnte und der in einer Sprache spricht, die ich nicht verstehe. Nach jeder Trainingseinheit dürfte ich mir meine Haare nicht mehr mit Shampoo waschen, aus Angst, mein neues Wissen würde mit dem warmen Spülwasser in den Ausguss geschwemmt. Und an jedem Montag in der Frühe stünde ich wieder bei ihm vor der Ladentür, weil ich übers Wochenende vergessen habe, was *Bluetooth, Cloud* und *Android* bedeuten. Das kommt überhaupt nicht in Frage! Schluss. Punkt. Aus!"

*

Ich bin da ganz anders, habe keine Berührungsängste mit den neuen Medien, und mein Gedächtnis funktioniert tadellos. Gern würde ich auch programmieren lernen und mir meine eigene Fritzi-App kreieren. Wenn mir ein modernes Handy zur Verfügung stünde, könnte ich wirkungsvoller meine Facebook-Seite pflegen und öfters Fotos posten, auf dem mein blaues Näpfchen mit dem Goldrand abgebildet ist. Ich denke da an eine neuartige Geruchs-App, damit meine Fans den gelegentlich unappetitlich müffelnden Dosenknatsch *riechen* könnten, den Elke mir manchmal zum Essen hinstellt. Höchstwahrscheinlich bekäme ich dann öfters Fresspäckchen von meinen besorgten und mitleidenden Fans geschickt, denen mein körperliches und seelisches Wohlergehen am Herzen liegt.

Natürlich würde ich auch täglich Selfies aus allen Lebenslagen von mir posten, damit mein Fanclub weiß, wie es mir geht, ob meine Verdauung funktioniert hat, was ich am liebsten frühstücke, wie schön ich in meinem Bett liege und was ich des Nachts so alles im Dunkeln treibe. Paris Hilton, die It-Schrulle, könnte sicher noch etwas von mir lernen!

Sollte sich mein liebster Mensch bis zum Hochsommer keines dieser neuen Geräte angeschafft haben, das ich mitbenutzen kann, dann schreite ich zur Selbsthilfe. Anstatt mich nach dem Glotze-Gucken in unserem großen Bett an meine schlafende Dosine zu kuscheln, bleibe ich ab Anfang August jede Nacht wach. Auf dem Balkon halte ich dann Ausschau nach Sternschnuppen, die Ende des Sommers vermehrt vom Himmel fallen. Sobald ich eine sehe, petze ich schnell meine Augen zu und wünsche mir gleichzeitig von der großen Katzenfee so ein modernes Wunderteil. Nachdem mir mein Wunsch erfüllt worden ist, fange ich mir mit Pokémon GO zukünftig wieder selbst mein Nachtmahl ein. Ab dann bin ich autark und muss nicht immer diese in Dosen gepressten durchgemahlenen Schlachtabfälle zu mir nehmen. Rosigen Zeiten sehe ich entgegen, wenn ich erst eigenhändig wieder selbst schlachte. Gesundes Wildbret gibt es dann täglich, denn ich bin eine Karnivore (lateinisch: Fleischfresserin) und eine orthodoxe Anhängerin von Barf (rohem Frischfleisch).

Sollte es mit den Sternschnuppen wider Erwarten doch nicht klappen, dann google ich einfach *Äppel* oder Samsung und bestelle mir mein eigenes Schmartfohn im Internet. Ich schätze, mein liebster Mensch wird es nicht zurückschicken, wenn es erst einmal da ist und sie die Verpackung aufgerissen hat.

Fritzi bekommt Besuch

Habe ich dir eigentlich schon erzählt, dass wir neulich wieder Schlafbesuch hatten? Nein? Bist du dir da ganz sicher? Ja? Dann will ich es schnell nachholen und dir berichten.

Du wirst aus eigener Erfahrung wissen, wie es ist, wenn dich plötzlich jemand anruft, von dem du schon seit Jahren nichts mehr gehört hast. Die Person bittet dich förmlich oder fleht dich schon fast auf Knien an, seine oder ihre Mitbewohner übers Wochenende aufzunehmen, da sonst die Welt aus ihrer Umlaufbahn gerät und kippt, die Arche Noah kentert oder in China ein Sack Reis umfällt. Genau *so* war es auch neulich bei uns.

Mein liebster Mensch war gerade vom Frühdienst nach Hause gekommen, hatte ihre Hackelpumps im Flur in die Ecke gestellt und Gesundheitsschlappen angezogen, als das Telefon klingelte.

„Du musst mich zuerst füttern! Ich hab großen Hunger!", rief ich entsetzt, als meine Dosine stattdessen den Hörer abhob, einen kurzen Moment lauschte, sich dann auf unser Sofa im Wohnzimmer fallen ließ und ihre Füße auf einen Hocker legte.

„Edeltraud, ja klar... Nein, kein Stress! Natürlich erinnere ich mich noch an dich... Jetzt mal ganz langsam, am besten noch einmal von vorn." Elke hörte zu, was ihr die Frau ins Ohr flötete. „Selbstverständlich kannst du Max und Moritz bringen", sagte sie nach einer Weile. „Aber nein! Fritzi wird ihnen sicher nichts tun! Im Gegenteil! Sie wird sich freuen, wenn sie ein bisschen Abwechslung bekommt und Herrenbesuch kriegt. Sie ist doch immer so allein."

‚Mir kommen gleich die Tränen', dachte ich skeptisch und auch ein bisschen misstrauisch. Tagsüber allein zu sein, macht mir eigentlich nichts aus, da ich dann eh periodisch abwechselnd döse, meditiere, nappe (englisch: Nickerchen mache) und chille. Aber nachts, da möchte ich allein auf Pirsch gehen und nach erfolgreicher Jagd meine kätzischen Freunde treffen und mich mit ihnen austauschen.

Ich wusste nicht, ob ich mich über den kommenden Besuch freuen sollte oder verärgert sein. Wie immer, wenn wichtige Entscheidungen anstehen, wurde ich auch heute nicht vorab um meine Meinung gefragt. Nur ausbaden musste ich das jeweilige Dilemma wieder allein, obwohl ich gar nichts dafür konnte, ergo auch nicht verantwortlich war.

Wenn es wieder so verwöhnte Fratzen waren, die zu Besuch kommen sollten, wie seinerzeit Diego und Frida, die unsere Wohnung in kürzester Zeit verwüstet und geschreddert hatten, nein danke! Erinnerst du dich noch daran, dass meine entfernten Verwandten Elkes Designer-Ostereier zum Bersten brachten, als sie den Totenkopf, der oben im Regal auf unseren medizinischen Nachschlagewerken lag, in die Schüssel mit den Eiern katapultierten?

Vielleicht waren Max und Moritz aber auch Zwergkaninchen, wie meine liebe Freundin Jackie. Die besuchte uns vorletztes Jahr an Weihnachten mit Carla, einer Nymphensittich-Henne. Beide blieben bis nach Neujahr. Über ihren Aufenthalt und was wir alles zusammen ausheckten und erlebten, berichtete ich bereits.

Erinnerst du dich noch an Roswitha Rutz und ihre Mutter Rebekka? Mit der Familie Rutz freundete ich mich an, als meine Dosine in einem Preisausschreiben eine Reise für zwei Personen nach Ostfriesland gewann und sie, in Ermangelung einer Begleitperson, meinen jetzt verschollenen Partner Rüdiger und mich mitnahm.

Es kam aber alles ganz anders, denn Max und Moritz waren weder entfernte Verwandte aus meiner großen Felidae-Sippe, noch Caniden (Hunde) und auch keine Kaninchen, Hasen, Nerze, Wiesel, Frettchen, Streifenhörnchen, Hamster, Ratten, Chinchillas oder Tanzmäuse, sondern zwei dösige Meersäue.

*

Bereits eine Stunde nach ihrer telefonischen Anfrage kam Edeltraud mit einem Fleckerl-Teppich, einem angefangenen Beutel Hygiene-Klumpstreu, einem flachen Klo, allerlei Tröglein und einem Kopfkissenbezug, der gepresstes Gebirgsheu enthielt, die Treppe zu unserer Wohnung hochgestapft. Einen Beutel Bio-Möhren und eine Packung *Frankfurter Grüne Soße*-Kräuter hatte sie auch dabei, außerdem noch einen Jutebeutel mit allerhand still vor sich hin welkendem Grünzeugs.

„Die restlichen Sachen und die beiden Kleinen sind noch im Auto. Die hole ich gleich", sagte sie hektisch.

Bereits bevor ich unseren Schlafbesuch gesehen hatte, rief ich aufs Höchste alarmiert: „Wie lange sollen die beiden Besatzer denn bei uns in der Wohnung bleiben? Länger als einen Monat? Oder etwa für immer?" Als mir eine Antwort verwehrt wurde, rief ich laut: „Tschüss dann! Hier werde ich ja offensichtlich nicht mehr gebraucht. Niemand wird mich vermissen. Solange die Säue hier campieren, wandere ich aus nach Hawaii! Ich bin dann mal weg. Schickt mir eine Flaschenpost, wenn die Luft rein ist und die Schweine wieder heimgegangen sind."

„Hiergeblieben!", sagte Elke schnell und stellte sich mir in den Weg. „Fritzi, guck dir doch bitte erst einmal die beiden Meerschweinchen an, ob sie dir gefallen. Sie sind ganz niedlich."

„Du lügst! Das entspricht nicht der Wahrheit. Du hast die Säue selber noch gar nicht gesehen", erwiderte ich schlagfertig, „denn die befinden sich noch unten im Auto." Wie du siehst, wer mich belügen will, muss früh aufstehen!

„Am Montag nach der Arbeit werden die beiden Kleinen von Edeltraud schon wieder abgeholt", flötete mir Elke ins Ohr. Sie hatte mich auf den Arm genommen und sprach jetzt auf mich ein, als wäre ich ein lahmer Gaul und sollte über Hürden, Wassergräben und Hindernisse springen. „Fritzi, bitte sei eine gute Gastgeberin und mach ein freundliches Gesicht!"

An den Krallen meines rechten Pfötchens zählte ich schnell ab, dass es drei Nächte dauern würde, bis der ungebetene Besuch wieder eingesammelt würde und auf hoffentlich Nimmerwiedersehen verschwand. Für meinen Geschmack war das definitiv drei Nächte zu lang.

„Fritzi, wenn ich nachher einkaufen gehe, bringe ich dir auch eine extragroße Portion Bio-Hack mit!", versuchte mich mein liebster Mensch zu besänftigen und milde zu stimmen. Aggressivität entsteht erwiesenermaßen oft, wenn der Magen leer ist und die Hunger-Hormone im Blut Amok laufen. Ein voller Bauch kämpft nicht gern. Das ist allgemein bekannt.

„Ja, einverstanden! Ich bin gerne bestechlich!", rief ich sogleich. „Wo bleiben denn die kleinen Säue?"

*

In der Zwischenzeit hatte Edeltraud unsere Küchenloggia schon neu dekoriert. Meine Perle begann finster zu gucken, als das kleine Sofa aus Peddigrohr weichen musste, damit es die Schweinchen nicht mit ihren Zähnen schreddern konnten. Allerlei Pflanzen wurden auch vorsichtshalber durch Küche und Flur auf den Wohnzimmer-Balkon getragen. Nur wenige durften dort stehenbleiben, wo sie standen. Unsere ältliche pakistanische Brücke, die jeden Sommer auf dem Küchen-Balkon liegt, wurde aufgerollt und entfernt. Stattdessen legte Edeltraud einen großen bunten Fleckerl-Teppich aus, der den gesamten Fußboden des Balkons abdeckte und den sie an den Seiten um- und hochklappte.

„Damit sich Max und Moritz nicht erkälten", meinte sie verschämt lächelnd, „und falls in ihrem Klo mal etwas daneben geht."

„Edeltraud, ich bitte dich! Jetzt übertreibst du aber! Laut Kalender haben wir derzeit Sommerbeginn. Des Nachts besteht auf unserem Breitengrad keine akute Gefahr, dass wir Bodenfrost bekommen. Die Kleinen werden sich draußen nicht verkühlen und sich bei uns weder eine Bronchitis, noch eine Blasenentzündung einfangen", meinte mein liebster Mensch irritiert. „Damit sie keinen Hitzschlag oder Sonnenstich kriegen, wird immer ein Teil der Loggia mit einem Sonnenschirm beschattet werden."

Entsetzt rief ich: „Wie soll ich denn jetzt beobachten, wer den Hasenpfad hoch und runter spaziert, wenn mein Sofa nicht mehr da ist? Wer wird mir auf dem Balkon ein U-Boot-Teleskop installieren? Über die Reling kann ich sonst nicht gucken."

„Fritzi, reg dich bitte nicht auf", sagte meine genervte Dosilla schnell und rollte mit den Augen. „Ich stell dir gleich einen der schmiedeeisernen Stühle hin. Auf den springst du hoch, legst dich dort hin und guckst vom Balkon herunter. Dann hast du alles, was dich interessiert, in deinem Blickfeld."

„Soll ich mir den Stuhl mit den Säuen teilen?", fragte ich entsetzt. „Für drei ist dort bestimmt kein Platz."

„Schatzi, keine Angst. Meerschweinchen können nicht hochspringen", antwortete sie. „Der Stuhl ist ausschließlich für dich."

„Vergiss nicht, das gelbe Kissen mitzubringen, oder besser zwei, damit ich höher und bequemer sitze!"

*

Als der Küchen-Balkon gemäß Edeltrauds Wünschen für den Besuch gerichtet war, lief sie noch einmal zu ihrem Auto und holte den Transportkäfig mit den beiden Meerschweinchen und eine weitere Tasche herauf.

Wieder zurück, hob sie die Nager aus ihrer Box heraus und setzte sie auf den Fleckerl. Die eine kleine Sau hatte ein braun-weißes Fell und die andere ein weißbraunes. Mein spontaner Gedanke war: ‚Da wären mir ja dicke dumme Ratten lieber gewesen. Die hätten jedenfalls vorzüglich schmeckende Schwänze gehabt, die schön knacken, wenn man auf ihnen herumbeißt.'

Die beiden Schweinchen sahen aus, als hätte man ein weißes und ein braunes mit einem scharfen Messer hinter ihren Armen (von einer Taille konnte bei ihnen keine Rede sein) mittig durchgeschnitten und wieder neu, aber mit dem falschen Partner, zusammengesetzt. Ganz merkwürdig und nicht gerade gelungen sahen sie aus, mit ihren fleischigen Köpfen und dem fehlenden Hals. Beide hatten glänzende braune Knopfaugen und kleine runde Ohren. Umgehend liefen und hüpften die Säue quiekend und um die Wette gurrend auf dem Balkon auf und ab. Mich beachteten sie kaum.

Meine Dosine stieß mich an. „Willkommen in eurem neuen Urlaubsdomizil", miaute ich wunschgemäß laut und höflich. „Hoffentlich gefällt es euch bei mir. Fühlt euch hier wie zu Hause."

So richtig ehrlich war das zwar nicht gemeint, zeigte aber meine gute Kinderstube und meine weltmännische Erziehung.

„Siehst du, deine Schweinchen fremdeln gar nicht", meinte Elke. „Bei uns geht es ihnen gut. Edeltraud, jetzt kannst du getrost mit deinem neuen Freund nach Straßburg fahren!"

„Elke, das vergesse ich dir nie", rief die Pflegemutter der kleinen Säue und küsste meine Dosine auf beide Wangen. Lachend lief sie, mit den Absätzen ihrer Pumps laut klappernd, die Treppe hinunter und verschwand.

Max und Moritz

„Hallo, ihr Säue, habt ihr auch einen Namen?", fragte ich nicht besonders neugierig, aber irgendwie musste ich sie ansprechen. „Ich bin eure Gastgeberin und heiße Fritzi Kullerkopf. Also, am besten ihr benehmt euch wie gut erzogene Gäste, wenn ihr wisst, was ich meine! Dann kriegen wir auch weder Stress noch Streit miteinander."

Ich zog meine Oberlippe ein wenig hoch, damit sie meine langen Reißzähne im Oberkiefer sehen konnten. Dann wiederholte ich die Prozedur mit dem Unterkiefer. Gleichzeitig rammte ich die Krallen meiner Vorderpfötchen abwechselnd in den Fleckerl und zog ihn dabei jedes Mal ein paar Zentimeter in die Höhe.

„Wie denn, wo denn, was denn?", pfiff einer der Vierbeiner. „Ich bin der Max und die Kleine dort, die ist meine Halbschwester und hört auf den Namen Moritz. Na ja, nicht immer, aber immer öfter." Er gurrte vor Vergnügen über seinen eigenen Kalauer. Dann rannte er wie verrückt auf dem Balkon hin und her, immer wieder.

„Hast du etwas Falsches gegessen?", fragte ich irritiert. „Suchst du dein Klo? Oder bist du etwa krank? Hoffentlich ist es nichts Ansteckendes!" Vorsichtshalber ging ich schnell ein paar Schritte zurück. Bei artfremden Ausländern weiß man ja nie, was sie aus ihrem Dritte-Welt-Heimatland so alles bei uns einschleppen und uns großzügige Gastgeber damit anstecken... Immer ist man freundlich und zuvorkommend zu ihnen, aber eines Morgens wachst du auf und merkst, dass man dich nicht nur beklaut, sondern auch umgebracht hat.

„Wir schaffen das!", hatte meine Dosine mit viel Zweckoptimismus in der Stimme zu mir gesagt und dazu mit dem Kopf genickt. Sie hätte das besser mit unserem Besuch besprechen sollen.

*

„Wir sind in Deutschland geborene Meerschweinchen", quietsche das kleinere Weibchen, das gelegentlich auf den Namen Moritz hört, warum auch immer. „In England werden wir *Guinea Pigs* genannt, obwohl wir weder aus Guinea kommen noch mit Schweinen verwandt sind. Unsere Heimat liegt weit entfernt vom Meer in den Anden, dem Hochland von Südamerika, wenn du weißt, was ich meine. Dort sagt man zu einem Weibchen wie mir Cobaya und zu einem Böckchen wie Max Cobayo. In anderen Landstrichen heißen wir *Conejillo de Indias*."

„Aha", stammelte ich. „Angenehm. Sehr angenehm." Was sollte ich auch sonst zu deutschen Zwergschweinen aus Guinea in Südamerika sagen, die weder am Meer leben noch Gemeinsamkeiten mit deutschen Schweinen teilen. Man lernt nie aus, soll aber auch nicht alles glauben, was einem den ganzen Tag lang von Fremden erzählt wird. Wenn heute Nacht alle schlafen, werde ich aufstehen und die schlauen Googles fragen, ob mir unser Besuch die Wahrheit erzählt oder einen Bären aufgebunden hat.

Da die Schweinchen nicht aus Südamerika kamen, brauchte ich auch nicht meine rudimentären spanischen Sprachkenntnisse anzuwenden. Sonst hätte ich gesagt: ‚Mi casa es su casa (Mein Haus ist euer Haus).'

„Seid doch nicht so hektisch!", sagte ich stattdessen, „und rennt nicht wie die Bekloppten immer hin und her. Für ein Marathon-Training reicht die Zeit bis zum Montag nicht. Ihr seid hier übers Wochenende auf meinem Balkon gefangen. Einen Notausgang gibt es nicht! Begreift es. Basta!" Vom reinen Zugucken wurde mir zuerst ganz wuschig im Kopf und dann abwechselnd heiß und schwitzig. „Auf der Gefängnisinsel Alcatraz in der Bucht von San Francisco ist es sicher nicht so bequem wie hier und in Guantánamo auf Kuba auch nicht."

Ich musste gähnen. Morgen würden die beiden bestimmt Muskelkater haben von all ihrer planlosen Renner- und Hüpferei. Zwischendurch machten sie auch einmal Pause, als ihnen meine Dosine ein irdenes Tröglein mit einem frischen Nachmittags-Snack hinstellte. Ich betrachtete fasziniert, was ihnen Elke alles kredenzt hatte.

„Wasser und Heu müssen sie immer genug haben", hatte Edeltraud ihr eingeschärft, bevor sie ging. Jetzt stopfte ihnen meine Perle den Großteil einer getrockneten Wiese in eine kleine Raufe. Zwitschernd und trillernd fraßen die Schweinchen davon, und zwischendurch naschten sie von den *Grie Soß* Kräutern (Frankfurter Grüne Soße, traditionelles Gründonnerstagsessen). Auf dem Einwickelpapier, in das zuvor das blähende Grünzeugs gewickelt war, las ich später, um welche Kräuter es sich dabei handelte: Borretsch, Pimpinelle, Petersilie, Kerbel, Schnittlauch, Sauerampfer und Kresse. Allein schon bei dem Gedanken daran, dass ich so viel unverdauliches Chlorophyll essen müsste, krampften sich meine Gedärme zusammen und ich musste rasch aufs Klo, um mich zu erleichtern.

„Habt ihr noch etwas anderes in euren Köpfen, als nur gedörrten Rasen zu mampfen und hin und her zu jagen?", fragte ich unseren Besuch verwundert.

„Klar", antwortete Max. „Wenn wir wach sind, dürfen wir keine Fresspause einlegen, sonst werden wir krank im Bauch. Außer Heu mögen wir Grünfutter wie langblättriges Gras, Löwenzahn, Liebstöckel-Maggikraut, Minze, Melisse, junge Brennnesseln, Kamille und Spitzwegerich. Auch gemischtes Saftfutter in Form von leckeren Karotten, Paprikaspalten, Selleriestücken, gelegentlich einem Scheibchen Kohlrabi mit seinen zarten Blättern, Fenchel und anderes frisches Gemüse essen wir gern. Außerdem mögen wir getrocknete Hagebutten und als Leckerli gelegentlich ein Stückchen Apfel oder Birne."

„Aha", sagte ich und noch einmal, „aha. Also, so richtige Nahrungskonkurrenten von mir seid ihr offensichtlich nicht, denn alles, was ihr gern esst, verabscheue ich aus tiefstem Herzen. Ich schätze, ihr fangt euch keine Mäuse oder zarten Rattennachwuchs?"

„Fritzi, sieh dir mal unsere Zähne an", riefen Max und Moritz unisono. „Wir sind strikte Pazifisten und Veganer. Wir töten keine anderen Lebewesen, sind Öko- und Bioanhänger und müssen täglich größere Mengen Heu und harte Zweige essen, um unsere ständig nachwachsenden Zähne kurz zu halten."

Beide Schweinchen zogen ihre Lippen auseinander und bleckten ihre Gebisse. Interessiert guckte ich in ihren Mund. Im Ober- und Unterkiefer trugen sie vorn in der Mitte je zwei lange gelbliche Schneidezähne, mit denen sie offensichtlich ihre Nahrung abbissen. Dann kam eine Weile nichts, nur in der Mitte ihre rosa Zunge. Weiter hinten sah ich noch oben und unten auf beiden Seiten je vier Backenzähne, mit denen sie ihre Nahrung wahrscheinlich zerkleinerten und zu Brei zermalmten.

„Seid ihr etwa Wiederkäuer?", zeigte ich mein Interesse an ihrem Kauverhalten, aber die Schweinchen wussten nicht, was meine Frage bedeutete.

„Wir sind Immerkäuer. Oder was meinst du?", fragte Max.

„Wiederkäuer sind Paarhufer, wie Kühe, Lamas, Kamele, Schafe, Ziegen, Giraffen, Antilopen und Gazellen", dozierte ich. Das Wissen hatte ich in der Wilhelma aufgeschnappt, als wir an den verschiedenen Habitaten der Geschöpfe entlang schlenderten. „Sie haben mehr als einen Magen. Zuerst schlingen sie so schnell es geht ihr Futter hinunter. Später kauen sie es noch einmal genüsslich durch, wenn sie Zeit haben und ausruhen."

„Fritzi, schau einmal genau hin! Sind Max und ich Paarhufer?", beantwortete mir das clevere Schweinchen meine Frage mit einer Gegenfrage. Moritz streckte ihr Pfötchen zum Begutachten hin. Von allen Seiten guckte ich es mir an. Es sah fast so aus wie eine meiner Tatzen, aber bei ihren Fingern und Zehen ließen sich die Krallen nicht einziehen, im Gegensatz zu meinen.

„Nein, offensichtlich seid ihr weder Paarhufer noch Wiederkäuer", musste ich zugeben, aber ihr kaut euer Heu so merkwürdig lange und ausdauernd."

„Wir schlingen unsere Nahrung nicht fast unzerkaut hinunter, wie andere Wesen es tun mögen", erwiderte Moritz und fixierte mich mit ihren Knopfaugen. Sollte das etwa eine Anspielung auf meine Ess-Geschwindigkeit sein? Das war sicher nur Bluff. So lange die Schweinchen bei uns waren, hatte ich noch keinen einzigen Bissen gegessen, denn mein Tröglein war leer. „Wir genießen jeden Bissen unseres Essens und kauen ihn mindestens fünfundzwanzig Mal durch", dozierte sie weiter. „Dadurch vermeiden wir, dass unsere Zähne zu lang werden, wir nicht mehr richtig beißen können und krank werden. Außerdem ist gutes Kauen gesund, sagte meine Mama früher immer."

Ganz dunkel erinnerte ich mich jetzt daran, dass mir meine Freundin Jackie, das Zwergkaninchen, das bei uns zu Besuch war, eine ähnliche Erklärung für ihr Nager-Gebiss und ihre Lust am Knabbern und Kauen gegeben hatte.

„Nagt ihr auch an Tischbeinen herum?", fragte ich vorsichtshalber. Nicht, dass sie Jackies angefangenes Kunstwerk an den gedrechselten Beinen des Tisches in unserem Arbeitszimmer vervollkommnen wollten.

„Nee, lieber knabbern wir an einem richtig alten Brotknusten herum und an den Zweigen von Obstbäumen, Haselnüssen und Buchen oder deren leckerer Rinde. Diese Art Hölzer sind so richtig nach unserem Geschmack!"

„Jedem das Seine und mir am meisten", miaute ich und sprang auf den für mich hingestellten Stuhl. Der Hasenpfad war wie ausgestorben. Niemand lief ihn rauf oder runter. Da beschloss ich, nach all der ausgestandenen Aufregung ein wohlverdientes Nickerchen zu machen. Die Schweinchen waren versorgt und brauchten mich derzeit nicht. Sie beschäftigten sich damit, die gerade zuvor von meiner Perle im hinteren Teil unseres Gartens abgeschnittenen Zweiglein und Blätter des Kirschbaums zu beknabbern und zu verspeisen.

Der kleine Baum der Nachbarn steht ziemlich nahe an der Grundstücksgrenze. Ein Teil der Zweige hängt über den Zaun zu uns herüber, bis Elke eben hinging und *ratz-fatz* ein paar von ihnen abschnitt. Es fällt aber kaum auf.

„Morgen hole ich euch Zweige von unserem Quittenbaum", hofierte meine Dosine unseren Besuch.

„Wenn ihr wollt, könnt ihr euch nach dem Essen getrost ein bisschen hinlegen und chillen!", ließ ich unseren Besuch wissen. „Sollte ein hiesiger Geier oder ein Taunus-Adler angeflogen kommen, warne ich euch rechtzeitig, damit ihr euch in eurem Schlafhäuschen verstecken könnt."

Die Ananas-Killer aus dem Hasenpfad

Ich schwöre bei allem, was mir heilig ist, ich meditierte nicht länger als maximal ein Viertelstündchen. Als ich erquickt meine Augen wieder aufschlug, da unten auf der Straße jemand gehupt hatte, und ich mich erstaunt umschaute, sah ich, dass auf dem Fleckerl jede Menge Blumenerde, ein leerer umgestülpter Terrakotta-Pott nebst Plastik-Untersetzer und das Grünzeugs von Elkes ehemals eingepflanzter Ananas verstreut lagen. Direkt unterhalb des Blattwerks war jetzt nichts mehr. Dort, wo sich bis vor ein paar Minuten noch der von außen nicht sichtbare, da in der Erde eingegrabene, keilförmig zugeschnittene und bewurzelte Strunk befand, war jetzt gähnende Leere. Er fehlte komplett. Wie mit einem Wellenschliff-Messer war der Strunk abgeschnitten, oder besser gesagt, von kräftigen Zähnen bis zu den Blättern abgenagt worden.

„Was habt ihr gemacht?", fragte ich irritiert. „Hier sieht's aus wie bei Schweins."

„Gemacht haben wir gar nichts", erwiderte Max und kaute weiter.

„Wir haben nur gegessen", fügte Moritz hinzu und schob sich ein kleines Blatt in den Mund, das sie von dem Kirschholzzweig abgebissen hatte.

„Ihr seid noch keine Stunde hier bei mir und schon modifiziert ihr meine zukünftige Ananasplantage", miaute ich anklagend. „Ihr seid gefräßiger als eine Armada ägyptischer Wanderheuschrecken!"

„Wie denn? Wo denn? Was denn?", pfiff Max mit seiner quiekigen Stimme. „Der komplette Blattschopf ist noch da. Den mögen wir nicht. Der schmeckt komisch bitter."

„Aber der Strunk war süß und die Wurzeln knackig. Die waren mega-lecker! Gibt es davon noch mehr?" Moritz schnalzte schmatzend mit ihrer Zunge.

Ich erwiderte: „Damit ihr es wisst, es war das erste Mal, seit wir aus Hawaii zurück sind, dass es meinem Personal gelang, einen Ableger aus einem Ananas-Schopf zu ziehen. Ich schätze, sie wird *not amused* sein, wenn sie sieht, dass ihr den bewurzelten Strunk aufgegessen habt."

„Wenn das so ist, dann verzichte ich morgen auf mein Möhrchen. Das kann sie dann haben", meinte Max. „Das ist auch eine Wurzel, eine ganz dicke."

Ich war sprachlos. Wie konnte man nur so strunz-dumm wie die beiden sein. Ihnen fehlte offensichtlich jegliche Bildung.

„Wie habt ihr den Topf mit der Ananas denn aus dem Regal geholt?", fragte ich neugierig. „Ich dachte, ihr könnt nicht hochspringen."

„Das war ganz einfach", erwiderte Max. „Ich kletterte zuerst auf die Papprolle, in der wir uns manchmal beim Spielen verstecken. Von da aus war es nur ein Schrittchen auf das Dach unseres Schlafhauses. Dort stellte ich mich auf meine Hinterbeine und reckte ein bisschen meinen Hals. So konnte ich in das unterste Blatt der Pflanze beißen. Als ich dann einen Schritt zur Seite ging, folgte mir der Blumentopf samt Inhalt ohne Widerspruch."

Gern hätte ich Max gefragt, welchen Hals er gereckt hatte. Meiner Meinung nach war er, als Hälse verteilt wurden, im Keller gewesen. Beim besten Willen konnte ich bei ihm keinen entdecken.

*

Als mein liebster Mensch später den Blumentopf und den Untersetzer aufhob und wegtrug, riet ich ihr, die Erde erst aufzufegen, wenn sie getrocknet war. Es hätte sonst nur noch mehr unnötige Flecken auf dem Fleckerl gegeben.

„Schwund ist halt überall ein bisschen", versuchte ich sie zu trösten, als Elke den Schopf der verstorbenen Ananaspflanze in die Tüte zu dem anderen Biomüll stopfte.

Die Schweinchen sorgen für einen Technik-Totalausfall

Abgesehen davon, dass es seit Samstag früh in Strömen goss und mein mitleidiger Mensch die Säue in unserer Wohnung frei herumlaufen ließ, passierte nicht viel Erwähnenswertes. Niemand des lebenden Inventars kam zu Schaden.

Eines der Schweinchen knabberte gegen Abend, als ich kurz auf die beiden aufpassen sollte, da meine Dosine in der Küche unser Abendessen richtete, in unserem Arbeitszimmer das Zuleitungskabel des Telekom-Routers durch. Ich kann mich nicht zerteilen, obwohl ich Multitasking beherrsche, aber wie sollte ich gleichzeitig zwei agile Schweinchen überwachen, die sich in verschiedenen Zimmern vergnügten? Es dauerte eine Weile, bis meine Dosilla den Schadensort ausfindig machte. Gern hätte ich meine Kenntnisse als Frankfurter Antwort auf Miss Marple kostenlos zur Verfügung gestellt, aber Elke sperrte mich entnervt mit unseren beiden Besuchern ins Klo und stellte von außen einen Sixpack Mineralwasser vor den Katzendurchschlupf im Flur.

Fakt war, dass wir auch am nächsten Tag (es war ein Sonntag) keinen Zugang zum Internet hatten. Das Festnetz-Telefon blieb ebenfalls stumm. Ein weiterer Kollateralschaden war zu beklagen, denn die Glotze blieb die ganze Zeit über dunkel.

An diesem Wochenende legte sich mein liebster Mensch mit einem Krimi ins Bett und las so lange, bis sie wusste, dass nicht der Gärtner der Mörder war, sondern der Versicherungsvertreter.

Am Montagabend war die Welt wieder in Ordnung. Elke hatte auf dem Heimweg vom Flughafen im Telekom-Laden auf der Zeil für wenig Geld ein neues Router-Kabel erstanden.

Kurz nachdem sie wieder zu Hause war, wurden Max und Moritz von der müden, aber glücklich lachenden Edeltraud abgeholt. Dass ich die beiden Schweinchen jetzt so richtig vermisse, kann ich nicht sagen. Unsere Wohnung schien mir nur irgendwie leer und auch ganz leise zu sein, als Elke und ich später zusammen auf dem Sofa saßen.

Ein prickelndes Vergnügen oder Unterwegs mit Garnet

Nach längerer Zeit trafen wir uns heute wieder einmal mit unserem Freund Garnet aus Montréal. Meine Dosine kennt ihn schon ganz lange. Wenn man sie fragt, sagt sie immer, schon seit mindestens einhundert Jahren. Er düst als Flugbegleiter an Bord eines Flugzeugs in der ganzen Welt herum. In der letzten Zeit ergab sich recht selten ein Layover (englisch: Aufenthalt über Nacht) für ihn in Frankfurt, da er wegen seiner spanischen und portugiesischen Sprachkenntnisse vorwiegend auf den Südamerika-Routen eingesetzt wird.

Ein paar Tage zuvor hatte er meiner Dosine von unterwegs eine Mail geschickt und sie gefragt, ob sie ihn heute Abend treffen möchte. Daraufhin begann meine Perle umgehend Pläne zu schmieden, wohin sie Garnet ausführen sollte. Sie erwog das Für und Wider verschiedener Lokalitäten. Es sollte unter freiem Himmel sein, nicht allzu weit entfernt von der Innenstadt und in einer schönen Umgebung. Auf mehreren gelben Zetteln notierte sie, was sie für ein Picknick einkaufen musste und was sich essenstechnisch daheim schon vorbereiten ließ.

*

Wie verabredet holten wir Garnet um 18 Uhr von seinem Crew-Hotel auf der Darmstädter Landstraße ab. Den Nachmittag verbrachte er im Bett und ruhte sich aus, denn auf dem Transatlantik-Nachtflug nach Frankfurt hatte er gearbeitet.

Dem Hotel genau gegenüber, nicht weit vom Frankfurter Stadtwald entfernt, stiegen wir zusammen in einen 36er-Bus und fuhren zum Palmengarten. Das dauerte zwar recht lange, da der Bus im Zickzackkurs durch die ganze Stadt zuckelte und an jeder Straßenecke anhielt, aber so mussten wir unterwegs nicht umsteigen. Außerdem hatten sich meine Dosine und unser Freund viel zu erzählen.

„Garnet, lass uns zum Jazzkonzert in den Palmengarten fahren. Es ist *Summer in the City*, ausnahmsweise regnet es heute nicht und du bist nach endlos langer Zeit wieder einmal in Frankfurt. Das sind drei Gründe, um unser Wiedersehen ein bisschen zu feiern." Garnet grinste bübisch. Elke fuhr fort: „Heute spielt der Frankfurter Saxofonist Heinz Sauer, den ich schon seit meiner Jugend kenne, und die ist bereits viiiele Jahre vorbei." Sie lachte und freute sich. „Das Konzert wird sicher ein Schmankerl für unsere Ohren werden. Jedenfalls hoffe ich das."

Meine Perle und unser Freund saßen nebeneinander im Bus. Sie tuschelten ununterbrochen miteinander, erzählten sich davon, was in der Zwischenzeit alles passiert war, stießen sich mit den Ellenbogen an und kicherten pausenlos. Ich lag zusammengerollt in meinem Kängurusäckchen auf Elkes Schoß, hatte die Augen geschlossen und meditierte. Zu Garnets Füßen stand unser vollgepackter Picknickkorb. Einen Klapphocker hatten wir auch dabei und einen vollgepackten Plastikbeutel.

Als wir im Palmengarten ankamen, gingen wir sofort zum Musikpavillon. Ähnlich wie jeder gute Deutsche im Urlaub zeitig mit Handtüchern die besten Liegen am Pool blockiert, steuerten wir zielsicher die Mitte der letzten Sitzreihe an und meine Dosine legte dort auf die Sitzfläche der Metallbank ein großes gelbes Tuch. Dann zog sie aus der Plastiktüte zwei von unserem Balkon mitgebrachte Kissen mit Federfüllung. Du kennst sie bestimmt aus meinen Beschreibungen, ich meine die mit den geblümten Laura Ashley-Bezügen aus Chintz.

„Die Bänke sind extrem unbequem", sagte Elke und lachte. „Wenn ich mich hier ohne Kissen hinsetze und nach dem Konzert aufstehe, sieht man noch zwei Stunden später das Muster des Metallgitters, das sich förmlich in den Speck meiner Oberschenkel und meines Hintern hineingepresst hat."

Dann verstaute meine Dosine den Thermo-Korb mit dem Essen im Schatten unter der Bank. „Garnet, komm, lass uns noch ein bisschen im Park die Füße vertreten und nach den Blumen gucken."

Schon vorab daheim hatte mir meine Perle eingebläut, dass ich mich auch heute im Palmengarten weder mucksen noch herumlaufen dürfte.

„Fritzi, wenn ich dich mitnehmen soll, machst du dich am besten unsichtbar und bleibst in deinem Beutel sitzen", sagte sie streng. Mir war ihr Ansinnen unbegreiflich. Vom vergangenen Jahr wusste ich noch, dass hier jede Menge Enten herumgelaufen waren. Während des Konzerts watschelten sie durch die Reihen und bettelten die Leute, freundlich „wi, wi, wi, wi"-rufend, um einen Happen Weißbrot oder einen anderen vegetarischen Snack an. Kaum jemand nahm Anstoß an ihnen. Einige Leute fütterten sie und erfreuten sich an den wilden, hier fast handzahmen Tieren, die im Sommer die heißen Stunden des Tages im Palmengarten am Teich verbrachten, bevor sie, wenn es dunkel wurde, zum Main und zum Weiher im Ostpark aufbrachen. Andere Besucher ignorierten sie einfach. Aber wenige erzürnt und angewidert guckende Besucher verscheuchten die Enten unangemessen heftig und traten sogar mit den Füßen nach ihnen. Diese Leute muss man sich ganz genau angucken und sie sich merken, denn sie können bestimmt auch keine anderen Menschen leiden, so nett sie auch in manchen Situationen erscheinen mögen. Aus Erfahrung weiß ich, dass Zweifüßer, die Tiere generell ablehnen oder ihnen gar schaden, auch keine Mitmenschen mögen. Sie denken nur an ihre eigenen Vorteile, sind narzisstische Egoisten, in sich selbst verliebte Egozentriker.

*

Auch dürfe ich das heutige Jazz-Quartett stimmlich nicht begleiten oder untermalen, sagte meine Dosine vorab, da mein trillernder Koloratursopran angeblich durch Mark und Bein geht und, wie sie meint, die anderen Konzertbesucher stört. So war es im vergangenen Jahr gewesen, aber nur an einem einzigen Abend, an dem ich ein wenig mitgejodelt hatte, als einer der Musiker einem Sägeblatt mit einem Geigenbogen schräge Töne entlockte. Diese waren so disharmonisch und schrill, dass ich fürchtete, ich würde spontan an beidseitigem Tinnitus erkranken. Außer unseren unmittelbaren Nachbarn, die links und rechts auf den Bänken neben uns saßen, bemerkte es keiner, als ich unter der Bank hervorkam, auf der meine Dosilla saß. Rasch hatte ich mich in Positur gesetzt und spontan laut mitgejault, als sei ich ein heulender Wolf, der nach seinem hinter den Bergen verschollenen Rudel ruft.

Noch während Elke überstürzt zusammenpackte und wir rasch aufbrachen, hörte ich, dass das Publikum frenetisch klatschte und laut „Wauwauwauuuu" rief. Gern hätte ich mich verbeugt und den kompetenten Zuhörern für ihren Applaus gedankt, aber es wurde mir nicht vergönnt.

Die Alternative wäre heute gewesen, daheim zu bleiben. Da ich aber den ganzen Tag schon auf dem Küchenbalkon gesessen und mich gelangweilt hatte, drängte es mich jetzt direkt nach draußen, um etwas Prickelndes und Neues zu erleben. Außerdem mochte ich Garnet.

*

Bevor das Konzert begann, begrüßte auf der Bühne die Radio-Moderatorin Daniela Baumeister die vielen warteten Zuschauer und Zuhörer: „Herzlich willkommen zum Jazz im Palmengarten, heute mit dem *Heinz Sauer & Daniel Erdmann Quartett* nebst *Special Relativities* (Relativitäten)."

Huch, dachte ich sogleich, als ich die Namen hörte. Einen Herrn Erdmann, den kennst du doch! Das ist bestimmt der Hauptdarsteller aus dem Film mit dem Titel *Toni Erdmann*, den ich in der Woche zuvor mit meiner Dosine im Kino gesehen hatte. In dem überlangen Film trug der Hauptdarsteller und Namensgeber des Films öfters eine schlecht sitzende schwarze Perücke und falsche Zähne.

Heute sah der Mann ganz anders aus, viel schlanker und auch jünger. Ich muss schon zugeben, vielseitig war der Künstler, und auf dem Saxophon spielen, das konnte er auch sehr gut. Vielleicht war es aber auch ein ganz anderer Mann. Wer wusste das schon...

Gerade als die ersten Töne des Konzerts erklangen, war mein liebster Mensch damit fertig, auf dem Klapphocker unser kaltes Buffet aufzubauen. Elke hatte Avocado-Mus mit Kapern, Ei, Knoblauch und Zwiebeln mitgebracht, Kartoffelsalat mit Feldsalat (für sich) und mit gebratenem Dörrfleisch (für Garnet), Geflügelsalat mit Ananas und Walnüssen (für unseren Besuch) und ohne Hähnchenbrust, aber mit Edamer Käse, blauen Trauben und Mayo (für sich). In Metzger Meyers Fleischboutique auf der Schweizer Straße erstand sie am Nachmittag grüne und schwarze gefüllte Oliven, die ich verabscheue, und als Appetizer für Garnet ein paar hauchdünne Scheibchen Jamón Serrano (spanischer Knochenschinken aus den Bergen) und ein wenig Pata Negra (durchwachsener iberischer Schinken von Schweinen, die mit Eicheln gemästet wurden).

Sehnsüchtig und neidisch guckte ich jetzt zu, als Garnet in aller Seelenruhe die delikaten Schinkenscheibchen, eines nach dem anderen, in seinen Mund schob und sie genüsslich auf der Zunge zergehen ließ. Nichts teilte er mit mir. Nicht einmal ein klitzekleines Fitzelchen gab er mir ab oder hob etwas für mich auf.

„Fritzi, der Schinken ist viiiiel zu salzig für dich", sagte er und lachte von Ohr zu Ohr, als er sah, dass ich jede seiner Handbewegungen hypnotisch mit meinen Augen verfolgte. Nur von dem Baguette ließ er die Hälfte übrig.

„Garnet, zeig uns mal, was du zum Trinken mitgebracht hast, mit welch edlem Tropfen wir jetzt auf unser Wiedersehen anstoßen!"

Elke hatte sogar Sektgläser mitgebracht, die hauchdünnen *Guten,* die noch aus ihrer Aussteuer stammen. Mit Schwung holte unser Freund die Flasche *Charles Heidsieck*-Champagner, die er zuvor im Crewshop am Flughafen gekauft hatte und unserem Picknick beisteuerte, aus der Kühltasche. Rasch begann er die Agraffe aus Draht aufzudrehen, die den Naturkorken im Flaschenhals hielt. Plötzlich ging alles ganz schnell, denn der Korken schoss wie eine Rakete mit einem lauten *Plopp* förmlich aus der Flasche heraus und ward fortan nicht mehr gesehen. Das Blöde war nur, dass mehr als ein Drittel des edlen Flascheninhalts sich explosionsartig auf die Locken der Frau, die in der Reihe vor uns saß, ergossen hatte. Nass wie ein begossener Pudel und halb zu Tode erschrocken sprang sie jetzt auf und drehte sich entsetzt zu uns um.

„Oh, mon Dieu", stammelte Garnet und wurde feuerrot im Gesicht vor Schreck, Überraschung und Scham. Geistesgegenwärtig sagte er: „Madame, gerade wollte ich Sie fragen, ob ich Sie zu einem Glas Champagner einladen darf." Er hielt ihr die Flasche so hin, dass sie das Etikett lesen konnte.

„Na so etwas!", erwiderte die Frau schlagfertig. „Warum sagen Sie mir nicht gleich, dass Sie mich kennenlernen möchten!" Lachend schüttelte sie ihren Kopf, damit die noch in ihren Haaren hängenden Champagnertropfen abperlen konnten. „Aber gerne doch!", meinte sie dann. „Bei einem so guten Tropfen sage ich nicht nein, so-lange es sich nicht um schlichten Schaumwein handelt. Der klebt nämlich entsetzlich."

„Nee, es ist kein Rüttgers Club oder etwas Vergleichbares", meinte meine Perle und reichte ihr außer einem gefüllten Glas alle Servietten, die wir dabei hatten.

Wir luden die nette Frau dann noch ein, an unserem Picknick teilzunehmen, was sie dankend annahm. Die sich schier endlos wiederholenden Variationen des Themas „Tüdel-lüdel, Tüdel-lüdel, Tüdel-lüdel" von Heinz Sauer und seinem Saxophon störte uns nicht weiter beim Essen und Lachen. Reste für mich blieben keine übrig, auch nicht für die Enten. Alle Schüsselchen und Teller waren bald leer, genauso wie die Flasche. Es war ein rundum gelungener Abend, an den sich alle Anwesenden noch lange mehr oder wenig gern erinnern werden.

*

Später, auf der Heimfahrt im Bus, fragte Elke unseren Besuch mit ernster Stimme: „Garnet, ist es richtig, dass bei Euch an Bord in der Ersten Klasse die Champagnerfla-schen alle einen Schraubverschluss haben?"

Da wurde unser Freund wieder furchtbar verlegen und errötete im Gesicht, am Hals und im Nacken, als hätte er dort einen heftigen Sonnenbrand.

„Du und ich", meinte Elke dann und streichelte Garnets Hand, „wir sind halt eher für eine Apfelweinkneipe geeignet."

Da nickte er, guckte auf seine Schuhspitzen, genierte sich ein bisschen und schwieg.

Franky findet einen Schrumpfkopf

In aller Frühe erhielt ich heute einen Anruf von meinem Freund Franky aus dem fer-nen Traunkirchen im Alpenland. Mein liebster Mensch war bereits vor einer geraumen Weile zum Flughafen aufgebrochen. Um nicht den neuen Tag todmüde zu beginnen, ging ich nach unserem gemeinsamen Frühstück wieder zurück ins Bett.

Als Stunden später das Telefon viermal geklingelt hatte, sprang der Anrufberater an. Nachdem Elkes Stimme auf dem Tonband mit der Lüge, dass bei uns keiner da-heim sei, verklungen war, hörte ich meinen lieben Freund stottern: „Fritzi, bi-bi-bist du daheim? Ich mua-mua-muas da woas gauuunz Wichtiges erzählen. Es is woas gaaaunz Furch-Furch-Furchtbares pa-passiert!", stammelte er.

„Franky-Schatz! Was ist denn geschehen?", fragte ich zutiefst beunruhigt. „Was ist dir Furchtbares zugestoßen?" Schnell rannte ich zu unserem Computer, fuhr ihn hoch, schaltete die Freisprechanlage und die Kamera an, um zu skypen, oder wie das so heißt. „Mein schöner Freund! Bist du wohlauf?" Außer Rauschen in der Leitung, Knacksen und Knirschen verstand ich nichts. „Hallo Franky, miau bitte langsam und sprich deutlich! Sonst kann ich dich nicht verstehen! Außerdem musst du die Kamera einschalten, damit ich dich sehen kann!"

„Wi ge-ge-geht des denn??", stammelte er weinerlich. „Je-je-jetzt hab ich's! Fritzi, siagst mi und kaunst mi hearn *(Sieh-sieh-siehst du mich? Kannst du mich hö-hö-hören)?"*

„Franky, ja, jetzt sehe ich dich und kann dich auch prima verstehen!" Ich winkte in die Kamera. „Was immer dich bedrückt, lass dir von mir gesagt sein, es geht irgendwann vorbei. Alles wird wieder guhuuuut! Das musst du mir glauben!", versuchte ich meinen Freund zu beruhigen. „Nichts wird so heiß gegessen, wie es gekocht wird."

„Doch, scho, de Sandra hat geschimpft mit mir und wieda gsoagt, dass sie mi auf den Mond schießt. Des hat ma bis nach Gmunden gheart. Dann hob i au nu ohne Frühstück im finstan Wintergarten bleiben müssen *(Aber die Sa-Sa-Sandra hat mich laut au-au-ausgeschimpft und ge-gesagt, dass sie mich demnächst auf den Mo-Mo-Mond schießt. Das ko-ko-konnte man bi-bi-bis nach Gemünden hin hören, und dann ha-ha-hat sie mich bis e-e-eben in den dunklen Wi-Wi-Wintergarten eingesperrt. Ga-Ga-Ganz ohne Frühstück)!",* erwiderte er und hechelte nach Luft. „Dabei hoab i desmoi echt nix gmoacht. Des schwör i dir *(Dabei hab ich gar-gar-gar nichts gemacht! Das schwö-schwö-schwöre ich dir)!"*

„Franky, jetzt schnauf erst einmal in Ruhe durch", miaute ich, denn ich vermutete, dass ich noch nicht die ganze Geschichte gehört hatte. „Wenn du dich beruhigt hast, dann erzählst du mir von Anfang an, was dir Schlimmes widerfahren ist."

Nach einer kleinen Pause begann mir mein Freund zu berichten. Er stotterte nicht mehr, kämpfte jetzt aber vor Aufregung mit einem Schluckauf.

„Gestern is es so schee gwesen (Hicks), die Sonne hat nu so warm gscheint, mit unserer *To-do*-Liste san ma fertig gwesen (Hicks), drum san mei Bruada, da Sammy, und i ned zum Abendessen heim glaufen (Hicks). Ein Blick hat gnügt und wir hoaben uns ausgmoacht (Hicks), dass ma lieber a bissl jagen gehen. Weißt, Fritzi, nur Kleinwild im Wäldchen hinterm Haus. Wia ma mit da Jagd fertig gwesen san, wollt i nu schauen, ob de Nachbarn wieder so leckeres Futta für de Igel draußen hin gstellt hoaben, und dann nu amoi ins Wäldchen. Wia de Sonne untergangen is, hat die Sandra mit unserem Klicker klickert. Des hat ma bestimmt bis nach Gmunden gheart. Normal flitzen ma da immer glei hoam, aber es war ja keine Gfahr zu gspiarn wie Hochwasser, Schneetreiben, Regen, Tsunami oder so. Es is do soooo schee gwesn draußen, drum bin i ned hinglaufen. A bissi später hat da Christian mit unsere Leckerli-Dose an Moards-Krawall gmocht. Fritzi, unsa Personal bunkat do drinnen die besten Naschereien, aber die gibts uns nie alle, naa, de zählt die ab. Wir san nu draußen blieben. A paar Minuten später hat unser Personal wieda mit der Dose gscheppert und hat uns grufen. Sammy hat schon so dringend aufs Klo müssen, drum is er schnell heim glaufen und is übern grünen Klee globt worden, weil er angeblich soooo brav is. Wir gehen halt lieber drinnen aufs Klo, sonst wa da Sammy bestimmt nu mit mir auf Abenteuersuche gegangen, aber des weiß des Personal ja ned *(Weil es gestern wieder so schön warm war, die Sonne den ganzen Tag über schien und wir nichts mehr auf unserer täglichen To-do-Liste stehen hatten, gingen mein Bruder Sammy und ich nicht zum Nachtessen nach Hause. Ohne uns mit Worten abzusprechen, nur mit einem Blick* und einem Kopfnicken, verabredeten wir uns, lieber zum Kleinwild-Jagen in das Wäldchen hinter dem Haus zu gehen. Anschließend wollte ich noch bei den Nachbarn vorbeischauen und nachsehen, ob sie wieder leckeres Igelfutter auf ihrer Terrasse ausgelegt haben. Als die Sonne untergegangen war und es anfing zu dämmern, rief zuerst Sandra, dass wir kommen sollen, und klopfte mit einem Löffel an eines unserer Porzellan-Näpfchen, dass es laut schepperte und viele Kilometer weit zu hören war. Bei Hochwasser, Schneetreiben, Regen, Tsunami oder einer drohenden Schlammlawine wäre ich jetzt gleich nach Hause geeilt. Aber so gab es für mich keinen Grund. Kurz darauf schüttelte Christian unsere Schmackis-Dose, in der unser Personal die leckeren Naschis bunkert, die sie uns immer nur abgezählt essen lassen, anstatt sie uns alle auf einmal zu geben. Als später mein liebster Mensch noch einmal nach uns rief, lief Sammy gleich zu ihr hin und wurde für sein angebliches Bravsein ‚über den grünen Klee' gelobt. Wenn mein Bruder aber nicht so dringend auf die Toilette gemusst hätte und deshalb rasch aufs heimische Klo wollte, wäre er mir sicher noch in das Wäldchen oder auf den Spielplatz gefolgt)." Franky machte eine Pause.

„Und wie geht die Geschichte weiter?", fragte ich. „Sie ist doch bestimmt noch nicht zu Ende, oder doch?"

„Dräng mi do ned so *(Jetzt sei nicht so ungeduldig)*, Fritzi!" Mein Freund kratzte sich ausdauernd an drei verschiedenen Stellen seines Pelzes. „I hob an Hirschkäfer im Unterholz gfunden. Mit dem hob i a bissi gespielt. Der hat aber so gstunken, drum hob i ihn wieder laufen lassen. Der wär sicher ned guad gwesen. Fritzi, du glaubst das ned, wia schee de kleinen Fischal im Mühlbach glitzert haben, die hob i a Zeitlang beobachtet. Im Schilf san Frösche gwesen, aber die san glei stad gwesen, wie si mi ghört oda gsehen haben *(Ich spielte ein bisschen mit einem Hirschkäfer, den ich in der Schonung fand. Der roch aber ganz strenge und war sicher ungenießbar. Fritzi, als ich später zum Mühlbach kam, beobachtete ich eine Weile im Mondschein die kleinen glitzernden Fischchen, die dort im Wasser schwammen. Im Schilf saßen vermutlich mehrere Frösche, aber die hörten sofort auf zu quaken, als sie mich sahen oder hörten)."*

Schnell kommentierte ich: „Froschschenkel sind die Hähnchen-Haxen der kleinen Leute." Den Spruch hatte ich irgendwo einmal aufgeschnappt. Ob das der Wahrheit entspricht, hatte ich herauszufinden bisher noch keine Chance gehabt. Die Frösche, die ich gesehen hatte, waren alle zu flink für mich gewesen. Ohne Anlauf zu nehmen, sprangen sie einfach über mich drüber und davon. „Franky, wie ging's dann weiter?"

„A bissi später, in der Nähe vom Spielplatz, überkam mich so a inneres Rumoren, drum musste i a tiefes Loch buddeln *(Später, in der Nähe des Spielplatzes, überkam mich ein inneres Rühren und Rumpeln. Ich begann ein schönes tiefes Loch für meine Verdauungsendprodukte auszuschachten)*", fuhr Franky mit seinem Bericht fort. „Plötzlich hatt i ein Büschel schwarze Hoar in den Krall. Fritzi, i hob wie im Akkord und wie a Schaufelbagger weiterbuddelt *(Als sich plötzlich ein Büschel schwarzer Haare zwischen meinen Krallen verhedderte, grub ich wie ein Schaufelbaggerfahrer im Akkord weiter)."*

„Oh Franky, bist du die Traunkirchener Antwort auf den Kommissar Krassnitzer vom österreichischen Tatort?"

„Wer? Naa, den kenn i ned. Wer is denn des *(Nein, den kenne ich nicht. Wer ist denn das)*?", miaute er.

„Unwichtig, ganz unwichtig", sagte ich schnell. „Der spricht einen so argen Dialekt und er nuschelt, dass ich ihn im Film kaum verstehen kann. Wen oder was hast du in dem Loch gefunden?"

„An Kopf, mit halblange schwarze Hoar *(Einen Kopf, mit halblangen schwarzen Haaren daran)*", erwiderte mein Freund rasch.

„Einen Kopf?", stieß ich ungläubig hervor. Mir stockte fast das Blut. „Von einem Mann oder von einer Frau?"

„So gnau kann i des ned sagen. Da Kopf war ned so groß. Wia i ihn mit de Pfotal umdraht hob, hob i blaue Augen gsehen, die weit offen gwesen san, und die Lippen hoabn in an blassen Pink glänzt *(Das weiß ich nicht so genau. Der Kopf war nicht sehr groß. Als ich ihn mit meinem Pfötchen umdrehte, sah ich, dass die blauen Augen weit geöffnet waren und die Lippen in einem blassen Pink glänzten)*."

„Nein!", schrie ich laut auf. „Du hast den Kopf mit der Hand angefasst?"

Eiskalt lief es mir über den Rücken. Die Leiche des Kindes musste ganz frisch sein, wenn man ihre Augenfarbe noch erkennen konnte. Zusammen mit meiner Dosine hatte ich in der Glotze so viele Krimis und Thriller geguckt, dass ich inzwischen ganz genau wusste, wie eine Person aussieht, die jetzt, vor Tagen, oder gar vor Wochen ums Leben kam, egal ob sie in der Zwischenzeit im Meer geschwommen, im Wald gelegen oder im Erdreich vergraben war.

„Franky, hast du die Polizei informiert oder die Gerichtsmediziner?", fragte ich schnell. „Ist der Leichenfundort auch der Tatort? Wurde alles weiträumig abgesperrt? Hast du das Tatwerkzeug sichergestellt? Sind die Leute von der Spurensicherung am Werk? Haben sie den Rest der vermutlich zerstückelten Leiche schon gefunden? Gibt es Indizien, oder haben sich inzwischen Zeugen gemeldet?"

Von all den Detektiven, Kriminalkommissaren und Forensikern in den diversen Filmen hatte ich gelernt, dass es entscheidend und immens wichtig ist, in den ersten achtundvierzig Stunden alle Spuren zu sichern und sie (wenn möglich) sogleich aus-zuwerten, denn sonst hat man später einen *Cold Case* (erkalteten Fall). Es soll mir niemand sagen, dass Gotze-Gucken das Hirn verblödet. Nein, im Gegenteil. Es bildet und macht schlau!

„Nein", erwiderte mein Freund. „Sowas Bledes, des hob i net gwusst. Hätt i des mochen müssen *(Oh je! Das wusste ich nicht. Hätte ich das tun müssen)*?"

‚Liebe grundgütige Katzenfee!', dachte ich. ‚Bitte lass rasch Instant-Hirn für mei-nen Freund vom Himmel fallen. Am besten gleich ein ganzes Kilo!'

Laut fragte ich: „Franky, was hast du denn mit dem ausgegrabenen Kopf gemacht? Ihn etwa am Fundort liegen lassen? Damit sich die Schmeißfliegen auf ihn stürzen? Oder die Krähen? Von den hungrigen Alpengeiern will ich gar nicht reden..."

„Naa, Fritzi. Den Kopf hob i als erstes a bissl gschüttelt, damit i ned so vü Sand im Mund hob, und dann bi i ganz schnell heimglaufen *(Nein, den Kopf habe ich zuerst ein bisschen hin und her geschüttelt, damit ich nicht so viel Sand in den Mund bekomme, und dann bin ich rasch heimgelaufen).*"

„Franky, sag bitte nicht, dass du den Schädel mitgenommen hast!" Ich sah es bildlich vor mir (Kopfkino), wie mein Freund rückwärts vom Spielplatz gehend den abgetrennten Kinderkopf hinter sich her zog. Diese Vorstellung war der blanke Horror. Vor Entsetzen schauderte es mich innerlich. Vor Ekel und Abscheu bekam ich eine Gänsehaut, sodass sich alle meine Haare steil aufstellten.

„Sicher hob i den Kopf mitgnumma *(Natürlich nahm ich den Kopf mit)*!", miaute Franky stolz. „Den hob i doch meinem Personal, der Sandra, gschenkt *(Den habe ich doch meinem liebsten Menschen, der Sandra, geschenkt).*"

„Das glaube ich jetzt nicht!" Mein unterdrückter Schrei endete in einem gurgelnden Röcheln. Mir blieb die Luft weg. Das Grauen war auf einmal fassbar und hatte einen Namen.

„Fritzi, des war echt ned leicht. I hob bestimmt a Stund braucht, bis i wieda dahoam war. Meine Kiefer- und Nackenmuskulatur is nu imma ganz verspannt. I hobs erst nach dem dritten Versuch gschafft, den Kopf durch den Spalt im Speisekammer-Fenster zu quetschen. Zweimal is a ma wieda zrück ins Blumenbeet gfallen *(Es war wirklich ein hartes Stück Arbeit und dauerte bestimmt eine Stunde, bis ich endlich wieder daheim war. Ich brauchte drei Anläufe, bis ich den Kopf durch den Spalt des Speisekammer-Fensters bugsiert hatte, durch den ich mich quetschen musste. Zweimal fiel er mir herunter, zurück auf den Boden, ins Blumenbeet).*"

„Mir dreht sich der Magen um. Iiiih, ist das eklig! Franky, mir wird ganz übel. Ich glaube, ich muss brechen!"

„Gnauso hat die Sandra reagiert, wie sie munta worden is und den Kopf am Kopfpoista liegen gsehen hat. *(Das hat die Sandra auch gesagt, als sie die Augen aufschlug und den Kopf neben sich auf dem Kopfkissen liegen sah).*"

„Und, was ist dann passiert?", stieß ich atemlos hervor.

„‚Chris-ti-annnn!!!', hat sie ganz laut gschrien, bevor sie barfuß in die Küche grennt is, als wär der Leibhaftige hinter ihr her. ‚Da Franky hat an Schrumpfkopf mitgbracht. Huhuhu hu! Des is echt grauslich' *(‚Christian', hat sie ganz laut und wie am Spieß geschrien, bevor sie barfuß in die Küche lief, als hätte sie den Leibhaftigen gesehen. ‚Der Franky hat einen Schrumpfkopf mitgebracht! Das ist soooo grässlich')*!"

„‚Bledsinn, des is bestimmt nur wieda a tote Amsel', hat er ganz verschlofen gsagt. ‚Wie soll der Franky denn in Papua-Neuguinea an Schrumpfkopf stibitzen *(‚Quatsch! Bestimmt ist es wieder nur eine tote Amsel', nuschelte ihr Mann verschlafen. ‚Aus welchem Grab soll unser Franky denn einen Schrumpfkopf aus Papua-Neuguinea geraubt haben)?'*"

Es entstand eine kleine Pause.

„Und wie ging es dann weiter?", fragte ich wie elektrisiert. Inzwischen rauschte mir vor Aufregung das Blut in den Ohren, als würde ich direkt auf dem Mittelstreifen der Autobahn stehen.

„Des weiß i nicht", sagte mein Freund beklommen. „I war doch bis jetzt im finstren Wintergarten eingsperrt. Ohne Frühstück."

Jetzt schob der schwarzhaarige Sammy seinen Bruder mit der Schulter zur Seite, positionierte sich kerzengerade vor der Kamera und guckte direkt in die Linse.

„Freunde der Nacht und der Unwissenheit!", sagte er fröhlich und lachte von Ohr zu Ohr. Dabei zeigte er alle seine 30 schneeweißen Zähne. „Beruhigt euch. I hob grad ghört, wie die Sandra gsoagt hat, dass der Kopf, den mei Bruada ausgraben hat, von ana Barbie is. Bestimmt hat vor ned allzu langer Zeit a kleines Monster vor Frust oder Entdeckerlaune ihrer Puppe den Hals umdraht. Und hat dann den Kopf beerdigt. Bestimmt kauft ihr die Mama oder die Oma wieda a neiche, waun de Barbie-Totschlägerin nur laung gnuag bitt und beddelt. Mattel produziert die in rauen Mengen *(Ihr könnt euch beruhigen. Gerade hörte ich von Sandra, dass der Kopf, den mein Bruder ausgegraben und mitgebracht hat, von einer Barbie stammt. Höchstwahrscheinlich drehte unlängst ein kleines halsloses Monster vor Frust oder Entdeckerlaune ihrer Puppe den Hirnkasten ab und beerdigte das behaarte Haupt für spätere Generationen auf dem Spielplatz. Ich vermute, wenn die Barbie-Totschlägerin lange und laut genug plärrt, wird ihr entweder die gestresste Mutter oder die entnervte Oma bestimmt eine neue Puppe kaufen. Die Firma Mattel produziert ja genug zur Auswahl)."*

„Sammy, danke! Des is de beste Nachricht seit langem", sagte Franky. „Beim nächsten Mal find i an Kopf mit blonde Hoar *(blonden Haaren)*", sagte er jetzt in die Kamera und lachte. „Fritzi, den schenk i daun dem Christian!"

Beide Kater winkten mir zum Abschied zu und spitzten ihre Lippen zu einem Schmatzer. Mit offenem Mund saß ich da und dachte nach. Plötzlich wurde der Bildschirm schwarz und die Verbindung war unterbrochen.

Franky und der fliegende Buddha

Heute früh skypte ich wieder mit meinem Freund Franky aus Traunkirchen. „Fritzi", seufzte mein Freund erleichtert auf, als er mich auf dem Bildschirm sah, und winkte in die Kamera. „Der großen Katzenfee sei Dank, dass du dahoam *(daheim)* bist und ned im Urlaub."

„Was ist denn los? Franky-Boy, geht's dir gut? Oder ist jemand krank bei euch daheim auf der Alm?"

„Naa, bei uns is alles okay. Alle san gsund und munta. Aber wir wohnen gar ned auf der Alm. Aber i brauch bitte deinen Rat, denn mir is was gauuunz Schreckliches passiert. I bin gaunz zknirscht, und mei Herz is schwaa vor Kummer. Bestimmt hängt ma irgndwer a schwarze Kugel ans Pfotal, und i muss bei Wossa und Brot in a Arbeitslager. Oder de schicken mi ins Zuchthaus irgendwo in Afrika, wo riesige Ratten die Aufseher san. Oder i muas jetzt wirklich zum Mond. Oder die kemman mit so ana Jacken mit de am Rücken überkreuzten Arm *(Nein, bei den anderen hier ist alles paletti und auf der Alm wohnen wir auch nicht. Ich möchte dich nur um einen Rat bitten, denn mir ist etwas gaaaanz Furchtbares und Schlimmes passiert. Mein Herz ist vor Angst und Kummer so schwer wie Blei. Mich erwartet bestimmt eine lange und schwere Strafe. Wahrscheinlich wird mir für Jahre eine schwarze Kugel an eines meiner Beine geschmiedet, oder ich werde in rasselnde Ganzkörperketten gelegt und bei Wasser und Brot in einem Arbeitslager eingekerkert. Vielleicht bekomme ich auch eine Zuchthausstrafe in einem fernen Gulag aufgebrummt, in dem dicke fette Kanalratten als Wärter fungieren. Oder es kommen zwei starke Männer in Weiß mit einer sogenannten Nichtraucherjacke, bei der die Ärmel vorne zugenäht sind und stattdessen Bänder angenäht wurden, damit man den Gefangenen am Rücken wie ein Paket verschnüren kann).* "

„Miaust du etwa von Zwangsjacken für Zweifüßer, die tobsüchtig sind, Polizisten attackieren, sie kratzen, beißen und bespucken?", fragte ich meinen Freund skeptisch.

„Des weiß i nicht", erwiderte er total ratlos. „Im Fernseher war a Bericht über a Krankenhaus und da san solche Jacken gwesen. Bestimmt hat unser Personal sowas im Schrank für mi parat."

„Nee, Franky, da kann ich dich beruhigen. Zwangsjacken für Schnurrbacken, die gibt es bisher noch nicht. Wenn unsereins aus irgendeinem Grund eingefangen wird, steckt man uns in eine transportable Reisezelle oder einen mobilen Knast. Darin werden wir zum Impfen zu unserem Hausarzt gefahren oder zwangsweise mit auf Urlaubsreisen genommen."

„Naa", greinte er jetzt. „Erst vor kurzem hob i so ähnliche Dinger bei uns auf da Wäscheleine gsehen *(Nein, erst neulich sah ich auf der Wäscheleine in unserem Garten mehrere kleine weiße Zwangsjacken im Wind flattern).*"

Ich überlegte und kratzte mich hinter dem Ohr, um mein Denkvermögen anzuregen. „Nee, das waren bestimmt so stabile Dinger, die Minimizer heißen. An denen sind Gummibänder und kleine Häkchen dran. Damit pressen sich manche Dosinen ihre Milchleisten an den Oberkörper, bis sie ganz blau im Gesicht werden und kaum noch Luft kriegen. Vermutlich wollen sie zwischen den Armen so flach wie Doseriche aussehen. Ich glaube, das heißt transgender oder unisexuell oder so ähnlich." Obwohl ich hektisch überlegte, kam ich nicht darauf, wie man dazu sagt. „Jedenfalls genauso wie die Models bei Heidi Klum, die als tapezierte Knochen über den Catwalk staksen. Franky, die Teile, die du auf der Wäscheleine gesehen hast, sind für nichts gut, aber harmlos. Vor denen brauchst du keine Angst zu haben."

Einen Moment lang war Franky still und überlegte. „Fritzi, es is nu vü vü schlimma, bestimmt wird mei Strafe ganz furchtbar sei *(Es ist in Wirklichkeit noch viel, viel schlimmer. Man wird mich bestimmt mit äußerster Härte bestrafen).*"

„Was ist denn überhaupt passiert? Was hast du ausgefressen?", fragte ich. „Mir kannst du deinen Kummer beichten. Ich bin deine juristische Ratgeberin und verschwiegen wie ein Grab."

„Na ja, des war so", jammerte er und griff sich mit seinen Pfötchen an die Stirn, als hätte er dort ein großes Aua. „Zuerst is die Mama vom Christkind vom Regal owa gfoin. I bin echt nur bei ihr vorbeispaziert. Sie hat sie nimma bewegt, bestimmt hat die Leichenstarre sofort eingesetzt. Nur ihr Kopf is von ganz allein quer durchs Zimma gerollt, bis zur Tür vom Freisitz *(Das war folgendermaßen: Zuerst fiel dem Christkind seine Mama vom Regal herunter, als ich an ihr vorbeiging. Ihr Körper blieb bewegungslos auf dem Parkett liegen. Die Leichenstarre trat unmittelbar und ohne zeitliche Verzögerung ein. Nur ihr runder Kopf brach ab, bekam eine eigene Dynamik und kullerte quer durchs ganze Zimmer, bis er vor der Tür zum Freisitz liegen blieb)."*

„Und, wo ist da das Problem? Warum hast du den Kopf nicht schnell mit deinem Pfötchen hinter die Gardinen geschnickt? Dort hätte ihn sicher keiner vermutet oder schnell gefunden. Außerdem wärst du nicht verdächtigt worden, etwas mit dem Todesfall zu tun zu haben. Ohne komplette Leiche und mit fehlenden Indizien gibt es keinen Nachweis einer kriminellen Handlung. Schon unser Vorfahr, der schlaue Kater Aristoteles, sagte anno dunnemals: *in dubio pro reo* (im Zweifel für den Angeklagten). Das ist seitdem eine Juristen-Regel fürs erste Studiensemester."

„Ähm, Fritzi, du wolltest was wissen?" Er druckste herum. „Also, des mit den Gardinen war so: I bin nu a Baby gwen und die san so supa gwen zum Aufikraxln", miaute Franky mit leiser Stimme. „Naja, irgendwie bin i zu schwa gwen und mit an lauten Krrrrrch san plötzlich zwei statt nur eina da gwen *(Ob wir Gardinen haben? Die allerersten Vorhänge fielen meinen Kletterversuchen als Welpe zum Opfer. Der Stoff riss einfach der Länge nach entzwei, als ich hochgeklettert bin. Es machte plötzlich Krrrrrch und dann noch einmal Krrrrch. Und auf einmal hingen dort zwei schmale Gardinen statt vorher einer breiten. Ich fiel auf den Boden und es machte laut Plumps)."*

„Das war bestimmt ein extra-mürbes Material wie Organza, Tüll, Spitze oder Seide und kein stabiles aus Kunstfasern oder Baumwolle", versuchte ich meinen Freund zu trösten. „Die Stores waren sicher aus einem Theaterfundus, vom Flohmarkt oder aus zweiter Hand und recycelt oder ein billiges Fernost-Schnäppchen aus dem Sommerschlussverkauf. Die Vorhänge wären höchstwahrscheinlich bei der nächsten Wäsche eh zu Staub zerfallen oder hätten sich in der Waschmaschine restlos aufgelöst. Franky, mach dir darüber keine Gedanken! Dafür kannst du nichts; an dem Malheur bist du unschuldig." Es entstand eine kleine Pause. Dann fragte ich: „Und, habt ihr seitdem keine Gardinen mehr?"

„Doch", erwiderte mein Freund mit weinerlicher Stimme. „Die Sandra hat a bissi gschimpft und neue gnaht. Am Sonntag hat sie de Vorhänge wieda auf unsa lange Fensterfront ghängt. In der Nacht kamen Sammy und i auf die Idee, Tarzan und Jane zu spielen. Weil ma im Wohnzimma ja keine Lianen haben *(Nachdem Sandra ein bisschen mit mir geschimpft hat, nähte sie neue aus festerem Stoff und hängte sie am*

Sonntag darauf vor die lange Fensterfront. Aber kaum hingen die neuen Vorhänge an den Stangen, wollten Sammy und ich in der darauffolgenden Nacht Tarzan und Jane spielen. In Ermangelung von Lianen...)…"

„Danke, den Rest kann ich mir denken!", unterbrach ich ihn. Nur mit Mühe verkniff ich mir ein Grinsen. Streng sagte ich: „Gut, dann will ich mal die derzeitigen Fakten mit meinen Worten zusammenfassen: In euer gemeinsames Domizil scheint jetzt täglich ungehindert die Sonne. Nachdem die genannten Vorhänge bei euren diversen Qualitätstests durchfielen, sie nicht die geforderte Mindestreißfestigkeit bewiesen und sich als sinn- und nutzlos herausstellten, wurden sie durch eure Dosine ersatzlos entfernt. So spart ihr Atom-Strom für die Lampen und Geld für teure Kerzen. Tageslicht und Sonnenstrahlen sind für alle Lebewesen extrem wichtig und gut gegen euren eventuellen Vitamin D-Mangel. So braucht ihr zudem keine Tabletten gegen brüchige Knochen, splitternde Krallen, Haarausfall oder Spliss in den Schnurrhaar-Spitzen einzunehmen. Erneut spart eure Dosine Geld!

Außerdem ist es ein Fakt, dass du mit deinem dicken Boppes oder deinem buschigen Schwanz eine Nachbildung der Muttergottes umgeschmissen hast. Dass sie dich vorab heftig provoziert oder gar aggressiv attackiert hat und du dich mit Händen und Füßen verteidigen musstest, ist nicht allzu glaubwürdig. Nicht zu leugnen ist aber, dass du es unterlassen hast, dich aktiv um Erste Hilfe für die Verunfallte zu bemühen. Zu deiner Entlastung sei gesagt: Sie wäre eh zu spät gewesen! Für den Tatbestand ihres *Exitus durch Enthauptung* kannst du nicht verantwortlich gemacht werden. Die Jungfrau Maria starb den Sekundentod; ein langes Dahinsiechen oder qualvolles Leiden im Rollstuhl blieb ihr somit erspart. Möglicherweise befand sich an ihrem Hals bereits eine Sollbruchstelle. Das muss in der Pathologie noch abgeklärt werden. Ich schätze, vor Gericht wird dir dein Verhalten schlimmstenfalls als grobe Fahrlässigkeit ausgelegt, da du noch unter das Jugendstrafrecht fällst und der Vorsatz zu der Tat fehlt. Sicher bekommst du eine mündliche Abmahnung, die protokolliert wird, mit der Auflage, in Zukunft vorsichtiger zu sein. Oder du bekommst eine Bewährungsstrafe von einem Monat Stubenarrest. Da du Ersttäter bist, bleibt dir höchstwahrscheinlich das Jugendgefängnis erspart. Möglicherweise musst du an einem Gruppen-Anti-Aggressionstraining teilnehmen und wirst zu Sozialstunden, in Form von vielen Stunden *Heilschnurren,* verurteilt. Den Termin dazu erfährst du von deinem Vormund oder dem Sozialarbeiter, bei dem du dich fortan in regelmäßigen Intervallen melden musst. Jedenfalls wirst du, wie ich es sehe, nach der Verhandlung nicht vorbestraft sein und das Gericht als freier Kater verlassen."

*

„Was glaubst du, bin i unschuldig?", fragte Franky nach einer Weile.

„Ja, ich glaube, so wie ich es auslege, bist du es wirklich." Aber statt sich zu freuen, druckste mein Freund nur herum und kratzte sich hektisch an mehreren Stellen seines Pelzes. Jeden Augenkontakt meidend, guckte er nur nach unten oder an mir vorbei. „Franky, hast du noch etwas auf dem Herzen, das dich bedrückt?"

„Fritzi, wenn es hilft, die Wahrheit rauszufinden, und damit mir alle des a wirklich glauben, dass ma des so leid tut, und des mei Freispruch begünstigt, und weil du do mei juristische Beraterin bist und du dem Richter alles sagen muasst, weil es ja wichtig is, dass i daheim bin, damit i frei kimm, dann muass i da nu a Missgeschick gstehen *(Wenn es der Wahrheitsfindung dienlich ist, meine sichtbare Reue und Zerknirschung einen Freispruch begünstigt und du als meine juristische Beraterin dem Richter die Notwendigkeit meiner Anwesenheit bei uns daheim glaubhaft verdeutlichen kannst, dann muss ich dir ein weiteres Missgeschick beichten)*“, miaute mein Freund jetzt. „I möcht nämlich nicht mehr als unbedingt nötig *mieses Karma* ansammele.“

Beide Pfötchen hatte er jetzt hinter seinem Rücken gekreuzt. Genau konnte ich das sehen, als er sich kurz seinem Halbbruder Sammy zuwandte, der im Hintergrund Faxen machte und in die Kamera winkte.

„Nein! Doch nicht *noch* ein Vergehen?“, fragte ich misstrauisch. „Was hast du denn außerdem auf dem Kerbholz?“

„Fritzi, naa, so is des echt ned gwen! Es is wirklich a bleda Zufall gwen, a Fügung des Schicksals. Kismet, wie die Moslems sagen oder Schlamassel, so sagen die Juden. An mir is es echt ned glegen, aber der Buddha, der is so nahe bei der Mama vom Christkind gstanden *(Nein, so darfst du es wirklich nicht nennen! Es war purer Zufall. Ein unglückseliger Unfall, sozusagen eine folgenschwere Fügung des Schicksals. Kismet würden die Moslems dazu sagen und vielleicht Schlamassel die Juden. An mir lag es bestimmt nicht, aber der Buddha stand so nahe an der Mama vom kleinen Jesulein)*…“

„Hä?“, fragte ich schnell. „Was denn für ein Buddha?“

„Na, der sitzende!“

„Der *sitzende* Buddha? Habt ihr auch noch andere? Vielleicht liegende, auf dem Kopf stehende, Handstand machende oder fliegende?“

„Ja sicher, a bissi weita hinten, an der Rückwand, da steht noch eina. Der is aber quietschvergnügt un gsund. Dem is nix passiert, Bastet sei Dank *(Ein bisschen weita hinten, an der Rückwand des Regals, da gibt es noch einen stehenden Buddha. Dem ist aber nichts passiert. Der großen Katzenfee sei Dank)*.“ Franky griff sich mit der rechten Pfote an die Stirn und anschließend dorthin, wo er sein Herz vermutete. „Der stehende Buddha steht immer noch unbeweglich im Regal; er is gsund, lächelt verklärt in sich hinein und hält den Mund.“ Eine kleine Pause entstand. „Weißt, bei dem sitzenden Buddha, da is a was abbrochen *(Also, bei dem sitzenden Buddha hat sich einiges an seiner Optik und Statik verändert)*.“

„Was ist mit ihm passiert?“, fragte ich schnell.

„Wie er runtergfallen is, is er gnau auf die Mama vom Christkind drauf gfallen. Naja, was soll i sagen, da Kopf is plötzlich runter gfallen *(Er fiel mit seinem Leib auf den am Boden liegenden Körper der Muttergottes, und dabei ging wie von Zauberhand sein Kopf ab)*.“

„Es soll vorkommen, dass es einen den Kopf kostet, wenn man sich mit der falschen Person einlässt und dann kopflos zu Boden sinkt“, orakelte ich.

110

„Naa, so is des ned gwesen *(Nein, so war es nicht)*!", widersprach mir mein Freund. „Er is zerst no ein, zwei Sekunden auf der Jungfrau Maria glegen, dann is er abgrutscht und neben ihr liegen gblieben. Erst dann is da Kopf runter gfallen *(Sein Körper blieb zuerst noch ein, zwei Sekündchen auf dem der Jungfrau Maria liegen, bevor er von ihrem Leib abrutschte und links neben ihr zum Erliegen kam. Erst dann ging sein Kopf ab)*!"

„Franky, vielleicht irrst du dich und es war es ein Ritual-Selbstmord. Ansonsten war es ein bedauerlicher, aber unvermeidbarer tragischer Unfall. Höchstwahrscheinlich war die Blutzirkulation in Buddhas zum Lotossitz verknoteten Beinen unterbrochen. Sonst wäre er auf seine Füße gefallen und hätte sich im schlimmsten Fall nur den großen Zeh verstaucht." Ich dachte nach. „Außerdem ist er bestimmt nicht tot, denn Buddhas sterben nicht, sondern ihre Seelen wandern. Wenn man an die Wiedergeburt glaubt, dann stirbt es sich etwas leichter, denn man wird kurz darauf wiedergeboren ..."

„I kinnt ma vorstellen, dass die Sandra von der nächsten Fernostreise bestimmt wieder einen mitbringt *(Ich schätze, aus ihrem nächsten Fernost-Urlaub bringt uns Sandra eh wieder Ersatz mit, sozusagen eine Reinkarnation des Verunfallten)*", miaute mein Freund nach einer kurzen Pause.

„Das ändert jetzt aber nichts an den Tatsachen, dass ihr derzeit in eurer Wohnung zwei Staubfänger weniger habt", sagte ich vergnügt.

„Hoast des, i bin a beim Buddha unschuldig *(Heißt das, ich bin auch hier unschuldig)*?", fragte mein Freund und bekam Kulleraugen.

„Natürlich!", antwortete ich. „Franky, die Anklage gegen dich ist haltlos. Ich prophezeie dir wegen erwiesener Unschuld einen Freispruch *erster Klasse*! Du bist somit auch *nicht* vorbestraft! Das ist wichtig, solltest du jemals ein polizeiliches Führungszeugnis benötigen oder im Urlaub in die USA einreisen wollen."

Mein Freund feixte und machte mit Zeige- und Mittelkralle seines rechten Pfötchens das Victory-Zeichen.

Im Hintergrund hielt Sammy seine Stinkekralle in die Kamera.

„Fritzi", druckste Franky dann noch herum und lachte verlegen, sodass ich alle seine schneeweißen Zähne sehen konnte. „Ein klitzekleines Poblem hoab i noch. Wir hoaben außer dem stehenden Buddha noch zwei Engel im Regal. Der eine is aus Porzellan und der andere aus Gips. I bin sicher, denen is jetzt bestimmt fad *(Ich hätte da noch ein Problem, aber nur ein klitzekleines. Wir haben derzeit, außer dem stehenden Buddha, noch zwei Engel im Regal stehen. Ich schätze, die langweilen sich jetzt ohne die Gesellschaft der beiden anderen Figuren)*."

„Franky, kein Stress!", miaute ich schnell zurück. „Unlängst guckte ich in Brehms Tierleben nach. Dort stand schwarz auf weiß geschrieben, dass es sich bei Lebewesen mit sechs Extremitäten um Insekten handelt."

„Und Insekten können fliegen!", erwiderte jubelnd mein schöner Freund.

„So ist es!", sagte ich vergnügt. „Franky, du hast es erfasst! Du solltest ihnen demnächst beim Starten behilflich sein!" Er lachte.

Teil II

Die Katze,
die eine Audienz bei Kaiserin Sisi bekommen möchte

Wie es kam, dass Fritzi mit nach Wien fuhr

Als mein liebster Mensch heute gegen Abend nach Hause kam, teilte sie mir lapidar mit: „Fritzi, wie du weißt, höre ich mir immer dienstags, wenn ich meine Schicht tauschen kann, Vorlesungen an der Universität des dritten Lebensalters (U3L) an, über das Thema *Theater im Wandel der Zeiten*. Als schon vor Wochen von unserer Dozentin eine einwöchige Studienreise im Mai nach Wien angekündigt wurde, meldeten sich sogleich fast alle Kommilitonen an und ich mich auch. Ein Einzelzimmer habe ich schon reserviert, oder ein Doppelzimmer zur Alleinbenutzung. Du kannst dir jetzt aussuchen, ob du lieber hierbleiben oder mich begleiten möchtest. Für mich ist beides okay. Solltest du nicht mitkommen wollen, ist das auch kein Problem. Ich habe schon vorgesorgt, denn eben telefonierte ich mit Tom Jupiter in Friedberg. Für die sechs Nächte, in denen ich weg bin, plus die Nacht zuvor und danach, kannst du bei ihm und seinen Geschwistern bleiben. Er versicherte mir, du wärst bei seiner großen Sippe allzeit willkommen. Toms Halbbrüder Paule, Ben und seine Schwester Lara kennst du ja bereits." Baff und sprachlos vor Schreck fühlte ich mich plötzlich, als hätte mich ein Laster am Kopf gerammt. Mit offenem Mund saß ich da und wusste nicht, was ich sagen sollte. Da plapperte meine Dosilla schon weiter: „Alternativ kannst du vielleicht auch nach Kassel zu Max, Motti und Moppel fahren, wenn dir das lieber ist! Ich kann gerne mal bei Dörte nachfragen, ob sie dich aufnehmen."

Peng! Elkes Worte erreichten mich unvermittelt wie Stakkato-Peitschenschläge. Sie hallten in meinen Ohren wider wie das Echo von Kanonendonner. Sie trafen mich mit voller Wucht und ganzer Härte.

„Danke, dass du mich vorab um meine Meinung gefragt hast", erwiderte ich, als der erste Schock verzogen war und der Schrecken langsam verebbte. Mächtig angefressen, motzig und sauer war ich trotzdem. Mit ihren unüberlegten Reiseplänen stellt mich meine Perle immer vor vollendete Tatsachen. Sie bestimmt mit voller Absicht und beschließt einfach über meinen Kopf hinweg, ohne sich mit mir abzusprechen. Anschließend muss ich dann das ausbaden, was sie verbockt hat, muss kuschen und gehorchen, denn es gibt keine angemessene Alternative. Für mich bedeutet das entweder *friss oder stirb*.

„Warum hast du mich dieses Mal nicht wenigstens vorab gefragt, ob ich mitfahren möchte? Dann hätte ich Tom Jupiter einladen können, mich nach Wien zu begleiten. Mit ihm könnte ich auch etwas zusammen unternehmen. Dann brauchtest du kein schlechtes Gewissen zu haben, wenn du ohne mich in die Oper oder ins Theater gehst. Ich habe es satt, im Urlaub immer allein im Zimmer auf dich zu warten, bis du geruhst, mich gelegentlich einmal mitzunehmen." Als meine Perle nichts antwortete, fuhr ich fort: „Außerdem würde ich lieber ans Meer fahren, nach Ostfriesland oder Florida; und nach Hawaii zieht es mich auch zurück." Sehnsüchtig guckte ich nach oben an die Zimmerdecke. Dort sah ich aber nur jede Menge winzigen Mückenschiss, eine Spinnwebe und eine schlafende Motte. „Musst du egoistische Person immer alles allein bestimmen? Kannst du mich nicht auch einmal um *meine* Meinung fragen? Nur ein *einziges* Mal?"

Elke antwortete nicht, sondern verschwand wortlos im Hygienezentrum und schloss die Tür zum Bad vor meiner Nase. Behände folgte ich ihr durch den Katzendurchschlupf und setzte mich vor sie hin. Mit bis zu den Knöcheln heruntergezogenen Jeans und rosa Baumwoll-Schlübber saß sie jetzt auf dem weißen Brunnen an der Wand und blätterte gedankenverloren in einigen Fotokopien herum. Mich beachtete sie nicht.

„Was sollen wir eigentlich in Wien?", nahm ich den Gesprächsfaden wieder auf. „Soviel ich weiß, kennen wir dort niemanden." Spontan fiel mir keiner meiner vierbeinigen Freunde oder Bekannten aus den sozialen Netzwerken ein, der in der Ösi-Hauptstadt wohnt und den ich besuchen könnte. „Das ist doch bestimmt ganz ätzend und grottenlangweilig für uns, so allein in einer großen fremden Stadt", gab ich zu bedenken, „wenn man keinen Plan hat und nicht weiß, was man tun soll, damit die Zeit vergeht."

„Fritzi-Schatz, in die Welthauptstadt solcher Köstlichkeiten wie Sachertorten mit Schlagobers, Marillenknödel, Kaiserschmarrn, Powidltascherln, Topfenstrudel und Palatschinken mit Zucker und Zimt, in die will ich schon seit Jahrzehnten fahren. Bisher verpasste ich jedes Mal die Gelegenheit dazu. Immer kam etwas dazwischen. Dabei hätte ich sicher schon früher ein Discount-Ticket von *FlyNiki* bekommen, in einem der Flugzeuge von Niki Lauda."

„In Anbetracht deiner von Jahr zu Jahr immer üppiger schwellenden Formen solltest du nicht ständig nur an Nachtisch und Süßspeisen denken", erwiderte ich belehrend, „sondern eher an Wiener Kalbsschnitzelchen mit Vogerl- und Erdäpfel-Salat (Feld- und Kartoffelsalat), oder an Tafelspitz (in Brühe gekochtes verlängertes Schwanzstück vom Rind oder Kalb) mit Apfelkren (geriebener Apfel mit Meerrettich). Vielleicht auch an Fiaker-Gulasch (Paprikagulasch plus Spiegeleier, gebratene Würstel und Essiggurken) und an klare Bouillon mit darin schwimmenden Frittaten (in Streifen geschnittene Eierpfannkuchen). Die haben bestimmt nicht allzu viele Kalorien, schmecken gut und machen sicher nicht dick." Meine Dosine überlegte schweigend. „Was gibt es denn in Wien", fuhr ich fort, „sonst noch für Dinge zu sehen oder zu unternehmen, die *mich* interessieren könnten?"

„Warte, Fritzi, ich les dir grad mal das vorläufige Programm in Stichworten vor." Sie raschelte mit den Kopien. „Vielleicht ist auch etwas dabei, was dir gefällt."

‚Aha', dachte ich mürrisch, aber jetzt aufhorchend. ‚Offensichtlich denkt sie doch gelegentlich auch einmal an mich und was mir möglicherweise Freude bereitet! Folglich bin ich ihr auch nicht total gleichgültig.'

„Also, die anderen Mitreisenden der Gruppe und ich fahren Montagfrüh mit einem ICE nach Wien. Am Nachmittag ist eine Donau-Fahrt mit einem Ausflugsschiff geplant und abends essen wir in einem Aussichtsrestaurant. An den folgenden Tagen werden wir von verschiedenen Guides durch die Stadt geführt, besichtigen den Stephansdom, die Kapuzinergruft, dass Schloss Schönbrunn, das Ernst Fuchs Museum, die Hofreitschule, die Hofburg mit der Silberkammer und das Möbel-Depot, den Zentralfriedhof, die Steinhof-Kliniken, fahren zum Heurigen, gehen ins Burgtheater und besuchen die Oper. Außerdem werde ich mich, wenn die Zeit dazu reicht, absetzen und noch ein paar Sachen auf eigene Faust unternehmen."

„Was willst du denn sonst noch machen?", fragte ich, obwohl ich mir unter den genannten Themen kaum etwas vorstellen konnte.

„Liebe Fritzi, wo geht jeder Wien-Besucher bei seiner ersten Visite unbedingt noch zusätzlich hin?" Elke beantwortete ihre Frage gleich selbst: „Ins Café Sacher natürlich und in die Konditorei Demel! Die grafischen Ausstellungen in der Albertina möchte ich mir auch ansehen. In den Wienerwald werde ich fahren, mich im Prater vergnügen, vielleicht mit dem Riesenrad fahren, und dem Café Neko statte ich einen Besuch ab, in dem mehrere Katzen zum lebenden Inventar gehören", zählte sie auf.

„Was arbeiten die Schnurrbacken denn dort?", fragte ich höchst interessiert, aber auch ein bisschen irritiert. Ich hatte natürlich überhaupt kein Interesse daran, dass man vor Ort meiner Perle etwas zeigte, was ich anschließend daheim nachmachen sollte. „Müssen sie Kaffee servieren oder das benutzte Geschirr sauber lecken? Bieten sie therapeutisches Heilschnurren mit Akupressur an oder Minimal-*Ritzing* der Haut mit ihren Krallen? So ein Werkvertrag der dort angestellten Mitarbeiter ist bestimmt sittenwidrig und ihre Tätigkeiten grenzen an Fronarbeit. Sicher ist es wegen der Hygienevorschriften auch gar nicht erlaubt!"

„Soviel ich weiß, spielen die Katzen mit den Gästen und lassen sich von ihnen streicheln und kraulen", erwiderte Elke gelassen. „Ich weiß nicht, ob man das direkt *arbeiten* nennen kann. Für die Schnurrbacken ist es sicher das reinste Vergnügen."

„Aber ein ganz zweifelhaftes!", fügte ich rasch hinzu und zog meine Nase kraus. „Wenn ich mir vorstelle, ich müsste mich, nur für Kost und Logis, von den Besuchern eines Cafés überall begrabschen und befummeln lassen und zusätzlich dabei noch ein freundliches Gesicht machen, nee, das gefiele mir überhaupt nicht. Da müsste ich mich vorher mit gaaaanz viel Katzenminze betäuben und jeden Morgen vor Arbeitsbeginn einen großen Schluck aus der Flasche mit der Baldrianessenz kippen."

„Fritzi, du *musst* ja nicht mitkommen! Oder wie die Amerikaner sagen: Take it or leave it (Nimm es oder lass es)!"

„Und wie geht's dann weiter?", ignorierte ich ihren besserwisserischen Einwand.

„Sei doch nicht so ungeduldig!", erwiderte Elke und raschelte mit den Kopien. Eine fiel zu Boden. „Lass mich doch ausreden; noch kann ich nicht hexen."

‚Als würdest du das jemals lernen!', dachte ich ungläubig und schüttelte meinen Kopf. Innerlich lachte ich über ihren blöden Witz. ‚Dann müsstest du zuerst bei Harry Potter in die Lehre gehen und täglich üben, bis du auf einem Besen reiten und durch die Lüfte fliegen kannst. Sollte ich das noch erleben, dann male ich drei rote Kreuze in den Kalender.'

„Wie viele Wochen bleibst du denn weg?", fragte ich nachdenklich.

„Oh, am Samstag bin ich um kurz vor Mitternacht schon wieder zurück in Frankfurt", antwortete sie. „Fritzi, kein Stress! Wenn du nicht mitfährst, dann hole ich dich am Sonntag gegen Mittag schon wieder bei Tom Jupiter ab. Du wirst sehen, die Zeit ohne mich scheint wie im Flug zu vergehen. Vielleicht möchtest du deinen Urlaub in Friedberg auch verlängern und noch ein paar zusätzliche Tage bei deinen Freunden bleiben."

Langsam wurde ich zornig. Alles hatte sie schon vorab hinter meinem Rücken organisiert und bestimmt, ohne mich zu fragen. Es war ein gemeines, unfaires und abgekatertes Spiel. Da fiel mir ein, was mein Ex-Galan Cannonball letztes Jahr in Orlando zu mir gesagt hatte: „It takes two to tango (Zum Tango-Tanzen braucht man *zwei* Personen)!"

„Du tickst wohl nicht richtig?", erwiderte ich schnell. Ohne lange zu überlegen, fauchte ich meine Dosilla an: „Du hast wohl nicht alle Tassen im Schrank? Natürlich fahre ich mit nach Wien! Irgendjemand muss doch auf dich aufpassen!"

*

Als ich kurz darauf unser gekacheltes Zimmer wieder durch das Katzenpförtchen verließ, hatte ich mich ein bisschen beruhigt. Laut schnurrte ich den berühmten Schlager von Udo Jürgens:

> *Ich war noch niemals im fernen Wien.*
> *Ich war schon auf fünf Inseln von Hawaii,*
> *ließ mich durch San Franciscos Straßen tragen.*
> *Ich war noch niemals im fernen Wien,*
> *ich war sonst schon fast überall dabei,*
> *werd' mich heuer allein in den Prater wagen!*

Vor den Ferien

Das Blöde an einem Urlaub ist, dass sich die Tage zuvor hinziehen wie über Stunden ausgekautes, inzwischen geschmacksneutrales und klebriges Kaugummi.

Elke schien es nicht so viel auszumachen wie mir, denn sie fuhr weiterhin fast jeden Tag stoisch und ohne zu murren zum Flughafen. Ich vermute, dass ihre höchstwahrscheinlich kurzweilige Beschäftigung, von meiner Dosine abschätzig *Arbeit* genannt, ihr großen Spaß macht und sie darum zu beneiden ist. Am hiesigen Airport trifft sie nicht nur Passagiere, sondern auch nette Kollegen, Azubis und Airline-Vertreter aus aller Herren Länder, mit denen sie in verschiedenen Sprachen parliert oder zumindest radebrecht. So teilt sie viel Vergnügen mit ihnen. Meine Dosine weiß gar nicht, wie gut sie es hat, denn sie langweilt sich nicht so schlimm wie ich, die ich seit dem Auszug meiner Kinder immer allein auf unserem Küchenbalkon sitzen muss. Vielleicht ist dir auch nicht bekannt, dass ich seit dem *Nicht-wieder-nach-Hause-Kommen* meines früheren Lebensgefährten Rüdiger auch nicht mehr ohne Begleitung auf den Kiez darf. Aber ich frage dich jetzt ganz direkt: Welche Kätzin mit einem klitzekleinen Fünkchen Verstand in ihrem schönen Kopf nimmt schon ihre Dosine des Nachts mit auf die Jagd nach Kleinwild?

Elke trampelt mit ihren großen Pratzen so fest auf den Fußboden, dass jeder Grashalm im Umkreis von fünfundzwanzig Metern wie bei einem Erdbeben vibriert. So ähnlich fühlt es sich bestimmt unter den Pfötchen an, wenn ein Vulkan kurz vor dem Ausbruch steht. Da muss man doch fliehen! Ich könnte auch gleich einen eingeschalteten MP3-Player vor mir hertragen, aus dem die Warnung schallt:

„Graupelz-Völker, hört die Signale!
Auf zu eurem letzten Gefecht.
Die Internationale erkämpft das Katzenrecht!"
*

So richtig glauben kann ich meiner Perle nicht, wenn sie nach getaner Arbeit matt und abgekämpft nach Hause kommt und abwechselnd ihren Freundinnen Gloria und Marlis am Telefon vorjammert, was angeblich wieder an dem betreffenden Tag alles schiefgegangen ist. Sooo viele Flugzeuge *können* gar keine technischen Probleme oder stundenlange Verspätung gehabt haben, und sooo frech und beleidigend, wie sie sagt, *verhalten* sich auch bestimmt keine Fluggäste, wenn man sie höflich darum bittet, ihr mitgebrachtes Übergepäck zu bezahlen. Und sooo laut schreien auch bestimmt keine Passagiere, wenn sie nach Abflugzeit ihres Fliegers am Flugsteig ankommen und darauf bestehen, dass ein Fluglotse des Towers den Kapitän des Flugzeug zum Umkehren zwingen soll, damit sie noch mitfliegen können.

Für mich macht es auch keinen Sinn, dass angeblich Kollegen meiner Dosine aus ihrem Heimaturlaub im Süden per Fax eine ärztliche Krankmeldung schicken und sie zeitgleich in der Einsatzleitung anrufen und mit dürren Worten informieren, dass sie noch zwei Wochen länger im Land ihrer Vorfahren bleiben *müssen*. Auch dass sich Check-in-Agenten bei schönstem Grillwetter vorzugsweise am Wochenende im Spätdienst *krank* melden, kann ich nicht glauben. So viele Zufälle in einer Firma sind irgendwie sonderbar, überaus merkwürdig und höchst bizarr.

Jeder kann einmal morgens nicht rechtzeitig wach werden; das ist menschlich und auch kätzisch nachvollziehbar. Gestern verschlief ein Auszubildender zum Luftverkehrskaufmann seinen Dienstbeginn. Das ist an sich nichts Schlimmes und kommt gelegentlich schon einmal vor.

Ich halte es aber für ein Gerücht oder für üble Nachrede, dass er, anstatt nach dem verspäteten Aufwachen rasch zu frühstücken und anschließend zu seinem Ausbildungsplatz zu eilen, um sich dort von meiner Dosine einen Tadel abzuholen, es vorgezogen habe, sich erst gegen Mittag telefonisch wegen einer (angeblichen) Magenverstimmung krank zu melden. Ohne schlechtes Gewissen sei er anschließend zur Sehring-Kiesgrube geradelt, habe sich dort in die pralle Sonne gelegt und chillend und schwimmend den Nachmittag vertrödelt. Als er dann heute früh mit einem Mordssonnenbrand zu seinem Ausbildungsplatz gekommen sei, habe meine Dosine mit vor Mitleid triefender Stimme zu dem Azubi gesagt: „Lieber Jörg, Sie Bedauernswerter! Zuerst war gestern Ihr Magen so malade, dass Sie den ganzen Tag über im Bett bleiben mussten. Und dann bekamen Sie zusätzlich in der Nacht noch am ganzen Körper den teuflischen Sonnenbrand. Manche Sünden bestraft das Universum halt sogleich!"

Wien, ich komme!

Endlich kam der Tag unserer Abreise. Meine Dosine stellte sich nicht nur den Radiowecker, sondern fummelte so lange an ihrem antiken Handy herum, bis sie auch dort die Weckfunktion gefunden und aktiviert hatte. Schon um Viertel vor sechs Uhr in der Frühe verließen wir unsere Wohnung. Mein liebster Mensch hatte sich extra in der Woche zuvor bei Ikea einen kleinen Rollenkoffer gekauft, den sie jetzt laut ratternd hinter uns her zog. Wie immer bei größeren Reisen saß ich in meiner mobilen Gefängniszelle aus geflochtener Weide, die mit dem großen Türchen aus stabilem Draht und dem herausnehmbaren Klo.

Am Bahnhof war schon mächtig viel los. ‚Wie kann man nur freiwillig so früh aufstehen?', fragte ich mich. Bei Elke und mir war das etwas anderes. Ich vermute, es handelte sich um den einzigen Zug, der an diesem Tag nach Wien fuhr. Dann muss man halt Kompromisse machen und früh raus aus den Federn. Unser reservierter Platz befand sich in einem Großraumabteil an einem Tischchen für vier Personen. Blöde war nur, dass ich nicht wusste, wo ich mich hinsetzen sollte, denn mir stand kein eigener Sitzplatz zu. Der Fußraum war sehr begrenzt, da dort unter den Sitzen auch mein Klo stand. Außerdem fürchtete ich, versehentlich getreten zu werden, wenn ich mich dorthin zur Ruhe setzte. Mein liebster Mensch hatte zwar einen Sitzplatz, fuhr aber die ganze Zeit rückwärts. Drehen ließ sich ihr Stuhl nicht.

„Ob ich das vertrage, weiß ich nicht", miaute ich mit weinerlicher Stimme. „Dosilla, wie geht es dir? Du hast doch einen empfindlichen Magen. Wird dir beim Rückwärtsfahren nicht immer gleich schlecht? Sollen wir uns nicht vorsichtshalber einen anderen Platz suchen? Lass uns mal in einem der anderen Wagen nachsehen, ob es dort auch so voll ist. Musst du nicht langsam brechen?" Aber entgegen meinen Befürchtungen passierte nichts dergleichen. Elke hatte die ganze Zeit eine rosige Gesichtsfarbe und war allerbester Laune.

Ich war inzwischen umgezogen in meinen Känguru-Beutel und saß oder lag abwechselnd dösend auf dem Schoß meiner Perle. Meine Transportbox stand oben neben unserem Koffer in der Gepäckablage. Als ich einmal mit meinen Tatzen auf das Tischchen vor mir griff, sagte die Frau, die uns gegenüber saß und Edda hieß, mit schneidender Stimme: „Fritzi, nein! Auf den Tisch darfst du nicht gehen!"

Zu gern hätte ich auf dem Bahnsteig, ich glaube, es war in Aschaffenburg, mir den kleinen Hund genauer angesehen, der schneeweißes langes Fell trug und ein bisschen wie eine Perserkatze aussah. Dazu hätte ich aber den Tisch betreten müssen. „Edda, du hast keinen Schimmer, was ich alles darf!", erwiderte ich leise und zog vorsichtshalber meine Pfötchen zurück. Wie gut, dass sie nicht meine Gedanken lesen konnte.

„Fritzi, wenn du hier in dem Großraumwagen herumtoben willst, stecke ich dich gleich zurück in deinen Transportkorb!", gab Elke noch ihren Senf dazu.

„Das traust du dich nicht!", miaute ich als Antwort und ärgerte mich über ihre fehlende Solidarität. „Wenn du das tust, dann fließt Blut! Damit du es weißt!"

„Ich glaube nicht, dass eine Katze hier ohne Halsband und Leine herumspazieren darf!", stichelte Edda jetzt weiter. „Wenn überhaupt."

Mit weit aufgerissenen Augen starrte ich verärgert die Frau an und miaute leise: „Edda, schiele ich etwa? Hab ich eben mit dir gesprochen? Nein, bestimmt nicht! Also, häng dich besser nicht in Gespräche rein, die dich nichts angehen! Sonst besorg ich dir einen Maulkorb! Hast du mich verstanden?"

Die Frau schien schwerhörig zu sein, denn anstatt mir zu antworten, schwieg sie.

Boah, meine Urlaubsreise fing schon mega-blöde an. Nix als Kommandeusen um mich herum; wie auf einem Exerzierplatz beim Kommiss oder bei der Fremdenlegion.

*

Lass dir von mir sagen, die Bahnfahrt nach Wien war grottenlangweilig. Sie zog sich wesentlich länger hin als ein ausgeleiertes Gummiband in einem der alten rosa Schlübber meiner Dosine. Ich kürzte die Zeit ab, indem ich gelegentlich aus dem Fenster guckte, diverse Nickerchen machte und peu à peu den Schönheitsschlaf des vergangenen Monats nachholte.

Als wir Passau erreichten, sagte Elke: „Jetzt ist es sicher nicht mehr allzu weit bis nach Wien." Dies war ein Irrtum, den sie aber später nicht verbal revidierte.

Dann rätselte meine Dosine mit den anderen Reisenden, die an unserem Tisch saßen, um welche Flüsse es sich handelte, die wir über mehrere Brücken gerade überfuhren. Als sie sich nicht einigen konnten, wie außer der Donau und dem Inn der dritte Fluss hieß, googelte eine von ihnen die Drei-Städte-Stadt. So erfuhren wir, dass der fehlende Name des Flusses *Ilz* lautete.

Enttäuschend fand ich, dass weder ein Polizist noch jemand vom ehemaligen Grenzschutz durch den Zug ging und nachsah, ob wir vielleicht international gesucht werden oder wegen Falschparkens oder Schwarzfahrens im öffentlichen Nahverkehr auf einer Fahndungsliste stehen.

Obwohl wir uns kurz darauf in Österreich befanden, sah es dort genauso aus wie zuvor bei uns in Deutschland. Ich sah in der Ferne keine Alpen und auch keine auf den Weiden glücklich lächelnden Kühe.

Im Star Inn Hotel am Hauptbahnhof

Irgendwann, als Elke ihre mitgenommenen Butterbrote schon längst gegessen hatte, erreichten wir, auf die Minute genau, unser Reiseziel. Der Wiener Hauptbahnhof scheint ganz neu zu sein; überall war Glas und edler schwarzer Granit verbaut. Nichts schien angeschlagen oder zerdeppert. Ich sah keinen herumliegenden Müll wie bei uns daheim. Keine Bettler oder Wohnsitzlosen und auch keine Betrunkenen oder Junkies saßen oder lagen auf dem Boden herum, wie so viele bei uns in Frankfurt. Mit der Rolltreppe fuhren wir von den Gleisen eine Etage nach unten auf Straßenniveau und verließen die pieksaubere Bahnhofshalle. Sofort sah ich, dass sich dort ein Lebensmittelladen der Firma Spar befand. Eine akute Gefahr, in Wien verhungern zu müssen, bestand derzeit für mich nicht. In unmittelbarer Nähe, nur ein paar Schritte auf der gegenüberliegenden Straßenseite entfernt, sah ich unser gebuchtes *Star Inn Hotel* liegen, das Quartier für die kommenden fünf Nächte. Dort an der Rezeption arbeiteten Profis, das merkte ich sogleich, denn der Check-in für unsere Butze war in wenigen Augenblicken erledigt. Es hat auch Vorteile, wenn man mit einer Gruppe reist, denn man händigte uns gleichzeitig zur Zimmerschlüsselkarte auch eine Wochenkarte für Busse, Straßen- und U-Bahnen aus. Einen zusammengefalteten Stadtplan mit so klitzekleinen Buchstaben, dass mein liebster Mensch gar nicht wusste, wie herum sie ihn halten sollte, bekamen wir auch. Ein Vergrößerungsglas fehlte allerdings.

Unser Zimmer lag im zweiten Stock und war zweckmäßig eingerichtet. Wenn man das Kippfenster schloss, hörte man keinen Mucks vom Lärm der Straße und der Züge. Einen Nachteil hatte es allerdings, das sah ich auf den ersten Blick: Für mich gab es keine Möglichkeit, unser Zimmer ungesehen zu verlassen, um die Gegend zu erkunden und mich mit österreichischem Kleinwild zu versorgen.

Es gab ein breites Bett, einen Sessel, ein flaches Bord, das unter dem an der Wand hängenden Fernsehapparat stand, einen Stuhl, einen Wandschrank mit Safe und kleinem Kühlschrank und sechs Kleiderbügel. Im oberen Teil des Schrankes lagen in Tüten verpackte zusätzliche Kopfkissen und Decken. Nur durch zwei dicke Glasscheiben vom Zimmer getrennt schloss sich ein gekacheltes Glashaus für meinen liebsten Menschen an. Daneben stand ein Waschtisch mit großem Spiegel und Föhn. Zusätzlich gab es noch ein kleines Räumchen mit dem an der Wand hängenden Brunnen und der aufgestauten Quelle. Dort hinein stellte meine Perle auch meine Streukiste, damit ich jederzeit austreten konnte. Sobald man in dem kleinen Kämmerchen das Licht anknipste, sprang ein verborgener Ventilator an, den man zwar hören, aber nicht sehen konnte.

Nachdem mein liebster Mensch ihre Anziehsachen aufgehängt hatte, legte sie sich aufs Bett und schloss ihre Augen. Ich war hellwach.

„Chefin, wenn du jetzt einschläfst, versäumen wir den Bus, der uns zur Anlegestelle an der Reichsbrücke bringt. Ergo verpassen wir dann auch die Abfahrt des Rundfahrt-Schiffes, mit dem wir auf der blauen Donau schippern werden", gab ich zu bedenken. „Wenn das passiert, haben wir bereits das erste Highlight (Höhepunkt) unserer Wienreise verpasst."

„Fritzi, ich schlafe nicht ein, jedenfalls nicht für länger und nicht mit geschlossenen Augen", erwiderte meine Perle. Dann gähnte sie ausdauernd und laut, ohne sich die Hand vor den Mund zu halten. Einen Moment lang befürchtete ich schon, sie hätte sich ihren Kiefer ausgerenkt und jetzt eine Maulsperre, die nur von einem Kieferorthopäden wieder eingehängt werden konnte.

„Tobias 6, Vers 3", konnte ich nur schnell sagen. „Schon in der Bibel steht geschrieben: *O Herr! Sie will mich fressen!*"

Daraufhin schloss mein liebster Mensch kurz ihren Mund, bevor sie sagte: „Fritzi, hör auf aus der Bibel zu zitieren! Dort kann man sicher auch irgendwo lesen: *O Herr! Die Katze soll still sein, denn ihr Frauchen muss jetzt schlafen!*"

Ein entsprechender Psalm oder Vers war mir nicht bekannt.

Auf der braunen Donau

Pünktlich um 16 Uhr fuhren wir mit dem avisierten Bus in Richtung Donau. Ich saß wieder auf Elkes Schoß und drückte mir förmlich die Nase an der Fensterscheibe platt, so anders als daheim sah es hier aus. Kein Vergleich mit Frankfurt, meiner Heimatstadt. Entweder hatte mir jemand ein Antidepressivum (Stimmungsaufheller) in mein Essen getan, oder es war hier wirklich extrem schön. Überall standen große schattenspendende Bäume und waren kleine öffentliche Parks mit Bänken, auf denen Leute in der Sonne saßen. Als wir hinter dem Schloss Belvedere an einem Stadtpark vorbei kamen, und wegen einer uns kreuzenden Straßenbahn einen Moment lang an einer Ampel warten mussten, sah ich ein Schild auf dem Rasen stehen, mit dem Piktogramm eines durchgestrichenen Hundes. Direkt daneben hatte es sich in der Sonne eine graugetigerte Schnurrbacke bequem gemacht, chillte und räkelte sich mit angezogenen Pfötchen auf dem Rücken hin und her.

„Schnell, ein Foto!", wies ich meine Dosilla an. „Bitte mach rasch ein Bild von der Katze und dem Verbotsschild!" Bis sich mein dösiger Mensch aber gerappelt hatte und ihren Apparat zückte, war die Ampel bereits umgesprungen und der Bus fuhr weiter.

„Jeder Mensch hat *ein* einziges Mal in seinem Leben die Chance, ein anschließend von *National Geographic* prämiertes Foto zu schießen", miaute ich. „Das *war* deine!"

*

Unser netter Busfahrer wollte uns wohl auf der Fahrt zum Anlegeplatz unseres Ausflugsschiffes einen Gefallen tun. Er fuhr uns nämlich an ein paar extraschönen Kirchen und besonders aufwendig geschmückten Häusern vorbei, die mit Jugendstil-Motiven oder im Zuckerbäckerstil üppig verzierten waren. Jedenfalls dachte ich so, was sich aber als falsch herausstellte, denn so gut wie überall, wo immer wir in den nächsten Tagen vorbeikamen, sah ich ähnlich sehenswerte Gebäude, prachtvolle Kathedralen und prächtige Kapellen.

Am Anlegeplatz des für uns gebuchten Ausflugsschiffes mit dem keltischen Namen *Vindobona* kamen wir zu früh an, oder das Boot hatte Verspätung, denn es war noch nicht da. Jedenfalls trug mich meine Perle auf dem betonierten Pier lange Minuten hin und her und wieder zurück.

„Wenn ich mich hinsetze, schlafe ich umgehend ein", erwiderte sie, als sie jemand fragte, warum sie so unruhig sei.

Als der Kahn endlich anlegte, mussten zuerst die ankommenden Ausflügler aussteigen, bevor eingestiegen werden konnte. Nur auf dem Oberdeck gab es draußen eine sehr begrenzte Anzahl von Sitzmöglichkeiten. Die besetzten aber bereits die Leute, die bei Ankunft nicht ausgestiegen waren, und die Teilnehmer unserer Gruppe, die für ihre Freunde Plätze reservierten.

„Fritzi, nächstes Mal nehmen wir ein Handtuch mit und lassen niemanden neben uns sitzen, mit dem wir nicht mindestens blutsverwandt oder verlobt sind", sagte mein liebster Mensch kiebig zu mir. Sie und etliche andere Leute setzten sich frustriert im Innenraum an einen Tisch. Vor die recht kleinen Fenster des Schiffes hatte man zusätzlich eine weitere Innenverglasung mit breiten Holzrahmen installiert. Zwischen beiden Scheiben waren im unteren Drittel bunte Plastikblumen dekoriert. Elkes Laune war kurz vor dem Siedepunkt. Als sie dann noch bei der unfreundlichen Bedienung für eine winzige Flasche Mineralwasser und einen Strohhalm drei Euro sechzig zahlen musste (Gläser gab es nicht), war ihre Stimmung kurz vor dem Überkochen.

Ich weiß, dass man Äpfel nicht mit Birnen vergleichen darf. Aber bei uns in Frankfurt begrüßt ein Kapitän seine zugestiegenen Passagiere höflich oder gar freundlich in mehreren Sprachen über Mikrofon, wenn man in eines seiner Main-Rundfahrt-Schiffe einsteigt. Höchstwahrscheinlich ist er froh, dass man sein Boot und nicht eines der Konkurrenz gewählt hat. So war es letztes Jahr auch in San Francisco gewesen, als wir eine große Harbor-Cruise-Tour durch die Bucht buchten, und auch in Hawaii auf der Fähre zwischen Lahaina auf Maui und der Insel Moloka'i. Auch wurde auf den Schiffen, auf denen ich bisher mitfuhr, immer gesagt, an welchen Bauwerken man derzeit gerade vorbeifährt und unter welchen Brücken man durchgondelt.

Wenn nicht eine Frau aus unserer Gruppe laut gerufen hätte: „Da hinten steht das Hundertwasser-Haus", hätten meine Dosine und ich es verpasst. Wir sahen auch keine anderen Sehenswürdigkeiten.

Nach wenigen Minuten bogen wir aus dem braunen Wasser der Donau in das anscheinend noch brauneren des Donaukanals ein und fuhren in eine Schleuse. Verbal angekündigt wurde dies nicht. Sinn und Zweck dieser Aktion wurden uns von der

Schiffsmannschaft nicht mitgeteilt. Vielleicht war das Mikrofon kaputt; keiner sagte es uns. Wir warteten eine knappe halbe Stunde, bis das meiste Wasser unter uns abgepumpt war und wir durch die Doppelfenster an den Plastikblumen vorbei nur noch links und rechts nasse Schleusenmauern sahen. Es war beklemmend.

„Ehrlich gesagt, jetzt würde ich aus medizinisch-therapeutischen Gründen gern einen Schnaps trinken, oder auch zwei", sagte eine Frau an unserem Tisch. „Vielleicht würde das meine klaustrophobische Stimmung heben."

Meine Perle nickte verständnisvoll. Nachdem wir fast eine halbe Stunde auf der Stelle gedümpelt hatten, fuhr das Schiff plötzlich geradeaus weiter und die Schleuse lag hinter uns.

Dass die Rundfahrt (inklusive der Wartezeit in der Schleuse) statt der angekündigten achtzig Minuten nur sechzig gedauert hatte, bedauerten weder meine Perle noch die anderen Leute, mit denen wir am Tisch gesessen hatten. Ein Mann aus unserer Gruppe sagte beschwichtigend: „Für alles braucht man Pioniere."

„Nee", erwiderte Elke. „Gerade war ich *keine* Vorkämpferin, sondern eine von vielen gutgläubigen Touristen, die abgezockt wurden!"

Im Aussichtsrestaurant des Donauturms

Wieder an Land, fuhren wir mit unserem bestens gelaunten Busfahrer und mit Donauwalzer-Beschallung aus den Lautsprechern zum höchsten Gebäude Österreichs, dem zweihundertfünfzig Meter hohen Donauturm.

Als wir aus dem Bus stiegen, machte uns unser Chauffeur auf eine in hundertzweiundfünfzig Metern Höhe angebrachte acht Meter lange Stahlrampe aufmerksam, die von unten aussah wie ein Sprungbrett in einem Schwimmbad. „Von dort oben kann man sich, sofern man bei dem Abenteuer-Veranstalter Jochen Schweizer gebucht hat und derzeit um die hundertsechzig Euro bezahlt, an einem Bungee-Seil angebunden einmal in die Tiefe stürzen. Die einfache Auffahrt mit dem Lift ist im Preis eingeschlossen; ebenso eine Urkunde über den Sprung und die spektakuläre Fernsicht im Umkreis von achtzig Kilometern."

„Boah, ist das gruselig! Das ist die Angst-Lust am eigenen Untergang par excellence", murmelte Elke leise und starrte gebannt auf ihre Fingernägel. „Wenn man so aufdringlich mit dem Sensenmann kokettiert, beeilt er sich vielleicht und kommt früher, als er eigentlich vorhatte."

„In einhundertsechzig Metern Höhe gibt es im Donauturm ein gut frequentiertes, sich langsam drehendes Café", sagte der Busfahrer jetzt. „Soviel ich weiß, fahren Sie aber in das rotierende Aussichtsrestaurant, das nochmals zehn Meter höher liegt. Dort wurde für Sie heute Ihr Abendessen mit traditionellen Klassikern und saisonalen Wiener Spezialitäten bestellt."

Mein Gedanke war: ‚Der Mann wird sicher vom hiesigen Fremdenverkehrsamt bezahlt.'

„Chefin, wie ich es sehe, ist das nichts für dich", miaute ich. Mitleid wegen ihrer Höhenangst hatte ich nicht, denn mir ist so etwas unbekannt. In der Glotze hörte ich einmal in einem Gesundheitsmagazin, dass für die Person, die Angst hat, die Situation der Gefahr real erscheint und dies nichts mit Logik oder Verstand zu tun hat. „Da wird dir sicher schon im Lift schlecht und du musst würgen, noch bevor in dem Restaurant das Essen auf den Tisch kommt", kommentierte ich diesen Programmpunkt. „Oder willst du etwa die vielen Treppenstufen zu Fuß hinauf- und anschließend gleich wieder hinabsteigen? Dann muss dein heutiges Abendessen höchstwahrscheinlich wegen des Lauf-Trainings ausfallen. Kaum bist du oben, musst du gleich wieder umkehren, denn sonst besteht die Gefahr, dass du wie Rapunzel über Nacht dableiben wirst, wenn das Personal Feierabend hat und den Turm abschließt. Außerdem wirst du die morgigen Programmpunkte verpassen, da du den Tag mit Muskelkater im Hotelbett verbringst."

„Fritzi, kein Stress, möglicherweise warten wir stattdessen im Bus. Ich kann ja den netten Fahrer fragen, ob wir hier bei ihm warten dürfen. Vielleicht setzen wir uns aber auch ab und fahren gleich mit dem Taxi oder der U-Bahn zurück zum Hotel und unternehmen noch etwas auf eigene Faust."

‚Ja, nee, ist klar. Das kenne ich schon zur Genüge', schoss es mir durch den Kopf. ‚Füße hoch, Naschzeug her und Glotze an, genau wie daheim. Aber dazu brauchte ich nicht den ganzen Stress und die Unbequemlichkeiten zu ertragen und bis hierher zu verreisen.'

„Siehst du hier eine U-Bahn oder eine Bushaltestelle?", miaute ich fragend. „Oder erblicken deine müden Augen etwa einen Taxistand? Ich bin ausgeschlafen und sehe keinen. Kohldampf habe ich trotzdem."

In dem Augenblick, als unser Busfahrer den Parkplatz zu Fuß verließ, rief uns eine Frau vom Eingang des Turms aus zu: „Fahren Sie jetzt noch mit hoch oder haben Sie keinen Hunger? Die anderen unserer Gruppe sind alle schon nach oben gefahren!"

„Halt! Warten Sie bitte, wir kommen mit!", rief ich ihr zu und gab meiner Dosine die Sporen.

*

Der Rest des Abends ist schnell erzählt. Die Liftfahrt verlief ohne weitere Vorkommnisse. Mein liebster Mensch hatte sich mit dem Gesicht zur Wand gedreht, damit sie niemanden ansehen musste, und so sah keiner, wie sie innerlich litt. Die Fahrt war eigentlich recht ruhig. Es rauschte und ruckelte nur ein bisschen. In meinen Ohren knallte es ein paarmal, hörte aber schnell wieder auf, als ich kurz weinte. Oben angekommen, suchten wir uns einen freien Sitzplatz.

Langsam drehte sich der runde Gastraum um seine eigene Achse, in dem eng nebeneinander Tische für jeweils acht Personen standen. Die kleine Getränke- und Essensausgabe in der Mitte drehte sich nicht mit, auch nicht die riesige fußbodentiefe Fensterfront. Das Essen wurde von irgendwo unter oder über uns mit einem Speisenaufzug geschickt und dann von resoluten jungen Frauen verteilt. Als eine von ihnen plötzlich strauchelte, fiel ihr mit viel Getöse und Geklirr das volle Tablett mit Weingläsern und Karaffen aus der Hand und zerschellte am Fußboden. „Hauptsache, du hast keine Glasscherben abgekriegt", sagte Elke besorgt zu mir. Dann wischte sie ein bisschen an ihrer Hose herum.

Anfangs sah ich neugierig aus den Fenstern auf die riesengroße Stadt herunter, die uns zu Füßen lag. Ich saß und lag abwechselnd in meinem Beutel, den sich Elke zwischen ihre Füße gestellt hatte. Als wir uns zum dritten Mal am Prater vorbei drehten, in dem ich deutlich das Riesenrad stehen sah, nickte ich ein.

Erfreulich war, dass unsere Nachbarin zur Linken mir eines ihrer beiden kleinen Schnitzelchen in eine Papierserviette wickelte. Das aß ich später in unserem Zimmer, bevor ich ins Bett ging. Meine Dosine verputzte vor Ort ein Stück Spinatstrudel mit Kartoffeln und war froh, dass alternativ zum Schweineschnitzel *Wiener Art* etwas Vegetarisches angeboten wurde. Zum Nachtisch gab es ein Stück Backwerk, das sich *nicht* Sachertorte nennen durfte, obwohl äußerlich eine gewisse Ähnlichkeit nicht zu leugnen war.

Anschließend fuhren wir wieder mit dem Lift nach unten. Genauso wie in den USA nach dem Besuch einer jeden Touristen-Attraktion mussten wir auch hier zuerst im Souvenirshop in Schlangenlinien durch eine Art Irrgarten laufen, bevor wir den Ausgang zum Parkplatz fanden. Mit dem bekannten Zither-Soundtrack aus dem Thriller *Der dritte Mann* fuhr uns unser Busfahrer zurück zum Hotel.

*

Am nächsten Morgen standen wir schon ganz früh auf. Draußen war es windig und es nieselte. Wie üblich hatte meine Dosine keinen Schirm dabei, da sie immer davon ausgeht, dass die Sonne lacht, wenn Engel reisen.

„Wie du weißt, verabscheue ich Wasser in jeder Form, außer zum Trinken", miaute ich, nachdem ich aus dem Fenster gesehen hatte. „Bei dem Pisswetter erwäge ich, heute im Hotel zu bleiben. Vielleicht treffe ich später im Wirtschaftshof den vierbeinigen Facility Manager und Chef-Nagervertilger. Mit dem gehe ich dann, wenn es zu regnen aufgehört hat, auf die Jagd nach Kleinwild."

„Träum weiter, Fritzi", erwiderte mein liebster Mensch. „Im Himmel ist heut bestimmt auch Kirmes!"

*

Da im Frühstücksraum keine Tiere erlaubt waren, legte sie mir abgezählt fünf kleine Schmackis in mein von zu Hause mitgebrachtes blaues Näpfchen.

„Das reicht aber nicht! Damit bin ich nicht bis zum Mittagessen satt", sagte ich vorwurfsvoll.

„Schatzi, ich bring dir noch etwas vom Frühstücksbuffet mit", kündigte mir meine Perle verheißungsvoll an. „Was hättest du denn gern?"

„Von allem ein bisschen. Du kennst doch meinen Geschmack. Hauptsache, es ist nichts Veganes oder Vegetarisches, nichts allzu Scharfes, nix Saures oder zu lange Geräuchertes." Großzügig fügte ich noch hinzu: „Das kannst du dir alles gönnen!"

„Also, Fritzi, sei brav. Telefoniere nicht mit der Wetteransage in Sydney, und mach bitte keinen Krach, solange ich weg bin."

„Ich schlaf noch ein Weilchen", erwiderte ich und gähnte. „Häng bitte den Zettel an die Tür, wenn du gehst, damit mich die Zimmer-Fee nicht stört!"

Mit Walter durch die Altstadt

Als Elke vom Frühstücken zurück war, aß ich die Häppchen, die sie mir mitgebracht hatte: je ein kleines Scheibchen Räucherlachs und milden Knochenschinken, ein paar Krümel Hüttenkäse, der in einem hauchdünnen Scheibchen Gouda eingerollt war (Käse-Sushi) und ein kleines Rädchen Kalbsleberwurst, das mir gar vorzüglich mundete. Auf diese Weise magentechnisch gut für den Tag gerüstet, konnten wir zu unserer ersten Führung aufbrechen. Meine Dosine hatte zwar daheim keinen Schirm eingepackt, aber aus ihrem Koffer zog sie jetzt eine gelbe Regenhaut mit angeschnittener Kapuze. Heute schnallte sie sich meinen Känguru-Beutel so vor ihren Oberkörper, dass ich oben aus dem Schlitz herauslugen konnte, ohne nass zu werden. Dann gingen wir los.

Der großen Katzenfee sei Dank, denn die Straßenbahn in Richtung Nussdorf hielt keine fünf Minuten Fußweg von unserem Hotel entfernt. Alle anderen Bahnen in Wien hatten eine Nummer, nur diese eine nicht; sie war die Straßenbahn *D*. Mit ihr fuhren wir kreuz und quer durch die Stadt und stiegen an der Oper aus. Unterwegs sah ich kleine Büdchen und Kioske, die in Frankfurt *Wasserhäuschen* genannt werden, obwohl dort bestimmt wenig Wasser verkauft wird, sondern eher Bier, Flachmänner mit Schnaps und Apfelwein. Hier standen alle möglichen fremden Namen dran, aber ich erinnere mich nur noch an *Curry-Krainer, Burenhäutl mit Pfefferoni* und *Almdudler*. Als ich meine Dosine danach fragte, wusste sie aber auch nicht, was sich hinter den exotischen Namen verbarg.

Der Treffpunkt mit unserem Guide war heute früh um neun Uhr am Helmut-Zilk-Platz am *Mahnmal gegen Krieg und Faschismus*. Das Monument hatte der Bildhauer Alfred Hrdlicka (tschechisch: Turteltaube) aus grob behauenen Granit- und Marmorblöcken sowie einer Bronze, geschaffen.

Unser Guide hieß Walter. Er war ein sympathischer, flotter Fünfziger mit einem riesengroßen Wissen über seine Heimat und die Menschen, die in den vergangenen Jahrhunderten hier gelebt und gewirkt hatten. Mit ihm bummelten wir durch die Altstadt. Mir schien, als hätte Walter über jedes Gebäude eine Geschichte zu erzählen, oder zumindest eine Anekdote. Es war kurzweilig ihm zuzuhören, aber leider ist mein Merkvermögen anscheinend recht bröselig geworden, oder die vielen Daten, Fakten und Zahlen, mit denen er uns überschüttete, prallten an Elkes Regenhaut ab und gelangten so nicht in meine Ohren und mein Langzeitgedächtnis. Ich erinnere mich nur noch daran, dass wir an dem riesengroßen Hofburg-Komplex, der Winterresidenz der

126

Habsburger, vorbeigingen. Wir waren auch kurz in der Augustinerkirche, in der Kaiser Franz Joseph vor gut einhundertfünfzig Jahren seine Sisi heiratete. Wir bummelten über den Kohlmarkt und durch den Graben, gingen über den Stephansplatz, durch das Blutgassenviertel und waren am Mozart-Haus. Im sogenannten *Figarohaus* lebte Wolfgang Amadeus Mozart mit seiner Gattin Konstanze mehrere Jahre und schrieb dort die Oper *Die Hochzeit des Figaro* und andere bedeutende Werke.

Genau vor diesem Gebäude hing ein grauer Kasten, auf dem in Wiener Dialekt geschrieben stand: *Tue von jedem Zamperl sein Kackerl in ein Sackerl,* oder so ähnlich.

Als die zweistündige Führung mit Walter vorüber war, hörte es auf zu regnen. Es klarte auf, und kurz darauf begann die Sonne vom Himmel zu knallen. Meine Dosine faltete ihre Regenhaut zusammen und verstaute sie.

„Fritzi, ich hab keinen Schimmer, wo wir uns derzeit genau befinden."

„Dann guck mal in deinem Reiseführer nach, in welche Richtung wir zu den berühmten Cafés und Konditoreien Demel oder Sacher gehen müssen." Ich kenne meine Perle ganz genau und wusste, dass sie sich jetzt hinsetzen, einen Kaffee trinken und etwas Süßes essen wollte.

„Ja, da haben wir jetzt das Problem", erwiderte sie und zog ihre Mundwinkel missmutig nach unten. „Der Plan liegt nämlich im Zimmer auf dem Bord unter der Glotze."

„Bravo! Da liegt er gut", miaute ich. „Dann lass uns bitte mal in die Domgasse gehen. In dem kleinen Laden an der Ecke habe ich im Schaufenster verschiedene Gummientchen gesehen, solche, wie Tom Jupiter sie sammelt. Ich möchte nachschauen, ob wir ein typisches von Wien für ihn finden."

Als wir in dem Lädchen standen, meinte Elke, als sie das von mir ausgesuchte Gummiteil umdrehte: „Die Entchen kommen aus China und werden von einem Händler aus Wanderup in Norddeutschland importiert."

„Interessant", meinte ich. „Kaufst du nun das Gummigeflügel für meinen Freund? Oder willst du lieber mit mir diskutieren, dass wir es in der Volksrepublik China höchstwahrscheinlich billiger bekommen würden?"

Zusätzlich mussten wir auch noch einen kleinen schwarzen Stoffbeutel mit einem aufgeklebten Motiv des Künstlers Gustav Klimt kaufen, in dem wir den Fotoapparat, die Regenhaut und das Entchen verstauten. Im nächsten Drogeriemarkt erstand mein liebster Mensch einen Lippenstift, denn offensichtlich hatte sie keinen von daheim mitgebracht. Nachdem wir mehrmals orientierungslos im Kreis gelaufen waren, standen wir durch puren Zufall oder die Fügung des Universums plötzlich vor dem riesigen Stephansdom, dem Wahrzeichen Wiens. Durch die vielen hohen Gebäude und die schmalen Gassen sah man ihn wirklich nur, wenn man unmittelbar davor stand. Auf dem Dach waren mit bunten Ziegeln der Doppeladler sowie die Wappen der Stadt Wien und Österreichs verlegt. So etwas hatte ich zuvor noch nie gesehen. Elke auch nicht.

Auf einem Platz in der Nähe setzten wir uns ins *Café de l'Europa*. Von der vielen Guckerei und Rumlauferei war mein liebster Mensch schon wieder müde und schwächelte. Ich eigentlich nicht so sehr, denn standesgemäß ließ ich mich tragen. Außerdem interessieren mich Geschichtszahlen nicht allzu sehr und Zweifüßer, die im vergangenen Jahrtausend oder noch davor gelebt hatten, noch viel weniger.

Nachdem wir in dem Straßencafé unseren gemischten Salat mit Thunfisch und Kornspitz (längliches Roggenvollkornbrötchen) gegessen hatten (du vermutest richtig, ich aß nur das tierische Eiweiß), trank meine Perle, nach einem lokalen *Zipfer-Bräu,* auch noch einen *Verlängerten.* Der war nichts anderes als ein Espresso mit einer doppelten Portion Wasser. Dazu gab es unaufgefordert ein Glas Wasser, von dem mir Elke in mein Näpfchen goss.

Wir saßen in der hintersten Reihe in der rechten Ecke des abgegrenzten Straßencafés. Zum Essen hatte meine Perle meinen Beutel unter den kleinen runden Tisch gestellt. Dort saß ich brav und begann mich, als mein Näpfchen leer war, zu putzen. Da sich meine Dosine jetzt noch drei Kugeln *Gefrorenem* (Milchspeiseeis) widmete, schlich ich mich langsam ein paar Schrittchen nach vorn. Dort saß nämlich eine Dame, die mir mit einem Streifchen gegrillter Hühnerbrust zuwinkte, das sie sich vom Munde abgespart hatte. Kaum hatte ich der Frau laut schnurrend und ganz vorsichtig ihre milde Gabe aus der Hand genommen, rief meine Dosilla: „Fritzi, komm *sofort* hierher! Aber flott!"

„Immer mit der Ruhe!", antwortete ich, nachdem ich gekaut und geschluckt hatte. „Ich bin doch keine *Sofortistin!* Außerdem bin ich hier im Urlaub und nicht beim Barras!" Dann trottete ich betont langsam zu ihr zurück.

Nachdem meine Perle bei der sehr netten Bedienung bezahlt hatte, gingen wir. Elke entschuldigte sich noch kurz bei der mildtätigen Dame dafür, dass ich sie angeblich angebettelt hätte. Als ich aus meinem Beutel heraus sehnsüchtig auf ihren Teller starrte, sah ich, dass dort nebeneinander noch bestimmt zehn schmale Reiterchen Gickelbrust aufgereiht lagen.

„Magst noch eins essen?", fragte sie, und ohne eine Antwort abzuwarten, hielt sie mir das Streifchen Fleisch vor den Mund.

„Habe die Ehre", miaute ich höflich, nachdem ich geschluckt hatte. „Küss die Hand, gnä' Frau! Sie schmeckt so lecker nach Gickelfleisch!"

Ob die Frau das noch hörte, weiß ich nicht, denn wir waren schon auf dem Weg zum Stephansdom, um unsere Führung nicht zu verpassen.

Im Stephansdom

Wir trafen unseren neuen Guide wie verabredet im Dom an der Kanzel. Entweder verstand ich den Mann nicht, weil ich von den zahlreichen visuellen Eindrücken und dem Mittagessen so müde war oder weil er einen so ausgeprägten Heimat-Dialekt sprach. Ich erinnere mich nur daran, dass in dem Dom ganze Horden junger Leute waren, die sich laut lachend gegenseitig mit ihren Handys knipsten oder unter Zuhilfe-

nahme eines Handystocks Selfies machten. Meine Dosine und ich setzten uns einen Moment auf eine Holzbank und ließen den riesigen Dom auf uns wirken. Als ich zur Decke guckte, sah ich drei riesengroße Installationen aus weißen Spitzendecken, gehäkelten Borten und Klöppeldeckchen, die leicht überlappend aneinandergenäht waren und über dem Mittelgang wie Wolken zu schweben schienen. Von unten wurden sie mit blauem Licht angestrahlt, dass die drei Worte *Liebe, Treue, Hoffnung* lesbar waren.

Anschließend stand die Führung durch die Kaisergruft im Untergeschoss der Kapuziner-Kirche auf dem Programm. Unser Guide sagte, dass dort die sterblichen Überreste von einhundertneunundvierzig Personen der Familie Habsburg und Habsburg-Lothringen beigesetzt wurden, davon nicht weniger als zwölf Kaiser und neunzehn Kaiserinnen und Königinnen. Bei meinem liebsten Menschen stellten sich alle Haare zu Berge oder zumindest zu einer Gänsehaut vor Grauen, als sie erfuhr, dass nur die Körper der Toten in der Kapuziner-Kirche lagern, nicht aber deren Eingeweide, die in der Herzogsgruft des Stephansdoms verwahrt werden. Grün im Gesicht wurde sie, und es gab ihr den Rest, als sie hörte, dass außer den Eingeweiden auch noch die Herzen den Leichen entnommen wurden, die man seitdem in der Loretokapelle der Augustinerkirche aufbewahrt.

„Also, das können wir uns sicher schenken", wendete ich ein, um sie zu beruhigen. „In den Frankfurter Dom gehen wir auch nicht, obwohl er jeden Tag geöffnet ist. Bestimmt gibt es dort auch eine Gruft mit den Überresten von Gustav dem Großen, dem Alten Kurt, König Claus-Hermann oder dem einem oder anderen weiteren verstorbenen Blaublütigen. Da können wir demnächst erst einmal üben." Entsprechende Namen der dort Beigesetzten fielen mir gerade nicht ein, und so riet ich einfach. Gelegentlich müsste ich mal das schlaue Ehepaar Google fragen, wer in unserem Dom seine letzte Ruhestätte gefunden hat. Die Googles scheinen allwissend zu sein und auf jede Frage eine Antwort zu kennen.

„Fritzi, statt uns all die Steinsärge, Gefäße und Pötte mit den explantierten Innereien und Herzen anzugucken, fahren wir lieber eine Station mit der Bahn und gehen in einen Park, damit du ein bisschen hin und her springen kannst und dir die Füße vertrittst."

„Das ist eine supergute Idee!", antwortete ich. „Die hätte von mir kommen können."

Fritzi besucht das Burgtheater und sieht König Lear

Als wir um 18 Uhr wieder zurück in unserem Zimmer waren und ich einen Happen aß, fragte mich mein liebster Mensch: „Fritzi, möchtest du jetzt lieber hier im Hotel bleiben und früh ins Bett, oder willst du mit mir in das weltbekannte Burgtheater gehen?"

„Was wird denn da heute gespielt?", fragte ich sogleich. „Eine Folge von Tatort, Bella Block, Wilsberg, Kommissar Beck, Polizeiruf 110, Inspector Lynley, CSI: Vienna oder SOKO 5113?"

„Nee, Fritzi, heute steht das Drama *König Lear* mit dem bekannten Schauspieler Klaus Maria Brandauer auf dem Programm." Elke hielt mir ein Heftchen vor die Nase. Das Stück stammte von einem mir unbekannten Mann namens William Shakespeare und sollte über vier Stunden dauern. Mehr als vier ganze lange Stunden! Eigentlich hätte es in meinem Kopf klingeln müssen, tat es aber nicht.

Meine Dosine sprach den Namen des Königs falsch aus, denn sie nannte ihn *Liiihr* und seinen Erfinder *Schäiksbier*. Das reimte sich zwar, machte die Sache aber auch nicht besser.

„Wie soll ich denn sonst ein bisschen Bildung aufschnappen, wenn nicht jetzt und hier", erwiderte ich. „Daheim gucken wir doch eh nur Krimis, Gesundheits- und Kochsendungen, bei denen du immer einschläfst."

„Fritzi, du aber auch!", erwiderte sie. Ich hasse es, wenn mich meine Perle belehrt, mich auf ihren Level herunterzieht und mich dann mit meinen eigenen Waffen schlägt.

*

Kurz darauf gingen wir schon wieder zur Straßenbahn D, mit der wir bis direkt vor das Burgtheater fuhren. Aus Bedenken, dass mich jemand auf dem Weg zu unserem Platz im Theater entdecken könnte, trat meine Dosine heute Abend als *schwangere Frau in den besten Jahren* auf. Wie heute früh trug sie einen Beutel mit mir darinnen vor ihrem Oberkörper, hatte sich einen breiten schwarzen Chiffonschal wie eine Stola um die runden Schultern gelegt und vor der Brust mit einer Brosche zusammengesteckt. Später würde sie die Nadel entfernen und ich hätte freien Blick auf die Bühne.

Krethi und Plethi waren an diesem Abend auf der Straße und gingen gut gelaunt zum *Public Viewing* in den Volkspark gegenüber der Oper. Österreich spielte in der Fußball-Europameisterschaft, verlor aber leider gegen Ungarn.

Unsere Theaterkarte klang recht vielversprechend, nämlich *2. Mittelrang rechts*, in der Reihe 3 und auf Platz 1. Es hätte mir eigentlich schon etwas zu denken geben müssen, dass wir nicht den breiten Aufgang zu den Rängen und den Logen nehmen durften, sondern von den Einlass-Kontrolleuren zu einer unscheinbaren schmalen Tür auf der rechten Seite geschickt wurden.

„Hier ist wohl der Dienstbotenaufgang", meinte mein liebster Mensch und rümpfte ein bisschen ihre Nase, als sie die recht schmale Stiege sah, die sie mit einigen anderen Leuten aus unserer Gruppe nach oben kraxelte. Es ging eine Treppe nach der anderen hoch. Irgendwann kamen wir zu einem Rundgang, in dem jede Menge Öl-Bilder von bekannten österreichischen Künstlern an den Wänden hingen und mehrere große, prächtig glänzende Swarovski-Lüster von der Decke baumelten. Hier würde man wohl in der Pause flanieren, wenn man eine Eintrittskarte für das Parkett, den ersten Rang oder eine Loge besaß. Wir mussten aber weiter nach oben. Auch hier gab es einen Rundgang, aber mit einer niedrigeren Decke und sehr viel mickrigeren Lampen. Als es

nicht mehr weiterging, erreichten wir ganz oben unter der Decke des Theaters unseren Zugang zu den Sitzplätzen. Wir saßen in der drittletzten Reihe von allen am Gang. Über uns war die Decke. Elke hatte einen Schweißausbruch nach dem anderen. Die Luft war wie in der Sauna nach einem Aufguss, heiß und feucht. Nur roch es ein wenig anders. Leider hatten wir keinen Fächer dabei, denn die Klimaanlage schaffte es auch später nicht, etwas kühle Luft zu uns in den Olymp zu pusten.

Kaum saßen wir, wurde es dunkel und das Drama begann. Die Schauspieler auf der Bühne schienen nur etwas größer als Gummibärchen zu sein, so weit entfernt von uns agierten sie. Auch konnte ich sie nicht allzu gut verstehen, obwohl sie keinen Dialekt sprachen und ich sehr gut höre.

„Bitte halte durch, liebe Fritzi", wisperte Elke in ihr Chiffontuch hinein.

„Kein Stress", erwiderte ich leise und drehte mich ein paar Mal auf ihrem Schoß um meine eigene Achse. So machten es auch meine Vorfahren, wenn sie in der Prärie das Gras zu einer Kuhle niedertrampelten, bevor sie sich zum Schlafen hinlegten.

„Wann ist denn Schluss?", flüsterte ich zwischendurch einmal.

„Wenn alle tot sind!", war ihre Antwort.

Als gegen Ende des ersten Teils noch sechs Personen und der König auf der Bühne waren, dachte ich: ‚Das kann sich noch gaaanz lange hinziehen, bis die sich alle gegenseitig abgemurkst haben.'

Sehr einverstanden war ich damit, dass mein liebster Mensch in der Pause mit mir die breite Freitreppe nach unten schritt und wir das wirklich prächtige Gebäude verließen. Nein, die nächsten beiden Stunden wollten wir nicht sehen, wie King Lear verrückt wurde und irgendwann später von selbst oder durch ein Schwert starb. Ohne Mitleid mit ihm verließen wir das Burgtheater.

Das Glück war uns hold, denn nach wenigen Minuten kam unsere Straßenbahn D, die uns zurückbrachte. Elke trug mich schnell auf unser Zimmer. Anschließend trank sie ohne mich an der Hotelbar noch ein oder zwei Bier. Als sie irgendwann später mit allerbester Laune zurückkam, schlief ich schon tief und fest.

Beim Training der Lipizzaner in der Spanischen Hofreitschule

Am nächsten Morgen fuhren wir mit der Straßenbahn zur Hofburg. Das ist ein unübersichtlicher asymmetrischer Schlosskomplex, bestehend aus achtzehn ausgedehnten Gebäudetrakten und neunzehn zum Verwechseln ähnlich aussehenden großen Innenhöfen. Früher war hier das politische Zentrum der k. und k. Monarchie gewesen. Jetzt residieren in den Gemäuern der Bundespräsident von Österreich, allerlei Minister und die Staatssekretäre. Außerdem sind in der Hofburg zahlreiche kulturelle Institutionen untergebracht. Die Spanische Hofreitschule und die Österreichische Nationalbibliothek gehören dazu. Diese beiden Attraktionen standen heute Vormittag auf unserem Programm. Das heißt, eigentlich wollte nur meine Perle dorthin. Im Urlaub macht sie aber keinen Schritt ohne mich, damit ich sie, sollte sie sich verlaufen und herumirren, anschließend nicht aufwendig suchen muss. Am Nachmittag hatte Elke vor, sich die drei für sie interessantesten Glanzstücke der Hofburg anzusehen, und zwar die Kaiserappartements, das Sisi Museum und die Silberkammer.

Ehrlich gesagt, mich interessierte weder das eine noch das andere, nachdem ich erfahren hatte, dass Kaiserin Sisi und ihr Mann Franz Joseph nicht mehr dort wohnen, sondern sich zum größten Teil in der Kapuzinergruft befinden.

Was nutzte mir ein *authentischer Einblick in höfische Traditionen* zu Kaisers Zeiten und in den damaligen Lebensalltag bei Hofe? Gar nichts. Gern hätte ich mit den kaiserlichen Mäusefängern gespielt und mich mit ihnen angefreundet. Was hätte ich dafür gegeben, wenn ich meiner besten Freundin Aida, der Tigerkatze aus dem Blumenladen am Südbahnhof, hätte erzählen können, dass ich mit der Lieblingskatze von Kaiserin Sisi befreundet bin, einem gnädigen Kammerfräulein mit Namen Auguste-Viktoria von Moizelbier, geborene von der Ischglmalz. Ich finde, ein bisschen Sternenglanz färbt auch immer auf die ab, mit denen man sich umgibt.

Aber jetzt, wo ich schon einmal hier in Wien war, wäre es blöde gewesen, den ganzen Tag über allein im Hotel zu bleiben und nichts zu tun, außer zu schlafen, auf mein Personal zu warten und ein bisschen aus dem Fenster zu gucken.

*

Mit dem Stadtplan in der einen Hand und einem Voucher für eine Eintrittskarte in der anderen irrte mein liebster Mensch um kurz vor zehn Uhr von einem Hoftor zum anderen. Hunderte anderer Touristen suchten auch etwas, nämlich ihren Guide, den Treffpunkt für ihre Führung oder auch den für sie vorgesehenen Eingang zur Spanischen Hofreitschule, denn es gab mehrere von ihnen.

Aus einer Broschüre hatte mir Elke zuvor vorgelesen, dass sie zu den bedeutendsten Kulturgütern Österreichs gehört und als die älteste Reitinstitution der Welt gilt. Bereits seit gut vierhundertdreißig Jahren praktiziert und demonstriert man hier die Hohe Schule der Reitkunst. Darunter konnte ich mir nichts vorstellen, und Elke bestimmt auch nicht. Meine Dosine wollte sich die weltbekannten Lipizzaner bei ihrer *Morgenarbeit mit Musik* anschauen, und ich ging natürlich mit. An der *Kassa am Josefsplatz, Tor 2* sollte sie ihre Eintrittskarte abholen. Das stand zwar auf ihrem Gutschein, aber dort ließ man uns nicht herein, da an besagtem Kassenhäuschen kein Ticket auf ihren Namen hinterlegt war. Man schickte sie von Pontius zu Pilatus, zu einem anderen Eingang, den mein liebster Mensch aber nur mit Mühe fand. Sie solle am Renaissancehof der Stallburg und der Sommerreitschule vorbeigehen, weiter zur barocken Winterreitschule. An der dortigen *Kassa* könne sie ihr Ticket abholen. Blöderweise weiß mein liebster Mensch aber nicht, wie sich Renaissance- und Barockstil optisch unterscheiden. Für mich sah alles antik und schöööön aus. Vielleicht war es aber auch genau anders herum und wir bekamen das Billet an einer *Kassa* an der Neuen oder der Alten Hofburg. Es war zutiefst verwirrend, denn unzählige Touristenschlangen standen zeitgleich überall kreuz und quer für diverse Rundgänge, Rundfahrten und weitere Attraktionen an. Geordnet sieht anders aus, das kannst du mir glauben!

„Chefin, wenn sich deine hinterlegte Eintrittskarte nicht finden lässt und wir die Gäule dadurch verpassen, könnten wir doch in einen der kaiserlichen Parks gehen, in dem ich mir die Füße vertrete", schlug ich vor. „Dann kannst du mir von einer Bank aus beim Jagen auf kaiserliches Kleinwild zusehen. Sollte es mir wider Erwarten gelingen, einen Piepmatz zu erlegen, dann miaue ich für dich aus der Wiener Operette *Der Vogelhändler* die Arie *Ich bin die Christel von der Post*. Wenn genug Leute stehenbleiben und meiner Darbietung zuhören, dann kannst du Eintritt verlangen!"

„Nix da!", erwiderte Elke und blickte finster. „Wir gehen jetzt Lipizzaner angucken!"

Kurz bevor sie aufgeben wollte, tauchte ihr Ticket doch noch an einer *Kassa* auf, und man ließ meine Dosine und mich eintreten. Rasch reihten wir uns in die Schlange der anderen Touristen aus aller Herren Länder ein und folgten ihnen die Treppen hoch auf die linke Seite der Empore; eine andere Möglichkeit gab es für uns nicht. Dort ergatterte Elke nach ein paar Minuten Wartezeit zwischen den mächtigen Steinsäulen, die eine weitere Galerie über uns trugen, einen der wenigen, sehr begehrten Holz-Klappstühle. In der Mitte der vordersten Reihe nahmen wir Platz und hatten einen guten Blick auf die Pferde und ihre Reiter. Die Halle war rechteckig, ziemlich lang und hatte ein sehr hohes Dach. Ich erinnere mich an drei riesige Kristall-Lüster, die zwischen jeder Menge Stuck über dem Exerzierplatz der Gäule hingen. Als ich nach links guckte, entdeckte ich auf der Schmalseite der Galerie eine üppig geschmückte Hofloge, auf neudeutsch *Royal Box* genannt. Vermutlich nahmen früher dort die gekrönten Häupter mit ihren Gästen ihre Plätze ein, wenn sie den Dressur-Vorführungen zusahen. Heute saß dort niemand. Genau darunter gab es noch eine Parterreloge, in der die Reiter saßen, die gerade keine Pferde trainierten. Sie guckten kritisch zu, was ihre Kollegen mit den Rössern anstellten, urteilten und tuschelten hinter vorgehaltener Hand miteinander.

Ob auf dem Boden der Halle derzeit Sägespäne oder Sand lagen, konnte ich nicht erkennen. Es roch überall ein bisschen strenge nach Pferdepipi und Pferdeäpfeln, obwohl ich keinen der edlen Gäule sah, der gerade strullerte oder äppelte.

Mit flotter Walzermusik aus einer Konserve wurden wir beschallt. Fast zwei Stunden sahen wir den meist siebenjährigen grauen Hengsten bei ihrem (O-Ton des Prospektes) *morgendlichen Gymnastizieren* zu. Vielleicht waren es aber auch Wallache, ich bin mir da nicht so sicher... In dem Faltblatt stand, dass das Fell der edlen Rösser erst mit dreizehn Jahren weiß wird.

In den Pausen, wenn die Pferde und ihre Reiter nach jeweils einer halben Stunde ihrer (O-Ton) *Lockerungsübungen, Verfeinerung und Perfektionierung von Lektionen und der gezielten Stärkung der Muskulatur* ausgewechselt wurden, zeigte man uns mehrere kurze Film-Dokumentationen. Es war fast wie daheim in der Glotze, wenn meine Dosine die Sender Arte, Phoenix, ARD-Alpha oder 3Sat eingestellt hat.

Auf der Leinwand sah ich jede Menge Stuten mit mausgrauen, schwarzen oder braunen Babys, die Fohlen heißen. Sie sprangen über blühende Wiesen und spielten miteinander. Eine Frau, die ich aber nicht sehen konnte, erzählte uns über Lautsprecher, dass die Stuten mit ihrem jeweiligen Nachwuchs in Piber, einem Ort in der Steiermark, leben. Wenn ich es richtig verstanden habe, befinden sie sich dort im ständigen Mutterschutz, bis sie das Alter erreichen, in dem sie keinen Nachwuchs mehr bekommen. Dann ziehen sie um auf einen Gnadenhof.

Elke meinte dazu nur lapidar und praktisch: „Hauptsache, die ausgemusterten Wurfmaschinen kommen hinterher nicht in die Wurst oder werden zu Sauerbraten verarbeitet und in Essig-Marinade eingelegt."

An die Zuchthengste, die Väter der Fohlen, kann ich mich nicht erinnern. Ich glaube nicht, dass sie in den Filmen zu sehen waren. Aber wahrscheinlich leben sie auch in der Nähe der Stuten und treffen sie gelegentlich zu einem Tête-à-Tête (erotischen Schäferstündchen). Irgendwo müssen die vielen Fohlen schließlich herkommen.

Mehrmals wiederholte die Dame über Lautsprecher, dass die Lipizzaner, denen wir gerade beim Üben zusahen, in der Woche darauf für sechs Wochen in die Sommerfrische ins Trainingszentrum nach Heldenberg gebracht würden, wenn es in Wien zu heiß für sie würde. Wenn ich an den Krallen meiner rechten Pfote richtig gezählt habe, ist es Anfang Juli, wenn sie aus den Ferien zurückkommen. Daraus schließe ich, dass es, anders als bei uns in Frankfurt, in Wien ab Mitte Juli und auch im August nicht allzu warm sein wird.

Im Nachhinein stellt sich mir die Frage, ob die Hengste in ihrem Urlaub aufs Land geschickt werden, damit sie sich auf den dortigen Koppeln und Weiden bei Sonne und Wind von der Wiener Stadtluft und ihren vielen anstrengenden Dressuren erholen sollen? Oder müssen sie, genau wie in Wien, dort auch täglich sehr hart trainieren?

Obwohl ich vor Pferden mächtig Respekt habe, weil sie so groß und fremdartig sind, muss ich zugeben, dass die hier gezeigten grauen Lipizzaner recht friedlich und gutmütig aussahen. Ich könnte mir vorstellen, dass ihre langen gepflegten Mähnen über Nacht zu kleinen Zöpfchen geflochten wurden, denn sie fielen in Wellen linksseitig über ihre langen Hälse. Ihre Schwänze hingegen hingen, wie durch ein Glätteisen gezogen und zuvor mit Föhnlotion besprüht, kerzengerade bis fast zu ihren glänzend gewienerten schwarzen Hufen. Die sehr schlanken Unterschenkel waren mit elastischen Bandagen kleidsam umwickelt.

Alle Reiter und auch eine Reiterin, die an diesem Tag die Hengste ausbildeten, trugen eine schmucke Uniform, bestehend aus einer Art doppelreihigem Frack mit vielen goldenen Knöpfen, der am Rücken in zwei sogenannten *Schwalbenschwänzen* endete. Dazu gehörte eine Reithose aus Hirschleder. Ihre auf Hochglanz polierten Stiefel reichten bis zu den Knien und waren vorn eine Handbreit höher als in den Kniekehlen. Die Frau am Mikrophon versicherte uns eindringlich, dass die Lipizzaner sehr lernwillig seien und alle Dressuren freiwillig machen. Ich schätze, eine Alternative haben sie auch nicht, es sei denn, sie würden sich lieber als Droschkengäule oder Schulpferde ihren Lebensunterhalt verdienen.

Wozu man die Sporen braucht, die mehrere Trainer an ihren Stiefeln trugen, entzieht sich meiner Kenntnis. Für mich gehört zu einer freiwillig erbrachten Dressurleistung keine fragwürdige *Unterstützung* mit schmerzenden Sporen.

Alle Reiter trugen Handschuhe. Auf ihren Köpfen befanden sich *Zweispitze* mit einem goldgelben Bändchen. Das sind dreieckige Hüte, die über den Ohren der Trainer spitz auslaufen und die sie in unserem Beisein weder lüfteten noch abzogen; jedenfalls erinnere ich mich nicht daran. Es gab auch einen Lehrling, der einen Sturzhelm und eine andere Uniform trug. An seinen Stiefeln befanden sich keine Sporen, das sah ich genau.

Man sagte uns, dass jeder Ausbilder täglich fünf bis neun Pferde für jeweils eine halbe Stunde trainiert. Nach ihren Übungen wurden die Hengste von Stallburschen in der Manege abgeholt und zum Absatteln in die Ställe geführt. Manche der Tiere hatten Schaum vor dem Maul und schwitzten vor Anstrengung. Die Frau am Mikrophon sagte uns, dass man den jungen Pferden zuerst beibringen muss, geradeaus zu laufen, dann Schritt, Trab und Galopp mit den jeweiligen Schrittwechseln. Wenn sie das können, lernen sie verschiedene Kunststücke, die sie täglich wiederholen müssen, bis sie ihnen in Fleisch und Blut übergegangen sind. Jedes Pferd kann nur eine begrenzte Anzahl dieser Schaustücke. Die Ausbildung dauert fünf bis acht Jahre, bis man mit den Lipizzanern gemeinsam vor Publikum auftreten kann.

Manche der heutigen Pferde gingen im Parade-Stechschritt und andere hüpften wie Hasen auf ihren Hinterhufen durch die Manege. Ein Hengst konnte sogar schräg seitlich nach vorn gehen, indem er das rechte Bein immer wieder mit dem linken kreuzte. Es sah aus, als tanze er Tango. Mehrmals befürchtete ich, das große Tier würde die Balance verlieren und mitsamt seinem Reiter zur Seite hin umkippen; jedenfalls sah es fast so aus. Als seine Übungszeit um war, knickte der Hengst sein linkes Vorderbein um und hob den Huf hoch. Gleichzeitig verbeugte er sich, bis sein Kopf fast den Fußboden berührte. Alle Leute klatschten begeistert, auch meine Dosine. „Tzz, tzz, tzz", konnte ich dazu nur miauen.

Hat man schon einmal etwas Verrückteres und Unnützeres gesehen als einen Hengst, der einen Knicks macht? Wo bleibt denn da sein Stolz?

Wieder andere Pferde mussten mit hängendem Kopf Männchen machen und sollten dann gleichzeitig mit den Hinterbeinen in die Luft springen und nach hinten ausschlagen. Damit der jeweilige Hengst begriff, was man von ihm verlangte, stieg der Reiter zuvor ab, ließ das Pferd vorn aufsteigen, drückte dann seinen Kopf mit der Hand nach unten und ein Assistent schlug währenddessen mit einem Stöckchen leicht gegen die Hinterhufe. Wenn dann das Tier aus Überraschung, vor Schmerz oder vor Unbehagen mit seinen Hinterbeinen in die Luft sprang, wurde es verbal gelobt, mit der Hand am Hals getätschelt und bekam Zuckerwürfel in seinen großen Mund geschoben. Leicht sah das nicht aus, und gesund für die Gelenke war es gewiss auch nicht.

Für mich machte das ganze Gehopse der Hengste keinen Sinn. Ich vermute, an jedem einzelnen Tag wird den Tieren von den Trainern ein bisschen mehr ihres eigenen Willens gebrochen.

Ich frage dich: Macht es wohl einem Pferd Spaß, Tango oder Walzer zu tanzen? Siehst du einen klitzekleinen Sinn darin? Wozu sind Pirouetten auf den Hinterbeinen gut, wenn sich das Pferd nicht dabei umsehen darf? Warum muss ein Pferd bei einer Kapriole mit allen vier Beinen plötzlich hochspringen und mit den Hinterbeinen gleichzeitig austreten? Ich würde es verstehen, wenn es auf einer Wiese auf eine Schlange trifft, vor Schreck in die Luft springt und dann sogleich rasch wegrennt, weil es ein Fluchttier ist. Aber warum soll es grundlos so unnatürliche Verrenkungen machen, ohne anschließend fliehen zu dürfen?

Als Elke plötzlich zu mir sagte: „Pferde sind soooo schöne Tiere. Am liebsten hätte ich auch eins!", erschrak ich bis ins Mark.

„Was willst du denn mit so einem blöden Klepper?", erwiderte ich geschwind und zeigte auf einen dunkelgrauen Hengst. „Der ist doch für nichts gut. Dauernd hat er Hunger und stubenrein ist er auch nicht. Regelmäßig muss er zum Tierarzt oder zur Pediküre zum Hufschmied. Ich bin mir auch nicht sicher, wie lange du mit ihm trainieren musst, bis er angstfrei in eine Autowaschanlage geht." Mein liebster Mensch lachte.

Ich befürchtete, dass es bald überall in unserer Wohnung so riechen würde wie derzeit nur unter seinem langen Schwanz. Außerdem, wie sollten wir den großen Brocken durch unser Treppenhaus in den ersten Stock bugsieren?

„Elke, nimm dir lieber einen kräftigen Reitburschen mit nach Hause. Der macht dir auch den Hengst und wiehert auf Wunsch. Außerdem kann er im Winter vor dem Haus Schnee schippen, die Wasserkästen in die Küche tragen und den Müll mit runter nehmen und (O-Ton) richtig *eintonnisieren.*"

*

Wie gut, dass wir am kommenden Wochenende nicht mehr in Wien sind. So kann ich sicher sein, dass mein liebster Mensch kein Geld in ein teures *Billet* investiert, um mit mir in das *Ballett der Lipizzaner* zu gehen. Am Samstag und Sonntag gibt es nämlich fast immer schon im Voraus ausverkaufte Vorführungen *der legendären Fortgeschrittenen* zu bewundern, die dann (O-Ton) *vor anspruchsvollen Zuschauern ihr Können praktizieren und demonstrieren.* In diesen Aufführungen zeigen die Hengste die hohe Kunst der Kapriolen, Levaden, Courbetten und noch viele weitere Kunststücke in vollendeter Form dem *fachkundigen und geneigten Publikum.*

*

Sollte meine Dosine jemals von mir eines dieser Kunststück-Mätzchen verlangen und sich einbilden, mich trainieren zu müssen, dann trete ich auf unbestimmte Zeit in einen spontanen Warnstreik. Zeitgleich benutze ich nicht mehr mein Klo, sondern pullere stattdessen in allen Zimmerecken auf das Parkett, bis das Holz aufquillt und sich wie eine Halfpipe (Halbröhre für Skateboarder) nach oben wölbt. Zusätzlich zerkratze ich unsere Weichholzschränke, ziehe Fäden aus den Bezügen der Sofas und übergebe mich auf unseren Teppichen. Darauf kannst du dich verlassen! Mit mir macht sie solche Possen nicht!

*

Aus Zeitmangel fiel heute das Mittagessen aus. Elke aß nur schnell ein Affenkotelett (neudeutsch für Banane), das sie vom Frühstücksbuffet mitgenommen hatte.

Auch sahen wir nicht den *schönsten Bibliotheksraum der Welt*, da Elke den Eingang zur Nationalbibliothek nicht fand. Ersatzweise warfen wir auf dem nahen Michaelerplatz einen Blick auf die vor wenigen Jahren freigelegten römischen Ruinen. Jede Menge Fiaker mit davor angespannten Rappen standen abfahrbereit, um fußmüde und lauffaule Touristen durch die gepflasterte Innenstadt zu kutschieren.

Wir bummelten durch nahe Laubengänge mit kleinen Läden. Überall gab es Hinweise auf die *gute alte Zeit*. Über mehreren Geschäften sah ich Schilder hängen, auf denen neben dem Hinweis auf das jeweilige Handwerk auch noch *k. und k. Hoflieferant* stand. Tradition wird hier noch immer groß geschrieben.

In der Silberkammer

Da meine Perle auch den Eingang zur Schatzkammer nicht fand, verpassten wir laut Broschüre eine *unschätzbar wertvolle Sammlung weltlicher und sakraler Preziosen*. Wir sahen auch nicht die über tausend Jahre alte Reichskrone und die Schätze der Burgunder und des Ordens vom Goldenen Vlies. Damit konnte ich aber leben, denn was ich nicht kenne, das vermisse ich auch nicht. Und schon stimmte meine Bilanz wieder!

Der großen Katzenfee sei Dank, denn trotz des Gewühls und der Vielzahl von Touristen fand meine Dosine unter der großen Kuppel des Michaelertraktes den recht unscheinbaren Eingang zu den Kaiserappartements.

Als Elke ihr Sisi-Kombi-Ticket vorzeigte, bekam sie einen Audioguide ausgehändigt. Das ist so ein Ding, das aussieht wie eine Haarbürste, nur ohne Borsten. Wahrscheinlich enthält es eine Batterie und ein Tonband. Vielleicht wird das Teil aber auch über Funk gesteuert. Auf der einen Seite befand sich eine Art Telefontastatur mit Ziffern und auf der anderen ein kleiner Lautsprecher, den man sich ans Ohr hielt. Alle Attraktionen, die wir an diesem Nachmittag sahen, waren durchnummeriert. Man musste nur die jeweilige Zahl in das Gerät eintippen, und schon hörte man in konzentrierter Form das Wissenswerte über das jeweilige Objekt. Zusätzlich konnte man sich an Wandtafeln informieren.

Zuerst gingen wir im Erdgeschoss durch eine ganze Etage der sogenannten Silberkammer. Die ausgestellten Bestecke, Teller, Schalen, Schüsseln und Krüge, die in den zahlreichen deckenhohen Glasschränken und Vitrinen gehortet waren, vermittelten eine Vorstellung vom Repräsentationsbedürfnis des Kaiserhauses. Wir sahen unzählig viele unterschiedliche Porzellan-Service für alle möglichen Gelegenheiten und mit einer unvorstellbaren Vielzahl der Gedecke.

Ich erinnere mich auch an eine ganze Batterie kaiserlicher Nachtgeschirre aus dickwandigem bemaltem Porzellan. Das fand ich insofern kurios, als ich später mit eigenen Augen sah, dass es in den Gebäuden auch mehrere kaiserliche Klos gab.

In einem langen Saal war zu einem *Dîner de Gala* gedeckt. In der Mitte des endlosen Tisches hatte man einen dreißig Meter langen prunkvollen Mailänder Tafelaufsatz aufgebaut, der golden glänzte. Allein wegen der Leuchter, des vielen Porzellans, der zahlreichen Kristallgläser, der dazu passenden Karaffen und der diversen Anzahl der Bestecke konnten die Gäste nicht allzu eng beieinander sitzen. Besonders imponierte mir, dass zu jedem Gedeck ein eigenes Salznäpfchen gehörte. Maggi, Sojasoße und Ketchup gab es seinerzeit wohl noch nicht, denn sonst hätte jeder Gast seine eigenen kleinen Kristallkaraffen mit besagtem Inhalt zur Verfügung gehabt. Auch Senf-Näpfchen sah ich keine; nicht, dass ich etwas so ungenießbar Scharfes selbst essen würde.

Ich erinnere mich auch an unzählige Kerzenständer aus geschliffenem Kristall, die noch zusätzlich mit Glasprismen verziert waren, und an Unmengen von unterschiedlich hohen Leuchtern aus echtem Silber.

Es gab auch ein sogenanntes *Porzellangewölbe*. In den dortigen Schränken lagerten große Mengen des kostbaren Imari-Porzellans aus Japan. Diese Art Kaffee- und Teeservice waren seinerzeit bei Hofe besonders beliebt. Die Geschirre waren mit kobaltblauer Unterglasurmalerei und roter und goldener Aufglasurmalerei und zusätzlicher Silbermontierung verziert. Meine Dosine bekam ganz runde Pupillen vor unstillbarem Verlangen.

Bei dem jeweiligen Service war der Name der Manufaktur vermerkt, z.B. bei dem Grand Vermeil Prunkservice oder bei Porzellanen aus Meissen, Sévres, Minton und Herend. Diente das edle Geschirr, anlässlich eines Staatsbesuchs, als Präsent für den Kaiser und die Kaiserin, war auf kleinen Schildchen der Name des blaublütigen Schenkers und das Datum der Übergabe vermerkt.

Ich erinnere mich daran, dass wir durch lange verwinkelte Gänge gingen. An deren Wänden hingen in Schaukästen, in mehreren Reihen über- und nebeneinander, Hunderte von bemalten Unikat-Tellern. Auf ihnen waren unterschiedliche Landschaften dargestellt, neckische Schäferinnen beim Poussieren, niedliche Tierbabys beim Herumtollen, Käfer und Insekten in allen Stadien ihrer Verpuppung, bunte Piepmätze, erlegtes und lebendes Wild, hiesige und exotische Fauna und Flora und jede Menge spielender Kinder. Natürlich war jeder Pinselstrich lebensnah und von Meisterhand gemalt.

In Vitrinen sah ich sperrige Koffer aus Holz und Leder, in denen auf Reisen, übersichtlich und ordentlich in einzelnen Fächern verpackt, das kaiserliche Geschirr mitgenommen werden konnte. Auch gab es elegantes Schreibzeug mit Tintenfässchen und Sandstreuern (zum schnelleren Trocknen des Geschriebenen) aus Kristallglas und Silber, mit dazu passenden Schreibunterlagen aus feinstem Leder. Alles konnte in speziellen maßangefertigten Kästen und Behältern eingepackt und zu einem Staatsbesuch mitgenommen werden oder auch in Urlaub oder zu einem Kuraufenthalt.

Von den Tafeltüchern und Servietten aus feinstem handgewebten Tuch und bestimmtem Leinen war nicht mehr viel erhalten. Auch von der edlen Bettwäsche, verziert mit Hohlsäumen, Rüschen, Volants, gehäkelten und geklöppelten Spitzen und kunstvoll gestickten Monogrammen, war kaum noch etwas zu sehen. Diese ehemals in unendlicher Vielzahl vorhandenen Teile hatten vermutlich im Laufe der Zeiten ihre Besitzer gewechselt und andere Liebhaber gefunden. In Frankfurt würde die junge Generation jetzt dazu *Sharing Economy* sagen.

„Elke, frag doch mal eine Verkäuferin, ob du hier ein antikes Näpfchen für meine Naschis kriegen kannst, oder ein kleines kaiserliches Kissen für meinen Schlafkorb", regte ich an. Aber im angeschlossenen Souvenirshop gab es nichts dergleichen, sondern nur neuzeitlichen Nippes aus Fernost und Sachen, die kein Vierbeiner jemals gebrauchen kann.

Auf Kaiserin Sisis Spuren

„Elke, wo wohnten denn hier im Schloss der Kaiser und seine Frau?", fragte ich neugierig. Da es mein liebster Mensch nicht genau wusste, fragte sie eine der freundlichen Angestellten, die uns das Treppenhaus zum Sisi Museum im oberen Geschoss zeigte. Eigentlich hieß die blaublütige Frau *Kaiserin Elisabeth von Österreich und Königin von Ungarn*, aber seit ihrer Kindheit wurde sie Sisi genannt.

Ich muss zugeben, dass ich von der bisherigen vielen Teller-Guckerei recht müde war und jetzt gern ein Nickerchen gemacht hätte. „Elke, interessiert dich das wirklich?", fragte ich meine Dosine irritiert, als ich auf einem Poster den Übersichtsplan der zu besichtigenden Räumlichkeiten sah. Der rot eingezeichnete Rundweg durch die kaiserliche *Beletage* (erster Stock) führte durch bestimmt fünfzig Zimmer und einige Nebenräume. „Für mich klingt das nach mächtigem Stress und einem Dauerlauf durch die österreichisch-ungarische Geschichte. Wir werden alles erfahren über Leute, die wir nicht kennen, mit denen wir nicht verwandt sind, die uns nichts vererbt haben und die schon ganz lange nicht mehr leben. Willst du dir und mir das wirklich antun?"

„Ja, Fritzi", sagte mein liebster Mensch und streichelte mich. „Das will ich, denn ich bin mir nicht sicher, ob ich jemals die Chance habe, noch einmal hierher zurückzukommen und die ehemals kaiserlichen Wohnräume zu besichtigen."

Und schon trabte sie los und ich musste mit. An allen Wänden hingen Landschaftsgemälde und unzählige Portraits von alten und jungen Zweifüßern und deren Kindern. Wir besichtigten die zugänglichen, recht schlichten Arbeitsräume und Privatgemächer Kaiser Franz Josephs. Offensichtlich lebte er nicht zusammen mit seiner Frau in denselben Räumen, sondern sie trafen sich nur bisweilen zu den Mahlzeiten. Des Nachts *wohnte er ihr bei*; in ihren Räumen, nicht in seinen. Von diesen nächtlichen Besuchen zeugten vier gemeinsame Kinder. Im Gegensatz zu ihrem Mann bewohnte Kaiserin Sisi prächtig geschmückte Räume mit Möbeln im Stil von Louis XIV. Ich erinnere mich an handbemalte Tapeten, Gardinen aus Brokat, Wandteppiche aus Seide, riesige Kandelaber und jede Menge Stuck und Prunk, wohin ich sah.

In einem der ersten Zimmer war in einer Glasvitrine die Rekonstruktion der Robe ausgestellt, die von der sechzehnjährigen Sisi anlässlich ihres Polterabends getragen wurde. Imposant, aber überaus unpraktisch fand ich den edlen Fummel mit seinen blauweißgoldenen Volants und den vielen Unterröcken aus gestärkter Spitze und aus handbesticktem Tüll. Die müssen an den Beinen der Frau wie Brennnesseln gekratzt haben.

Es gab auch eine Kopie von Sisis Krönungsgewand zu bestaunen und in einer Vitrine Reproduktionen ihres üppigen Schmucks. Besonders bekannt sind die *Edelweiß-sterne*, die sie bei Galas trug und die zahlreich ihre wallende Haarpracht zierten. Mit ihnen ließ sich die Kaiserin auch mehrfach malen. Statt aus dicken geschliffenen Brillanten bestanden die Steine der jetzigen Kopien aus Swarovski-Kristallglas, das auch schön glänzte. Wenn ich mich richtig erinnere, sind Sisis prächtige Kleider und ihre unzähligen goldenen Schmuckstücke alle unauffindbar *verschollen*. Bei uns daheim ist das ein anderes Wort für geklaut, gestohlen und geraubt, oder auf neudeutsch: *vollzogener unbefugter Eigentumswechsel*.

Mein liebster Mensch weckte mich, als wir in einen Raum kamen, in dem Kaiserin Sisi täglich unermüdlich ihren Körper *stählte*, indem sie an Ringen, Kletterstangen und Reck trainierte und mit Hanteln und Gewichten Turnübungen machte. Die Kaiserin war besessen von dem Gedanken, nur kein einziges Gramm an Gewicht zuzunehmen. An Tagen, an denen es nicht regnete, ritt sie außerdem aus oder unternahm lange flotte Wanderungen mit ihren Hofdamen. Ich bin mir fast sicher, dass die arme reiche Frau an Melancholie und Depressionen erkrankt war. Vermutlich litt sie zusätzlich auch noch an Bulimie (Ess-Brechsucht). Fast ständig war sie am exzessiven *Diäten*. Tagelang kasteite sie sich, nahm nur klare Fleischbrühe zu sich, gefolgt von großem Appetit auf Süßes und Salziges. So schrieb es jedenfalls ein Zeitzeuge auf.

Es existieren auch noch Originalrechnungen der Zuckerbäckereien Demel und Sacher über Konfekt-, Torten- und Eislieferungen an die Kaiserin. Nach jeder Mahlzeit stieg sie auf die Waage, ließ die Gewichtsveränderung protokollieren und maß ihren Taillenumfang, der bis zu ihrem gewaltsamen Tod in Genf vor hundertzwanzig Jahren einundfünfzig Zentimeter nicht überschritt. Um keine Falten zu bekommen, ließ sich die Kaiserin des Nachts Masken aus geklopftem Kalbfleisch auf ihr Gesicht legen. Ich schätze, das waren die Nächte, in denen sie von Franz Joseph nicht besucht werden wollte.

Sisi hatte auch spezielles Personal, das sich ausschließlich um ihre bis zu den Fersen reichende Haarpracht bemühte. Eine vom Burgtheater abgeworbene Frisöse trug Packungen mit verquirltem Eigelb und Cognac auf, bevor sie alle drei Wochen die kaiserlichen Haare wusch. Es dauerte einen ganzen Tag, bis sie wieder trocken waren. Die Kaiserin soll Wutanfälle bekommen haben, wenn ihr ein paar Haare dabei ausgingen.

Schade, dass Sisi mich nicht kannte. Denn ich hätte ihr demonstrieren können, dass ein Fellwechsel im Frühjahr und im Herbst etwas ganz Natürliches ist.

„Elke, ich will dir ja nicht zu nahe treten", miaute ich leise, „aber Sisi wog exakt die Hälfte von dir, obwohl ihr beide gleich groß seid. Außerdem beschäftigte sie sich täglich mindestens drei Stunden mit ihrem Aussehen und der Ertüchtigung ihres Körpers. Und nachts legte sie sich leckeres Kalbfleisch auf ihre Krähenfüße und Falten. Vielleicht könntest du ein bisschen von ihr lernen."

„Fritzilein, sobald ich meinen Franz Joseph gefunden habe, beginne ich auch mit einer strikten Diät, schneide mir nicht mehr selbst mit der Nagelschere meine Haare ab und kaufe dir Schnitzelchen aus Kalbfleisch zum Nachtessen", erwiderte mein liebster Mensch. Dann wickelte sie eine Mozartkugel aus, biss gut die Hälfte von ihr ab und ließ sie genüsslich auf der Zunge zergehen.

*

Als wir das Sisi Museum verlassen hatten, fragte meine Dosine: „Fritzi, sollen wir noch rasch in das *Hofmobiliendepot* gehen, das berühmte Wiener Möbel-Museum? Es liegt gleich um die Ecke."

„Was verpassen wir denn da?", fragte ich und gähnte.

„Lass mich mal nachschauen, was in dem Prospekt steht." Sie las vor: „Dort zeigen wir Ihnen zahlreiche Objekte aus den habsburgischen Residenzen in Form von französischer Eleganz des Empire und des Historismus, des Biedermeiers und der Klassiker der Moderne."

Ich drehte mich in meinem Beutel um, damit ich bequem lag. Alte oder neue Möbel waren für mich nicht wichtig. Gern und ausgezeichnet schlief ich mit meiner Dosine in unserem großen Bett oder allein in einem Schuhkarton, einem Puppenwagen und, wenn das alles nicht zur Verfügung stand, auf frisch gebügelter Wäsche oder einem Packen alter Zeitschriften.

„In unserem Kombi-Ticket ist auch der Eintritt in das Theatermuseum im Palais Lobkowitz inklusive", ließ Elke nicht locker. „Dort sind über eintausend Bühnenmodelle zu sehen, mehr als sechshundert Kostüme zu bewundern, Requisiten aus drei Jahrhunderten zu bestaunen und vieles mehr. Sollen wir dort noch einen Blick hineinwerfen?"

„Schluss jetzt mit all der Kultur!", erwiderte ich. „Die hängt mir inzwischen zum Halse heraus." Mit der Pfote griff ich an meinen Hals, öffnete meinen Mund und streckte meine Zunge heraus. „Von all dem Aufpassen, Merken und Gucken bin ich todmüde. Zuerst muss ich bei einem Nickerchen meine Batterien wieder neu laden und meine Augen ausruhen. Dann möchte ich einen Happen essen und anschließend ungestört ein bisschen Zeit in einem Park verbringen. Genau in dieser Reihenfolge. Das ist alles; sonst will ich nichts."

„Fritzi-Schatz, alternativ könnten wir auch ins Café Neko gehen und dort deine japanischen Verwandten besuchen. Wenn mich nicht alles täuscht, liegt die Kaffeestube ganz in der Nähe", schlug sie jetzt vor.

„Ja, ja! Lass uns das machen!", rief ich schnell. Müde war ich plötzlich nicht mehr und hungrig auch nicht. „Los jetzt! Auf was wartest du noch? Trödel nicht schon wieder so herum. Schwing gefälligst deine Hufe! Wir haben heut schon genug Zeit mit Altem, Antikem, Vergangenem und fast Vergessenem verplempert!", kommandierte ich und setzte mich in meinem Beutel so hin, dass ich bequem hinausgucken konnte.

Zu Besuch im Café Neko

Oh großes Wunder, mein liebster Mensch fand unweit des Stephansdoms sofort die Blumenstockgasse. Elke musste nicht, wie sonst öfters, dreimal nach dem Weg fragen und verlief sich auch nicht mehrfach. Durch die bodentiefen Glasfenster konnte ich meine entfernten Verwandten schon sehen, bevor wir das Café betraten. Eines der großen Fenster war zusätzlich geöffnet, aber mit straff gespanntem Maschendraht ausbruchsicher vergittert. So kamen Luft, Sonne und Licht an meine Kollegen, aber sie konnten nicht unbemerkt fortgehen, sich nicht in dem unübersichtlichen Gassengewirr des ersten Bezirks verlaufen oder gar überfahren werden.

„Konnichiwa (Guten Tag)!", rief ich sogleich eifrig, als ich die Schnurrbacken erblickte. An ein paar Höflichkeitsfloskeln konnte ich mich noch von meinem Besuch vor eine paar Monaten in Honolulu erinnern, einer Stadt auf O'ahu (Hawaii), in der es vor Japanern nur so wimmelte. Schließlich wusste ich, dass es sich um ein japanisches Café handelt, in dem sie arbeiten und auch wohnen. Keiner meiner in den Bettchen und Körben am offenen Fenster chillenden Kollegen zuckte mit einem seiner Barthaare oder öffnete gar neugierig eines oder beide Augen.

Als wir durch zwei hintereinander liegende Glastüren den Innenraum betraten, guckte ich mich schnell um. „Hallo, ihr Schlafmützen!", miaute ich aufgekratzt. „Hier kommt Besuch aus Frankfurt! Mein Name ist Fritzi Kullerkopf und ..."

Meine nächsten Worte wurden von meiner Dosilla förmlich erstickt, als sie mit energischem Griff meinen Kopf zurück in meinen Tragebeutel drückte und ihn oben am Rand, bis auf ein klitzekleines Loch, mit einem Bändchen zuzog.

„Fritzi, was haben wir ausgemacht?", zischelte sie mir ärgerlich zu. „Zuerst muss ich die Inhaberin der Kaffeestube fragen, ob sie es mir erlaubt, dass ich dich für einen Moment aus deinem Beutel herauslasse, bevor du zu ihren vierbeinigen Mitarbeitern darfst." Schnell fügte sie noch hinzu: „Oder ob du gleich Lokalverbot bekommst und wir sofort wieder gehen müssen."

Ein Schild an der Tür besagte nämlich, dass hier Hunde verboten waren. Aber nichts wies darauf hin, dass eine weitgereiste Katze mit besten Manieren, die sich auf der Durchreise befand, hier nicht rasten durfte.

„Abel nul, wenn sie sich nicht plügeln", meinte die nette japanische Dame überrascht und ein bisschen ängstlich. „Ihle Katze dalf meinen nichts antun! Muss immel auf Abstand bleiben. Nul angucken, sonst gal nichts!"

„Sehe ich etwa aus wie Regina Halmich, die deutsche Ex-Boxweltmeisterin im Fliegengewicht?", fragte ich die Frau leise und guckte sie unschuldig an. Als sie mich vorsichtig unter dem Kinn kraulte, begann ich so laut wie möglich zu schnurren. Dann griff ich mit beiden Pfötchen aus meinem Beutel heraus, hielt ihre Hand mit eingezogenen Krallen fest und zog sie näher zu mir. Mit geschlossenen Augen rieb ich meine Wangen und mein Kinn so lange an ihren Fingern, bis sich ein Spucketropfen an meinen Lippen bildete, der herabzufallen drohte.

„Ich glaube, wil können es volsichtig wagen!", sagte sie zu meiner Perle. Inzwischen waren ihre fünf vierbeinigen Mitarbeiter zusammengelaufen und beobachteten uns neugierig. Auch die junge japanische Servierhilfe kam aus der Küche und guckte uns interessiert zu.

Sobald ich auf dem Fliesenboden stand, wurde ich von meinen österreichisch-japanischen Verwandten ausgiebig beschnuppert und überall neugierig berochen. Schnell setzte ich mich auf meinen Po, denn allzu intim wollte ich nicht gleich werden. ‚Man soll den Nachtisch nicht vor der Suppe essen. Das schickt sich nicht', hatte meine Mutter früher immer zu uns Kindern gesagt.

Moritz, ein langhaariger Maine Coon-Kater mit prächtigem rotem Pelz, schnurrte mich galant an. Er war fast doppelt so groß wie ich. Zwinkernd flüsterte er mir zu: „Servas, gnä' Frau, du schöne Touristin aus der Ferne. Darf i di zu einem Happen Katzengras oder einer Nascherei einlodn?"

Ich nickte. Wie gut, dass er nicht sehen konnte, dass ich unter meinem Fell vor Freude errötete. Ein bisschen verlegen wurde ich auch.

Als Luca, ein cremefarbener Kater, uns auf leisen Pfoten folgen wollte, drehte sich Moritz um und fauchte ihn an: „Tua i schengeln? Oder heast schlecht? Schleich di, du depperter Dodl *(Schiele ich etwa? Oder hast du was an den Ohren? Hau ab, du blöder Schwachkopf)*! Loss mi gfölligst mit meinem Besuch allein. Ungestört, sag i."

Uiii, hier herrschten aber raue Sitten, genau wie bei uns daheim.

Inzwischen hatte sich meine Dosine an einen der zehn kleinen Tische gesetzt. Sie mampfte je ein Stück Zitronen- und Schokoladenkuchen, die unter einer Glasglocke serviert wurden, damit keine zusätzliche *Panade* aus im Raum schwebenden Katzenhaaren darauf Platz nehmen konnte.

Als sie zwischendurch vorsichtig ihre Hand in Richtung der schwarzhaarigen Sonja streckte, die sich auf dem Stuhl ihr gegenüber niedergelassen hatte und sich putzte, fauchte diese und schlug ärgerlich und mit ausgefahrenen Krallen nach ihr.

„Huch, was ist dir denn für eine Laus über die Leber gelaufen?", fragte Elke erschrocken und zog rasch ihre Hand zurück. „Warum bist du denn so schlecht gelaunt?"

„Sind Sie velletzt? Blauchen Sie ein Pflastel? Soll ich Ihnen eins blingen?", fragte die nette Inhaberin erschrocken und setzte sich einen Moment zu meiner Dosine an den Tisch. Da entspannte sich Elke wieder und lächelte, genauso wie die andern Gäste auch. Die freundliche Frau erzählte ihr, dass sie, nachdem sie Witwe geworden war, die fünf Katzen im Wiener Tierheim adoptiert und nach japanischem Vorbild ein Katzencafé für Leute eröffnet hatte, die daheim keine Tiere halten dürfen. Die Schnurrbacken und ihr Lokal seien ihr ganzer Stolz und ihr Leben, sagte sie, und meine Dosine glaubte es ihr.

Als Elke etwas später ihre Hand ausstreckte, kam der rotweiße kurzhaarige Thomas und beroch sie interessiert von allen Seiten. Streicheln lassen mochte er sich aber nicht von ihr. „Mi hobn fia heit scho gnua Zwafüßer angriffen *(Mich haben für heute schon genug Zweifüßer angefasst)*", mäkelte er angewidert und streckte seine Zunge weit aus dem Mund heraus. „I muaß mia erst amoi die vielen fremden Gerüch owoschn. Donn schaun ma amoi *(Ich muss mir erst einmal die vielen fremden Gerüche abwaschen. Dann sehe ich weiter)*." Mit diesen Worten legte er sich in eines der Polsterbettchen, die direkt am Fenster am Boden standen und begann mit viel Spucke und Geduld eine große Säuberungsaktion seines Pelzes und seiner Spikes.

„Wenn'st mogst, kennt ma scho schmusen *(Wenn du möchtest, kannst du ein bisschen mit mir schmusen)*?", miaute die Tigerkatze Kurumi (Walnuss) und setzte sich schnurrend auf den Stuhl, auf dem zuvor Sonja gesessen hatte. Auf dem abnehmbaren Bezug des Sitzmöbels waren deutliche Begegnungen mit Krallen zu erkennen. Meine Perle bekam ganz runde Augen vor Freude, dass sich das Walnüsschen anfassen und kraulen ließ.

Nein, ich bin nicht wirklich eifersüchtig, aber so richtig einverstanden war ich mit den vorschnellen Annäherungsversuchen und der plumpen Vertrautheit der fremden Katze mit meiner Dosine auch nicht. Ein wenig Abstand und anfängliche Zurückhaltung hätten ihr gut gestanden. Schließlich kannten sie sich gar nicht.

Ich hatte mich mit Moritz in eines der zahlreichen Körbchen zurückgezogen, mich leicht schläfrig vertrauensvoll an ihn gekuschelt und mich von ihm durchknuddeln lassen. Dann ließ ich mir seine Lebensgeschichte im Zeitraffer erzählen. Das Schöne an einfach gestrickten Katern ist, dass man sie nur zum Reden animieren braucht. Dann läuft alles wie geschmiert. Eine kluge Kätzin stellt ihnen bloß ein paar simpel formulierte Fragen und ruft, wenn er mit seiner Geschichte ins Stocken gerät: „Mein Held! Das ist ja unglaublich!" Oder sie sagt staunend und guckt ihm dabei tief in die Augen: „Unfassbar! Nein wirklich! Das hast du alles ganz *allein* gemacht?" Dann fühlt er sich geschmeichelt und erzählt sprudelnd weiter.

Ein schlaues Weibchen lässt ihren Verehrer in dem Glauben, dass alles, was er derzeit tut oder jemals erlebt oder getan hat, brennend interessant für sie ist. Natürlich darf frau nicht vergessen zu erwähnen, dass der jeweilige Kater als Krone der Schöpfung und als Geschenk der großen Katzenfee an die große Schar der Kätzinnen eigentlich für den Nobelpreis vorgeschlagen werden müsste.

Bevor es dazu kam, bezahlte meine Dosine ihre Rechnung und stand auf. „Fritzi, komm! Es ist schon spät. Wir müssen gehen!", rief sie mir zu.

„Wir?", erwiderte ich. „Du irrst! Das ist grammatikalisch falsch, denn du bist in der Einzahl. Außerdem hast du schon wieder das Wort *Bitte* vergessen! Von mir aus kannst du dich ruhig verabschieden. Ich bleibe noch ein Stündchen hier oder auch zwei."

Anstatt meinem Personal zu folgen, ließ ich mich von meinem neuen Galan über die Balken- und Kletter-Konstruktionen entlang der Wände und über den Köpfen der staunenden anderen Gäste in den abgetrennten Ruheraum der Katzen entführen. Dazu drückten sich Moritz und ich einfach nacheinander durch das Katzenpförtchen in der Tür des Nebenzimmers. Leider blieb uns dort nicht viel Zeit füreinander, denn die Besitzerin des Cafés folgte uns sogleich.

„Sayonala Flitzi", sagte sie freundlich. „Komm bitte schnell aus dem Zimmel helaus und lass deine Chefin nicht walten! Du kannst molgen wiedel kommen, wenn du magst!"

So kam es, dass mich meine Dosilla abermals gegen meinen Willen in meinen Tragebeutel steckte, um zu gehen.

„Moritz-Schatz! Mein Wiener Sonnenschein! Du funkelnder Stern in meiner Frittatensuppe! Ich bin untröstlich, dass ich gezwungen werde, dich schon jetzt zu verlassen. Wenn ich es einrichten kann, komme ich morgen Nachmittag wieder und besuche dich!", rief ich meinem neuen Schwarm zu.

„Servas, pfiat di und küss das Pfoterl, Fritzerl!", miaute Moritz mit feuchten Kulleraugen. Rasch rannte er zu dem geöffneten Fenster und streckte sein Pfötchen bis zum Ellenbogen durch den Maschendraht. „Mein schönes Fritzerl", miaute er mit viel Schmäh in der Stimme „I vermiss di jetzt scho! Murgn segn ma uns wida! Do gfrei i mi drauf. Du gehst mia heier scho ab (*Ich vermisse dich jetzt schon. Morgen sehen wir uns wieder! Darauf freue ich mich. Du fehlst mir heute schon*)!"

„Sayonara, servus und auf Wiedersehen, mein schöner Held!", rief ich ihm zu. „Bitte vergiss mich nicht!"

Aus meinem Beutel heraus winkte ich ihm noch so lange zu, bis Elke in die Rauhensteingasse einbog und ich Moritz nicht mehr sehen konnte. Dann legte ich mich in meinem Sackerl bequem hin und schmollte.

Fritzi besichtigt den Schlossgarten Belvedere

An den Geräuschen hörte ich, dass wir kurz darauf am Stephansplatz nach unten zur U-Bahn gingen. Kaum saßen wir in der U1, da fiel ich in einen spontanen Tiefschlaf und wachte wieder auf, als wir kurz darauf am Südtiroler Platz umstiegen und mit einer anderen Bahn noch eine Station zur Haltestelle Quartier Belvedere (italienisch: schöne Aussicht) fuhren. Dort suchte sich mein liebster Mensch im vorderen Teil des Schlossgartens eine Bank im Schatten aus und setzte sich hin.

„Fritzi, geh bitte nicht so weit weg! Hörst du?", rief sie hinter mir her. „Mach rasch ein Bächlein, lauf nicht auf die Straße und komm schnell wieder her zu mir!"

„Ja, ja", miaute ich nicht allzu interessiert. „Elke, setz dich hin, leg die Füße hoch und entspann dich!"

Zuerst trödelte ich ein bisschen herum, schnüffelte hier, schnupperte dort, fing eine vorwitzige Fliege, aber dann lief ich in Richtung des Schlosses. Auf einem großen Schild stand zu lesen, dass die Anlage zum Weltkulturerbe gehöre, was immer das sein mag. Ich buchstabierte auch, dass es sich bei dem Barock-Palais um die ehemalige Sommerresidenz von Prinz Eugen handelte. Für eine Person war das Gebäude riesig, aber vielleicht hatte der Prinz eine große Familie und viele Verwandte, die ihn oft besuchten. Von außen warf ich kurz einen Blick durch die Fenster in die Räume des Erdgeschosses. In einem großen Saal und in mehreren kleinen erblickte ich gigantische Deckengemälde nebst Stuck ohne Ende. Überall hingen Bilder an den farbig gestrichenen Wänden. Ich vermute, dass dort inzwischen ein Museum oder eine Kunstgalerie eingezogen war.

Als ich an der Orangerie vorbeikam, erblickte ich hinter dem Schloss einen riesigen Garten. Besser gesagt, es handelte sich um einen Schlosspark mit zwölf Brunnen und zahlreichen Fontänen. Links und rechts der breiten Wege standen überall steinerne Skulpturen herum, Götterstatuen, Löwen, Sphinxe und jede Menge Putti. Obstbäume oder Gemüsebeete sah ich keine. Über eine Freitreppe gelangte ich zum höher gelegenen Oberen Belvedere, einem weiteren Schloss. Dort wimmelte es von Arbeitern einer Spedition und von sogenannten Kunstsachverständigen. Neugierig und jede Deckung nutzend, schlich ich näher. Um ein großes Wasserbecken herum wurden gerade zwölf Skulpturen, genannt *Zodiac Heads,* des Künstlers Ai Weiwei aufgestellt. Es handelte sich um die bronzenen Köpfe der Tierkreiszeichen des chinesischen Kalenders. Ich erinnere mich an die mächtigen Häupter, die auf dünnen Metallstangen förmlich *schwebten*, von Hase, Ratte, Drachen, Affe, Hahn, Schaf, Tiger, Hund und Pferd. Die anderen drei Skulpturenköpfe waren noch dick in Holz und Folie eingepackt. Ich konnte nicht erkennen, welche Tierschädel sie darstellten, bin mir aber ganz sicher, dass eine Katze auch dabei war, denn, wie jeder weiß, ohne eine Schnurrbacke gibt es keine richtige Kunst.

Gerade als ich mir das raschelnde Verpackungsmaterial aus Luftpolsterfolie und dem vielen Packpapier etwas näher ansehen wollte, sagte ein Mann in blauer Latzhose: „Guckt mal schnell! Sollten wir ein Posament übrig haben, meldet sich hier schon die erste Freiwillige, die sich auch ausstellen lassen möchte." Mit der Hand zeigte er auf mich.

„Nee, nee! Vergiss es!", miaute ich rasch und lief ein Stück weg. Jetzt, wo meine Tarnung aufgeflogen war, hatte ich nicht die Ruhe, mir alles anzugucken und verschob es auf später.

Im Schatten einer kunstvoll geschnittenen Buchsbaumhecke legte ich mich einen Moment lang hin und beobachtete die hiesige Vogelwelt. Das leckere Kleingeflügel saß aber für mich unerreichbar hoch in den Wipfeln der Alleebäume und zwitscherte ein Spottlied nach dem anderen in meine Richtung. Zuerst ärgerte ich mich ein bisschen, dass ich kein Tarnkäppchen besaß und dadurch nicht unsichtbar war, aber dann nickte ich für ein paar Augenblicke ein. Als ich aufwachte, merkte ich, dass ich Magengrummeln hatte und hungrig war. Mit der Jagd hier im Schlosspark sah es derzeit nicht allzu vielversprechend aus. Der Rasen der Grünanlagen war kurz getrimmt und die Wege frisch geharkt. So fehlte es überall an Deckung und hohem Gras.

Langsam lief ich zurück zu meiner Dosine. Höflichkeitshalber wollte ich sie davon unterrichten, dass ich noch bleiben würde, bis es richtig dunkel war und der Mond aufging, aber dazu kam es nicht. Sie überfiel mich förmlich mit einem vorwurfsvollen Wortschwall: „Fritzi, wo bleibst du denn? Ja, weißt du denn nicht, wie spät es ist?" Dabei müsste sich meine Perle doch eigentlich daran erinnern, dass ich keine Uhr besitze. „Ich hab schon überall nach dir gesucht und dich hundertmal gerufen! Wir müssen uns beeilen und gleich zurück ins Hotel. Ich will mich noch rasch umziehen. Einen Happen essen müssen wir auch noch, bevor wir zur Staatsoper aufbrechen. Dort hören und sehen wir heute Abend *Macbeth* von Giuseppe Verdi. Ich bin schon ganz gespannt auf das freskenverzierte Treppenhaus, das Foyer mit seinen romantischen Gemälden, die verschiedenen Säle und den über zweitausendzweihundert Personen fassenden Zuschauerraum mit den vielen vergoldeten Galerien."

„Da will ich nicht hin!", miaute ich sofort mit energischer Stimme. „Bestimmt nicht! Ich ziehe es vor, noch eine Weile hier im Park zu bleiben. Außerdem habe ich Bauchweh vor Hunger. Du kannst mich später am Tor dort drüben abholen, nachdem die Oper zu Ende ist. Unsere Straßenbahn *D* fährt doch eh hier vorbei."

Wie erwartet ignorierte meine Dosilla, was ich zu ihr gesagt hatte. „Während der Vorführung kannst du dich schön ausschlafen", versuchte sie mich mit zuckersüßer Stimme einzulullen. „Macbeth dauert drei Stunden plus Pause. Die Oper ist das Highlight des heutigen Tages."

„Highlight hin oder her! Ohne mich!", entschied ich energisch. „Elke, meinen heutigen Höhepunkt hast du versaut. Er wäre mit Moritz gewesen, wenn du mich nicht so früh gestört hättest, du olle Spaßbremse!"

„Jetzt zick nicht schon wieder so rum, mein Schatz!", erwiderte sie. „Hör auf mit deinem ständigen Siam-Geplärr und lass uns gehen!"

„Nein! Mit dir gehe ich überallhin, aber nicht in die Oper! Da muss ich gar nicht lange überlegen. So eine laute Mega-Dröhnung, solch eine Überdosis an Trallala, so viele spitze Schreie, als würden auf der Bühne den Frauen pausenlos Mäuse die Beine hochklettern und große Spinnen in ihrer Unterwäsche verschwinden. Nein, das verkraften meine Nerven nicht. Da streike ich lieber und bleibe hier im Park."

„Fritzilein, ich bitte dich, wenn wir jetzt nicht gleich aufbrechen, verpassen wir den Anfang von Macbeth und müssen bis zur Pause im Flur stehen und warten."

„Liebe gute Katzenfee!" Ich guckte theatralisch zum Himmel und rollte mit den Augen. „Das halte ich im Kopf nicht aus! Das kann niemand von mir verlangen!" Pausenlos schüttelte ich meinen Kopf, als würden pfundweise Noten in meinen Ohren klemmen oder literweise Wasser darin schwappen, das nicht ablief. Dramatisch öffnete ich meinen Mund und ließ meine Zunge ein bisschen an der Seite heraushängen.

„Gut, von mir aus bleibst du im Hotel, und ich geh allein", entschied sie dann.

„Damit kann ich leben!", miaute ich. Das war zwar nicht perfekt, aber eine Alternative. Um nicht laufen zu müssen, fuhren wir die kurze Strecke zum Hotel mit der Straßenbahn.

„Ich will nur mal schnell die Kurznachrichten angucken", meinte mein liebster Mensch, als wir wieder im Zimmer waren. Sie schaltete die Glotze an, biss in eines der unterwegs gekauften Käsebrötchen und schob sich beide Kissen unter den Kopf. Als ich mein Näpfchen leergegessen hatte, sprang ich zu ihr aufs Bett und putzte mich gründlich von Kopf bis Fuß. Anschließend kuschelte ich mich an meine Dosine, die schon seit geraumer Zeit fleißig damit beschäftigt war, die dicksten Stämme des Wienerwalds abzusägen und in handliche Stücke zu Kaminholz zu zerkleinern.

Im Art Brut-Museum von Maria Gugging

Das Positive zuerst: Meine Dosine und ich waren am nächsten Morgen die einzigen beiden ausgeschlafenen und total wachen Mitglieder unserer Gruppe. Die Opernfreunde schwärmten und lobten den Kunstgenuss, den wir verschlafen hatten, aber wir waren bestens gelaunt und mit Energie geladen.

Kaum saßen wir im Bus, da fiel mir ein, dass ich vollkommen vergessen hatte, daheim nach der Adresse meines Freundes Ryan zu schauen, dem dreibeinigen Veteranen aus einem Ort bei Wien. Nur noch ganz dunkel erinnerte ich mich daran, dass er in Ernstbrunn lebt, hatte aber keine Ahnung, wie weit entfernt das von dem Ort war, zu dem wir jetzt fuhren. Ich hätte Ryan sehr gern einmal daheim besucht und mich persönlich vor Ort davon überzeugt, dass es ihm gut geht und er wohlauf ist.

Erinnerst du dich noch an Ryan? Wenn nicht, dann musst du unbedingt in meinem dritten Buch seine herzzerreißende wahre Lebens- und Leidensgeschichte lesen. Ryan erzählte sie mir im vorletzten Jahr. Sobald ich daheim war, tippte ich jedes Wort sogleich in unseren Computer ein, damit ich nur nichts davon vergaß.

Wie ärgerlich, dass ich nicht vorher an ihn gedacht und mir Ryans genaue Adresse gemerkt hatte. Schade um die verpasste Gelegenheit. Wer weiß, wann und ob ich noch einmal hier in die Gegend komme...

*

Über Kreuzneuburg fuhren wir quer durch den Wienerwald zu dem Ort Maria Gugging.

„Elke, was wollen wir denn hier in der Wiener Pampa?", fragte ich verständnislos. „Wälder und Dörfer gibt es bei uns daheim auch jede Menge. Wegen denen hätten wir nicht den ganzen Weg hierher fahren müssen."

„Fritzi, im hiesigen neuen Museum von Maria Gugging wurde für uns eine Führung arrangiert. Ein Guide wird uns alles zeigen und uns etwas über die außergewöhnlichen Künstler, ihre Lebensgeschichten und ihre Werke berichten. Das Museum und die Galerie wurden für die Zeichnungen, Gemälde und Objekte der begabten Menschen errichtet, die seit fünfunddreißig Jahren nebenan in einem Haus betreut werden, in dem sie in einem Atelier arbeiten und auch wohnen." Offensichtlich hatte das meine Dosine vorab in dem Reiseführer gelesen, denn sie erzählte mir, ohne nachträglich in das Buch zu gucken, folgendes: „Über einhundertzwanzig Jahre lang befand sich am Ortsrand von Maria Gugging eine große Landesnervenklinik, die inzwischen abgerissen wurde. In dem sogenannten *Spital* verwahrte man Menschen aus allen Teilen des Landes, deren Weltbild massiv *verrutscht* war. Hierher wurden Personen gebracht, die sich auffallend *anders* verhielten als ihre Nachbarn. Nervenärzte unterschieden die Betroffenen nach ihren Symptomen in extrem unruhig oder hyper-ängstlich, geistig verwirrt, sehr schlicht im Oberstübchen, autistisch verschlossen in einer anderen Welt lebend, manisch-aktiv und gefolgt von tiefen depressiven Phasen, chronisch schwermütig oder wegen einer anderen Krankheit abweichend *tickend*. Auch wurden hier Personen eingesperrt, die Halluzinationen hatten, indem sie etwas hörten, sahen, schmeckten, fühlten oder rochen, aber nur sie allein und niemand anders. Man kann auch sagen: ‚Hier war ein Platz für Zweifüßer, die einer anderen Trommel folgten.' Fritzi, wenn du zu der großen Katzenfee sprichst und sie um etwas bittest, dann bist du eine betende Gläubige. So etwas gilt als normal. Wenn dir die große Katzenfee aber bildlich erscheint, du sie siehst oder sie gar mit dir spricht, dann bist du an einer Psychose erkrankt und hast Wahnvorstellungen!"

„Papperlapapp", miaute ich leise. „Elke, das verstehe ich nicht. Das kann nicht sein, und das glaube ich dir nicht!" Schließlich war mir die große Katzenfee bereits mehrmals im Traum erschienen, hatte freundlich zu mir gesprochen und mir bisher auch viele meiner Wünsche erfüllt. Meine Dosine musste sich irren.

Elke fuhr fort: „Einem Nervenarzt war während seiner Zeit in der *Anstalt* aufgefallen, dass sich einige der dortigen Bewohner mit Hilfe von Papier und Stiften zeichnerisch und bildnerisch ausdrücken konnten, auch wenn ihnen das verbal oder intellektuell nicht möglich war. Bei ihren so entstandenen Werken zeigte sich eine besonders kreative Ausdruckskraft und Originalität. Der Psychiater förderte die künstlerischen Entwicklungen und animierte die kranken Menschen dazu, ihre Umwelt, ihre Erinnerungen und ihre Ängste darzustellen, zu zeichnen und zu malen. So entstand eine Art nonverbale Gesprächstherapie, die für beide Seiten hilfreich war."

Ich erinnere mich daran, dass mein liebster Mensch, kurz nachdem ich vor Jahren bei ihr eingezogen war, eines Tages aus einer Ausstellung in der Schirn (Frankfurter Museum) zurückkam, wo sie sich Bilder und Objekte von psychisch kranken Menschen angesehen hatte, und sie von der dort gezeigten *Art Brut* (rohe Kunst) sehr beeindruckt war.

Als sie jetzt bei der Führung einige der Bilder wiedererkannte, die in dem dortigen Museum an den Wänden hingen, und sie die Kunsthistorikerin fragte, wurde ihr bestätigt, dass sie zu den in Frankfurt ausgestellten Kunstwerken gehörten und in dem Gugginger Atelier entstanden waren. Da freute sich meine Dosine wie Bolle über ihr gutes Gedächtnis.

*

Als wir aus dem Museum kamen, gingen wir zu einem ein paar Katzensprünge entfernten Haus, in dem zwölf Menschen *mit besonders kreativen Fähigkeiten* in einer betreuten Wohngemeinschaft leben und arbeiten. Die Fassade des Hauses hatten sie mit jeder Menge quietsche-bunter Farbe, viel Elan und überbordender Phantasie bemalt. Ein paar Schritte davon entfernt gab es auch einen Grillplatz mit Bänken und einen Strandkorb wie die an der See. In dem saß einer der kreativen Hausbewohner und rauchte. Vielleicht war es aber auch ein Sozialarbeiter. Genau erkennen konnte ich das nicht.

Die Hälfte der Bewohner war mit ihren Kunstwerken in der angeschlossenen Galerie vertreten.

Gern wäre ich danach noch ein bisschen durch die Gugginger Wiesen gelaufen und hätte mir ein zweites Frühstück gefangen. Das ging aber nicht, da der Busfahrer schon hupte. Er musste weiterfahren, um in seinem Zeitplan zu bleiben. Als wir unsere Plätze eingenommen hatten, miaute ich leise: „Dosilla, wenn dieser sogenannte Bildungsurlaub noch lange so stressig weitergeht, brauche ich zu meiner anschließenden Erholung nicht nur ein freies Wochenende, sondern auch noch eine vierzehntägige Delfintherapie in Florida!"

„Fritzilein, bitte halte durch!", flüsterte mein liebster Mensch und streichelte mich. „Mir kommt es auch so vor, als wäre diese Wien-Fahrt eine Studienreise für Nicht-Schläfer und Kultur-Junkies."

Fritzi und Elke besuchen das Ernst Fuchs Museum

„Chefin, was machen wir jetzt?", fragte ich gähnend. „Sag bitte nicht, wir hätten noch nicht alle Wiener Sehenswürdigkeiten gesehen."

„Ja, nee, Fritzi-Schatz", erwiderte mein liebster Mensch und zog ihre Stirn beim Nachdenken in Falten. Ich hatte sie wohl mit meiner Frage intellektuell überfordert. „Noch lange haben wir uns nicht alles Wichtige angeguckt. Wir fahren jetzt quer durch den Wienerwald zu dem Stadtteil Hütteldorf. Dort besichtigen wir ein Architekturdenkmal, das prunkvolle Sommer-Palais des berühmten Architekten Otto Wagner, das jetzt ein Museum ist."

‚Dann habe ich wenigstens etwas Interessantes in meinem nächsten Buch zu berichten', dachte ich. Von diesem Blickwinkel aus betrachtet, stimmte meine Bilanz jetzt wieder. Ich legte mich in meinem Beutel bequem hin und schloss zufrieden die Augen, um ein bisschen zu meditieren.

Als wir nach einer Weile zum Ernst Fuchs Museum kamen, fand sich auf der vielbefahrenen Straße kein Parkplatz. Gegenüber dem großen Grundstück, auf dem die außergewöhnliche Villa errichtet war, befanden sich lauter kleine schmucke Häuser mit gepflegten Gärten. In einer Seitenstraße stiegen wir aus dem Bus.

„Unglaublich", sagte mein liebster Mensch. „Fritzi, guck bitte mal schnell! Vor bald einhundertdreißig Jahren baute der Architekt Otto Wagner für sich und seine Familie diese Jugendstil-Residenz im Historismus-Stil. Die Paläste von Knossos, Ephesus und der Apollon-Tempel von Didyma lassen grüßen."

Ich hatte keinen blassen Schimmer, wovon meine Homo klugscheißerin sprach.

„Gib es zu, das hast du irgendwo nachgelesen!", miaute ich.

„Falsch", sagte meine Perle. „Dort bin ich bereits mehrmals gewesen. Aber das ist schon lange her. Da warst du noch nicht geboren."

„Wenn du nochmals dorthin fährst, dann nimm mich bitte mit", miaute ich, „damit ich zukünftig weiß, wovon du sprichst."

Neugierig steckte ich meine Nase aus meinem Beutel heraus und blickte mich um. Auf der anderen Straßenseite sah ich am Hang ein großes weißes Gebäude stehen, mit zwei breiten Freitreppen davor. Vier Säulen trugen das flache Dach der nach vorn offenen Veranda.

„Boah, Fritzi! Guck doch einmal! Ich kann mir so richtig vorstellen, dass die damalige Bürgerschaft voll des Spottes und des Neids war, als sie das einzigartige Repräsentationshaus sah, das internationales Aufsehen erregte und in dem legendäre Feste gefeiert wurden!"

Dazu konnte ich nichts sagen. Die Villa lag am Hang, genau in der Mitte eines verwunschenen Parks. Im Hintergrund standen viele Büsche und Bäume. Hier hätte ich gern einmal zum Halali geblasen und mit meinen Freunden meine eigene Orgie veranstaltet.

„Kannst du dir vorstellen, dass dieses Juwel des Jugendstils lange vom Verfall bedroht war und sogar demoliert werden sollte, da die Villa vielen Leuten als angeblicher Schandfleck ein Dorn im Auge war?"

„Nein, wirklich", erwiderte ich, da ich wusste, dass eine Äußerung von mir erwartet wurde. „Warum denn das?"

Elke suchte in ihrer Handtasche herum, bis sie ihren Reiseführer gefunden hatte. Leise las sie mir vor: „Dass dies nicht eintrat, verdankt die Villa dem nächsten Besitzer, dem genialen Zeichner, Maler, Bildhauer, Bühnenbildner, Komponisten, Philosophen, Architekten und Visionär Ernst Fuchs, der lange Jahre in der Villa lebte und arbeitete. Er kaufte das Gebäude aus eigenen Mitteln und sanierte es nach kunsthandwerklichen Plänen. Da vom Interieur nichts mehr erhalten war, gestaltete und ergänzte er bei der anschließenden Renovierung Tapeten, Türgriffe und Möbel nach seinen Entwürfen. Der Künstler Ernst Fuchs war Mitbegründer der Wiener Schule des *phantastischen Realismus*."

*

Als wir über die Straße zum Eingang des Grundstücks gingen, sah ich ganz deutlich, dass in der Mitte der Säulen die überlebensgroße Statue einer nackten molligen Frau aus weißem Stein stand, die ich mir genau ansah.

Inzwischen wohne ich schon mehrere Jahre bei meiner Dosine und kenne sie gut. Als mein liebster Mensch heute Morgen aus dem Hygienezentrum trat und sich mit einem Tuch ihre nassen Haare frottierte, lag ich auf dem Bett und betrachtete sie. Dabei fiel mir auf, dass an ihrer Figur noch immer alles dran ist, aber sich kaum noch etwas genau dort befindet, wo es sich zum Zeitpunkt meines Einzuges einmal befunden hatte.

Ich nehme an, dass sich die Figur der steinernen weißen Skulptur vor dem Museum in den vergangenen Jahren nicht wesentlich verändert hat und sie schon immer so drall und proper war.

Auf beiden Seiten des Hauses standen in Nischen zwei weitere, aber kleinere Figuren aus schwarzem Material. Irgendwie sah das Gebäude verwunschen aus, wie aus einem Märchen. Ich hätte mich nicht gewundert, wenn plötzlich Aschenputtel mit zwölf Schwänen erschienen wäre und Rumpelstilzchen meiner Elke einen Apfel geschenkt hätte...

*

Links der Villa gab es noch ein prächtig geschmücktes separates Häuschen oder einen Tempel, den ich mir ansehen wollte. Das Gebäude glänzte im Sonnenlicht wie Gold. Mehrere Statuen schöner Frauen standen im Garten unter freiem Himmel verteilt. Wohin ich auch blickte, sah ich farbenfrohe Mosaike und Puzzles aus Tiffany-Glas und Flusskieseln. Da für uns eine Führung arrangiert war, erfuhren wir nach der Begrüßung als Erstes, dass Grace Kelly, Curd Jürgens und Yoko Ono hier einst ihren Freund Ernst Fuchs besucht hatten. Wir wandelten jetzt auf deren Spuren. Im hiesigen Atelier ließen sich auch die Künstler Placido Domingo, Edward Teller, Oskar Werner und Falco von Meister Fuchs porträtieren. Er muss ein außergewöhnlich fleißiger und aktiver Mann gewesen sein, denn anschließend besichtigten wir einen großen Teil seiner Kunstwerke. Ich erinnere mich an bemalte und geschnitzte Möbel, Skulpturen, Graphiken und an viele seiner Bilder.

Dass Ernst Fuchs zusätzlich noch Zeit und Geduld hatte, sich seinen sechzehn Kindern aus sieben oder acht festen Beziehungen plus einigen seiner Freundinnen und Musen zu widmen, verblüffte mich. Erwiesen ist, dass der Meister viel *Bunga-Bunga* gemacht hat. Vielleicht sind die Tage und Nächte im Wiener Stadtteil Hütteldorf länger als die bei uns daheim in Frankfurt.

Die kontinuierliche Beschäftigung mit ausgeübter Kunst und gelebter *Amore* scheint ein langes Leben zu garantieren, denn der Künstler wurde fast sechsundachtzig Jahre alt. Über diese offensichtlichen Zusammenhänge sollte sich meine Dosine einmal ihre Gedanken machen!

Kaum hatte ich mir im Garten ein wenig die Füße vertreten und oben am Hang zwischen dem Efeu ein Mäuslein gefangen, rief Elke schon wieder nach mir und drängelte, dass ich kommen sollte. Gerade noch rechtzeitig erreichten wir den Bus. Kaum saßen wir auf unserem Platz, ging es auch schon weiter.

Im Schloss Schönbrunn

Unser nächstes Ziel war Schönbrunn, der im Stadtteil Hietzing liegende Sommerpalast der Kaiserin Sisi. Von weit entfernten Parkplätzen und nahen U-Bahn-Stationen strömten viele Besucher in dieselbe Richtung. Meine Dosine und ich waren mitten unter ihnen.

„Schönbrunn wurde von der UNESCO als Weltkulturerbe anerkannt und hat im Schnitt zwölftausend Besucher täglich", las Elke aus einem Faltblatt vor.

„So viele Gäste können sich nicht irren!", miaute ich. „Eil dich ein bisschen, sonst verpassen wir vielleicht etwas Wichtiges!"

An zwei riesengroßen adlergekrönten Obelisken vorbei, die das Haupttor flankierten, kamen wir auf einen großen Platz. *Ehrenhof* stand auf einem Schildchen, was immer das auch bedeuten mag. Da lag es vor uns, das ockerfarbene barocke Schloss mit seinen vielen Nebengebäuden.

Zuerst holte sich meine Dosine mit ihrem Sisi-Kombi-Ticket einen Audioguide. Im Anschluss besichtigten wir etwa vierzig der eintausendvierhunderteinundvierzig Zimmer, Säle und Kammern des Schlosses. Die vielen anderen Räume dienen als Museen und als edles Domizil gut betuchter Mieter, die gern in einem Schloss residieren und Wert auf eine vornehme Adresse legen. Während wir durch prunkvolle Arbeitszimmer und intime Schlafzimmer des Kaisers und der Kaiserin schlenderten, durch chinesische Kabinette wandelten, das mit Brüsseler Gobelins behängte Napoleon-Zimmer passierten und durch das mit kostbaren Hölzern und indischen Miniaturen getäfelte Millionenzimmer spazierten, wurde ich immer müder. An einen riesigen Bankettsaal auf einer langen Galerie erinnere ich mich noch. Dort promenierten wir entlang. Überall hingen Lüster mit vergoldeten Stuckornamenten an den Decken; sie umrahmten auch unzählige Spiegel und Gemälde. Feinste Möbel standen herum, auf die man sich nicht setzen und schon gar nicht daran kratzen durfte.

Genau wie in der Hofburg wurde auch hier von der Frauenstimme im Audioguide aus Sisis und Franz Josephs Leben erzählt. Da ich das alles schon kannte, hörte ich irgendwann nicht mehr richtig hin, sondern ruhte stattdessen meine Augen und Ohren aus.

Da wir gerade die Abfahrt der kleinen Panoramabahn verpasst hatten, die extra für die Gehbehinderten und Müden im Halbstunden-Rhythmus durch den Schloss- und Tiergarten rollte, musste mein liebster Mensch jetzt selbst laufen. Zuerst ging sie mit weit ausholenden Schritten, wurde aber rasch langsamer. Wir *lustwandelten*, genauso wie früher Kaiserin Sisi und ihre Hofdamen, durch einen Teil der weitläufigen barocken Parkanlagen. Uns fehlte nur ein Sonnenschirm oder ein Käppi mit breiter Krempe, denn die Sonne *brannte* förmlich vom wolkenlosen Himmel.

„Guck mal Elke, was ich gerade gefunden habe!", rief ich stolz. Mit meinem Pfötchen tätschelte ich meinen Fund über den Rasen. Abwechselnd warf ich ihn spielerisch in die Luft, genauso wie ich es mit einer frisch erlegten Maus getan hätte. Meine

kleine flache Beute war zwar ein bisschen mit Erde verklebt, aber mir dünkte sie überaus wertvoll. An einer Seite glitzerte der gewellte Rand wie Gold in der Sonne.

„Ich vermute, es ist eine der drei letzten sogenannten Edelweißsterne, die Sisi mit Vorliebe im Haar trug!", miaute ich, außer mir vor Freude.

Blitzartig schoss es mir aber gleich durch den Kopf: Wie sollte mein liebster Mensch denn die Brosche in ihren kurzen Haarzeppeln befestigen? Etwa mit doppelseitigem Teppichklebeband, oder alternativ mit einem Achter-Dübel? Vielleicht würde mir die Brosche in meiner Frisur auch gut stehen.

„Fritzi-Schatz", flötete meine Dosine. „Zeig mir doch einmal dein neues Spielzeug! Was hast du gefunden und verbirgst es jetzt vor mir?" Ich ließ sie nicht gleich meinen gefundenen Juwel greifen, sondern kickte ihn noch eine Weile spielerisch durch das Gras und lief verzückt hinter ihm her. Immer wenn sich Elke bückte, gab ich meinem Geschenk einen kräftigen Schlag und es flog weiter. Als ihr Kopf die Farbe einer überreifen Tomate angenommen hatte, schmetterte ich ihr mein Präsent vor die Füße. „Die Brosche schenke ich dir! Ich habe sie für dich gesucht und gefunden."

„Fritzilein, vielen lieben Dank!", flötete meine Perle erfreut und sichtlich gerührt. „Aber was soll ich mit dem Kronenkorken einer österreichischen Bierflasche anfangen?"

*

Nachher liefen wir nur noch bis zum Neptun-Brunnen, denn dort schwächelte meine Dosine gewaltig. Sie musste sich in den Schatten setzen und Wasser trinken.

„Ich schätze, nach so einem Kultur-Flash wie heute und einer solchen Kunst-Dröhnung haben alle Teilnehmer unserer Gruppe einen schweigenden Nervenzusammenbruch", merkte ich an. „Von den vielen Inputs fällt bestimmt jeder nach dem heutigen Abendessen sich wie eine Garnele in einer heißen Pfanne krümmend ins Bett."

„Nee, Fritzi, heute Abend gehen wir nochmals ins Burgtheater. Dort sehen wir uns das Lustspiel *Der Diener zweier Herren* von Carlo Goldoni an, mit Peter Simonischek in der Hauptrolle", erwiderte meine Dosine. „Das Stück gilt als Höhepunkt der Commedia dell'arte."

„Gehe ich recht in der Annahme, dass ich heute nicht schon wieder mit muss?", fragte ich vorsichtig.

„Ja, nee, mein Schatz. Du kannst machen, was du willst."

„Gut, dann bleib ich heut Nacht hier in Schönbrunn im Park!", erwiderte ich hoffnungsvoll. Da Elke nichts erwiderte, deutete ich das als nonverbales Einverständnis und war zufrieden.

*

Leider irrte ich mich, denn meine Dosilla griff mich plötzlich, nachdem sie auf ihre Armbanduhr gesehen hatte und steckte mich in mein Sackerl.

„Fritzi, unser Bus fährt in einer knappen Viertelstunde ab, und der Weg zum Parkplatz ist weit."

„Wir könnten auch noch ein bisschen bleiben und anschließend die U4 zum Karls-platz nehmen", schlug ich vor. „Von dort sind es nur noch zwei Stationen bis zum Hauptbahnhof und ein paar Schritte zu unserem Hotel."

„Wir können's auch bleiben lassen", erwiderte sie und spurtete los.

Fritzi besucht das Burgtheater und sieht Der Diener zweier Herren

Der Rest des Abends ist schnell erzählt. Man ließ uns im Burgtheater, diesmal durch eine andere Seitentür, in einem schmalen Gesinde-Stiegenhaus ganz nach oben kra-xeln. Das war kein Wunder, denn man hatte den Teilnehmern unserer Gruppe, genau-so wie vorgestern, ein überaus preiswertes Schüler-Ticket verkauft, obwohl Elke und der Rest der Gruppe zur Senioren-Uni gehen.

Heute saßen wir auf der *Galerie Mitte links* in der Reihe 3 auf dem Platz 13. Es war wieder ganz oben, direkt unter der Decke, dort, wo es im Sommer besonders warm und stickig ist.

Lass dir von mir gesagt sein, es war kein wirklich guter Sitzplatz. Sehen kann man von dort kaum etwas, es sei denn, man hätte ein Fernglas dabei. Und wenn man die Handlung verstehen möchte, muss man seine Ohren spitzen oder das Textbuch und eine Taschenlampe parat haben.

Solltest du einmal ins Burgtheater gehen, dann investiere besser etwas mehr Geld, damit du nicht so weit von der Bühne entfernt sitzt.

*

Das Lustspiel war eine seichte Verwechslungskomödie, deren Sinn sich mir nicht erschloss, obwohl wir stoisch bis zum *Happy End* ausharrten, was sich endlos lange hinzog. Man kann es aber auch treffender sagen: *bis zum bitteren Ende*. Zahlreiche Leute sprangen über die Bühne, die sich zwischendurch immer wieder drehte. Türen wurden zugeschmissen, dass die Kulissen wackelten. Von anderen Personen wurden sie zur selben Zeit wieder aufgerissen. Tische und Stühle fielen um, man aß und trank, mehrere Liebespaare bildeten sich und waren *von Stund an bis in alle Ewigkeit* mitei-nander glücklich und zufrieden. Am Schluss verbeugten sich alle Darsteller. Warum es den vielen Beifall gab, verstand ich nicht. Ich schätze, die zahlreichen Zuschauer dankten mit ihrem Applaus den Darstellern dafür, dass sie an diesem heißen Abend ins Theater gekommen waren und ihre Texte aufgesagt hatten, anstatt in Grinzing oder Nussdorf in einem Beisl ihren Schoppen zu trinken.

Fritzi besichtigt in der Secession den Beethovenfries

Am nächsten Morgen besuchten wir im Stadtteil Mariahilf ein modernes, im Jugend-stil errichtetes Ausstellungsgebäude mit dem Namen Secession.

DIE BITTEN AN DEN WOHLGERÜSTETEN STARKEN

DIE FEINDLICHEN GEWALTEN

ODE AN DIE FR...

Der quadratische große Kubus, der mich irgendwie an einen Bunker erinnerte, obwohl er mit goldenen Friesen und Medaillons mit Medusenhäuptern geschmückt war, stand in der Friedrichstraße, am Rande einer Grünanlage. Gekrönt wurde das Gebäude durch eine große hohle Kuppel, deren äußere Form aus dreitausend vergoldeten eisernen Lorbeerblättern gefertigt war. In güldenen Lettern stand über dem Eingang: *Der Zeit ihre Kunst. Der Kunst ihre Freiheit.*

Über eine recht schmale Treppe gingen wir hoch in einen kleinen Vorraum und kamen in den unvermeidlichen Museums-Shop. Dort war aber nicht genug Platz für unsere ganze Gruppe. Deshalb warteten meine Dosine, einige andere Leute und ich draußen, bis sich der erste Schwung unserer Fraktion im Gebäude verlaufen hatte und uns ein Guide herumführen konnte.

Im weißen Hauptausstellungsraum wurden zeitgenössische weiße 3D-Objekte ausgestellt, die ein Künstler in anderen Museen von historischen Statuen gescannt und dann in Kunstharz reproduziert hatte.

Ehrlich gesagt verstehe ich nicht, warum das Scannen von vor Jahrhunderten meisterlich geschaffener Skulpturen und Plastiken, die Bildhauer und Steinmetze mühevoll mit Meißel, Fäustel und Steinbeil aus einem großen Steinblock geschlagen haben, als Kunst gilt. Für mich waren die hier in der großen Halle als Kunstwerke propagierten und ausgestellten Kunstharzteile keine Originale, sondern Kopien. Sie waren sozusagen Klone, die man in verschiedenen Größen, Farben und Materialien tausendfach in Serie herstellen könnte.

Bisher dachte ich immer, dass Kunst von *können* kommt. Nein, Kunst hat nichts mit *wollen* zu tun, denn sonst würde man sie vielleicht Wulst nennen.

Anschließend besichtigten wir im Untergeschoss des Gebäudes den berühmten, mehr als vierunddreißig Meter langen Beethovenfries von Gustav Klimt, der dort unterhalb der Decke hängt. Elke bedauerte, dass nur noch Teile des Frieses erhalten sind. Mir war das egal. Auch für das grafische Kabinett hatte ich keinen Blick übrig.

„Fritzi, du bist eine Kunstbanausin!", meinte mein liebster Mensch, aber auch das tangierte mich wenig.

Auf dem Naschmarkt

Unterirdisch fließt hier irgendwo in großen Röhren der Wienfluss, aber nirgendwo war er zu sehen. Auch sein Rauschen hörte ich nicht. Von den Ausstellungen in der Secession kommend, bummelten wir über den nahe gelegenen Naschmarkt. Hier schien sich auf fünfhundert Metern, links und rechts zweier ellenlanger Gänge, ein Feinschmecker-Paradies zu befinden.

An gut einhundertfünfzig Ständen wurden unter freiem Himmel frisches und getrocknetes Obst, feinstes Gemüse und lukullische Schmankerl aus aller Herren Länder angeboten. An allen Ständen hatte man die Markisen ausgerollt, sodass die Besucher und Kunden im Schatten laufen konnten. Es gab einen Stand, an dem der Inhaber damit warb, dass er zweihundertfünfzig verschiedene Gewürze im Angebot habe. Daneben verkaufte ein Händler dreihundert Sorten Käse, und schräg gegenüber wurden sechzig Essigsorten und noch mehr unterschiedliche Arten von Senf angeboten.

Elke sagte zu einer *Standlerin*, dass ihr Obst und Gemüse wie gemalt aussehe und zum Anbeißen fast zu schade sei. Dies kann ich nicht nachvollziehen, da ich bemüht bin, in meiner Nahrung ungesunde Kohlenhydrate, Stärke und Zucker zu meiden.

Die nette Händlerin sagte: „Was man hier in der Gastro-Meile vergeblich an Essbarem und Trinkbarem sucht, das braucht wahrlich kein Mensch."

Fast überall wurde uns etwas zum Naschen und Probieren angeboten, aber nichts davon, was ich wirklich gern essen mag, sondern nur exotische Süßigkeiten, diverse Nüsse, Berberitze, getrocknete Algen, gefüllte Datteln, Granatapfelkerne und türkische Honigwürfel mit Pistazien.

Die Weinstände hatten bereits geöffnet. Fröhliche Zecher mit roten Nasen standen mit einem Glaserl Zweigelt oder Grünem Veltliner in der Hand herum und debattierten und politisierten, obwohl es noch nicht einmal Mittagszeit war.

Wir kamen auch an einem japanischen Buffet vorbei. Dort schnitt man vor unseren Augen mit fermentierten Algenblättern umwickelte Reisrollen in mundgerechte Sushi-Häppchen. Elke bekam ganz große Pupillen vor Verlangen, aber ich drängelte weiter. Am Nachbarstand wurden italienische Antipasti, spanische Tapas, griechische Mezze und Grillspezialitäten vom Balkan feilgeboten.

Beim Libanesen setzte sich mein liebster Mensch vor dem Stand an eines der wackeligen gelben Tischchen. Dann schlug sie sich den Magen voll mit Falafel, Hummus, Taboulé und Ful, als hätte sie nicht wenige Stunden zuvor im Hotel bereits reichlich gefrühstückt. Aus meinem Beutel heraus betrachtete ich missbilligend, wie sie Bissen für Bissen in sich hineinstopfte. Was nutzte es mir, wenn (laut Reiseführer) ein Bummel über den Naschmarkt angeblich zu einer kulinarischen und kulturellen Weltreise wird, aber mein Magen leer blieb?

„Fritzi, möchtest du einmal probieren?", fragte mich Elke scheinheilig. Sie hielt mir ein Stückchen Fladenbrot mit Soße hin, die eine undefinierbare Farbe hatte.

„Nee", entgegnete ich angewidert. „Hoffentlich verschluckst du dich nicht an dem Kichererbsen-Bouletten-Imitat, dem Bohnenknatsch, der Sesampampe und dem Petersiliengehäckselten!"

Meine Dosine hatte sogar die Frechheit und fragte den jungen Mann nach einer Tüte oder einem Stück Folie, um den Rest, den sie nicht geschafft hatte, mitzunehmen. Aber statt mit den Augen zu rollen, freute sich der Verkäufer, dass es ihr so gut schmeckte, und packte ihr alles in einen kleinen Container aus Kunststoff ein.

„Ma'a s-salamah (Tschüss)", sagte er zum Abschied und dann noch: „Pfiat di!"

„Wiener Schmäh in einer Melange mit orientalischem Basar", miaute ich dazu.

„Dosilla, ich hab großen Hunger! An mich denkst du schon wieder nicht!"

„Schatzi, sobald wir an einer Metzgerei vorbeikommen, kauf ich dir eine Portion Rinderhack von einer glücklichen Kuh!", versprach sie mir daraufhin.

„Da irrst du dich schon wieder", erwiderte ich lapidar. „Glückliche Kühe gibt es nicht beim Fleischer, nur tote."

Ich hörte auf zu schmollen und hielt nach einem Fleischstand Ausschau. Stattdessen kamen wir an kleinen Restaurants vorbei, die außer Donau-Waller noch andere Fische und Meeresfrüchte aus fernen Landen anboten.

„Dosilla, gegrillte Fischfilets würde ich zur Not auch essen", gab ich zu bedenken. „Wenn man richtig hungrig ist, schmecken die sicher auch lecker."

„Wenn das so ist, dann hättest du ja mal die Falafel probieren können", erwiderte sie besserwisserisch. „Nee, Fritzi, das kannst du von mir nicht verlangen, dass ich mich jetzt hierher setze und bei der Bedienung für meine Katze eine Portion gemischten Fisch ohne Panade, Haut und Gräten bestelle. Nein, das geht nicht!" Ich hätte das Thema gern ausdiskutiert, aber sie ging weiter.

„Dosilla, wenn man seine Mitbewohnerin mag, dann tut man alles, damit es ihr gut geht und sie nicht verhungern oder verdursten muss", widersprach ich rasch.

Als wir an einem Backwarenstand vorbeikamen, sagte meine Perle, obwohl sie beim Libanesen schon eine extragroße Portion Mittagessen verdrückt hatte: „Fritzi, hier muss ich auf dem Rückweg unbedingt noch schnell einen Marillen-Quarkstrudel mit Vanillesoße und Schlagobers (Schlagsahne) essen. Der sieht extrem lecker aus. Und einen *Gestreckten* (Espresso mit Wasser) gönne ich mir dann auch noch."

„Bei deinem übersteigerten Appetit wirst du niemals einen Franz Joseph finden", befürchtete ich. „Der müsste ja immerzu Überstunden machen, damit er genug verdient, um dich satt zu kriegen."

„Richtig, Fritzi!", antwortete mein liebster Mensch und lachte. „Ich finde, so könnte die ideale Ehe funktionieren: Franz Joseph arbeitet sich täglich bis in die Nachtstunden den Buckel krumm, gibt derweil kein Geld aus, weil ihm dazu die Gelegenheit fehlt, und ich sitze währenddessen in den Cafés herum, lese Zeitungen und nasche mich durch die Kuchen-Buffets. Da sich mein Göttergatte und ich kaum sehen würden, hätten wir auch keine Zeit, uns zu streiten. Ich kann mir wirklich Schlimmeres vorstellen!"

Mir war nicht ganz klar, ob mich mein liebster Mensch gerade veralberte oder ob sie wirklich so dachte. Irgendwann, wenn ich einmal Zeit und Muße habe, werde ich ein langes Kapitel über meine Dosine schreiben, das den Titel trägt *Der weibliche Mensch, das unbekannte Wesen*.

Als wir an einer kleinen Fleischboutique vorbeikamen, gingen wir rasch hinein. Neugierig guckte ich aus meinem Sackerl. Elke versuchte so unauffällig wie möglich, meinen Kopf wieder zurück in den Beutel zu drücken, aber atmen musste ich schließlich. Außerdem wollte ich mir mein Mittagessen selbst aussuchen. Vor uns waren noch zwei Frauen dran, die einen so ausgeprägten Dialekt sprachen, dass ich sie nicht verstand. Mich beachtete niemand.

„Du kannst mir so ein kleines *Täuberl* kaufen oder besser zwei von ihnen, oder ein halbes Dutzend zarte Wachteln", miaute ich entzückt. Hellrosa und gerupft lagen die leckeren Objekte meiner Begierde in Reih und Glied in der Kühltheke. Es gab auch noch größere Flattermänner, die Pute, Ente, Kapaun, Stubengickerl und Poularden hießen. Zum Teil waren sie weit gereist, da sie aus der Normandie stammten. So stand es auf einem Schildchen neben dem Preis. Das leckere Geflügelfleisch konnte ich schon fast auf meiner Zunge schmecken, wenn es entweder in einem Wurzelsud auf kleiner Flamme gargesimmert war oder zuerst kurz in Olivenöl angeröstet und dann in Butterschmalz im Backofen sanft hellbraun geschmurgelt wurde. Ich bekam einen Speichelsturz nach dem anderen und musste mehrmals hintereinander schlucken. Himmlischen Zeiten sah ich entgegen.

„Bitte geben Sie mir ein Viertelpfund gehacktes Rindfleisch", sagte meine Dosine zu der Verkäuferin, als wir an der Reihe waren.

„Hätten's gern fein oder grob faschiert?", fragte diese.

Elke stutzte einen Moment. „Fein", sagte sie dann schnell.

„Soll ich die gehackte Kuh mit einem Strohhalm aus dem Papier aufsaugen?", wollte ich gleich von ihr wissen. „Kleinwild gibt es auch nur am Stück und nicht durch einen Häcksler oder eine Zentrifuge gedreht. Noch habe ich alle Zähne und keine Probleme beim Abbeißen und Kauen." Ich zog meine Lippen ein bisschen nach oben und unten, damit sie sich von der lückenlosen Existenz meines Gebisses über-zeugen konnte.

Als die Verkäuferin das winzige Päckchen mit dem frisch durch die kleine Scheibe des Fleischwolfs gedrehten Rindermuskel auf den Tresen legte und den Preis dafür sagte, zuckte Elke merklich zusammen.

„Mein lieber Schatz! Zum heutigen Feste für dich nur das Beste!", sagte sie, als wir den Stand verließen.

„Im Gourmet-Schlaraffenland ist alles ein wenig kostspieliger und edler als daheim das KZ-Retorten-Fleisch beim Discounter", erwiderte ich.

Mit Walter auf dem Zentralfriedhof

Kaum hatten wir unseren Sitzplatz im Bus wieder eingenommen, ging es schon weiter in Richtung des Stadtteils Simmering. In Wien gibt es zusammen siebenundvierzig Friedhöfe. Am südöstlichen Stadtrand waren wir zu einer Führung auf dem riesigen Zentralfriedhof angemeldet. Nur die große Katzenfee wusste, warum das so war.

Elke und ich freuten uns, als wir sahen, dass Walter schon auf uns wartete, der wit-zige Guide mit dem großen Wissen, der uns zwei Tage zuvor schon durch die Altstadt geführt hatte. Wir trafen ihn am Tor 2, dem Haupteingang. Als Erstes zeigte er uns auf einer Art Stadtplan des Friedhofs, welche Gräber außergewöhnlicher Menschen er mit uns aufsuchen würde.

Auf dem Plan war genau eingezeichnet und auch farblich markiert, auf welchen Planquadraten die Verstorbenen der verschiedenen Religionsgemeinschaften beige-setzt werden. Durch kerzengerade Alleen und breite Wege sind die letzten Ruhestätten streng voneinander getrennt in Moslemisch-ägyptisch, Buddhistisch, Mormonisch, Chaldäisch-katholisch, Griechisch-orthodox, Rumänisch-/Bulgarisch-orthodox, Serbisch-orthodox, Syrisch-/Koptisch-orthodox, Russisch-orthodox, Evangelisch und Katholisch. Die jüdischen Verstorbenen liegen sogar auf zwei unterschiedlichen Friedhöfen, auf einem alten auf der rechten und einem neuen auf der linken Seite.

„Alle Welt redet von Integration und Toleranz", miaute ich. „Hier wird sie noch nicht einmal praktiziert, wenn man gestorben und mausetot ist."

„Fritzi, das hast du gut beobachtet", lobte mich unser Guide. „Du solltest in die Politik gehen oder in den diplomatischen Dienst und dort konstruktive Änderungs- und Verbesserungsvorschläge machen!"

„Das geht doch nicht", miaute ich beschämt und schlug den Blick nieder. „Ich bin doch Ausländerin und hab noch nicht einmal die Matura (Abitur)!"

*

Außer den Gräbern befanden sich auf den jeweiligen Arealen auch Kirchen und prächtige Andachtsräume, die auf dem Plan extra vermerkt waren.

Einen Tierfriedhof gab es auch. Er war zwar auf dem großen Friedhofsplan eingezeichnet, lag aber nicht innerhalb der Friedhofsmauern. Er befand sich auf der anderen Straßenseite der Simmeringer Hauptstraße, gegenüber von Tor 2.

Direkt neben den Einsegnungshallen sah ich auf der rechten Mauerseite die Haltestelle des öffentlichen Busses 106, der als Rundlinie im Halbstundentakt neunzehn feste Haltestellen innerhalb des Friedhofs anfährt.

Gegen eine Gebühr kann man von der Friedhofsverwaltung auch die zeitlich begrenzte Erlaubnis erwerben, mit dem eigenen Pkw durch die breiten Alleen fahren zu dürfen. Das Problem eines eigenen Autos stellt sich bei uns aber nicht, da wir keinen Wagen besitzen.

Nostalgische und gut betuchte Fußkranke können sich auch standesgemäß von einem Fiaker mit Rappen zu dem gewünschten Grab bringen lassen. Am Haupteingang sah ich mehrere wartende Droschken stehen.

Zuerst kamen wir an jeder Menge alter Arkaden vorbei. Ich wusste gar nicht, wohin ich zuerst sehen sollte. Dort befanden sich zahlreiche prunkvolle Familiengräber, reich mit Statuen verzierte Mausoleen und üppig geschmückte Grüfte reicher Wiener Sippen. Hier wehte ein Hauch gepflegter Melancholie in Form des Duftes von Millionen Tagetes (stinkende Liebe) und rosa Eisbegonien.

Auf dem Weg zu der Friedhofskirche *zum Heiligen Karl Borromäus* gingen wir an mehreren Präsidentengruften, zahlreichen Gedenkstätten und vielen Kriegsgräbern vorbei. Walter wusste, dass die Kuppel der Friedhofskirche bei der letzten Renovierung mit zwei Kilogramm Gold überzogen worden war.

Uns wurde ein Gedenkstein gezeigt, den die Stadt Wien im Jahr 2007 den Opfern der Kindereuthanasie widmete, die während des Zweiten Weltkriegs von Ärzten der früheren Heil- und Pflegeanstalt *Am Steinhof* (angegliederte Jugendfürsorgeanstalt mit dem Namen *Am Spiegelgrund*) zuerst als *unwertes Leben* eingestuft und anschließend qualvoll umgebracht wurden. Dort lagen auch acht große Steinplatten. Auf jeder von ihnen standen die Namen von einhundert euthanasierten Kindern.

„Mit dem Gedenkstein und den Namenslisten haben sich die Wiener aber richtig lange Zeit gelassen", sagte Elke und kratzte sich am Kopf, als wir vor den Bodenplatten standen. „Da war der Krieg schon zweiundsechzig Jahre vorbei und die Kindermorde bereits jahrzehntelang bekannt."

*

Außer Fakten, Besonderheiten und Anekdoten über diesen Zentralfriedhof und seine Geschichte überschüttete uns unser Guide noch mit Zahlen und Daten. Ich konnte mir aber nicht alles merken; es war für meinen kleinen Kopf zu viel *Input*. Aber vielleicht interessiert es dich, dass hier in weniger als einhundertfünfundvierzig Jahren bereits drei Millionen Menschen aller Konfessionen ihre (für eine begrenzte Zeit) letzte Ruhestätte fanden. Genau wie bei uns daheim muss man auch in Wien seinen Begräbnisplatz mieten. Nein, kaufen und untervermieten oder Verwandten vererben kann man ihn nicht!

Walter sagte: „Wenn der Mietvertrag abgelaufen ist und nicht durch eine rechtzeitige erneute Zahlung der Hinterbliebenen für eine gewisse Zeitspanne verlängert wurde, dann wird es richtig eng in dem Grab, denn dann wird eine weitere Person dort beigesetzt."

‚Das ist doch paradox', dachte ich. ‚Noch nicht einmal *dann* hat man seine ewige Ruhe.' Meine Definition deckt sich nicht mit der von Zweifüßern.

„Es gibt derzeit dreihundertdreißigtausend Grabstellen. Davon sind eintausend sogenannte Ehrengräber", dozierte Walter. „Für etwa dreihundertfünfzig wurden die sterblichen Überreste prominenter Persönlichkeiten von anderen Friedhöfen hierher verlegt, u.a. die der Komponisten Ludwig van Beethoven und Franz Schubert. Auch die Komponisten Johannes Brahms, Franz von Suppé und viele andere fanden hier ihre letzte Bleibe und wurden noch im Nachhinein mit einem Ehrengrab bedacht."

Als wir an den Gräbern der Komponisten Johann Strauß (Vater) und Johann Strauß (Sohn) vorbei kamen, machte uns unser Guide darauf aufmerksam, dass sie nicht nebeneinander begraben wurden, denn sie waren sich *nicht grün*, wie man bei uns daheim sagt. „Sie liegen zwar im selben Planquadrat, aber über Eck beigesetzt, damit sie sich auch im Tod *nicht ansehen* müssen", sagte er schmunzelnd.

Vielleicht erinnerst du dich noch an die Schauspieler Paul Hörbiger, Curd Jürgens, Theo Lingen, Hans Moser und Helmut Qualtinger, an die Schriftsteller Ernst Jandl und Franz Werfel, den Regisseur Franz Antel, den Bürgermeister Helmut Zilk und den Kanzler Bruno Kreisky. An deren Ehrengräbern und unzähligen anderen gingen wir auch vorbei.

Weitere gut sechshundert Ruhestätten gelten als *ehrenhalber gewidmete Gräber*. Ich habe aber keine Ahnung, was damit gemeint ist und wozu das gut ist.

Das *richtige* Grab von Wolfgang Amadeus Mozart, dem prominentesten Wiener Toten, sucht man hier vergeblich. Der Verstorbene wurde auf dem St. Marxer Friedhof, zusammen mit vielen anderen Verstorbenen, in einem Massengrab verscharrt. Hier vor Ort erinnert nur ein Denkmal an den genialen Komponisten.

*

Noch gut erinnere ich mich an die lebensgroße Bronzeplastik, die auf dem Grab der ersten Frau von Alfred Hrdlicka steht. Sie zeigt seine Frau Barbara, die als einziges Kleidungsstück Pumps trägt und den Tod innig umarmt. Angeblich hatte sie ihren Ehemann betrogen, und dies war die Rache des gehörnten Gatten. Obwohl der Künstler erneut verheiratet war, ließ ihn seine Witwe im Grab seiner *ersten* Frau beisetzen. Das ist recht ungewöhnlich, finde ich, aber ich muss auch nicht alles verstehen.

Außerdem erinnere ich mich an die Gräber des Volksdichters Johannes Nestroy, der Familie Thonet, die durch ihre Bugholz-Stühle bekannt wurde, und des Komponisten Robert Stolz, der das berühmte Lied schrieb *Im Prater blühen wieder die Bäume.*

Walter zeigte uns auch das Grab der Architektin Margarete Schütte-Lihotzky. Sie war die Erfinderin der ersten Einbauküche, die später unter dem Namen *Frankfurter Küche* vieltausendfach auf kleinstem Grundriss nachgebaut wurde.

Beeindruckt hat mich der Grabstein des Malers Max Weiler, auf dem stand: *Ich will nicht in die ewige Ruhe eingehen, sondern in die ewige Energie.*

Auf einem anderen Grabstein stand: *Ich lebe so gerne! Ich glaube, ich lebe sogar noch gerne, wenn ich einmal gestorben bin.*

Wir gingen auch an den Gräbern der Actress Hedy Lamar, des Schauspielers Fritz Muliar (*Der brave Soldat Schwejk*), des Kostümbildners und Modedesigner Fred Adlmüller (der die Roben für den Opernball schneiderte) vorbei und an der letzten Ruhestätte des Arztes Alfred Adler, des Begründers der Individualpsychologie.

Auf der extragroßen letzten Ruhestätte von Udo Jürgens lag ein riesiger Grabstein aus weißem Marmor. Geformt war er wie ein Piano, mit geschlossenem Deckel, aber die Beine des Instruments fehlten. Neben dem Grab hatten Fans des großen Künstlers auf einen Tisch jede Menge Vasen mit Schnittblumen gestellt und Illuminationslichter (dicke weiße Kerzen in roter Hülle) angezündet.

„Elfriede, guck emol, do hot ebber für dr Udo a Lichtle für sei Leich nogstellt", sagte eine Dame aus unserer Gruppe mit schwäbischem Zungenschlag.

Auch das Grab des viel zu früh gestorbenen Sängers Johann (Hans) Hölzel, besser bekannt als Falco, wurde zur Pilgerstätte seiner Fans.

*

Walter sagte, dass dem Wiener als Krönung seines Daseins nichts über eine *schöne Leich* gehe. Zu einem noblen Begräbnis gehören die Aufbahrung des Verstorbenen mit dem Defilee der zur Bestattung gekommenen Familie, Freunde und Bekannten und der möglichst lange Zug der Trauernden von der Einsegnungshalle bis zum Grab, Kondukt genannt. Nicht fehlen dürfen pathetische Nachrufe in der Zeitung oder am offenen Grab. Außerdem knausert man nicht am möglichst üppigen Blumenschmuck, auch wenn der Verblichene Pollen-Allergiker war. Eine feierliche und salbungsvolle Predigt mit dem Versprechen oder der Drohung, sich eines Tages wiederzutreffen, wird erwartet und kann gesanglich untermalt werden. Für ein gelungenes Begräbnis fehlt dann nur noch ein abschließender, möglichst kalorienreicher Leichenschmaus. Ein hochprozentiger Schluck oder zwei auf den Verblichenen darf auch nicht fehlen, bevor man wieder zum Tagesgeschäft übergeht.

*

Unser Guide erzählte uns auch, dass es früher vor dem Friedhof Stände mit Garküchen gab, damit sich die Besucher nach der langen und beschwerlichen Anreise stärken konnten. Auch allerlei Gesindel und Kriminelle trieben sich hier herum, denn auf einem *Gottesacker* konnte man nicht verhaftet werden.

Als ein Mann aus unserer Gruppe fragte, ob es stimmt, dass man heutzutage an Allerheiligen in einem Sarg um Mitternacht mit Fackeln beleuchtet *probeliegen* könne, bestätigte Walter diesen makabren Service einiger Bestatter. Er sagte: „Die Konkurrenz der *Thanatologen* untereinander ist sehr groß." Diese Berufsbezeichnung hatte ich zuvor noch nie gehört. Sie klang irgendwie akademisch, war es aber nicht. „Die Bestatter zeigen den Leuten, die es sich leisten wollen, wie sie schon zu Lebzeiten für die Ewigkeit vorsorgen können." Da fiel mir der in diesem Zusammenhang bizarre Satz ein *Wie man sich bettet, so liegt man.*

„Ein Bestattungsinstitut", fuhr Walter fort, „ist ein krisenfestes Geschäft. Allerdings gibt es in dieser Branche keine verlässliche Hochsaison und keine festen Dienstzeiten. Ein Bestatter arbeitet auf Abruf, indem er vierundzwanzig Stunden Rufbereitschaft hat."

Jedenfalls sah ich auf der Simmeringer Hauptstraße jede Menge Bestattungsunternehmen, mehrere Friedhofsgärtnereien und zahlreiche Steinmetzbetriebe, die ihre Dienste anboten.

*

Auf dem moslemischen Teil des Friedhofs zeigen die Grabsteine nach Osten, dorthin, wo die für Moslems heilige Stadt Mekka in Saudi-Arabien liegt. Da in Österreich die Sargpflicht besteht und eine gesetzliche Wartefrist von mindestens achtundvierzig Stunden vor der Beerdigung vorgeschrieben ist, lassen sich hier nur wenige Gläubige beisetzen.

Einen sogenannten Friedwald sah ich nicht, auf dem unter Bäumen Urnen beigesetzt werden, aber Bäume gab es hier mehr als genug. Auch die prächtig geschmückten Zigeunergräber verpasste ich, da ich mich in meinen Beutel zurückgezogen hatte, um meine Augen auszuruhen.

Ziemlich am Ende unseres Rundgangs, kurz bevor wir zum Tor 3 gelangten, gingen wir an einem Friedhof für Babys vorbei. Auf winzigen Gräbern drehten sich kleine Windräder, und jede Menge Spielzeug war zu sehen. Über einigen Gräbern wucherte hohes Gras. Elke meinte mit Tränen in den Augen, das sei sicher ein gutes Zeichen dafür, dass sich die Eltern inzwischen aus der Umklammerung der Trauer befreien konnten und das Leben für sie jetzt wieder weiter gehe.

Da fiel mir ein, dass meine Dosine in einem anderen Zusammenhang einmal gesagt hatte: „Warte eine Weile, bis Gras darüber gewachsen ist."

*

Für Friedhofsbesucher, die nicht wissen, ob ihre vermissten Angehörigen noch leben oder wo in der Welt die geliebten Menschen beerdigt wurden, gibt es hier auch ein *Areal der Ruhe und der Kraft*. Auf der dortigen Grünfläche kann man trauern, sich wieder sammeln und Kräftereserven mobilisieren.

Als ich mir kurz die Füße vertreten und einen Schluck Wasser trinken wollte, beobachtete ich für einen Moment zwei Frauen, die dort auf einer Bank saßen und Eichhörnchen mit Erdnüssen fütterten. Ich zählte fünf der flinken roten Dinger, die von den Wienerinnen liebevoll *Hansi* gerufen wurden. Sie waren so zahm, dass sie die Nüsse aus den Händen ihrer Gönnerinnen nahmen und sich zum Essen in aller Ruhe neben sie setzten. Nur als sie mich erblickten, huschten sie vorsichtshalber die Bäume hoch.

Leider gingen wir aus Zeitmangel nicht mehr auf den alten jüdischen Friedhof. Walter sagte uns, dass dort nicht nur ein morbider Charme, sondern auch eine himmlische Ruhe herrsche. Turmfalken würden dort brüten, und etwa zwanzig Ricken mit ihren Kitzen könne man beobachten, wenn sie auf dem dicht bewachsenen Friedhof auf Nahrungssuche unterwegs sind. Auch Igel, Karnickel, Dachse, Marder, Frösche, Feldhamster, Ringelnattern und viele Eidechsen hätten dort eine friedliche Heimat gefunden. Höchstwahrscheinlich wohnen auf diesem Teil des Friedhofs auch jede Menge schmackhafter Graupelze. Bei dem Gedanken an gesundes Kleinwild bekam ich schon wieder Appetit und heftiges Verlangen.

*

„Wo werden eigentlich die Leute beerdigt, die keiner Religion angehören?", fragte ich. „Und wo liegen die Lebensmüden?"

Meine Dosine wusste es nicht. Walter hätte uns diese beiden wichtigen Fragen bestimmt beantworten können, aber er hatte sich ein paar Minuten zuvor verabschiedet und war zur Straßenbahn gegangen.

„Elke, wenn du hier einmal deinen Platz gefunden hast, dann liegst du in guter Gesellschaft!", miaute ich.

„Fritzi, kein Stress!", erwiderte mein liebster Mensch und drückte mich in meinem Beutel fest an sich. „Das hat sicher noch ein bisschen Zeit."

*

Als wir alle wieder im Bus saßen und unser Fahrer das lange Gefährt vorsichtig aus der Parklücke herausmanövrierte, wollte ein schnittiges silbernes Mercedes-Coupé rasch an uns vorbeifahren. Der Bus stoppte abrupt, meine Dosine quetschte mich ein bisschen mit ihrem Busen, obwohl sie sich mit beiden Händen an der Rückenlehne des Vordersitzes abstützte, und dann krachte es; alles zur selben Zeit. Irgendwie muss der Autofahrer etwas mit den Augen gehabt haben, denn er hatte den Bus übersehen und mit seinem linken Kotflügel gerammt. Blut floss keines, aber wir mussten warten, bis die beiden Polizisten den Unfall aufgenommen hatten. Um keine weitere Zeit mehr zu verplempern, fuhren wir von Simmering nicht mehr zurück ins Hotel, sondern gleich weiter nach Nussdorf.

Beim Heurigen auf dem Kahlenberg

Nicht nur im Stadtteil Grinzing gibt es Heurigenlokale, sondern auch in Nussdorf. Das Ausflugslokal Sirbu, das malerisch zwischen den Weinbergen liegt, war unser Ziel für den letzten gemeinsamen Abend vor der Heimfahrt. Wir hatten vor, beim Sonnenuntergang mit einem Schoppen Wein in der Hand dort im Lokal zu sitzen und auf Wien und die Donau in der Ferne zu blicken. Anschließend würden wir uns an lokalen Spezialitäten laben. So ähnlich stand es in unserem Programm.

,Hoffentlich gibt es dort auch Fleisch', dachte ich, ,nicht, dass ich mir mein Nachtessen zwischen den Weinstöcken erst noch selber fangen muss.' Auf die Jagd gehe ich ausgesprochen gern, aber bestimmt nicht in einem Weinberg. Schließlich hört und sieht man in der Glotze so allerlei über Kupfervitriol als Spritzmittel gegen Rebenperonospora und Mehltau und wie die anderen Krankheiten alle heißen mögen, die im Weinberg grassieren. Nicht zu vergessen die vielen Insekten, die Reben und Blätter befallen und große Schäden verursachen. Wahrscheinlich sind all die im Weinbau verwendeten Herbizide (Unkraut-Vertilger), Fungizide (Pilz-Vernichter) und Insektizide (Gifte gegen Lebewesen, die sechs oder acht Beine haben) bei richtiger Anwendung für Menschen unschädlich. Das Problem ist nur, dass ich keine Zweifüßerin bin.

*

Eigentlich hätte es intuitiv in meinem Kopf schon klingeln müssen, als wir mit dem Bus auf der Kahlenberger Straße durch kleine verwinkelte Gassen immer aufwärts fuhren. Als wir etwa bei der Hausnummer 100 ankamen, ließ uns der Busfahrer aussteigen und sagte: „Da vorn komme ich mit dem großen Bus nicht ums Eck. Von hier aus müssen Sie leider laufen. Es ist nicht mehr weit, eine gute Viertelstunde Fußmarsch, und schon sind Sie da! Nach dem kleinen Spaziergang wird Ihnen Ihr Abendessen bestimmt besonders gut schmecken!"

Bedröppelt standen wir nach dem Aussteigen vor dem Bus herum und warteten auf ein Wunder. Eine S-Bahn, ein Helikopter, ein paar Taxen, Sänften, Gondeln, Ski-Lifte oder Rikschas hätten es auch getan.

Nach der ganzen Lauferei in der Secession, über den Naschmarkt und auf dem Friedhof waren wir alle abgekämpft und kaputt. Gern hätten wir unsere müden Beine gleich unter eine Bank gesteckt und uns einen Schoppen Wein oder einen Sprudel bestellt. Es war schwül, die Sonne brannte und wir schwitzten. Unser Missmut und unsere Unlust waren ansteckend. Nichtsdestotrotz begannen wir mit dem Aufstieg des bebauten Nussbergs. Zeitweise war der Bürgersteig so steil, dass Treppenstufen eingebaut waren. Von hier aus waren noch keine Weinberge zu sehen. In unserem Programm stand, dass das Heurigenlokal die Hausnummer 210 habe. Anfangs standen links und rechts der Straße schöne Villen und stattliche Gebäude mit großen Grundstücken. Einige Anwesen wurden von Hunden bewacht, die uns kläffend und Zähne zeigend innen am Zaun regelrecht *begleiteten*. Ein Gutes hatte das, denn so kam meine Perle nicht auf die Idee, dass ich selbst bergauf laufen sollte. Natürlich vertrat ich mir auch einmal kurz meine Beine, als die Bebauung spärlicher wurde und irgendwann ganz aufhörte. Da es jetzt nirgendwo Schatten gab, schwächelte meine Dosine beträchtlich. Schweiß glänzte auf ihrem erdbeerfarbenen Gesicht. Auch keuchte sie wie eine Dampflok.

Als ich sagte: „Bitte trag mich! Ich kann nicht mehr laufen, weil ich so Durst habe und mir so heiß ist", war mein liebster Mensch kurz vor dem Hitzschlag.

Immer wenn uns Wanderer entgegenkamen, fragten wir, wie weit es noch sei.

„Halten Sie durch!", riefen sie fröhlich und wohl auch ein wenig beschwipst. „Es sind nur noch zwei Kilometer und die lassen sich gut laufen!"

Komisch, denn nach einigen weiteren Steigungen sagten auch die nächsten Spaziergänger, dass wir nur noch wenige Kilometer von dem Lokal entfernt wären.

„Zurück zum Bus gönnen wir uns nachher ein Taxi!", versprach mir Elke, als uns zwei Taxen überholten, in denen Teilnehmer unserer Gruppe saßen, die uns fröhlich und relaxt zuwinkten.

Als wir das alteingesessene Lokal endlich erreichten, ließen wir uns auf der Terrasse auf den erstbesten freien Platz im Schatten fallen. In Ermanglung eines Katzennapfes trank ich Wasser aus dem Hundenapf, der am Eingang des Gartens stand. Seinen Besitzer konnte ich nicht ausmachen, wollte ich auch nicht. Deshalb setzte ich mich bei der ersten sich bietenden Gelegenheit ab.

„Fritzi, lauf nicht so weit weg!", hörte ich noch Elkes Stimme, als ich in den Gemüsegarten der Winzer einbog, und dann herrschte eine Weile lang Ruhe. Irgendwann wurde ich von heftigem Tellergeklapper wach und lief in das Gastzimmer. Dass das altmodische Lokal eine Nussberger Institution ist, hatte ich schon von dem Busfahrer gehört. Mich störte nur, dass der Wirt sogleich „ksch, ksch, ksch" rief, als er mich sah, gefolgt von: „Katzerl, schleich di zurück auf die Terrass, sonst setzt's was!"

„Stell dich nicht so an", erwiderte ich. „So spricht man nicht mit einem Gast!"

*

Wir saßen noch im Sonnenschein, als sich in der Ferne auf einmal dunkle Wolken auftürmten. Als plötzlich über Wien ein Regenbogen erschien, musste ich an meinen verschollenen Lebensgefährten Rüdiger denken. Hier, an meiner Seite, hätte es ihm sicher gut gefallen. Vor allem war der gekochte Tafelspitz mega-lecker, den Elke am reichhaltigen Buffet für mich genommen hatte. Der hätte meinem Rüdi auch gut geschmeckt. Jetzt musste ich ihn allein essen. Noch war etwas von dem in kleine Reiterchen geschnitten Fleisch da, das ich unter der Bank sitzend aus meinem blauen Tröglein aß.

Bevor es dunkel wurde, brach die erste Gruppe auf, die noch bei Tageslicht zu Fuß den Weg durch die Weinberge zurück zum Bus gehen wollte. Mein liebster Mensch und ich waren auch dabei. Wir brauchten kein Taxi, wir waren jung und dynamisch. Heute Nacht würden wir gut schlafen, nach all dem leckeren Essen und der ungewohnten Bewegung an der frischen Luft.

Das Otto-Wagner-Spital und die Kirche zum Heiligen Leopold

Am nächsten Morgen saßen meine Dosine und ich schon recht früh im Bus.

„Ich dachte, wir würden heute wieder heim fahren", fing ich unser Gespräch an.

„Fritzilein, das tun wir auch. Freust du dich schon auf zu Hause?"

„Nicht wirklich", erwiderte ich und kratzte mich vor Verlegenheit mit dem linken Fuß hinter dem Ohr. „Jetzt, wo es so langsam anfängt, mir in Wien ein bisschen zu gefallen, würde ich gern noch ein paar Tage verlängern. Gibt es hier noch viel Neues zu gucken?"

„Fritzi-Schatz, wenn wir jeden Tag nur ein Museum, ein Theater oder eine Kirche besichtigen würden, dann wären wir vielleicht zur Weihnachtszeit fertig."

„Ist das noch sehr lange hin?", fragte ich.

„Ja, das ist es. Heute Vormittag fahren wir noch in den Stadtteil Penzing."

„Was gibt es dort Besonderes?"

„Unser Ziel ist das jetzige Otto-Wagner-Spital und die im Jugendstil erbaute Kirche zum Heiligen Leopold. Ich fürchte, heute müssen wir wieder kraxeln, denn die berühmte Kirche steht oben auf dem Plateau des Gallitzinbergs. Diese Kirche, am sogenannten Steinhof, gilt als das Hauptwerk des Architekten Otto Wagner."

„Ist jemand aus unserer Gruppe krank, oder warum fahren wir in eine Klinik?" Wenn meine Dosine und ich nämlich daheim einmal im Jahr zu einer Vorsorgeuntersuchung zu unserer Hausärztin fahren, wird mir vorher immer schon ganz schwummerig ums Herz. Gleichzeitig bin ich ängstlich, aggressiv, mutig, wehrhaft und wehleidig, alles zusammen, wenn du weißt, was ich meine. Meistens bekomme ich von Frau Doktor Grobiana nur vorbeugend eine Spritze ins dicke Bein gerammt, damit ich mich nirgendwo mit einer Krankheit anstecke. Anschließend habe ich wieder ein Jahr lang Ruhe vor ihr und ihren Assistentinnen Resoluta und Brutala, die ich bis dahin nicht freiwillig wiedersehen möchte. Beide Frauen haben Oberarme wie Rammböcke. Die Kleinere greift zu wie ein Catcher und die Grauhaarige hat den Griff einer fest angezogenen Schraubzwinge. Eher lassen sich die beiden von einem Patienten einen Finger abbeißen oder Fleischstücke aus den Armen reißen, als ihn loszulassen. Nicht umsonst schrieb jemand mit feuerroten Druckbuchstaben über meinen Namen auf meiner Anamnesekarte: *Achtung! Cave!* Das heißt in lateinischer Geheimsprache *Hüte dich vor ...*, und darauf bin ich stolz. Glaube mir, wer mich als Feindin hat, braucht kiloweise Schmerztabletten, literweise Antibiotika und viele Pflaster!

*

Nach einer Weile holte mich Elke aus meinen Tagträumen. „Otto Wagner war der Erbauer und der geniale Architekt des Ernst Fuchs Museums, das wir vorgestern in Hütteldorf besichtigten. In der Villa wohnten er und seine Familie mehrere Jahre. Fritzi, erinnerst du dich daran?"

„Meinst du das große Haus mit den Säulen und der Statue der dicken Frau davor?", fragte ich. „Fahren wir jetzt nochmals dorthin?"

„Nein, das machen wir nicht", antwortete meine Perle und begann mit ihren Augen zu rollen. „Krank ist auch keiner. Wir besichtigen heute Vormittag das Otto-Wagner-Spital. Das ist ein Krankenhaus, das von dem Architekten Otto Wagner entworfen wurde. Dort sehen wir uns von außen die sechsundzwanzig Krankenpavillons an, das Jugendstil-Theater und das architektonische Kleinod, die Jugendstil-Kirche."

„Aha", miaute ich und gähnte. „Das ist bestimmt höchst interessant *für dich*!"

*

Als wir die Klinik erreicht hatten und aus dem Bus stiegen, blickten wir vor dem Direktionsgebäude auf eine hohe Standuhr, die in einem großen, üppig bepflanzten Beet stand. Hier wusste man jederzeit, was die Uhr geschlagen hatte.

Rosemarie, eine sehr engagierte Frau, führte uns durch die Klinikanlage, die vor einhundertzehn Jahren als *Heil- und Pflegeanstalt für Nerven- und Geisteskranke Am Steinhof* eröffnet wurde. Zuerst besichtigten wir einen Vorraum im ehemaligen Direktionsgebäude und bewunderten die Jugendstilverzierungen an den Wänden, den Türen und schmiedeeisernen Geländern.

Nachdem wir das Gebäude verlassen hatten, ging es bergauf. Mein liebster Mensch meinte großzügig: „Fritzi, wenn du möchtest, kannst du in deinem Beutel noch ein bisschen schlafen. Ich wecke dich, wenn es interessant wird. Vielleicht möchtest du oben auf dem Berg dann ein bisschen herumspringen und dir die Füße vertreten, während ich mir die Kirche angucke." Ich war einverstanden und blieb in meinem Beutel liegen.

Eine ehemalige Studienrätin aus unserer Gruppe sagte zu Elke: „In einer so schönen Umgebung fiel es den Patienten bestimmt nicht schwer, ihren *Burn out* zu kurieren und rasch wieder gesund zu werden."

„Ich glaube, Sie bringen da etwas durcheinander", erwiderte meine Perle irritiert. „Die Patienten dieses psychiatrischen Krankenhauses waren nicht überarbeitet. In ihrem Kopf *tickte* es anders als bei Ihnen und bei mir. Gegen Geisteskrankheiten half damals kein schönes Ambiente, und auch heute hilft es nicht wirklich."

„Gegen fast jede Krankheit gab und gibt es Mittel zur Linderung", sagte die Frau, meine Dosine belehrend. „Und gegen viele Leiden sind Medikamente auf dem Markt, die den kontinuierlichen Verschlechterungsverlauf aufhalten. In allen Bereichen der Medizin werden in der Forschung riesengroße Fortschritte gemacht."

‚Gegen deine beschränkte Denkfähigkeit und deine mangelnde Einsicht muss erst noch ein Kraut gezüchtet werden', dachte ich grimmig und guckte die Frau durchdringend an. ‚Wenn Dummheit leuchten würde, dann könntest du täglich Silvester feiern!'

*

Wie in einem Spital sah es hier vor Ort nicht aus, und es roch auch nicht so. Ich kann das schließlich beurteilen, denn ich war schon einmal im Bürgerkrankenhaus in Frankfurt. Damals besuchte ich für ein paar Minuten meinen liebsten Menschen, als sie wegen sehr schmerzhafter Koliken stationär eingeliefert war, aufgeschnitten wurde und viele Tage und Nächte nicht heimkommen konnte. Wegen der Hygiene musste meine Stippvisite streng geheim bleiben, aber keiner merkte, dass ich mich unbefugt eingeschmuggelt hatte. Für mich blieb der Besuch im Krankenhaus ohne Folgen, denn ich steckte mich an keiner Infektionskrankheit an.

*

Die sechsundzwanzig verschiedenen Krankenpavillons, das Verwaltungsgebäude, das Theater, die Küche und einige andere Nebengebäude des Otto-Wagner-Spitals befanden sich hier an einem Hang und waren terrassenförmig zu beiden Seiten einer akkuraten Mittelachse errichtet worden. Überall hatten fleißige Gärtner Blumenbeete angelegt. Oberhalb des Krankenhauses stand, mit ihrer goldenen Kuppel weithin sichtbar, die prächtige Kirche des Heiligen Leopold, die über zwei Rampen erreichbar war.

Etwa in der Mitte des Hügels schloss uns unser Guide das derzeit nicht bespielbare Jugendstiltheater auf, das dringend auf einen finanzkräftigen Sponsor wartet, und wir durften uns darin umsehen. Als Elke begehrlich die Jugendstil-Lampen betrachtete, die Beschläge, den Stuck und die vielen gut erhaltenen Thonet-Stühle, weiteten sich ihre Pupillen vor tiefem Verlangen.

Anschließend brachte uns unser Guide in den früheren Krankenpavillon *V*, in dem sich jetzt eine Dauerausstellung mit dem für mich kuriosen Namen befand: *Der Krieg gegen die Minderwertigen des Dokumentationsarchivs des österreichischen Widerstandes*.

Hier berichtete Rosemarie, dass man früher im Volksmund das Spital *Narrenturm* nannte. Da lachten noch die meisten Teilnehmer unserer Gruppe. Unser Guide informierte uns ferner, dass während der letzten fünf Jahre des Zweiten Weltkriegs auf dem jetzt bildschönen und sehr gepflegten Gelände, auf dem wir uns gerade befanden, etwa achthundert der unfreiwilligen kleinen Insassen umgebracht wurden. Damals waren in dem Spital ein *Erziehungsheim* und die *Nervenheilanstalt für Kinder* integriert (mit dem Namen *Am Spiegelgrund*). Da guckten einige Personen ungläubig oder auch betroffen.

Rosemarie berichtete weiter, dass die getöteten Buben und Mädel zuvor von den dort praktizierenden Klinikärzten in verschiedene Kategorien eingeteilt wurden: Kinder von Huren, Alkoholkranken und Süchtigen, Erbkranke, Irre, Schwachsinnige, Körperbehinderte und nicht erziehbare Kinder und Jugendliche. Anschließend wurden sie langwierigen und unnötigen medizinischen Versuchen und Forschungen ausgesetzt und dabei unfassbar gequält. Über die in den meisten Fällen tödliche „Heil"-Pädagogik wurde zuerst von den Ärzten und dann von den Pathologen akribisch Buch geführt und genaue Statistiken erstellt. Alle umgebrachten Kinder wurden obduziert, präpariert und die Versuche mit ihnen für die Nachwelt katalogisiert. Eines der Ziele war, dass sich nur *erbgesunde* und *reinrassige* Eltern vermehren sollten.

Um in dem großen Spital für so viele Kinder überhaupt Platz zu schaffen, wurden dreitausendzweihundert der bisherigen erwachsenen Insassen dieser psychiatrischen Anstalt in die Tötung nach Hartheim überstellt und dort als *unwertes Leben entsorgt*.

Als wir den Pavillon verließen und hügelabwärts blickten, sahen wir unterhalb des Theaters auf ein ganzes Feld mit blühenden Buschrosen. Neben jedem der achthundert Rosenstöcke befand sich eine Solarstele, die des Nachts leuchtet. Eine Stele für jedes

Kind, das lebend hier ankam, aber das Klinikgelände nicht lebendig verließ. Es war beklemmend. Meine Perle weinte.

Als mir so ganz langsam dämmerte, welche vieltausendfachen Tragödien sich auf diesem landschaftlich so wunderschönen Grund und Boden abgespielt hatten, ließ mir das Grauen alle Haare meines Pelzes zu Berge stehen.

Ich bin klein, weiß nur ganz wenig und habe ein begrenztes Denk- und Merkvermögen, aber mir stellte sich spontan die Frage: Wenn in dieser Klinik so viele Kinder umgebracht wurden, wie viele waren es in Maria Gugging, dem Ort, in dem wir vorgestern waren, und wie viele in den anderen sogenannten *Narrentürmen* des Landes?

Plötzlich hatte ich nur noch einen einzigen Wunsch: Ich wollte schnell weg, ganz weit weg von hier. Mich interessierte auch nicht die von Otto Wagner gebaute Kirche mit ihrer goldenen Kuppel. Die sollte sich meine Dosine ohne mich anschauen. Ich wollte nur schlafen und diesen Horror-Albtraum vergessen.

Der vergebliche Versuch, das Sigmund Freud Museum zu besichtigen

Nachdem sich Elke die verlaufene Wimperntusche abgewischt und ihr Gesicht notdürftig restauriert hatte, saßen wir irgendwann später wieder im Bus und fuhren davon. Unser Ziel war das Sigmund Freud Museum im Gemeindebezirk Alsergrund. In seiner ehemaligen Praxis und Wohnung wollte sich meine Dosine eine Ausstellung zur Geschichte der Psychoanalyse und zum Leben und Werk des berühmten Mannes ansehen. Unser netter Busfahrer ließ uns an der Ecke Berg- und Schlickgasse aussteigen. Von dort aus waren es nur ein paar Katzensprünge, bis wir vor dem Haus in der Berggasse 19 standen. Hier hatte der Arzt fast fünfzig Jahre lang gearbeitet und gewohnt. Etwas merkwürdig fand ich schon, dass sich vor dem betreffenden Haus bereits eine Schlange gebildet hatte, die in der Zeit, in der wir dort anstanden, nicht einen Zentimeter aufrückte. Nach einer Weile gingen Elke und ich an den Wartenden vorbei ins Stiegenhaus und sahen auf jeder einzelnen Treppenstufe Leute stehen, die geduldig auf Einlass warteten.

„Entschuldigen Sie bitte!", rief mein liebster Mensch. „Ich möchte mich nicht vordrängeln, sondern nur wissen, wie lange Sie hier schon anstehen."

„Über eine Stunde", antworteten mehrere Leute von oben. „Heute ist Samstag und viel Andrang. Da dürfen nur so viele Besucher in das Museum eintreten, wie andere es gerade verlassen."

„Danke sehr!", sagte Elke und drehte sich um. Beim Weggehen warf ich noch schnell einen Blick auf das von einem Kunstschmied gefertigte prächtig verschnörkelte Treppengeländer und eine kunstvoll geätzte Glastür, die zum rückwärtigen Garten führte.

Als wir wieder auf der Straße standen, fragte mich meine Perle: „Fritzi, sollen wir zum Abschluss unserer Wienreise noch auf einen Sprung in den Prater fahren?"

„Au ja!", erwiderte ich sogleich. „Bestimmt treffen wir dort am Riesenrad Maria Schell und O. W. Fischer." Den Film hatten wir uns an Ostern zusammen in der Glotze angesehen, als es draußen regnete und wir uns langweilten. Hätte ich da schon geahnt, dass ich zwei Monate später auf Sisis Spuren wandeln würde, wäre ich gewiss aufmerksamer gewesen.

Fritzi und Elke fahren in den Prater

In der Liechtensteiner Straße nahmen wir den Bus bis zur Schottentor-Universität. Dort gingen wir nach unten zur U-Bahn und fuhren mit der U2 die drei Stationen in die Leopoldstadt zum Praterstern. So heißt hier der große Verkehrsknotenpunkt. Als wir dort ankamen, folgten wir den Menschen, die alle am Samstagnachmittag in den Vergnügungspark strömten, zurück ans Tageslicht. Den Teil der Praterauen, auf dem der Rummelplatz steht, nennen die Wiener abschätzig *Wurstelprater*.

Lass dir von mir gesagt sein, hier war es so wie in einem Disney-Park, der schon ein bisschen ältlich ist. Bei dem einhundertzwanzig Jahre alten Riesenrad fehlten einige Gondeln, die wohl zur Reparatur weggeschafft waren. Es gab allerlei Fahrgeschäfte, nicht gerade die neuesten, aber die man teilweise doch getrost Adrenalin-Highlights nennen konnte: Autodrom, Wildalpenbahn, Grottenbahn, Achterbahn, Go Kart-Bahn, Turbo Autodrom, Geisterbahn, Liliputbahn, Jokerbahn, fliegender Teppich und viele andere mehr.

Ich erinnere mich an ein sicher gruseliges Geisterschloss und das Hotel Psycho. Ein Spiegelkabinett und ein Kettenkarussell mit schwindelnder Höhe gab es auch.

Gar nicht gefallen hat mir das *Pony Caroussel* mit seinen bemitleidenswerten Pferdchen, die bei ohrenbetäubender Musik mit übergewichtigen Jugendlichen immer in einer Richtung im Kreis laufen mussten.

Seinen Hunger und Durst konnte man in über fünfzig Restaurants, Bars, Fressbuden und Eisdielen bekämpfen, sein Geschick beweisen in Minigolf- und Bowlinganlagen, beim Bogenschießen, Ballwerfen auf Blechdosen und Reiten. Einen Irrgarten gab es auch.

Der großen Katzenfee sei Dank, denn mein liebster Mensch hatte eine Flasche Wasser für mich mitgenommen und mein Näpfchen. Einige Naschis waren auch noch in der Tüte.

„Fritzi, was möchtest du dir hier angucken?", fragte sie mich. Ich wusste nicht, was ich antworten sollte, denn für heute hatte ich schon mehr als genug gesehen.

„Sollen wir mit der Liliputbahn durch die Praterwiesen bis hinunter zur Donau fahren?", fragte Elke. „Guck mal, der Lokomotivführer ist gleichzeitig auch der Heizer." Wir sahen zu, wie der Mann Kohlen schippte.

„Frag doch mal den Zugkapitän, ob er erlaubt, dass ich vorne bei ihm in der Lok sitzen darf!"

„Fritzi, ich glaube nicht, dass das geht. Sieh mal, der Mann hat selbst kaum Platz für seine langen Beine. Außerdem steht dort auch ein Schild mit einem durchgestrichenen Hund."

„Wie du weißt, betrifft mich das nicht, da ich eine Felidae bin und kein Canide."

„Das Thema hatten wir bereits mehrmals", erwiderte sie. „Die Bahn ist für Eltern und ihre Kinder, aber nicht für ihre Haustiere!"

„Gut, dann bist du *mein* Nesthäkchen und *ich* nehme dich mit", erwiderte ich fröhlich maunzend. „Kind, geh jetzt bitte zu dem Büdchen und kauf uns die Fahrkarten!"

*

Die nächste halbe Stunde ließen wir uns ganz gemächlich unter den Bäumen durch die Praterauen und den anschließenden Wienerwald kutschieren. Mir war alles egal, ich entspannte mich und relaxte. Der Fahrtwind verwuschelte mein Fell und auch Elkes Haarzeppeln.

„Mach doch bitte mal zum Andenken ein Foto von uns", sagte ich, „damit wir später einen Beleg dafür haben, dass wir zusammen hier waren." Aber mein liebster Mensch hielt sich immerzu an einem der Haltegriffe fest, als hätte sie Angst, dass es plötzlich steil bergab ging und wir in ein tiefes Loch fallen. Vielleicht befürchtete sie auch, dass wir mit der Bahn einen spontanen Überschlag in der Luft machen. Viel zu schnell war die Fahrt zu Ende.

Die Hitze spürten wir erst wieder, als wir an dem winzigen Bahnhof ankamen und aus unserem Abteil aussteigen mussten. Anschließend setzten wir uns noch eine Weile im Schatten auf eine Bank. Elke aß ein Eis, ich trank einen Schluck Wasser und lief ein bisschen herum, und dann gingen wir langsam zur U-Bahn-Station zurück. Zuvor kamen wir bei einer Rotunde an einer Hundespielwiese vorbei. Es gab auch ein extra ausgewiesenes Plätzchen mit einem Schild, auf dem *Hundeklo* stand. Nicht für Geld und gute Worte hätte ich dort ein Bächlein gemacht.

Mit der U1 fuhren wir in wenigen Minuten zurück zum Hauptbahnhof. Dort kauften wir im Spar an der Frische-Theke für meine Perle zwei Baguette-Brötchen mit Mozzarella-Tomaten-Belag und einen großen Becher Coleslaw (amerikanischer Krautsalat). Für mich erstanden wir eine reichliche Portion in dünne Scheiben geschnittene gegrillte Putenbrust. Mit unserem Fresspaket gingen wir zurück ins Hotel und setzten uns zu den anderen Gruppenmitgliedern in die Lobby. Kurz darauf holte jeder seinen Koffer und sein Handgepäck aus einem Konferenzraum, der heute zur Aufbewahrung unseres Gepäcks diente. Anschließend bewegten wir uns wie eine Großfamilie ägyptischer Wanderheuschrecken in Richtung Bahnhof. Sogar als die Ampel für die Autofahrer zwischendurch auf Grün sprang, ließen uns alle passieren.

Die Heimfahrt oder Der schöne Max

Die Fahrt zurück nach Hause schien rein gefühlsmäßig kürzer gewesen zu sein, denn sie zog sich nicht so endlos lange hin wie die Hinfahrt. Ich lag auf dem meist freien Sitzplatz neben unserem und auf Elkes Schoß. Abwechselnd guckte ich dabei aus dem Fenster, beobachtete meine Mitreisenden, wusch mich gründlich von Kopf bis Fuß, reflektierte das in den vergangenen Tagen Erlebte und meditierte zwischendurch. Auch der Rest unserer Gruppe schwächelte sichtbar. Die Frau, die eigentlich neben uns sitzen sollte, war stundenlang verschwunden. Irgendwann kam sie einmal auf eine Stippvisite vorbei, wollte sich aber nicht setzen, sondern fragte nur überaus heiter, ob wir sie nicht an die Bar im Speisewagen begleiten wollten. Dort sei die Stimmung gerade besonders fröhlich. Wir wollten nicht. Stattdessen picknickten wir und verzehrten unser Mitgebrachtes.

Anders als auf der Hinfahrt stiegen in Passau vier bewaffnete, finster guckende Polizisten in unseren Zug ein. Über ihren kurzärmeligen Hemden trugen sie schusssichere Westen. Obwohl ich nichts angestellt hatte, war mir plötzlich ganz komisch zumute. Die Hüter des Gesetzes beachteten mich aber nicht, sondern gingen missmutig um sich blickend an uns vorbei. Kurz bevor der Zug seine Fahrt fortsetzte, sah ich, dass sie mit vier schwarzhaarigen jungen Männern, die kein Fitzelchen Gepäck bei sich hatten, auf dem Bahnsteig standen und diskutierten. Wir fuhren ohne sie weiter.

Ich überlegte. Warum waren die Burschen in Österreich in unseren Zug eingestiegen? Was wollten sie an einem Samstagabend ohne Reisegepäck in Bayern? Ein plausibler Grund fiel mir nicht ein.

Als ich im vergangenen Frühjahr durch Amerika reiste, hörte ich, dass es dort immer noch Hunderte von *Hobos* gibt (früher waren das heimatlose Wanderarbeiter, jetzt sind es Eisenbahn-Tramps), die in Kurven und bei Steigungen auf die dann langsamer fahrenden Frachtzüge springen und so als *blinder Passagier* durchs ganze Land fahren. Aber wir saßen in einem schnellen Intercityexpress, auf den irgendwo unterwegs während der Fahrt aufzuspringen unmöglich war.

Vielleicht waren die Jugendlichen erwischt worden, weil sie bei einer Ticket-Kontrolle keine Fahrscheine vorzeigen konnten. Aber seit wann interessiert sich die Polizei für Schwarzfahrer? Oder waren es etwa Nachwuchs-Einbrecher, die auf Beutezug gehen wollten? Das war auch unwahrscheinlich, denn Diebe hätten bestimmt eine Tasche mit Werkzeug bei sich gehabt und eine weitere für den Abtransport ihrer Beute. Sahen so Asylanten oder Flüchtlinge aus? Ich wusste es nicht. Auch meine Dosine zuckte mit den Achseln, als ich sie fragte.

Nachdenken macht müde. Ich muss fest eingeschlafen sein, denn kurz darauf war ich schon daheim und saß vor unserem Computer. Als ich in den sozialen Netzwerken meine eigene Seite aufrief, blinkten verschiedene Lämpchen. In meiner Abwesenheit hatte mir der schöne Max aus Kassel eine Freundschaftsanfrage geschickt. Dazu schrieb er überaus liebenswürdig und fast fehlerfrei: ‚Liebe Fritzi Kullerkopf! Du leuchtender Stern in meiner Nudelsuppe! Als ich eben dein engelsgleiches Profilbild sah, durchzuckte es mich wie ein Stromschlag, und ich dachte sofort, eine so schöne und gebildete Kätzin wie dich möchte ich als Freundin haben! Du Traum meiner schlaflosen Nachmittage! Es schreibt dir ein intelligenter, fescher, lediger, monogamer, ehrlicher Kater in den besten Jahren. Ich wohne in Kassel, dem geografischen Mittelpunkt Deutschlands. Dort lebe ich in gesicherten Verhältnissen in einem Künstlerhaushalt, zusammen mit meinem Personal. Ich lade dich ein, mich ganz bald in meinem Atelier zu besuchen! Die Türen zu meiner Bleibe und meinem Herzen stehen dir offen, und meine Arme sind ausgebreitet, um dich willkommen zu heißen. Dein dich glühend verehrender Max.

PS: Bitte schiebe dein Kommen nicht allzu lange auf! Ich verzehre mich vor Sehnsucht nach dir!'

‚Aber Max!', erwiderte ich dem feschen Kater sogleich, der auf einmal lang ausgestreckt vor mir lag und sich jetzt neckisch auf dem Rücken hin und her räkelte. ‚Du leckeres Sahneschnittchen! Mein Prinz von Wilhelmshöhe und der Karlsaue! Erinnerst du dich nicht mehr an mich? Wir sind doch schon seit einer gaaaanz langen Zeit miteinander befreundet! Ich finde es auch schön, dass wir uns heute endlich einmal persönlich kennenlernen, damit ich einen bleibenden Eindruck bei dir hinterlasse!'

‚Fritzi Kullerkopf, das kann nicht sein', entgegnete der schöne Max irritiert, kniff beide Augen zusammen und schüttelte seinen Kopf. Dann fixierte er mich lange und kratzte sich beim Nachdenken an der Stirn. ‚Ich bin mir gaaaanz sicher, dass ich dich nicht kenne, und schwöre dir, bei allem, was mir heilig ist, dass ich gestern dein Foto zum allerersten Male gesehen habe!'

‚Lieber Max, ich weiß, dass dir Forellenfilets und Leberwurst heilig sind!', entgegnete ich. ‚Erinnerst du dich nicht mehr daran, dass wir schon per Skype miteinander kommuniziert haben?' Als nonverbale Antwort schüttelte der Kater so heftig seinen prächtigen Kopf, dass ihn jede Menge loser Haare ein paar Sekunden lang wie ein Strahlenkranz umschwebten, bis sie in Zeitlupe zu Boden sanken, wo sie liegen blieben.

Wir Frauen kennen ja all die wahren Geschichten, wenn Männer am Ende eines langen Tages auf einen Sprung weggehen, um am Wasserhäuschen oder an der Tanke noch schnell ein paar Zigaretten zu holen. Ab dann leidet das eine oder andere Geschenk Gottes an die Frauen (bzw. das Präsent der großen Katzenfee an uns Kätzinnen) urplötzlich an spontaner Amnesie (Gedächtnisverlust). Auf einmal kann sich die Krone der Schöpfung nicht mehr daran erinnern, dass daheim seine Gattin, eine hungrige Kinderschar, eine bucklige Verwandtschaft und jede Menge anderer Verpflichtungen auf ihn warten. Kurzentschlossen entscheidet er, sein altes Leben hinter sich zu lassen und mit einer anderen Partnerin in ein neues, vielversprechenderes zu starten.

‚Fritzi, das stimmt. Da kann ich dir nicht widersprechen', miaute der schöne Kater vergnügt. ‚Forelle und Leberwurst sind mein Leibgericht.'

*

‚Max, sagtest du eben nicht, dass du alleinstehend bist?', hakte ich nach. Dann quollen meine Fragen einfach so aus mir heraus: ‚Was ist denn mit der kessen Motti und dem schwäbischen Moppel passiert? In welchem Verhältnis steht ihr eigentlich zueinander? Ist nicht bei Dreien einer zuviel? Da würde ich doch nur stören! Wohnen die beiden nicht mehr bei dir daheim? Sind sie ausgezogen?'

‚Wie kommst du denn daaaarauf?', erwiderte Max gedehnt. Er war sichtlich irritiert. ‚Was denkst du denn von mir? Natürlich leben die beiden noch bei mir. Ich kann sie doch nicht einfach entlassen und *mir nichts, dir nichts* grundlos aus dem Haus jagen! Sie würden dann nicht nur ihren Schlafplatz verlieren, sondern auch hungernd und frierend in der Gosse landen oder bei Wohnsitzlosen unter einer Fuldabrücke enden. Nicht jeder hat das Glück wie *Bob der Streuner,* der von einem Junkie aufgenommen wurde, von ihm fortan in die Fußgängerzonen mitgenommen wurde und ihm dort beim Betteln half. Bob dankte dem Mann vieltausendfach für seine Adoption, denn man schrieb über sein Schicksal mehrere Bücher und ließ ihn als Hauptdarsteller in einem Spielfilm agieren.'

‚Du vergisst, dass wir derzeit Frühsommer und eine Hitzewelle haben. Außerdem kühlt es nachts nicht allzu sehr ab', unterbrach ich Max rasch.

Der Kater schien mir aber gar nicht zuzuhören, denn er fuhr fort: ‚Bei der derzeitigen Arbeitslosigkeit in Kassel wäre es fatal, wenn ich mich von dem Paar trennen würde. Sie wären praktisch chancenlos, neues Personal zu finden. Moppel erwarb sich seine Daseinsberechtigung in meinem Haushalt als mein Sparringspartner und Trainer, wenn ich mich sportlich betätige. Außerdem ist er mein Entertainer, wenn mich Schlaflosigkeit plagt. Motti manifestierte die Notwendigkeit ihrer Anwesenheit in meinem Heim, indem sie seit geraumer Zeit meine Yogalehrerin ist. Unter ihrer Anleitung mache ich täglich auf dem Sofa zahlreiche Entspannungsübungen und pendele dabei mein Yin und Yang aus, wenn es in Unordnung geraten ist. Auf mein Drängen hin, sozusagen als Qualifizierungs- und Weiterbildungsmaßnahme, nahm Motti bereits an einem Diplom-Fernkurs im *Pfötchenlesen* teil. Jede Frau braucht schließlich etwas Eigenes. Derzeit beschäftigt sie sich mit Astrologie. Sie muss jetzt nur noch lernen, wie man aus den Essensresten in unseren Näpfchen die Zukunft weissagt. An einem Lehrgang für Geisterbeschwörung melde ich sie auch noch an, damit sie exorzieren lernt. Wenn sie das alles beherrscht, hänge ich ihre Diplome an die Wand und promote (vermarkte) sie im Netz als Medium, genannt *Motti die Weise aus der Mozartstraße.* Von ihren Einkünften erhalte ich als ihr Manager Prozente, und von ihrem Anteil finanziere ich unsere Mahlzeiten aus Biofleisch vom Bio-Bauernhof.'

‚Wie sagt denn Motti aus den Essensresten in euren Tröglein die Zukunft voraus?', erkundigte ich mich. Vielleicht konnte ich bei der Gelegenheit auch noch etwas Interessantes für meine eigene Zukunft lernen.

‚Ja, das ist derzeit noch ein Problem', erwiderte Max zögerlich und kratze sich ausgiebig unter dem Arm. ‚Fritzi, obwohl du mich und meine Mitbewohner bisher noch nicht persönlich kennengelernt hast, durchschaust du das Dilemma und erkennst spontan die Schwierigkeit! Reste in unseren Schüsselchen gibt es nämlich nicht, seit der schwarze Gierschlund aus Sindelfingen bei uns wohnt. Der Viel- und Allesfresser lässt noch nicht einmal ein paar Krümel für Motti zum Üben übrig. Alles, was ich mir vom Munde abspare und für eventuelle spätere Hungerattacken im Napf liegen lasse, verputzt er *ratzifatzi*, ohne mich um Erlaubnis zu bitten!'

,Vom Wesen her erinnert mich euer schwäbischer Mohr an meinen Rüdiger. Wenn ich nicht schnell genug kaute, aß er mir auch immer alles weg.'

Anschließend waren Max und ich eine Weile still und hingen unseren Gedanken nach.

*

,Fritzi, hab ich dir eigentlich schon gesagt, dass ich ein Geschenk für dich habe?', fragte Max nach einer Weile und lachte verschmitzt. Als ich nicht umgehend antwortete, weil ich zuerst nachdenken musste, stieß er mich rasch mit dem Arm an. Ich fühlte ganz deutlich seinen spitzen Ellenbogen in meinen Rippen.

,Ein Geschenk? Wieso willst du mir etwas schenken?', fragte ich ihn verwundert. Ich war ein wenig verunsichert, aber auch neugierig und ein kleines bisschen misstrauisch. Meine Mama hatte meine Schwestern und mich früher mehrfach vor Männern gewarnt, die vorgeben, einer Frau etwas schenken zu wollen. Ihrer Meinung nach würden sie mehr oder minder schnell eine Gegengabe fordern, noch bevor sie ihr eigenes Präsent aus den Pfoten gelassen hätten.

,Rate mal, was es ist', miaute Max. ,Darauf wirst du nie kommen!' Er lachte.

,Was soll ich denn raten?', erwiderte ich lahm. ,Das ist aber ein blödes Spiel. Wenn du mir etwas schenken willst, dann gib es mir bitte gleich, damit ich mich *jetzt* freuen kann und nicht in fünf Stunden, wenn ich müde bin!'

,Nein, Fritzi, du bekommst es nur, wenn du errätst, was es ist!'

,Dann gib mir bitte einen Tipp!'

,Nein, rate zuerst! Mein Geschenk ist gaaaanz schön, aber auch seeeehr nützlich!'

Schön und nützlich, was konnte das sein? Ich begann zu rätseln: ,Ein geräuchertes Forellenfilet?' Das sah hübsch aus und schmeckte auch lecker. Max schüttelte seinen Kopf und lachte. ,Vielleicht ein Rädchen Kalbsleberwurst?'

,Nein!', rief er und juchzte vor Vergnügen. ,Fritzi, bitte rate schnell weiter!'

Egal was ich sagte, immer schüttelte er höchst amüsiert seinen schönen Kopf. ,Ein frisches Kasseler Mäuschen, eine junge Kaufunger Ratte, ein Stück nordhessische *Ahle Worscht*, eine Scheibe Treysaer Schwartenmagen, eine Portion Gombether Weckewerk, ein Rädchen Singliser Blutwurst, ein Scheibchen Borkener Bauchspeck, ein Eckchen Nassenerfurter *Dürre Runde*, ein ...'

,Nein, es ist nichts zum Essen', unterbrach er mich schließlich. ,Fritzi, es ist etwas gaaaanz anderes. Etwas, das du seeeehr gut gebrauchen kannst!'

Etwas Nützliches? Ich war mir nicht sicher, ob etwas Brauchbares ein adäquates Geschenk für eine zukünftige feste Freundin ist, bei der man Eindruck schinden möchte.

,Fritzi, jetzt rat schon weiter!', quengelte er. ,Schlaf nicht ein, du rotes Valium!'

Ich überlegte. Was konnte ich gut brauchen? Ich hatte doch alles: ein großes gemütliches Bett, in dem ich auch meinen liebsten Menschen schlafen ließ, regelmäßiges Essen, manchmal *richtiges* Geflügel, abends vor der Glotze ein paar Naschis, und wenn ich Ausgang bekam, auch Frischfleisch in Form von selbst erlegtem Kleinwild.

‚Fritzi, träumst du?', fragte Max jetzt ungeduldig und stieß mich mit seiner Stirn fest an. ‚Du sollst raten, dass ich dir ein Geschenk gemalt habe!' Rasch griff er sich jetzt mit seinem rechten Pfötchen an den Mund und kniff seine Lippen fest zusammen. ‚Oh, wie blöde von mir! Jetzt hab ich dir mein Geschenk selber verraten!'

‚Max, du hast mir ein Bild gemalt?', rief ich sogleich hoch erfreut. ‚Ach, wie toll! Ich liebe Malerei! Bitte zeig mir ganz schnell dein Kunstwerk!'

Max stand langsam auf und schob mir mit seiner Tatze das Blatt Aquarellpapier zu, auf dem er die ganze Zeit gelegen hatte. Zu sehen war ein wunderschönes Bild von ihm, neoklassizistisch mit dynamisch-frühexpressionistischem Anklang. Ich glaube, so sagt man zu dem einzigartigen Stil, wenn ein *Junger Wilder* seine ungestümen Gefühle zu Papier gebracht hat.

‚Ist das etwa für mich?', fragte ich zuerst verdattert und dann begeistert.

‚Ja, Fritzi! Das habe ich extra für dich gemalt, damit du nicht vergisst, wie ich aussehe!', erwiderte er stolz und nickte mehrfach mit dem Kopf. ‚Gell, mein Selbstbildnis ist mega-cool und voll geil!'

‚Max! Du bist der schönste, liebste und beste Kater, den ich kenne! Vielen lieben Dank!', miaute ich ganz aus dem Häuschen vor Freude. ‚Wenn ich das Bild mitnehmen darf, veröffentliche ich es in meinem nächsten Buch, das ich dir widmen werde!'

Da strahlte mein Freund von Ohr zu Ohr. Zuerst nickte er heftig, doch dann zog er mit seiner Pfote das Bild zurück. ‚Fritzi Kullerkopf! Du kannst mein Geschenk heute noch nicht mitnehmen! Ich muss es erst noch mit Farbe ausmalen!'

*

Plötzlich wurde ich unsanft geweckt. Elke zog ihre Hand unter meinem Kopf hervor und schüttelte sie mehrmals in der Luft hin und her. „Fritzi, entschuldige bitte, aber mir ist der halbe Arm eingeschlafen!"

„Deshalb machst du mich wach, nur um mir das zu sagen? Tickst du nicht mehr richtig?", erwiderte ich unwirsch. „Du hast mich aus einem gaaaanz schönen Traum geweckt!" Als ich mich dann streckte, um ihre Hand wieder zurück unter meinen Kopf zu ziehen, glitten unwillkürlich meine Spikes aus ihren *Garagen*.

„Fritzi, du sollst mich nicht kratzen!", zischelte mir jetzt meine Dosilla wie eine Viper zu. „Aua! Das tut weh! Was soll denn das?"

„Oh, entschuldige bitte", erwiderte ich rasch und besah mir die zehn winzigen Dellen, die meine Fingernägel kurzfristig in der Haut ihres Handgelenks hinterlassen hatten. „Sorry, das wollte ich nicht." Schnell streichelte ich mit meinem Pfötchen über meine nicht vollständig ausgeführten Akupunktionen. Ich stand auf, machte einen Buckel, drehte mich um meine eigene Achse und legte mich wieder bequem hin. „Hoffentlich ist Max nicht inzwischen mit meinem Bild weggegangen und schenkt es einer anderen Katze aus seinem Fanclub."

Sobald ich wieder im Traumland angekommen war, suchte ich den ganzen Zug akribisch nach ihm ab. Leider ohne Erfolg. Dann fiel mir ein, dass mein Freund in Kassel wohnt, einer Stadt, in der ich mich nicht auskenne. Ich nahm mir fest vor, ihn am kommenden Wochenende zu besuchen. Bei der Gelegenheit würde ich auch mein Geschenk in Sicherheit bringen und es mit nach Frankfurt nehmen, egal ob es inzwischen fertig war oder auch nicht.

*

Es war schon nach Mitternacht, also Geisterstunde, als wir wieder daheim in unserer Wohnung waren. Obwohl ich im Zug ein Weilchen geschlafen hatte, war ich noch immer rechtschaffen müde. Unseren Koffer packte Elke in dieser Nacht nicht mehr aus. Wir ließen ihn im Flur stehen und gingen sogleich ins Bett.

Fritzi macht sich Gedanken über das Verreisen

Jetzt sind wir bereits drei Tage aus Wien zurück, und die alte Routine ist schon wieder eingekehrt. Elke ist tagsüber am Flughafen; ich sitze daheim vor dem Computer und tippe meine Erlebnisse und Erinnerungen, oder ich chille auf dem Küchenbalkon und warte auf ihre Rückkehr.

Als wir im März aus Amerika zurückkehrten, war ich anschließend noch ein paar Tage *nebber der Kapp*, wie man im Frankfurter Slang so sagt. Mitten in der Nacht wachte ich auf, war für Stunden hellwach und konnte nicht wieder einschlafen. Ich spielte allein mit Elkes angefangenen Perlenketten, die ich neu arrangierte. Als sie mein Werk sah, war sie *not amused*. Vor Frust bekam ich Heißhungerattacken. Davon war ich so ausgepowert, dass ich den ganzen Tag über schlief oder *wie ein Schluck Wasser in der Kurve* auf einem unserer Sofas herumhing. Eigentlich sagt man zu dem Befinden *Jetlag*, wenn man seine innere Uhr durch das Überfliegen von Längengraden austricksen will und sie so aus dem Gleichgewicht bringt.

In Harmonie mit meinem Körper zu reisen, bedeutet für mich, ohne Jetlag am Ferienort anzukommen und, wenn der Urlaub irgendwann vorbei ist, ohne Befindlichkeitsstörungen wieder daheim zu landen. Als ich im Frühjahr aus Orlando abflog und wieder in Frankfurt landete, dauerte mein Unwohlbefinden nach dem langen Flug über mehrere Zeitzonen fast eine Woche. Ich vermute, das war ein Symptom dafür, dass meine Seele zu Fuß unterwegs war und deshalb viel langsamer reiste als mein Körper in einem Düsenjet.

*

Langsames Reisen mit einem Auto, Zug, Bus oder Fahrrad ist eine Form des luxuriösen Konsums. Sich ausreichend Zeit für die vielen neuen Eindrücke links und rechts des Weges zu lassen, sich regelrecht zum Schauen *Zeit zu nehmen*, da jeder Augenblick etwas Flüchtiges und Unwiederbringliches ist, das ist eine wahre Kostbarkeit.

Jeder von uns sollte sich bewusst darüber werden, dass nicht geklingelt wird, bevor der letzte Vorhang fällt.

Also, lasst uns die Zeit, die Muse und die Langsamkeit genießen!

Wenn die große Katzenfee Fritzi nach ihren Wünschen fragen würde...

Wenn jetzt die große Katzenfee käme und mich nach meinen drei größten Wünschen fragen würde, da müsste ich schon ein wenig nachdenken...

Bei meinem *ersten* Wunsch entscheide ich mich für ein neues privates Glück. Für einen Kater, der mich aufrichtig liebt, für das, was ich bin und nicht für das, was ich einmal war, oder für das, was ich mitbringe, oder für das, was ich geleistet habe, oder das, was ich ihm zukünftig Gutes tun werde.

Möglicherweise habe ich, wie viele andere Weibchen auch, einen Vaterkomplex, dessen Wurzeln bis weit zurück in meine Kindheit reichen. Von mehreren Frauen weiß ich, dass sie sich einen Mann suchen, der sie typ- und verhaltensmäßig an ihren Vater erinnert, der sie sicher beschützt, immer verwöhnt und nach Kräften fördert, mit Geschenken überhäuft und dessen Kreditkarte sie zum Glühen bringen dürfen. Das hat irgendwann einmal zur Folge, sofern die Kindfrau nicht rechtzeitig den Absprung geschafft hat, dass sie mit einem alten despotischen Mann zusammenlebt. Einem Gatten, der beharrlich behauptet, nicht ihr Vater zu sein, obwohl sie ihn Vati *nennt*, der schlecht hört und sehr vergesslich wird, der beim Essen sabbert und irgendwann *unten* undicht wird und sichtbar leck schlägt. Sollte ihn jemand nach seinen negativen Eigenschaften fragen, antwortet er nur mit einem einzigen Wort: „Verlustangst."

*

Der Auslöser für meinen Vaterkomplex hat einen anderen Ursprung. Ich kenne meinen Papa nämlich nicht persönlich und sah ihn auch kein einziges Mal. Meine Eltern trennten sich schon vor meiner Geburt. Ich weiß nur, dass mein Erzeuger ein polygamer Schwerenöter war, der mehreren Weibchen die Ehe und ewige Treue versprach. Dies konnte er nicht in die Wirklichkeit umsetzen, denn er war bereits gebunden. Außerdem war er kein Moslem. Böse Zungen behaupteten, er sei ein Bezirksbesamer gewesen, ein Profi-Rammler, der alle Kätzinnen mit Versprechen zutextete und sie begattete, wenn sie nicht rechtzeitig flohen. Meine Mutter war ganz vernarrt in meinen Erzeuger, den sie Amandus nannte, was übersetzt *der Liebenswerte* heißt.

*

Im Unterbewusstsein vermisse ich etwas, was ich nie am eigenen Leib erfahren habe: von einer männlichen Bezugsperson bedingungslos geliebt und geleitet zu werden. Mein früherer Lebensgefährte Rüdiger war für mich ein Glücksgriff, denn er liebte nur zwei weibliche Wesen: mich und unsere Elke. Rüdi war möglicherweise nicht monogam und treu, wie er versuchte mir einzureden, sondern nur zu ängstlich, in der Zeit unseres Zusammenlebens eine andere Katze kennen zu lernen. Mit anderen Worten, er war zu faul oder zu müde, und es war ihm zu unbequem, auf die Pirsch nach anderen Kätzinnen zu gehen. Ich sehe sein Verhalten jetzt aus einem anderen Blickwinkel, denn so wurden mir viel Kummer und Sorgen erspart.

*

Bei meinem *zweiten* Wunsch entscheide ich mich für eine stabile Gesundheit. Das ist vielleicht nicht besonders extravagant, prickelnd und spannend, aber wenn ich in den Gesundheitssendungen, die meine Dosine und ich immer in der Glotze gucken, mitkriege, an was man alles erkranken kann, dann muss ich meine Augen ganz rasch schließen und fix einschlafen. Nein, ich habe keinen Bock darauf, bis an mein Lebensende mit einer unerforschten Krankheit im Bett zu liegen, für die es keine Heilung und kein Gegenmittel gibt, oder mit einer Behinderung in einem Rollstuhl herumgefahren zu werden. Wie soll ich denn auf Mäusejagd gehen, wenn ich nicht selbst laufen und meine Beute verfolgen kann?

*

Bei meinem *dritten* Wunsch entscheide ich mich dafür, dass ich immer ein Dach über den Kopf haben will, unter dem ich mit meinem liebsten Menschen wohnen kann. Ich verbinde mein Heim mit meiner Dosine, ob wir uns im Hasenpfad in unserer Wohnung aufhalten oder zusammen auf Reisen sind. Wo immer Elke meine Schüsselchen hinstellt und mein Reiseklo deponiert, da bin ich zu Hause. Spezielle Ansprüche an mein Bett stelle ich nicht. Natürlich liege ich gern auf einem weichen Kissen, aber ein Pappkarton, eine Einkaufstasche oder ein Stapel alter Tageszeitungen tun es auch.

Meine Mutter sagte früher zu uns Kindern: „Es ist ein schönes Gefühl, jemanden zu lieben, auch mit dem Risiko, nicht zurückgeliebt zu werden. Außerdem ist es sicherer.“

Bei meiner Elke bin ich mir (zumindest derzeitig) überaus sicher, dass sie mich sehr gern hat. Gestern bestätigte sie es mir wieder beim Schmusen.

Irgendwo habe ich einmal gelesen, dass beim Streicheln einer Katze das Hormon Oxytocin vermehrt ausgeschüttet wird. Dies fördert menschliche Sozialkontakte, Vertrauen, Bindungen, Regeneration und Wohlbefinden und reduziert Angst, Depressionen und Stress. Erwiesen ist, dass Menschen, die mit Katzen zusammenleben, ein gestärktes Immunsystem haben und weniger anfällig für Krankheiten werden. Mich wundert, dass man Katzen nicht vom Arzt auf Rezept verschrieben kriegt. Krankenkassen sollten die Haltung von Katzen subventionieren. Finanziell rechnet es sich!

Aber Gesundheit, Liebe und Glück kann man nicht kaufen; sie fallen einem zu oder auch nicht.

Was sich Fritzi *nicht* ausdrücklich wünscht

Nein, Geld als Tauschwährung wünsche ich mir nicht. Es sei denn, wir müssten Frau Doktor Grobiana bezahlen oder uns ein Hotelzimmer mieten, beim Metzger Fleisch (für mich) und beim Türken Obst und Gemüse (für meine Dosine) kaufen. Mein liebster Mensch isst fast nur Grünes, Joghurt und Körnerbrot. Ich fürchte, sie wird, wenn sie einmal alt ist, kerngesund sterben.

Eine größere Wohnung brauchen wir auch nicht, sonst müssten wir eine Putzfrau einstellen. Elkes Schränke sind so voll mit Anziehsachen, dass die Türen kaum schließen. Für die nächsten zehn Jahre braucht sie keine Kleider zu kaufen. Auch Schuhe und Handtaschen hortet sie in allen Farben.

Ich bin eh jahraus, jahrein mit meinem roten Pelz immer gut gekleidet und wünsche mir weder Farbwechsel noch Strähnchen, Undercut oder bunte Extensions.

Mehr Nahrung wünsche ich mir auch nicht. Nein, ein zweites Kotelett passt nicht in mich hinein. Vielleicht könnte es gelegentlich qualitativ besseres Fleisch geben, das wäre okay. Weniger wäre fatal.

Neulich sah ich bei Facebook ein Video, das jemand mit seinem Handy in der Stadt Aleppo gedreht hat. Ein tierlieber Mann füttert dort zwischen ausgebrannten Häusern, in einem ehemaligen Garten, der eher einem verwüsteten Feld gleicht, unzählige von ihren Besitzern bei deren Flucht zurückgelassene Katzen mit gekochtem Reis. Als ich sah, wie sich meine zahlreichen entfernten Verwandten in einem Affenzahn den Wasserreis, ohne ein einziges Fitzelchen tierisches Eiweiß, in ihre Münder stopften, nur damit sie an diesem Tag *irgend etwas* in ihre leeren Bäuche bekamen, dachte ich, dass sich jede verwöhnte deutsche Schnurrbacke dieses Video ansehen sollte. Ich nahm mir auch vor, dass ich in Zukunft klaglos den Kitzikatzi-Doseninhalt essen würde, den mir meine Dosine manchmal hinstellt.

Wenn ich die Adresse des Mannes in Aleppo hätte, würde ich ihm glatt ein paar der Dosen aus unserem Küchenschrank mit ihrem unschmackhaften Inhalt, bestehend aus Schlachtabfällen und Leberresten, nach Syrien ins Kriegsgebiet schicken und sie meinen hungernden Cousinen und Cousins spenden. Der Mann wüsste sicher, was er damit tun sollte, nämlich sie den Hungerleidern kredenzen.

*

Würde ich derzeit mehr Nahrung zu mir nehmen, müsste ich mich auch mehr bewegen, öfter und länger joggen, höher springen, insgesamt ausdauernder sporteln, was aber nicht funktioniert, da ich fast immer eingesperrt bin. Außerdem macht Fangen und Abklatschen mehr Spaß, wenn man zu zweit ist und nicht allein.

Urlaub ist wichtig für mich, damit ich negativen Stress abbauen kann. Bei der Gelegenheit erhalte ich auch neuen *Input* in Form von Erlebnissen und Abenteuern für meine kommenden Fritzi-Bände. Ich wünsche mir, dass mir noch viele weitere Ideen einfallen, damit mein gegenwärtig angefangenes Buch etwas umfangreicher wird als eine Tageszeitung.

Noch viel weiter weg in Urlaub zu fahren als nach Hawaii, wie Elke und ich im letzten Winter, ist kaum möglich. Ich hörte einmal irgendwo, wahrscheinlich bei Günther Jauch, dass man an den Antipoden-Inseln herauskommt, grübe man sich von hier aus durch den Erdmittelpunkt hindurch und dann immer weiter in Richtung Neuseeland.

Der Erholungseffekt steigt aber nicht, je weiter man verreist. Bis ich mich an die neue Zeit, das andere Klima und das ungewohnte Essen auf den Antipoden gewöhne, kann es eine Weile dauern.

Sauberes Wasser brauche ich nur ganz wenig, da ich es nur in kleinen Mengen trinke und gewiss nicht damit dusche. Aber es ist sehr wichtig.

Wenn ich es mir genau betrachte, bin ich privilegiert, denn ich habe fast alles, was ich mir wünsche. Nur mit einem neuen Lebensgefährten, mit dem hat es noch nicht geklappt. Aber ich werde dir berichten...

Teil III

Die Katze,
die nach Kreta eingeladen wird

Marlis möchte wissen, was Elke im Unterricht erlebt...

Als unlängst mein liebster Mensch mit ihrer Freundin aus Wolfsburg telefonierte, fragte diese: „Was gibt es denn Neues aus dem Arbeiterparadies am Flughafen zu berichten?"

„Liebe Marlis! Manchmal hab ich das Gefühl, dass ich es nur mit Halb-, Hilfs- und Volldeppen zu tun habe", klagte meine Perle. „Heute war es am Airport so bizarr, als wäre gleichzeitig Vollmond, Sommerschlussverkauf und Oktoberfest mit Freibierausschank. Außerdem hatten wieder alle Narren der Gegend Ausgang."

„Arbeitest du diese Woche in der Schalterhalle?"

„Nee, die nächsten acht Wochen bin ich im Schulungszentrum und gebe dort verschiedene Lehrgänge. In den Terminals bin ich derzeit nur, wenn ich mit den neueingestellten Mitarbeitern Rundgänge vor Ort mache. Dann erkläre ich ihnen in den Schalterhallen und an den Abflugsteigen, was sie dort in Zukunft zu welchem Zeitpunkt zu tun haben und zeige ihnen die wichtigsten Institutionen hinter den Kulissen."

„Was kann ich mir darunter vorstellen? Was ist denn bei euch so wichtig?"

„Marlis, wir werfen zum Beispiel einen Blick in die Gepäckförderanlage und gehen anschließend bei den Kollegen von *Lost & Found* (Gepäckermittlung) vorbei, die uns etwas über ihren Arbeitsplatz erzählen. Dann lassen wir uns von einem *Weight & Balance*-Agenten ein Load- und Trimsheet zeigen, auf dem er oder sie gerade für den Kapitän, den Lademeister und den Ramp-Agenten errechnet hat, in welchem Teil des Laderaums im Flugzeug welche Fracht geladen werden muss und wie viel Kerosin für den Flug getankt wird. Wir gehen auch bei *Flight Operations* vorbei, wo die Wetterberatungen für die Cockpit Crews stattfinden, besichtigen die Arbeitsplätze der Kollegen vom Betreuungsdienst, die kranken, orientierungslosen und hilfebedürftigen Fluggästen beim Abfliegen, Umsteigen und Ankommen helfen, schauen beim VIP-Service vorbei und im Reisebüro, bei den kirchlichen Diensten und, und, und..."

„Elke, das kann ich mir gar nicht vorstellen. Gern würde ich bei einem deiner Rundgänge einmal dabei sein und Mäuschen spielen." Bei dem Wort Mäuschen wurde ich hellhörig, setzte mich gerade hin und spitzte meine Ohren.

„Was war heute los? Erzähl doch bitte mal!", bat Marlis. „Ich hör dir so gerne zu, wenn du vom Flughafen berichtest! Das ist für mich eine ganz eigene verwunschene Welt!"

„Marlis, das glaube ich dir glatt", erwiderte meine Dosine. „Aber verwunschen ist nicht das richtige Wort, verhext ist besser! Ich komme mir manchmal selbst so vor, als wäre mein liebster Kollege der außerirdische Alf vom Planeten *Melmac*, und ich würde in der Garage der Tanners meine Weiterbildungs- und Wiederholungslehrgänge halten, so grotesk ist es manchmal hier."

„Wie bitte? Du erinnerst dich noch an die Erlebnisse von Alf und der Familie Tanner, bei denen er Asyl bekam?"

„Aber sicher doch, liebe Marlis", freute sich Elke. „Das ist die Gnade der frühen Geburt, dass man sich noch an Sendungen erinnert, die beim Nachwuchs nur Kopfschütteln und Schulterzucken hervorrufen. Höchstwahrscheinlich habe ich alle gut einhundert Folgen der Sitcom gesehen." Beide Frauen lachten. „Hoffentlich werden sie demnächst mal wieder in der Glotze wiederholt!"

„Ja, den Alf mochte ich auch immer sehr gern, aber nicht, wenn er damit drohte, die Katze der Tanners zu verspeisen."

*

Die Frauen unterhielten sich noch eine Weile und ich meditierte derweil, bis Marlis fragte: „Sag mal, hat Fritzi heute Ausgang? Im Hintergrund ist es bei euch so leise."

„Marlis, ich bin hier und höre dir zu!", rief ich schnell, als ich meinen Namen hörte. „Ich liege in Elkes Armbeuge und ruhe mich aus." So laut wie möglich schnurrte ich jetzt, um zu demonstrieren, dass ich anwesend und wach war.

„Heute früh ist mir im Schulungszentrum etwas ganz Blödes passiert, auf das ich nicht vorbereitet war", berichtete Elke. „Als ich wie jeden Morgen mit den derzeit neu für den Check-in eingestellten studentischen Aushilfen kurz den Stoff vom Vortag wiederholen wollte, sah ich, dass einer der jungen Männer an seinem MP3-Player herumfummelte und sich gerade die Stöpsel in die Ohren steckte. Andere Lehrgangsteilnehmer hantierten ungeniert weiter mit ihren Handys, lasen laut Messages vor oder tippten und posteten Nachrichten. Wieder andere schwatzten miteinander und ließen sich von meiner Anwesenheit nicht dabei stören.

‚Darf ich Sie um Ihre ungeteilte Aufmerksamkeit bitten?', fragte ich und bemühte mich, so früh am Morgen nicht allzu unfreundlich oder bereits genervt zu gucken. Als die meisten der Neuen nicht reagierten, ließ ich meinen Schlüsselbund mit Schmackes auf die Tischplatte fallen, dass es schepperte. Alle, bis auf Herrn M., guckten jetzt fragend und neugierig nach vorn.

‚Das gilt auch für Sie, Herr M.! Würden Sie bitte aufpassen, wenn wir jetzt den Unterrichtsstoff noch einmal kurz repetieren! Sie haben ja bereits mehrere Themen verpasst, da Sie gestern erst gegen Mittag hier einliefen.'

‚Sie müssen etwas lauter sprechen', entgegnete Herr M. mit den Stöpseln in seinen Ohren, ‚sonst kann ich Sie nicht verstehen. Ich hatte heute noch keine Zeit, um mit meinem Gott zu sprechen. Das muss ich schnell nachholen und erst noch ein paar heilige Suren aus dem Leben des Propheten beten.'

‚Bei mir haben Sie jetzt schon ausgebetet', erwiderte ich und schluckte mehrmals trocken. ‚Der Lehrgang ist hiermit für Sie zu Ende! Bitte nehmen Sie alle Ihre persönlichen Sachen mit und melden sich um neun Uhr in der Personalabteilung bei dem Sachbearbeiter, der Sie eingestellt hat.' Anschließend hatten wir einen freien Stuhl im Zimmer."

„Nein, das glaube ich nicht!", rief Marlis entsetzt. „Ging dieser M. denn freiwillig aus dem Raum?"

„Nein, nicht wirklich", erwiderte Elke. „Es gab einen riesigen Tumult, weil ich den Mann angeblich an der Ausübung seiner religiösen Pflichten gehindert hatte. Man zitierte bei der Gelegenheit auch vorwurfsvoll das deutsche Grundgesetz. Einige Kursteilnehmerinnen redeten beharrlich auf mich ein, dass ich Herrn M. eine neue Chance geben sollte, da er wahrscheinlich nur Spaß gemacht habe. Ich versuchte den studentischen Aushilfen klarzumachen, dass sich diese Art angeblicher Späße nicht mit meinem Humor decken, ich sie nicht witzig finde und auch nicht darüber lachen kann. Mit möglichst neutraler Stimme sagte ich, dass es in unserem Land üblich ist, in seiner Freizeit zu beten und nicht während der vom Arbeitgeber bezahlten Arbeitszeit. Außerdem erinnerte ich sie daran, dass ein von zwei unterschiedlichen Parteien unterschriebener Arbeitsvertrag eine doppelseitige, für beide Seiten bindende Willenserklärung ist. Folglich haben Arbeitsverträge, wie es der Name schon sagt, etwas mit Arbeit zu tun. Die in dem Vertrag unterschriebenen Punkte müssen nicht nur vom Arbeitgeber, sondern auch vom Arbeitnehmer eingehalten werden. Mithin zieht eine Arbeitsverweigerung arbeitsrechtliche Folgen nach sich.

,Aber es ist doch *nur* ein Lehrgang!', scholl es mir aus mehreren Mündern entrüstet entgegen. Diese Einstellung verblüffte mich und machte mich sauer.

Ich erwiderte: ,Wenn Sie es bisher noch nicht gerafft haben, dann sage ich es Ihnen hiermit überdeutlich: Laut Ihres Arbeitsvertrags werden Sie für diese Schulung zu dem von Ihnen ausgehandelten Entgelt in voller Höhe bezahlt. Sie brauchen dafür *nicht* Ihre kostbare Freizeit zu opfern. Außerdem müssen Sie den Lehrgang, wie in anderen Firmen durchaus üblich, *nicht* aus eigener Tasche bezahlen; auch nicht, wenn Sie vor Vertragsende ausscheiden. Sollten Sie dies nicht akzeptieren, tut es mir leid. Dann bleibt mir nichts anderes übrig, als Ihnen vorzuschlagen, dass Sie eine andere Firma mit Ihrer mangelhaften Arbeitseinstellung unglücklich machen!'

Von dem Moment an waren die Fronten geklärt, aber die allgemeine Stimmung im Raum war äußerst schlecht."

„Kommt so etwas öfters vor?", fragte Marlis ungläubig.

„Nee, oft nicht", erwiderte meine Dosine. „Aber häufig passiert es, dass Aushilfen wortreich fordern, dass die Zeit, die sie brauchen, um von zu Hause zum Flughafen zu gelangen, ihr Auto zu parken und im Umkleideraum ihre Privatsachen gegen die Uniform zu tauschen, vom Arbeitgeber bezahlt werden müsste."

„Unglaublich", sagte Marlis daraufhin. „Das ist schier nicht zu fassen!"

„Meine Liebe! Manchmal glaube ich, dass ich kein Gehalt für meine geleistete Arbeit bekomme, sondern Schmerzensgeld, damit ich das Elend aushalte!"

*

„Marlis, habe ich dir schon erzählt, dass ein indischer Student vorletzte Woche während meines gesamten zweiwöchigen Lehrgangs ein Diktiergerät mitlaufen ließ?", fragte sie dann.

„Nein, das hast du nicht", erwiderte Marlis. „Erzähl mal! Das ist doch sicher gar nicht erlaubt."

„Natürlich nicht. Es ist mir gegenüber eine illegale Persönlichkeitsverletzung, die aber für den jungen Mann keine arbeitsrechtlichen Folgen hatte", sagte Elke. „In meinen Augen benahm er sich die ganze Zeit über recht *seltsam*. Er sprach zwar mit starkem Akzent, aber recht gut deutsch. Als bei Lehrgangsbeginn am ersten Tag eine Person *no-show* war (unentschuldigt fehlte und nicht mehr auftauchte), nahm er sich in der Frühstückspause gleich den freien Stuhl. Er stellte ihn direkt neben seinen, der jetzt an meinen Tisch stieß, und *parkte* dort auf der Sitzfläche seine geöffnete Aktentasche, seine Tupperdosen und mehrere Tüten mit Obst. Als ich den Mann fragte, ob er den zweiten Stuhl wirklich brauche, erwiderte er und wackelte beim Sprechen bestätigend mit dem Kopf: ‚Ich bin Brahmane (im indischen Kastensystem ein Angehöriger der obersten Kaste) und kann nicht zulassen, dass meine Tasche und mein Essen auf dem unreinen Fußboden stehen.' Dies hatte zur Folge, dass *ich* meine Handtasche und meine Unterlagen die ganzen zwei Wochen auf dem Fußboden abstellen musste, so beengt war es in dem Raum."

„Wie groß war denn die Gruppe?", fragte Marlis.

„Geplant waren achtzehn Leute in einem Zimmer für zehn Teilnehmer, aber einer erschien nicht. Von den siebzehn Anwesenden hatten nur zwei deutsche Pässe. Einer der beiden Deutschen kam aus Kasachstan. Oleg hatte anfangs nur einen kleinen deutschen und einen winzigen englischen Sprachschatz. Er gab aber an, dass er mehrere slawische Sprachen perfekt beherrsche, die ich aber nicht verstand. Zu dieser Gruppe gehörten auch eine kaum deutsch sprechende Frau aus Thailand, eine aus Vietnam und zwei Damen von den Philippinen, die massive Probleme mit der Sprache und/oder dem Begreifen hatten.

Zu jeder vollen Stunde erklang ein Weckton aus der Armbanduhr des Inders, was mich mächtig irritierte. Als ich ihn bat, den Ton zu deaktivieren, erwiderte er, er wisse nicht wie das gehe. Nein, die Uhr vom Handgelenk abziehen wollte er auch nicht, obwohl in unserem Raum eine Uhr an der Wand hing. Bis zum zehnten Lehrgangstag klingelte es weiterhin jede Stunde, was mich ausgesprochen nervte. Jeden Morgen wollte er als Erstes wissen, wann genau wir an dem Tag Mittagspause machen, damit er sich mit seiner Frau, die bereits als Aushilfe am Schalter arbeitete, in der weit entfernten Kantine im vierten Stock des Terminal 2 treffen konnte. Mit meiner Antwort, dass das mit dem zu vermittelnden Lernstoff zu tun hat und ich vorher nicht sagen kann, zu welchem Zeitpunkt *alle* siebzehn neuen Mitarbeiter den jeweiligen Stoff begreifen, war er nicht zufrieden. Im Laufe der Jahre hatte ich mir angewöhnt, mit einem Thema erst zum Ende zu kommen, wenn ich sah, dass *alle* den Stoff verinnerlicht hatten. So konnte ich nach der anschließenden Pause mit neuen Lehrgangsinhalten fortfahren. Die Mittagspause begann gewöhnlich irgendwann zwischen zwölf und dreizehn Uhr und dauerte eine Stunde lang.

Zwischendurch stellte mir der junge Mann allerlei volks- und betriebswirtschaftliche Fragen, die immer so anfingen: ,Entschuldigen Sie, aber können Sie mir sagen ...', oder ,Wissen Sie vielleicht ...', oder ,Interessieren würde mich ...' Seine Fragen hatten überhaupt nichts mit dem Lernstoff zu tun, den ich vermitteln musste. Mehrfach sagte ich: ,Hallo, Herr Singh! Aufwachen! Sie sind hier nicht in einer Talk-Show, sondern befinden sich in einem Grundlehrgang für studentische Mitarbeiter, die von mir komprimiert die Mindestkenntnisse beigebracht bekommen sollen, um am Check-in-Schalter eingesetzt werden zu können! Über Ihre für Sie interessanten, aber hier im Unterricht für uns nicht relevanten Fragen und Probleme zu Volkswirtschafts- und Betriebswirtschaftslehre freuen sich sicher Ihre Dozenten an der Uni! Dort stellen Sie bitte Ihre diesbezüglichen Fragen. Unser derzeitiges sehr wichtiges Thema lautet *Pass-, Ausweis- und Visakunde* und nichts anderes.'

Für mich ließen seine wiederholt vorgetragenen Fragen sein geringes Interesse an der Materie Luftverkehr erkennen und dass er mit seinen Gedanken meilenweit entfernt war. Der junge Mann kam auch mehrfach nicht pünktlich aus der Frühstücks- und Mittagspause zurück. Als ich ihn nach dem Grund fragte, erwiderte er, mit dem für Inder typisch hin und her wackelndem Kopf, wenn eine mündliche Aussage durch Körpersprache bekräftigt werden soll: ,Sie werden es mir wahrscheinlich nicht glauben, aber ich habe mich verlaufen und plötzlich nicht mehr gewusst, wo ich bin. Den Weg zurück ins Schulungszentrum fand ich nicht so schnell, denn ich fragte zuerst mehrere Leute, die den Weg aber auch nicht kannten!'

Richtig, das glaubte ich ihm wirklich nicht. Ein anderes Mal sagte er: ,Ich habe etwas Schlechtes in der Kantine gegessen und bekam plötzlich Durchfall und Bauchkrämpfe. Das ist der Grund, warum ich im Terminal 2 so schnell nicht die Toilette verlassen konnte.'

Nein, in die direkt neben dem Schulungszentrum befindliche Kantine mochte er nicht gehen, denn sonst hätte seine Frau das Terminal 2 verlassen müssen.

Vor und nach jeder der vier Pausen, die ich täglich machte, beschäftigte er sich immer wieder mit etwas für mich Unsichtbarem in seiner Aktentasche. Als ich ihn darauf ansprach, antwortete er mit wackelndem Kopf: ,Ich schaue nur nach meinem Kalkulator.'

,Legen Sie ihn doch bitte auf den Tisch', forderte ich ihn auf, was er aber unterließ.''

„Und wie ging es dann weiter?", fragte Marlis wissbegierig.

„Am zehnten und letzten Lehrgangstag schrieb die Gruppe mittags ihren Abschlusstest. Fast überall musste nur die richtige Antwort der Fragen erkannt und angekreuzt werden (Multiple Choice). Als mich der junge Mann höflich bat, ob ich ihm eine Frage ins Englische übersetzen könnte, ging ich zu ihm hin. Ich beugte mich über seinen Test, um zu sehen, um welche Frage es sich handelte. Bei der Gelegenheit blickte ich auch unwillkürlich in die aufgeklappte Aktentasche. Da sah ich, dass sich in dem obenauf liegenden angeblichen Taschenrechner kontinuierlich ein Anzeigenrädchen drehte. Es war kein Kalkulator, sondern ein Diktiergerät, ein Tonband. Mit ihm hatte der junge Mann bereits neun volle Tage lang jedes Wort aufgenommen, das ich zwischen acht Uhr morgens und sechzehn Uhr nachmittags gesagt hatte."

„Und was passierte dann?", fragte Marlis gespannt.

„Umgehend besorgte ich dem Mann einen Termin bei der Passageleitung und in der Personalabteilung. Beim Betriebsrat gab er als Schutzbehauptung an, dass er meinen kompletten Lehrgang ausschließlich deshalb aufgezeichnet habe, weil er mich wegen meines (angeblich) ausgeprägten Frankfurter Dialekts kaum habe verstehen können. Außerdem hätte ich für ihn zu schnell und zu leise gesprochen. Deshalb höre er zusammen mit seiner indischen Frau und seinen Schwiegereltern jeden Abend nach dem Essen die Tonbänder ab. Bei der Gelegenheit habe man ihm dann, sozusagen als private Dolmetscher, alles, was ich tagsüber gesagt und erklärt hatte, in seine Heimatsprache *Hindi* übersetzt."

„Warst du da nicht wütend?", fragte Marlis. „Das waren doch betriebsinterne Arbeitsanweisungen und Hintergrundinformationen, die er aufgenommen hatte. Und ein Flughafen zählt sicherheitsmäßig zu einem hochsensiblen Arbeitsplatz. Außerdem braucht man vorher die schriftliche Erlaubnis eines Dozenten und seiner Firma, wenn man die Absicht hat, etwas Gesprochenes auf Tonband mitzuschneiden, speziell, wenn man es anschließend anderen Personen vorspielen will."

„Ach Marlis!", sagte Elke. „Natürlich war das vorsätzlich und illegal, das wusste er auch, denn er log mich bewusst mehrmals an. Aber wie heißt es heutzutage so treffend? *Legal, illegal, scheißegal!* Ich kann nur froh sein, dass ich mich nicht auf *You-Tube* wiederfand."

„So kannst du es auch sehen", erwiderte Marlis und schluckte.

*

„Da fällt mir ein, an dem bewussten Lehrgang nahm auch eine sehr stille Dame aus Sri Lanka teil. Ich hatte mir schon Jahre zuvor angewöhnt und gute Erfahrungen damit gemacht, die Teilnehmer immer erst in die Mittagspause zu schicken oder sie nachmittags in den wohlverdienten Feierabend zu entlassen, wenn alle ohne Ausnahme signalisierten, dass sie mich verstanden und keine Fragen mehr zu den zuvor durchgenommenen Themen hatten. Als ich am ersten Tag mittags die neue Gruppe fragte: ‚Haben Sie alles verstanden, was ich bisher gesagt habe und es hoffentlich auch begriffen? Ja? Oder soll ich noch einmal etwas wiederholen?', signalisierten alle, dass sie bisher keine weiteren Fragen hatten; so sagte ich: ‚Gut, dann sehen wir uns pünktlich um vierzehn Uhr in diesem Zimmer wieder. Ich wünsche Ihnen einen guten Hunger! Bitte stärken Sie sich jetzt, denn nachher geht es noch zwei Stunden mit für Sie neuem Stoff weiter!'

Alle verließen mehr oder weniger schnell das Zimmer. Ich klapperte ungeduldig mit meinem Schlüsselbund, da ich rasch zur Toilette und dann in die nahe Kantine wollte und zuvor das Zimmer abschließen musste. Vor der Tür wartete die junge Frau bereits auf mich. ‚Was ist mit Ihnen?', fragte ich. ‚Wollen Sie im Zimmer bleiben und dort zu Mittag essen? Oder gibt es ein anderes Problem?'

In gebrochenem Deutsch sagte sie sehr leise, dass sie *nicht alles so richtig* verstanden habe. ‚Was haben Sie nicht verstanden?', fragte ich erschrocken.

‚Das, was Sie gesagt nach *Guten Morgen!*', erwiderte sie. Dann wackelte sie mit ihrem hübschen Kopf, schlug den Blick nieder und lächelte verschämt.

*

Ob und wie und wie lange es an diesem Tag mit den Gesprächen zwischen meiner Dosine und Marlis noch weiterging, daran kann ich mich nicht mehr erinnern. Mir fielen vor Müdigkeit die Augen zu. Die Geschichten, die mein liebster Mensch über ihre Arbeit erzählt, ähneln sich nämlich alle ein bisschen.

An einem anderen Abend fand folgende Unterhaltung zwischen Elke und ihrer Freundin statt, an die ich mich noch sehr gut erinnere:

„Marlis, als ich heute mit meiner derzeitigen Gruppe über diverse Flugzeugtypen sprach und ihnen zeigte, woran man die verschiedenen Hersteller und unterschiedlichen Baureihen optisch auseinanderhalten kann, fragte mich einer der Neueingestellten: ‚Warum wurde eigentlich die Concorde vom Markt genommen? Das war doch so ein tolles Flugzeug!' Da musste ich eine lange Geschichte stark verkürzen, denn sonst hätte sie mein zeitliches Limit für den Tag gesprengt. Ich erwiderte in etwa: ‚Die Concorde war ein unwirtschaftliches Flugzeug. Sie flog ausschließlich mit einer Bestuhlung, die im Ticket bei *Class of Service* mit *R* gekennzeichnet wurde. Für diese *Supersonic Class* wurde ein zusätzlicher zwanzig-prozentiger Aufschlag auf den First-Class-Ticketpreis erhoben. Aus Gewichtsgründen beförderte die Concorde keine Fracht, und beim Check-in wurde kein Übergepäck akzeptiert. Auch der Stauraum für Handgepäck war stark limitiert. Die Concorde konnte zwar über 2 Mach fliegen, also mit mehr als doppelter Schallgeschwindigkeit, verbrannte dabei aber so viel Kerosin, dass sie öfters zum Tanken zwischenlanden musste, was Zeit und zusätzliche Landegebühren kostete. Außerdem durfte sie nur über dem offenen Meer so extrem schnell fliegen, denn es tat einen unheimlichen Knall, wenn das Flugzeug die Schallmauer durchbrach.'

‚Ja, das ist auch logisch', erwiderte der Neue und tippte sich mit seinem Zeigefinger an die Stirn. ‚Es wäre auch viel zu gefährlich, wenn die kaputten Teile der Schallmauer nach unten auf die Erde fallen und möglicherweise dabei ein Atomkraftwerk oder eine ganze Stadt zerstören.'"

Elke klopfte mit dem Fingernagel auf die Sprechmuschel. „Marlis, bist du noch da?" Ich spitzte meine Ohren, hörte aber auch nichts.

„Das glaube ich jetzt nicht!", lachte ihre Freundin schallend. „Das ist ja irre komisch! Die reinste Realsatire! Von meinem *Lachflash* sind jetzt auch Sam, Boomer und die dreibeinige Jeanny aufgewacht, die neben mir auf dem Sofa liegen!"

„Richtig, so etwas kann man sich nicht ausdenken", erwiderte meine Dosine. „Knutsch deine Schnurrbacken mal von mir! Die besten Geschichten schreibt halt das Leben selbst."

In einem anderen Telefonat berichtete meine Perle ihrer Freundin, dass sie heute im Unterricht die drei verschiedenen Möglichkeiten durchgenommen hatte, wie man Haustiere mit dem Flugzeug transportieren kann, sofern es die Zoll- und Einreisebestimmungen der jeweiligen Ankunftsländer zulassen. Unterschieden wird in:

1. den Passagier begleitendes, zusätzlich mitgebrachtes und kostenpflichtiges Übergepäck (das Tier in seinem stabilen Transportkäfig) im Laderaum (im *Bauch* des Flugzeugs, unterhalb der Passagierkabine, nahe der Koffer), oder

2. vom Fluggast zusätzlich mitgebrachtes kostenpflichtiges Handgepäck (das Tier in seiner Reisebox oder undurchlässigen Tasche) in der Passagierkabine (unter dem Vordersitz des Besitzers), oder

3. unbegleitete Fracht (das Tier in seinem stabilen Transportkäfig) im Laderaum (im *Bauch* des Flugzeugs, in der Nähe der Koffer), aber ohne mitreisende Begleitperson.

Wichtig und dabei *unbedingt zwingend* vom Bodenpersonal und der Cockpitcrew zu beachten ist, damit das Tier nicht im Laderaum erstickt, erfriert, und von anderen Gepäckstücken zerquetscht wird oder damit das Tier nicht in der Nähe von gefährlichen Gütern (Trockeneis, strahlende Güter), Särgen und geruchsintensiven Lebensmitteln und Blumen verladen wird, dass jede Menge eigentlich logischer Vorschriften eingehalten werden. Für dieses wichtige Unterrichtsthema waren neunzig Minuten Zeit eingeplant.

Nachdem Elke den neuen Mitarbeitern jeden einzelnen Punkt bis ins Detail erklärt und begründet hatte, wiederholte sie alles noch einmal zusammenfassend. Sie regte an, dass Wichtiges von den Teilnehmern mitgeschrieben wurde. Absichtlich sagte sie vorab nicht, dass jeder einen Auszug der *Live Animals Regulations* (Vorschriften für Tiere auf Flugreisen*) von ihr, fein säuberlich getippt, bebildert und eindeutig zu verstehen, ausgehändigt bekommen würde, um daheim noch einmal alles durchlesen zu können und evtl. auswendig zu lernen.

Da sagte eine philippinische neue Mitarbeiterin zu meiner Dosine: „Machen Sie doch nicht so ein Geschiss wegen eines Köters oder ein paar Katzen! Wir daheim essen die! Die schmecken gut!" Dabei rieb sie sich ihren Bauch und schmatzte mit der Zunge.

„Marlis, in der folgenden halben Minute hätte man in dem Raum eine fallende Stecknadel hören können. Als der Tumult einsetzte, schickte ich alle Teilnehmer in die Pause!"

„Elke, sag bitte, dass du mich gerade veräppelst", rief Marlis entsetzt.

„Ganz gewiss nicht", erwiderte mein liebster Mensch. „Ich habe jede Menge Fotos von der Tierschutzbeauftragten des Flughafens bekommen, die beweisen, dass die Vorschriften im Umgang mit Tieren auf Flugreisen nicht nur von den Besitzern der Tiere, sondern auch vom Abfertigungspersonal sträflich missachtet werden. Oft zu ihrem finalen Nachteil..."

Heute am Flughafen

Als meine Dosine eben von der Arbeit kam, griff sie gleich zum Telefon. „Marlis", sagte sie, „du wirst es nicht glauben, über was ich mich heut Mittag in der Kantine halb schlapp gelacht habe! Mein Kollege Dieter gab zum Besten, wie er sich gestern, wie jeden Dienstag, mit seinen Freunden zum Kartenspielen in seiner Stammkneipe getroffen hatte. Als er zu vorgerückter Stunde heim kam, schlich er noch einmal in die Küche. Das Abendessen lag schon viele Stunden zurück, und nach den etlichen Bieren, die er getrunken hatte, war er inzwischen wieder hungrig geworden. Von dem frischen Bauernbrot mit der knackigen Kruste schnitt er sich eine Stulle ab und belegte sie dick mit dem leckeren Schmalzfleisch, das er im Kühlschrank fand. Er bediente sich auch aus dem Weckglas mit den Dillgurken, die von seiner Schwiegermutter stammten." Elke machte eine Pause und putzte sich die Nase.

„Wo ist denn die Pointe der Geschichte?", fragte Marlis. „Oder habe ich sie verpasst? Ich krieg auch immer Appetit auf einen herzhaften Happen, wenn ich spät nach Hause komme. Mit leerem Magen kann ich nicht einschlafen."

„Marlis, du hast Recht. Vielleicht ist die Story auch wirklich nicht richtig witzig. Das merke ich auch gerade", sagte meine Perle langsam und kratzte sich am Ohr. „Wie dem auch sei, als mein Kollege mit seiner Familie heute früh am Frühstückstisch saß, fragte seine Frau in die Runde: ‚Wo ist eigentlich das Schüsselchen mit Phillips Pâté abgeblieben, von der er gestern Abend nur das Gelee abgeleckt hat?' Alle zuckten mit den Achseln. Mein Kollege überlegte. Nein, es musste sich um eine Verwechslung handeln, denn er hatte, als er nach Hause kam, leckeres Schmalzfleisch gegessen und *keine* Pastete.

Übrigens, Phillip ist der Yorkshire-Terrier von Dieters Tochter."

*

Ein paar Tage später...

„Marlis, heute passierte mir etwas so Bizarres, dass ich hinter dem Schalter ohnmächtig wurde und einfach umgekippt und hingefallen bin!", sagte mein liebster Mensch, als sie unerwartet früh von der Arbeit zurückkam und gleich darauf nach dem Telefonhörer griff.

„Bitte erzähl!", feuerte ihre Freundin sie an. „Schieß los! Was hast du heute wieder erlebt?"

„Als ich in den Frühdienst kam, sah ich als Erstes in der Einsatzleitung nach, ob sich jemand krankgemeldet hatte. Daraufhin ging ich schnell in die Schalterhalle zur Abfertigung eines Fluges nach Burgas und machte unverzüglich einen zweiten Abfertigungsschalter auf, damit der Flug keine Verspätung bekommen würde. Neben meiner jungen Kollegin stapelte sich schon das Sperrgepäck der Fluggäste, das nicht durch die Gepäckförderanlage geschickt werden durfte, sondern manuell abgeholt und zum Flugzeug transportiert werden musste. Am Fußboden lagen Sonnenschirme, zusammengeklappte Kindersportwagen, Kühltaschen mit Lebensmitteln, Taschen und

Rucksäcke, aus denen Zeltstangen herausragten, und in Plastiknoppenfolie dick verpackte Paletten mit Limo, Cola und Bier."

„Äh, wo verbringen denn die Urlauber ihre Ferien", fragte Marlis irritiert, „dass die Touris außer ihren Koffern und Taschen mit Anziehsachen auch noch Essen und Trinken mitnehmen?"

„Die Leute heute früh flogen nach Bulgarien ans Schwarze Meer. Offensichtlich waren einige Selbstversorger unter ihnen, die kein Hotel gebucht hatten, sondern außer ihren Zelten auch noch einen Teil ihrer Verpflegung von hier mitnahmen."

„Das kann ich mir gar nicht vorstellen!", sagte Marlis. „Einen Urlaub mit Tütensuppen aus dem Aldi und Dosenbier vom Penny..."

„Das sind vielleicht Lebenskünstler, die sparen und sich einschränken müssen, weil sie nicht mehr Bargeld zur Verfügung haben", erwiderte Elke. „Die Küste heißt nicht umsonst Goldstrand. Die Natur soll dort wunderschön sein, und das Meer, wenn man es erst einmal erreicht hat, kostet nichts. Bulgarischer Rotwein ist lecker und preiswert, aber mit noch billigerem Bier aus dem heimischen Discounter kriegt man bestimmt auch am Campingplatz am Strand viel *Spaß im Kopp*! Wie dem auch sei, als ich sah, dass die junge Kollegin am Nachbarschalter ein Problem mit einem älteren Fluggast hatte, das sie nicht lösen konnte, ging ich schnell hinüber zu ihrem Schalter und fragte den Passagier: ‚Wie kann ich Ihnen helfen?'

‚Ich brauche unbedingt einen Platz am Notausgang', sagte der Mann aufgeregt. ‚Ich bin schwerbehindert.' Seinen entsprechenden Ausweis hatte er schon neben seinen Flugschein gelegt.

Statt zu einer barmherzigen Notlüge zu greifen und zu sagen: ‚Leider sind die Notausgänge bereits alle reserviert (oder schon ausgegeben)', sagte die Kollegin dem Mann wahrheitsgemäß, dass sie ihm den gewünschten Platz nicht geben dürfe. Wenige Wochen zuvor hatte die junge Frau im Grundlehrgang bei mir gelernt, dass bei allen Fluggesellschaften aus Sicherheitsgründen die Vorschrift besteht, Plätze am Notausgang ausschließlich an gesunde und kräftige Menschen zu vergeben, die im Notfall körperlich dazu in der Lage wären, die Flugzeugtüren zu öffnen, den Anweisungen der Crew zu folgen und den anderen Fluggästen beim Aussteigen behilflich zu sein. Der Mann bestand aber auf einem dieser wenigen Plätze mit mehr Fußfreiraum.

‚Ich hab doch einen Anus Praeter', sagte er leise. ‚Ich kann nicht stundenlang sitzen, sondern muss nach kurzer Zeit immer mal aufstehen und ein bisschen herumlaufen.' Mit zittrigen Fingern holte er ein schwarzweißes Foto aus einem Mäppchen und hielt es mir hin. Es zeigte ihn unbekleidet vom Hals bis zu den Knien."

„Dachtest du, er würde dir ein Pornobildchen zeigen?", fragte Marlis.

„Ich weiß nicht mehr, was ich dachte", erwiderte meine Perle. „Ich war wie vor den Kopf geschlagen. Jedenfalls begriff ich jetzt, dass der Mann einen künstlichen Darmausgang in der Bauchdecke hatte. Ich gab ihm rasch einen Sitzplatz in der ersten Reihe am Gang, der im Sitzplan nicht als Notausgang deklariert war, sodass er während des Fluges aufstehen konnte, ohne seine Nachbarn zu stören, und wünschte ihm einen schönen Urlaub."

„Elke, wurdest du danach ohnmächtig?"

„Nein, erst eine Minuten später, als ich wieder an meinen Schalter zurückgekehrt war und mich bei den geduldig wartenden Fluggästen für meine Abwesenheit entschuldigt hatte. ‚Frolleinchen, das macht doch nix!', sagte der sehr nette Herr freundlich, der als Nächster dran war. ‚Ob ich hier warte oder im Duty-free, das ist doch egal. Außer einem kleinen Koffer gebe ich nur noch dieses Gepäckstück auf.' Er lächelte mich freundlich an und reichte mir ein L-förmiges, großes und gut verpacktes Paket über den Schalter. ‚Bitte seien Sie damit sehr vorsichtig, damit es nicht kaputt geht. Darin befindet sich mein Schwimmbein, meine Prothese.'

Marlis, die nächsten Minuten fehlen in meiner Erinnerung. Ich erinnere mich nur noch daran, dass mich jemand kräftig an der Schulter schüttelte und mir Klapse ins Gesicht gab. Anschließend wurde ich von der Einsatzleitung für den heutigen Tag *knH* (krank nach Hause) geschickt."

*

Ein paar Tage später ...

„Marlis, es gibt so blöde Leute, das glaubst du gar nicht!"

„Nun erzähl schon! Ich höre dir immer so gerne zu!"

„Als ich heute mit einer Kollegin zum Warteraum C67 gehen wollte, um der Gatecrew beim Einsteigen zu helfen, und wir ein bisschen spät dran waren, sah ich in einem Gepäckwagen eine schmale Unterarmtasche liegen. Neugierig öffneten wir die Clutch. Darin befanden sich diverse Dinge: eine Brieftasche mit einem dicken Packen grüner Euro-Scheine, jede Menge Kreditkarten, zwei deutsche Personalausweise und zwei Führerscheine, die auf die Namen ein und desselben Ehepaares lauteten. Die Reisepässe und die Bordkarten fehlten. Die gedruckten Rückflugtickets, die Hotelgutscheine für die Unterkunft in Mombasa und die Voucher für eine Safari steckten in der Tasche. Es gab auch zwei Schlüsselbunde. An einem befanden sich jede Menge Sicherheitsschlüssel und einer mit zwei Bärten für einen Safe. Autoschlüssel für einen Benz sah ich auch und eine Parkmarke für die Tiefgarage am Flughafen. Eine kleine Schminktasche mit zwei Packungen Anti-Baby-Pillen lag noch darinnen. Das Interessante für mich waren die beiden Packen Visitenkarten: eine für einen Pelzhandel in der Karlstraße hinter dem Hauptbahnhof, und die andere für eine Adresse in Königstein im nahen Taunus, der zum Wohnen bevorzugten *Location* der Reichen und Schönen."

„Und was passierte dann?", fragte Marlis. „Habt ihr die Tasche ins Fundbüro gebracht?"

„Nein, wir ließen die Leute ausrufen und umgehend zu einem Schalter in der Abfertigungshalle bitten. Ihren Namen wussten wir ja und ihr Flugziel auch. Es dauerte keine zwei Minuten, da kam das Paar angerannt.

‚Sie haben die Handtasche meiner Frau gefunden! Geben Sie sie sofort her, sonst verpassen wir unseren Flug!', rief der aufgebrachte Mann. Seine Frau stand keuchend hinter ihm, fächelte sich mit einer Gala-Illustrierten Luft zu und sagte nichts.

‚Guten Tag Herr Jakubowitz! Jetzt beruhigen Sie sich erst einmal. Alles wird gut!', sagte ich und lächelte den Mann freundlich an, dessen Gesicht schweißnass und feuerrot war. ‚Ich rufe gleich an Ihrem Abflugsteig an und sage Bescheid, dass Sie unterwegs sind und sofort kommen. Würden Sie sich bitte vorher nur noch rasch ausweisen, damit ich sehe, dass Sie und Ihre Frau auch wirklich die rechtmäßigen Besitzer der Tasche sind.'

Der Mann funkelte mich wütend an, als hätte ich zu ihm gesagt: ‚Sie haben Popel an der Backe!'

‚Das ist unsere Tasche, das können Sie mir glauben!' Er griff über den Schalter nach der Tasche, die ich festhielt. ‚Geben Sie her, aber ein bisschen dalli!', rief er dann laut, fordernd und seeeehr ärgerlich.

‚Glauben tue ich am Sonntag in der Kirche', erwiderte ich leise. ‚Hier und heute möchte ich mich sicherheitshalber gern überzeugen. Also bitte...'

‚Das lassen wir uns nicht gefallen! Das wird ein Nachspiel haben!', fing er laut an zu schreien und schlug mit der flachen Hand auf den Counter. Die Leute um uns herum wurden auf uns aufmerksam und starrten uns neugierig und sensationslüstern an.

‚Ein Nachspiel für Sie oder für mich?', fragte ich trocken, inzwischen auch verärgert.

‚Ariel', mischte sich jetzt die Frau ein. ‚Zeig der Frau doch endlich deinen oder meinen Pass! Du hast sie doch beide; damit sie sehen kann, dass wir es wirklich sind.' Dies tat er dann widerstrebend, indem er beide Pässe auf den Schalter schmiss.

‚Das ist die reinste Willkür! Ich werde mich über Sie beschweren! Sie werden noch von mir hören! Das lassen wir uns nicht gefallen!'

Mich durchzuckte in dem Augenblick nur der eine Gedanke: ‚Beim nächsten Mal schmeiße ich seine Sachen umgehend in den Müll!', so sauer war ich inzwischen. Ich schob den beiden die Clutch über den Schalter und sagte: ‚Bitte überzeugen Sie sich *jetzt sofort* davon, dass nichts von Ihren Sachen fehlt.' Der Mann wühlte wortlos in der Tasche herum. Ein Dankeschön hörte ich immer noch nicht.

‚Ariel, gib den Frauen doch mal was für ihre Kaffeekasse', sagte sie dann und fügte leise hinzu: ‚Die warten doch jetzt darauf!'

‚Haben Sie überhaupt eine Kaffeekasse?', fragte der Mann etwas weniger barsch, aber schon halb im Gehen.

‚Nein, haben wir nicht!', sagte ich. Dann drehte ich mich um und ging mit meiner Kollegin in Richtung C67."

„OmG!", seufzte Marlis. „Wenn eine andere Person die Tasche gefunden hätte, dann wären der Pelzfuzzi und seine Angetraute sie möglicherweise für immer los gewesen. Die beiden hätten vielleicht auch noch den Inhalt ihres Pelzlagers verloren, den des Safes und den ihrer Privatwohnung."

„Du hast es erkannt!", erwiderte Elke. „Wenn das Paar den Verlust der Tasche erst nach dem Start des Flugzeugs entdeckt hätte, würde ihr Benz inzwischen höchstwahrscheinlich von seinem neuen Liebhaber direkt gen Osten chauffiert. Außerdem hätten die Leute Probleme mit dem Hotel in Mombasa bekommen, denn sie besaßen weder

Hotelgutscheine noch Bons für ihre Safari. Für den Heimflug hätten ihnen die Rück-
flugtickets gefehlt, denn die steckten auch in der Tasche. Dass sie sich aus Mangel an
Bargeld und dem Fehlen ihrer Kreditkarten abends an der Bar noch nicht einmal einen
Cocktail hätten leisten können, ist nicht so wichtig. Jedenfalls wäre es ihnen in ihrem
Urlaub nicht langweilig geworden, und ihr Handy hätte ständig geglüht."

„Aber neun Monate später wäre ihnen vielleicht ein Kind geboren worden", lachte
Marlis, „sofern der Mann seine Frau nicht vorher erschlagen hätte."

„Oder sie ihn", entgegnete mein liebster Mensch.

*

Ein paar Tage später...

„Marlis, hast du Zeit, dass ich dir mein Herz ausschütte?", fragte meine Dosine.

„Klar, für dich doch immer!", erwiderte ihre Freundin und lachte.

„Was mir heute passiert ist, das wünsche ich niemandem. Das war mit keinem
Geld der Welt auszugleichen. Als ich gerade zum Dienst kam, meinte der Kollege in
der Einsatzleitung, dass der Betreuungsdienst derzeit einen personellen Engpass habe.
In dem Moment rief jemand vom Flughafen-Klinikpersonal an und sagte, dass eine
philippinische Dame umgehend abgeholt werden müsse, da sie sonst ihr Flugzeug
verpasse. Offensichtlich war der Fluggesellschaft bei der Buchung des Fluges nicht
mitgeteilt worden, dass ein kranker Passagier mitfliegen würde, denn sonst wären
vorab Maßnahmen ergriffen worden. ‚Sag am Gate Bescheid, dass ich unterwegs bin',
sagte ich zu dem Einsatzleiter. ‚Kein Stress, ich bring die Frau rasch zu ihrem Warteraum!' Meine Handtasche schmiss ich auf einen Stuhl im Aufenthaltsraum und spurtete im dritten Gang zur Flughafenklinik. Als ich dort die zusammengekauerte Frau im
Rollstuhl sitzen sah, fragte ich leise eine Mitarbeiterin der Klinik, ob die Dame überhaupt flugtauglich sei. Jede Luftverkehrsgesellschaft versucht nämlich zu vermeiden,
dass ein Fluggast an Bord stirbt, da das eventuell eine ungeplante Zwischenlandung
bedeutet oder Verspätungen durch die Gesundheitsbehörden bei Ankunft nach sich
zieht oder einen Prozess, sofern die Verwandten des Verstorbenen die Airline auf
Schadensersatz verklagt.

‚Ja, die Frau fliegt zum Sterben nach Hause', wurde mir gesagt. ‚Ihr Sohn hatte sie
zu sich nach Deutschland kommen lassen, aber zu spät. Ihr Krebs war schon zu weit
fortgeschritten. Sie ist austherapiert. Der Sohn hat schon alles für seine Mutter arrangiert.'

‚Und wo ist er jetzt?', fragte ich irritiert. ‚Begleitet er seine Mutter? Fliegt er auch
mit? Ist Ihnen bekannt, was er für sie vorbereitet hat?'

‚Nein, soviel ich weiß, fliegt der Sohn nicht mit', erfuhr ich. ‚Er brachte seine Mutter nur zu uns. Jetzt holt er sich gerade einen Passierschein, damit er auch in die Tran-
sithalle darf. Er will sich am Abflugsteig mit eigenen Augen davon überzeugen, dass
sie einen guten Sitzplatz bekommt und man sich um sie kümmert. Außerdem möchte
er sich dort von seiner Mutter verabschieden. Es wird wohl das letzte Mal sein, dass
sie sich sehen...'

‚Wie bitte, die Frau hat noch keine Platzreservierung? Ist sie überhaupt eingecheckt worden? Wo ist denn das Gepäck der Dame, oder fliegt sie ohne?', stammelte ich fassungslos. Einen Koffer oder eine Handtasche sah ich nicht. In dem Reisepass, den die Dame fest in der Hand hielt, steckte nur ihr Flugschein. Eine Bordkarte hatte sie nicht, denn sie war noch nicht eingecheckt.

‚Haben Sie eine Information, wer die Dame in Manila am Flughafen abholt? Soll sie dort in ein Krankenhaus gebracht werden? Wenn ja, in welches? Ist bereits ein Krankenwagen bestellt worden? Oder fährt man die Frau gleich nach Hause?', wollte ich dann noch wissen. Dass sie in einem Privatauto abgeholt würde, hielt ich für ausgeschlossen.

‚Das weiß ich nicht. Das ist nicht unsere Arbeit', erwiderte die Pflegekraft. ‚Darum kümmern wir uns nicht. Dafür haben wir keine Zeit.'

‚Die Infos brauchen Sie auch nicht, sondern ich, denn ich muss die Telexe mit den wichtigen Inhalten nach Abflug an die Stationsleitung der Fluggesellschaft in Manila schicken, damit das Service-Personal bei Ankunft informiert und behilflich ist.'

‚Das müssen Sie alles den Sohn fragen', bekam ich als Antwort. Rasch rief ich bei B47 an und informierte die dortige Gate-Crew, dass ich so schnell wie möglich eine schwerkranke Dame für ihren ausgebuchten Flieger bringen würde, für die noch ein Sitzplatz geblockt werden müsse.

Kaum hatte ich die Flughafenklinik verlassen und bugsierte die Frau in dem von der Klinik geliehenen Rollstuhl in dem winzigen Lift nach oben auf Ebene 2, begann sie laut zu stöhnen. Ihr Kopf fiel ihr auf die rechte Schulter. Weinend rief sie: ‚Miss, please help me! I'm dying (Bitte helfen Sie mir. Ich sterbe)!' Dann verdrehte sie ihre Augen und verlor ihr Bewusstsein. In einem Hospiz würde man sagen: *sie himmelt.*

‚Nein, bitte sterben Sie jetzt nicht!', sagte ich so sanft wie möglich auf Englisch. ‚Sie fliegen jetzt gleich nach Hause!' Mit meiner rechten Hand stützte ich ihren Kopf, den sie nicht mehr mit eigener Kraft halten konnte, damit er nicht wieder abknickte. Mit der linken Hand schob ich so schnell ich konnte den Rollstuhl. Das Problem war, dass man einen manuellen Rollstuhl nur mit *beiden* Händen fahren und lenken kann. Immer wieder kam die arme Frau kurz wieder zu sich und rief dann in Todesangst: ‚Please help me! I'm dying!'

In meiner Erinnerung sagte ich sicher fünfzig Mal zu der Frau: ‚Bitte sterben Sie jetzt nicht!'

Unhörbar betete ich zwischendurch wie ein Mantra: ‚Universum, wenn es dich gibt, dann hilf mir bitte und lass die Frau jetzt *nicht* sterben!'

So schnell wie heute lief ich noch nie den weiten Weg zu B47. Ich drehte mich nicht um, und so sah ich auch nicht, ob ich einen Kondensstreifen hinter mir her zog. An jeder Schlange drängelte ich mich vorbei. Das Blöde war nur, dass die vielen anderen Leute an der Passkontrolle und beim Sicherheitscheck, anstatt mir aus dem Weg zu gehen, wie vom Blitz getroffen stehen blieben und die alte Dame und mich fasziniert und neugierig anstarrten. Am liebsten wäre ich ihnen über die Füße gefahren. Vereinzelt wurden Handys hervorgeholt.

„Jetzt komme sie schon zum Flughafen zum Sterben!", hörte ich einen Teenager sagen.

Fakt ist, dass ich die alte Dame noch lebend zum Warteraum brachte. Der Sohn zückte sogleich seinen Geldbeutel und zog einen Zwanzig-Euro-Schein heraus, den er mir mit einer großen Geste hinstreckte.

‚That's for your services rendered (Dies ist für Ihre erbrachten Dienstleistungen)!', sagte er laut und lächelte gönnerhaft. Ich zitterte am ganzen Leib, so empört war ich.

‚Thank you, Sir! This is an *all inclusive service* (Mein Herr, unser Service schließt alles mit ein)!', erwiderte ich, ignorierte seine ausgestreckte Hand mit dem Geldschein, drehte mich um und ging rasch weg."

„Elke, das klingt ja schrecklich!"

„Marlis, es war mehr als gruselig, das kannst du mir glauben!", erwiderte meine Dosine. „Ich hab immer noch die flehende Stimme der armen Frau im Ohr, die mich wimmernd um Hilfe bat. Was muss sie später alles noch erduldet haben auf dem endlos langen Flug nach Manila. Und was müssen die anderen Fluggäste und die Crew mitgemacht haben. Das Flugzeug war ausgebucht und kein einziger Platz blieb unbesetzt."

*

Ein anderes Mal...

„Marlis, du wirst es kaum glauben, aber gestern bekam ich gegen Abend einen gefrorenen Truthahn geschenkt!"

„Elke, wer beschenkt dich denn mit einem Truthahn?"

„Es war eine ganz verrückte Geschichte. Meine Schicht war vorbei. Ich war rechtschaffen müde und gerade auf dem Weg zum S-Bahnhof, um nach Hause zu fahren. Da las ich eine in Frankfurt gestrandete ältere Frau auf, deren Charterflug aus Chicago mehrere Stunden verspätet ankam, sodass sie ihren Weiterflug mit einem Linienflugzeug der Lufthansa nach Budapest verpasst hatte. Aus ihrem Ticket ersah ich, dass es nur für den einen bestimmten Flug gültig und jetzt verfallen war. Da ich mich nicht mit der Frau verständigen konnte, sie mich so hilflos und müde anlächelte, ich aber eigentlich auch nach Hause wollte, rief ich bei Malev an. Zum Glück hatte ich gleich den Stationsleiter der ungarischen Fluggesellschaft am Telefon. Ich bat ihn, für mich zu übersetzen. Mehrmals wechselte der Telefonhörer hin und her. Obwohl das Ticket der Dame nicht auf Malev übertragbar war und es sowieso inzwischen seine Gültigkeit verloren hatte, versprach mir der Stationsleiter, dass er seiner Landsmännin helfen wollte. Es gab gestern Abend noch einen verspäteten Flug seiner Gesellschaft, auf dem er die Frau ohne Umbuchungsgebühren oder anderweitige Kosten nach Budapest mitnehmen würde. Als das die Frau erfuhr, freute sie sich wie Bolle und ich mich für sie. Damit sie sich nicht verlaufen konnte, brachte ich sie mitsamt ihrem Gepäck eine Etage höher zum Abfertigungsschalter der Malev. Gestikulierend versuchte ich ihr zu verklickern, dass sie dort warten solle, bis der Schalter geöffnet wird. Als wir uns gerade mit Händen und Füßen voneinander verabschiedeten, gesellte sich der Stationsleiter zu uns, den ich zuvor noch nicht kennengelernt hatte.

‚Die Dame schenkt Ihnen den Inhalt dieses Kartons!', übersetzte er, als ich weggehen wollte. Er lachte von Ohr zu Ohr.

‚Nein, nein! Das kommt nicht in Frage! Ich bin selber froh, dass Sie Ihrer Landsmännin heute Nacht ermöglichen, in ihre Heimat zu fliegen. Ich bekomme nichts von der Dame!'

‚Ja, heute Nacht schafft sie es bis Budapest. Dort wird sie am Flughafen warten, bis morgen früh der erste Bus zum Hauptbahnhof fährt. Dann muss sie noch ganz weit mit dem Zug fahren, bis in die Nähe von Szeged, an die serbisch-rumänische Grenze, dort wo das Szegediner Gulasch erfunden wurde.' Er lachte. ‚Und von Szeged muss sie noch ein weites Stück mit dem Bus zu ihrem Dorf fahren.'

‚Wo ist da das Problem?', fragte ich lachend. ‚Schon in der Schule lernten wir das Gedicht von Matthias Claudius, das mit der Zeile beginnt: *Wenn jemand eine Reise tut, so kann er was erzählen.*'

‚Bis die Dame übermorgen bei sich zu Hause angekommen ist, ist der Truthahn bei der derzeitigen Hitzewelle in Ungarn schon längst aufgetaut. Nur noch der Hund kann ihn dann fressen.'

‚Was denn für ein Truthahn und was für ein Hund?', fragte ich und blickte mich um.

‚Der Truthahn ist in dem Karton', erwiderte der Stationsleiter und zeigte mit dem Finger darauf. ‚Und ihren Hund versorgt derzeit die Nachbarin in Ungarn.' Die Dame nickte mehrmals bestätigend und lachte.

‚Warum belastet sich denn die Dame mit einem gefrorenen Truthahn? Gibt es keine in Ungarn? Warum schleppt sie ihn aus Amerika bis hierher? Mich wundert, dass der Zoll ihn nicht bei der Einreise in die BRD konfisziert hat.'

Nachdem sich der Stationsleiter mit der Dame besprochen hatte, erklärte er mir: ‚Das Geflügel ist ein Geschenk ihrer Schwiegertochter, die ihn zum Abschied noch schnell in der Nähe von Madison in Wisconsin in einem Supermarkt für sie gekauft hat. Während des langen Transatlantik-Fluges taute er nicht auf. Im Laderaum ist es eiskalt, und bei der Einreise wurde sie nicht kontrolliert, sondern ging einfach durch. Aber bis übermorgen wird der Vogel nicht besser werden.'

‚Was soll ich denn mit einem ganzen Truthahn anstellen?', fragte ich. ‚Ich bin doch nur *eine* Person mit *einer* Katze.'

‚Ihn auftauen, braten, mit Freunden essen, Truthahnsandwiches und Geflügelsalat machen und die Reste des gebratenen Vogels in kleinen Portionen für später wieder einfrieren', übersetzte der Stationsleiter, nachdem er mit der Dame gesprochen hatte.

‚Ich möchte nicht, dass das Tier umsonst gestorben ist', erwiderte ich und bedankte mich herzlich bei beiden. Und so kam ich gestern zu einem amerikanischen Thanksgiving-Truthahn. Fritzi wird sich über ihn freuen!"

„Ich liebe Putenbrust!", miaute ich begeistert. „Hoffentlich ist er bald gar, damit wir ihn anschneiden können!"

„Elke, bekommst du öfters so noble und unerwartete Geschenke?"

Meine Dosine dachte nach.

„Vergiss nicht die Brautsträuße, die du mit nach Hause gebracht hast!", erinnerte ich sie. „Beide bekamst du im selben Winter geschenkt, da sie die frischgebackenen Ehefrauen auf ihrer Hochzeitsreise nicht mit in die Vereinigten Staaten nehmen durften. Der eine Strauß bestand aus fünfzig weißen und hellgrünen Rosen, und der andere war aus weißen Papageientulpen, gefülltem weißen Flieder, Schleierkraut und Schnittgrün üppig gebunden."

„Fritzi, du hast aber ein sehr gut funktionierendes Gedächtnis", sagte mein liebster Mensch zu mir. Und kurz darauf zu ihrer Freundin: „Marlis, wenn du mich so fragst, muss ich dir antworten, dass wir keine Geschenke von Fluggästen annehmen dürfen."

„Und was war mit dem *Sockey*-Lachs?", erinnerte ich meinen liebsten Menschen daraufhin. „Den hast du doch einmal am Heiligen Abend vom Flughafen mitgebracht."

„Richtig! Den hätte ich jetzt glatt vergessen! Den flachen langen Karton mit der Seite geräucherten und eingeschweißten kanadischen Wildlachs drückte mir ein Mann in die Hand, der bei Alitalia am Ticketschalter vor mir in der Schlange stand. Ich wollte nur ein Endorsement (Freigabestempel) für ein Ticket holen und überlegte gerade, was ich sonst noch alles arbeiten musste, bevor ich nach Hause gehen konnte. Der Italiener und der Kollege vom Ticketschalter debattierten heftig miteinander. Offensichtlich war, ohne das Verschulden des Passagiers, sein Flugzeug nach Hause bereits ohne ihn gestartet, und er war in Frankfurt gestrandet. Ganz genau verstand ich die Geschichte nicht. Jedenfalls drehte sich der Mann zu mir um und fragte in holperigem Deutsch: ‚Gehen Sie heute Abend noch nach Hause?'

‚Ja, in knapp zwei Stunden', erwiderte ich ganz verdattert.

‚Buon natale, Sie Glückliche!', sagte er, übergab mir den Lachs und schlug den Weg zur Rolltreppe in Richtung Sheraton Hotel ein.

‚Fröhliche Weihnachten!', rief ich ihm nach, ‚und mille grazie!' Er drehte sich nicht mehr um, sondern hob nur den rechten Arm.

*

Stunden später saß ich mit Fritzi und Rüdiger zusammen auf dem Sofa und gab mich bei Kerzenlicht dem *dolce Vita* (süßen Leben) hin. Es bestand aus *Fettuccine al Burro* mit *Porcini* und frisch geriebenem *Pecorino* (breite Bandnudeln mit in Butter gebratenen Steinpilzen und würzigem Schafsmilchkäse). Während ich die große Portion in mich hinein schaufelte, dachte ich mit Wehmut daran, dass neben mir auf dem Sofa noch genug Platz für einen feschen Mailänder Weihnachtsmann gewesen wäre."

Elke geht zum Arzt

Gestern riss die Spaßkurve plötzlich ab, als mein liebster Mensch frisch gefärbt vom Frisör nach Hause kam.

„Du hast die Haare schön, du hast die Haare rot", begann ich zu singen und um sie herum zu springen, aber Elke schien mich gar nicht wahrzunehmen. Anstatt uns etwas Leckeres zum Mittagessen zu brutzeln, schluckte sie auf einen Schlag vier Abführpillen und trank dazu jede Menge Leitungswasser, damit sich die Tabletten in ihrem Bauch rasch auflösen konnten. Noch mehr Wasser füllte sie in zwei unserer großen Glaskaraffen. Nach und nach schüttete sie in die Krüge vier Beutelchen einer speziellen Salzkombination mit zugefügtem Orangengeschmack und ganz viel pulverisiertem Süßstoff. Dann rührte sie mit einem Kochlöffel kräftig um. Beim Trinken verzog sie ihr Gesicht zu schrecklichen Grimassen. Zwischendurch stieß sie jede Menge verschluckter Luft wieder aus, würgte dabei ein bisschen und rief immer wieder: „Pfui Teufel! So ein widerwärtiges Drecksgesöff!"

„Was soll das? Willst du mich zur Vollwaise machen?", fragte ich sie vorwurfsvoll und ein bisschen verstört. „Warum trinkst du denn literweise diese obskure Flüssigkeit? In der könnte ich ja mein Seepferdchen-Schwimmdiplom nachholen!"

„Fritzi, ich muss bis morgen Mittag innen drin nicht nur rein, sondern auch blitzblank und sauber sein", erwiderte sie.

„Ist das Abbeize oder Kommodenlackentferner, den du in dich hinein kippst?"

Elke guckte mich nur an, als würde ich in der Klicksprache der Buschmänner miauen, antwortete aber nicht. Anschließend hing sie herum wie ein Schluck Wasser in der Kurve, guckte griesgrämig und wartete ab. Nichts passierte. Aber kaum lagen wir zusammen auf dem Sofa, um verspätet eine Siesta nachzuholen, spurtete sie alle paar Minuten in unser Hygienedepartement. Dort kauerte sie ächzend, sich vor Unbehagen nach vorne krümmend, auf dem an der Wand hängenden weißen Porzellanbrunnen. Aus Solidarität und Neugierde begleitete ich sie das erste Mal und sprang gleich in eine meiner Streukisten, in der ich ausdauernd und äußerst gründlich scharrte. Dabei überlegte ich, ob es nicht angebrachter wäre, zu einem späteren Zeitpunkt allein wiederzukommen.

„Fritzi, warum kratzt du so lange in der frischen Einstreu herum und schaufelst dabei Flugsand über den Rand?", fragte Elke, als hätte sie keine anderen Sorgen. „Spielst du etwa *Sandsturm in der Sahara*?"

„Wenn das ein Witz sein soll, dann verstehe ich ihn nicht und kann nicht über ihn lachen!", erwiderte ich und wechselte über in mein anderes Klo. Ich ließ mich nicht beirren und grub dort weiter. Auch dies schien sie zu stören, denn nach kurzer Zeit fragte sie mich: „Willst du vor Ort nachprüfen, ob Neuseeland noch von Wasser umgeben ist?"

*

Von dem Moment an ersparte ich es mir, aus olfaktorischen, akustischen und gesundheitlichen Gründen, sie weiterhin ins Bad zu begleiten. Meine Perle stieß nämlich auch ein hochexplosives Gemisch aus giftigem Methangas und nach faulen Eiern höchst übel riechender Buttersäure aus. Im Bergbau nennt man solch ein gefährliches Phänomen *schlagende Wetter*. Mit diesem Gasgemisch hätten die Stadtwerke höchstwahrscheinlich die Energie bereitstellen können, um das Abendessen in allen Haushalten unseres Stadtteils zu kochen.

Auch die halbe Nacht ließ mein liebster Mensch mich nicht in Ruhe schlafen, denn sie knipste ständig das Licht in Schlafzimmer, Flur und Bad an und kurz darauf gleich wieder aus. Elke befürchtete höchstwahrscheinlich, in der Eile und Dringlichkeit ihrer Zur-Klo-Rennerei über eine Teppichfranse zu stolpern und dabei hinzufallen. Auch stöhnte sie ständig ausdauernd und laut, als hätte sie ein großes Aua im Bauch.

„Warte erst einmal ab, bis du Wehen hast, weil du ein Kind kriegst oder zwei!", rief ich ihr irgendwann zu. „Dann hast du einen *richtigen* Grund zum Jammern!"

Das Wasser aus dem aufgestauten Brunnen im Bad rauschte heute Nacht so häufig und die Matratze unseres Bettes wackelte so oft hin und her, dass ich im Halbschlaf das Gefühl hatte, ich würde mich in einem Boot in einem Strudel unterhalb der Niagarafälle befinden. Mit dem vielen verplemperten Nass hätte man die halbe Sahelzone in eine Reisplantage verwandeln können.

„Du solltest mir besser die Nummer vom Notarzt aufschreiben", miaute ich zwischendurch einmal, „solange du noch bei Bewusstsein bist!"

„Nee, Fritzi! Kein Stress! Es ist alles in trockenen Tüchern", erwiderte meine leichenblasse Dosine. Sie tupfe sich mit Kleenex den kalten Schweiß von der Stirn ab und trocknete sich zum siebzehnten Mal in Folge ihre gewaschenen Hände an einem grünen Frotteetuch ab. Das war inzwischen bestimmt tropfnass und höchstwahrscheinlich die reinste Bakterien- und Virenschleuder.

*

Heute Morgen fiel bei uns beiden das Frühstück aus. Lieblos öffnete mir meine Dosine ein Döschen Latzikatzi und stellte es mir hin.

„In der Frühe mag ich keine Dosenleber essen! In Guantánamo wird damit gefoltert! Das solltest du doch wissen!", nörgelte ich herum. Um meinen Worten mehr Nachdruck zu geben, kratzte ich mit meinen Vorderpfötchen auf den Bodenfliesen neben der Dose, als würde ich meine eigenen, nach Veilchen und Jasmin angenehm duftenden Verdauungsendprodukte in einer meiner Streukisten vergraben. „Dosenleber riecht genauso *bäh* wie das, was heute Nacht aus dir herausgekommen ist!", fügte ich rasch noch hinzu, damit sie überhaupt wusste, wovon ich sprach. „Gib deinen schlappen hygienisch gesäuberten Synapsen jetzt rasch mal die Sporen und schneide mir bitte von der Putenbrust ein paar Reiterchen ab. Ich weiß genau, dass noch ein Rest davon im Kühlschrank ist!"

„Fritzi, auch gut! Dann isst du jetzt halt nichts!", sagte sie gleichgültig. „Ich hab schließlich auch nicht immer Appetit." Meine Perle steckte das von mir verschmähte Frühstück in ein Gefrierbeutelchen, verschloss es mit einem Clip und stellte es im Kühler neben mein Putenfleisch. Ich wette, heute Abend füllt sie alles in ein frisches Näpfchen um, streut eine Prise Parmesan oben drauf und versucht mir den Glibber mit einem Lächeln für neu zu verkaufen. So ist sie, meine Dosilla. Unverbesserlich sparsam und liebenswert.

Als Elke Stunden später aus der Praxis des Arztes nach Hause kam, rief sie gleich ihre Freundin Marga an, um zu berichten, woran sie sich erinnerte: „Als ich auf dem Behandlungstisch lag, standen sie zu viert um mich herum und suchten an meinen Armen nach einer Vene, in die sie die Braunüle für meinen *Chemo-Gong* versenken konnten. Aus allen Zimmern liefen sie zusammen: zwei Assistentinnen, der Junior und der Senior. Marga, du müsstest mal meine Arme sehen, Bluterguss an Bluterguss! Als hätte mich überall ein hungriger Vampir geknutscht und gebissen. Alle Vier stachen nacheinander zu, in der Hoffnung, in meinen Armen eine brauchbare Vene zu finden. Aus reinem Galgenhumor bot ich meine Besenreiser an den Oberschenkeln an und alternativ meine Krampfadern an den Schienbeinen. Da verschlug es ihnen die Sprache. Erst als ich avisierte, dass ich mich gleich in ein Straßencafé setzen, mich stärken und nach dem Frühstück geduldig und allerbester Laune wiederkommen würde, wurde der Senior fündig und traf eine Vene am Handgelenk."

„Weißt du noch, was du für ein Betäubungsmittel injiziert bekamst?", fragte Marga.

„Ja, ich hab extra nachgefragt. Das hochwirksame Narkotikum Propofol. Das bekam ich vor Jahren schon einmal gespritzt und reagierte darauf weder mit einer Allergie noch mit einer Unverträglichkeit."

„Ist nicht Michael Jackson an Propofol gestorben?", wollte Marga wissen.

„Ja, aber er bekam es zuvor über 60 Nächte in hoher Dosis gespritzt", erwiderte meine Perle. „Das hält auch das Herz des stärksten Gauls nicht aus."

Von da an fehlt mir ein Teil der Unterhaltung, denn ich muss eingenickt sein, ganz ohne Schlafmittel. Erst als das Wort *Darmspiegelung* fiel, wurde ich blitzschnell wieder wach.

„Wie bitte", miaute ich entsetzt, „du hast dem Arzt freiwillig deine Rosette gezeigt und sie von innen und außen mit einem Spiegel angucken lassen? Wozu soll *das* denn gut sein?"

„Fritzi, das verstehst du nicht", antwortete meine Perle rasch. „Eine reine Vorsorgemaßnahme."

„A....löcher würde ich genug sehen, wenn du mich einmal allein durch die Sachsenhäuser Vergnügungsmeile ziehen ließest, dort wo der Äppler (Apfelwein) jeden Abend in Strömen fließt", erwiderte ich gedehnt. „Und ich bin *kein* Proktologe!"

Sanierungsarbeiten bei den Nachbarn

‚Wie blöd muss ich denn gewesen sein, dass ich nicht schon viel früher auf die geniale Idee gekommen bin?', fragte ich mich hinterher. Heute trickste ich nämlich meine Perle aus! Endlich gelang es mir, von zuhause auszubüxen. Wie alles, wenn man es erst einmal geplant hat und dann in Angriff nimmt, war die Umsetzung in die Tat ganz einfach und logisch gewesen.

Zur Vorgeschichte: Die alten Nachbarn, die bis zu Beginn des vergangenen Winters in der Wohnung neben unserer gewohnt hatten, leben nicht mehr. Bis zum Frühjahr herrschte dort tiefste Ruhe, solange es dauerte, die Erbschaftsangelegenheiten zu klären. An einem Sonntagnachmittag im April halfen mein liebster Mensch und ich Frau Wiegand, der neuen Besitzerin, die Tapeten mit den großen Blumenmustern von den Wänden zu kratzen. Ihr gehört auch die Wohnung, die eine Etage darüber liegt und die sie selbst bewohnt. Unserer Nachbarin zu helfen, war schonender für Elkes Ohren und Nerven, als im Zimmer nebenan wie gelähmt am Computer zu sitzen und über Stunden die von Frau Wiegands Spachtel verursachten laut quietschenden Schabegeräusche an den Wänden zu ertragen.

Unter den äußerst gut verklebten abwaschbaren Tapeten kamen Stück für Stück als Makulatur auf den Putz geklebte Tageszeitungen aus dem Jahr 1974 zu Tage. Offensichtlich hatten die Vorbesitzer seit ihrem Einzug vor über 40 Jahren nichts mehr in ihrem Heim erneuern oder renovieren lassen. Es gab zwar einen Kachelofen im Flur und zwei elektrische Heizspiralen, aber keine Etagenheizung; auch die Hygieneabteilung war gut erkennbar sogenanntes *frühes Biedermeier*. In der Küche passte nichts zusammen. Sie war weder antik noch unmodern, sondern schlichtweg *oll*. In einer Ecke stand ein seit längerer Zeit nicht mehr benutzter Kohlenherd mit einem schwarzen Ofenrohr, das in die Wand führte. Auf dem Herd hatten eine vergilbte Kaffeemaschine und daneben eine elektrische Kochplatte ihren Platz gefunden. Über dem Ausguss aus Porzellan hing an der Wand ein kleiner Warmwasserboiler. Alle Leitungen lagen sichtbar auf Putz. Die wenigen schwarzen Steckdosen, die wie runde Schweineschnauzen von den Wänden abstanden, gehörten als Anschauungsmaterial für spätere Generationen ins Museum. Ich hörte, wie Elke murmelte: „Wie gut, dass wir hier nicht einziehen müssen."

*

Die *richtigen* Umbau- und Sanierungsarbeiten begannen in den ersten Tagen im Mai, als nebenan die Wände aufgeklopft, eine nichttragende Wand versetzt, ein Schornstein entfernt und das Mauerwerk unter den Fenstern herausgeschlagen wurde. Auch in der Wohnung darüber wurden in diesem Sommer, aber an anderen Wochentagen, die Balkontüren ausgetauscht und die Fenster durch jetzt bodentiefe ersetzt.

Ich hörte, wie die Besitzerin der beiden Wohnungen eines Tages zu meiner Dosine sagte: „Dann haben wir nur einmal den Krach und Dreck im Haus." Dass sich die Bauarbeiten aber bis weit in den Oktober hinziehen würden, verschwieg sie wohlweislich.

Um die Fenster vergrößern zu können, wurde im hinteren Teil des Gartens, aber nur auf der rechten Hausseite, ein Gerüst aufgestellt. Inzwischen wurde es schon Herbst, und es steht immer noch am selben Platz. Die Handwerker, die von außen das Mauerwerk rund um die neuen Fenster und die vergrößerten Balkontüren verputzen und streichen müssen, ließen sich bisher nicht blicken.

Ich weiß nicht, ob meine Dosine es spaßig meinte, als sie sagte: „Sollte das Gerüst im Frühjahr noch unverändert dort stehen, pflanze ich Geißblatt, Trichterwinden, Passionsblumen und wilden Wein drum herum an. Dann wird das Haus von hinten berankt und wuchert zu, sodass man das hässliche Gerüst nicht mehr sieht!"

*

Seit Mai herrschte bei uns im Haus fast täglich ein unbeschreiblicher Höllenlärm von all den Elektrikern, Heizungsbauern, Parkettlegern, Hygienedepartement-Stylisten, Fliesenlegern, Küchendesignern, Zwischendecken-Einziehern, Wandkosmetikern und Presslufthammer-Bernhards, die sich gegenseitig die Klinke in die Hand gaben. In den beiden Wohnungen brachten sie abwechselnd ihre Pendelhubstichsägen, Stahlbeton-Bohrmaschinen, Elektro-Tacker, Stakkato-Hämmer, Fugenfräsen und andere Krachmacher-Werkzeuge zum Glühen.

Kurzentschlossen kaufte sich mein liebster Mensch im Mai eine Jahreskarte für den Palmengarten. Wenn jetzt morgens nebenan die verschiedenen Arbeitsbrigaden anrückten, schmierte sie sich rasch einen Stapel Butter-Bemmen und verbrachte die nächsten acht Stunden unter Palmen.

Vergangene Woche musste Elke einen Teil ihrer vielen, am Flughafen geleisteten Überstunden abbummeln, sonst wären sie ersatzlos verfallen. Wir hätten eine wunderschöne Zeit zusammen auf dem Sofa oder auf einem unserer beiden Balkons verbringen können, wenn nicht der Krach gewesen wäre. So versuchten wir das Beste aus der Situation zu machen. Blöde war nur, dass das Wetter oft nicht mitspielte, denn es regnete während fast der ganzen Zeit. An ihrem ersten freien Tag nahm mich mein liebster Mensch in meinem Tragebeutel mit in den Palmengarten. Alle Wege waren aufgeweicht, zudem blies ein eisiger Wind. Wir zogen von einem Gewächshaus zum nächsten. Bei uns beiden fiel die Stimmung im Laufe des Tages bis zur Frostgrenze. Wir waren immer noch mies gelaunt, als wir gegen siebzehn Uhr wieder nach Hause kamen. Sie, weil sie durchgefroren und pitschepatschenass war und ich, weil mich mein liebster Mensch im Palmengarten nicht herumlaufen und Neues entdecken ließ. Der Grund war, dass wegen des nassen Wetters die Gärtner alle in den Schauhäusern arbeiteten und nicht draußen auf den Beeten. Überall wurde gelüftet und mit Wasser gespritzt. Wir waren sozusagen ständig unter Bewachung. Von da an blieb ich daheim, wenn meine Dosine wegen des Krachs das Weite suchte und ins Grüne floh. Manchmal machte sie aber auch die verschiedenen Einkaufszentren rund um Frankfurt unsicher.

Wie gut, dass mich Lärm nicht allzu sehr tangiert, denn ich krieche, wenn es mir zu laut wird, im Schlafzimmer unter unsere zusammengefaltete Bettdecke. Durch die wird der Lärm gefiltert. Es hört sich dann eher so an, als würde nebenan in der Glotze ein Wildwestfilm mit viel Geballer und Geknall laufen. Außerdem ist es daheim in meinem Biwak schön warm, dunkel und kuschelig gemütlich.

Fritzi läuft von daheim weg

Als ich eben auf der Fensterbank im Schlafzimmer saß, baute sich plötzlich und unerwartet in meinem Bauch ein so großer Druck auf, dass mir in meinem Ranzen gleichzeitig ganz pupsig und rülpsig wurde. In höchster Not rief ich „oink, oink, oink" und streckte meinen Hals ganz lang nach vorn. Ohne dass ich es wollte, begann ich zu würgen. Mühsam und schmerzhaft pumpte ich, Zentimeter für Zentimeter, die im Laufe der Zeit in meinem Magen angesammelten und inzwischen zu einem Filzklumpen verknäulten Haarballen meines ausgeleckten und verschluckten Pelzes wieder die Speiseröhre empor. Dann weinte ich noch einmal laut: „Oink, oink, oink!" Mit so viel Druck, als hätte ich zuvor einen Piccolo auf ex getrunken, katapultierte ich im nächsten Augenblick meinen Mageninhalt zurück ans Tageslicht. Boah, war das eklig! Und wie das roch! Unbeschreiblich grässlich.

Eigentlich wollte ich noch rasch auf den kleinen persischen Teppich springen, den meine Dosine von ihren Eltern geerbt hat und der in der Mitte des Zimmers liegt. Unter meinen Pfoten empfinde ich Perser als äußerst angenehm, ganz anders als Knüpfwerke aus Indien oder Pakistan. Perser sind vielseitig zu verwenden. An ihnen kann man sich besonders gut die Krallen polieren, winzige Fäden aus den kleinen Knoten ziehen, die Fransen kreativ durcheinanderbringen und *last but not least* (zu guter Letzt) auch ausgezeichnet auf sie kotzen. Wenn man sich nämlich mit aufgestautem Druck auf einem qualitativ hochwertigen textilen Bodenbelag übergibt, dann spritzt es einem nicht gleich wieder entgegen. Man beschmutzt sich nicht seine Pfötchen, und es fliegen einem keine Bröckchen als Querschläger um die Ohren. Dieses Wissen ist allen Katzen geläufig, denn wir bekommen es bereits während unserer Präge- und Erziehungsphase von unseren Müttern beigebracht.

„Kind, mach dich nicht absichtlich dreckig!", ermahnte mich meine Mama früher öfters. „Es ist ganz normal und auch gesund, sich gelegentlich zu übergeben, um Dinge aus seinem Magen zu entfernen, die dort nichts zu suchen haben und nicht in einen Bauch hineingehören. Aber pass gut auf, dass du nichts von dem Erbrochenen abbekommst. Denn wenn du dir danach dein Fell richtest und mit der Zunge glättest, wird dir sonst garantiert noch einmal schlecht. Dann fängt die ganze Geschichte nämlich wieder von vorne an. Solltest du merken, dass dir dein Mageninhalt hochkommt, dann versuche, ihn in eine Öffnung zu spucken, in der er verschwinden kann und unsichtbar wird", sagte sie. „Wenn keine zur Hand ist, speie auf ein Material, das rasch absorbiert und viel aufsaugt und von dem nichts zurückspritzt. Aufgeklappte PC-Drucker sind dazu äußerst gut geeignet, Halbschuhe, Stiefel und Handtaschen auch. Zur Not tut es auch ein Keyboard oder ein schlecht erreichbarer Heizkörper. Von einem Bücherregal herunter zu brechen ist optimal; zur Not funktioniert es auch zwischen den Blähtonkügelchen der Hydrokulturpflanzen. Als Kennerin weist du dich aus, wenn du dich auf einen Pullover aus Kaschmirwolle oder Alpaka übergibst. Aber die Krönung ist, auf eine frisch gebügelte Bluse aus Seide zu spucken, sofern deine zukünftige Dosine solch ein edles Teil besitzt. Super macht sich auch die Wirkung auf einem mit hellem Samt bezogenen Sofa. Schon aus reinem Selbstzweck wird sich keine einigermaßen vernünftige Katze auf Fliesen, Linoleum oder Laminat erleichtern. Sie müsste sonst anschließend ein Vollbad nehmen!"

Als es bei mir urplötzlich soweit war und mir die Haarballen-Übeltäter hochkamen, platschten sie, zusammen mit einem Teil meines Mittagessens, seitlich an die Fensterscheibe. Ich weiß, dies war kein idealer Ort, denn von dort aus lief alles auf das Travertin-Fensterbrett. Da war ich aber schon in die Küche gelaufen und hatte meine Näpfe gecheckt, ob sich darin noch etwas Essbares befand.

Das Gute bei uns Katzen ist nämlich, dass wir uns umgehend nach der Brecherei wieder gesund und putzmunter fühlen. Richtigen Heißhunger verspüren wir gleich danach, oder zumindest herzhaften Appetit. Daran könnten sich Zweifüßer ein gutes Beispiel nehmen!

*

„Fritzi, du bist doch ein richtiges Ferkel!", schimpfte mein liebster Mensch mit mir, als sie meinen ehemaligen Mageninhalt vor sich liegen sah. „Warum gehst du nicht zum Brechen ins Bad oder in die Küche?"

„Dosilla, wozu hast du eigentlich deinen Kopf?", beantwortete ich krätzig ihre unangemessene Frage mit einer Gegenfrage. „Deine Frisur ist ein Schrei nach Hilfe, und darunter steckt höchstwahrscheinlich ein Hohlblockstein, denn sonst würdest du es dir merken!" Ich war es wirklich leid, ihr immer wieder dasselbe erklären zu müssen. „Vergiss nicht, dass du meine Perle bist und ich nicht deine!", rief ich ihr noch schnell zu, bevor ich mich in Richtung Wohnzimmer trollte.

„Bei der Gelegenheit kann ich auch gleich das große Fenster und die Rahmen gründlich putzen. Dann brauche ich das nicht mehr zu tun, wenn ich in ein paar Tagen vor dem ersten Frost die Kakteen vom Balkon reinhole", sprach Elke jetzt leise vor sich hin. Anschließend pendelte sie mit Gummihandschuhen, Küchenkrepp, diversen Lappen und Wischern bewaffnet eifrig zwischen Küche und Schlafzimmer hin und her. Ich beobachtete sie und ihren blinden Aktionismus. Als sie im Hygienecenter einen Abrazo-Schwamm auswusch, ergriff ich meine Chance. Ich sprang hoch und trat auf das äußere Stahlblech-Fensterbrett des jetzt weit offen stehenden Fensters. Mit meinen Augen maß ich rasch die Entfernung zu dem Gerüst ab. Es war nicht allzu weit entfernt. Ohne lange zu überlegen, stieß ich mich mit den Füßen kräftig ab. Wie eine Zirkus-Akrobatin katapultierte ich mich dabei zur anderen Hausseite hinüber. Statt eines Recks ergriff ich mit meinen Pfötchen die dortige Querstange des Gerüstes. Einmal schwang ich hin und her. Dann ließ ich mich auf die darunter liegenden Holzbohlen fallen. Schnell guckte ich mich um. Mein liebster Mensch war so hektisch damit beschäftigt, Mückenschiss und Fliegenkacka mit einem Schwamm von dem Fensterrahmen und den Glasscheiben zu entfernen, dass sie gar nicht in meine Richtung blickte. Als ich in der Nachbarwohnung einen Handwerker entdeckte, der mitten im Raum stand, machte ich Männchen und kratzte hektisch mit den Spikes beider Vorderpfötchen an dem Glas der neuen bodentiefen Fenster herum. Es war ein grässliches

Geräusch, ähnlich dem von quietschender Schulkreide auf einer Schiefertafel. Ich traute mich aber nicht, zusätzlich noch laut zu miauen: „Mach mir bitte rasch auf und lass mich rein!"

„Ja, Putzigam (ungarisch: Liebling), woher kommst du denn?", fragte der fremde Mann lachend, als ich ihm unmittelbar danach in dem Zimmer um die Beine strich.

„Von nebenan", erwiderte ich lässig und schnurrte ihn laut an. „Das Christkind liefert seine Geschenke erst in zwei Monaten aus!"

Da die Tür zum Korridor ausgehängt war und sie im Treppenhaus an der Wand lehnte, verließ ich problemlos die große Baustelle. An unserer geschlossenen Wohnungstür spurtete ich vorbei, hinunter ins Parterre. Die große und schwere Eingangstür aus Glas war wie immer geschlossen. Kein Handwerker oder Hausbewohner kam oder ging, der mir die Tür nach draußen aufhielt. Also lief ich eine weitere Treppe nach unten zur Waschküche. Der großen Katzenfee sei Dank, denn diese Tür war nicht verschlossen. Rasch öffnete ich sie, indem ich auf die Türklinke sprang. Mit zwei großen Sprüngen durchquerte ich den Raum und hüpfte auf die nächstbeste Waschmaschine, die dort an der Wand stand. Ich machte Männchen und drückte mit meinem Kopf das nur angelehnte kleine Fenster zum Garten ein Stück weiter auf. „Freiheit, ich komme", miaute ich und sprang hinaus.

*

Damit mich mein liebster Mensch nicht entdecken würde, versuchte ich mich so unsichtbar wie möglich wegzuschleichen. Das ist nicht allzu einfach, wenn man einen leuchtend roten Pelz trägt so wie ich. Jede Deckung nutzend, erreichte ich die Himbeerranken und die Stachelbeerbüsche, die Frau Wiegand im vergangenen Frühjahr hier einbuddelte. Erst jetzt drehte ich mich einmal kurz um. Das Schlafzimmerfenster stand weiterhin offen, und Elke rieb noch immer mit Akribie und Ausdauer an den Scheiben herum. Hinter dem Quittenbaum hangelte ich mich an den jahrzehntealten Efeuranken, deren Haftwurzeln fest im Mauerwerk verankert sind, hoch bis auf die Mauer, die unseren Garten von dem der Nachbarn zur Linken trennt. Vorsichtig kletterte und sprang ich auf der anderen Seite wieder hinunter und landete in einem Beet voller Dahlien. Obwohl ich ihn nicht sehen konnte und er mich bestimmt auch nicht, kläffte ein dort im Erdgeschoss unlängst eingezogene Cocker Spaniel. Ich zog es vor, ihm nicht zu begegnen, denn Cocker gelten nicht umsonst als allzeit hungrige Allesfresser. Durch ein Loch in der schütteren Ligusterhecke drückte ich mich weiter in einen kleinen Hinterhof, den ich kurz inspizierte. Fast in jedem der rückwärtigen Gärten durchwühlten heute schwitzende Rentner mit Spaten und Rechen die abgeernteten Beete. Ich spurtete weiter, denn ich erinnerte mich daran, dass ich hier schon früher einmal von einem ungebildeten Neandertaler tätlich angegriffen und mit Dreckbrocken beworfen wurde, bloß weil ich vorhatte, in seinem Kräuterbeet ein Bächlein zu machen. *Kostenlose organische Bio-Düngung* nenne ich so etwas, sozusagen aktive unentgeltliche Nachbarschaftshilfe in Form einer anonymen mildtätigen Gabe.

Vielleicht kannst du mir spontan die Frage beantworten: Warum verwenden Kleingärtner unangenehm müffelnden, importierten Guano-Dünger aus dem fernen Peru, der aus nichts anderem als getrocknetem Pinguin-, Fledermaus- oder Kormoran-Kacka besteht, also verdautem und fermentiertem Fisch?

Meine höchstwahrscheinlich ähnlich wertvollen Verdauungsendprodukte würde ich gern einem der Wissenschaft aufgeschlossenen Hobby-Erdschollenkultivator als kontinuierlich wiederkehrende Spende überlassen. Finanzielle Interessen verfolge ich dabei nicht.

Bei Bedarf könntest du mich vielleicht vermitteln oder mich formlos kontaktieren. Meine Strompostadresse findest du ganz hinten in diesem Buch.

Im Grethenweg, hinter der Balustrade einer Hotelterrasse...

Vom Hasenpfad kommend lief ich durch die Ossietzkystraße und wunderte mich über die zahlreichen neu im Bau befindlichen Eigenheime. Unlängst hörte ich in den Nachrichten, dass die Bürger, anstatt ihr Gespartes zur Bank zu tragen, vermehrt in *Betongold* investieren. Ja, verbauten Beton sah ich hier reichlich, aber er war hellgrau und nicht goldfarben.

Als ich den Grethenweg erreichte, blieb ich unschlüssig stehen und überlegte, ob ich meine graugetigerte Freundin Aida besuchen sollte, die in dem Blumenladen am Südbahnhof wohnt und dort einer geregelten Arbeit nachgeht. Möglicherweise hat sie mich inzwischen schon vermisst. Vielleicht macht sich Aida aber auch keine Gedanken über mein Fernbleiben, da sie weiß, dass ich öfters auf Reisen gehe. Ich mag meine Freundin sehr. Sie ist eine ganz liebe Person und so informativ wie das Sachsenhäuser Wochenblättchen, das uns jeden Mittwoch ein Zeitungsausträger in unseren Briefkasten steckt, obwohl wir es nicht abonniert haben. Aidas Blumenladen ist die zentrale Nachrichtenbörse für den Klatsch und Tratsch in unserem Viertel. Meine Freundin weiß immer Bescheid, welche Kätzin in unserem Kiez guter Hoffnung ist, wer durch wen seine Unschuld verlor und welcher Kater kürzlich entwurmt oder entbommelt wurde.

,Aida muss ich heute unbedingt noch aufsuchen, bevor sie Feierabend macht', nahm ich mir vor. Aber zuerst bog ich nach rechts ab und lief ein paar Schritte den Grethenweg hinauf. Schräg gegenüber von einer riesigen Baustelle, die ich zuvor noch nicht gesehen hatte, da ich in den vergangenen Monaten nicht auf Patrouille gehen durfte, liegt das *Hotel am Berg*. Dort traf ich im Spätsommer vorletzten Jahres meinen Freund Ryan, einen dreibeinigen Veteranen aus Ernstbrunn in Österreich. Nachdem mir Ryan auf der Terrasse des Hotels einen ganzen Nachmittag lang von seinem tragischen Unfall und seiner spektakulären Rettung erzählt hatte, war ich, von seinen Worten tief bewegt und bis ins Mark erschüttert, auf direktem Weg wieder zurück nach Hause gelaufen. In der darauf folgenden Nacht schlief ich nicht, sondern saß bis zum Morgengrauen vor dem Computer. Aus Angst, dass ich vielleicht etwas Wichtiges vergessen würde, sollte ich das Aufschreiben seiner Biographie auf die lange Bank schieben, tippte ich jedes Wort ein, das mir mein neuer Freund berichtet hatte.

Erinnerst du dich noch an Ryans unglaubliche (Über)Lebens- und Leidensgeschichte? Nein? In meinem dritten Buch kannst du jedes seiner Worte nachlesen und noch viel, viel mehr. Dort findest du auch ein Bild von Ryan, damit du weißt, wie er aussieht. So kannst du ganz sicher sein, dass ich dich nicht anschummele.

*

Jetzt saß ich wieder auf der rechten Straßenseite, diesmal unter einem Laster, und guckte neugierig hinüber zu der Terrasse. Und genau wie vor zwei Jahren bewegte sich auch heute wieder ein Schatten hinter der Balustrade. „Ryan, mein lieber Freund!", zirpte ich freudig erregt. „Bist du es wirklich?"

Ich trat auf die Straße hinaus, blieb dort erwartungsvoll stehen, damit er mich sehen konnte, und spitzte die Ohren. Als ein Auto mit quietschenden Reifen um die Ecke bog und direkt auf mich zu raste, erwachte ich aus meiner Vorfreudenstarre. Mit einem Hechtsprung zurück rettete ich mich. Jetzt saß ich wieder hinter einem der großen Reifen, dort wo ich schon zuvor gesessen hatte, und lugte vorsichtig hervor.

„Das war aber verflixt knapp!", miaute ein mausgrauer Kater von der Balustrade herab. „Sir Henry sehen und sterben! War das dein Ziel?"

„Wer denn? Wo denn? Was denn?", erwiderte ich irritiert. „Einen Sir Henry kenne ich nicht." Ich kratzte mich am Kopf. „Außerdem heißt es *Neapel sehen und sterben.* Aber hier sind wir in Frankfurt, im Stadtteil Sachsenhausen und nicht am Vesuv in Italien. Außerdem will ich heute mein Leben bestimmt nicht beenden!"

„Du schönes Kind! Recht hast du! Heute ist kein guter Tag zum Sterben! Komm doch herüber zu mir; aber pass auf, damit du nicht überfahren wirst!", flötete der Graue.

„Seit wann geht denn der Berg zum Propheten?", erwiderte ich, aber der Kater guckte mich nur erwartungsvoll an und nickte auffordernd mit dem Kopf. Im Oberstübchen schien er nicht allzu helle zu sein.

„Kommst du nun, oder hast du es dir anders überlegt?", fragte er dann. „Glaube mir, wenn es mir möglich wäre, würde ich dich auf der Stelle abholen!"

„Dann hol mich doch!", rief ich neckisch. „Fang mich! Lass uns ein bisschen um die Wette rennen und *Abklatschen* spielen! Oder gibst du auf? Gibst du dich jetzt schon geschlagen?"

„Ich kann nicht! Es ist mir verwehrt", erwiderte der Graue kaum hörbar. „Komm bitte herüber zu mir und überzeuge dich mit deinen eigenen Augen!"

‚Was tut *frau* nicht alles für etwas Abwechslung, um der Öde des Alltags zu entfliehen, wenn sie vereinsamt und neugierig ist und sich gaaaanz schrecklich langweilt?', huschte es mir durch den Kopf. Dann überquerte ich zügig und zielstrebig die Straße.

Sir Henry von der Schimmersheide

„Schöne junge Frau! Herzlich willkommen auf der schlichten Terrasse meiner temporären Bleibe", schnurrte der schöne Graue. „Eigentlich bin ich es gar nicht gewohnt, ohne meine Leibgarde und ohne meinen Hofstaat zu sein. In meiner Liegenschaft, in der ich mit meinen Zweibeinern residiere, bin ich sonst immer umgeben von jeder Menge Security-Leuten, die mir die neuen Bittsteller, die irgendein Anliegen haben, vom Halse halten."

„Ich möchte dich um nichts bitten", miaute ich schnell, damit er wusste, woran er war. „Von dir brauche ich nichts. Im Gegenteil, ich habe von allem ausreichend, mehr als genug."

Es wäre unklug von mir gewesen, wenn ich dem Grauen, den ich noch nie zuvor gesehen hatte, gleich auf die Nase gebunden hätte, dass mir zu meinem eigenen Glück nur noch ein adäquater Partner fehlt. Aber wie jeder Welpe weiß, sind die so selten zu finden wie ungeschliffene Diamanten an einem Kieselstrand.

„Du nicht, du bescheidenes Kind", erwiderte er. „Du nicht, aber meine entfernten Angehörigen. Die bitten um alles Mögliche und noch viel mehr."

„Was wollen die denn von dir haben?", fragte ich beeindruckt, denn in letzter Zeit hatte mich niemand um irgendetwas gebeten.

„Oh, eigentlich ist es nicht der Rede wert", antwortete der Graue. „Es sind alles ausgehungerte Gierschlunde. Nichts als von mir und meinem Personal geduldete Asylanten, heimatvertriebene Flüchtlinge und aus mildtätigen Gründen ausgehaltene Ex-Streuner, die entweder um ein Essen, ein Lager, meine Aufmerksamkeit oder um anderweitige Heil- und Pflegeleistungen bitten. Manche erwarten auch alles zusammen; als *All Inclusive Package* sozusagen."

„Äh, wie bitte?", stammelte ich nicht allzu intelligent. „Ein paar Fragen hätte ich schon an dich. Wer bist du? Warum hat man dich hier angebunden und an den Tisch gefesselt? Bist du ein entlaufener Sträfling? Stammst du aus einem Tierheim, wie mein verschollener Rüdiger? Oder bist du neu im Viertel? Wurdest du gerade erst adoptiert und sollst du dich hier zuerst einmal akklimatisieren und eingewöhnen?"

„Aber nicht doch, du naives Kind! Mein liebster Mensch und ich sind nur für eine Nacht in dieser Herberge eingekehrt. Gestatten, mein Name ist Sir Henry von der Schimmersheide." Etwas herablassend, aber doch mit freundlicher Stimme fügte er hinzu: „Du darfst Henry zu mir sagen!"

„Angenehm, Henry", sagte ich. „Mein Name ist Fritzi Kullerkopf. Aber du hast mir noch nicht meine Frage beantwortet, warum du angebunden bist."

„Dann sieh mich doch einmal genau an, du schlichte Frau! Fällt dir an mir nichts auf? Beim Schnurrbart der großen Katzenfee, sehe ich etwa so aus wie *du*?" Er schüttelte seinen Kopf mit den ausgeprägten Bäckchen mehrmals verneinend hin und her und guckte mit gespielter Verzweiflung gen Himmel. Dann befeuchtete er seinen grauen Nasenspiegel mit der Zunge und zog seine kurze Nase ein wenig angewidert kraus.

„Ja, nein, nicht wirklich", erwiderte ich und starrte den Kater unverhohlen an. „Aber ich finde, dass wir uns schon ein bisschen ähnlich sehen, denn dein Kopf ist kugelrund wie meiner, und du hast eine Stupsnase, genauso wie ich. Außerdem haben wir beide kleine Ohren. Das heißt, du könntest ein Bruder aus einem anderen Wurf oder ein enger Verwandter von mir sein." Ich trat ein Schrittchen zurück und musterte mein Gegenüber mit Wohlgefallen. „Dein Pelz enthält keine Tigerstreifen, im Gegensatz zu meinem", dachte ich laut nach. „Ich habe gelbgrüne mandelförmige Augen und du hast goldgelbe runde, die so glänzen wie auf Hochglanz polierte Bernsteinkugeln vom Ostseestrand."

„Hmm, hmm", hüstelte der Kater. „Jetzt mach aber mal halblang! Ich bin mir positiv sicher, eine Verwandtschaft zwischen dir und mir lässt sich *definitiv* ausschließen! Schließlich bin ich ein reinrassiger blaugrauer Britisch-Kurzhaar-Kater", lehnte Henry kategorisch meine Vermutung bezüglich eventuell übereinstimmender genetischer Merkmale ab. „Mein Stammbaum lässt sich im vergangenen Jahrtausend über achtzehn Generationen, bis hin zu King George und Queen Victoria zurückverfolgen." Es entstand eine kleine Pause. „Und wie ist es bei dir?"

„Es liegt mir wirklich fern anzugeben", stammelte ich ein bisschen perplex, vorsichtig darauf bedacht, nicht mehr als unbedingt nötig zu flunkern. „Ich bin Fritzi Kullerkopf von Frankfurt-Sachsenhausen. Der Name meiner Mutter lautet Viola von Offenbach-Bürgel; in höheren Kreisen ist sie auch bekannt unter ihrem Kosenamen *Das dreifarbige Veilchen*. Mein Vater ist Amandus, Ritter von Ruckzuckweg, und mein verschollener Lebensgefährte hörte auf den wohlklingenden Namen Rüdiger-Pauli vom Frankfurter Hauptfriedhof."

Das war zwar nicht alles hundertprozentig richtig, aber auch nicht direkt gelogen. Ich bin keine Hochstaplerin, sondern hatte nur zum Namen meiner Mutter und zu dem von Rüdiger ihre beiden Geburtsorte hinzugefügt.

„Fritzi, mein kleines Burgfräulein! Überraschenderweise bist du anscheinend auch von adligem Stande, genauso wie ich, und eine *von...*", konstatierte Henry versöhnlich. Auf einmal schien ich ihm ein bisschen besser zu gefallen, war ich ihm doch fast ebenbürtig.

Da neigte ich verlegen meinen Kopf und dachte mit einem klitzekleinen schlechten Gewissen: ‚Ja, ich bin auch eine Dame von Adel; eine geborene *von Lügenmaul*.' Es entstand eine kleine Pause. Einen Moment lang hingen wir beide unseren Gedanken nach. ‚Hätte mich ein Kater von hohem Stande gefreit, eine Prinzessin wäre ich heut!', schoss es mir plötzlich durch den Kopf.

„Weißt du, Fritzi", fuhr Henry fort, „meine Perle, die umsichtige Anna, band mich hier an einem Tischbein fest, damit ich nicht weglaufen kann, beziehungsweise nicht gestohlen werde." Ich vermutete eher das Erstere, erwiderte aber nichts. Bei manchen Nachfahren des Hochadels bin ich mir nicht sicher, ob sich nicht doch bei ihnen die Folgen nachweisbarer Inzucht bemerkbar machen.

Nicht immer muss man alles sagen, was man denkt. So etwas heißt diplomatischer Scharfsinn, gepaart mit Konfrontationsvermeidung und cleverem Taktieren. Vielleicht würde ich eines fernen Tages noch in die Politik gehen...

Ich war mir ganz sicher, nur tagsüber unterscheidet sich Henrys Optik ein wenig von der anderer Schnurrbacken meines Viertels, denn bekanntlich sind in der Nacht alle Katzen grau; einschließlich der Kater. Wenn es draußen dunkel wird und man sich zu einem Schäferstündchen trifft, ist sowohl ein Stammbaum als auch ein Adelstitel schnurz-piep-egal, zumindest in meinem Kiez.

„Und wo ist deine Dosine jetzt?", fragte ich neugierig. „Hoffentlich vergisst sie dich nicht hier draußen und geht ohne dich weg!"

„Aber nicht doch! Sie sitzt drinnen im Frühstückssalon mit den anderen Fluggästen. Höchstwahrscheinlich beobachtet sie uns." Henry zeigte mit seinem runden Kinn geradeaus in Richtung der Terrassentür. Wir winkten beide mit unseren Schwänzen, aber nichts geschah.

„Warum hast du nicht daheim geschlafen?", fragte ich neugierig. „Oder gehörst du zum Jetset, schläfst in fremden Betten und reist um die Welt?"

„Nein, aber fast. Zuerst besuchten wir Annas Eltern und ihre Schwester Silvia in Dremmen. Fritzi, weißt du, wo das liegt?"

Ich schüttelte meinen Kopf. „Nein, aber sicher nicht allzu weit entfernt von Amerika. Da war ich nämlich letztes Jahr."

Henry ging nicht darauf ein, sondern erwiderte: „Du kennst Dremmen noch nicht? Fritzi, das ist eine Bildungslücke! Den Ort *muss* man kennen! Er ist cool, hip, stylisch, en vogue und total *in*; schlichtweg *der* Treffpunkt, besser gesagt der *Hotspot* der Reichen und Schönen! Außerdem gibt es dort gaaaanz viel Natur. Und nachts, das kannst du mir glauben, steppt in Dremmen der Bär! In der *Location* trifft man all die rolligen *It-Cats* und den willigen Felidae-Nachwuchs." Henry lachte in sich hinein. Dann schloss er die Augen und ließ sein Becken kreisen wie einst Elvis, *the Pelvis*. „Schön war es dort!"

‚Einen Penny für deine Gedanken...', dachte ich unschlüssig.

„Von hier aus ist der Ort gaaaanz weit entfernt. Dremmen liegt da hinten, gleich neben Aachen." Henry drehte sich um und zeigte mit seiner Pfote nach Nordwesten. Dann schloss er verträumt seine Augen und schnalzte ein paar Mal mit der Zunge. „Tse, tse, tse."

„Und wie kamst du von deinem sagenhaften Urlaubsort auf diese Terrasse?"

„Fritzi, jetzt drängele mich doch nicht so", brummelte er. „Anschließend waren wir noch für ein paar Tage bei Sibylle und Patrik in Montabaur. Das sind die netten Trauzeugen meines Personals. Die beiden brachten uns gestern auch hierher zum Flughafen. Dann fuhren sie wieder nach Hause. Das war aber schon, bevor unser Flugzeug kaputt ging. Zuerst wurde die Abflugzeit um drei Stunden nach hinten verschoben, obwohl der Flieger noch gar nicht da war. Als das Flugzeug dann endlich landete, ließ man uns gleich einsteigen. Wir dachten alle, dass es jetzt losgeht. Aber kurz vor dem Start war irgend so ein Technikkram mit der Hydraulik defekt und kein Ersatzteil vorrätig. Das sagte jedenfalls ein Mann über Lautsprecher, nachdem wir endlos lange an Bord des Fliegers gesessen hatten und bereits über das Vorfeld zur Startbahn gerollt waren. Ich hatte das Gefühl, wir würden, anstatt zu fliegen, mit dem Flugzeug nach Hause *fahren*, so lange rollten wir am Boden. Aber plötzlich drehten wir um und kehrten zurück zum Flughafenterminal. Dort ließ man uns wieder aussteigen und in einer zugigen großen Halle gaaaanz lange warten. Mitten in der Nacht bekamen wir dann, zusammen mit anderen Passagieren, einen Hotel-Voucher für dieses bürgerliche Etablissement, da die großen Hotels rund um den Flughafen bereits alle ausgebucht waren."

„Ich könnte mir etwas Schlimmeres vorstellen, als hier zu übernachten", erwiderte ich. Dabei dachte ich an den Bericht über Haiti, den ich gestern Abend in der Glotze gesehen hatte. Vor ein paar Tagen war der Hurrikan Matthew über das Land getobt. Dabei zerstörte er alles, was ihm im Weg stand. Vor so viel Elend musste ich rasch meine Augen verschließen. Noch im Traum verfolgten mich meine Sorgen, unter welchen Palmen meine entfernten Verwandten jetzt wohl schlafen sollten, denn die Bäume wurden in dem Sturm fast alle entwurzelt und waren umgefallen. Mir war auch unklar, wovon sie sich in Zukunft ernähren würden. Häuser, Betten und bequeme Körbchen gab es keine mehr, noch nicht einmal stabile Pappkartons. Einen Metzgerladen oder eine Fleischboutique sah ich auch nicht. Diese Schnurrbacken hatten einen *richtigen* Grund, unzufrieden zu sein und sich zu beschweren.

„Komm, lass uns auf einen der Rattan-Sessel springen und es uns auf dem Polster bequem machen", schlug mir Henry vor. „Dort können wir uns auch besser unterhalten." Gesagt, getan.

So nahe wie gerade in diesem Augenblick hatte ich schon lange nicht mehr neben einem Kater gelegen. Irgendwie kam es mir ungewohnt, fremd und unwirklich vor, aber gleichzeitig auch richtig schön. Es war fast so wie früher.

Neugierig schnupperte ich an Henrys Schulter. Seinem Pelz entströmte ein betörendes Aroma. „Wie kommt es, dass du so einen interessanten Geruch ausdünstest?" Ein bisschen erinnerte mich sein Duft an Elkes Freundin Marga, die auch immer dezent nach Blumen riecht. Dass mich Henry an ein dickes Stück parfümierte blaugraue Seife erinnerte, verkniff ich mir zu sagen.

„Fritzi, das kommt von dem Lavendel in dem Kübel dort drüben", miaute er. „An dem schubberte ich mich, bevor du kamst. Daheim in meinem Garten wachsen auch viele Kräuter. Kennst du eigentlich Salbei, Diktamos, Minze, Kamille, Thymian, Basilikum, Lorbeer, Zistrosen, Chorta und Rosmarin?" Henry zählte die Pflanzen auf, indem er seine Tatzen streckte, die Krallen ausfuhr und hin und her bewegte. „Immer wenn ich mich in denen wälze, verbreite ich fortan überall den Duft ihrer ätherischen Öle."

Um meinen neuen Bekannten nicht zu provozieren, verkniff ich es mir, ihn zu fragen, ob er anschließend wie ein Hustenbonbon aus der Apotheke riecht oder eher nach dem Duft einer Salbe gegen Hexenschuss. Schließlich wollte ich ihn nicht kränken oder gar beleidigen. Stattdessen miaute ich: „Das ist höchst interessant und tut sicher auch sehr gut, wenn einem eine Erkältung droht. Henry, wo ist eigentlich dein *richtiges* Zuhause?"

„Fritzi, du stellst aber blöde Fragen! Na, wo wohl? Bei Eberhard in Griechenland! Ich wette, du hast noch nie von Hellas gehört. Eigentlich hat meine Residenz den Namen *Tatz-In*. Sie liegt an der Nordküste von Kreta, wenn du weißt, was ich meine."

„Das glaube ich jetzt aber nicht!", miaute ich erfreut. „Auf Kreta war ich schon einmal mit meiner Dosine. Damals begleiteten uns unsere Freundin Johanna und mein verschollener Partner, der Rüdiger. Zu viert bereisten wir die ganze Insel. Ich erinnere mich daran, dass wir mit dem Bus von Heraklion nach Rethimnon fuhren. Am Strand von Vai schärfte ich mir an dem Stamm einer Palme meine Krallen; das war auf dem Weg nach Agios Nikolaos. Und in Ierapetra steckte mir eine Gräte ganz hinten im Hals; an der bin ich fast erstickt. Einmal aßen wir im Hafen von Chania in einem Fischrestaurant an der Uferstraße, und in der dortigen Markthalle frühstückten wir am nächsten Morgen. In Vrisses mussten wir umsteigen, um einen Bus an die Südküste nach Chora Sfakion zu nehmen. Von dort wanderten wir über viele Stunden nach Loutro. Mit der Fähre setzten wir anschließend über nach Agia Roumeli, einen Ort, in dem meine Freundin Kyra wohnt. In der Samaria-Schlucht waren wir auch. Dort beobachteten wir die seltenen Kri-Kri-Wildziegen beim Abendessen! Auf dem Heimweg fiel mein liebster Mensch mit dem Kopf voran von einem Felsblock und blieb bewegungslos liegen. Auf einem Maultier mussten wir sie wie einen Sack Zement zum Ende der Schlucht transportieren! Erst dann konnte sie wieder laufen. Seit dieser Zeit ist sie manchmal ein bisschen komisch."

„Boah, da hast du ja schon soooo viel auf Kreta erlebt! Wenn du das nächste Mal wieder dorthin kommst, musst du mich *unbedingt* besuchen! Du kannst auch bei mir übernachten. In meiner Villa habe ich reichlich Platz für dich. Außerdem besitze ich viiiele Schlafkörbchen zur Auswahl. Und leckeres Essen gibt es bei uns auch, jeden Tag und gaaaanz viel davon!"

„Henry, das ist ein Wort!", freute ich mich. „Gerne würde ich dir einmal in deinem Schloss meine Aufwartung machen und zu einer Audienz eingeladen werden."

„Fritzi, du warst doch schon in Chania. Ganz in der Nähe befindet sich meine Liegenschaft. Anna und Eberhard kümmern sich in der Auffangstation um kranke und verwaiste Verwandte meiner Großfamilie. Ich bin zwar der Chef des ganzen Clans und habe die Oberaufsicht, aber mit den armen Schluckern und verletzten Hungerleidern will ich eigentlich nicht allzu viel zu tun haben!", lachte Henry verlegen und drückte sich an mich. „Fritzi, dich schickt die große Katzenfee. Ich bin soooo froh, dass ich dich heute Morgen hier getroffen habe!"

Mein neuer Galan gab mir einen Nasenstüber, dass mir ein bisschen schwindelig wurde. Wenn ich mich nicht rasch an ihm festgehalten hätte, wäre ich um ein Haar von unserem Sitzpolster gerutscht und auf den Boden gefallen. Wie gut, dass die Tischdecke über unser Lager hing. So sah Henry nicht, dass ich ganz verlegen wurde und unter meinem Pelz bis zu den Haarwurzeln errötete.

Henry erzählt aus seinem Leben

„Ich bin das Hochzeitsgeschenk von Eberhard, der mich meinem liebsten Menschen, der Anna, schenkte. Sie sagt öfters zu mir, dass ich ein besonders schönes Präsent bin, ein richtig gelungenes Cremeschnittchen." Henry fuhr fort: „Fritzi, wie findest du mich eigentlich? Gefalle ich dir auch?"

Er räkelte sich mit gespreizten Beinen auf dem Rücken hin und her, sodass ich seinen Bauch und seinen Pillermann sehen konnte. Dabei kniff er die Augen zu und griff sich mit beiden Pfötchen neckisch hinter seine kleinen Ohrwascheln. Als er anschließend gähnte, konnte ich sein tadellos gepflegtes Raubtiergebiss mit den prominenten Reißzähnen sehen und seine extralangen und dichten Schnurrbarthaare.

„Du hast schon etwas sehr Niedliches an dir", sagte ich bewundernd. „Das muss ich neidlos zugeben."

„Niedlich? Ich bin doch nicht *niedlich*!", entgegnete Henry im Brustton der Entrüstung. Schnell rollte er sich wieder zurück auf seinen Bauch. „Zeig mir einmal einen ausgewachsenen Mann, der niedlich ist! Da kannst du lange suchen und wirst keinen finden. Nur Zweifüßer finden unsereins niedlich, egal ob wir aufdringliche Welpen oder bereits erwachsen sind!"

„Gut", versuchte ich es noch einmal. „Niedlich ist vielleicht nicht das angemessene Wort für dich. Du bist ein prächtiger, zum blaublütigen Hochadel gehörender, extrem gutaussehender Kater im besten Mannesalter. Du könntest als Double für George Clooney beim Film arbeiten. Gefällt dir das besser? Trifft das eher zu?"

Er nickte und lachte. „Fritzi, das hast du richtig erkannt. Nur das mit dem blauen Blut, das stimmt wahrscheinlich nicht. Als ich neulich ins dicke Bein gepiekst wurde und Georgos, unser Tierarzt, das Impfschwert wieder herauszog, war es unten an der Spitze ganz rot. Ich fürchte, das bedeutet nichts Gutes."

„Nein, nein! Das ist okay. Mein Blut ist auch rot. Das ist ein Zeichen für körperliche Gesundheit und ganz normal", sagte ich schnell. „Blut darf nur nicht durchsichtig wie Wasser sein. Dann wird es kritisch mit dem Lebenssaft, denn dann ist man blutarm und kann als Folge nicht mehr richtig denken."

„Fritzi, wie gut, dass du dich in Anatomie auskennst und medizinisch so bewandert bist. Das beruhigt mich ungemein."

„Henry, *frau* tut was frau kann", erwiderte ich bescheiden. Aber wenn ich dich richtig verstanden habe, bist du gar kein richtiger Kreter?"

„Nein, das bin ich nicht. Ich lebte bereits so viele Jahre in Madrid." Er hielt mir seine Pfote mit den gespreizten Zehen hin. Unvermittelt rief er dann: „¡Hola! Ich bin ein feuriger Spanier. Olé!" Dabei schmiss er seinen Kopf in den Nacken. Die rhythmischen Hand-, Arm- und Fußbewegungen, die mein neuer Freund im Liegen gerade ausführte, zusammen mit den Schmatzlauten, die seinem Mund entwichen, schienen einen Flamenco oder einen Bolero anzudeuten. Ich war beeindruckt, dass in dem äußerlich so trägen großen Kater offensichtlich so viel Feuer, Temperament und Leidenschaft steckten. „Als mein Personal dann vor so vielen Jahren nach Kreta auswanderte, zog ich mit um." Henry hielt mir wieder seine Tatze mit den ausgefahrenen Spikes hin. Ich verkniff mir, ihn zu fragen, ob der Umzug vor drei, vier oder fünf Jahren stattgefunden hatte. Es war auch nicht wirklich wichtig. „Weißt du, meine Angestellten können nicht ohne mich leben, und so fuhr ich halt mit ihnen."

„Ja, und wie ging es dann weiter?"

„Sie kauften mir in Aptera, einem Ort nahe Chania, ein Gut mit einer großen Veranda nebst einer Pergola auf der einen Seite und einer Loggia mit einem Freisitz auf der anderen. Es war anfangs super-prima, denn ich war ihr ungekrönter Einzelprinz. Alles war meins, gehörte nur mir ganz allein. Zu meinem Anwesen gehört auch ein Garten, in dem inzwischen ein Hühnerhaus steht, mit einem großen eingezäunten Auslauf für die Mistkratzer. Mit den dortigen Hennen verstehe ich mich nicht so gut. Sie sind humorlos und schreckhaft. Außerdem sind sie nur am Picken von Käfern und Regenwürmern interessiert. Dabei regnet es bei uns im Sommer gar nicht und im Winter ganz selten. Wenn ich mich früher gelegentlich einmal von hinten an sie anschlich, laut knurrte und gleichzeitig *Buh* rief, schlugen die dicken Dinger hektisch mit den Flügeln, als würden sie wegfliegen, dabei sind sie gar keine Zugvögel. In der nächsten Sekunde spurteten sie dann, hysterisch und empört gackernd, in alle Himmelsrichtungen davon, als sei ich ein Omalos-Habicht oder ein Lefka Ori-Geier. Jetzt macht mir das alles keinen Spaß mehr, seit ihnen Eberhard ein eigenes Domizil gebaut hat und sie weggesperrt wurden."

„Aber Hühnereier, die sind doch extrem lecker", sagte ich. „Ich hoffe, du bekommst deinen dir zustehenden Anteil an ihnen."

„Ja, Fritzi, jeden Sonntag gibt mir meine Anna ein Eigelb mit etwas Dosenmilch verquirlt, damit mir weiterhin ein so schöner dichter Pelz wächst. Magst du ihn einmal anfassen?" Als ich nicht sofort reagierte, ergriff er mit seiner Pfote meine Hand und zog sie zu sich herüber. Um nicht unhöflich zu sein, zuckte ich nicht zurück, sondern machte einen Grifftest.

„Stimmt!", sagte ich. „Henry, du bist wirklich griffsympathisch." Durch sein am Bauch etwas weniger dichtes Fell konnte ich sein Herz hören, wie es vor sich hin bubberte. Als ich mein linkes Ohr auf seinen Brustkorb legte und angestrengt horchte, ob der Herzschlag regelmäßig war, sagte er ängstlich: „Fritzi, hörst du etwas, was da nicht hingehört? Mein Bruder Hamlet wurde kürzlich von der großen Katzenfee geholt. Er hatte einen Herzfehler. Jetzt befürchte ich das Allerschlimmste, dass ich ihm zeitnah folgen werde und schon bald in das Land hinter dem Regenbogen umziehen muss."

„Sei bitte mal still, sonst höre ich nichts", sagte ich und lauschte. „Henry, die Luft darfst du nicht anhalten. Atme ganz normal weiter!" So horchte ich eine Weile, konnte aber nichts Auffälliges entdecken. „Ich kann weder Arrhythmie noch Vorhofflimmern feststellen. Dein Puls schlägt so akkurat, kräftig und gleichmäßig wie ein Metronom (Taktgeber). Keine Sorge, mit *dem* Herzen wirst du ganz sicher einhundert Jahre alt oder noch älter." Ich legte mich wieder hin.

229

„Fritzi, geniere dich bloß nicht. Bitte mach weiter!", schnurrte mein neuer Freund. „Hier unten zwickt und zwackt es mich auch immer so doll. Ich glaube, dort habe ich einen Polypen, eine Geschwulst oder einen Abszess. Ist das vielleicht gefährlich?" Er zeigte mit der Pfote auf die Gegend unterhalb seines Nabels. Genüsslich schloss er dabei seine Augen und öffnete leicht den Mund, sodass ich seine rosenholzfarbene Zunge sehen konnte. Wohlig und leise begann er zu röcheln. „Aufwachen, Henry! Wenn du ein weiteres Gratis-Wellness-Treatment und einen Mayo-Klinik-Check-up haben möchtest, musst du mir zuerst etwas aus deinem Leben erzählen!"

„Fritzi Kullerkopf, das ist Erpressung!", miaute er entrüstet und schlug seine schönen Bernsteinaugen wieder auf. Rasch setzte er sich hin, guckte auf mich herab und sagte vorwurfsvoll: „Wie redest du eigentlich mit mir? Du darfst mir nicht widersprechen! Hast du vergessen, dass ich ein Sir bin?"

„Und denkst du daran, mich *Mylady* zu nennen?", konterte ich, blieb aber liegen. „Zuerst erzählst du mir. Vorher wird weder untersucht noch etwas anderes."

„Meiner Meinung nach ist es effektiver, wenn wir es anders herum machen", meinte Henry mit zuckersüßer Verführer-Stimme. „Zuerst linderst du meine Verspannungen und Blockaden am Bauch und im Rücken. Und im Anschluss plaudern wir noch ein bisschen über Kreta!"

„Nein, Sir Henry aus Aptera bei Chania!", sagte ich mit fester Stimme. „Du Playboy! Ich hab dich durchschaut! Zuerst willst du ein Rundum-sorglos-Paket mit Mega-all-inclusive-Behandlungen und endlosen Doktorspielen haben, und danach bist du so schlapp und müde, dass du spontan für mehrere Stunden in Tiefschlaf fällst. Nein, du verwöhnter Lebemann! Wir machen es so, wie *ich* es sage und nicht andersherum! Haben wir uns verstanden?"

Henry stöhnte, als würde er sehr leiden und griff sich an seinen Bauch. Dann guckte er mir tief in die Augen, bevor er sich wieder bequem neben mich hin fläzte und sich an mich kuschelte. „Fritzi Kullerkopf! Ich weiß nicht warum, aber ich kann dir gar nicht böse sein. Irgendwie stehe ich auf dominante Frauen, die wissen, was sie wollen, so eine, wie du es bist! Prinzessin, du bist mir ebenbürtig!" Dann presste er seinen feuchten Nasenspiegel an meinen Hals, dass es kitzelte, schloss seine Augen und begann mir leise Fragen zu stellen.

Henry berichtet über seine zahlreichen Mitbewohner

„Koukla, mein kleines Püppchen! Was möchtest du von mir wissen? Was soll ich dir von mir erzählen? Was interessiert dich?"

„Alles", erwiderte ich kurz und bündig. „Nein, ich bin nicht neugierig, ich möchte nur alles über dich erfahren, und zwar rasch. Wo wurdest du geboren? Bist du verheiratet? Wen lässt du bei dir übernachten? Woher kommen die ganzen Verwandten, die du durchfütterst? Sind das Pilger auf dem Weg nach Agios Dingelskirchen, die bei dir

Unterschlupf finden? Oder etwa Kinder und Kindeskinder von dir? Warum besuchen sie ausgerechnet dich und nicht deine Nachbarn? Hast du ein eigenes Krankenhaus? Oder gibt es bei dir eine Filiale vom Lazarett in Lambaréné? Besitzt du auch eine Taverne, in dem *Moisebier* ausgeschenkt wird? Warum machst du ..."

„Fritzi, stopp! Frag doch nicht so viel auf einmal!", würgte Henry meinen Wissensdurst ab. „Wie soll ich mir denn deine Zillionarden von Fragen merken, die du so schnell wie ein Maschinengewehr herunterratterst? Ich hab doch keine Memory-Taste in meinem Kopf, auch keine Smartphone-App und kein Diktaphon!"

„Henry, ich dachte, du bist multitaskingfähig", erwiderte ich. Als ich sah, dass sich seine Züge verdüsterten und er seine Lippen wie einen Strich fest aufeinanderpresste, schob ich schnell nach: „Das sind in der Regel alle cleveren, hochbegabten und hochwohlgeborenen Kater."

Ich wusste auch nicht, wie ich gerade auf diese Idee gekommen war. Es fiel mir einfach so ein. Mit meiner spontanen, schnodderigen und unüberlegten Art war ich zuvor schon in so manches Fettnäpfchen getreten, aber mit Geist, Witz und Chuzpe hatte ich mich meist herausreden können. Früher, als ich noch bei meiner Mama lebte, hatte sie oft zu mir, wenn ich Fragen stellte, die ihr nicht angebracht erschienen, gesagt: „Mein liebes Kind, hast du heute wieder vergessen, das Siebchen zwischen deinem Hirn und deiner Zunge einzulegen?"

„Fritzi, würdest du bitte deine Fragen jetzt *nacheinander* und nicht alle zusammen und durcheinander stellen", ermahnte mich Henry. „Ich höre...!"

‚Eigentlich könnte ich dir auch in Großbuchstaben eine Aufstellung machen, was ich alles von dir wissen möchte. Dann hättest du ausreichend Zeit, dir daheim in deiner Villa die Antworten zu überlegen', durchzuckte es mich. Stattdessen lächelte ich meinen neuen Galan an und miaute mit liebenswürdiger Stimme: „Lieber Henry, aus wie vielen Köpfen besteht denn dein Hofstaat? Wie vielen Untergebenen gewährst du jede Nacht ein Dach über dem Kopf und bietest ihnen täglich ein Tröglein mit Nahrung an?"

„Fritzi Kullerkopf! Du kannst es wohl nicht lassen! Das waren schon wieder mindestens zwei Fragen oder vielleicht auch drei!"

„Äh, entschuldige bitte! Das ist mir gar nicht aufgefallen", sagte ich rasch, griff mit meinem Pfötchen auf meinen Mund und tat ein bisschen verlegen, als würde ich ihn mir zuhalten. „Ich bin halt so wissbegierig und möchte alles erfahren, um was du dich sorgst und womit du dich täglich herumplagen musst."

„Ja, ich bin ein schwer beschäftigter Kater", erwiderter Henry und rutschte noch ein bisschen näher. Jetzt klebte er fast an mir, wie eine Briefmarke auf einer Ansichtskarte. „Mein Leben auf Kreta ist nicht immer einfach, das kannst du mir glauben. Ständig schleppen meine beiden Menschen weitere Schnurrbacken an. Die Kranken kommen in die *Kawarontonne*, oder wie die Einzelhaft heißt. Zu denen gehe ich nicht hin; ich will mich ja nicht mit irgend so einer Hottentotten-Krankheit anstecken, die die Neuen vielleicht mitbringen. Da bin ich lieber vorsichtig." Er lachte verlegen.

„Henry, sprichst du von Quarantäne, einer zeitlich befristeten Isolierung, bis sich herausgestellt hat, ob die Betreffenden gesund oder krank sind?"

„Fritzi Kullerkopf! Das sagte ich doch eben überdeutlich! Hörst du mir denn nicht zu?" Ich nickte heftig, um ihn nicht zu verärgern. Henry fuhr fort: „Andere Verwandte erscheinen förmlich aus dem Nichts und bleiben, egal was ich zu ihnen sage und wie oft ich sie wegjage. Wenn es für mich und mein Personal Frühstück oder Abendessen gibt, kommen sie aus den Büschen heraus, obwohl sie niemand gerufen oder eingeladen hat, und betteln um eine milde Gabe. Richtiger gesagt, sie fragen ganz laut und verlangen aufdringlich nach vollen Schüsseln und anschließend nach Körben mit weichen Kissen."

„Henry, Hunger tut weh. Das kann ich nachfühlen, denn ich war als Jugendliche selbst obdachlos und verlebte meinen ersten Sommer auf der Straße. Da ich mein Heim verloren hatte, übernachtete ich allein in Kleingärten, bei Wohnsitzlosen unter Brücken und mit einer Freundin im Hinterhof eines Imbisses. Dort verpflegte ich mich von den Resten, die auf den Tellern der Gäste übrig geblieben waren."

„Aber es sind soooo viele!", fuhr Henry fort und raufte sich demonstrativ die Haare. „Bei mir daheim lagern inzwischen mehr Angehörige, als ich Betten und Schlafmöglichkeiten für sie habe. Anna macht den Fehler und legt überall Wolldecken und Kissen hin, damit die Streuner, für die keine Körbchen mehr frei sind, auch weich und warm liegen. Fritzi, bitte guck mal. So viele sind es, die bei und von mir leben." Henry spreizte seine beiden Tatzen und fuhr die Krallen aus. Damit fuchtelte er rhythmisch vor meiner Nase durch die Luft.

Ich zählte mit: „Zehn, zwanzig, dreißig, vierzig." Dann nahm er seinen rechten Arm herunter und wackelte noch ein- oder zweimal mit der linken Hand vor meinen Augen herum. „Habe ich das richtig gesehen? Dein Hofstaat besteht aus fünfundvierzig Schnurrbacken und deinen beiden Perlen? Ist das richtig?"

„Es können auch Schrillionen oder Prilliarzarden mehr sein", antwortete Henry bekümmert. Dauernd kommen neue. Alle schieben mächtigen Kohldampf, und ständig wollen sie kuscheln."

„Das ist prima für dich", erwiderte ich. „Freu dich doch darüber! Ich würde auch gern täglich turteln, liebkosen, gemocht und gerngehabt werden."

„Du raffst aber auch gar nichts, du begriffsstutzige Trulla!", rief Henry bekümmert. „Die wollen doch alle nicht mit *mir* schmusen, sondern mit Anna und Eberhard!"

Im Tatz-In in Aptera

„Du armer blaugrauer Kater!", erwiderte ich, nachdem eine Weile vergangen war. „Aber du musst doch *eine* Schnurrbacke haben, die dich mag, so wie du bist, und die du auch gern hast. *Eine* Person aus deiner großen Sippe, dem oder der du nicht jeden einzelnen Bissen missgönnst! Sonst wirst du noch genauso geizig, verschroben und einsam werden wie der Zweibeiner Scrooge aus dem Weihnachtsmärchen von Charles Dickens."

„Ich kenn keinen Scrooge", erwiderte Henry bockig. „Meine engsten Mitesser im Tatz-In heißen anders: Akis, Max und sein Sohn Moritz, Mohrle, Streuner, Filou, Zoi, Oskar, Rüpel, Neo, Loulou, Pünkti, Hillary, Barack, Angela und Helmut. Es gibt auch noch Mama mit ihren Söhnen Blacky und Simba, den sehgestörten Kokki und Schnuppe, Eros und seinen Vater Garfield, Uschi und ihre Tochter Tammy und die Drillingsschwestern Schneewittchen, Schneeweißchen und Rosenrot. Das sind aber noch nicht alle; es gibt noch einige mehr, deren Namen mir gerade nicht einfallen."

„Das sind wirklich viele, die sich bei dir daheim durchfuttern! Henry, du hast tatsächlich ein sehr großes und mitleidendes Herz."

„Ach, Fritzi, wenn das sämtliche Hungerleider wären, würde ich gar nichts sagen. Aber das sind bei weitem noch nicht alle! Es gibt noch zahlreiche andere Verwandte von mir, die Anna und Eberhard in meinem Auftrag versorgen, wenn sie mit unserem Bollerwagen zu den verschiedenen Futterstellen fahren und dort Essen an die Hungernden verteilen. Schau einmal, so viele bedürftige Angehörige lasse ich außerdem zweimal täglich abseits meiner Villa Tatz-In verköstigen!" Wieder fuchtelte er mit seinen ausgestreckten Pfötchen vor meinen Augen herum. Ich zählte fünfzig.

„Zusätzlich zu den Verwandten auf meiner Terrasse lasse ich auch noch folgende Hungerleider verpflegen, die kein eigenes Personal haben. Ihre Namen lauten: Hermes, Hera, Xanthippe, Orion, Uranus, Janus, Jupiter, Zeus, Luna, Victoria, Juno, Aphrodite, Pan, Nike, Saturn, Merkur, Helia, Pluto, Cupido, Aurora, Dionysos, Minerva, Artemis und Venus. Dazu kommen noch all die anderen entfernten Tanten und Onkel, Nichten und Neffen, deren Namen mir gerade nicht geläufig sind."

„Uii, das sind ja alles griechische und römische Götter, die du verköstigst", miaute ich zutiefst beeindruckt.

„Nein, im Gegenteil! Das sind *keine* Götter, sondern arme Streuner, die von Anna und Eberhard auf Dimitris Feld oder weiß der Geier, auf welcher unserer anderen Futterstationen, mit Essen versorgt werden. Manche Cousinen und Cousins lesen sie unterwegs auch auf und nehmen sie mit nach Hause ins Tatz-In, da sie zu krank oder zu schwach sind und es allein im kretischen Nirgendwo nicht schaffen würden zu überleben. Nur Dank meines Essens, das ich mir tagtäglich vom Munde abspare, werden sie groß und stark."

Nach einer Weile sagte er: „Zu allem Überfluss bringen Anna und Eberhard alle Neuzugänge zu Doktor Georgos, der sie untersucht, entbommelt, mit dem Impfschwert sticht und gesund macht. Anschließend dürfen sie bei uns bleiben oder, wenn sie nicht wollen, wieder ihres Weges ziehen."

„Ich gehe auch jedes Jahr prophylaktisch mit meiner Perle zu Frau Doktor Grobiana", miaute ich rasch. „Dort werden wir befragt, ob es uns irgendwo weh tut oder ob wir ein Aua haben. Dann lasse ich mich vorsichtshalber impfen, damit ich nicht krank werde, und gut isses." Schnell fügte ich noch hinzu: „Ich erinnere mich daran, dass niemand mit meiner Freundin Kyra aus Agia Roumeli zu einem Doktor ging, als sie ganz schlimm von Grasmilben attackiert wurde und sehr krank war. Vielleicht hätte euer Doc eine Medizin gewusst."

„Das ist sehr gut möglich", erwiderte Henry versonnen. „Anna sagte einmal, man solle unseren Doktor besser *Agios Georgos* nennen. Agios heißt nämlich Heiliger. Mein Personal kann ihn immerzu fragen; er ist allzeit mit Rat und Tat für die kranken und verletzten Streuner zu erreichen. In seiner Praxis steht sogar eine Spardose für uns, in die andere Leute etwas hineinwerfen können. Für die vielen Medikamente, Operationen und anderen Behandlungen meiner Angehörigen müssen sie den Doc natürlich bezahlen. Aber außer gelegentlichen Spenden von Leuten aus der Heimat bekommen meine Menschen keinen Zuschuss von niemandem. Sie finanzieren alles aus ihrem Ersparten, das von Monat zu Monat schneller schrumpft, da wir trotz der vielen Entbommelungen immer mehr werden. Ich hörte, dass neulich Anna sagte: ‚Mein lieber Mann! Das können wir uns nicht mehr lange leisten. Bald sind unsere Ersparnisse aufgebraucht und nichts mehr ist davon übrig. Dann ist Schluss mit unserer *Tafel* für die Bedürftigen, Rechtlosen und Hungernden. Das wird für viele von ihnen fatal enden.' Fritzi, hoffentlich sprach sie da nicht auch über mich!"

„Das Engagement deiner Menschen ist bewundernswert!", sagte ich. Als ich sah, dass Henry gerade sein Gesicht verziehen wollte, fügte ich schnell noch hinzu: „Und das deinige ist natürlich ganz besonders zu loben!"

Henry winkte ab und rollte mit den Augen. „Wir brauchen dringend einige zuverlässige Paten, die das monatliche Essen für einen oder mehrere meiner Angehörigen übernehmen. Damit wäre mir, den betreffenden Patenkindern und meinen Menschen sehr geholfen."

„Gut wäre es auch, wenn euch eine Tierfreundin oder ein Tierfreund mit einem Teil seines Erbes noch zu Lebzeiten bedenkt, also euch mit *warmer* Hand schenkt!", erwiderte ich. „Mitnehmen kann keiner etwas. Das begreifen aber nur die Wenigsten. Dann müsste das Tatz-In auch nicht in naher Zukunft wegen drohendem Geld- und akutem Essensmangel seine Pforten schließen. Was das für Folgen für all die hungrigen Streuner hat, daran mag ich gar nicht denken..."

Henry nickte und schwieg einen Moment. Dann sagte er: „Noch nicht einmal der Bürgermeister von Aptera hat ein paar Euro für seine vierbeinigen Bewohner übrig. Der Geizhals gibt nicht das kleinste Scherflein aus seinem Verwaltungs-Budget ab, weder für Essen noch für Entbommelungen. Einesteils findet er das Engagement meines Personals recht gut, denn jetzt werden keine Abfalltüten mehr von den hungrigen Schnurrbacken aufgerissen, die von den Bewohnern abends auf den Bürgersteig gestellt werden. In der örtlichen Taverne bettelt inzwischen keiner meiner Verwandten mehr Touristen um Futter an. Das ist auch kein Wunder, denn die meisten von ihnen essen sich jetzt bei mir im Tatz-In satt. Sie müssen nicht mehr betteln gehen und nicht den Hungertod erleiden. Wahrscheinlich hält der Bürgermeister meine Menschen für geistig minderbemittelt oder anderweitig deppert, dass sie nach und nach ihre ganzen Ersparnisse für meine große Sippe ausgeben. Ihm und vielen anderen Zweifüßern sind Vierbeiner und deren oft trauriges Schicksal egal."

„Das finde ich falsch!", erwiderte ich. „Jeder, der hungrig ist, sollte, ohne darum bitten zu müssen, regelmäßig Futter erhalten, damit er genug Kraft und Ausdauer hat, um auf die Jagd nach Graupelzchen zu gehen. Und jeder, der ein Aua hat, müsste von einem Doc behandelt werden."

„Ja, bei uns auf der Welt liegt einiges im Argen", meinte Henry betrübt.

*

„Fritzi, höchstwahrscheinlich leben überall vereinzelt böse Zweibeiner", sagte er nach einer Weile. „Auch bei uns gibt es Leute, die keine Katzen mögen und sie quälen, wenn sie eine erwischen."

„Henry, wenn ich des Nachts die nächste Sternschnuppe vom Himmel fallen sehe, dann wünsche ich mir von der großen Katzenfee, dass Tierquäler und andere Sadisten als Maus, Ratte oder Hamster wiedergeboren werden!", erwiderte ich. „Mit denen spiele ich dann zuerst stundenlang, werfen sie in die Luft und fangen sie mit dem Mund auf, bevor ich sie langsam und bedächtig esse. Wenn ich ein bisschen überlege, fällt mir sicher noch einiges ein, wie ich sie zusätzlich abstrafen könnte."

„Fritzi, ich mag gar nicht mehr an den Tag denken, als meine Anna weinend mit einer dreifarbigen Kätzin unter dem Arm und einem winzigen schwarzen Kitten in der Hand nach Hause kam. Die Mutterkatze hatte zuvor mit ansehen müssen, wie eine frühere Nachbarin von uns absichtlich mit ihrem Auto vier ihrer Welpen überfuhr. Die Frau hatte sie in ihrer Einfahrt vor die Räder ihres Wagens geschmissen, dann Gas gegeben und sie überrollt. Einen ihrer Welpen konnte die aufgelöste Mutter der fünf Kleinen zur Seite und in Sicherheit bringen. Für ihre vier anderen Kinder war es aber zu spät."

„Oh, was für ein Elend! Die große Katzenfee soll Pest, Gelbfieber und Cholera über der bösen Frau ausschütten!", rief ich entsetzt und wütend. „Sie soll ihr zusätzlich noch eine brandneue Krankheit schicken, gegen die es keine Medizin und noch keine Therapie gibt! Was nutzte es der dreifarbigen Mutter, dass sie eine Glückskatze ist, bei vierfachem Kindsmord! Nichts, rein gar nichts!"

„Ja, Fritzi, die Geschichte ist unfassbar traurig." Henry legte seine Pfote auf meine. Eine Weile sagten wir beide kein Wort, sondern hingen unseren Gedanken nach.

Fritzi gewinnt Henrys Freundschaft und verliert sie kurz darauf

„Liebe Fritzi, wenn du mich besuchen kommst, dann mache ich dich mit unseren netten Nachbarn bekannt, denn die gibt es auch. Ich denke da an Kostas und seine Frau Voula, an Lynn und John, das ist ein britisches Paar, und an Maria und Georgos von der Hotel-Apartment-Anlage Areti. Wenn du möchtest, kannst du auch unseren Doc treffen." Er lachte glucksend in sich hinein.

„Ja, nein, vielleicht", erwiderte ich unschlüssig. „Das überlege ich mir noch..."

„Fritzi, dir geht es blendend, denn du hast keine Konkurrenz, die dich entmachten will. Deshalb mag ich von den kürzlich neu Hinzugekommenen auch nicht alle gut leiden. Einige sind Emporkömmlinge, Erbschleicher und Speichellecker, die mich von meinem Thron stoßen und meines Rangs entheben wollen. Jeden Tag muss ich darum kämpfen, dass mir keiner von der undankbaren Brut meine Vorherrschaft nimmt. Die Kater, die sich bei mir einschleimen, die mir angeblich helfen wollen, mein kompliziertes Leben im Tatz-In zu managen, die sich neben mich legen und mit mir spielen, die sind die Allerschlimmsten. Kaum zeige ich einmal eine kleine Unaufmerksamkeit oder eine minimale Schwäche, bin müde von der vielen Sonne, ein wenig kraftlos vom vielen Schlafen oder muss nach dem Essen rasten, schon attackieren sie mich und fordern mich zu einem Machtkampf heraus. Glaube mir, ich bin von Natur aus nicht aggressiv, aber bei so viel Frechheit bleibt mir nichts anderes übrig, als mich zu wehren. Zuerst starre ich sie ganz lange durchdringend an, ohne zu blinkern. Wenn sie davon nicht beeindruckt sind, lege ich meine Ohren am Kopf an, mache einen Buckel, fauche mehrmals und knurre laut und drohend. Wenn sie es dann immer noch nicht gerafft und akzeptiert haben, dass ich der Stärkere bin und auch bleibe, wenn meine Körpersprache nichts genutzt hat, dann züchtige ich sie, indem ich sie ein wenig an ihre dicken Köpfe schlage. Dabei kreische ich gaaaanz laut Zeter und Mordio. Bisher genügte das, und sie wichen zurück. An dem jeweiligen Tag sehen sie es ein, dass ich der Platzhirsch bin, der Chef des Rudels, ihr Anführer und King. Dann trollen sie sich. Aber am nächsten Tag fängt alles wieder von vorne an.“

„Henry, du bist das derzeitige Oberhaupt deiner zusammengewürfelten Sippe und hast zahlreiche Untergebene. Irgendwann wird einer der Jüngeren einmal deinen Platz einnehmen. Das ist ein Naturgesetz. So ist der Lauf der Welt.“

„Aber erst wenn mich die große Katzenfee geholt hat!“, erwiderte mein neuer Freund und ballte seine Pfoten zu Fäusten. „Nicht vorher! Keinesfalls!“

„Natürlich nicht vorher! Außerdem, bis dahin vergeht noch gaaaanz viel Zeit“, miaute ich und streichelte ihm beruhigend über die Schulter.

„Siehst du, Fritzi, als Wertschätzung und Belohnung für meinen Großmut und meine Geduld durfte ich ohne einen einzigen meiner vielen Nebenbuhler mit Anna auf Reisen gehen!“

„Aha. Ja, das sehe ich. Aber warum habt ihr Eberhard nicht auch mitgebracht?“, rutschte es mir dann heraus. Nein, ich bin nicht neugierig. Ich wollte es nur wissen.

„Fritzi, das ist eine richtig doofe Frage“, erwiderte er. „Das ginge doch gar nicht! Wer würde denn meinen Hofstaat füttern und die anderen Hungerleider mit dem Bollerwagen versorgen? Die kriegen doch zweimal täglich *Essen auf Rädern*, wie hier die betagten Zweibeiner.“

„Recht hast du, Henry! Daran habe ich gar nicht gedacht. Bitte entspann dich! Jetzt bist du hier bei mir und erzählst mir noch ein bisschen mehr von deinem Rudel. Ich höre dir soooo gerne zu!“

„Ein Kater, den ich gern mag, hört auf den Namen Eros. Er ist rot und ein ehemals Wilder. Eines Abends kam er noch spät auf meine Terrasse und weinte vor Schmerzen, denn er hatte sich eine große Wunde am Hals zugezogen. Wahrscheinlich war er in einen Stacheldraht gelaufen, aus dem er sich nur mit großer Mühe wieder befreien konnte. Später stellte sich noch heraus, dass zusätzlich zu seiner Verletzung am Hals auch noch sein komplettes Zahnfleisch und sein Gaumen vereitert waren und bluteten. Es dauerte bis zum Morgengrauen, bis Eros sich fangen ließ, so ängstlich und misstrauisch war er. Während Eberhard mit dem Bollerwagen die Futterstationen in meinem Reich abfuhr und Frühstück an meine schon wartenden Angehörigen verteilte, brachte Anna den verletzten Kater zu Doktor Georgos in die Praxis. Dort wurde er mit dem Impfschwert gestochen. Als er wieder aufwachte, merkte Eros, dass ihm jemand den Riss in seinem Pelz zusammengenäht hatte. Auch tat es ihm ein bisschen unter seinem Popo weh, aber nicht lange. Da ihn Anna mit weichem und leckerem Essen fütterte, blieb er bei uns, um sich auszukurieren. In der nächsten Zeit brachte ihn mein liebster Mensch noch ganz oft zum Doc, um seine chronischen Entzündungen im Mund behandeln zu lassen. Als keine Medizin half, wurden ihm seine Zähne gezogen. Seit dieser Zeit hat er kein Mund-Aua mehr und ist wieder pumperlgesund."

„Dann ist Eros schon in jungen Jahren ein zäher und gestählter Invalide geworden", sagte ich nachdenklich. „Aber wie soll er denn jetzt eine Maus, die er gefangen hat, kauen? Muss Anna sie ihm filetieren oder mit dem Schneidstab zerhacken und aufschäumen, damit er sie als einen Maus-Smoothie trinken kann?"

„Fritzi, ich habe meinen Freund genau beobachtet. Du wirst es nicht glauben, aber Eros ist weiterhin ein sehr guter Jäger und Mäusefänger. Jeden Tag schiebt er sich sein erbeutetes Kleinwild mit dem Kopf voran zwischen die Kiefer. Dann drückt und presst er die Maus mit seinem Unterkiefer und der Zunge mehrfach so fest gegen den Gaumen, dass sie platt wie eine Scheibe Schnittkäse wird. Dann rollt er sie mehrmals mit Hilfe seiner Zunge im Mund hin und her. Immer wieder quetscht er nach, bis der komplette Saft aus der Maus gepresst und jeder ihrer Knochen mehrfach gebrochen wurde. Dann lässt er die durchgewalkte Fleischrolle wie ein Stück Sushi ganz langsam in seinem Schlund verschwinden, ohne sie durchzubeißen oder richtig zu kauen", lachte Henry. „Kein Tropfen Blut oder Fleischsaft rinnen ihm dabei aus dem Mund. Anschließend spült er mit einem Schluck Wasser nach und legt sich einen Moment zu einer Verdauungs-Siesta hin. Wieder erfrischt, bricht er gleich wieder auf zum erneuten Jagen."

Ich musste gerade daran denken, dass ich vor langer Zeit schon irgendwo einmal etwas über einen Film gelesen hatte, der *Deep Throat* hieß. Solch einen tiefen Hals schien auch Eros zu haben.

„Eros hat seit Jahren Freunde, die ihn als Welpen im Garten des Hotels Areti fanden und auch fütterten. Das Areti liegt gleich hinter meiner Villa. Die Leute kommen jedes Jahr für mehrere Monate aus Kanada, um ihn zu besuchen. Dann pendelt Eros hin und her. Manchmal schläft er bei ihnen und isst bei uns, und an anderen Tagen ist es umgekehrt."

„Schön, wenn es mehrere Zweifüßer gibt, die einen gernhaben und einen liebevoll umsorgen."

„So ist es, Fritzi", erwiderte Henry und räusperte sich. „Ein weiterer guter Freund von mir ist der rote Garfield. Bis er bei Doktor Georgos entbommelt wurde, sorgte er äußerst gründlich dafür, dass alle Jungfrauen von Aptera, die sich nicht schnell genug auf einem Olivenbaum in Sicherheit brachten, von ihm beglückt und gedeckt wurden. In seinem Einzugsgebiet zeugen viele rote Nachkommen, die einander wie ein Ei dem anderen gleichen, von seinem aktiven Multiplikator zwischen den Hinterbeinen." Mein neuer Freund lachte. „Der ehemaliger Faustkämpfer, Krieger und Kätzinnen-Beglücker eilte früher immer rasch an meiner Futterstation auf der Terrasse vorbei. Eines Tages hinkte er zu Eberhard hin und zeigt ihm seine zerbissene und entzündete Pfote. Fritzi, den Rest der Geschichte kannst du dir sicher denken."

„Ja!", lachte auch ich jetzt. „Garfield ließ sich fangen, wurde von Doktor Georgos mit dem Impfschwert gestochen und anschließend schnell wieder gesund."

„Endaxi (griechisch: in Ordnung)! Genauso war es!", freute sich Henry. „Ich mag aber auch Schnuppe, einen Tiger. Er wurde eines Tages von Eberhard mitgebracht, nachdem er den Winzling auf Dimitris Feld fand. Höchstwahrscheinlich war er von Dorfbewohnern ausgesetzt worden, denn dort steht weit und breit kein Haus. Sofort freundete er sich mit unserem Neo an, einem rotweißen Kater. Wenn sie nicht von meinem Personal gestreichelt werden, schmusen die beiden zusammen, spielen miteinander und putzen sich gegenseitig das Fell."

„Bist du nur mit Katern befreundet? Hast du keine Kätzinnen als Freundinnen?"

„Fritzi, aber nicht doch! Das täuscht! Loulou mag ich sehr gern. Sie ist inzwischen ein hübsches rotweißes Mädel geworden. Eberhard fand sie auf der New Road. Nur die große Katzenfee weiß, wie sie dorthin kam. Von ihrer Mutter und ihren Geschwistern war keine Spur zu sehen. Loulou war fast verhungert und verdurstet, als sie im Tatz-In einzog. Kokki nahm sich gleich ihrer an und beschützte sie, damit sie von den älteren Verwandten nicht gemobbt wurde. Kokki erblindete nach einem Unfall auf einem Auge. Das tut seiner Zuneigung zu ihr aber keinen Abbruch, und ihr ist seine Fehlsichtigkeit egal."

„Und mit welcher Kätzin bist du verbandelt?", fragte ich. Bist du eher monogam, oder hast du mehrere Lieblingsfrauen?"

„Filou war, bevor ich in Urlaub flog, meine Favoritin. Aber jetzt war ich über eine Woche lang weg von daheim..."

Henry hörte auf zu schnurren, spitzte seine Ohren und lauschte. „Pst, es kommt jemand." Im Hintergrund fiel eine Tür zu. Leute unterhielten sich und lachten, bevor sie die Auffahrt zur Straße hinunter gingen und dort stehen blieben. Über die Terrasse kamen jetzt Schritte auf den Tisch zu, unter dem Henry und ich auf einem der Rattan-Stühle lagen. Die Tischdecke wurde gelupft und wir gestört.

„Henry, mein lieber Schatz", flötete eine Frau mit Brille, blonder Hochsteckfrisur und bis zu den Augenbrauen hängendem Pony. „Unsere Warterei hat ein Ende. Es ist bald soweit, gleich werden wir abgeholt." Als sie den Stuhl unter dem Tisch hervorzog, erblickte sie auch mich. Erstaunt guckte sie noch einmal und zog dann ihre Brauen hoch. „Wie schön, dass du auch hier gleich Anschluss gefunden hast", sagte sie dann zu meinem neuen Freund, und zu mir: „Du bist aber auch eine ganz Hübsche!"

„Henry hat halt einen guten Geschmack", miaute ich selbstbewusst.

„Fritzi, das ist meine Anna, von der ich dir schon erzählt habe!" Und an seine Perle gewandt sagte er: „Anna, ich möchte dich mit Fritzi Kullerkopf, meiner neuen Freundin, bekannt machen."

„Angenehm", miaute ich, „sehr angenehm."

„Mein Grauer, es wird Zeit, dass wir aufbrechen. In gut zwei Stunden sind wir in der Luft und fliegen endlich nach Hause, zurück zu Eberhard und dem Tatz-In."

„Liebe Anna, es tut mir leid, aber ich kann jetzt noch nicht abreisen!", rief Henry mit weinerlicher Stimme und krallte sich an dem Sitzpolster fest, auf dem ich noch saß. „Ich bekomme noch eine Luxus-Wellnessbehandlung und eine Entspannungsmassage von Fritzi! Die hat sie mir hoch und heilig versprochen!"

„Henry, Akápi Mou (griechisch: mein Schatz)", entgegnete auch ich enttäuscht. „Kannst du nicht noch bis morgen bleiben? Versprechen muss man halten, das weiß ich. Ich bin tief in deiner Schuld!"

„Dann verabschiedet euch rasch voneinander, ihr beiden Süßen!", sagte Anna freundlich. „Für uns wird es jetzt allerhöchste Zeit." Rasch leinte sie meinen Freund vom Tischbein ab. Dann hob sie ihn hoch und steckte ihn in einen Reiseknast. Henry ließ alles willenlos mit sich geschehen. Er wehrte sich noch nicht einmal.

„Fritzi, Koukla (Püppchen), wie kann ich dich erreichen?", rief er mit dünner Stimme aus seiner Transportbox heraus.

„Du findest meinen Namen in den sozialen Netzwerken!", miaute ich. „Oder googel mich einfach. Dann findest du auch den Namen meines liebsten Menschen, unsere Adresse und die Telefonnummer!"

Vor dem Hotel fuhren jetzt drei Taxen vor und hielten in der Einfahrt. Ich zählte zehn Personen, die rasch einstiegen, plus Henry, der mitsamt seiner Dosine im letzten Wagen verschwand. Rasch sprang ich auf die Balustrade und winkte ihm nach, bis das Taxi, in dem er saß, unten an der Kreuzung in die Mörfelder Landstraße einbog und ich es nicht mehr sehen konnte.

‚Das muss ich alles sofort aufschreiben', dachte ich und machte mich auf den Heimweg. ‚Sonst glaubt mir das niemand!'

Fritzi hilft beim Kuchenbacken

Meine Dosine ist wirklich nicht allzu flexibel. Ihr fehlt es gelegentlich an geistiger Beweglichkeit und geschäftsmäßiger Routine. Oft muss ich ihr soufflieren, und immer bin ich gezwungen, darauf aufzupassen, dass nichts aus dem Ruder gerät und Situationen eskalieren. Dafür lieferte sie heute wieder einen schlüssigen Beweis.

Wir hatten mehrere Leute zum Kaffeeklatsch eingeladen. Bei der Gelegenheit wollte Elke auch ihre neuen Weihnachtshalsketten zeigen, die sie in schlaflosen Nächten gebastelt hat. Bei der Herstellung der Schmuckstücke saß ich die ganze lange Zeit daneben und beobachtete jeden ihrer Handgriffe.

Die aus glänzender *Cernit*-Knetmasse geformten Teile sehen herzallerliebst aus. Meine Dosine modellierte die winzigen Adventskränze, Nikoläuse, Schneemänner, Tannenbäume, Weihnachtsmänner, Geschenkpäckchen, Lebkuchen, Fausthandschuhe, Stiefel, Engel und Brezelchen mit ihren Fingerspitzen und unter Zuhilfenahme eines Skalpells, eines Zahnstochers und einer Büroklammer. Anschließend trocknete sie die wie Porzellan aussehenden Anhänger auf einem Blech im Ofen. Zusammen mit klitzekleinen weinroten Weihnachtskugeln und funkelnden dunkelgrünen Swarovski-Kristallen fädelte sie die Weihnachtsmotive zu Halsketten, für die sie bereits wieder im Spätsommer Vorbestellungen erhalten hatte.

*

Susanne und Tom Jupiter sagten ihr Kommen zu, Marlis mit Boomer, Sam und Jeannie auch. Trixi und Bärbel waren verhindert. Marga nebst ihren Enkelinnen Letizia und Jacqueline würden etwas später eintreffen. Außerdem hatten sich jede Menge Leute angekündigt, die ich bisher selbst noch nicht kannte.

Zur Feier des Tages schob heute mein liebster Mensch schon kurz nach dem Aufstehen den Staubsauger durch die Wohnung. Dann hantierte sie in der Küche mit Mehl, Eiern, Butter, Rosinen, Mandeln, Kakao, Backpulver, Milch und allerlei geheimnisvollen Ingredienzien herum, die in Tütchen, Beuteln und kleinen Röhrchen verpackt waren. Teile davon rührte sie mit einem Kochlöffel in einem Gefäß zusammen, knetete gleich darauf in einer anderen Schüssel einen Teig und schabte Vanillemark aus seinen Schoten. Dann schälte sie Äpfel, die sie mit dem Saft beträufelte, den sie mit roher Gewalt aus Zitronen gequetscht hatte. Außerdem entsteinte sie Zwetschen und füllte sie mit Marzipan, ließ in einem Sieb aus Quark die Molke abtropfen und vermengte Butter, Mandelstifte, Mehl und jede Menge Zucker zu dicken Streuseln.

Als ich mir einen Überblick verschaffen und ihr planloses Werkeln in die richtigen Bahnen lenken wollte, stakste ich auf der Arbeitsfläche zwischen den aufgerissenen Tüten hin und her. Da rief sie laut und hektisch: „Fritzi, wie oft soll ich dir noch sagen, dass du Küchenverbot hast, wenn ich am Kochen bin?"

„Gib nicht so an wie tausend nackte Ratten!", widersprach ich ihr sogleich. „Du kochst doch gar nicht! Du versuchst nur den Teig für einen deiner obskuren Kuchen zu rühren."

„Ja, genau!", giftete sie. „Nichts anderes will ich. Drei verschiedene sollen es werden, und zwar möglichst ohne implantierte oder applizierte Haare von dir!"

„Sei doch authentisch und mach dich locker", miaute ich beruhigend. „Verkrampf dich nicht immer so künstlich. Vor einem möglichen Versagen brauchst du dich nicht zu ängstigen! Du kannst immer noch behaupten, es sei ein Rezept aus dem Kongo oder aus Mali. Sei zuversichtlich und strahle Selbstbewusstsein aus. Irgendwie wird es schon werden!" Meine Perle antwortete nicht, sondern fuchtelte mit einem Lappen durch die Spuren, die ich mit meinen Pfötchen in dem verstreuten Mehl hinterlassen hatte. „Glaubst du wirklich, dass sich ernstlich jemand an einem oder zwei Härchen aus meinem Pelz stören würde? Niemand, schätze ich! Jedenfalls keiner der Tierfreunde, die ich kenne!"

Elke war von meinem Einspruch so überwältigt, dass sie nichts antwortete. Ich bin mir sicher, ihr waren die Argumente ausgegangen.

„Raus aus der Küche!", rief sie irgendwann grundlos. „Aber ein bisschen plötzlich! Welches meiner Worte verstehst du nicht?"

„Klar und deutlich verstehe ich dich. Jedes einzelne Wort. Aber mit mir brauchst du nicht zu schreien. Dafür fehlt jeglicher Grund, und es besteht auch kein Anlass!" Ich trollte mich in den Flur und überwachte von dort aus ihre hektischen Bemühungen.

„Lass doch deine spontane Imagination und deine blühende Phantasie fließen", regte ich später einmal an, als sie jede einzelne Zutat, die in ihrem kaum gebrauchten Rezeptbuch stand, genau abwog, bevor sie diese zu dem Rest in die jeweilige Schüssel tat. Irgendwann konnte ich das Elend nicht mehr länger mit ansehen und rief: „Du musst das Eiweiß schnittfest schlagen, bevor du es unter den Quark hebst. Nein, nicht mit einem Löffel! Am besten tust du das mit einem Schneebesen!"

„Schluss jetzt! Fritzi, hör sofort damit auf!", unterbrach sie genervt meine Regieanweisungen. „Ich will keine kreativen Kuchen backen, sondern welche, die gut aussehen und zusätzlich auch noch lecker schmecken!"

„Das unterscheidet uns halt", schloss ich das Thema ein wenig beleidigt. „Ich bin ein von der großen Katzenfee künstlerisch äußerst gesegneter Profi, und du bist eine Konflikte fürchtende, risikoscheue Anfängerin." Beleidigt ging ich ins Schlafzimmer, legte mich aufs Bett, schloss die Augen und schmollte.

„Na, liegst du wieder in deinem Autisteneckchen und bockst?", fragte mich meine Dosilla versöhnlich, als sie nach einer Weile ins Zimmer kam und sich am Schrank zu schaffen machte. Ich gab vor, sie nicht zu hören und schwieg. „Fritzi, wenn du möchtest, dann kannst du mir jetzt helfen, im Wohnzimmer den Tisch zu decken."

‚Hilf dir selbst, dann wird dir geholfen', dachte ich und rührte mich nicht von der Stelle. So viel Stolz musste sein. Etwas später ging ich dann, von Neugierde getrieben, in die Küche, die inzwischen aufgeräumt war und der Boden frisch gewischt. Meine Perle wurschtelte im Wohnzimmer mit ihrem Arzberg-Geschirr herum, dem mit dem blauen Blumenmuster, den silbernen alten Kuchengabeln vom Flohmarkt, hauchdünnen Gläsern aus ihrer Aussteuer und einer bizarr-asymmetrischen Blumendekoration. Dazu hatte sie extra mitten in der Nacht von dem Hortensienstrauch in unserem Vorgarten einige der dicken weißen Blütenbälle abgeschnitten und sie mit Asparagus und kleinblättrigem Efeu in einer flachen Glasschale arrangiert. Diese schob sie jetzt immerzu hin und her, trat dann einen Schritt zurück und überprüfte ihren idealen Standort. Hier gab es für mich nichts mehr zu tun.

Ich lief zurück in die Küche und ging auf den Balkon, um nach dem Wetter zu schauen. Auf beiden Balkonstühlen und auf dem schmiedeeisernen kleinen Tisch standen zum Auskühlen die für später gebackenen Kuchen herum. Meine Dosine hatte bereits die runden Backformen entfernt und die Backwerke servierfertig, mit Papierdeckchen aus Tortenspitze, auf großen Tellern und Platten drapiert. Alle drei rochen ausnahmslos ungut nach Vegetarischem. Da ich nicht wusste, wo ich mich hinsetzen sollte, es war kein Stuhl mehr für mich frei, rollte ich mich vorsichtig auf dem Apfelkuchen zusammen. Das hatte den Vorteil, dass jetzt mein Bauch und meine Pfötchen von unten angenehm gewärmt wurden. So stelle ich mir eine gut funktionierende Fußbodenheizung in der Übergangszeit vor.

Das Geschrei und die bösen Worte, als mich meine Dosilla kurz darauf entdeckte, erspare ich dir. Du kannst es mir glauben, ihre Wortwahl, mit all den dramatischen Auswüchsen und den Entgleisungen, gehört eher auf eine Bauern-Theaterbühne, aber nicht in meine gedruckten Erinnerungen. Ihre Beschimpfungen waren wirklich nicht jugendfrei!

„Was soll ich denn jetzt mit dem schönen Apfelkuchen machen?", lamentierte sie kurz darauf, ihre Hände entsetzt über ihrem Kopf zusammenschlagend, nachdem ich, halb zu Tode erschrocken, panisch von meiner wärmenden *Matratze* heruntergesprungen und ins Schlafzimmer geflohen war. „Da hilft jetzt auch kein Puderzucker mehr!"

Nachdem sie eine Weile das leicht aus der Form geratene Backwerk von allen Seiten betrachtet hatte, schnappte sie es und stellte es in der Küche auf die Arbeitsplatte. „Jetzt hilft nur noch Schadensbegrenzung, sofern das überhaupt möglich ist", murmelte sie. „Zum Wegwerfen ist er viel zu schade. Das kann ich später immer noch machen." Nein, meine Dosine sprach offensichtlich *nicht* über mich, denn sonst hätte sie gesagt: „Wegwerfen kann ich *sie* später noch!"

Mit zu einem dünnen Strich zusammengepressten Lippen und bitterbös funkelnden Augen sah sie mich durchdringend an, als sie mit spitzen Fingern imaginäre Haare von dem Backwerk zu entfernen begann. Ihre Bemühungen waren wohl nicht von großem Erfolg gekrönt, denn anschließend versuchte sie, mit dem silbernen Rohr des Staubsaugers meinen auf dem Kuchen noch verbliebenen Haarflaum zu entfernen. Das funktionierte aber auch nicht allzu gut, da der Sauger daumengroße Teigstücke aus dem Backwerk riss und verschlang. Dann wickelte sie sich lange Streifen durchsichtigen Tesafilms, mit der Klebefläche nach außen, um ihre rechte Hand. Damit tupfte und wischte sie immer wieder über die unebene Oberfläche des Kuchens. Ja, ich muss es zugeben, als Elke zuvor auf den Balkon gekommen war und mich in flagranti entdeckte, begann sie laut zu krakeelen, was mich mächtig erschreckt hatte. Beim Runterspringen von meinem *Heizkissen* stieß ich mich mit meinen Füßen ab und hinterließ in dem knusprig gebackenen Rand des Teiges tiefe Ein- und Abdrücke.

Anschließend lief Elke ins Bad und kam mit einer Pinzette zurück, mit der sie sich manchmal einzelne Augenbrauenhärchen auszupft, die nicht ganz genau dort wachsen, wo sie ihrer Meinung nach hingehören. Unaufhörlich suchte und fand sie auf dem Backwerk Indizien meiner Anwesenheit vor, die sie vor sich hin fluchend aussonderte und auf einem Stück Küchenkrepp drapierte.

Ein Rheumakissen allererster Güte.

„Stell dich doch nicht so an!", sagte ich praktisch. „Dreh den Kuchen einfach um, indem du ihn kopfüber auf einen anderen Teller stürzt. Dann drückst und egalisierst du ihn mit deinen Händen wieder ein bisschen in Form, tröpfelst etwas Calvados auf die Fragmente und siebst noch ein bisschen Puderzucker oben drauf. Dazu servierst du Schlagsahne und gut isses!" Gesagt, getan.

*

Als unser Besuch kam, lobten alle unser Catering. „Den gedeckten Apfelkuchen haben Fritzi und ich zusammen gebacken", sagte strahlend mein liebster Mensch und zwinkerte mir zu. Weder sie noch ich verrieten unseren Besucherinnen, welchen Teil der Veredelung ich übernommen hatte.

Keine der Frauen fand ein störendes Haar in ihrem Essen. Das war auch nicht möglich, es sei denn, es war nachträglich noch aus der Luft auf ihren Teller herabgeschwebt. Möglicherweise hatte dabei auch Bacchus seine Hand im Spiel gehabt, denn einige der Frauen schwankten wie auf hoher See, als sie sich zu vorgerückter Stunde, weinselig und äußerst gut gelaunt, von uns verabschiedeten und auf den Heimweg machten.

Post von Anna aus Kreta

Heute lag eine Ansichtskarte von Anna in unserem Briefkasten. Darauf schrieb sie, dass sie uns einlädt, sie und Eberhard, Henry und die restlichen Bewohner des Tatz-In in Aptera zu besuchen.

„Ja, lass uns das bitte im nächsten Frühjahr machen!", miaute ich erfreut. „Ich buche uns gleich einen Flug im Internet! Auf Kreta waren wir schon soooo lange nicht mehr!"

Ich dachte natürlich sofort daran, dass ich bei der Gelegenheit auch meine Freundin Kyra und ihren Mann Jorgos vom Hotel in Agia Roumeli besuchen wollte, und ihren Schwager Petrus, den schwarzen Herzensbrecher aus der Taverne von Loutro. Vielleicht konnte ich Henry dazu überreden, mit mir an die Südküste zu fahren. Mit einem Partner an der Seite reist es sich als Mieze in fernen Landen sicherer, denn die jeweiligen Platzhirsche haben Respekt vor Kätzinnen, die von Security-Personal beschützt und begleitet werden. Ich würde Henry natürlich auch fragen, ob er Lust und Laune hat, mich auf einem Ausflug auf die südlichste europäische Insel, nach Gavdos, zu begleiten. Mit der Fähre lässt sich die Hin- und Rückfahrt bequem an einem Tag machen. Sollten wir auch meinen liebsten Menschen dorthin mitnehmen, darf sich allerdings keine einzige Wolke am Himmel befinden. Es muss windstill sein und das Meer so glatt wie Öl in einer Salatschüssel, sonst wird sie seekrank.

*

Erinnerst du dich noch an meine herzensgute Freundin Kyra? In meinem zweiten Buch berichte ich über sie und ihr beschwerliches Leben in Agia Roumeli. Sie ist die einzige mir bekannte Hauskatze mit einem uni-grauen Pelz, ohne jegliche Tigerstreifen und ohne ein einziges weißes Haar. Kyras Haut wird in jedem Sommer von Grasmilben befallen, auf deren Bisse sie allergisch reagiert. Bis zum Herbst wird sie immerzu von extremen Juckanfällen geplagt, die sie nicht unterdrücken kann. Vom ständigen Kratzen und Auflecken der entzündeten Stellen und der Grinde büßt sie dann große Teile ihres schönen Pelzes ein. Wenn im Oktober auf Kreta der erste Regen fällt, sterben plötzlich die Milben und Kyras Juckerei hört auf. Meine Freundin erzählte mir, ihr Fell sähe dann so aus, als hätte sie nicht nur kreisrunden Haarausfall, sondern als ob dazwischen, in ihrem restlichen verbliebenen Pelz, Motten hausen würden. Rasch wächst im Herbst ihr Pelz dicht und vollständig wieder nach, bis die Milben sie im nächsten Hochsommer wieder anfallen und attackieren.

Was war Kyra so dankbar, als ich ihr in den Nächten, die Rüdiger und ich gemeinsam in ihrem Heimatdorf verbrachten, meine Lebensgeschichte erzählte. Rüdi und ich hatten damals von unserer Dosine ganz offiziell *Ausgang bis zum Wecken.* Wir mussten uns nicht wie Diebe wegschleichen. Die Geschichten über meine Erlebnisse und Abenteuer lenkten meine Freundin von ihrem ständigen Juckreiz ab und brachten sie auf andere Gedanken. Kyra bedauerte, dass sie nichts anderes in ihrem Kaff erlebte als Kater-Stress, Kinderaufzucht und Kitten-Kacka.

Wie viele neue spannende Abenteuer hatte ich in der Zwischenzeit erlebt, seit ich nicht mehr in Agia Roumeli gewesen war. Die wollte ich alle Kyra erzählen. Sollten wir wirklich im Frühjahr nach Kreta fahren, um Henry, Anna und Eberhard im Tatz-In zu besuchen, müssen wir zusätzlich mindestens einen Monat für meinen Aufenthalt an der Südküste einplanen.

Fritzi und Elke kaufen einen Fahrschein

Große Neuigkeiten werfen ihre Schatten voraus! Gerade kommen wir vom *Reisezentrum* der Deutschen Bahn im Südbahnhof zurück. Der Name lässt irrtümlich auf einen größeren Verkaufsraum schließen, ist aber nur ein winziges Büdchen in einer versteckten Nische zwischen dem Eingang zu MäcBrech und den Rolltreppen, die zu den U-Bahn-Gleisen im Untergeschoss führen. In dem bewussten Reisezentrum gibt es nur Platz für zwei schmale Verkaufstische, zwei PCs mit Druckern und zwei Stühle. Heute früh arbeitete in dem Kabuff eine Fachkraft.

Mein liebster Mensch wollte für das kommende Wochenende einen Fahrschein nach Hamburg kaufen, damit wir uns dort mit ihrem Cousin Joachim treffen.

„Super, nur zwei Leute vor uns!", freute sie sich. „Fritzi, das geht sicher gaaaanz rasch. Dann sind wir schnell wieder daheim, drehen die Heizung hoch und kochen uns etwas Gutes."

Mir war das eigentlich *latte* (neudeutsch: egal), denn ich hatte bereits gefrühstückt. Außerdem lag ich warm und schläfrig in meinem Känguru-Beutel. Den band sich mein Personal vor unserem Weggehen vor den Oberkörper. Es zog sich dann aber noch endlos lange hin, bis wir an der Reihe waren. Die Kundin, die der Bahn-Expedientin hinter dem Schalter ihre Wünsche bereits vorgetragen hatte, bevor wir kamen, wollte fürs übernächste Wochenende eine Gruppenkarte für sechs Erwachsene und drei Kinder lösen. Das Problem war nur, dass für den von ihr gewünschten Tarif die Anzahl aus nicht mehr als fünf erwachsenen Personen bestehen durfte, plus Kinder, die gratis mitfahren konnten. Es wurde hin und her überlegt, ob man auf andere Sonder-, Wochenend- oder Sparpreise ausweichen sollte, ob eine Probe-Bahncard 25 eine Ersparnis bringen würde, man ohne Aufpreis Plätze reservieren konnte, ob es besser sei, im Zug einen Tisch für vier Personen zu belegen, und weitere zeitaufwendige Recherchen. Endlich einigte man sich; die Frau bekam ihre Tickets ausgehändigt, bezahlte und ging.

*

Als Nächster war ein bejahrter Mann an der Reihe, der einen Fahrschein für morgen nach *Kleinhüpptedrüppbach* lösen wollte, einem Ort, von dem ich noch nie etwas gehört hatte und dessen Namen ich auch umgehend wieder vergaß.

„Um wie viel Uhr möchten Sie denn von hier abfahren?", begann die sehr geduldige Bahn-Expedientin das Verkaufsgespräch mit dem Senior.

„Ich fahre nicht von hier, sondern vom Hauptbahnhof ab."

„Auch gut. Wann möchten Sie denn vom Hauptbahnhof abfahren?"

„Was haben Sie denn anzubieten?", beantwortete der Mann die ihm gestellte Frage mit einer Gegenfrage. Er sah auf seine Armbanduhr und kratzte sich am Hals.

„Ich kann Ihnen sicher um die fünfzig verschiedene Fahrmöglichkeiten zwischen vier Uhr früh und zwölf Uhr Mittag ab Frankfurt-Hauptbahnhof zu Ihrem Zielbahnhof anbieten", erwiderte die Frau. „Es kommt nur darauf an, ob Sie es vorziehen, in Köln-Hauptbahnhof, Köln-Deutz oder in Düsseldorf umzusteigen und mit welchem Anschlusszug Sie weiterfahren möchten. Wie ich es sehe, müssen Sie in jedem Fall circa 50 Minuten in Köln am Hauptbahnhof warten, beziehungsweise vier Minuten weniger in Köln-Deutz, oder dreiundfünfzig Minuten, sollten Sie es vorziehen, in Düsseldorf in Ihren Anschlusszug umzusteigen."

„Das kann ich mir aber gar nicht vorstellen", maulte der Mann. „Sind Sie da ganz sicher?"

„Ja. Das bin ich."

„Früher waren die Umsteigezeiten nicht so lang. Da gab es viel bessere Verbindungen", nölte er. „Können Sie nicht vielleicht noch einmal gucken?"

„Früher fuhr man auch mit der Linien-Postkutsche und saß hoch oben auf dem gelben Wagen, vorne beim Schwager." Kurz, aber laut schnurrte ich die Melodie des Volkslieds. „Die Droschke verkehrte jeden Mittwoch, sofern kein Schnee lag und die Brücken nicht vereist waren", miaute ich dann schnell. „Da mussten unterwegs nur die Pferde gewechselt werden, wenn sie müde vom langen Traben waren. Aber das ging sicher ganz rasch."

Hinter uns in der Schlange lachte jemand laut auf. Meine Dosine drehte sich nicht um und verzog keine Miene. Sie drückte nur meinen Kopf zurück in den Beutel.

„Sagen Sie mir doch bitte zuerst einmal, ob Sie um acht, neun oder zehn Uhr fahren möchten", fragte die Dame jetzt. „Dann suche ich nach den Verbindungen und drucke Ihnen alle Möglichkeiten aus. Anschließend können Sie in Ruhe überlegen, welche für Sie die günstigste ist."

„Sagen wir mal", er überlegte einen Moment, „ab neun Uhr."

„Prima", war ihre Antwort. „Da bietet sich der linksrheinisch fahrende ICE um fünf Minuten *vor* neun Uhr an. Ankunft in Köln am Hauptbahnhof ist um ..."

„Aber das wäre doch dann eine Abfahrtzeit *vor* neun Uhr", unterbrach sie der Mann. „Sie müssen mir besser zuhören, was ich Ihnen sage! Ich sagte, *ab* neun Uhr!!!"

„Kein Problem!" Sie atmete tief durch, rollte aber nicht mit den Augen. „Dann nehmen Sie am besten den ICE um fünf Minuten vor zehn Uhr, mit der Ankunftszeit in Köln am Hauptbahnhof um ..."

„Das ist zu spät!" Er winkte unwirsch mit der Hand ab. „Gibt's denn nichts dazwischen?", unterbrach er die Frau erneut. Sie schüttelte den Kopf. „Das glaube ich nicht. Da muss es doch noch eine dazwischenliegende Verbindung geben. Wenn ich den Zug um fünf vor zehn nehme, komme ich möglicherweise zu spät an. Ich muss ja noch weiter, das dürfen Sie nicht vergessen. Nee, das geht nicht." Er kratzte sich wieder am Hals, bis rote Striemen erschienen.

„Das ist auch kein Problem", sagte die geduldige Frau. „Sie könnten natürlich auch um achtzehn Minuten nach neun Uhr über den Frankfurter Flughafen fahren und dort am Fernbahnhof ein weiteres Mal umsteigen. Das steht Ihnen frei. Dafür haben Sie zwölf Minuten Zeit. Das sollte ausreichen. Dadurch, dass Sie dann auf der Schnellfahrstrecke fahren, verringert sich in Köln-Deutz die Wartezeit auf Ihren Anschlusszug auf nur zweiunddreißig Minuten."

„Gut", sagte der Mann. „Die nehme ich. Das ist doch die Strecke am Rhein entlang?

„Nein. Die Strecke des von Basel kommenden ICEs, der über den Flughafen nach Köln-Deutz fährt, ist die rechtsrheinische Schnellfahrstrecke. Die Fahrt durch das malerische Rheintal ist linksrheinisch. Da fährt der ICE zum Hauptbahnhof. Diese Fahrt dauert etwas länger."

„Nein, die Neubaustrecke will ich nicht fahren", erwiderte er. „Da sieht man ja nichts."

„Gut, dann drucke ich Ihnen jetzt alle Verbindungen morgen Vormittag über die linksrheinische Strecke aus. Wünschen Sie auch noch ein Ticket für die Rückfahrt?"

„Jetzt kümmern Sie sich erst einmal um meine Hinfahrt. Vergessen Sie aber nicht meinen Anschlusszug", sagte er barsch und kratzte sich mit seinen langen und nicht sehr sauberen Fingernägeln erneut im Nacken.

„Wie könnte ich?", fragte die Dame, immer noch freundlich. „Natürlich vergesse ich das nicht." Sie händigte dem Mann fünf Blätter mit verschiedenen Verbindungsnachweisen aus, die er nebeneinander vor sich auf den Tisch legte. Dann suchte er nach seiner Brille, die er umständlich mit einem karierten Stofftaschentuch putzte, bevor er sie aufsetzte. Minuten zogen sich hin wie Stunden.

„Gut, sagte er nach einer Weile. Ich entscheide mich für die linksrheinische Bahn um acht Uhr fünfundfünfzig zum Hauptbahnhof nach Köln."

„Hä!", miaute ich sofort entrüstet. „Das ist doch der Zug, den Sie eben *nicht* wollten!" Daraufhin drehte sich der Mann um und blickte suchend auf die lange Schlange der Wartenden. Rasch zog Elke den Reißverschluss ihres Anoraks bis zu ihrem Hals hoch. „Lass das!", rief ich laut. „Sonst krieg ich keine Luft. Beklemmungen hab ich bereits! Außerdem muss ich aufs Klo!"

Ein Teil der anderen Leute stöhnte laut auf, aber einige lachten und schüttelten ungläubig ihren Kopf. Das waren wohl die, die kein Ticket für heute kaufen wollten.

„Brauchen Sie auch eine Fahrkarte für die Rückfahrt, oder bleiben Sie dort?"

„Natürlich brauche ich einen Fahrschein zurück!", sagte der Mann. „Ich will doch nicht dort bleiben!" Seine Entrüstung oder Missbilligung ob der für ihn absurden Frage war deutlich zu hören.

„Und um wie viel Uhr haben Sie Ihre voraussichtliche Abfahrtzeit geplant?"

„Neunzig Minuten später", erwiderte er verärgert. „Länger wird die Beerdigung wohl nicht dauern!"

Die folgende Diskussion verschlief ich. Vermutlich chillte ich noch eine ganze Weile, denn ich war putzmunter und hatte ausgeschlafen, als wir drankamen und zum Schalter aufrückten.

„Wie viel Valium müssen Sie denn jeden Morgen vor Dienstantritt einnehmen, damit Sie so ein Elend ertragen?", fragte Elke mitfühlend.

„Aber dafür bin ich doch da!", strahlte uns die Expedientin an. *Frau Kowarz* stand auf dem Schildchen an ihrer Jacke. Meine Dosine erschrak sich dann aber doch, als die nette Dame den Preis für das Ticket nannte, denn von Samstag Abend, als sie sich die Verbindungen und Preise im Internet ausgedruckt hatte, bis heute früh war der Preis für unser Ticket nach Hamburg um vierzig Euro gestiegen.

„Stell dich nicht so an!", miaute ich. „Schließlich haben wir letztes Jahr geerbt. Erinnerst du dich nicht mehr daran? Aus diesem Grund waren wir doch extra in Nashville!"

„Fritzi, du hast es erkannt", erwiderte Elke und entspannte sich. „Man lebt nur einmal!"

Waldschrat taucht wieder aus der Versenkung auf

Als wir den Südbahnhof verließen, hatte es angefangen zu nieseln. Anfangs nur ganz winzige Tröpfchen, aber dann wurden sie größer. Meine Dosine zog sich die Kapuze ihres Anoraks über den Kopf. So stapften wir in Richtung Hasenpfad, in dem wir wohnen. Du weißt doch, das ist die Straße, in der es weder Hasen noch Karnickel gibt.

Durch ihre regennasse Brille hatte Elke nicht gesehen, dass uns Waldschrat entgegenkam. Das ist der Mann, wegen dem mein liebster Mensch früher heiße Tränen weinte, als er uns urplötzlich nicht mehr besuchen kam und auch nicht mehr anrief. Auf seinem inzwischen schütter gewordenen Haar hatte er heute eine Kappe mit dem Schild nach hinten, wie sie jugendliche Rapper vor fünf Jahren trugen, um möglichst cool auszusehen. Etwas an Gewicht schien er auch zugelegt zu haben. Seinen aufgespannten Knirps hielt er über sich, nur über sich, auch als wir uns gegenüberstanden und Elke und er sich unterhielten.

Meinem liebsten Menschen war nicht zu helfen, als sie nach einer Weile auf die Bäckerei Eifler hinter uns zeigte und sie zu ihm sagte: „Darf ich dich zu einem Kaffee einladen, bevor mir der Regen auch noch die Unterwäsche durchweicht?" Als ich das hörte, trat ich sie so kräftig in die Rippen, dass sie „Aua" sagte und sich die Seite rieb. Waldschrat lachte und ließ sich einladen.

Ich flüsterte ihm zu: „Waldschrat, was immer du gibst, kommt irgendwann zurück zu dir. Auch das Böse. Merk dir das!"

„Ich sehe, Fritzi miaut immer noch so viel wie früher!", sagte er.

„Ich hoffe, du siehst mich nicht nur, sondern hörst mich auch!", erwiderte ich.

*

Zweifüßer sind dumm. Dies bewies einmal wieder das unerklärliche Verhalten meiner Dosine. Sie wusste doch, dass dieser Mann nach dem Wahlspruch lebt: *Geiz ist geil!*, oder *Warum selbst Geld ausgeben, wenn es andere Leute ganz freiwillig für mich tun?*

Ich erkläre es dir an einem Beispiel: Wenn eine Kuh auf einer Wiese zum ersten Mal in ihrem Leben an einen elektrischen Weidezaun kommt und einen 2-Volt-Schwachstrom-Schlag erhält, erschreckt sie sich halb zu Tode. Sie ist nicht dumm und merkt sich das, denn sie möchte zukünftig verhindern, erneut diese schmerzliche Erfahrung zu machen. Wahrscheinlich denkt sie: ‚Der Zaun ist böse. Den muss ich unbedingt meiden. Er tut mir weh.'

Diese Merkfähigkeit geht meiner Dosine total ab. Was hat sich Waldschrat schon alles bei uns daheim zusammengeschnorrt? Gegessen und getrunken hat er, und das nicht zu knapp, ist bei uns aufs Klo gegangen und noch viel mehr. Alles war einseitig, total einseitig, denn nie waren wir bei ihm zuhause. Auch bot er uns niemals etwas zu essen oder zu trinken an. Was hat meine dösige Dosine daraus gelernt? Nichts, sage ich dir. Rein gar nichts. Ich erinnere nur an den von ihr gekochten Quittengelee und den selbstgebackenen Schokoladenkuchen, den sie ihm zusätzlich noch in Folie eingepackt und mitgegeben hatte, als er damals auf Nimmerwiedersehen aus unserem Leben verschwand. Aber ob ich ihr diesbezüglich etwas sage oder mich mit meinen Spikes unter dem Schwanz kratze, ist das Gleiche.

Wie dem auch sei, Waldschrat machte ein bisschen Smalltalk, trank seinen Cappuccino aus, guckte dann auf seine Uhr und sagte: „Ich muss jetzt gehen!" Elke lächelte gequält, als er sich für den Kaffee bedankte und unverzüglich verschwand.

„Es besteht kein Grund, Trübsal zu blasen und traurig zu sein", sagte ich tröstend zu meinem liebsten Menschen, als sie mich mit feuchten Augen ansah. „Nur Gulasch schmeckt besser, wenn es aufgewärmt wird. Du hast einen besseren Mann verdient! Glaube mir, einen viel besseren!"

Hummel Hummel, mors mors

Über die gut dreieinhalbstündige Hinfahrt nach Hamburg gibt es nicht viel zu sagen. Es war Freitag. Das letzte Wochenende im Oktober lag vor uns. Der Zug war gut besetzt, aber wir hatten eine Platzreservierung in der Ruhezone. Dies hielt aber Kinder aus anderen Wagen nicht davon ab, immer wieder durch unser Großraumabteil zu toben und dabei laut zu schreien.

Als wir schon kurz vor Hamburg-Harburg waren, lief eine Schaffnerin in den besten Jahren noch einmal durch unseren Wagen und rief: „Ist hier noch jemand neu?" Als niemand antwortete, fragte sie lachend: „Nein? Alles die Alten?" Die meisten Fahrgäste schmunzelten. „Genau wie bei mir daheim!"

*

Mit ihrem kleinen Köfferchen, das sie auf Rollen hinter sich her zog, war meine Dosine gut beweglich. Als wir ankamen, ging Elke am Bahnhof als Erstes in einen HVV-Laden (Hamburger Verkehrsverbund) und kaufte sich eine Wochenkarte für das Stadtgebiet. So brauchte sie nicht immer neue Einzelfahrscheine zu lösen. Laut der Preisliste, die in der Verkaufsstelle aushing, konnten Hunde, Kinderwagen und Fahrräder kostenlos mitgenommen werden. Von Katzen stand nichts geschrieben.

Rasch fuhren wir mit einer U3-Hochbahn, deren Station etwas entfernt vom Hauptbahnhof und unterirdisch lag, in den Stadtteil Winterhude. Irgendwie war das paradox, denn die Hochbahn fuhr nicht nur auf Stelzen oberhalb der Erde Haltestellen an, sondern hielt auch an jeder Menge unterirdischer Stationen.

Als wir zur Haltestelle Saarlandstraße kamen, stiegen wir aus. Von dort war es nicht mehr weit in die nahe Flüggestraße, in der sich unser gebuchtes Hotel befand. Bei Elkes Cousin wollten wir nicht übernachten, denn seine Freundin ist allergisch auf Katzenhaare. Mir war das ganz recht, denn so konnte ich des Nachts wie daheim in unserem Zimmer herumlaufen, spielen und aufs Klo gehen, ohne jemanden zu stören. Mein liebster Mensch zählt nicht. Sie ist meine nächtlichen Aktivitäten gewöhnt und stöhnt nur, wenn ich sie versehentlich mehrmals aufwecke.

*

Nachdem wir im Hotel eingecheckt hatten, hängte Elke ihre wenigen von zu Hause mitgebrachten Anziehsachen in den Schrank unserer spartanischen Mansardenkammer im fünften Stock. Dann wollte sie ihre Halsketten und etwas Reservegeld in den Safe legen, der sich im Kleiderschrank befand. Er ließ sich aber nicht abschließen, sooft es meine Dosine auch probierte. Die Zimmerfee, die gerade den Flur saugte, war dafür nicht zuständig. Sie verwies meine Dosine mit zum Himmel erhobenen Händen an das Personal der Rezeption. Elke rief dort gleich an und erfuhr, dass die für technische Probleme zuständige Person, der Hausmeister, sich bereits ins Wochenende verabschiedet hatte und erst am Montag wieder erwartet wurde. Seit dem Zeitpunkt unseres Eincheckens waren nicht mehr als fünfzehn Minuten vergangen; es war gerade dreizehn Uhr dreißig.

Auch in unserem winzigen Hygienezentrum war nicht alles so, wie es für den üppigen Zimmerpreis eigentlich sein sollte, denn die WC-Spültaste für *Klein* funktionierte nicht, und der hinter dem Plastikvorhang der Mini-Dusche angebrachte Seifenhalter aus Metall hing schlaff herunter und war unbrauchbar. Zu ihrer Freude sah Elke im oberen Fach des Kleiderschranks ein Radio mit Weckfunktion liegen, denn wir hatten keinen Wecker dabei. Später, als mein liebster Mensch es aus dem Schrank nahm, stellte sich heraus, dass auf der Unterseite des Gerätes ein großes Stück der Kunststoff-Abdeckplatte fehlte. Teile davon lagen ganz hinten auf dem Brett im Schrank. Bei einem Blick von unten ins Innere des Radios waren allerlei Drähte zu sehen. Nein, wir testeten die Funktionalität des Gerätes nicht aus, da wir nicht riskieren wollten, einen Stromschlag zu bekommen oder einen Zimmerbrand zu verursachen.

In unserem Kämmerchen gab es auch einen Kühlschrank. An dem Gerät befand sich seitlich oben eine Öse aus Metall, genauso wie an der Tür. Beide Ösen waren mit einem weißen Klebestreifen verplombt. Entweder sollte so vermieden werden, dass man eigene Lebensmittel in den Kühlschrank legt oder dass man sich an seinem Inhalt, höchstwahrscheinlich der Minibar, vergreift. Das war aber kein Problem für meine Dosine, denn bei der derzeitig kühlen Witterung konnte sie ihren mitgebrachten Saft auch ungekühlt aus dem Plastikbecher trinken, den sie am Waschbecken in der Nasszelle vorfand.

„Fritzi, es gibt bestimmt Jugendherbergen, die zweckmäßiger eingerichtet sind", bemerkte meine Dosine säuerlich. Mir war das egal, denn ich kann fast überall schlafen.

„Du kannst ja mal bei Amnesty International anrufen und nachfragen, ob die vorgeschriebene Mindestquadratmeterzahl einer Zelle in einem deutschen Knast größer ist als diese kleine Kammer", schlug ich vor, miaute aber gegen taube Ohren.

*

Den Nachmittag verbrachten wir im Stadtpark. Mein liebster Mensch maulte, als sie sah, dass meine Pfötchen deutliche Spuren von Erdanhaftungen zierten. Die kamen von den Kastanien, die ich wie Kleinwild hin und her gekickt und verfolgt hatte. Vielleicht stammten sie aber auch von meiner Hatz auf den halbwüchsigen Graupelz, den ich im Gebüsch erlegt und hastig verzehrt hatte. Außerdem waren vom Regen am Vormittag das Gras und das gefallene Laub noch feucht und rutschig, sodass ich meine ausgefahrenen Spikes einsetzen musste, um nicht allzu sehr zu rutschen und vielleicht dabei zu verunfallen.

„Wie soll ich deine Füße jemals wieder sauber kriegen?", fragte meine Dosilla vorwurfsvoll und missbilligend. „Du bist ja dreckverschmiert bis hoch zu deinem Kinn!"

„Kein Stress! Ich lass den Knatsch zuerst in meinem Kängurubeutel trocknen", erwiderte ich. „Das geht ganz rasch. Dann fällt er von selbst ab. Anschließend wasche ich mich gründlich von Kopf bis Fuß mit jeder Menge Spucke. Ganz schnell bin ich dann wieder wie neu. Aber vorher spiele ich noch ein bisschen."

Bevor Elke etwas erwidern konnte, verschwand ich nach links in die dichten Büsche. Ich ließ sie nach mir rufen, bis sie von selbst damit aufhörte.

*

Kaum waren wir wieder zurück in unserer Kemenate, holte uns Joachim ab und fuhr uns zu seinem ganzen Stolz, einem Kleingarten, der direkt an einem der Kanäle liegt. Schade, dass wir schon rasch wieder von dort aufbrachen, denn hier hätte ich mir gern einen weiteren Hamburger Graupelz gefangen. Sicher sind die hiesigen Nager ganz saftig, mager und wohlschmeckend von all dem vielen Bio-Gemüse auf den Beeten, den vielen reifen Samen und dem Fallobst, das unter den Bäumen lag.

Wir holten Joachims Freundin Sari ab, die inzwischen Feierabend hatte, und gingen gemeinsam zum Abendessen in ein italienisches Restaurant. Nein, von einer Allergie auf meine Haare konnte ich bei Sari nichts bemerken. Sie schien aber verschnupft zu sein, denn sie putzte sich ständig die Nase und keuchte ein bisschen dabei. Ich schätze, sie brütete einen grippalen Infekt aus und würde bald das Bett hüten müssen.

„Bitte huste mich nicht direkt an!", bat ich sie, worauf sie niesen musste. „Ich schätze, du bis höchst infektiös. Hoffentlich stecke ich mich bei dir nicht an!"

Die Pizza mit Tomaten und Rucola, von der mir Sari großzügig anbot, mochte ich nicht. Ich bin doch kein Cocker Spaniel, der wie ein Müllschlucker alles vertilgt, was sich nicht heftig wehrt. Auch die Spagetti mit Peperoni, Knoblauch und Parmesan, die mir meine Dosine hinhielt, als ich lautstark eine Kostprobe forderte, mochte ich nicht. Eigentlich hatte ich keinen richtigen Hunger, sondern nur noch ein bisschen Appetit auf einen schmackhaften Leckerbissen. Ehrlich gesagt, ich war nur wissbegierig, was sich auf den Tellern der Zweifüßer befand.

Mit David auf der Reeperbahn

Um kurz nach neunzehn Uhr brachen wir auf. Mein liebster Mensch hatte unseren Verwandten schon zuvor gebeten, eine geführte Tour durchs Hamburger Nachtleben zu buchen. Jetzt wurden wir zu dem verabredeten Treffpunkt auf St. Pauli, an der Ecke des Millerntorplatzes, gefahren. Dort sollte der *Rundgang für Personen ab achtzehn Jahre* beginnen, mit dem Titel: *Sex & Crime auf St. Pauli*. Unser Guide hieß David und entpuppte sich als netter Student der Betriebswirtschaft, der sein Wissen über das größte Amüsier- und Rotlichtviertel Europas mit uns teilte. Unsere Gruppe bestand aus fünfzehn neugierigen Touristen und mir. Zuerst erklärte uns David, wie die knapp einen Kilometer lange Reeperbahn im Stadtteil St. Pauli zu ihrem Namen kam. Sie ist die zentrale Straße des Viertels und gilt als *die sündigste Meile der Welt*. Na ja, das mag man glauben, wenn man Las Vegas nicht kennt...

„Reep ist ein anderes Wort für ein Tau", sagte unser Guide. „Um früher Stricke von den sogenannten Reepschlägern manuell zu dicken Schiffstauen drehen zu können, brauchte man eine kerzengerade Bahn von mindestens dreihundert Metern Länge. Es gab aber auch Seilerbahnen, die bis fünfzig Meter lang waren, auf denen Seile gedreht wurden. Seit dieser Zeit gibt es nicht nur auf St. Pauli, sondern auch in anderen Orten, Reeperbahnen und Seilerstraßen.

Dicke Taue wurden im Hamburger Hafen ständig beim Anlegen und Vertäuen der Schiffe benötigt. Eine lange und kerzengerade Straße gab es hier auch.

Seitdem die Taue maschinell in Fernost hergestellt werden, starb an der Küste der Beruf des Reepschlägers aus. Wegen des Hafens, der nur wenige Gehminuten entfernt ist, siedelten sich nach und nach immer mehr Nachtclubs, Bordelle, Bars und Diskotheken an, um die Wünsche und Bedürfnisse der Matrosen zu befriedigen, die über Monate auf hoher See weder Alkohol noch Frauen gesehen hatten. Heutzutage findet man auf der Reeperbahn kaum noch Seeleute. Die Liegezeiten der Containerschiffe im Hamburger Hafen beschränken sich auf nur noch wenige Stunden, in denen die Ladung gelöscht wird, bevor die großen Frachter schon wieder auslaufen. Im letzten Jahrhundert war das anders; da dauerte das Löschen oft mehrere Tage."

„Aha", miaute ich, denn das hatte ich nicht gewusst.

„Haben Sie eine Ahnung, warum wir nicht *in*, sondern *auf* St. Pauli sind?", fragte David. Wir wussten es nicht. „Am Ende des Stadtteils St. Pauli", er zeigte mit der Hand geradeaus, „geht die Reeperbahn in die Königstraße über. Genau dort am Nobistor beginnt der Stadtteil Altona. Der Höhenunterschied von Altona zu dem Platz, auf dem wir uns jetzt gerade befinden, beträgt sechzehn Meter. Wir stehen hier sozusagen *auf* dem Hamburger Berg." Alle lachten.

Als wir die Straße zu den absichtlich leicht schief gebauten neuen Hochhäusern überquerten, die *Tanzende Türme* oder *Tango-Türme* genannt werden, fielen mir die extragroßen Fußgängerampeln auf.

„Wegen der extrem vielen Unfälle auf der Reeperbahn hat man hier Lichtsignale für Fußgänger angebracht, die doppelt so groß sind wie im Rest der Stadt", sagte David. „Auch die Piktogramme der Männchen leuchten hier entweder *beide* rot oder *beide* grün. Trotzdem taumeln zu später Stunde viele Angetrunkene und Bekiffte, ohne auf den Verkehr zu achten, einfach über die Straße."

David wies uns auf das *Arcotel Onyx* hin, das direkt im Schatten der Tanzenden Türme steht. „Das Hotel bietet seinen Gästen, neben normalen Zimmern und Suiten, auch sechsunddreißig Motiv- und Themenräume an, wie beispielsweise ein Kiezzimmer mit *sündiger* Ausstattung (was immer das sein mag), oder ein Schiffszimmer mit Rettungsring und runden Bullaugen anstatt Fenstern."

Auch die Toiletten im öffentlichen Bereich des Hotels sollen unterschiedlich groß sein: S, M, L, XL und mit mehreren X. Leider hatten wir keine Zeit, dies zu überprüfen.

Unser Guide zeigte uns auch den Zugang zum unterirdischen *Mojo Club*, der aussah wie die Einstiegsluke an einem U-Boot. Eintausend feierwütige Gäste haben in dem Lokal Platz. Sicher ist es dort sehr laut, was aber niemanden stört, denn das Lokal liegt unter der Straße.

Gegenüber des Operettenhauses befindet sich die *Boutique Bizarre*, die damit wirbt, das größte Fachgeschäft der Welt für Fetisch, Sado-Maso, Bondage, Toys, Erotik, Intimschmuck, Dessous, spezielle Literatur und Hardcore-DVDs zu sein. Außerdem gibt es dort im Basement eine *besondere* Kunstgalerie. Darunter konnte ich mir nichts vorstellen.

„Elke, lass uns bitte schnell mal da hineingehen und nachsehen!", miaute ich wissbegierig, aber nichts da. Meine Dosilla bewegte sich keinen Zentimeter, sondern hörte gebannt zu, was David gerade für Anekdoten erzählte.

Vor dem hell erleuchteten großen Laden stand ein Türsteher, der von Gruppen neugieriger Männer je einen Euro Eintrittsgeld kassierte, um Spanner und *Sehmänner* davon abzuhalten, das auf mehreren Etagen bestens sortierte Angebot neugierig zu begucken und sein kompetentes Fachpersonal auszufragen, ohne etwas zu erwerben. David versicherte den männlichen Teilnehmern des Rundgangs, dass der gezahlte Euro beim Kauf eines Artikels angerechnet würde. Daraus schließe ich, dass Frauen immer eine feste Kaufabsicht haben, wenn sie eine derartige Boutique aufsuchen, und nicht nur, wie in Schuhgeschäften, gucken und anprobieren wollen.

Wir kamen auch an mehreren Tattoo-Studios vorbei. „Wer von Ihnen ist denn tätowiert?", fragte David in unsere Runde. Fast alle meldeten sich. Ich mich natürlich auch, denn ich trage meinen Steckbrief mit grüner Farbe in beiden Ohren eingestanzt.

Interessiert fragte unser Guide meinen liebsten Menschen: „Warum haben Sie sich bisher noch kein Tattoo stechen lassen?"

Elke kratzte sich am Kopf und überlegte, bevor sie antwortete: „Nee, das kommt für mich nicht in Frage; nicht für alles Geld der Welt. Sollte ich mir heute einen Delfin stechen lassen, sieht der vielleicht in zwanzig Jahren, dank der Erdanziehungskraft und der Hauterschlaffung, wie ein Pottwal aus." Alle Leute lachten.

*

Wie auf einem Rummelplatz blinkten und leuchteten überall und in allen Farben Lichter und Glühbirnen, egal wohin ich guckte. Ein kleines bisschen erinnerte mich die Reeperbahn an den Strip in Las Vegas. Natürlich in einer seeehr abgespeckten Version, eher mit Ballermann-Charme, sozusagen ein *Kiez-Strip für Arme*.

An dem früher sehr bekannten, aber inzwischen geschlossenen *Café Keese* mit seinem *Ball paradox* (mit Damenwahl per Tischtelefon) gingen wir vorbei in Richtung Spielbudenplatz mit seinen Theatern auf der linken Seite und dem Nachtmarkt davor. Was dort angeboten wurde, konnte ich leider nicht sehen, denn die vielen Leute, die sich dort aufhielten, versperrten mir den Blick auf das Geschehen. Ich hörte nur Musik und aus vielen Kehlen ausgelassenes Lachen. Für den erotischen Weihnachtsmarkt war es aber noch viel zu früh im Jahr.

Als wir an Schmidts Tivoli und dem Schmidt Theater vorbei kamen, meinte mein liebster Mensch: „Fritzi, dorthin gehen wir am Sonntag. Ich muss nur noch ein Ticket besorgen."

Auf der anderen Straßenseite sah ich die große, bunt angestrahlte Fassade des *Geiz-Clubs*, in dem für neununddreißig Euro sexuelle Dienstleistungen feilgeboten wurden. Eine Gruppe Männer lungerte auf dem Bürgersteig vor dem Etablissement herum. Gern hätte ich ihnen zugerufen, dass Geiz sie vielleicht geil macht, aber nicht wirklich geil ist, sondern ein Charakterfehler. Mit Vergnügen hätte ich sie dazu aufgefordert, einmal selbst nachzudenken, ob nicht ein Zusammenhang zwischen ihrer extremen Knauserigkeit und ihrer Vereinsamung besteht. Ich ließ es aber, denn ich bezweifele, dass einer der *prolligen Dösköppe* auf mich gehört hätte. Außerdem scheint Nachdenken manchen Personen Kopfweh zu verursachen.

*

Als Nächstes führte uns David in die *Ritze*. Das ist eine berühmt-berüchtigte Kiezkaschemme neben dem Palais d'Amour, einem Laufhaus (Bordell). Im ganzen Land ist die Eingangstür des Lokals bekannt, die links und rechts von zwei gespreizten Frauenbeinen mit High Heels flankiert wird. Udo Lindenberg soll hier an der Theke zu mehreren seiner Hits inspiriert worden sein. Ben Becker und einige andere Promis gehören zu den Stammgästen, wenn sie in Hamburg sind. Das fensterlose Lokal ist hauptsächlich ein Treffpunkt für Leute aus der Glitzer-, Halb- und Unterwelt. Kokaindealer, Luden, Koberer und *Schöne der Nacht* verkehren hier zu später Stunde.

Bis vor wenigen Jahrzehnten war das Hamburger Rotlichtmilieu fest in deutscher Hand. Der Zuhälter und Gangster *Chinesen-Fritz* wurde an der Theke der Ritze erschossen. Stefan Hentschel, der frühere *Pate von St. Pauli*, erhängte sich im Boxkeller unter der Kneipe an einem der Haken, an dem normalerweise ein Sandsack zum Üben befestigt war. Über den Grund seiner Verzweiflungstat wird nur gemunkelt, denn an Depressionen litt er nicht.

Wir gingen die schmale Treppe hinunter in das Basement. In der Mitte befindet sich der Boxring. Die Wände sind mit unzähligen, inzwischen vergilbten Postern beklebt. Alle weltbekannten Boxgrößen wie Muhammad Ali, Henry Maske, Dariusz Michalczewski, die Gebrüder Klitschko, der Weltmeister Eckhard Dagge und unzählige andere Boxer standen hier im Ring.

Jedem Teilnehmer unserer Gruppe (mit Ausnahme von mir) wurde ein sogenanntes *Herrengedeck* gebracht, das aus einem Gläschen Korn und einer Flasche Astra-Bier bestand. Wir mussten dafür nichts extra bezahlen, denn es war bereits in dem Preis für den Rundgang enthalten.

„Die Türsteher einiger Bars und Strip-Clubs kobern (locken) männliche Touristen in ihr Etablissement, mit der Versprechung, dass bei ihnen sowohl ein Korn als auch ein Bier nur je zwei Euro fünfzig kostet", warnte David die Männer unserer Gruppe.

„Wenn Sie dann in das Lokal gehen und an der Bar sagen: ‚Ich hätte gern einen Korn und ein Bier', und denken, Sie hätten ein Schnäppchen gemacht, dann täuschen Sie sich gewaltig. Nachdem Sie den anwesenden Tänzerinnen bei ihren Darbietungen lange genug zugesehen haben, händigt man Ihnen eine Rechnung über fünfzig Euro aus, denn laut der Getränkekarte ist dies der Preis für ein Herrengedeck." Alle lachten.

*

David erzählte Anekdoten von den verschiedenen Mafia-Clans, die von den Justizbehörden zur organisierten Kriminalität gezählt werden. Inzwischen haben Drogenbosse und Menschenhändler aus Russland, Albanien, dem Kosovo, dem kurdischen Teil der Türkei und der sizilianischen Camorra das halbseidene und das Drogenbusiness übernommen. Wegen der immensen Gewinne aus der Prostitution, dem Glücksspiel und dem Kokainhandel murksen sie sich gegenseitig ab.

Unser Guide sprach von den Hells Angels, Osmanen Germania, Red Legion, Bandidos, Mongols und anderen Rockerbanden, von denen ich noch nie etwas gehört hatte. Er sagte, dass die sich untereinander wegen ihrer Territorialkämpfe bis aufs Blut bekriegen und sich gegenseitig keinen Schluck Wasser gönnen. Irgendwie erinnerte mich ihr Vorgehen an die Geschichte aus dem dicken Buch, in dem sich Kain und Abel auch nicht vertrugen.

Ein bisschen gruselig war mir schon, obwohl ich neugierig und auch aufgeregt war, aber ich wollte nicht versehentlich zwischen die Fronten gelangen. Deshalb ging ich in meinem Beutel auf Tauchstation und guckte nur mit einem Auge heraus.

*

Wir kamen am *Club de Sade* vorbei, einem SM-Club. Gern hätte ich mir in aller Ruhe die Fotos in den Schaukästen angesehen, um mich über die dortigen Aktivitäten und angebotenen Dienstleistungen zu informieren, aber Elke ging schnell weiter, guckte stur geradeaus und ignorierte meine Bitte.

An der Ecke Reeperbahn/Davidstraße befindet sich das Polizeikommissariat 15, besser bekannt unter dem Namen *Davidwache*. Unser Guide sagte, dass das Reviergebiet dieser Wache weniger als einen Quadratkilometer beträgt und somit das kleinste in ganz Europa ist. Mehr als einhundert Mitarbeiter sind hier im Schichtdienst beschäftigt und haben gut zu tun. Genau im selben Moment kamen die Besatzungen zweier Streifenwagen aus der Wache gerannt und fuhren im Affenzahn mit Blaulicht und Tatütata weg.

David sagte: „Um die kontinuierlich ansteigende Anzahl der Gewaltdelikte auf St. Pauli einzudämmen, wurde vor zehn Jahren das Verbot ausgesprochen, Waffen, Messer und andere gefährliche Gegenstände auf der Reeperbahn und in den Seitenstraßen mitzuführen. Außerdem wurde ein Glasflaschenverbotsgesetz erlassen, das das Mitführen von Gläsern und Glasflaschen in den Wochenendnächten verbietet. Allerdings konnte durch diese Maßnahmen *kein* Rückgang der Gewalt festgestellt werden."

Von der Reeperbahn bogen wir jetzt ab in die Davidstraße. Dort gingen wir auf dem Bürgersteig der *linken* Straßenseite zwei Blocks geradeaus. Auf der *rechten* Seite standen viele gutaussehende Mädchen und junge Frauen, die vor den Kneipen und

Pensionen Männern wortgewandt ihre Dienste anboten. Es scheint hier ein unge-schriebenes Gesetz zu sein, dass man, wenn man auf der Straße links geht, keine amourösen Ambitionen plant. Auf diese Weise sparen die Frauen ihre Energie, Zeit und Mühe und konzentrieren sich auf die potentiellen Kunden, die auf der rechten Straßenseite an ihnen vorbei promenieren.

Es schien mir, als trügen alle Liebesdienerinnen die gleiche Dienstkleidung. Diese bestanden aus bis zur Taille reichenden gesteppten Daunenjäckchen, deren Reißver-schlüsse bis zur Mitte geöffnet waren, ultrakurzen Röcken, die gerade so eben den Po bedeckten, und Moon Boots an den Füßen. So kühlen die Frauen nicht so leicht von unten aus, bekommen auch keine Blasenentzündung und erkälten sich nicht so rasch.

Etwa in der Mitte der Davidstraße geht, parallel zur Reeperbahn und etwas ver-steckt, die Herbertstraße ab. Die recht kurze Bordellstraße darf nur von erwachsenen männlichen Besuchern zu Fuß betreten werden. Das steht auf den Sichtblenden ge-schrieben, die auf beiden Seiten der Straße angebracht sind, um Frauen und Kindern den Einblick zu verwehren.

„Was soll das?", fragte ich erzürnt. „In welchem Hottentotten-Land lebe ich denn hier? In einem freien oder in einem moslemischen?"

„Fritzi, beruhige dich. Ja, ich weiß, dass du emanzipiert bist!"

„Elke, lass mich mal rasch aus meinem Beutel heraus!", miaute ich laut als Ant-wort. „Ich muss ganz dringend austreten! Es eilt!" Als ich auf dem Boden stand, dach-te ich: ‚Da diese Straße offensichtlich so geheimnisvoll ist, dass für Frauen der Durch-gang verboten wurde, will ich sie mir jetzt schnell einmal ansehen. Wer weiß, ob ich irgendwann später noch einmal die Chance dazu habe.'

„Fritzi, sei bitte gaaaanz vorsichtig!", sagte mein liebster Mensch besorgt. „Geh mit niemandem mit, und lass dich nicht ansprechen! Und warte am Ende der Straße auf mich, bis ich dich abhole. Hast du mich verstanden?"

„Was soll ich denn sonst machen? Laut genug sprichst du ja!", erwiderte ich ge-reizt. „Glaubst du etwa, dass mich dort jemand heiraten will oder den Wunsch äußert, mich zu adoptieren? Oder dass mir hier ein Job angeboten wird?"

David und die Frauen der Gruppe gingen geradeaus weiter und bogen dann in die Erichstraße ein. Dort zeigte er ihnen den *Touch SM-Club*, in dem man gegen Bezah-lung mit Paddeln, Reitgerten und Peitschen selbst zuschlagen darf, sich aber auch gegen Gebühr von Profis verprügeln oder anderweitig wehtun lassen kann.

Rasch lief ich den Männern unserer Gruppe nach, die bereits in der Herbertstraße verschwunden waren. Ich blickte mich um. Niemand beachtete mich. Hier sah es aus wie eine Ansammlung von kleinen Tante-Emma-Läden, in denen bereits mit greller Beleuchtung für Weihnachten geschmückt war. Aber statt einer Dekoration in den Schaufenstern, bestehend aus Brötchen, Waschmitteln, Kosmetik oder Wurstwaren, saßen in den Auslagen im Schichtbetrieb arbeitende spärlich bekleidete Frauen auf Barhockern und Stühlen. Manche standen auch hinter den geöffneten Fenstern. Alle Buhlen versuchten die langsam vorbeischlendernden Männer dazu zu bewegen, sie für kurz oder länger in ihren Zimmern zu besuchen. Dann zogen sie rasch die Vorhänge zu, bis sie nach wenigen Minuten den Arbeitsauftrag vollzogen hatten und die Männer zum Gehen aufforderten.

In dieser Straße hatte mehrere Jahre die bekannteste Domina Deutschlands und spätere Sozialarbeiterin Domenica Niehoff ein Studio gemietet. Jetzt arbeiten andere Frauen tagsüber und auch nachts in ihren Räumlichkeiten.

Hinter einem der bodentiefen Fenster saß neben einer drallen Schönen eine weiße Zwergpudeldame, die umgehend zu kläffen begann, als sie mich erblickte.

„Wenn du nicht sofort abhaust, mach ich dir Beine, du blöde Emanze!", bellte sie wütend. „Hier in der Herbertstraße dürfen sich nur Männer aufhalten! Du Flohtaxi hast hier nichts zu suchen! Verpiss dich gefälligst!"

„Nur fürs Protokoll", miaute ich rasch, „du bringst da etwas durcheinander. Ich bin keine Emanze, auch keine Suffragette, sondern eine Rüdigerette, eine Anhängerin von Rüdiger."

„Laber nicht so dumm rum, du Pissnelke! Sonst komme ich raus und helfe dir nach!"

„Aber du bist doch selbst ein Weibchen!", entgegnete ich und blieb kurz vor dem bodentiefen Fenster stehen. Dann machte ich Männchen und versuchte nach drinnen zu spähen.

„Aber ich *arbeite* doch hier!", erwiderte die Pudelin. „Ich gehöre in diesem Laden zur Security und passe auf mein Frauchen auf!"

„Schantalle, min Deern (mein Mädchen), lot de lütje Katt to freden (lass das Kätzchen in Ruhe)!", sagte jetzt die schwarzhaarige Frau zu dem kleinen Wadenbeißer. Sie trug ein hinten geschnürtes Korsett aus rotem Lackleder und sah darin ein bisschen aus wie eine Presswurst, deren schwitzige Pelle zuvor in Rosenpaprika gewälzt wurde. Als sie sich zu ihrer Hündin bückte, um sie beruhigend zu streicheln, schien ihre geschwollene Milchleiste oben aus dem Leibchen zu rutschen. „Muschi, wat mokst du hier? Hest du di verlopen (was machst du hier? Hast du dich verlaufen)?", fragte mich die freundliche Frau durch das geöffnete Fenster.

„Nee, ich bin hier auf Recherche!", antwortete ich. „Habt noch einen schönen Abend!" Dann ging ich zügig weiter.

Am Ende der Herbertstraße huschte ich wieder an den Sichtblenden vorbei und wartete auf der Gerhardstraße darauf, dass mein liebster Mensch mich abholte. Als sie kurz darauf mit den anderen Frauen und unserem Guide auftauchte, sprang ich bereitwillig zurück in meinen Beutel und ließ mich den Rest des Weges tragen.

„Fritzi, war es in der Herbertstraße interessant?", fragte meine Dosine.

„Nö, du hast nichts verpasst", erwiderte ich.

In dieser Straße befand sich in fast jedem Haus ein Lokal. Wir gingen an *Der blaue Engel* vorbei, der *Roten Laterne*, der *La Paloma Bar*, *Zum Silbersack* bei Erna und kamen so zum Hans-Albers-Platz. Dort steht eine Bronzeplastik des längst verstorbenen Schauspielers und Sängers, die von Jörg Immendorf geschaffen wurde. David sagte, der Sockel der Skulptur würde von sehr vielen Männern als Open-Air-Pissoir (Freiluft-Klo) genutzt. Bäh, so etwas finde ich richtig eklig und unsauber. Eine Kätzin würde hier niemals pullern; ein Kater möglicherweise, um seinen eigenen Geruch zu hinterlassen.

Wir überquerten wieder die Reeperbahn und kamen jetzt zum *Beatles-Platz*. Kaum jemand erinnert sich heute noch daran, dass die sogenannten Pilzköpfe ihre Weltkarriere im Hamburger Star-Club begannen.

Gleich nebenan beginnt eine Seitenstraße, die *Große Freiheit* heißt. David sagte, den Namen bekam die Straße vor mehr als vierhundert Jahren, da seinerzeit dort das Privileg der Religions- und Gewerbefreiheit gewährt wurde. Inzwischen befinden sich in der Straße zahlreiche bunt beleuchtete Bars, Nachtclubs und Diskotheken. Hier endet der Stadtteil St. Pauli.

Unser Guide sprach kurz mit dem Türsteher des *Dollhouse* (Puppenhaus), und wir durften uns die Bar mit ihrer riesigen Theke von innen ansehen. Es waren noch nicht viele Gäste anwesend, denn für hiesige Verhältnisse war es sehr früh. Vielleicht verschreckte potentielle Besucher auch der Eintrittspreis von zwölf Euro. Was dort wohl ein Herrengedeck kosten mag? Das hätte mich interessiert, aber ich traute mich nicht zu fragen. Bildhübsche Frauen, die nur mit einem äußerst knappen String-Tanga und hochhackigen Stiefeln bekleidet waren, hopsten und räkelten sich lasziv hinter Käfigstangen und wackelten rhythmisch mit ihren Milchleisten und Popos zum Takt der lauten Musik. Ein graziles Mädchen zeigte auf einer kleinen Bühne an einer Pole-Stange akrobatische Kunststücke. Sie war wirklich sehr gelenkig. Das sah ich ganz deutlich, obwohl in dem Lokal an der Beleuchtung extrem gespart wurde.

Als wir kurz darauf alle wieder auf der Straße standen, lud uns David zu einem weiteren Schnaps in die *Shooter's Bar* ein, aber meine Dosine war müde und wollte zurück ins Hotel. Ich wäre gern noch geblieben und hätte mich umgesehen, wurde aber nicht um meine Meinung gefragt. Unbehelligt liefen wir allein die Reeperbahn wieder hoch. Unterwegs sahen wir zahlreiche Personen, die am Fußboden saßen und auf Almosen oder flüssige Geschenke warteten. Uns begegneten auch zahlreiche Sammler von Pfandflaschen, die von Mülleimer zu Mülleimer pilgerten. Es waren jetzt deutlich mehr Leute unterwegs als zu Beginn unseres Rundgangs vor zwei Stunden.

Vom Millerntorplatz fuhren wir mit der U3-Bahn die neun Stationen zurück zu unserer Haltestelle in der Saarlandstraße. Schon kurze Zeit später lagen wir im Bett und horchten an der Matratze.

Fritzi, Elke und Sari besuchen eine Kunstausstellung

Am nächsten Morgen holten uns Joachim und Sari nach dem Frühstück ab. Mit dem Auto ging es quer durch die Stadt in Richtung Hafen. In einer einstigen Fischauktionshalle besuchten wir die Ausstellung *Hamburg zeigt Kunst*. Auf diesem bunten Festival stellten einhundertsechzig Hobbykünstler, Kunststudenten, etablierte Künstler und Designer dem interessierten Publikum ihre kreativen Werke vor, in der Hoffnung, möglichst viele davon zu verkaufen. Es gab fast alle Stilrichtungen zu bewundern, von Fotorealismus, naiver Malerei, Kubismus bis zu abstrakten und *wilden* Bildern. Es wurden auch Kollagen angeboten, die Herzschmerz ausdrücken sollten, und diverse Schmuckstücke, die aus recycelten Platinen und dem Innenleben von Computern hergestellt waren.

„Sollen wir einen Kaffee trinken und eine Kleinigkeit essen?", fragte Sari. „Elke, hast du Hunger?"

„Nein, danke", erwiderte meine Dosine und zog ihre Mundwinkel nach unten. „Mir steckt der Schock noch in den Knochen. Als ich mich gestern früh nach dem Duschen gewogen habe, wurde mir klar, dass ich für mein Gewicht viiiiel zu klein bin."

„Ein bisschen dick ist nicht *slim!*", meinte Sari, und beide Frauen lachten.

Gerade als auf der Bühne die India-Tanz-Performances begannen, verließen wir die Ausstellung. Inzwischen war es in der Halle richtig voll geworden.

Eine Hafenrundfahrt, die ist lustig...

Sari begleitete meine Dosine und mich zu den Landungsbrücken. Joachim musste etwas anderes erledigen und hatte sich bis abends verabschiedet. Elke erstand ein Ticket für eine einstündige Hafenrundfahrt mit einer Barkasse namens *Hedi*. Wir zogen lange Gesichter, als uns nur wenige Augenblicke später die vollbesetzte *Hedi* entgegenfuhr. Der Kapitän war bereits vor der Abfahrtszeit gestartet, da alle Sitzplätze besetzt waren. Stattdessen nahmen meine Dosine und ich jetzt auf dem kleinen Außendeck am Ende der Barkasse *Ursula* Platz, die zur selben Reederei gehörte. Etwas ungünstig war, dass sich eine Frau mit drei Kindern neben uns setzte. Ich hätte nichts gegen kleine Erwachsene, wenn sie nicht immer so unruhig wären und ihre Zappelfüße besser unter Kontrolle hielten. Obwohl die Mutter die beiden Kleineren ihrer Brut an den Kapuzen der Anoraks festhielt, damit sie nicht über Bord fielen, gelang es ihr nur mit Mühe, sie in Schach zu halten. Erfolglos probierte sie auch, sich ihren Nachwuchs abwechselnd auf den Schoß zu setzten. Die Plagen schrien dann wie am Spieß, wanden sich aus ihren Armen und schlugen wild um sich. Sie konnten noch nicht richtig sprechen, bestanden aber mittels Körpersprache darauf, auf der Sitzbank an der Reling aufrecht zu *stehen*. Dumm war nur, dass wir da saßen und kein anderer Platz frei war. Alles, was die Zwerge sahen, kommentierten sie lautstark in für mich nicht verständlicher Kleinkindsprache. Prophylaktische Schwimmwesten oder Rettungsringe für die Halslosen gab es keine, zumindest wurden keine verteilt. Besorgt fürchtete ich, dass für mich auch keine vorrätig war. Was würde mit mir passieren, sollte der Kapitän riskante Manöver fahren und die Barkasse umkippen, durchzuckte es mich. Dass es im Hafen eine Sandbank gab oder ein Riff, auf das wir auflaufen konnten, vermutete ich nicht, und für abgedriftete Eisberge war es Ende Oktober hier in der Elbe höchstwahrscheinlich noch zu früh.

Der Vater der Kinder tat die ganze Zeit, als gehörten seine Gattin und die Kleinen nicht zu ihm; stattdessen unterhielt er sich während der Fahrt angeregt mit seinen Nachbarn. Er war Engländer, das hörte ich an seinem Akzent.

*

Der Kapitän der *Ursula* sprach in Hamburger Dialekt, als würde er über einen *sspitzen Sstein sstolpern*. Ich verstand nicht alles, was er sagte. Er stellte sich vor: „Ich bin der Schorsch und will euch Landratten zuerst einmal ein bisschen Nachhilfe in der Seemannssprache geben. Backbord ist links vom Boot und Steuerbord auf der rechten Seite. Luv ist die dem Wind zugewandte Seite des Schiffes und Lee bedeutet die dem Wind abgewandte Seite. Achtern ist hinten ab Mittelschiff, und Bug ist das vordere Schiffsende bis zur Mitte. Ahoi ist ein Anruf und kein Gruß. Bordziegen sind Seeleute, die in der Takelage eines Segelschiffs herumturnen. Ein Blauer Peter ist ein Flaggensignal und kein betrunkener Seemann; mit dem signalisiert der Kapitän, dass das Schiff in den nächsten vierundzwanzig Stunden in See stechen wird."

Als uns Schorsch den Unterschied zwischen Slup- und Ketsch-Yachten zu erklären versuchte, verstand ich nur Bahnhof. Wenn ich mich richtig erinnere, handelt es sich bei beiden Schiffen um recht teure Motor- oder Segelboote. Auch erzählte er etwas über die früheren Hanse-Koggen, die mit Rahseglern die Weltmeere befuhren, aber da war ich schon so müde, dass ich kurz vor dem Einschlafen war. Ich wachte erst wieder auf, als mich mein liebster Mensch fest an ihren Oberkörper presste, da wir direkt Kurs auf die riesige *AIDAprima* nahmen, die an einer Kaianlage des Kreuzfahrtterminals vor Anker lag. Im letzten Augenblick änderte Schorsch den Kurs unserer Barkasse, denn sonst hätten wir das Kreuzfahrtschiff am Bug gerammt. Wir fuhren jetzt steuerbord und gaaaanz nahe an dem Hotelschiff vorbei. Blöd war nur, dass unser Schiffchen bei dem abrupten Richtungswechsel ein wenig aus dem Gleichgewicht kam, eine Elbewelle über die Reling schwappte und meinen liebsten Menschen und mich nass spritzte. Auch wackelte unsere Barkasse öfters, wenn ein Boot oder ein Schiff an uns vorbeifuhr oder unseren Fahrweg kreuzte. Elke guckte dann immer äußerst sparsam und presste ihre Lippen fest aufeinander. Die Kleinen neben uns krähten laut vor Vergnügen.

„Wenn du brechen musst, dann halt deinen Kopf backbord über die Reling", riet ich ihr, in der Hoffnung, dass sie dann rechts und links nicht verwechseln würde. „Dann triffst du die kleinen Schreihälse neben uns und nicht mich. Die hätten dann endlich einen triftigen Grund zum Krakeelen."

Anschließend beobachteten wir einen Moment lang einen chinesischen Frachter, der gerade mit Hilfe mehrerer Kräne seine riesige Containerladung löschte. Man konnte förmlich zusehen, wie die genormten großen Metallbehälter, die übereinander auf dem Schiffsaufbau gestapelt waren, immer weniger wurden.

Kapitän Schorsch ratterte auswendig gelernte Zahlen, Daten und Fakten über Umschlagsmengen, Schiffsgrößen und -typen, Werften und zukünftige Hafenausbau- und -erweiterungsvorhaben herunter.

Dann fuhren wir durch eine Art Schleuse, die Ebbe und Flut ausgleicht, und kamen in die historische Speicherstadt mit ihren Fleeten, die zu den Weltkulturerbe-Stätten der UNESCO gehört. Ich erinnere mich noch an die Hafencity, die Elbbrücken, die Köhlbrandbrücke und die großen Docks von Blohm + Voss, in denen wir zwei riesige Schiffe in Trockendocks bestaunten. Schorsch erklärte uns, wie sie da hineingekommen waren.

Wir fuhren auch an der neuen Elbphilharmonie vorbei, deren Bauzeit sechsmal so lange wie geplant gedauert hatte und die zehnmal so teuer wurde, wie zu Anfang veranschlagt war. Aber Fakt ist, dass das futuristische Gebäude jetzt endlich fertiggestellt wurde, im Gegensatz zu dem Hauptbahnhof in Stuttgart, an dem noch viele Jahre im Erdreich gebuddelt und gegraben wird. Nicht vergessen darf man den Berliner Brandenburg-Airport. Dessen Eröffnung wird von Jahr zu Jahr verschoben, weil Brandbestimmungen nicht eingehalten wurden, die Gepäckförderanlage nicht funktioniert und man beim Bau die Installation einer ausreichenden Anzahl von Toiletten nicht berücksichtigte.

*

Nachdem die Hafenrundfahrt zu Ende war und wir die Barkasse verlassen hatten, machten wir einen Boxenstopp an den Landungsbrücken. Dort stärkten wir uns in einem Schlemmerland, auf der Veranda eines Fischlokals. Mein liebster Mensch bestellte uns eine Portion gebratene grüne Heringe. Als unser Teller gebracht wurde, lagen zwei kleinere Fische darauf, nebst einem Berg Bratkartoffeln. Die Fischlein waren zwar gebraten, aber ihre Haut nicht grün, sondern eher gelblichbraun. Meiner schmeckte lecker, beinhaltete aber noch gefühlte dreihundert Gräten, obwohl Elke die Wirbelsäule, den Kopf und den Schwanz bereits entfernt hatte. Ich aß vorsichtig um die Gräten herum und leckte sorgsam jedes Fitzelchen von ihnen ab, bevor ich es schluckte. So dauerte es eine ganze Weile, bis ich meine Portion verputzt hatte. Meine Dosine aß die ersten Bissen ihres Herings mit sichtlichem Vergnügen. Dann begann sie mit der Serviette an ihrem Mund herumzufummeln und zu wischen, um die fast unsichtbaren kleinen, aber zahlreichen heimtückisch spitzen Gräten auszuspucken. Auf ihrem Teller fand ein ziemliches Gemetzel statt. Um satt zu werden aß sie die Bratkartoffeln, von denen sie nichts übrig ließ. Dazu trank sie Bier. Dabei war es gerade erst zwei Uhr mittags!

„Fritzi, Fisch muss schwimmen!", erklärte mein liebster Mensch und lachte dazu. Auf so ein verqueres Pseudo-Alibi wäre ich nie gekommen.

Danach fuhren wir mit der Hochbahn kreuz und quer durch die Stadt und guckten uns die schönen Häuser mit ihren gepflegten Vorgärten an. Mit der Hochbahn zu fahren ist fast so schön, wie mit einem Auto zu wandern. Es könnte mein neues Hobby werden.

Anschließend ließ mich meine Dosine im Stadtpark ein bisschen herumlaufen, bevor wir im Hotel ein verspätetes Nickerchen machten.

Das *Elbe* vom Ei

Gegen Abend holten uns Joachim und seine Tochter Carlotta zum Essen ab. Anschließend fuhren wir zum Ernst Deutsch Theater. Zuerst befürchtete ich, dass wir in *Nathan der Weise* gehen würden. Das war bestimmt wieder so eine Art *Schnarchstück*, in die sie mich daheim auch immer mitnimmt.

Aber stattdessen sahen wir uns die neue Show der Hamburger Impro-Gruppe *Das Elbe vom Ei* an. Unter Improvisationstheater hatte ich mir zuvor nichts vorstellen können. Es war ein bunter Show-Mix aus Spaß, Witz und turbulenter Improvisation der vier Künstler. Sie forcierten spontane Zurufe der Zuschauer und reagierten umgehend darauf. Es war eine sozusagen interaktive Vorstellung, sehr lustig und höchst unterhaltsam. Zuerst trat ein Sänger und Gitarrenspieler als Double des Schauspielers und Autors Klaus Kinski auf. Der Name sagte mir nichts, aber Elke und ihr Cousin riefen mehrmals: „Als sei das frühere *Enfant terrible* von den Toten auferstanden, der zügellose verrückte Familien- und Bürgerschreck Zombie-Kinski!"

Dann kam ein Conférencier auf die Bühne, der offensichtlich unmittelbar zuvor von einem Werwolf aus den Karpaten oder von einer Großfamilie bissiger Vampire angefallen und fast zerfleischt worden war. Er hatte mehrere offene Wunden (aus Schminke) und blutete aus zahlreichen davon. Nach seinem Auftritt ritt eine junge Hexe auf einem Besen auf die Bühne. Sie war schwarz gekleidet, im Gesicht grasgrün angemalt und hatte überschulterlange rote Haare. Die Frau war mir gleich sympathisch, denn es war genau derselbe Farbton, den ich auch in meinem Pelz trage. Es gab auch noch einen athletischen jungen Mann, der einen Königsumhang trug. Der Grund dafür entzog sich mir, aber das ist egal.

Über zwei Stunden tobten die vier Darsteller über die Bühne, sangen und schlüpften in zahllose Rollen. Ich erinnere mich nur noch daran, dass ein Priester sich beim Wrestling prügelte und Papa Schlumpf im Drogengeschäft tätig war. Auf Zuruf nannten die Zuschauer allerlei Kinderlieder, die von den vier Künstlern als Opernarie, Jazzimprovisation und herzzerreißender Blues gesungen wurden. *Hänschen klein* wurde meisterlich als Rap vorgetragen.

Als es am schönsten war, war leider Schluss der Vorstellung, und wir fuhren zurück ins Hotel.

Joachim geht mit Fritzi und Elke auf den Fischmarkt

Schon lange vor der normalen Aufstehzeit am nächsten Morgen, es war draußen noch stockfinster, holte uns Joachim ab. Zusammen fuhren wir in den Stadtteil Altona zum Elbufer. Es dauerte schier endlos, bis wir dort einen Parkplatz fanden. Aus allen Gassen und Ecken strömten wie die Lemminge große Mengen von Touristen zusammen, die genau wie wir die *Frühattraktion am Sonntag* besuchen wollten, den Hamburger Fischmarkt. Im Winterhalbjahr findet er von sieben bis neun Uhr dreißig statt, im Sommer früher. Ich sah aber auch jede Menge Partygänger, die offensichtlich in der vergangenen Nacht in keinem Bett gelegen hatten, sondern ihren Besuch auf St. Pauli mit einem Fischbrötchen-Frühstück auf dem Fischmarkt krönten.

Joachim wusste, dass hier auf dem Platz, sofern kein Hochwasser herrscht und die Elbe über die Ufer tritt, jeden Sonntag siebenhundert Händler und deren Gehilfen ihre Stände aufschlagen. Bei Hochwasser ist alles überflutet. Dann bleiben die Marktschreier und auch die Kunden zu Hause. An *normalen* Sonntagen preisen die Verkäufer in den zweieinhalb Morgenstunden bis zu siebzigtausend Besuchern ihre Waren an und versuchen, möglichst viel davon *an den Mann* zu bringen.

Bei Aale-Dieter blieben wir einen Moment lang stehen und hörten seinem Schnack zu. Wenn jemand einen Aal für fünfzehn oder zwanzig Euro kaufen wollte, schenkte er ihm noch einen *lütten* (kleinen) dazu und ein Stück Gewürzmakrele oder Stremellachs, und manchmal auch noch eine Schillerlocke, die sich daheim als geräucherter Fleischstreifen vom Hai entpuppen würde. Der Verkäufer pries seine Waren vollmundig und sehr lautstark an. Es sah spielerisch und leicht aus, war aber sicher harte Arbeit. Fischstände gab es hier jede Menge; die Konkurrenz war groß.

Im Anschluss bewunderten wir an zahlreichen Ständen große geflochtene Obstkörbe, die mit einem Wochensortiment diverser Vitamine gefüllt waren und für zehn Euro lauthals angeboten wurden. Die Augen meiner Dosine glänzten vor Verlangen.

„Körbe kann man nie genug haben", argumentierte ich. „Ich könnte darin schlafen und du das gesunde Obst essen. Dann hätten wir beide etwas von dem günstigen Angebot und ein Souvenir von Hamburg obendrein."

„Fritzi, inzwischen stehen auf unserem Speicher ganze Kollektionen kleiner und großer Körbe, die du zum Zeitpunkt des Kaufs unbedingt haben musstest. Wir brauchen nicht noch einen, der anschließend nutzlos herumsteht, auch wenn diese hier wirklich hübsch und auch stabil aussehen." Sie guckte begehrlich von einem Korb zum anderen und blinkerte mit den Wimpern.

„Jetzt übertreibst du aber wirklich!", miaute ich. „So viele können es auf unserem Dachboden gar nicht sein! Außerdem ist da sicher noch Platz für einen weiteren."

Als kurz darauf in der blauen Stunde glutrot die Sonne am Horizont aufging, lag urplötzlich eine ganz besondere Stimmung über dem Markt und dem Hafenbecken. Schnell knipste meine Dosine das ungewöhnlich schöne Bild, bevor sie sich wieder den Obstkörben widmete.

„Cousine, bedenke, du müsstest den schweren Korb für den Rest des Tages mit dir herumschleppen", meinte Joachim. So kam es, dass ich keinen neuen Schlafkorb erhielt und meine Dosine höchstwahrscheinlich seitdem an einem akuten Mangel an lebensnotwendigen Vitaminen, Spurenelementen und Mineralstoffen leidet.

*

Als wir an der ehemaligen Fischauktionshalle vorbeigingen, in der wir gestern mit Sari die Kunstausstellung besucht hatten, erklangen jetzt aus der offenen Tür flotte Klänge einer Dixieland-Jazzband. Wir guckten kurz hinein und sahen, dass zu den Klängen der vier Musiker etliche Tanzpaare übers Parkett schwoften. Fast alle Tische und Bänke waren besetzt. Das frisch gezapfte Bier lief in Strömen in große Plastikbecher. Die Stimmung war feucht und überaus fröhlich.

„Kneif mich bitte mal", sagte mein liebster Mensch zu mir. „Hier ist ja eine bessere Stimmung als Sonntags früh um sieben Uhr in Louisiana." Ich nickte mit dem Kopf, denn ich konnte dies bestätigen.

*

Auf der anderen Seite der Halle stand ein riesiger, seitlich aufgeklappter LKW nebst großem Anhänger, der aus Holland kam. Roberto, *der Blumenkönig,* brachte dort, wie an jedem Sonntag, unvorstellbare Mengen an Topfblumen, Orchideen, Palmen und andere Grünpflanzen unter die Leute. Mit ihm im Wagen waren zwei Männer, die pausenlos damit beschäftigt waren, ihm immerzu die Pflanzen anzureichen, die er in Windeseile für kleines Geld verkaufte. Vor dem Laster standen zwei Frauen, die kassierten und das Blüh- und Grünzeugs eintüteten. Als der Verkauf ins Stocken geriet, rief Roberto: „Leute, was ist los mit euch? Habt ihr kein Geld? Seid ihr arme Schlucker?"

Als die Zuschauer vielstimmig „Ja!", riefen, schmiss er rasch sechs oder sieben große blühende Anthurien in die Menge. Die Fänger der Topfpflanzen waren begeistert über ihr plötzliches Glück, und der Verkauf ging rasend schnell weiter.

„Um halb zehn ist hier Schluss", rief der Holländer mit gespielter Verzweiflung, guckte auf seine Uhr und rang die Hände. „Wenn ich nicht alles verkauft habe, brauche ich erst gar nicht nach Hause zu kommen. Dann schlägt mich meine Frau wieder!" Die Zuschauer brüllten vor Vergnügen und kauften wie wild.

*

„Elke, magst du dir den *Schellfischposten* ansehen", fragte Joachim, „das winzige Lokal, in dem Ina Müller jede Woche abends mit Promis *talkt*, in der kultige Bands spielen und vor dem dann ein Shantie-Chor jede Menge Seemannslieder zum Besten gibt?"

„Oh ja, sehr gern!", erwiderten wir. So früh am Morgen gab es dort aber nichts zu sehen. Eine Putz-Fee war gerade dabei, die Spuren der vergangenen Nacht wegzuwischen und alles wieder auf Hochglanz zu polieren.

Im Hafen kamen wir an zwei anderen Kneipen vorbei, in denen spielten Live-Bands, immer noch oder schon wieder. Sie sangen von dem harten und entbehrungsreichen Leben der Matrosen auf See und ihrer großen Sehnsucht nach daheim. Ich konnte nicht nur die Lieder hören, sondern auch die Leute sehen, denn die Türen der Lokale standen weit offen. Auch dort floss das Bier in Strömen, und die nicht mehr ganz jungen Gäste sangen fleißig mit. Als einer der Musiker zum Schifferklavier den Schlager anstimmte *Junge, komm bald wieder, bald wieder nach Haus*, da trällerte meine Dosine auf der Straße laut mit. Eigentlich war mir das ein bisschen peinlich; der großen Katzenfee sei Dank, dass mich hier niemand kannte. Elke erinnerte sich daran, dass in ihrer Kindheit ihre Eltern regelmäßig die Radiosendung *Schlagerbörse* hörten. Das war eine Art Wunschkonzert mit Hanns Verres, und der damals von Freddy Quinn gesungene Schlager war die Nummer eins der Hitparade.

„Nostalgie ist kein Grund, mir falsch in die Ohren zu singen!", miaute ich, hielt mir mit meinen Pfötchen die Lauscher zu und verzog vor Schmerz den Mund.

*

Als wir um kurz nach acht Uhr wieder in Joachims Auto stiegen, steckte ein Knöllchen unter dem Scheibenwischer. Für uns war das unverständlich, denn wir standen weder vor einer Ausfahrt noch im Halte- oder Parkverbot. Wir behinderten niemanden und hatten auch nicht zu nahe an einer Kreuzung geparkt.

„Das sind doch alles Halsabschneider", stöhnte Joachim.

„Hauptsache, unser Auto wurde nicht abgeschleppt und vor der Stadt an eine Kette gelegt", kommentierte ich den Vorfall.

Im Miniatur Wunderland

Als wir kurz darauf in der Speicherstadt ankamen, parkten wir auf einem kostenpflichtigen Parkplatz, um zu vermeiden, an diesem frühen Morgen einen weiteren Strafzettel für unautorisiertes Parken zu bekommen.

Joachim hatte schon vorab unsere Eintrittskarten für das Miniatur Wunderland besorgt, denn dort lässt man nur eine bestimmte Anzahl an Besuchern pro Stunde ein. Die Personenzahlen sind limitiert, damit jeder der Interessierten eine Chance hat, einen Blick auf die diversen Sehenswürdigkeiten zu werfen und niemand allzu arg drängeln muss. Laut Aufdruck auf unseren Tickets war die vorgeschriebene Zeitspanne unseres Eintritts zwischen acht Uhr dreißig und neun Uhr dreißig. Ich stellte mir vor, dass wir zu so früher Stunde annähernd allein die riesige Sammlung besichtigen würden, aber weit gefehlt!

Unter dem Namen *Wunderland* konnten meine Dosine und ich uns nichts vorstellen; viele andere Leute schon. Vor dem Gebäude und im Treppenhaus stand bereits eine wartende Besucherschlange geduldig an. Ich vermute, dass diese Zweifüßer vorab kein Ticket erworben hatten. Jetzt mussten sie warten, um eins für die nächsten Stunden oder Tage zu ergattern.

In dem riesigen roten Klinkergebäude gingen wir an den Wartenden vorbei und stiegen mehrere Treppen hoch. Ich natürlich nicht, denn ich ließ mich von meiner Sherpa tragen.

Aus einem Prospekt hatte uns Joachim zuvor vorgelesen, dass die derzeit zu besichtigende Ausstellung auf drei verschiedenen Etagen zu je fünfhundert Quadratmetern stattfindet, neun Themenwelten umfasst und in den kommenden Jahren um eine weitere Etage erweitert werden soll.

Bisher wurden mehr als fünfzehn Kilometer Gleise verlegt, auf denen mehr als eintausend Züge mit zehntausend Waggons gleichzeitig rollen können. Tausendvierhundert Signale und dreieinhalbtausend Weichen wurden verbaut, damit es zu keinen Karambolagen kommt. Knapp vierhunderttausend Lichter und Lämpchen leuchten und einhundertdreißigtausend Bäume simulieren Lichtungen und Wälder. Dank fünfzig Computern bewegen sich, wie von Geisterhand gesteuert, unzählige Autos, Züge, Straßenbahnen, Kräne, Flugzeuge, Sessellifte, Gondelbahnen, Karussells und Schiffe. Zweihundertsechzigtausend Figuren wurden eingesetzt, und das alles in einer Bauzeit von siebenhundertsechzigtausend Stunden. Im Guinness-Buch der Rekorde ist diese Ausstellung verzeichnet, da es hier den größten Modellflughafen und die größte Modelleisenbahn der Welt zu bestaunen gibt.

Alle diese Zahlen umschwirrten mich, noch bevor ich ein einziges Fitzelchen der Ausstellung gesehen hatte. Höchstwahrscheinlich würden wir hier eine Art achtes Weltwunder zu sehen kriegen, vermutete ich.

*

Als wir endlich in der dritten oder vierten Etage den Eingangsbereich des Wunderlands erreichten, schnaufte mein liebster Mensch wie ein Walross.

„Du solltest weniger essen und mehr Sport treiben!", kommentierte ich ihre Atemgeräusche.

„Fritzi, wenn du nicht umgehend den Mund hältst, parke ich dich in Joachims Auto, und du kannst allein warten, bis wir aus der Ausstellung zurückkommen."

‚Das machst du in deinem ganzen Leben nicht!', dachte ich. ‚Dazu müsstet du zuerst die Treppen runtersteigen und anschließend noch einmal wieder raufkraxeln. Nachher wärst du reif für eine Reanimation in einem Sauerstoffzelt und bräuchtest zusätzlich noch eine Herzmassage!' Beleidigt legte ich mich in meinem Beutel hin und schmollte.

Kurz darauf siegte aber dann doch wieder meine Neugierde. Schnell spähte ich in den ersten Ausstellungsraum. Ich sah aber nur die vielen Rücken der Leute, die sich um gläserne Vitrinen drängten.

Zusätzlich schien mich die Flut der vielen Hinweisschilder zu blenden, die in alle Himmelsrichtungen deuteten. Ich sah förmlich den Wald vor lauter Bäumen nicht mehr. Außer die Ausstellung im Wunderland zu besuchen, konnte man hier auch seinen Nachwuchs wickeln, in einer Mikrowelle Nahrung erhitzen, in einer ruhigen Ecke sein Baby stillen, einen Film im Kinderkino gucken, seine Brut sich in einer Käse-Tobe-Hüpfburg müde spielen lassen und in einem Selbstbedienungs-Restaurant seinen

Hunger und Durst stillen. Es gab jede Menge Schließfächer und kostenlose Ladestationen für Handys und Kameras. Auch das Richtungsschild für den Souvenir-Shop war nicht zu übersehen. Hinweisschilder auf Hygienedepartments für behinderte und nicht behinderte Personen sah ich auch. Um Besucher, die sich plötzlich krank fühlten, bemühten sich hausinterne Sanitäter vor Ort. Sollte bei einer Person plötzlich ein Total-Stromausfall eintreten, gab es auch einen Defibrillator. Mit diesem Ding kann man mittels eines gezielten Stromschlags ein nicht mehr pumpendes Herz wieder zum Schlagen bringen. Dies hatte ich einmal in der Glotze gesehen. Es sah martialisch aus. Ich hätte mich nicht getraut, das Gerät einzusetzen.

Als wir endlich das *richtige* Wunderland betraten, *flashten* mich die vielen neuen Eindrücke noch mehr, und ich musste mir zuerst einmal mit den Pfötchen meine Augen reiben, so viel gab es hier zu entdecken. Herzallerliebst und zum Niederknien niedlich fand ich die vielen kleinen unterschiedlichen Situationen, die hier mit Tausenden von bemalten Figürchen nachgebaut wurden, die alle nicht viel mehr als die Mittelkralle meiner Tatzen maßen. Es gab Bauern, die gerade ihre Schweine und Gänse schlachteten und sie zu Wurst, Schinken und Braten verarbeiteten. Verschiedene dramatische Verkehrsunfälle hatten stattgefunden, bei denen Verletzte geborgen und ins Spital abtransportiert wurden. In einem Bergwerk arbeiteten Bergleute unter Tage, auf einem Schulhof turnten Schulkinder im Sportunterricht, ein Feuer brach aus, und die Feuerwehren hatten alle Hände voll zu tun, den Brand unter Kontrolle zu bekommen. Ich sah auch ein Liebespaar, das nackt inmitten eines Kornfelds lag und seine Kleidung weit verstreut hingeschmissen hatte. Es gab Schwimmbäder mit Leuten in Badeanzügen, eine Hochzeit mit Kindern, die vor dem aus der Kirche kommenden Brautpaar Blumen streuten, und mehrere Rummelplätze mit sich drehenden Karussells. Ich sah in den Alpen ein Lawinenunglück mit Figürchen, von denen nur die Beine aus den Schnee-Massen herausragten, und mehrere Fußballstadien mit Spielern und Zuschauern. Ich erinnere mich auch an ein riesiges Open-Air-Konzert wie das in Wacken, an ein ertrinkendes Kind, das in letzter Minute aus dem Fluss gezogen und gerettet wird und an einen Hund, der einer Katze nachrennt. Aus einem Gefängnis seilten sich drei Schwerkriminelle mit Bettlaken in die Freiheit ab.

In einer abgelegenen Schlucht des Südtiroler Vinschgau gruben mehrere Wanderer Ötzi aus, den antiken Mann aus dem Eis. Vielleicht handelte es sich aber auch um einen Neandertaler, der geborgen wurde, denn das Figürchen war an seinem Körper dicht behaart.

Noch gut erinnere ich mich an einen winzigen Fuchs, der gerade in einen Gänsestall einbrach. Bestimmt rief er: „Mädels, raus aus den Federn!"

In Rom sah ich die Ruine des Kolosseums, einer Open-Air-Multifunktionsarena mit überdachten Zuschauerplätzen für Gladiatorenkämpfe. Gleich nebenan standen die Überbleibsel der Heißkonservierung durch den Vesuv, die Reste der ehemaligen Stadt Pompeji. Zwischen den Ruinen gruben winzige Archäologen nach Verschüttetem; eine Straße weiter spielten klitzekleine Kinder zwischen antiken Säulen Fußball, ohne Angst haben zu müssen, Fensterscheiben einzuschießen.

Hier waren die Modelle aus Polystyrol und Spachtelmasse erbaut worden und nicht aus Lava. Nicht weit davon entfernt, in der *Terra di Mafia* (im Mafialand), erschossen *Men in Black* einen Mann, der vor ihnen auf dem Boden kniete und mit erhobenen Händen um Gnade bat.

*

Die Erbauer des Wunderlands müssen der Meinung sein, dass die Welt eine Scheibe ist, denn Bayern liegt hier neben der Schweiz, und Österreich wurde seitenverkehrt in einem anderen Raum untergebracht. Wie Bolle freute ich mich, als ich nach einem bisschen Suchen das winzige Riesenrad fand, das im Prater halb verborgen inmitten von Bäumen stand. In natura sieht es ein wenig anders aus, aber egal.

Der Ort Knuffingen mit seinem riesigen Airport war beeindruckend realistisch dargestellt. Von der geheimen Existenz dieses Flughafens hatte ich bisher noch nie etwas gehört. Hier fand eine Notlandung des Space Shuttle Atlantis statt. Bisher dachte ich, dass ein Space Shuttle nur auf dem ausgetrockneten Salzsee der Luftwaffenbasis Edward Air Force Base (nördlich von Los Angeles, in der Mitte von gar nichts) landen kann oder auf dem Kennedy AFB in Florida. So kann *katz* sich irren.

Es gab auch eine nachgebaute Landschaft von Mitteldeutschland. Gleich daneben lag Hamburg mit seinem überproportional groß dargestellten Flughafen. Wir sahen startende und landende Flugzeuge, genau wie die in Knuffingen. Ich beobachtete Ramp-Agenten, Ladecrews, Bodenhostessen, Gepäckfahrer und Passagiere. Alles sah aus wie im richtigen Leben, nichts war vergessen worden. Wir suchten so lange, bis wir auch die Reeperbahn, die Davidwache, die Herbertstraße und die im Kiez arbeitenden Damen fanden.

Es gab einen Rewe-Markt, den Tierpark Hagenbeck mit jeder Menge winziger Tiere, das Musical-Zelt von *Der König der Löwen*, einen Zirkus mit Seiltänzerinnen und Clowns und, und, und...

Die gerade fertig gewordene Elbphilharmonie, von den Hamburgern liebevoll *Elphi* genannt, kann hier schon seit mehreren Jahren in einer Mini-Version bewundert werden. Sie lässt sich per Knopfdruck aufklappen und beherbergt eines der besten Miniaturorchester der Welt, dessen kleine Virtuosen mehrmals täglich mit Prokofjews *Peter & der Wolf* konzertieren. Ich schätze, die Musik kommt vom Tonband.

Nebenan lag das verglichen mit der Größe der Schweiz recht kleine Skandinavien. Gegenüber von Hamburg befand sich Nordamerika mit seinen Wolkenkratzern, der Freiheitsstatue, den Rocky Mountains und der Golden Gate-Brücke in San Francisco. Die Hawaii-Inseln, auf denen ich vergangenes Jahr fast drei Wochen zu Besuch war, fand ich nicht, obwohl ich eine Weile nach ihnen suchte. Ich glaube, die hat man beim Bau des Wunderlands bisher vergessen. An Mittel- oder Südamerika kann ich mich nicht erinnern, auch nicht an Afrika, Australien und Fernost. Möglicherweise verpassten wir eine ganze Etage, obwohl ich mir das nicht vorstellen kann. Vielleicht müssen diese Teile der Welt erst noch hier erbaut werden.

Auf einer Schautafel stand, dass im vergangenen Jahr über 1,25 Millionen Zweifüßer das Miniatur Wunderland besucht und bestaunt hatten. Dabei sind dreitausendachthundert kleine Figürchen *entführt* worden.

Ehrlich gesagt, ich hätte auch gern ein paar der winzigen Gesellen für mich zum Spielen oder als Andenken mitgenommen. Aber als ich zwischendurch einmal mein Pfötchen ausstreckte und testen wollte, wie fest sie angeklebt sind und ob sie sich mit meinen Krallen abreißen ließen, sagte Elke streng: „Fritzi, nein! Geklaut wird nicht!" Dann blickte sie sich suchend um. „Außerdem hängen hier bestimmt überall Überwachungskameras." Ich sah aber keine einzige, nur Feuerlöscher.

Beim Rausgehen erfuhren wir, dass es eine Abend-Führung gibt, die *Blick hinter die Kulissen* heißt und in der Insiderwissen und neue Details verraten werden. Zu schade, dass wir an den uns genannten Daten nicht mehr in Hamburg sind.

Ich hätte auch nichts dagegen gehabt, wenn ein Reporterteam des Norddeutschen Rundfunks eine Fernsehreportage über mich im Wunderland gedreht hätte, wie ich mich dort amüsiere. Höchstwahrscheinlich hätte man mir dann auch einige der Mini-Figuren als Präsent überreicht. Schließlich bin ich die erste Hauskatze, die diese Ausstellung besucht hat und der es dort sehr gut gefiel.

Eine andere Möglichkeit wäre gewesen, so lange zu quengeln, bis mir meine Dosine ein paar der Figürchen kauft. Dazu kam es aber nicht mehr.

*

Nachdem wir das Wunderland verlassen hatten, frühstückten wir zusammen. Elke bestellte für sich aber fast nur Sachen, die ich nicht mochte. Anschließend fuhr uns Joachim zurück zum Hotel. Er gähnte ausdauernd, da ihm ein paar Stunden Schlaf fehlten. Später wollte er noch am Manuskript seines neuen Romans schreiben. Genauso wie ich ist auch er ein Autor. Dass wir beide gern und viel schreiben, liegt anscheinend bei uns in der Familie, obwohl wir nicht wirklich blutsverwandt sind.

„Kein Stress, lieber *Kuhsäng!*", meinte Elke. „Ich kann vor Müdigkeit auch kaum aus den Augen gucken und werde in absehbarer Zeit ein Stündchen Meditation und Augenpflege einlegen müssen."

Nachdem wir uns verabschiedet hatten, ließ mich meine Dosine ein bisschen im Stadtpark laufen. „Fritzi, lüfte mal rasch dein Fell und geh deinen Geschäften nach!", kommandierte sie mich. Dann warf sie mit Kastanien, die ich apportieren sollte. Den Gefallen tat ich ihr natürlich nicht, sondern verdrückte mich ins Gebüsch. Das war ihr dann auch wieder nicht recht, denn dauernd rief sie nach mir. Ich versuchte die Zeit zu nutzen, um mir einen Nager zu fangen, war aber glücklos. Es ist schließlich kein Wunder, wenn das eigene Personal so viel Krach macht, dass es das *Bio-Food* seiner Mitbewohnerin vertreibt. Lustlos und müde trotteten wir zurück zum Hotel.

„Jetzt übertreibst du aber deinen maximalen Minimalismus", sagte ich laut, als ich in mein leeres Näpfchen starrte. „Ist noch von der Putenbrust da?" Nein, sie war alle. Der Heilige Geist musste den Rest gegessen haben. Vielleicht hatte aber auch die Zimmerfee das Tütchen mit meinem Snack von der Fensterbank genommen und entsorgt. Mit knurrendem Magen legte ich mich ins Bett und hielt bei laufender Glotze einen Schönheitsschlaf.

Der verhinderte Besuch im St. Pauli-Musical

„Fritzilein, lass uns doch das schöne Wetter nutzen und noch einen Spaziergang machen!", schlug mein liebster Mensch später vor.

„Ich bin gleich fertig. Muss nur noch schnell pullern", rief ich.

„Austreten kannst du auch draußen", meinte Elke. Recht hatte sie.

Mit der U3 fuhren wir wieder nach St. Pauli. Bei Tageslicht und im Sonnenschein sah die Reeperbahn aus wie fast jede andere Straße auch. Ich spähte aus meinem Beutel heraus, konnte aber weder die Hüter des Gesetzes in Uniform noch die Schönen der Nacht auf Arbeitssuche erblicken.

Als wir am Operettenhaus vorbeikamen, sah ich auf einer Litfaßsäule ein Poster kleben, auf dem stand *Erna, komm ma lecker bei mich bei!* Darunter stand die Adresse eines neuen Lokals.

„Das klingt gut", miaute ich. „Elke, lass uns da hingehen. Ich könnt schon lange einen schmackhaften Happen vertragen."

„Nee, Fritzi, auf Labskaus und andere lokale Köstlichkeiten von der *Waterkant* hab ich keinen Bock", erwiderte mein Personal. „Das Gericht enthält außer den Resten, die sich in Kühlschrank und Speisekammer finden, auch noch gestampfte Kartoffeln, Zwiebeln, Corned Beef, Spiegeleier, rote Bete, Essiggurken und Rollmöpse."

„Da muss ich dir Recht geben", erwiderte ich und schüttelte mich vor Ekel. „Das ist ein Scheidungsgrund, aber doch kein Mittagessen!" Spontan musste ich ungut aufstoßen.

Wir kamen auch am *Pussy Club* vorbei, einem Etablissement, das in einem Schaukasten mit dem Slogan warb: *Komm sooft du kannst!*

Ein bisschen verwirrte mich das Motto des Hauses, denn bisher war mir eine Flatrate nur für Dienstleistungen wie Telefonieren oder Internet-Surfen bekannt. Es gibt allerdings auch Chinarestaurants, in denen man für einen Pauschalpreis so viel vom Buffet essen kann, wie in einen hineinpasst. Die Zweifüßer nennen das *all you can eat*.

Im hiesigen *Pussy Club* hatte der Wahlspruch der angebotenen Dienste wohl eine andere Bedeutung, nämlich *all you can fuck*!

Am Spielbudenplatz steuerte Elke zielsicher Schmidts Tivoli an und studierte ein Programmheft. „Fritzi, wir scheinen Glück zu haben, denn heute um halb drei wird ein St. Pauli-Musical mit dem Namen *Heiße Ecke* aufgeführt. Das ist schon in einer knappen halben Stunde und passt zeitlich prima. Da hole ich uns jetzt gleich ein Ticket."

„Vergiss aber nicht, dass ich vorher noch etwas essen muss. Mir knurrt schon seit Stunden der Magen!"

Was soll ich dir sagen? Wer bis zur allerletzten Minute wartet, hat auch seine Chance vertan, ein Ticket kaufen zu können. Die Nachmittagsvorstellung fand zwar nicht um halb drei statt, wie es im Programm stand, sondern erst um halb fünf, aber sie war ausverkauft. Eine Abendvorstellung gab es nicht.

„Ärgere dich nicht", versuchte ich meine Dosine zu trösten. „Schlafen kann ich auch ganz gut heut Abend beim Tatort-Gucken in der Glotze."

„Fritzilein", erwiderte meine Dosine daraufhin und drückte mich zärtlich an sich. „Hab ich dir schon gesagt, dass ich dich ganz doll lieb hab?"

„Außer mir ist schließlich niemand anderes da, den wir kennen!", sagte ich wahrheitsgemäß und biss ihr ganz zärtlich in ihren Daumen.

*

Bei strahlendem Sonnenschein bummelten wir noch einmal die Reeperbahn hinunter und blieben an einem *Gunshop* (Waffengeschäft) stehen. Im Schaufenster waren alle möglichen Arten kunstvoll verzierter Messer, Florette, Krummdolche, Schwerter und Säbel dekoriert. Außerdem lagen dort Tränengas-Sprays, Elektroschocker (Teaser) und allerlei Schlaginstrumente wie Peitschen und Morgensterne.

„Sind die alle zur Selbstverteidigung gedacht?", fragte ich und zeigte mit meiner Pfote auf die Sachen. Meine Dosine zuckte mit den Schultern.

„Ich könnte mir vorstellen, dass Schlagringe, Stahlruten und Totschläger offiziell verboten sind. Aber so lange nichts passiert, passiert auch nichts."

„Und wozu braucht man Schwerter, Hackebeile und Säbel?", wollte ich wissen.

„Fritzi, Frauen töten manchmal ihre Männer, weil sie sie nicht mehr ertragen und sie endlich *loswerden* wollen. Im Gegensatz dazu töten manche Männer ihre Frauen, weil sie sie *behalten* wollen und sie keinem Nebenbuhler gönnen! Das ist der feine Unterschied."

Mein Einwand *Das verstehe ich nicht!* blieb ohne stichhaltige Erklärung oder Begründung ihrerseits.

*

Elkes Interesse gilt außer Gewehren mehr den Handfeuerwaffen wie Pistolen und Revolver nebst der dazu passenden Munition. Meine Dosine unterrichtet nämlich am Flughafen auch das Fach *Gefahrgut im Luftverkehr*. Bei den gesetzlich vorgeschriebenen Wiederholungsschulungen, die das gesamte Abfertigungspersonal innerhalb von vierundzwanzig Monaten absolvieren muss, sind ihre Kollegen vom Schalter öfters bass erstaunt, wenn sie Elkes umfangreiches Anschauungsmaterial sehen. Sie zeigt unter anderem eine Pistole mit Magazin, einen Trommelrevolver und jede Menge Munition diverser Kaliber. Wenn meine Dosine dann sagt: „Diese Art von kleinkalibrigen Schusswaffen gilt in der Fliegerei *nicht* als Gefahrgut, denn die bestehen nur aus Altmetall (Lauf, Schlitten, Abzug, Griff, Trommel und Magazin) und Kunststoff bzw. Holz (Griff). Mit ihnen kann man höchstens einer Person ein Loch in den Kopf schlagen, wenn sie stillhält, oder sie halb zu Tode erschrecken. Das Gefährliche ist die Munition, beziehungsweise die Kombination von beidem!"

„Lass uns bitte weitergehen!", drängelte ich, denn neben uns standen mehrere muskelbepackte junge Männer in Baggypants, Kapuzenpullovern und Baseballcaps. Sie unterhielten sich laut in einer Sprache, die ich nicht verstand. Alle guckten finster, hatten kurz geschorene Haare und waren nicht rasiert. Mit denen mochte ich weder bei Sonnenschein etwas zu tun haben noch ihnen im Dunkeln begegnen.

Am Schaufenster des nächsten Ladens legte Elke die nächste Pause ein. Hier wurden ganz besondere Schuhe verkauft. „Zuhälterschlappen und Nuttenpumps", nannte meine Dosine die sehr teuren und exklusiven Modelle aus Schlangen-, Straußen-, Aal-, Echsen- und Alligatorenleder. Außer uns standen hier noch ein paar ältliche *Trutscherl* aus der norddeutschen Provinz und bestaunten kopfschüttelnd das Angebot der Auslage.

Am nächsten Geschäft ging meine Dosine rasch vorbei. Es war ein Sexshop. Ich hätte gern ein bisschen das Angebot studiert. Auch eine erwachsene Katze kann hier vielleicht noch etwas lernen. Leider hatte ich keine Chance dazu.

„Fritzi, darf ich dich daran erinnern, dass wir allein wohnen!", sagte Elke streng. „Für alle diese Sachen haben wir keine Verwendung."

„Leider", erwiderte ich. „Aber das lässt sich ändern."

Eigentlich wollte ich mich nur kurz informieren, ob man dort verschiedene Sorten Katzenminze im Angebot hatte.

Als wir an einer vierundzwanzig Stunden geöffneten Gickelbraterei vorbeikamen, kaufte mir mein liebster Mensch zwei halbe knusprig gegrillte Hühnerbrüste. Von da an war die Welt wieder in Ordnung. Mein Abendessen war gesichert.

*

Durch die Pepermölenbek-Straße kamen wir zur Großen Elbstraße. Von dort spazierten wir, zusammen mit vielen Touristen und Einheimischen, über die Uferpromenade bis zu den Landungsbrücken.

„Fritzi-Schatz, sollen wir dem Museumsschiff *Rickmer Rickmers* einen Besuch abstatten? Der vor gut einhundertzwanzig Jahren gebaute Frachtensegler bietet mehrere Sonderausstellungen zu maritimen Themen an und zeigt alte nautische Exponate."

„Siehst du dort drüben die lange Schlange der Zweifüßer, die alle mit Kind und Kegel das Segelboot-Museum besichtigen wollen?", beantwortete ich ihre Frage mit einer Gegenfrage. „Innen drin gibt es bestimmt ganz wenige Fenster oder Bullaugen, die sicher alle geschlossen sind. Und wackeln tut es bestimmt auch in dem ollen Kahn."

„Du hast mich überzeugt", erwiderte Elke kurz und bündig. „Komm, Fritzi, lass uns einen Kaffee trinken." Gesagt, getan. Wir setzten uns gegenüber von Dock 17 auf eine Terrasse. Bei Blohm + Voss wurde auch heute gearbeitet, das sah ich genau, obwohl die niedrig stehende Sonne mich so blendete, dass ich meine Augen zukneifen musste. Meine Dosine bestellte bei der Servicefee einen Pott Kaffee, ein Stück Zwetschenkuchen mit Schlagsahne und drei Bällchen Eis.

„Oh ja, Schlagrahm mag ich gern!", rief ich erfreut, jetzt gar nicht mehr müde.

„Fritzi, ich weiß nicht, ob süße Sahne in deinem leeren Magen allzu gesund ist", versuchte mir mein Personal den Appetit zu verderben.

„Das lass besser mein Problem sein. Sollte jemand brechen müssen, werde ich es sein und nicht du", erwiderte ich. „Irgendetwas muss ich schließlich heute Mittag essen. Und im Gegensatz zu dir habe ich nichts an der Galle."

*

Mir wurde nicht schlecht, obwohl ich mehrmals in mich hineinhorchte. Es war nur verschluckte Luft, die ich beim Aufstoßen aus meinem Körper wieder in die Freiheit entließ. Nachdem ich mein blaues Näpfchen schön sauber geleckt hatte, in das Elke zuvor die Sahne gelöffelt hatte, wusch ich mich gründlich von Kopf bis Fuß. Durch die restlichen Sahnemoleküle, die sich noch in meinem Mund befanden, wurde mein Pelz leicht eingecremt und mit einem Lichtschutzfaktor versehen.

Mehrmals blieben Zweifüßer aus Fernost stehen und knipsten mit ihren Handys frech und aufdringlich ein Foto von mir, ohne mich zuvor um meine Einwilligung zu fragen. Wenn ich es rechtzeitig bemerkte, drehte ich mich blitzschnell um und streckte ihnen mein Hinterteil zu. Ich hoffe, es war deutlich genug, um zu zeigen, dass man auf dieser Seite der Welt andere Gepflogenheiten bevorzugt.

Nachdem wir recht lange in der Herbstsonne gechillt hatten, spazierten wir am City-Sporthafen vorbei in Richtung Elbphilharmonie. Dort drehten wir um und liefen den langen Weg quer durch die Stadt zum Jungfernstieg, der an der Binnenalster liegt.

„Huch, hier gibt's ja mitten in der Stadt einen See", rutschte es mir heraus.

„Nein, das ist die Alster. Sie ist ein Seitenarm der Elbe", antwortete Elke. Sicher hatte sie das in unserem Reiseführer gelesen.

„Bemühst du dich jetzt auch nach Kräften, zu den unbeliebten Zeitgenossen der *Homo neunmalklugerii* zu gehören?", fragte ich, erhielt aber keine Antwort.

Zwei Barkassen lagen an der Alster vor Anker, mit denen man in die noblen Stadtteile Pöseldorf, Winterhude, Uhlenhorst und Harvestehude fahren konnte.

„Fritzi, eine Bootchenfahrt durch die Binnen- und Außenalster machen wir morgen. Dann sehen wir von der Barkasse aus, wo die Residenzen und Villen der wohlhabenden Hamburger stehen. Heute ist es dafür zu spät, denn die Sonne geht bald unter."

„Fahren wir auch nach Blankenese?", fragte ich.

„Nein, ich glaube nicht", erwiderte sie. „Der noble Stadtteil, in dem meines Wissens der Geldadel residiert, liegt an der Elbe."

Meine Dosine ließ sich auf eine Bank fallen, kramte in ihrer Tasche nach dem Stadtplan und zog gleichzeitig ihre Schuhe aus. Ich sah aber weder Blut herausquellen noch Dampf oder Qualm aus ihren Socken aufsteigen. Allzu schlimm konnte es mit ihren Fußschmerzen nicht sein. „Fritzilein, ich muss mir jetzt noch etwas zu essen kaufen, und dann können wir zurück ins Hotel fahren", sagte sie suggestiv und verzog ihre Mundwinkel nach oben. „Ich bin richtig müde und meine Füße brennen. Eigentlich wollte ich noch zum Gänsemarkt, der berühmten überdachten Einkaufsgalerie, und zur Mönckebergstraße mit all ihren exklusiven Läden. Aber wahrscheinlich sind sonntags die Boutiquen eh geschlossen. Vielleicht machen wir das morgen, bevor wir heimfahren, sofern es nicht regnet."

Bevor ich etwas Intelligentes antworten konnte, war meine Dosine von der Bank aufgesprungen. In der nächsten Sekunde sank sie auf ihre Knie. Vorsichtig tastete sie mit ihren Händen Zentimeter für Zentimeter die feuchten Gehsteigplatten vor sich ab.

„Bist du spontan zum Islam konvertiert?", fragte ich höchst alarmiert von der Bank herunter. „Oder hat dich der wilde Watz in den Po gebissen?" Sie antwortete nicht. „Hallo, was hast du denn? Suchst du etwas?"

„Ja, meine rechte Kontaktlinse!", erwiderte sie mit gepresster Stimme. „Sie ist mir urplötzlich aus dem Auge gefallen, und jetzt ist sie weg."

Der großen Katzenfee sei Dank, denn kurz darauf fand ich die desertierte Linse. Sie lag in meinem Beutel. Nicht auszudenken, hätte sich das Teil nicht wieder eingefunden. Mein liebster Mensch ist nämlich ohne ihre Linsen und ohne ihr Nasenfahrrad blind wie ein Maulwurf.

Andererseits, ich sehe sehr gut und hätte sie zur Abwechslung auch gern einmal wie ein Blindenhund geführt und dirigiert. Aus meinem Beutel heraus würde ich damit keine Probleme haben.

An den Rest des Abends habe ich nur noch verschwommene Erinnerungen. Ich hatte den Magen voll mit unzähligen, in Reiterchen geschnittenen Scheiben Hühnerbrust. Der Rest lag außen auf dem Fensterbrett. Den hatte ich für morgen übrig gelassen.

Der Tatort in der Glotze war grottenlangweilig, und so schlief ich rasch neben meinem liebsten Menschen ein. Ich träumte von Tom Jupiter und seiner Enten-Sammlung. Im Wunderland hatte ich im Souvenir-Shop so lange gequengelt, bis mir meine Dosine für ihn eine neue Quietscheente erstand, die einen Matrosenanzug trägt. Jetzt bin ich gespannt, ob sie Tom Jupiter gefällt.

Im Tierpark Hagenbeck

Als wir am nächsten Morgen aufwachten, warf Elke rasch unsere Siebensachen in den Koffer und wir checkten aus. Draußen nieselte es. Diffus verschleierte der Hochnebel die Konturen der Stadt. Die Fernsicht war miserabel.

Zuerst brachten wir unser Gepäck zum Bahnhof. Unsere U3 kam am Hauptbahnhof-*Süd* an. Die Station liegt ein ganzes Stück vom eigentlichen Bahnhofsgebäude entfernt. Nur mit Mühe ergatterten wir dort ein freies Schließfach. Außer uns kamen nämlich noch viele andere Leute auf die Idee, ihre sperrigen Gepäckstücke bis zur Abfahrt ihrer Züge hier einzulagern.

Meine Dosine wollte nicht mit mir *und* ihrem Gepäck in den Tierpark fahren. Sie befürchtete nämlich, dass es dort keine Schließfächer gab. Ihre Bedenken waren unbegründet, denn ich sah welche.

„Wenn du im Besitz eines Smartphone wärest, hättest du vorab die Googles fragen und es herausfinden können", konnte ich mir eine Spitze nicht verkneifen. Täuschte ich mich etwa, oder bedachte mich meine Dosilla einen kurzen Augenblick lang mit einem bitterbösen Blick?

Als wir unseren Koffer für sechs Stunden und eine Gebühr von vier Euro in einem Locker eingelagert hatten, kaufte sich meine Dosine als Erstes etwas zum Frühstück. Dann machten wir uns auf die Suche nach der U-Bahn-Station Hauptbahnhof-*Nord*. Ich bin mir ganz sicher, dass diese beiden Stationen *nicht* durch einen unterirdischen Transfer-Gang miteinander verbunden sind, denn sonst hätten wir ihn gefunden, so oft liefen wir hin und her. Die beiden Haltestellen sind Luftlinie möglicherweise einen knappen Kilometer voneinander entfernt.

Als mein liebster Mensch laut stöhnte, sagte ich: „Stell dich gefälligst nicht so an! Schließlich behauptest du immer, du seist jung und dynamisch! Such gefälligst weiter!"

Irgendwann fanden wir dann doch und ohne jemanden gefragt zu haben die Nord-Station. Mit der U2 fuhren wir die neun Stationen bis zur Haltestelle *Hagenbeck Tierpark*. Als wir ausstiegen, sahen wir vor lauter Nieselregen erst einmal gar nichts, außer breiten Straßen und Wohnhäusern. Der Zoo war weder auf den ersten noch auf den zweiten Blick visuell zu erahnen. Ich roch aber die Tiere in der Ferne und hörte auch das leise Trompeten der Elefanten.

„Wir müssen über die Kreuzung gehen, ein Stück geradeaus und dann ein bisschen nach links", dirigierte ich meine fehlsichtige Dosine. „Nein, falsch! In die andere Richtung! *Nicht* nach rechts!", miaute ich, als sie die falsche Richtung einschlug.

„Fritzi, ich will nur eben mal schnell im Edeka an der Ecke nachsehen, ob sie dort Taschenschirme haben."

„Willst du sie dir angucken oder einen kaufen?", fragte ich, bekam aber keine Antwort. Stattdessen verschmierte sie erneut mit ihren Fingern ihre Brillengläser.

„Elke, warum trägst du denn heute nicht deine Linsen? Schonst du sie wieder in ihrem Aufbewahrungsdöschen? Sie heute bei dem Regen zu tragen, wäre voll praktisch gewesen."

„Warum, warum? Wer dies fragt, ist dumm!", sagte meine Dosilla verdrossen.

‚Wer zu spät nachdenkt, den bestraft das Leben', dachte ich.

Nach einer Weile wollte ich wissen: „Wo ist denn eigentlich die gelbe Regenhaut aus Plastik geblieben, die wir von daheim mitgenommen haben?"

„Fritzi, bitte frag mich nicht", erwiderte Elke und hielt sich vor Scham beide Hände vors Gesicht. „Die hab ich vor lauter Zweckoptimismus heute früh in den Koffer gepackt, zusammen mit meinem Stetson-Regenhut!"

*

Der Besuch des mehr als hundert Jahre alten Tierparks war für mich ein unvergessliches Erlebnis. Auf der neunzehn Hektar großen Parkanlage leben fast zweitausend Tiere. Wir sahen aber nicht alle, da sich einige vor uns versteckten. Vielleicht hatten sie aber auch einen freien Tag, waren verreist oder hielten bereits Winterschlaf. Der

Eintritt für den Park kostete zwanzig Euro und weitere vierzehn für das Tropen-Aquarium. Sparsam, wie meine Dosine ist, kaufte sie natürlich nur ein Ticket für den Park.

„Gell, Fritzi, wir wollen an der frischen Luft Vierbeiner gucken und keine Fische. Außerdem, so schöne Meeresbewohner wie letztes Jahr im Pazifik gibt es hier bestimmt nicht", versuchte sie mir ihre Fehlentscheidung schönzureden. „Man muss es positiv sehen, der Regen ist nicht allzu heftig und auch nicht wirklich kalt."

„Aber er ist unsagbar nass, höchst aufdringlich und mächtig belästigend!", erwiderte ich. Dann tauchte ich in meinem Beutel ab. Nachdem ich ein Weilchen meditiert hatte, kam mir die Erleuchtung, und ich dachte: ‚Feuchte Luft wirkt sich bestimmt positiv auf nicht mehr ganz junge Haut aus. Für ein paar Stunden entschrumpelt und entknittert sie Plissiertes und Faltiges.' Die große Katzenfee hielt mir den Mund zu, denn eigentlich hatte ich vorgehabt, meinen geistigen Erguss laut zu artikulieren.

„Fritzi, sobald der Regen zunimmt, gehen wir in ein Restaurant und bestellen uns etwas zum Mittagessen", versprach mein liebster Mensch, obwohl sie in der Bahn bereits zwei belegte Brötchen verputzt hatte und bestimmt noch nicht wieder Hunger litt.

Meine Wünsche wurden vom Universum nicht erhört, denn der Regen hörte plötzlich auf. Stattdessen wehte jetzt eine steife Brise aus Nordost, die den Hochnebel vertrieb. Fazit: Durch den Chill-Faktor fühlte sich die Kälte arktisch an.

„Würdest du mich jetzt bitte wieder tragen!", bat ich meine Dosine. „Bei dem hier in Hamburg herrschenden Pisswetter hole ich mir sonst vielleicht noch Gefrierbrand an den Fußsohlen!"

„Fritzi, jetzt stell dich nicht so an!", erwiderte Elke. „Das Thermometer zeigte heute früh acht Grad über Null an. Im schlimmsten Fall bekommst du kalte oder nasse Füße, aber erfrieren können sie nicht."

„Du musst wohl immer das letzte Wort haben?", entgegnete ich motzig.

*

Am großen Birma-Teich sahen wir die Wasserschweine Norbert und Charlotte mit ihren Zwillingen. Als wir näher kamen, rannten sie schnell weg.

Unermüdlich lief meine Dosine durch den Park. Ich vermute, sie hatte die Hoffnung, einen geheizten Innenraum zu finden, in dem wir uns hinsetzen und die dort untergebrachten Tiere beobachten konnten. Ich erinnere mich aber nur an zwei kleinere Häuser, in denen wir waren. Dort versuchte meine Dosine ihren an den Schultern aufgeweichten Anorak zu trocknen und sich ihre Hände und Füße zu wärmen. Eigentlich hatte nur sie Spaß beim Betrachten der zahlreichen Piepmätze, die dort in Volieren lebten. Für mich war es Stress, denn ich regte mich nur auf, da mich meine Dosine wie ein Schraubstock fest umklammert hielt.

Die Flattermänner waren wirklich reizend und hübsch anzusehen. Und wie melodisch sie piepsten und mit ihren kleinen Flügelchen schlugen, um meine Aufmerksamkeit auf sich zu lenken. Manche krächzten allerdings auch. Das waren bunte Aras mit gebogenen Schnäbeln, die bestimmt ebenso scharf und kräftig wie neue Astscheren für Zweige waren. Zu meinem Bedauern fanden wir noch nicht einmal ein kleines Federchen, das wir als Souvenir mitnehmen konnten.

„Bei den Nandus brüten die Hähne", las mir Elke aus dem Plan des Tierparks vor. „Eigentlich müssten sie sich während der kühleren Jahreszeit in diesem Stall befinden."

„Eigentlich ist ein merkwürdiger Mann", entgegnete ich verdrossen.

*

Als wir wieder unter freiem Himmel waren, kamen wir an einem Gehege vorbei, in dem gerade ein Tierpfleger versuchte, Ordnung zu machen. Dicke Kacka-Kugeln fegte er auf eine Schippe und schmiss sie in einen Schubkarren. Außer ihm befanden sich in dem Auslauf noch fünf unterschiedlich große asiatische Elefantenkühe und drei Babys. Die erwachsenen Kühe bettelten mit ihren langen Rüsseln die Besucher um deren Vesperbrote und Obst an. Der mächtige Elefantenbulle mit Namen Hussein, vermutlich der Vater des Nachwuchses und der Gatte der Damen, hatte sein eigenes kleines Revier, etwas abseits von ihnen.

Damit er seine halbwüchsigen Söhne, die demnächst in die Pubertät kommen, nicht bei einem Rangkampf angreift und schwer verletzt, wurde er vorsichtshalber von der Herde separiert. Auch nachts darf er nur in Sichtweite seiner Frauen und seines Nachwuchses schlafen, aber nicht bei ihnen.

Er sei in letzter Zeit unberechenbar geworden, hörten wir von anderen Besuchern des Parks, mit denen sich meine Dosine unterhielt. Möglicherweise wurde Hussein in Gefangenschaft etwas zänkisch, oder unglücklich über seine sehr beengten Lebensbedingungen. Vermutlich weiß er auch nicht, dass er in Freiheit schon längst wegen seiner mächtigen Stoßzähne umgebracht und seines Elfenbeins beraubt worden wäre. Ich überlegte, was ich ihm wünschen sollte, die Freiheit oder ein größeres Gehege.

*

Offensichtlich fand zuvor an Halloween im Tierpark ein Kürbis-Wettschnitzen statt. Wir kamen gerade zur rechten Zeit, als heute Mittag den afrikanischen Pinselohrschweinen Fergie und Edward und ihren beiden Jungtieren Rufus und Hilde eine Zwischenmahlzeit serviert wurde. Zuvor hatte ihr Pfleger in der Futterküche die ausgehöhlten Kürbisse mit Bananenscheiben, Weintrauben, Rosinen und Birnenstückchen *gepimpt* (aufgemotzt). Die bislang unbekannten großen *Leckerchen* legte er in ihren Trog und wünschte ihnen guten Appetit. Wir sahen zu, wie sich Edward rasch einen ganzen Kürbis schnappte und ihn, abseits seiner Familie, mit offensichtlich großem Genuss verputzte. Er schmatze laut. Nachdem seine Familie dies beobachtet hatte, rollten sie die übrigen unbekannten Objekte zunächst durch das Gehege und ließen sich deren süße Füllung schmecken, bevor sie im Laufe des Nachmittags die leuchtenden Feldfrüchte verzehrten.

Auch die beiden Warzenschweine, die ihr Außengehege mit den Chapman-Zebras und einer Familie afrikanischer Rothalsstrauße teilen, spielten zuerst mit den unbekannten Kürbisfratzen. Sie stupsten sie mit ihren Schnauzen an und kullerten sie wie Bälle durch die hiesige Savanne, bevor sie sie restlos verspeisten. Wir gingen weiter.

„Pfui Teufel, hier dekompostiert jemand!", rief ich rasch und rümpfte meine Nase. „Befindet sich in der Nähe etwa die Filiale einer Body Farm?" Ich erinnerte mich daran, dass man so das Freiluft-Labor in Tennessee nennt, in dem wissenschaftliche Studien postmortaler Veränderungen an Verblichenen dokumentiert werden.

Neugierig blickte ich mich in dem Gehege um, ob ich irgendwo einen verwesenden Kadaver entdecken konnte, der die Luft verpestete.

Nein, die Verursacher des Gestanks waren quietschvergnügt und pumperl-gesund. Es handelte sich um eine Herde Zebras mit dicken Bäuchen, die im Kollektiv äppelten, als wir gerade an ihrem Domizil vorbeigingen. Es schien mir, als hätten sie nur auf uns gewartet.

„Übt ihr mit eurer Rektalatmung etwa für die neue olympische Disziplin *Synchronfäkalieren* und *Diplompupsen*?", rief ich ihnen zu. Die Zebras würdigten mich keines Blickes und antworteten auch nicht. Ich schätze, der durchdringende Müffelgestank nach Ammoniak und Buttersäure wurde von dem schwer verdaulichen Grünschnitt ausgelöst, den sie am Tag zuvor gegessen hatten. Wir gingen rasch weiter.

*

Genau wie in Stuttgart in der Wilhelma sahen wir hier bei Hagenbeck Paviane, Mandrills, sibirische Kamtschatkabären, allerlei Wasservögel, Emus, Alpakas, Truthühner und Mandschuren-Kraniche. Auch gab es Ziegen, Schafe, Schnee-Eulen, Ponys, Esel, Zebus, Tapire, Giraffen, Bisons, Schildkröten und allerlei verschiedene Hirsche, mit und ohne Geweih.

Ganz herzallerliebst fand ich die Erdmännchen und nebenan im Gehege die Schwarzschwanz-Präriehunde. Wie Caniden sahen die Buddler aber nicht aus, wenn sie aus ihren Höhlen auftauchten, eher wie flinke und aufmerksame kleine Murmeltiere. In ihren Näpfchen sah ich auch kein Fleisch liegen, sondern Möhren und anderes Vegetarisches, das sonst nur Nager und meine Dosine essen.

In einem weiteren Freigehege schliefen in einer großen Nische der Sibirische Tiger Yasha und seine Freundin Maruschka. Eine der großen Katzen lag auf dem Rücken und streckte ganz entspannt alle vier Beine gen Himmel. Die andere lag daneben und rührte sich nicht. Das feuchte Schmuddel-Wetter schien ihnen nichts auszumachen.

Elke sagte: „Die sehen aus, als wären sie ausgestopft." Aber kurz darauf gähnte eine der beiden und veränderte ihre Schlafposition um wenige Zentimeter.

Den Chinesischen Leoparden Sian und seine Frau Mors sahen wir in einem anderen Außengehege. Sie schienen sich sehr zu mögen, denn sie leckten sich ganz verliebt gegenseitig ihren Pelz am Kopf und am Hals.

Ich sah auch ein überaus müdes Löwenrudel, das in seinem Gehege unter den Bäumen lag und chillte.

Eine ziemlich große Gruppe erwachsener rosa Flamingos stand unbeweglich mit dem mausgrauen Nachwuchs von diesem Sommer in ihrem Domizil. Sie waren mit einigen Pelikanen vergesellschaftet.

Genau wie im Frühjahr in der Wilhelma waren die hiesigen Eisbären hinter den Kulissen verborgen, da ihr Pool renoviert wurde. Nebenan beobachteten wir die Humboldt-, Königs- und Esels-Pinguine. Ich sah auch die Seebären miteinander um die Wette schwimmen und ein Walross. Wo das zweite abgeblieben war, stand nirgends geschrieben. Auch die Riesenotter gefielen mir gut. Sie sind vortreffliche Taucher und elegante Schwimmer.

Sehr interessant fand ich auch die argentinischen Maras, die ein bisschen wie hochbeinige Hasen mit zu kleinen Ohren und Stummelschwänzchen aussahen und entfernt mit Meerschweinchen verwandt sind. Ihre Pfleger hatten ihnen kleine dreieckige Unterstände aus Holz gebaut, diese innen mit Heizlampen versehen und in einer Schonung unter die Tannen gestellt. Zuerst dachte ich, es wären Zelte für Zwerge oder Mainzelmännchen, die hier campieren. Als wir stehen blieben, um die Maras zu beobachten, guckten sie uns auch interessiert und neugierig an. Sie liefen auf den Wiesen und Wegen des Parks *frei* herum.

Mehrfach sah ich Schilder, auf denen stand, dass die Grasflächen nicht von den Besuchern betreten werden dürfen, da sie als *Auslauf und Wohnraum der Bewohner* dienen. Eine wirklich gute Idee war das, auch wenn es in meinem Fall bedeutete, dass ich hier nicht herumrennen durfte, um die Parkinsassen nicht unnütz zu ängstigen.

„Elke, schau einmal schnell! Was hoppelt denn dort drüben?", flüsterte ich und reckte meinen Hals aus meinem Beutel.

„Das sind fünf australische Bennett-Kängurus", antwortete meine Dosine. „Das habe ich da vorn gelesen." Sie zeigte mit der Hand in die Ferne. „Sie nutzen, außer einem hinter den Kulissen gelegenen Gehege, in das sie sich zurückziehen können und in dem sie auch schlafen, die Wiesen des Parks als Freigehege."

Höchst unangenehm und unheimlich waren mir die Kanadagänse mit ihren schwarzglänzenden Köpfen, wachen Argusaugen und kohlschwarzen Beinen. Sie hatten mich sofort erspäht, als ich einmal neugierig aus meinem Beutel herausguckte. Sogleich zog ich mich zurück und legte mich vorsichtshalber hin. Es entspricht der Wahrheit, dass ich mich vor ihnen versteckte, als sie schnellen Schrittes auf uns zugelaufen kamen, dabei höchst verärgert mit den Schnäbeln klapperten und vor Zorn wie eine Viper zischten.

„Wenn man solche Gänse daheim im Vorgarten hat, braucht man keinen Wachhund und keinen Bewegungsmelder", meinte meine Dosine.

„Aber Besuch bekommt man dann auch keinen mehr", bemerkte ich.

*

Ganz am Schluss erst fanden wir das Zuhause der Sumatra-Orang-Utans, die man mit lauf- und schwimmaktiven Kurzkrallen-Zwergottern vergesellschaftet hatte. Wie ein gläserner Zuckerhut oder ein Sikh-Tempel sieht ihr Wohnraum aus, der in einer Senke liegt. Wir kamen gerade rechtzeitig, als der stattliche Clan-Chef Tuan und seine vier Haremsdamen gefüttert wurden. Man konnte ihren beiden Pflegern auch Fragen stellen, was die anwesenden Kinder eifrig taten.

„Elke, guck bitte einmal", flüsterte ich und zeigte auf eine der Waldmenschen-Damen. „Ist das nicht die Conny aus der Wilhelma, die gerade schaukelt? Die hat mir im Frühjahr zugeblinzelt, als wir dort waren."

„Wo?", fragte meine Dosine und ließ ihren Blick herumirren. „Welches der vier Mädels meinst du denn?"

„Die sich jetzt gerade den Jutesack über den Kopf zieht; das ist die Conny. Ich bin mir ganz sicher!"

„Daran erinnere ich mich nicht mehr", meinte Elke. „Das ist doch schon fast ein halbes Jahr her."

Im nächsten Augenblick sagte die Pflegerin zu den Kindern: „Schaut einmal genau hin! Seht ihr, dass wir einen Neuzugang haben? Vielleicht gefällt unserem Tuan das Weibchen aus Stuttgart, und er beschließt, mit ihr demnächst für den lang ersehnten Orang-Utan Nachwuchs zu sorgen."

Das werde ich nachprüfen, wenn ich wieder einmal in Hamburg bin. Jedenfalls nahm ich es mir fest vor.

*

Kurz bevor wir den Tierpark verließen, waren kaum noch Tiere in den Außengehegen zu sehen. Gern wäre ich jetzt in ihre Stallungen gegangen, um sie aus nächster Nähe zu erleben, mit ihren typischen Gerüchen und Geräuschen.

„Fritzi, dafür bleibt uns keine Zeit mehr. Es dämmert bald. Wir sollten demnächst aufbrechen und zurück zum Bahnhof fahren, damit wir unseren Zug nach Hause nicht verpassen."

„Wir wollten doch auch noch eine Rundfahrt auf der Alster machen!", erinnerte ich meine Dosine an unsere gestrigen Pläne.

„Fritzi, das schaffen wir dieses Mal nicht mehr. Das müssen wir auf einen späteren Hamburg-Besuch verschieben."

*

„Elke, hast du dir auch alles gut gemerkt, was wir heute gesehen haben?", fragte ich meinen liebsten Menschen, als wir wieder in der S2 saßen.

„Warum soll ich mir irgend etwas merken?", fragte sie konsterniert zurück.

„Damit ich dich fragen kann, wenn ich mich nicht mehr so hundertprozentig erinnern kann."

„Fritzi, sag bitte jetzt nicht, dass du das hier in Hamburg Gesehene und Erlebte aufschreiben willst. Schließlich gibt es inzwischen mehr Autoren als Leser", sagt Elke zu mir, als wir vom Tierpark zurück in die Innenstadt fuhren. „Das ist doch langweilig: im Frühjahr der Besuch in der Wilhelma und jetzt im Herbst ein verregneter Tag im Tierpark Hagenbeck."

Wie aus der Pistole geschossen antwortete ich: „Meine liebe Elke! Ich weiß nicht, was du willst. Woody Allen drehte auch unzählige Filme über Manhattan, und alle Welt hat sie sich angesehen! Auch du!"

Die Heimfahrt

Ohne dass wir jemanden fragen mussten, fanden wir am Bahnhof unser Schließfach. Da wir die Einlagerungszeit von sechs Stunden leicht überzogen hatten, befreiten wir unseren Koffer gegen eine Nachlösegebühr von weiteren vier Euro aus seinem Fach. Dann liefen wir durch die Shoppingarkaden, auf der Suche nach einer Illustrierten für meine Dosine und etwas Nahrhaftem für uns beide. Anschließend gingen wir zum Gleis vierzehn. Dort sollte unser Zug abfahren. So stand es jedenfalls auf der Anzeigetafel. Richtig blöde war nur, dass wir dazu eine hohe Treppe hinuntergehen mussten. Mit Gepäck ist das nicht ganz einfach, wenn man nur zwei Beine hat und sich nirgendwo festhalten kann. Seit sie einmal am Flughafen auf einer Treppe ausrutschte und sich beim Stürzen richtig wehtat, hält sich meine Dosine vorsichtshalber mit einer Hand am Geländer fest.

„Chefin, wenn du hinfällst, dann fall bitte nicht auf mich drauf!", ermahnte ich sie. „Und denk daran, während du danach im Krankenhaus wieder gesund gepflegt wirst, trennt man uns voneinander. Mich bringt die Tierrettung ins Hamburger Tierheim, in dem ich möglicherweise neue Menschen bekomme, wenn ich adoptiert werde. Willst du das?"

„Oh, Fritzi!", stöhnte meine Dosilla. „Halt bitte so lange deine Klappe, bis wir im Zug sitzen. Du machst mich mit deiner ständigen Miauerei ganz wuschig im Kopf."

Elke schaffte die Treppe hinunter zum Bahnsteig, ohne zu stürzen. Hier warteten bereits Unmengen von Menschen. Alle Sitzplätze waren besetzt. Kurz darauf erschien eine Anzeige und eine Durchsage ertönte, dass unser Zug *leider* fünfzehn Minuten Verspätung habe und heute *ausnahmsweise* von Gleis zwölf abführe. Dies hatte zur Folge, dass sich Hunderte von Menschen gleichzeitig auf die Rolltreppe stürzten, die nach oben fuhr, und am Bahnsteig nebenan die Treppe wieder nach unten stiegen. Wir schafften auch das unfallfrei. Als der Zug im Bahnhof einfuhr, war er leer, denn er wurde in Hamburg eingesetzt. Gleich im ersten Abteil, dem für Familien, machte meine Dosine die Türe auf und fragte, ob sie, auch ohne Kinder oder Enkel, aber mit braver Katze, eintreten dürfe.

„Wir sind auch nicht miteinander verlobt!", sagte einer der beiden Männer, die dort saßen. „Wir haben uns gerade eben erst hier getroffen." Sie lachten.

Was soll ich dir sagen, die Heimfahrt nach Frankfurt war die allerbeste, die ich jemals hatte. Meine Dosine unterhielt sich angeregt mit den Mitfahrenden, und ich lag in meinem Beutel und ruhte meine Augen aus.

Fritzi träumt von Franky, der Drohne und der Taube

Kaum war ich eingeschlafen, da wurde unser Computer aktiviert, denn mein Freund Franky aus Traunkirchen rief an. Frankys Wohnort liegt ganz weit weg von Frankfurt, noch hinter Offenbach. Er hatte mir bei einem unserer früheren Skype-Sitzungen bereits erzählt, dass er in *Austria* wohnt, am Fuße der dortigen Berge. Ich genierte mich damals, ihn zu fragen, ob das das große Land ist, das auf dem Globus südlich des Äquators liegt, auf der anderen Seite der Welt.

Wenn das so ist, dann guckte ich neulich zusammen mit meinem liebsten Menschen in der Glotze eine Reportage über Frankys Heimat. Gezeigt wurden Fauna und Flora des Landes, in dem auf rotem Sandboden Kängurus, Koalas, Wombats, Dingos und leckere Rosellas (Zwergpapageien) leben. Auch verwilderte Kamele waren zu sehen. Schön sah es dort aus, als würde in seiner Heimat immer die Sonne scheinen und es nicht allzu oft regnen. Aus diesem Grund braucht sein Personal höchstwahrscheinlich auch nicht extra im Drogerie-Fachmarkt Hygienestreu für sein Klo zu kaufen, bei dem qualitativ hochwertigen dunkelroten Sand, der dort überall links und rechts der Wege verstreut liegt. Demnächst muss ich mich bei Franky einmal vergewissern, ob er am Fuße des Wahrzeichens seines Heimatlandes *Australia* wohnt, dem Heiligtum der Ureinwohner, genannt *Ayers Rock* oder *Uluru*, oder ein Stück weg, am Fuße der *Mount Olgas*.

Persönlich getroffen haben wir uns bisher leider noch nicht, aber zu sich nach Hause eingeladen hat er mich schon mehrmals. Vielleicht besuche ich ihn und seinen Halbbruder Sammy in meinem nächsten Urlaub. Vorab muss ich nur noch mit meiner Dosine klären, wie ich Traunkirchen erreiche; ob ich unterwegs umsteigen muss und ob mich Franky dort am Bahnhof abholt.

*

„Fritzi", sagte er eben erleichtert, „i bin soooo froh, dass i mit dir reden kann. I brauch bitte nu einmal deinen kostenlosen juristischen Rat *(Ich bin sooo froh, dass du abgenommen hast. Würdest du mich bitte noch einmal kostenlos juristisch beraten? Du bist doch meine allerbeste, allereinzige, allerweitestgereiste und allerschlaueste Freundin, das kannst du mir glauben)!*"

„Franky, jetzt hör zuerst einmal auf, so zu schleimen! Wenn ich dir helfen kann, dann tue ich es gern, das weißt du doch! Du musst mir aber zuerst einmal sagen, welches Vergehen dir heute vorgeworfen wird. Was hast du schon wieder verbockt? In welches Fettnäpfchen bist du diesmal getreten? Nur dann kann ich dich in einem Pro-bono-Mandat (freiwillig geleistete, kostenlose professionelle Arbeit) juristisch beraten und vertreten."

„I woaß ned, wie i anfangen soll *(Ich weiß nicht, wie ich anfangen soll)*", schluchzte mein schöner Freund. „De ganze Nacht hat es stark gregnet, und wir durften nicht in de Garten, weil doch alles so nass war. Vor dem Frühstück hat uns der Christian dann raus glassen, aber das Gras war noch ganz feucht. Weißt, eigentlich mog i des gar ned, wenn mei Pfotal dreckig san *(Weißt du, eigentlich mache ich mir nicht gern die Tatzen dreckig)*."

Nacheinander hob er beide Arme, die bis unter die Achseln mit Erde verklebt waren. Im Hintergrund sah ich Sammy herumhampeln, Frankys Halbbruder, der mit dem rabenschwarzen Pelz. Er saß auf seinen vier Buchstaben, lachte frech und reckte beide

geballte Fäuste in die Kamera. Seine winzigen Daumen mit den herausgefahrenen Spikes hielt er nach oben.

„Also, was hast du verbrochen?", fragte ich erneut. „Franky, was wird dir dieses Mal vorgeworfen?"

„Eigentlich kann i gar nix dafür", sagte er jetzt. „Mein Bruada, da Sammy, hat mit mir gwettet, dass i es nie schaff, die Drohne, die über uns kreiste, zu fangen. Er hätt fast Recht ghabt, weil beim ersten Versuch is sie mir entwischt, weil i ned hoch gnug gsprunga bin. Dafür hab i sie beim zweiten Mal, als sie wieda so niedrig über uns gflogen is, voll erwischt, und zack is sie schon im Dreck glegen *(Es war mein Bruder, der Sammy, der sagte: ‚Ich wette, die über dir schwärmende Drohne kannst du nicht fangen!' Und richtig, beim ersten Mal entwischte sie mir, weil ich nicht hoch genug sprang. Aber als sie wiederkam und an mir vorbeifliegen wollte, da erwischte ich sie und riss sie zu Boden)!"*

„Wie denn, wo denn, was denn?", erwiderte ich nicht allzu intelligent. „Wo gibt es denn bei euch schwärmende Drohnen?" Ich dachte sofort an männliche arbeitsscheue Bienen. Die sterben nämlich, nachdem sie ihren Lebenszweck, das Begatten der Bienenkönigin, erfüllt haben.

„Fritzi, naa, bei der großen Bastet!", rief mein Freund und winkte ab. „I würd mi ned mit einer Biene, Wespe, Hummel oder Hornisse anlegen, da verliert ma auf jeden Fall, sagt Sandra. I red von einer richtigen Drohne, die hat da Kevin, des is da Bub von de Nachbarn, letzten Sonntag zum Geburtstag bkommen."

Als ich nicht antwortete, fuhr er fort: „A Drohne is a kleines Luftfahrzeug, wo niemand drinnen sitzt. Da Kevin kann des mit einer Fernsteuerung bedienen. Seit er das Ding hat, ärgert er uns damit. Er macht immer Tiefflug-Übungen, genau über unseren Köpfn."

„Und, wo ist Kevins Drohne jetzt?", fragte ich.

„Keine Ahnung", antwortete er kleinlaut. „Nachdem er bei unserem Personal gläutet hat, holte er aus unserem Garten von seinem Flugschrott die Einzelteile ab, was von ihm noch da war, und verschwand."

„Da gibt es gar keinen Beratungsbedarf für mich, lieber Franky", sagte ich. „Soweit mir bekannt ist, gehört laut ICAO (International Civil Aviation Organization) der Luftraum über einem Eigentum den jeweiligen Besitzern, also dir und Sammy. Da Kevin bei euch vorab keine Überflugrechte einholte, konntet ihr sie ihm auch nicht gewähren. Du bist eindeutig im Recht und brauchst keine Regressforderungen aus der Nachbarschaft zu befürchten!"

„Na ja", stammelte Franky jetzt. „Wenigstens etwas. Des is nu ned des Ende von der Gschicht... Die geht nu weida *(Aber die Geschichte ist noch nicht zu Ende. Sie geht noch ein bisschen weiter)...*"

„Wie? Sie geht noch weiter?"

„Ja, hab ich das etwa vergessen zu erwähnen...? Nachdem Kevin weg war, hab i die Taube gfangen."

„Eine gehörlose Drohne?", fragte ich. Fassungslos schüttelte ich meinen Kopf. „Was willst du denn mit der?"

„Fritzi", kicherte Franky. „Du verstehst mi falsch. Naa, i fing eine *Taube*! Einen ausgewachsenen Flattermann! Ein adultes Federvieh, legga Geflügel zum Mampfen!" Franky riss seinen Mund auf und tat so, als würde er sich mit seinem Pfötchen etwas Essbares in den Schlund stecken.

„Lieber Freund, jetzt überforderst du mich aber gewaltig! Hattest du für heute noch nicht genug Aufregung?", fragte ich. „Bekommst du daheim nicht genug zu essen?"

„Der Sammy ist schuld daran!", jammert er. „Er rief mir zu: ‚Der Kevin schickt dir fliegenden Ersatz zum Üben.' Dabei stimmte das gar nicht, denn die Taube hatte gar keinen Auftrag!" Im Hintergrund sah ich den schwarzen Kater, der sich vor Lachen mit beiden Pfötchen den Mund zuhielt.

Praktisch, wie ich veranlagt bin, fragte ich: „Franky, was habt ihr mit der Birdy-Leiche gemacht? Habt ihr sie gleich verzehrt, im Haus für später versteckt oder im Garten aufgebahrt liegen gelassen?"

„Fritzi, naa, gegessen haben wir die nimma, aber grupft haben wir sie. Bis auf die knochige Brust. Die Federn san nur so gflogen *(Nein, essen konnten wir sie wirklich nicht mehr. Wir rupften ihre knochige Brust frei, in der Hoffnung, dass sich dort wohlschmeckendes Fleisch verbirgt. Aber es war zäh und schmeckte schon ein bisschen überaltert, wenn du weißt, was ich meine)*", kicherte er und nickte bestätigend. Sein Bruder auch. „Jung und zart is was Anderes. Naja, du kennst des bestimmt. Wir ham sie dann in Sicherheit bracht und aus dem Blickfeld zogen, unter die Blattl vom Rhabarber. So ham da Fuchs und die Dachse oder die Igel a wos davon. De besuchen uns do jede Nacht *(Wir zogen sie aus dem Blickfeld und drapierten sie unter den großen Blättern des Rhabarbers. Dort kann sich heute Nacht der Fuchs daran laben, die Dachse oder die Igel, die uns allnächtlich besuchen kommen).*"

„So ist es richtig!", kommentierte ich ihr umsichtiges Verhalten. „Aus den Augen, aus dem Sinn! Wo kein Kläger ist, ist auch kein Richter!"

„Aber die Sandra hat trotzdem mit mir gschimpft, weil i a bissi dreckig worden bin."

„Franky, dann fang dir doch demnächst in Nachbars Gartenteich deine Zusatzmahlzeiten", schlug ich vor. „Omega-3-Fettsäuren sollen sehr gesund sein. Bei der Gelegenheit bekommst du auch blütenweiße Pfötchen! Aber pass auf, dass dir keine der Fischschuppen wie Perlmutt auf den Augenlidern kleben bleiben. Außerdem, einen schönen Zahnstocher aus einer Gräte kannst du dir dann auch basteln!"

„Oh, Fritzi! Was würd i nur ohne dich machen?", flötete mein schöner Freund. „Du bist die Allerbeste!"

„Dann hättest du eine andere schlaue Freundin", erwiderte ich und lachte.

Franky berührte die Kameralinse mit seinen gespitzten Lippen und das Bild wurde dunkel.

Wie daheim, wenn ein Film zu Ende war und nur noch der Abspann mit den Namen der Teilnehmer und Mitarbeiter über die Glotze flimmerte, wurde ich auch hier erst jetzt wach. Aber hier erschien kein Abspann, denn ich hatte nur von meinem Freund geträumt. Ich nahm mir fest vor, Franky in den kommenden Tagen anzurufen und ihn zu fragen, ob er zu Hause ist und ich ihn bald besuchen kann.

Das Käsetörtchen oder Mucki … verzweifelt gesucht

Als mein liebster Mensch heute vom Einkaufen nach Hause kam, legte sie außer allerlei Grünzeugs auch noch ein Kürbisbrot und eine kleine braune Papiertüte auf den Tisch. Rasch schwang ich mich auf einen Stuhl und reckte meinen Hals, um alles besser im Blickfeld zu haben. Natürlich hätte ich auch gleich auf den Küchentisch springen können, aber das mache ich nur, wenn Elke nicht im Zimmer ist.

Eigentlich wollte ich bloß nachsehen, ob mir meine Dosine aus der Frischfleisch-Boutique ein Naschi mitgebracht hatte. Aber offensichtlich war sie heute wieder nicht bei einem Metzger meines Vertrauens gewesen.

„Fritzi, lass deine Pfoten von meinem Törtchen!", rief Elke mit leicht schrillem Unterton, als sie sah, dass ich mir an der Tüte zu schaffen machte. Mich tangierte das aber nicht besonders, denn meine Dosine ruft ständig: „Fritzi, tu dies nicht!" oder „Fritzi, tu das nicht!" Fortwährende Ermahnungen nerven irgendwann nur noch; sie stumpfen ab und verlieren dann ihre Wirkung.

Als kurz darauf das Telefon klingelte, verließ Elke die Küche. Mit feuchtem Nasenspiegel schnüffelte ich jetzt rasch die Verpackungen ihrer Einkäufe ab. Dem Gemüse und dem Brot widmete ich keinen zweiten Blick. Ich konzentrierte mich mehr auf die kleine, auf einer Seite nicht fest verschossene braune Tüte. Ihr entströmte der verführerische Duft von würzig-sahniger Milch junger Ziegenmütter. Mir ist bekannt, dass der daraus gewonnene Käse extrem gesund und mega-lecker ist. Leider kommt er bei uns daheim nur ganz selten auf den Tisch und so gut wie nie in mein Tröglein.

Wie von einem Magneten angezogen steckte ich jetzt, vorsichtig und mit geschossenen Augen, meinen Kopf in die kleine Tüte; sozusagen zu einer Blindverkostung. Wie die Gourmets in der Glotze, wenn sie einen Bissen goutieren, leckte und schleckte ich mit meiner Zungenspitze testweise an dem kalorienstrotzenden Backwerk herum. Den Mürbeteig verschmähte ich und konzentrierte mich ausschließlich auf den zum Niederknien köstlich mundenden Belag. Er war fluffig, cremig und herb-würzig. Zugleich streichelte er meinen Gaumen. Ich fühlte mich kurzfristig, als wäre ich im Schlaraffenland angekommen. Als ich aber mit meiner Zunge weiter ins Innere des Törtchens vordrang, entdeckte ich zu meinem Entsetzen, dass man Vegetarisches eingebacken hatte, was dort einfach fehl am Platze war. Unter der wohlschmeckenden Käseauflage der Quiche, sozusagen *unter ihrem Deckel*, befand sich eine disharmonische Füllung, bestehend aus dünnen Scheiben saurer holländischer Mini-Tomaten und geschmacksneutraler Zucchini-Würfelchen nebst Achteln quietsche-süßer Datteln unbekannter exotischer Herkunft. Pfui Teufel! Was das Gemüse und die Früchte dort zu suchen hatten, wird mir ein ewiges Rätsel bleiben. Jedenfalls verdarben sie den im Grunde guten Geschmack des Gebäcks.

Kurzum, ich stufte Elkes heutige Einkäufe allesamt als ungenießbar ein.

*

Meine Dosine war inzwischen zurück in die Küche gekommen und hatte sich auf einen Stuhl gesetzt. Sie hielt ein Blatt in der Hand, auf das sie ausdauernd starrte, so als wolle sie seinen Inhalt auswendig lernen. Schnell sprang ich auf ihren Schoß, um nachzusehen, was ihre Aufmerksamkeit so fesselte.

Auf dem Papier stand als Überschrift in fetten Buchstaben geschrieben: *Wanted!*, und darunter *Mucki ...verzweifelt gesucht!*

Abgebildet war das Portrait-Foto eines feschen Katers, dessen Vorfahren möglicherweise aus den dichten Wäldern Norwegens stammten. Wie ein braunmelierter Strahlenkranz umrahmte eine prächtig dichte Pelzmähne sein markantes weißes Gesicht.

„Wer ist denn dieses Prachtstück, und warum hast du ein Foto von ihm?", fragte ich sogleich höchst interessiert und riss meine Augen weit auf. „Den schönen Kerl würde ich gern einmal kennenlernen! Wo wohnt er? Hübsch wie er ist, würde ich ihn nicht gleich von meiner Körbchenkante stupsen, sondern zuerst einmal anhören, was er zu sagen hat."

Im nächsten Moment wurde ich misstrauisch. „Elke, was hast du mit dem fremden Kater vor? Willst du mich etwa zwangsverheiraten?" Meine Dosine antwortete nicht, sondern starrte weiterhin schweigend auf den Zettel. „Unternimm nichts Unüberlegtes, was du anschließend noch jahrelang bedauern wirst! Außerdem, vielleicht mag ich den Kater gar nicht, nachdem ich mit ihm gesprochen habe. Du weißt doch, je länger die Haare, desto kürzer der Verstand!" Elke schwieg noch immer, fuhr mir nur zerstreut mit der Hand über den Kopf. „Jedenfalls möchte ich ihn zuvor erst einmal kennen lernen."

„Fritzilein, das ist Mucki, der verschwundene Kater von Claudia und Tobias. Die beiden kennst du doch."

„Die kenn ich nicht", erwiderte ich. „Oder sind das die Leute aus der Bio-Bäckerei an der Börse? Bei denen wir im Sommer immer vor dem Laden unter dem grünen Sonnenschirm sitzen und die vorbeigehenden Leute beobachten?"

„Ja, Fritzi, das sind sie. Und dies ist der Steckbrief von Mucki, ihrem verschwundenen Kater. Er ist schon seit mehreren Wochen abgängig."

„Sind die Nachbarn alle befragt worden?", fragte ich rasch. „Hat man bereits in den sozialen Medien nach ihm gefahndet? Wurden die Tierheime abgefahren, um nachzusehen, ob Mucki dort als Fund-Katze abgegeben wurde? Ist die zuständige Polizeiwache benachrichtigt worden? Hat man Frau Doktor Grobiana, die Tierärztin, informiert? Und wurde eine Belohnung für Muckis Ergreifung oder Wiederbeschaffung ausgesetzt?"

„Ja, Fritzi-Schatz! Das ist alles schon letzten Monat gemacht worden. Claudia ist untröstlich vor Sorge. Tobias und sie klebten über fünfzig Steckbriefe an Bäume und

Säulen ihres Viertels. Jeden Abend liefen sie mit Taschenlampen durch die Gärten und angrenzenden Kleingartenanlagen, riefen und suchten nach ihrem verlorenen Kater."

Vielleicht war der Grund seines Weglaufens ein ganz anderer, vermutete ich. Möglicherweise hatte Mucki, der *kätzische* Alain Delon seines Stadtteils, eine flotte Katzendame kennen und lieben gelernt. Dann würde er, nachdem er seinen Multiplikator eingeschaltet und erfolgreich sein Erbgut verteilt hatte, höchstwahrscheinlich müde und hungrig wieder zu Hause auftauchen.

„Vielleicht versteht sich der Kater nicht mit Pebbels, der winzigen Katze, die seine Dosis unlängst am Strand von Mauritius fanden und die sie, als ihr Urlaub vorbei war, mit nach Deutschland brachten. Das kann man Mucki aber derzeit nicht fragen. Als Freigänger blieb er in der Vergangenheit schon mehrmals übers Wochenende weg, aber noch niemals so lange wie jetzt."

„Elke, lass mich bitte gleich aus dem Haus, damit ich einen Suchtrupp organisiere. Alle Freundinnen und Freude meines Kiezes schwärmen dann in verschiedene Himmelsrichtungen aus und befragen die Schnurrbacken, die sie unterwegs treffen, ob sie den vermissten Mucki gesehen haben. So hat der Gesuchte gute Chancen, wiedergefunden zu werden. Ich übernehme die Organisation der Personalplanung und die Logistik, denn ich kann ziel- und zeitfokussiert denken! Strategisch richtig und planvoll vorzugehen, ist jetzt das Wichtigste", sagte ich mit einschmeichelnder Stimme.

In Gedanken sah ich schon ein zukünftig an unserem Haus angeschraubtes glänzendes Messingschild mit der Aufschrift

Detektei Fritzi Kullerkopf
Überwachung von Ehegatten und Aufspüren von Vermissten
Nachweisbare Erfolge
Terminvereinbarung unter (069) 55 15 51 55

„Elke, du brauchst nur die Tür aufzumachen, damit ich nach draußen kann", schleimte ich. „Meine aktive und intellektuelle Mitarbeit in dem vorliegenden brisanten Fall ist zwingend erforderlich."

„So weit kommt's noch", erwiderte meine Dosine schroff. Sie sah mich entsetzt an. „Fritzi, du bleibst daheim! Bei dem derzeitigen Straßenverkehr wäre das unverantwortlich von mir. Du würdest sicher umgehend von einem testosteronüberfluteten Verkehrsrowdy totgefahren." Alles Quengeln meinerseits verhallte erfolglos.

Nach einer Weile begann mein liebster Mensch zu singen: „Der Herr, der schickt den Jockel aus, er soll den Hafer schneiden. Der Jockel schneidet den Hafer nicht und kommt auch nicht nach Haus. Da schickt der Herr die Fritzi aus. Sie soll den Jockel suchen. Die Fritzi schneidet den Hafer nicht, die Fritzi findet den Jockel nicht und kommt auch nicht nach Haus. Da schickt der Herr ..."

*

So ein Schmählied musste ich hilfsbereite Person mir nicht von meiner unkooperativen Dosilla anhören. Rasch lief ich ins Schlafzimmer. Dort kroch ich unter die Decke und schloss meine Augen. Vielleicht würde mir im Traum die große Katzenfee erscheinen und mir einen Hinweis geben, wo ich morgen nach dem schönen Mucki suchen sollte. Mit diesem tröstlichen Gedanken schlief ich ein.

Nachwort

Jetzt sind wir schon fast zwei Wochen wieder aus Hamburg zurück. Ich sitze in unserem Schlafzimmer auf dem Fensterbrett und hänge meinen Gedanken nach. Trübsinnig sehe ich hinunter in den Garten, der sich langsam in eine Seen- und Sumpflandschaft verwandelt. Es fällt mehr Regen, als das Erdreich aufnehmen kann. In der Ecke, in der unsere Nachbarn ihren Grill aufgestellt haben, staut sich das Wasser bereits zu einem großen Tümpel. Bald können wir dort einen Kanuverleih aufmachen.

Wenn der Regen weiterhin nicht im Boden versickert, sind wir alternativ auch in der Lage, eine Dependance vom *Haus der Gesundheit* zu eröffnen. Außer Schlick- und Schlammbehandlungen (Eigenname: *Sachsenhäuser Fango*) für Mitglieder der AOK bieten wir noch ambulantes Wassertreten (nach Pfarrer Kneipp) an. Ich werde meiner Dosine vorschlagen, *Blutegel zum Schröpfen* in die Liste der anwendbaren Dienstleistungen aufzunehmen. Zu erwägen wäre auch noch die zusätzliche Anschaffung von hungrigen Kangal-Fischchen, die wir bei Psoriasis einsetzen. Die Minikarpfen haben einen beruhigenden Wellness-Effekt, denn sie küssen nicht nur die Haut der Badenden, sondern knabbern dabei auch die Hautfetzchen der von Schuppenflechte betroffenen Hautpartien schmerzfrei ab und ernähren sich von ihnen. Dadurch könnten wir das teure Fischfutter einsparen.

Sollte es trotz der ständigen Klimaerwärmung im Winter urplötzlich zu einem Kälteeinbruch kommen, vermarkten wir unseren Garten als Eislaufbahn. Im Frühjahr, nachdem das Tauwetter eingesetzt hat, werden wir unter dem Quittenbaum und den beiden großen Linden eine Reisplantage anlegen. Vielleicht müssen wir zuvor noch die Mangroven, Lianen und das Zyperngras roden. Für mich ist es zeitlich absehbar, dass sich dann in unserem überfluteten Urwaldgarten auch Kaimane, Piranhas und Anakondas ansiedeln werden. Sobald es soweit ist, schicke ich eine Mail an Rüdiger Nehberg, den Survival-Experten und Aktivisten für Menschenrechte, und lade ihn ein, in unserem Garten ein Survival-Übungscamp für verweichlichte Städter einzurichten.

*

Das Wetter ist passend zu meiner Stimmung. Schon seit unserem Heimkommen vorletzte Woche pladdert der Regen ständig und unaufhörlich in dicken Tropfen an die Fensterscheiben unserer Wohnung. Noch nicht einmal zum Luftschnappen mag ich auf den Balkon gehen, denn auch dort ist der Boden nass. Vermutlich sind in meinem Jagdrevier inzwischen die meisten Graupelze in ihren unterirdischen Wohnungen ertrunken. Hoffentlich konnten sich ein paar der jungen und kräftigen Nager auf höheres Gelände retten, damit sie demnächst wieder für zarten Nachwuchs sorgen. ‚Nachwachsende Rohstoffe', pflegte meine Mutter sie früher zu betiteln. Dabei leckte sie sich genüsslich die Lippen.

Elke hat es gut, denn sie kann, im Gegensatz zu mir, jeden Tag zum Flughafen fahren. Was sie dort macht, nennt sie Arbeit, aber es ist wohl eher eine Beschäftigung, damit sie sich nicht langweilt und sie die Zeit mehr oder weniger sinnvoll verbringt. Dabei trifft sie Leute aus aller Herren Länder, kommt mit Alt und Jung aus Nah und Fern zusammen, hält mit ihnen Schwätzchen und hat dabei sicher ständig etwas zu lachen.

Wie ich es sehe, bietet es einen großen Vorteil, wenn man sich täglich in einem gut temperierten Gebäude aus Beton und Stahl, bei Kunstluft und Kunstlicht, aufhalten darf. Meine Dosine sieht das allerdings anders.

Anstatt mich zum Flughafen oder zum Einkaufen mitzunehmen, damit ich zwischendurch auch einmal auf andere Gedanken komme, schließt mich mein liebster Mensch fast immer daheim ein. „Fritzi, pass schön auf die Wohnung auf, bis ich zurückkomme, damit nichts geklaut wird!", sagte sie heute früh zum Abschied zu mir, bevor sie im Dunkeln aus dem Haus stöckelte. Vermutlich würde ich mich inzwischen sogar über einen Einbrecher freuen, Hauptsache, er ist nett zu mir und es passiert in meinem tristen Leben irgendeine Abwechslung.

‚Es gibt jede Menge Emotionen, die sich positiv oder negativ auf den Gemüts- und Gesundheitszustand auswirken können. Freude und Zuneigung sind schöne Gefühle, die Potenzial wecken. Mit ihnen geht alles leichter; Grenzen und Ängste lassen sich einfacher überwinden. Fehlen einer Person dauerhaft Freude und Liebe, führt das zu grenzenloser Trauer, die im schlimmsten Fall in eine Depression münden.' Diese in Worte gefassten Erkenntnisse stammen leider nicht von mir. Die große Katzenfee erschien mir unlängst im Traum und gab sie zum Besten. Dabei trug sie einen weißen Kittel, wie die Frauen in einer der Gesundheitssendungen in der Glotze, die Elke so oft guckt. Die große Katzenfee sprach mir direkt aus dem Herzen. Inzwischen glaube ich fast an Telepathie, denn wie konnte meine Seelenverwandte wissen, was *ich genau in diesem Moment* fühlte und auch dachte? War es ein Wunder, Aberglaube, schwarze Kunst oder Magie? Über das Phänomen der spontanen Gedankenübertragung muss ich unbedingt einmal mit meinem liebsten Menschen sprechen. Vielleicht ist es aber besser, wenn ich zusätzlich noch die Googles frage.

Die große Katzenfee hat Recht: Zuneigung braucht jedes Wesen. Nun, vielleicht mit Ausnahme von Zecken, Bandwürmern, Kellerasseln, Moskitos und Feuerquallen. Die sind alle *igitt*.

*

In den letzten Tagen hatte ich ausreichend Zeit, mir über den Sinn und Zweck von Mögen, Gernhaben, Liebhaben und Lieben Gedanken zu machen, über den richtigen Zeitpunkt des Festhaltens und des Loslassens, und über das Geben ohne Rückforderung oder Gegenleistung. Stundenlang dachte ich darüber nach, ob mir das Objekt meiner Begierde und Zuneigung etwas schuldig ist (oder auch nicht).

Aber da liegt der Hund begraben, denn ich will nicht nur lieben, sondern auch von der geliebten Person zurückgeliebt werden, und zwar zur gleichen Zeit; nicht Tage früher und auch nicht Wochen später. Sonst macht Zuneigung für mich keinen Sinn.

Als ich noch klein war, sagte meine schlaue Mutter einmal zu mir: „Die Liebe ist immer ein Vabanquespiel und manchmal auch ein mieses Geschäft. Man muss einfach bereit sein zu lieben und dabei riskieren, dass von dem so glühend Begehrten eventuell gar nichts zurückkommt."

Letzte Woche schlug ich meiner Dosine vor, damit unsere beider Einsamkeit ein nahes Ende findet, dass sie eine Anzeige aufgeben soll mit dem Text

Sympathische nette Frau mit schöner schlauer Kätzin
sucht interessanten Mann mit Kater.

„Fritzi, darauf antworten bestimmt nur alkoholisierte Ödipusse, die eine finanziell und emotionell großzügige und leidensfähige Mama fürs Grobe suchen", erwiderte Elke. Dann streichelte sie mich und lachte, bis ihr die Tränen kamen.

*

In letzter Zeit denke ich vermehrt an Personen, die ich in der Vergangenheit sehr mochte und die ich jetzt vermisse. Leider kamen sie mir abhanden, ganz ohne mein Zutun. Eine große Traurigkeit übermannt mich dann, und eine grenzenlose Leere breitet sich in mir aus. Daraus resultiert, dass ich zuerst meine Näpfchen leer esse und mich dann flach hinlegen muss, um meine depressive Verstimmung mit Schlaf zu betäuben, bevor noch Schlimmeres passiert.

Immer noch müde und irgendwie auch ein bisschen traurig bin ich gerade aus einem Schlummer aufgewacht. Die Regenwolken haben sich inzwischen verzogen. Während der Taunus allmählich im Dunkel verschwindet, geht der Mond auf. Als ich nach oben blicke, ist der Himmel übergossen mit Sternen. Die Milchstraße ist deutlich zu sehen. Meine Gedanken über Vergangenheit und Gegenwart kommen zum Stillstand. Dieser Moment liegt jenseits von beidem...

Als im Haus eine Tür mit Schmackes zufällt, schrecke ich aus diesem Zustand wieder auf. Immer noch in meinen Gedanken gefangen, frage ich mich, wie lange es wohl dauern mag, wenn die Seele einer verstorbenen Person aus ihrem Körper entweicht und durch das offene Fenster nach oben gen Himmel fliegt, bis sie das Land hinter dem Regenbogen erreicht hat. Gern wüsste ich, was die Seele macht, um sich unterwegs nicht zu verfliegen. Ob es wohl im Himmel Highways, Ampeln und Verkehrsschilder gibt? Oder muss man sein Smartphone mitnehmen mit der zuvor entsprechend heruntergeladenen App?

Was machen eigentlich die Seelen der Analphabeten, die diese Schilder nicht entziffern können? Ob es im Himmel eine Art Schülerlotsen gibt, die all denen, die des Lesens nicht mächtig sind, den richtigen Weg weisen? Gibt es dort, ähnlich wie am Flughafen, auch einen *internationalen Informationsschalter*, an dem man vermisste Seelen mit einem Mikrophon ausrufen lassen kann? Oder irren sie so lange im Nirwana umher, bis sie jemand an die Pfote nimmt und sie zur Himmelsmission (ähnlich der Bahnhofsmission) bringt oder ihnen ein Navi ausleiht?

Eine weitere Frage brennt mir förmlich auf den Nägeln, besser gesagt: auf den Krallen. Muss ich, wenn ich gestorben bin und in den Himmel komme, an der Pforte zwecks Registrierung meinen Heimtierausweis vorzeigen? Oder lassen sie dort jeden herein, auch die Nichtgeimpften?

Als wir letztes Jahr in die Vereinigten Staaten reisten, zeigte Elke an der Grenze einem Beamten vom Department of Agriculture- and Health Inspection (Gesundheitsbehörde, zuständig für Ackerbau und Viehzucht) meinen Impfpass vor. Wochen später, als wir in Kona auf Big Island (Hawaii) landeten, musste mein liebster Mensch zusätzlich auch noch ein besonderes Permit (Erlaubnis) vorzeigen, in dem mir bescheinigt wurde, dass ich pumperlgesund war und an keiner Krankheit leide.

Interessieren würde mich auch, ob ich offizielle Identitätsdokumente oder einen Passierschein benötige, wenn ich vom Himmel aus meine Reise fortsetze und in das Land hinter dem Regenbogen fliege.

Alle diese Fragen beschäftigen mich sehr. Da ich aber ständig allein bin und fast immer in Einzelhaft eingesperrt werde, als hätte ich etwas Mega-Schlimmes angestellt, lerne ich auch niemanden kennen, der mir plausible Antworten oder lösungsstrategische Hinweise bezüglich meiner Fragen und Probleme geben kann.

*

Jeder von uns hat Wünsche und träumt davon, dass sie sich eines fernen Tages verwirklichen lassen. Die Einen liegen entspannt auf dem Rücken, schauen in den Himmel und bauen große Luftschlösser. Andere Visionäre planen sogar in ihrer Phantasie die Einzüge in diese nicht realisierbaren Behausungen, und wieder andere Phantasten vermieten die Wohnungen in den von ihnen angeblich gebauten, aber nicht existierenden Chimären. Vor solchen Personen und ihren großspurigen Versprechungen sollte man/frau/katz sich besser in Acht nehmen, denn sie ziehen einen erbarmungslos über den Tisch und man verliert dabei seine Habe.

Blender, Aufschneider und Neureiche zeigen protzig und demonstrativ ihre Besitztümer (meine Villa, meine Yacht, mein Privatjet). Gepaart mit Muße und demonstriertem süßem Nichtstun sind das Anhäufen von Statussymbolen und Insignien anscheinend Merkmale von Prestige, Macht und Reichtum.

Wie gut, das wir Normalo-Vierbeiner das alles nicht brauchen. Mich entführt niemand. Und wenn, dann würde mich mein Kidnapper am nächsten Morgen zurückbringen, meinte Elke neulich, und sei es auch nur, weil ich mich so viel unterhalten will und dabei lautstark meine Meinung vertrete.

*

Schon seit meiner Kindheit forsche ich an der Lösung zur Verwirklichung meines größten Wunschtraums, nämlich einmal aus eigener Kraft fliegen zu können. Eigentlich bin ich eher ungeduldig als abwartend. Ich möchte nicht so lange unermüdlich ausharren, bis der bewusste *Tag X* anbricht, an dem ich sterbe. Allein schon der Augenblick, in dem symbolisch *der letzte Vorhang fällt*, ohne dass es vorher geklingelt hat, ist für mich eine Premiere. Genau genommen ist sie das, an besagtem Zeitpunkt, für jeden von uns.

Bei meinem Ableben findet im selben Augenblick auch noch eine *zweite* Erstaufführung statt, nämlich die, fliegen zu können.

Irgendwie muss sich das auch anders lösen lassen. Wenn ich demnächst ein bisschen Zeit habe und nicht wieder an wetterbedingtem *Hyäne mit Muräne*-Kopf-Aua leide, werde ich angestrengt und konzentriert darüber nachdenken, wie sich das zeitliche Zusammenfallen der beiden Premieren separieren lässt.

Zu gern würde ich die zweite Erstaufführung vor der ersten erleben. Hoffentlich erleide ich dabei keinen Spontan-Crash, denn sonst erfolgt die erste vielleicht doch recht zeitnah zur zweiten Premiere und nichts wäre wirklich gewonnen.

Ich werde dir berichten...

*

Eben kam mein liebster Mensch von der Arbeit nach Hause. Sie zog ihren Uniformmantel aus, hängte ihn im Flur auf einem Bügel an die Garderobe und tauschte ihre Hackelpumps gegen Gesundheitsschlappen aus. Nur ganz rasch und oberflächlich streichelte sie mich. Statt mir mein Abendbrot zu bereiten, griff sie sofort zum Telefon. Nach der Begrüßung fiel sie gleich mit der Tür ins Haus:

„Lieber Volker! Bist du im kommenden Februar in Frankfurt oder fährst du selber weg?" Die Antwort konnte ich nicht verstehen. „Prima!", rief sie dann, klopfte sich mit der Hand auf den Oberschenkel und lachte. „Würdest du bitte einmal in der Woche meine Zimmerpflanzen gießen, mit Ausnahme der Kakteen im Schlafzimmer? Höchstwahrscheinlich fliege ich Anfang des neuen Jahres nach Mexiko und mache dort eine große Rundreise."

Schnell dachte ich nach. Sollte mich meine Perle nicht zu Tom Jupiter nach Friedberg in Pflege geben oder während ihrer Abwesenheit zu Max, Motti und Moppel nach Kassel in Urlaub schicken, sondern mich mit nach Mexiko nehmen, dann lautet höchstwahrscheinlich der Titel meines nächsten Buches *Fritzi bei den Azteken*.

Ich hoffe inständig, dass du mir weiterhin treu und gewogen bleibst und auch meinen siebten Roman dann wieder lesen wirst...

Vergiss bitte nicht: Du und ich, zusammen wir sind ein gutes Team! Dafür danke ich dir schon heute!

Liebe Leserinnen und Leser meines sechsten Romans!

Als höfliche Schnurrbacke möchte ich mich bei allen Zweifüßern bedanken, die meine Bücher kaufen, sie selbst lesen oder sie verschenken. Über jede neue *Leseratte* bin ich entzückt und freue mich wie Bolle. Ganz besonders wertschätze ich Eure jahrelange Treue!

Schon ganz oft bat ich bislang erfolglos meine Dosine, mir ein Diktafon oder ein *Schmartfohn* mit integriertem Tonband zu besorgen, um mir meine Arbeit zu erleichtern. Als würde ich chinesisch miauen, ignorierte sie bis heute alle meine diesbezüglichen Wünsche. So muss ich weiterhin meine Erlebnisse des Nachts, mutterseelenallein vor dem Schreibdingens sitzend, mühsam in den Computer eintippen, während sie in unserem Bett liegt und den Frankfurter Stadtwald in handliche Frühstücksbrettchen zersägt.
Wenn ich auch müde bin und schlafe, muss ich meine Autorentätigkeit tagsüber, wenn meine Dosine am Flughafen ist und arbeitet oder sie im Aldi shoppen geht, nachholen. Ihr könnt mir glauben, Dichten ist eine sehr einsame und zeitraubende Sache.

Als ich unlängst mein neues Buch aus der Druckerei geschickt bekam und ich es in meinen eigenen Pfötchen hielt, da pochte mein kleines Herz wie wild vor Freude. Stolz war ich natürlich auch, denn ich hoffe, dass es mir gut gelungen ist, und es Euch gefällt.

Verehrte Zweibeiner, wenn Ihr meine Bücher anderen Katzenfreunden empfehlt, dann freue ich mich ganz doll darüber und bedanke mich schon jetzt ganz lieb dafür!
Wie Ihr wisst, spende ich den kompletten Erlös (und noch ein bisschen mehr) aus dem Verkauf meiner Romane an Katzenschutzorganisationen und Tierheime der Hungerschlunde. Mit anderen Worten, wenn Ihr meine Bücher kauft, dann tut Ihr nicht nur etwas Gutes für Euch, sondern auch für unschuldig in Not geratene Schnurrbacken. Es ist eine Win-win-Situation für uns alle!

Eine Bitte habe ich: Wenn Ihr demnächst vorhabt, Euch von einer neuen Schnurrbacke adoptieren zu lassen, dann geht bitte zuerst in Euer Tierheim. Dort warten die Schönsten, Liebsten und Treuesten meiner Verwandten auf einen Platz in Eurem Herzen, an Euren Tröglein und auf Eurem Sofa.
Viele Tierheime stehen kurz vor der Pleite. Bitte lasst ein Scherflein (oder besser zwei) als Spende für Futter- und Tierarztkosten dort.

Über ein gelegentliches Lebenszeichen von Euch würde ich mich sehr freuen. Meine Strompostadresse lautet Fritzi.Kullerkopf@t-online.de

Wo immer Ihr auch seid, ich liebe Euch alle! Da könnt Ihr ganz sicher sein! In meinem kleinen Herzen ist noch viiiiel Platz.

DICH, ja *DICH* mag ich gaaaanz besonders! Ehrenwort! Fühle Dich von mir zärtlich umpfotelt!
Was die Welt mehr braucht, sind Freunde wie Dich!

Allerschnurrigste Grüße aus Frankfurt und einen dicken Schmatzer von mir!

Eure Freundin

fritzi, geborene kullerkopf

Danksagung

Dies Buch war Teamarbeit und funktionierte nicht ohne aufmerksame und Rat geben-
de Helfer. Deshalb danke ich all denen, die mich dabei tatkräftig unterstützt haben und
mit ihren wertvollen Hinweisen bereicherten:

Sandra Kreuzer für die Geschichten von Franky in Talkirchener Mundart
Claudia Windisch für die Übersetzungen in Wiener Dialekt
Trixi Geng für die Übersetzungen in „Schwäbisch-*light*"
Bärbel Scheib-Wanner und Manfred Wanner für die Geschichte der schwangeren Susi
Felix Hippe für sein Referat in der Schule
Garnet Colly für die Story mit dem Champagner
Tobias Steup für die Geschichte über Mucki
Anna Jasperneite für die Geschichte von Henry und den Bericht über die Streuner des
Tatz-In
Marlis Lemmle für ihre vielen Anregungen
Marga Sauer als unermüdliche Testleserin
Dörte Schneider für ihre Illustrationen und die Bearbeitung des Textes
Gerd Tremmel für die technische Umsetzung in die EDV

Die Autorin

Elke Seidel absolvierte nach ihrem Fachschulabschluss eine Lehre. Mehrere Jahre arbeitete sie in einem Reisebüro, für das sie auch als Reiseleiterin Touristen durch europäische Hauptstädte und durch den Nahen Osten führte. Anschließend war sie über 30 Jahre am Frankfurter Flughafen in der Passagierabfertigung tätigt und als Lehrgangsleiterin in einem Schulungszentrum.

Viele Jahre betätigte sie sich in ihrer Freizeit als Schmuckdesignerin und zeigte ihre kreativen Werke auf zahlreichen Ausstellungen.

Bereits vor ihrem Ausscheiden am Flughafen begann sie ein Studium an der Frankfurter U3L. Dort nahm sie u.a. an einem Schreibseminar teil.

Schon seit ihrer Kindheit schreibt sie Gedichte und Kurzgeschichten.

Elke Seidel wohnt in Frankfurt. Ihre beiden Katzen Fritzi Kullerkopf und deren Freund Rüdiger adoptierte sie in einem Tierheim.

Inzwischen schreibt sie an einem neuen Roman, in dem Fritzi Kullerkopf die Azteken in Mexiko besucht.

Von Elke Seidel sind bei BoD bereits erschienen:

Die Katze, die aus ihrem Leben erzählt
Ein Fritzi Kullerkopf Roman
mit 33 farbigen Cartoons von Rolf Dörge
ISBN: 987-3-8423-5552-1

Die Katze, die aus ihrem Urlaub berichtet
Der zweite Fritzi Kullerkopf Roman
mit 29 farbigen Cartoons von Rolf Dörge
ISBN: 978-3-8482-0915-6

Die Katze, die neue Abenteuer erlebt
Der dritte Fritzi Kullerkopf Roman
mit 12 farbigen Cartoons von Rolf Dörge
ISBN: 978-3-8482-5772-0

Die Katze, die ihr Glück sucht
Der vierte Fritzi Kullerkopf Roman
ISBN: 978-3-7386-0343-9

Die Katze, die ins Paradies reist
Der fünfte Fritzi Kullerkopf Roman
mit 32 farbigen Illustrationen von Dörte Schneider
ISBN: 978-3-7412-0605-4